魏光燾集 二

杜宏春　高彬彬　整理

岳麓書社·长沙

目　　录

奏议　西北卷二

光绪十七年（1891）

奏议　西北卷二

光绪十七年（1891）

0289. 呈进光绪十七年分回部贡金情形折

光绪十七年正月二十二日（1891年3月2日）

头品顶戴护理甘肃新疆巡抚新疆布政使臣魏光焘跪奏，为呈进回部贡金，恭折具陈，仰祈圣鉴事。

窃照新疆色勒库尔之南回部坎巨提，向来按年进贡沙金。该头目俄则项前于光绪四年，遵例呈进，经前大学士陕甘总督臣左宗棠奏准援案赏给大缎二匹，由左宗棠就近发给祗领，历经钦遵办理在案。兹据署喀什噶尔道向邦倬申称：该头目赛必德哎里罕呈到光绪十七年分进贡沙金一两五钱，遵将例赏大缎二匹发交赛必德哎里罕祗领。申请具奏前来。

臣覆查无异，除将所进沙金一两五钱咨送内务府呈进外，理合恭折具奏，伏乞皇上圣鉴。谨奏。光绪十七年正月二十二日。

（朱批：）该衙门知道。①

光绪十七年三月初一日，奉朱批：该衙门知道。钦此。②

0290. 奏为恭缴朱批情形折

光绪十七年正月二十二日（1891年3月2日）

头品顶戴护理甘肃新疆巡抚新疆布政使臣魏光焘跪奏，为恭

---

①台北故宫博物院藏：《军机及宫中档》，文献编号：408006758。

②中国第一历史档案馆藏：《录副奏折》，档号：03-5554-040。

缴朱批事。

窃臣自光绪十六年正月起至十二月底止，历次奉到朱批奏折、奏片，共计一百三十五件，理合汇封呈缴，伏乞皇上圣鉴。谨奏。光绪十七年正月二十二日。

（朱批：）知道了。①

光绪十七年三月初二日，奉朱批：知道了。钦此。②

0291. 代奏回王沙木胡索特为御赏谢恩折

光绪十七年正月二十二日（1891年3月2日）

头品顶戴护理甘肃新疆巡抚新疆布政使臣魏光焘跪奏，为据情代奏恭谢天恩，仰祈圣鉴事。

窃臣接据哈密札萨克回子亲王沙木胡索特呈到满文，饬据译称：光绪十七年正月初九日，承准军机处咨到清文内开年终恩赏荷包、银锞、银钱、食物等项，交兵部由驿递到，当即恭设香案，望阙叩头祗领。伏以荷赍锡于九重，叨蒙高厚；图报称于万一，莫效涓埃！

所有感激下忱，呈请代奏前来。理合据情代奏叩谢天恩，伏乞皇上圣鉴。谨奏。光绪十七年正月二十二日。

（朱批：）知道了。③

光绪十七年二月二十三日，奉朱批：知道了。钦此。④

---

①台北故宫博物院藏：《军机及宫中档》，文献编号：408006759。

②中国第一历史档案馆藏：《录副奏折》，档号：03-5647-001。

③台北故宫博物院藏：《军机及宫中档》，文献编号：408006760。

④中国第一历史档案馆藏：《录副奏折》，档号：03-5276-086。

0292. 叶城等处被灾应征粮草恳恩豁免折

光绪十七年正月二十二日（1891年3月2日）

头品顶戴护理甘肃新疆巡抚新疆布政使臣魏光焘跪奏，为新疆南路叶城县被水地亩，应征粮草，恳恩俯准豁免，以示体恤，恭折仰祈圣鉴事。

窃查喀什噶尔道属莎车州被水，叶城县被冻，额征粮草业经奏请分别蠲缓，并声明叶城县被水地亩应征粮草，俟勘报至日，另案办理在案。兹据署布政使饶应祺详：转署喀什噶尔道向邦倬咨：据印委各员结报：叶城县哂玛大庄所属五小庄、桑株大庄所属四小庄、孔额塔所属高那他塔小庄，计被水冲去地共九百七十亩三分三厘，额征粮一十七石七斗一升三合三勺、草二千三百四十一斤二两五钱六分。前项地亩冲刷无存，不能复种，应征粮草业经出示停收，请自光绪十六年起一律豁除，另拨荒地，俾令承垦，一俟成熟，再行升科，以重赋额等情。前来。

臣覆查无异，所有叶城县被水地亩应征粮草，合无仰恳天恩俯准豁免，以示体恤。如蒙俞允，俟钦奉谕旨，饬司将豁免粮草各数目敬刊誊黄，遍行晓谕，以广皇仁而昭实惠。是否有当，谨会同陕甘总督臣杨昌濬，恭折具奏，伏乞皇上圣鉴训示。谨奏。光绪十七年正月二十二日。

（朱批：）着照所请，户部知道。①

光绪十七年二月二十三日，奉朱批：着照所请，户部知道。钦此。②

①台北故宫博物院藏：《军机及宫中档》，文献编号：408006761。

②中国第一历史档案馆藏：《录副奏折》，档号：03-9636-008。

0293. 恭报十六年十月雨雪粮价情形折

光绪十七年正月二十七日（1891年3月7日）

头品顶戴护理甘肃新疆巡抚新疆布政使臣魏光焘跪奏，为恭报光绪十六年十月分粮价并得雨雪情形，谨缮折具陈，仰祈圣鉴事。

窃照光绪十六年九月分各厅州县粮价并得雨雪情形，业经臣奏报在案。兹据署理新疆布政使饶应祺详称：光绪十六年十月分，北路奇台、镇西得雪，积地六寸；阜康、昌吉得雪，积地一二寸不等；绥来、库尔喀喇乌苏微雪。伊塔道属塔尔巴哈台得雪，积地九寸；宁远得雪，积地五寸；绥定、精河微雪。南路拜城得雪，积地八寸；温宿、叶城、和阗得雪，积地三寸；喀喇沙尔、乌什、库车、疏勒、疏附、莎车、英吉沙尔微雪，余未得雪。

至通省粮价，吐鲁番、镇西、塔尔巴哈台、精河、昌吉、阜康、于阗等厅县俱与上月相同，余均略有增减。汇详请奏前来。

理合恭折具陈，并缮粮价清单，敬呈御览，伏乞皇上圣鉴。谨奏。光绪十七年正月二十七日。

（朱批：）知道了。①

光绪十七年三月初三日，奉朱批：知道了。钦此。②

0294. 呈新疆光绪十六年十月粮价清单

光绪十七年正月二十七日（1891年3月7日）

谨将新疆各属光绪十六年十月分米粮时估价值，缮具清单，恭呈御览。

计开十月分

---

①台北故宫博物院藏：《军机及宫中档》，文献编号：408006762。

②中国第一历史档案馆藏：《录副奏折》，档号：03-6902-004。

镇迪道属

迪化县：大米每京石价银二两九钱二分四厘，与上月相同。小麦每京石价银一两一钱三分二厘，与上月相同。莞豆每京石价银一两一钱八分八厘，较上月减一分八厘。青稞每京石价银七钱七厘，与上月相同。

昌吉县：大米每京石价银一两八钱七分二厘，小麦每京石价银七钱七分六厘，莞豆每京石价银九钱二分，青稞每京石价银八钱七分五厘，俱与上月相同。

阜康县：粟米每京石价银九钱五分五厘，小麦每京石价银一两一钱三分二厘。莞豆每京石价银一两一钱三分二厘，高粱每京石价银九钱二厘，俱与上月相同。

绥来县：大米每京石价银一两七钱六分八厘，与上月相同。小麦每京石价银八钱二分八厘，与上月相同。莞豆每京石价银一两二分二厘，较上月增二分九厘。高粱每京石价银五钱六分三厘，与上月相同。

奇台县：大米每京石价银二两七分一厘，与上月相同。小麦每京石价银六钱三分六厘，较上月减三分六厘。莞豆每京石价银六钱五分六厘，较上月增三分五厘。

吐鲁番直隶厅：小麦每京石价银八钱九分四厘，大麦每京石价银四钱四分八厘，高粱每京石价银五钱五分七厘，黄豆每京石价银一两五钱六分八厘，俱与上月相同。

镇西直隶厅：小麦每京石价银一两三钱八分，莞豆每京石价银一两四钱，青稞每京石价银七钱二分，俱与上月相同。

哈密直隶厅：粟米每京石价银一两三钱六分八厘，与上月相同。小麦每京石价银一两五分，较上月减四分。莞豆每京石价银一两四钱四分，较上月减二分八厘。青稞每京石价银八钱一分六厘，与上月相同。

库尔喀喇乌苏直隶厅：小麦每京石价银一两一钱，较上月增四分。莞豆每京石价银一两二钱七分，较上月减八分。高粱每京石价银七钱八分，较上月减七分。

伊塔道属

绥定县：大米每京石价银三两八钱四分四厘，与上月相同。小麦每京石价银一两一钱七分三厘，较上月增一钱三分八厘。莞豆每京石价银一两一钱二分八厘，较上月增一钱四分一厘。大麦每京石价银九钱四厘，较上月增一钱一分三厘。

宁远县：大米每京石价银三两四钱四分，与上月相同。小麦每京石价银八钱二分八厘，与上月相同。大麦每京石价银五钱三分五厘，较上月增五分四厘。莞豆每京石价银七钱二分，与上月相同。

塔尔巴哈台直隶厅：小麦每京石价银一两二分五厘，大麦每京石价银八钱七分五厘，莞豆每京石价银一两八分五厘，俱与上月相同。

精河直隶厅：大米每京石价银三两一钱四分五厘，小麦每京石价银九钱四分五厘，大麦每京石价银七钱三分五厘，莞豆每京石价银一两三钱六分，俱与上月相同。

阿克苏道属

温宿直隶州：大米每京石价银一两三钱三分七厘，较上月增五厘。小麦每京石价银六钱九分，较上月增一钱八分。大麦每京石价银三钱七分二厘，与上月相同。包谷每京石价银四钱八分三厘，与上月相同。

拜城县：小麦每京石价银三钱五分，较上月减四分。包谷每京石价银二钱六分，与上月相同。莞豆每京石价银二钱六分，与上月相同。大麦每京石价银一钱八分，与上月相同。

喀喇沙尔直隶厅：大米每京石价银一两九钱二分四厘，与上月相同。小麦每京石价银七钱九分，与上月相同。莞豆每京石价银七钱二分，与上月相同。包谷每京石价银五钱二分三厘，较上月增一分。

库车直隶厅：大米每京石价银一两五钱五分，较上月减五分。

小麦每京石价银四钱九分，与上月相同。莞豆每京石价银二钱八分，与上月相同。包谷每京石价银三钱，与上月相同。

乌什直隶厅：大米每京石价银一两四钱九分，与上月相同。小麦每京石价银八钱一分四厘，较上月增五分五厘。大麦每京石价银五钱六分二厘，与上月相同。包谷每京石价银五钱二分八厘，较上月增四分。

叶城县：大米每京石价银二两六钱一分，较上月增二钱九分。小麦每京石价银七钱五分，较上月增二钱五分。包谷每京石价银五钱四分，较上月增一钱八分。青稞每京石价银三钱五分，与上月相同。

和阗直隶州：大米每京石价银一两七钱五分，与上月相同。小麦每京石价银九钱三分八厘，较上月增八分二厘。包谷每京石价银四钱七分四厘，与上月相同。青稞每京石价银五钱五分二厘，较上月增八分三厘。

于阗县：大米每京石价银一两九钱三分二厘，小麦每京石价银八钱九分七厘，包谷每京石价银六钱五分二厘，俱与上月相同。

英吉沙尔直隶厅：大米每京石价银二两五钱八分，较上月减三钱一分。小麦每京石价银九钱六分，较上月增一钱三分。大麦每京石价银四钱六分，与上月相同。包谷每京石价银六钱七分，与上月相同。

玛喇巴什直隶厅：大米每京石价银二两三钱六分八厘，较上月增一钱四分八厘。小麦每京石价银八钱二分八厘，较上月减六分九厘。包谷每京石价银七钱六分八厘，较上月增一钱二分八厘。

（朱批：）览。①

---

①中国第一历史档案馆藏：《单》，档号：03-6902-005。

0295. 新疆十一年报销行查各款恳饬核销折

光绪十七年正月二十七日（1891年3月7日）

头品顶戴护理甘肃新疆巡抚新疆布政使臣魏光焘跪奏，为覆陈新疆光绪十一年司库报销部议行查各款，缮具清单，恳恩饬部核销，恭折仰祈圣鉴事。

窃准户部咨：议奏新疆光绪十一年分司库收支银粮、草束一折、清单一件等因，到臣。当经转行遵办去后。兹据署布政使饶应祺开单逐款登覆，并补造文武衔名清册，详请奏咨前来。臣查新疆戡定后，创办一切，苦无成例可循，皆系因时制宜，酌量办理。光绪十年以前收支银粮、草束，均由粮台核实造报。嗣建行省，设立藩司，臣蒙恩调补斯缺，十一年四月到任，逐次清厘，于十二、十三等年陆续分别定章，详请奏咨立案。其未经定章以前例支款项，或由甘肃藩司钞案仿办，或承粮台成案照旧给领，前均声明仍照实支之数开报在案。现在部臣行查之款，委系司库实在之数，逐加覆核，并无浮冒，相应缮具清单，恭呈御览。恳恩俯准饬部将新疆光绪十一年分司库收支银粮、草束一律核销，以清款目，出自鸿施！

除将清册送部外，谨会同陕甘总督臣杨昌濬，恭折覆奏，伏乞皇上圣鉴训示。谨奏。光绪十七年正月二十七日。

（朱批：）户部知道，单并发。①

光绪十七年三月初三日，奉朱批：户部知道，单并发。钦此。②

---

①台北故宫博物院藏：《军机及宫中档》，文献编号：408006763。

②中国第一历史档案馆藏：《录副奏折》，档号：03-6628-025。

0296. 恭报十六年十一月雨雪粮价情形折

光绪十七年二月二十二日（1891年3月31日）

头品顶戴护理甘肃新疆巡抚新疆布政使臣魏光焘跪奏，为恭报光绪十六年十一月分粮价并得雪情形，谨缮折具陈，仰祈圣鉴事。

窃照光绪十六年十月分各厅州县粮价并得雪情形，业经臣奏报在案。兹据署新疆布政使饶应祺详称：光绪十六年十一月分，北路奇台得雪，积地八寸；迪化、哈密得雪，积地四寸；阜康、昌吉、绥来、库尔喀喇乌苏得雪，积地二寸；吐鲁番、镇西微雪。伊塔道属宁远得雪，积地一尺；塔尔巴哈台得雪，积地六寸；绥定、精河微雪。南路温宿得雪，积地尺余；拜城得雪，积地七寸；喀喇沙尔、叶城、于阗、库车得雪，积地二三寸不等；乌什、疏勒、疏附、和阗微雪，余未得雪。

至通省粮价，塔尔巴哈台、精河、和阗、迪化、昌吉、阜康、绥来、绥定、拜城、于阗等厅州县俱与上月相同，余均略有增减。汇详请奏前来。

理合恭折具陈，并缮粮价清单，敬呈御览，伏乞皇上圣鉴。谨奏。光绪十七年二月二十二日。

（朱批：）知道了。[①]

光绪十七年三月二十三日，奉朱批：知道了。钦此。[②]

0297. 呈光绪十六年十一月粮价清单

光绪十七年二月二十二日（1891年3月31日）

谨将新疆各属光绪十六年十一月分米粮时估价值，缮具清单，

①台北故宫博物院藏：《军机及宫中档》，文献编号：408006764。

②中国第一历史档案馆藏：《录副奏折》，档号：03-6902-027。

恭呈御览。

计开十一月分

镇迪道属

迪化县：大米每京石价银二两九钱二分四厘，小麦每京石价银一两一钱三分二厘。莞豆每京石价银一两一钱八分八厘，青稞每京石价银七钱七厘，俱与上月相同。

昌吉县：大米每京石价银一两八钱七分二厘，小麦每京石价银七钱七分六厘，莞豆每京石价银九钱二分，青稞每京石价银八钱七分五厘，俱与上月相同。

阜康县：粟米每京石价银九钱五分五厘，小麦每京石价银一两一钱三分二厘，莞豆每京石价银一两一钱三分二厘，高粱每京石价银九钱二厘，俱与上月相同。

绥来县：大米每京石价银一两七钱六分八厘，小麦每京石价银八钱二分八厘，莞豆每京石价银一两二分二厘，高粱每京石价银五钱六分三厘，俱与上月相同。

奇台县：大米每京石价银二两七分一厘，与上月相同。小麦每京石价银六钱七分二厘，较上月增三分六厘。莞豆每京石价银六钱五分六厘，与上月相同。

吐鲁番直隶厅：小麦每京石价银九钱六分九厘，较上月增七分五厘。大麦每京石价银四钱四分八厘，与上月相同。高粱每京石价银五钱九分四厘，较上月增三分七厘。黄豆每京石价银一两五钱六分八厘，与上月相同。

镇西直隶厅：小麦每京石价银一两三钱，较上月减八分。莞豆每京石价银一两三钱二分，较上月减八分。青稞每京石价银七钱二分，与上月相同。

哈密直隶厅：粟米每京石价银一两四钱四分，较上月增七分二厘。小麦每京石价银一两九分，较上月增四分。莞豆每京石价银一两五钱一分二厘，较上月增七分二厘。青稞每京石价银八钱二分九厘，较上月增一分三厘。

库尔喀喇乌苏直隶厅：小麦每京石价银一两一钱三分，较上月增三分。莞豆每京石价银一两三钱五分，较上月增八分。高粱每京石价银七钱八分，与上月相同。

伊塔道属

绥定县：大米每京石价银三两八钱四分四厘，小麦每京石价银一两一钱七分三厘，莞豆每京石价银一两一钱二分八厘，大麦每京石价银九钱四厘，俱与上月相同。

宁远县：大米每京石价银三两四钱四分，与上月相同。小麦每京石价银八钱二分八厘，与上月相同。莞豆每京石价银七钱二分，与上月相同。大麦每京石价银五钱八分八厘，较上月增五分三厘。

塔尔巴哈台直隶厅：小麦每京石价银一两二分五厘，大麦每京石价银八钱七分五厘，莞豆每京石价银一两八分五厘，俱与上月相同。

精河直隶厅：大米每京石价银三两一钱四分五厘，小麦每京石价银九钱四分五厘，莞豆每京石价银一两三钱六分，大麦每京石价银七钱三分五厘，俱与上月相同。

阿克苏道属

温宿直隶州：大米每京石价银一两五钱二分，较上月增一钱八分三厘。小麦每京石价银六钱九分，与上月相同。大麦每京石价银四钱四分四厘，较上月增七分二厘。包谷每京石价银四钱八分三厘，与上月相同。

拜城县：小麦每京石价银三钱五分，莞豆每京石价银二钱六分，大麦每京石价银一钱八分，包谷每京石价银二钱六分，俱与上月相同。

喀喇沙尔直隶厅：大米每京石价银一两九钱二分四厘，与上月相同。小麦每京石价银六钱九分，较上月减一钱。莞豆每京石价银七钱二分，与上月相同。包谷每京石价银五钱一分二厘，较上月减一分一厘。

库车直隶厅：大米每京石价银一两五钱五分，与上月相同。小麦每京石价银五钱一分，较上月增二分。莞豆每京石价银二钱八分，与上月相同。包谷每京石价银二钱九分，较上月减一分。

乌什直隶厅：大米每京石价银一两四钱九分，与上月相同。小麦每京石价银四钱四分八厘，较上月增一分三厘。大麦每京石价银二钱三分五厘，与上月相同。包谷每京石价银三钱六分六厘，与上月相同。

喀什噶尔道属

疏勒直隶州：大米每京石价银二两二钱五分，与上月相同。小麦每京石价银一两三分五厘，较上月增四分二厘。包谷每京石价银九钱四分七厘，较上月增一钱一分五厘。高粱每京石价银六钱九分，与上月相同。

疏附县：大米每京石价银二两二钱五分，与上月相同。小麦每京石价银一两三分五厘，较上月增四分二厘。包谷每京石价银九钱九分一厘，较上月增一钱二分。高粱每京石价银六钱九分，与上月相同。

莎车直隶州：大米每京石价银一两五钱五分四厘，与上月相同。小麦每京石价银八钱一分四厘，与上月相同。大麦每京石价银六钱，较上月增三分八厘。包谷每京石价银五钱五分四厘，较上月增二分六厘。

叶城县：大米每京石价银二两六钱一分，与上月相同。小麦每京石价银八钱，较上月增五分。包谷每京石价银五钱七分六厘，较上月增三分六厘。青稞每京石价银四钱，较上月增五分。

和阗直隶州：大米每京石价银一两七钱五分，小麦每京石价银九钱三分八厘，包谷每京石价银四钱七分四厘，青稞每京石价银五钱五分二厘，俱与上月相同。

于阗县：大米每京石价银一两九钱三分二厘，小麦每京石价银八钱九分七厘，包谷每京石价银六钱五分二厘，俱与上月相同。

英吉沙尔直隶厅：大米每京石价银二两五钱八分，与上月相同。小麦每京石价银九钱六分，与上月相同。大麦每京石价银五钱七分，较上月增一钱一分。包谷每京石价银八钱，较上月增一钱三分。

玛喇巴什直隶厅：大米每京石价银二两三钱六分八厘，与上月相同。小麦每京石价银九钱六分六厘，较上月增一钱三分八厘。包谷每京石价银六钱四分，较上月减一钱二分八厘。

（朱批：）览。①

0298. 奏闻阜康县知县李时熙丁忧开缺折

光绪十七年二月二十二日（1891 年 3 月 31 日）

头品顶戴护理甘肃新疆巡抚新疆布政使臣魏光焘跪奏，为知县丁忧开缺，恭折仰祈圣鉴事。

窃据署新疆布政使饶应祺详：据委办罗布淖尔善后事宜准补阜康县知县李时熙之家丁沈福呈称：窃家主李时熙，年四十七岁，湖南益阳县人，由文童投效军营，递保同知衔分省补用知县。光绪八年，委署阜康县篆务，经部奏明，照章留于甘肃，以原官归原班补用。新疆六载边防案内保戴花翎。十年，调署库车直隶同知。十二年，奏补阜康县知县员缺，奉部覆准。十六年，委办罗布淖尔抚辑招徕事宜。兹于十七年正月初六日，接到家信，家主继母胡氏于十六年九月初四日在湖南益阳县原籍病故。家主系属亲子，例应丁忧等情，转详前来。臣查该员现丁母忧，应即照例开缺，回籍守制。

除饬取亲供咨部外，谨会同陕甘总督臣杨昌濬，恭折具奏，伏乞皇上圣鉴。再，阜康县知县系冲、繁、难三项要缺，例应扣留由外拣补。合并声明。谨奏。光绪十七年二月二十二日。

（朱批：）吏部知道。②

---

①中国第一历史档案馆藏：《单》，档号：03-6902-028。

②台北故宫博物院藏：《军机及宫中档》，文献编号：408006765。

光绪十七年三月二十三日，奉朱批：吏部知道。钦此。①

0299. 请将金贵等员照例议恤缘由片

光绪十七年二月二十二日（1891 年 3 月 31 日）

再，新疆立功后病故文武各员，迭经奏蒙恩准照例议恤各在案。兹续查有副都统衔协领前护巴里坤领队大臣金贵、头品顶戴留甘肃新疆尽先补用提督讷齐欣巴图鲁杜锡斌、留甘肃新疆尽先补用提督西吉尔珲巴图鲁周大美，该员等于新疆变乱之时，或驻防堵剿，或带队从征，均属战功卓著。迨全疆底定，尤能整饬营伍，认真操防，先后在营病故，殊堪悯恻！合无仰恳天恩俯准将金贵、杜锡斌、周大美三员，敕部照军营立功后病故例议恤，以慰幽魂。

又，三品衔留甘肃新疆补用知府借补英吉沙尔同知张起宇，从征关外，历著勤劳，光绪十四年交卸吐鲁番同知署任，在省病故。查该员在营办事年久，前经抚臣刘锦棠委办测绘舆图事宜，周历全疆，亲勘边界，出入冰天沙碛之中，不避艰险，感受瘴疠，虽病故在离营以后，实属积劳，情堪怜悯，可否一并敕部议恤之处，出自逾格鸿施。

除饬取各故员履历清册咨部外，谨附片具陈。伏乞圣鉴训示。谨奏。

（朱批：）着照所请，该部知道。②

光绪十七年三月二十三日，奉朱批：着照所请，该部知道。钦此。③

---

①中国第一历史档案馆藏：《录副奏折》，档号：03-5277-080。

②台北故宫博物院藏：《军机及宫中档》，文献编号：408006765-0-A。

③中国第一历史档案馆藏：《录副奏片》，档号：03-5877-060。

0300. 请饬黄光达等迅赴新疆委用缘由片

光绪十七年二月二十二日（1891 年 3 月 31 日）

再，新疆事务殷繁，需员委用，查有丁忧服满二品顶戴盐运使衔前任喀什噶尔道黄光达笃实稳练，在籍二品顶戴按察使衔分省遇缺尽先题奏道袁鸿祐廉明勤干，均在新疆年久，边务极为熟悉，合无仰恳天恩俯准饬下湖南、安徽各抚臣转饬黄光达原籍湘乡县、袁鸿祐原籍泗州直隶州，传谕各该员迅赴新疆，俾供差遣，出自鸿慈！

除咨部外，谨会同陕甘总督臣杨昌濬，附片具陈，伏乞圣鉴训示。谨奏。

（朱批：）着照所请，吏部知道。[①]

光绪十七年三月二十三日，奉朱批：着照所请，吏部知道。钦此。[②]

0301. 委令同知彭绪瞻署理吐鲁番同知片

光绪十七年二月二十二日（1891 年 3 月 31 日）

再，署吐鲁番同知傅寿森撤任遗缺，查有候补同知彭绪瞻，堪以委署。据署新疆布政使饶应祺、署镇迪道兼按察使衔陈名钰会详前来。除由臣批饬给委外，谨会同陕甘总督臣杨昌濬，附片具奏，伏乞圣鉴。谨奏。

（朱批：）吏部知道。[③]

---

①台北故宫博物院藏：《军机及宫中档》，文献编号：408006764-0-A。

②中国第一历史档案馆藏：《录副奏片》，档号：03-5277-082。

③台北故宫博物院藏：《军机及宫中档》，文献编号：408006764-0-B。

光绪十七年三月二十三日，奉朱批：吏部知道。钦此。①

0302. 酌拟伊犁镇标各营营制饷章折

光绪十七年三月十二日（1891年4月20日）

太子少保头品顶戴陕甘总督臣杨昌濬、头品顶戴护理甘肃新疆巡抚新疆布政使臣魏光焘跪奏，为新疆伊犁镇标各营员缺，营制、饷章仿照抚、提、镇各标章程，酌量拟设，谨缮清单，恭折仰祈圣鉴事。

窃伊犁镇标营制、饷章、驻扎处所，上年经臣光焘奏明，檄饬总兵张俊于到任后，熟察情形，查照抚臣刘锦棠奏设抚、提、镇各标章程，妥筹办理，再行具奏在案。兹据伊犁镇总兵张俊会同伊塔道英林、署伊犁府知府潘效苏分别拟议，呈请核办等情。臣等查伊犁原设汉队四千人，前经奏明分隶军标一千人，以三千人作为镇标。该处地处极边，紧邻俄壤，汉回、蒙、哈错杂而居，弹压操防，均关紧要，应照抚、提、镇各标因勇设标、以官带勇章程，就地势险夷，额勇多寡，妥为布置，务期扼要填扎，足资防守，用固边陲。

查伊犁镇总兵向驻绥定城，为各城适中之所，拟仍以总兵驻之。设镇标中、左、右三营，中营游击一员，管带步队一旗，中军守备一员，马队一旗，分防守备一员，马队一旗，分驻城关内外。左营游击一员，管带步队一旗，驻广仁城；中军守备一员，马队一旗，驻果子沟；分防守备一员，马队一旗，驻三台。右营游击一员，管带步队一旗，驻瞻德城；中军守备一员，马队一旗，驻三道河；城守营都司一员，管带步队一旗，兼防二工；开花炮队守备一员，步队一哨，驻城内。计中、左、右三营、城守营开花炮队、马步各旗哨，应设千总、把总、经制外委三十二员，并于中营另设蒙古把总二缺，归镇署差遣，以资翻译。遇有缺出，

①中国第一历史档案馆藏：《录副奏片》，档号：03-5277-081。

由古城合例人员内补放。

霍尔果斯为中俄过界卡伦，旧设参将一员，驻拱宸城，嗣移驻瞻德城，相距较远，巡防难周，拟仍设霍尔果斯营参将一员，管带步队一旗，驻拱宸城；中军守备一员，马队一旗，驻城外；分防守备一员，马队一旗，驻登元卡。计该营马、步各旗应设千总、把总、经制外委十员。

宁远城为伊塔兵备通商道驻扎之地，商民萃处，交涉事繁，拟设宁远营都司一员，管带步队一旗，驻城内；守备一员，马队一旗，驻城外。计该营马步各旗应设千总、把总、经制外委七员。

统计该镇属参将一员、游击三员、都司二员、守备九员、千总六员、把总二十九员、蒙古把总二员、经制外委十四员，并总兵共官六十七员，步队六旗、马队八旗、开花炮队一哨，除火勇共设正勇三千三十九名，岁需饷银二十万九千六百八十九两二钱；添设镇署橐书八名、清文书办二名、缠文书办二名、蒙古通事二名、缠回通事二名、哈萨克通事二名，各官例马所需料草，查绥定、宁远两县系属新设，甫经招垦，拟暂照巴里坤镇标各营旗全支折色；总共标路各营官弁岁需十成俸薪、蔬红、廉费、马干、料草折价及橐书、书办、通事口食等项银二万六千七百二两一钱一分。饬据署布政使饶应祺议覆请奏前来。

理合缮具清单，恭呈御览，仰恳饬部核议施行。所有仿照抚、提、镇标拟设伊犁镇标各营员缺、营制、饷章各缘由，谨会同护理伊犁将军臣富勒铭额、喀什噶尔提督臣董福祥，合词恭折具陈。伏乞皇上圣鉴训示。再，此折系臣光焘主稿，合并声明。谨奏。光绪十七年三月十二日。

(朱批：)该部议奏，单三件并发。①

光绪十七年四月十五日，奉朱批：该部议奏，单三件并发。

---

①台北故宫博物院藏：《军机及宫中档》，文献编号：408006766。

钦此。①

0303. 呈拟设伊犁各营官弁勇丁数目清单

光绪十七年三月十二日（1891年4月20日）

谨将拟设伊犁镇属标路各营官弁勇丁数目，缮具清单，恭呈御览。

计开

一、拟设伊犁镇标步队三旗、马队五旗。

内中营步队一旗，驻绥定城。旗官中军游击一员，中哨哨长千总一员，左、右两哨哨长把总二员，又蒙古把总二员，巡查经制外委一员。

左旗马队一旗，驻东关。旗官中军中军守备一员，左、右两哨哨长把总二员，巡查经制外委一员。

右旗马队一旗，分防北梁。旗官守备一员，左、右两哨哨长把总二员，巡查经制外委一员。

左营步队一旗，驻广仁。旗官游击一员，中哨哨长千总一员，左、右两哨哨长把总二员，巡查经制外委一员。

左旗马队一旗，驻果子沟。旗官中军守备一员，左、右两哨哨长把总二员，巡查经制外委一员。

右旗马队一旗，驻三台。旗官守备一员，左、右两哨哨长把总二员，巡查经制外委一员。

右营步队一旗，驻瞻德城。旗官游击一员，中哨哨长千总一员，左、右两哨哨长把总二员，巡查经制外委一员。

马队一旗，驻三道河；旗官中军守备一员，左、右两哨哨长把总二员，巡查经制外委一员。

一、拟设绥定城守营步队一旗，兼防二工。旗官、都司一员，中哨哨长千总一员，左、右两哨哨长把总二员，巡查经制外委

①中国第一历史档案馆藏：《录副奏折》，档号：03-5878-033。

一员。

开花炮队一哨，驻城内。守备一员，把总一员。

一、拟设霍尔果斯营步队一旗，驻拱宸城。旗官参将一员，中哨哨长千总一员，左、右两哨哨长把总二员，巡查经制外委一员。

左旗马队一旗，驻城外。旗官中军守备一员，左、右两哨哨长把总二员，巡查经制外委一员。

右旗马队一旗，驻登元卡。旗官守备一员，左、右两哨哨长把总二员，巡查经制外委一员。

一、拟设宁远城营步队一旗，驻城内。旗官都司一员，中哨哨长千总一员，左、右两哨哨长把总二员，巡查经制外委一员。

马队一旗，驻城外。旗官中军守备一员，左、右两哨哨长把总二员，巡查经制外委一员。

以上计步队六旗，马队八旗，开花炮队一哨。除总兵外，共员弁六十六员，勇丁三千三十九名。除官弁廉俸等项照章支给外，勇饷按照抚标章程扣算，每年约计六大建、六小建，共需银二十万九千六百八十九两二钱。

（朱批：）览。①

0304. 呈伊犁各营官弁等岁需俸饷清单

光绪十七年三月十二日（1891 年 4 月 20 日）

谨将拟设伊犁镇属标路各营官弁、书办、通事人等岁需俸薪、蔬红、廉例、马干、口食、料草折色各项数目，缮具清单，恭呈御览。

计开

一、拟设伊犁总兵一员，除俸银照章停止外，岁需薪蔬银二

①中国第一历史档案馆藏：《单》，档号：03-5878-034。

百八十四两，纸红银一百六十两，养廉银二千一百两，例马十六匹，马干银四十八两，料草折价银三百五十七两九钱四分三厘，共银二千九百四十九两九钱四分三厘。

一、拟设伊犁镇属橐书八名，每名月支银六两，岁共支银五百七十六两；清文书办二名、缠文书办二名，每名月支银四两八钱，岁共支银二百三十两四钱；蒙古通事二名、缠回通事二名、哈萨通事二名，每名月支银九钱，岁共支银六十四两八钱，总计岁需银八百七十一两二钱，遇闰加增，小建扣除。

一、拟设伊犁镇标步队三旗，马队五旗，共官三十七员，内游击三员，守备五员，千总三员，把总一十六员，蒙古把总二员，经制外委八员，例马八十匹，经制骑操马八匹，岁需俸薪、蔬红、养廉、例马、料草折价等项银一万四百九十六两一钱五分五厘，公费银二千一百三十八两九钱九分四厘。

一、拟设绥定城守营步队一旗，开花炮队一哨，共官七员，内都司一员，守备一员，千总一员，把总三员，经制外委一员，例马十六匹，经制骑操马一匹，岁需俸薪、蔬红、养廉、例马料草折价银二千八十七两四钱五分九厘，公费银三百五十六两三钱三分三厘。

一、拟设霍尔果斯营步队一旗，马队二旗，共官一十三员，内参将一员，守备二员，千总一员，把总六员，经制外委三员，例马三十匹，经制骑操马三匹，岁需俸薪、蔬红、养廉、例马料草折价银三千九百四十九两九钱八分三厘，公费银一千五十八两五钱八分四厘。

一、拟设宁远营步队一旗，马队一旗，共官九员，内都司一员，守备一员，千总一员，把总四员，经制外委二员，例马十八匹，经制骑操马二匹，岁需俸薪、蔬红、养廉、例马料草折价银二千三百四十七两五钱六分九厘，公费银四百四十五两八钱九分。

以上总共设官六十七员，岁需俸薪、蔬红、养廉、例马料草折价，并橐书、通事口食等项共银二万二千七百二两三钱九厘，公费银三千九百九十九两八钱一厘。再，查俸薪、蔬红、廉例、公费等项银两，曾经部议准以十成实银发给，毋庸减成，是以单内均按十成之数开列。合并声明。

（朱批：）览。[1]

0305. 呈伊犁镇标马步各军营制饷章清单

光绪十七年三月十二日（1891年4月20日）

谨将拟定伊犁镇标马步各旗暨开花炮队营制、饷章，缮具清单，恭呈御览。

计开

一、步队一旗，以三百六十七人为定额，私夫在外。

每旗官一员，除每岁廉俸、薪蔬、纸红、马干等项银两照章支领外，每月加制办旗帜、号衣银五十两，不扣建。私夫八名，每名月支银二两七钱，扣建。营书三名，每名月支银六两，扣建。中哨哨长千总一员，除每岁养廉、俸薪、马干等项银两照章支领外，加私夫二名，每名月支银二两七钱，扣建。左、右两哨哨长把总二员，除每岁养廉、俸薪、马干等项银两照章支领外，每员加私夫二名，每名月支银二两七钱，扣建。巡查经制外委一员，除每岁养廉、马干等项银两照章支领外，加私夫二名，每名月支银二两七钱，扣建。亲兵什长额外外委四名，每名月支银四两五钱，扣建。各哨什长二十四名，每名月支银四两二钱，扣建。亲兵四十四名，哨书、护兵十五名，每名月支银三两九钱，扣建。正勇二百四十名，每名月支银三两六钱，扣建。火夫三十二名，每名月支银三两，扣建。共大建月支银一千四百二十两零一钱，小建月支银一千三百七十四两四钱三分。

一、马队一旗，以一百二十六人为定额，火夫、私夫、马夫

[1]中国第一历史档案馆藏：《单》，档号：03-6122-014。

在外。

每旗旗官一员，除每岁廉俸、薪蔬、纸红、马干等项银两照章支领外，每月加制办旗帜、号衣银二十五两，不扣建。私夫八名，每名月支银二两七钱，扣建。营书二名，每名月支银六两。马夫各半名，月支银一两三钱五分，扣建；月支杂费银六钱，不扣建。左、右两哨哨长把总二员，除每岁养廉、俸薪、马干等项银两照章支领外，每员加私夫二名，每名月支银二两七钱，扣建。巡查经制外委一员，除每岁养廉、马干等项银两照章支领外，加私夫二名，每名月支银二两七钱，扣建。亲兵领旗额外外委三名，每名月支银四两五钱；马夫各半名，月支银一两三钱五分，扣建；月支杂费银六钱，不扣建。各哨领旗八名，每名月支银四两二钱；马夫各半名，月支银一两三钱五分，扣建；月支杂费银六钱，不扣建。亲兵二十七名，哨书护兵一十名，每名月支银三两九钱；马夫各半名，月支银一两三钱五分，扣建；月支杂费银六钱，不扣建。马勇七十二名，每名月支银三两六钱；马夫各半名，月支银一两三钱五分，扣建；月支杂费银六钱，不扣建。火夫十四名，每名月支银三两，扣建。营书、额外外委及领旗、哨书、亲兵、护兵、正勇，每名骑马一匹，每匹月支马干银二两四钱，扣建。其旗、哨、巡查各官马匹折色料草、马干，照章支给，不另议给。共大建月支银一千零九十八两一钱，小建月支银一千零六十四两七钱七分，倒马价照章支领。

一、开花炮队一哨，以九十二人为定额，私夫、车夫在外。

每哨守备一员，除每岁廉俸、薪蔬、纸红、马干等项银两照章支领外，每月加制办旗帜、号衣银十六两，不扣建。私夫四名，每名月支银二两七钱，扣建。营书一名，月支银六两，扣建。把总一员，除每岁养廉、俸薪、马干等项银两照章支领外，加私夫二名，每名月支银二两七钱，扣建。什长六名，每名月支银四两五钱，扣建。护兵四名，每名月支银四两二钱，扣建。炮勇七十二名，每名月支银三两九钱，扣建。火夫七名，每名月支银三两，扣建。车夫八名，每名月支银三两，扣建。车骡十六头，每头月支干银二两四钱，扣建。共大建月支银四百四十六两二钱，小建月支银四百三十一两八钱六分。

以上马、步队暨开花炮队饷章，系照奏设抚、提、镇各标章程开列。合并声明。

（朱批：）览。[1]

0306. 奏报十六年办结正法各案缘由折

光绪十七年三月十六日（1891年4月24日）

头品顶戴护理甘肃新疆巡抚新疆布政使臣魏光焘跪奏，为光绪十六年春、秋、冬三季办结就地正法各案，照章摘由汇报，恭折具陈，仰祈圣鉴事。

窃新疆远处极边，强盗等案及情罪重大、决不待时人犯，暂准就地正法。其案内为从罪应军流等犯，如系积匪，酌量监禁，系带铁杆，摘由汇报，历经奏明在案。上年春、秋、冬三季拿获决不待时重大各案共十二起，经各地方官验讯通报，批各该管州、府、道审明，咨历任镇迪道兼按察使衔覆核转详，统由臣详核案情，参诸律例，分别斩决枭示，即于犯事地方就地正法，以昭炯戒。谨将各案摘由开单，恭呈御览。

所有光绪十六年春、秋、冬三季办结就地正法各案，照章摘由汇报缘由，恭折具陈。伏乞皇上圣鉴训示，施行。谨奏。光绪十七年三月十六日。

（朱批：）刑部知道，单并发。[2]

光绪十七年四月十七日，奉朱批：刑部知道，单并发。钦此。[3]

---

①中国第一历史档案馆藏：《单》，档号：03-6122-015。

②台北故宫博物院藏：《军机及宫中档》，文献编号：408006767。

③中国第一历史档案馆藏：《录副奏折》，档号：03-7359-049。

0307. 呈光绪十六年办结各案案由清单

光绪十七年三月十六日（1891年4月24日）

谨将光绪十六年春、秋、冬三季办结就地正法各案摘由，汇缮清单，恭呈御览。

计开

春季分

一件：凶贼那斯尔行窃，得赃拒捕，殴伤事主赛提身死。迨经差役跟踪追捕，复敢施放洋枪，轰伤捕役平复，经绥来县知县李原琳验讯议拟，详署迪化府知府黄丙焜，转详镇迪道兼按察使衔恩纶核转前来。查贼犯那斯尔凶暴昭著，决不待时，当批就地正法，并遵施放洋枪新章，枭首示众，以昭炯戒。

一件：凶贼巴海纠约阿和普行窃牛只，被事主追获，起意拒捕，棍殴事主木蒙登时身死，阿和普在场未经帮殴。经疏勒州知州蒋诰验讯议拟，详署喀什噶尔道向邦倬审明，咨镇迪道兼按察使衔恩纶核转前来。臣查凶贼巴海拒捕杀人，法无可贷，当批就地正法。伙犯阿和普拒捕在场，未经帮殴，罪应拟军，照章调发北路安置，以助屯政。

一件：凶盗热依木纠约大于素甫、沙五尔、怕达克、胡大拜的、小玉素普、哎的里下，带有刀棍，一同行窃，被事主易伏胜知觉，放枪喊捕。胡大拜的、小玉素普、哎的里下闻声先逃。热依木起意行强，大于素甫、沙五尔、怕达克应允，复抵事主门首，趁事主开门，热依木、怕达克各用木棍殴伤事主倒地。事主家住客刘青山赶出，被大于素甫、沙五尔各执木棍殴倒。怕达克复将事主之妻易丁氏关闭内房，分搜钱物逃回，见胡大拜的等，告知强情，分赃各散。讵事主易伏胜、住客刘青山伤重，先后殒命。经署疏勒州知州黄丙焜验讯通详，未及解勘卸事，本任知州蒋诰回任议拟，解署喀什噶尔道向邦倬审明，咨镇迪道兼按察使衔恩纶核转前来。臣查盗犯热依木、大玉素甫、沙五尔、怕达克临时行强，杀死事主二命，实属罪大恶极，决不待时，当批就地正法，以昭炯戒。从犯胡大拜的、小玉素普、哎的里下听从行窃，不知强情，应照回民行窃，聚众三人以上，无论执持木棍、小刀，不论赃数、次数，俱发云、贵、两广极边烟瘴充军，照章调发北路安置，以助屯政。

一件：逆犯刘得副即刘不来，光绪十一年二月十三日，伙同叛勇在伊犁三工等处屡与官兵接仗，众目共睹。迨叛勇扑灭，该犯逃逸，漏网多年。十五年冬，潜至西湖，经统领库尔喀喇乌苏精河等处马步营旗现任伊犁镇总兵张俊盘获解省，发署迪化府知府黄丙焜提问，该犯供认逆情不讳，详镇迪道兼按察使衔恩纶审明转详。臣亲讯无异，此等叛逆要犯，未便稍稽显戮，当批就地正法，以快人心。

一件：凶贼哎沙探听事主胡完夫妇外出，邀约业不拉下前往行窃，不料走入事主家内，见出室大女吐的比比在家，哎沙商议行强，令业不拉下上房瞭望，哎沙拾起地下铁锄，向吐的比比吓逼银两。吐的比比哭喊，哎沙恐人听闻，致死灭口，即用铁锄连殴吐的比比身死。邻居幼女哎呢牌比比来喊吐的比比，业不拉下在房上听闻，赶忙下房，正值哎呢牌比比跑出，业不拉下将其抓转，复拾凶锄，连殴哎呢牌比比身死，搜赃逃逸。经署库车厅同知张开鉴验讯议拟，解署阿克苏道陈名钰审明，咨镇迪道兼按察使衔恩纶核转前来。臣查凶贼哎沙、业不拉下临时行强，杀死二命，不法已极，当批就地正法，以昭炯戒。

一件：凶贼敖士满纠约入士旦、哎买提行窃，被事主哎迈提惊醒，敖士满临时行强，入士旦、哎买提允从，乘事主开门，敖士满等一齐拥入，捆缚事主夫妇，吓禁声张，搜赃逃跑。哎买提落后，被邻人阿合梭皮捉获，竟敢持刀拒伤，并喊敖士满折回，斧砍阿合梭皮身死。经署温宿州知州江遇璞验讯议拟，解署阿克苏道陈名钰审明，咨镇迪道兼按察使衔恩纶核转前来。臣查敖士满、入士旦、哎买提三犯，捆缚事主，劫财杀人，均属罪不容诛，当批就地正法，以昭炯戒。

秋季分

一件：凶贼热合满商约喀四木行窃，热合满一人进内，被事主张老汉惊醒起捕，热合满临时起意，图财害命，闪至门左，俟张老汉出来，即用木棍连殴张老汉登时身死，入室搜劫银两。喀四木在外不知害命情事，事后分赃。经署吐鲁番厅同知龙魁验明通详，未及获犯卸事。嗣署同知傅寿森到任，比差缉拿，从犯喀四木投首指拿热合满到案，讯供议拟，解署镇迪道兼按察使衔饶应祺审明转详前来。臣亲审无异，查热合满图财害命，罪无可逭，当饬就地正法，以昭炯戒。从犯喀四木应按盗赃五十两，杖六十、徒一年，为从减一等，杖一百。该犯闻拿投首，应再减一等，拟杖九十，免刺折责发落。

一件：抢犯毛拉克结伙札依提、嗳沙一共三人，持械抢夺。毛拉克棍伤事主库土鲁可，剥取衣服，札依提复将事主捆缚，夺其驴只，嗳沙在场，并未动手。经疏勒州知州蒋诰验讯议拟，解署喀什噶尔道向邦倬审明，咨署镇迪道兼按察使衔饶应祺核转前来。臣查毛拉克、札依提聚众持械，捆缚得财，均属法无可贷，当批就地正法，以昭炯戒。嗳沙在场，并未动手，例应发遣新疆给官兵为奴，按照变通章程，调发北路助屯。惟该犯游荡成性，不谙耕作，酌改为监禁三年，满日系带铁杆三年，由地方官随时察看，如知悛改，详请重责，交保管束。

一件：盗犯汪正祥起意强劫，纠约马登云、王幅成、朱幅溃、买卖八海，骑马持械，施放洋枪，拦劫事主克里木等银物、马匹，并刀伤事主平复。经署宁远县知县高敬昌讯供议拟，解署伊犁府知府潘效苏，详署伊塔道英林审明，咨署镇迪道兼按察使衔陈名钰核转前来。除盗首汪正祥于取供后在监病故毋庸议外，臣查伙盗马登云、王幅成、朱幅溃、买卖八海，施放洋枪，骑马抢劫，均属凶暴昭著，决不待时，当批就地正法，并传首犯事地方，悬竿示众，以昭炯戒。

冬季分

一件：凶犯素皮盖图奸海立沙比比不从哭喊，本夫司马乙闻声护救，被素皮盖起意致死，按住司马乙，用刀连戳其咽喉、肚腹等处，移时身死。经署疏附县知县柳葆元验讯议拟，解代理疏勒州知州王毓芬，详署喀什噶尔道向邦倬审明，咨署镇迪道兼按察使衔陈名钰核转前来。臣查素皮盖因奸杀人，淫凶已极，当批就地正法，以昭炯戒。

一件：凶犯海发云见同行之曹二布都骡马货物，起意图财害命，乘间用棍将曹二布都打倒，刀戳咽喉，登时身死，弃尸得财。经署玛喇巴什厅通判谭传科验讯议拟，解署喀什噶尔道向邦倬审明，咨署镇迪道兼按察使衔陈名钰核转前来。臣查海发云图财害命，法无可贷，当批就地正法，以昭炯戒。

一件：凶盗斯的克起意强劫，纠约沙木沙可、买买提、陶溃林、牛娃子，骑马持械，抢劫事主艾买提家，撞门入室，捆殴事主，搜掠衣物，并从殴事主家借宿之土的身死。经署拜城县知县徐鼎藩讯供议拟，详代理阿克苏道蒋诰审明，咨署镇迪道兼按察使衔陈名钰核转前来。臣查斯的克、沙木沙可、买买提、陶溃林、牛娃子强劫杀人，罪不容诛，当批就地正法，以昭炯戒。

（朱批：）览。[①]

0308. 审拟缠民买卖提故杀妻父一案折

光绪十七年三月十六日（1891年4月24日）

头品顶戴护理甘肃新疆巡抚新疆布政使臣魏光焘跪奏，为故杀妻父，核明定拟，恭折具陈，仰祈圣鉴事。

窃缠民买卖提因妻霞则比比潜回娘家，亲自往接，被妻父肉孜斥骂，并喊乡约捆住，一时忿恨，顿起杀机，故杀妻父肉孜身

①中国第一历史档案馆藏：《单》，档号：03-7260-029。

死，并殴伤妻母孜微得比比平复一案，据署拜城县知县李凌汉相验获犯，讯供通详，未及招解卸事。接署知县徐鼎藩提验，孜微得比比伤已平复，按律议拟，详温宿州知州陈希洛，解代理阿克苏道蒋诰审明，咨署镇迪道兼按察使衔陈名钰核转前来。

臣覆加查核，缘缠民买卖提籍隶拜城县。光绪十五年五月，娶肉孜之女霞则比比为妻，亲戚和好。是年十一月十三日，买卖提命妻赴老坝提水，霞则比比就近提取泉水，被买卖提查知责打。十五日，又命往戈壁检柴，霞则比比因天寒风大，衣单畏冷，潜回娘家。买卖提见妻许久未回，料系私回娘家，亲自往接，随带防犬木棍，行抵岳家门首，见妻同岳父母坐在檐下，买卖提斥妻不应潜归。妻父肉孜便说女儿年幼，尔不做衣与穿，还要责打。如此寒天，又要检柴，大加辱骂，并云不把女儿给尔，任尔告官。买卖提生气，即拿木棍打落肉孜皮帽，霞则比比当即避开，肉孜起身进房，买卖提追赶，妻母孜微得比比拢前扯住，买卖提用棍连殴妻母，致伤其偏右及左手腕、右手背，比即负痛松手，买卖提追进房内，棍殴妻父，致伤其囟门、顶心等处。肉孜喊妻快找乡约，将买卖提捆住，孜微得比比即忙前往。买卖提恐被乡约捆住，愈加忿恨，临时顿起杀机，有心致死，用棍乱殴，致伤肉孜额角、发际、左后肋、左脊膂、左手腕、左胳脉，并用棍头很戳其胸膛，见已倒地不动，遂弃棍逃跑。迨孜微得比比与乡约乌勺尔来家，讵肉孜伤重，移时殒命。报署拜城县知县李凌汉相验获犯，讯供通详，未及招解卸事，接署知县徐鼎藩覆审提验，妻母孜微得比比伤已平复，议拟详州解道，咨兼按察使衔核明转详，臣覆核无异。

查律载：殴妻父母致死者，斩；故杀者，亦斩。等语。此案买卖提因被妻父辱骂，并喊乡约捆住，该犯顿起杀机，用棍乱殴，妻父肉孜身死，实属故杀，自应按律定拟。买卖提除殴妻母伤已平复轻罪不议外，合依“殴妻父母致死者，斩；故杀者，亦斩”律，拟斩监候，秋后处决，照例先行刺字。犯妻霞则比比不遵夫命提水、检柴，一因年幼力弱，一因天寒衣单，情尚可原，与寻常不逊之妻有间，应与阻救被伤之妻母孜微得比比，均免置议。无干省释。尸棺饬埋，凶器木棍案结销毁。是否允协？

除全案供招咨送刑部外，合将故杀妻父，核明定拟缘由，谨恭折具奏。伏乞皇上圣鉴，饬部核覆施行。谨奏。光绪十七年三月十六日。

（朱批：）刑部议奏。①

光绪十七年四月十七日，奉朱批：刑部议奏。钦此。②

0309. 审拟奸夫李溃庄故杀奸妇一案折

光绪十七年三月十六日（1891 年 4 月 24 日）

头品顶戴护理甘肃新疆巡抚新疆布政使臣魏光焘跪奏，为奸夫故杀奸妇，核明定拟，恭折具陈，仰祈圣鉴事。

窃李溃庄与张陈氏通奸，后因无力资助，拒绝吵闹，将张陈氏故杀身死一案，据署哈密厅通判沈先鉷验明获犯，讯供议拟，详署镇迪道兼按察使衔陈名钰核转前来。

臣覆加查核，缘李溃庄籍隶甘肃武威县，向在哈密赶车营生，与已死张陈氏赶车，因而熟识。光绪十四年七月，不记日期，李溃庄到张陈氏家闲坐，调戏成奸，以后遇便奸宿，不记次数。张陈氏亲夫远出，及娘家父母均不知情。十六年正月，张陈氏向索银两，李溃庄变卖骡只给银十两，交张陈氏花用。二月中旬，张陈氏又索衣服，李溃庄无力未允。张陈氏即与拒绝，致相吵闹，经张陈氏之父陈海闻知，恐酿事故，令张陈氏回住娘家，陈海就住张陈氏家照料门户。

闰二月初五日二更，李溃庄想起张陈氏薄情，心中忿恨，起意寻殴泄忿，往陈海家叫门入室，张陈氏不理。李溃庄声言变卖

①台北故宫博物院藏：《军机及宫中档》，文献编号：408006768。

②中国第一历史档案馆藏：《录副奏折》，档号：03-7314-016。

骡只，为尔花用，又要衣服，无力应允，尔就不肯与我奸好。张陈氏斥骂，李溃庄随拿地下铁斧，用斧柄打张陈氏手腕一下，张陈氏用手夺斧，李溃庄用左手肘拐伤张陈氏右胳膊。张陈氏被拐跌坐坑边，大声哭骂，李溃庄愈加忿急，顿起杀机，有心致死，遂举铁斧很砍张陈氏头上五下，致伤顶心、额角偏左、偏右等处。张陈氏之母陈徐氏赶拢救阻，李溃庄始弃斧逃走。当经尸亲投约报验，经署哈密厅通判验讯议拟，详署镇迪道兼按察使衔核转，臣覆核无异。

查例载：妇女因贪利与之通奸后，以无力资助拒殴致死者，仍以谋故斗本律定拟。又律载：故杀者，斩监候，各等语。此案李溃庄因与张陈氏通奸给过银两，嗣要制衣，无力应允，致被拒绝，该犯挟恨寻殴，因被辱骂，起意故杀，将张陈氏连砍顶心等处身死，自应仍按故杀问拟。李溃庄合依“妇女因贪利与之通奸后，以无力资助拒殴致死者，仍依谋故斗本律定拟；又，故杀人者，斩”律，拟斩监候，秋后处决，照例先行刺字。张陈氏犯奸，罪有应得，业已身死，应与不知情之尸父陈海、救阻不及之尸母陈徐氏，均免置议。无干省释。凶斧案结销毁，尸棺饬埋。是否允协？

除将全案供招咨送刑部外，所有奸夫故杀奸妇，核明定拟缘由，谨恭折具陈。伏乞皇上圣鉴，饬部核覆施行。谨奏。光绪十七年三月十六日。

（朱批：）刑部议奏。①

光绪十七年四月十七日，奉朱批：刑部议奏。钦此。②

①台北故宫博物院藏：《军机及宫中档》，文献编号：408006769。

②中国第一历史档案馆藏：《录副奏折》，档号：03-7314-017。

0310. 恭报十六年十二月雨雪粮价情形折

光绪十七年三月二十一日（1891 年 4 月 29 日）

头品顶戴护理甘肃新疆巡抚新疆布政使臣魏光焘跪奏，为恭报光绪十六年十二月分粮价并得雪情形，谨缮折具陈，仰祈圣鉴事。

窃照光绪十六年十一月分各厅州县粮价并得雪情形，业经臣奏报在案。兹据署新疆布政使饶应祺详称：光绪十六年十二月分，北路绥来、库尔喀喇乌苏、昌吉得雪，积地二寸；迪化、阜康、奇台、哈密、镇西微雪。伊塔道属宁远得雪，积地五寸；绥定、塔尔巴哈台、精河微雪。南路于阗、库车得雪，积地八寸；拜城、叶城、英吉沙尔、和阗、温宿得雪，积地六寸；疏勒、疏附、玛喇巴什、莎车得雪，积地二三寸不等；喀喇沙尔、乌什微雪，余未得雪。

至通省粮价，吐鲁番、库尔喀喇乌苏、塔尔巴哈台、精河、乌什、英吉沙尔、玛喇巴什、温宿、和阗、昌吉、阜康、绥来、拜城等厅州县俱与上月相同，余均略有增减。汇详请奏前来。

理合恭折具陈，并缮粮价清单，敬呈御览，伏乞皇上圣鉴。谨奏。光绪十七年三月二十一日。

（朱批：）知道了。[①]

光绪十七年四月二十三日，奉朱批：知道了。钦此。[②]

0311. 呈新疆光绪十六年十二月粮价清单

光绪十七年三月二十一日（1891 年 4 月 29 日）

谨将新疆各属光绪十六年十二月分米粮时估价值，缮具清单，

①台北故宫博物院藏：《军机及宫中档》，文献编号：408006770。

②中国第一历史档案馆藏：《录副奏折》，档号：03-6903-027。

恭呈御览。

计开十二月分

镇迪道属

迪化县：大米每京石价银二两一钱一分四厘，较上月减八钱一分。小麦每京石价银八钱八分四厘，较上月减二钱四分八厘。莞豆每京石价银九钱三分六厘，较上月减二钱五分二厘。青稞每京石价银六钱二分一厘，较上月减八分六厘。

昌吉县：大米每京石价银一两八钱七分二厘，小麦每京石价银七钱七分六厘，莞豆每京石价银九钱二分，青稞每京石价银八钱七分五厘，俱与上月相同。

阜康县：粟米每京石价银九钱五分五厘，小麦每京石价银一两一钱三分二厘，莞豆每京石价银一两一钱三分二厘，高粱每京石价银九钱二厘，俱与上月相同。

绥来县：大米每京石价银一两二钱六分八厘，小麦每京石价银八钱二分八厘，莞豆每京石价银一两二分二厘，高粱每京石价五钱六分三厘，俱与上月相同。

奇台县：大米每京石价银二两二厘，较上月减六分九厘。小麦每京石价银七钱七厘，较上月增三分五厘，莞豆每京石价银六钱二分一厘，较上月减三分五厘。

吐鲁番直隶厅：小麦每京石价银九钱六分九厘，大麦每京石价银四钱四分八厘，高粱每京石价银五钱九分四厘，黄豆每京石价银一两五钱六分八厘，俱与上月相同。

镇西直隶厅：小麦每京石价银一两三钱，与上月相同。莞豆每京石价银一两二钱四分，较上月减八分。青稞每京石价银七钱二分，与上月相同。

哈密直隶厅：粟米每京石价银一两四钱四分，与上月相同。小麦每京石价银一两七厘，较上月减八分三厘。莞豆每京石价银一两五钱八分四厘，较上月增七分二厘。青稞每京石价银八钱一分六厘，较上月减一分三厘。

库尔喀喇乌苏直隶厅：小麦每京石价银一两一钱三分，莞豆每京石价银一两三钱五分，高粱每京石价银七钱八分，俱与上月相同。

伊塔道属

绥定县：大米每京石价银三两八钱四分四厘，与上月相同。小麦每京石价银一两二钱四分二厘，较上月增六分九厘。莞豆每京石价银一两二钱二分四厘，较上月增九分六厘。大麦每京石价银九钱四厘，与上月相同。

宁远县：大米每京石价银三两四钱四分，与上月相同。小麦每京石价银六钱九分，较上月减一钱三分八厘。莞豆每京石价银七钱二分，与上月相同。大麦每京石价银四钱八分一厘，较上月减一钱七厘。

塔尔巴哈台直隶厅：小麦每京石价银一两二分五厘，大麦每京石价银八钱七分五厘，莞豆每京石价银一两八分五厘，俱与上月相同。

精河直隶厅：大米每京石价银三两一钱四分五厘，小麦每京石价银九钱四分五厘，莞豆每京石价银一两三钱六分，大麦每京石价银七钱三分五厘，俱与上月相同。

阿克苏道属

温宿直隶州：大米每京石价银一两五钱二分，小麦每京石价银六钱九分，大麦每京石价银四钱四分四厘，包谷每京石价银四钱八分三厘，俱与上月相同。

拜城县：小麦每京石价银三钱五分，莞豆每京石价银二钱六分，大麦每京石价银一钱八分，包谷每京石价银二钱六分，俱与上月相同。

喀喇沙尔直隶厅：大米每京石价银二两三钱六分八厘，较上月增四钱四分四厘。小麦每京石价银一两一钱四厘，较上月增四钱一分四厘。莞豆每京石价银一两八厘，较上月增二钱八分八厘。包谷每京石价银八钱九分六厘，较上月增三钱八分四厘。

库车直隶厅：大米每京石价银一两六钱，较上月增五分。小麦每京石价银五钱一分，与上月相同。莞豆每京石价银二钱八分，与上月相同。包谷每京石价银三钱一分，较上月增二分。

乌什直隶厅：大米每京石价银一两四钱九分，小麦每京石价银四钱四分八厘，大麦每京石价银二钱三分五厘，包谷每京石价银三钱六分六厘，俱与上月相同。

喀什噶尔道属

疏勒直隶州：大米每京石价银二两二钱五分，与上月相同。小麦每京石价银一两七分六厘，较上月增四分一厘。包谷每京石价银九钱四分七厘，与上月相同。高粱每京石价银七钱四分七厘，较上月增五分七厘。

疏附县：大米每京石价银二两二钱五分，与上月相同。小麦每京石价银一两七分六厘，较上月增四分一厘。包谷每京石价银九钱九分一厘，与上月相同。高粱每京石价银七钱四分七厘，较上月增五分七厘。

莎车直隶州：大米每京石价银一两七钱七分六厘，较上月增二钱二分二厘。小麦每京石价银八钱二分八厘，较上月增一分四厘。大麦每京石价银六钱八分七厘，较上月增八分七厘。包谷每京石价银六钱七厘，较上月增一钱五分三厘。

叶城县：大米每京石价银二两七钱八分五厘，较上月增一钱七分五厘。小麦每京石价银一两，较上月增二钱。包谷每京石价银六钱二分四厘，较上月增四分八厘。青稞每京石价银四钱，与上月相同。

和阗直隶州：大米每京石价银一两七钱五分，小麦每京石价银九钱三分八厘，包谷每京石价银四钱七分四厘，青稞每京石价银五钱五分二厘，俱与上月相同。

于阗县：大米每京石价银二两七分，较上月增一钱三分八厘。小麦每京石价银八钱九分七厘，与上月相同。包谷每京石价银六钱五分二厘，与上月相同。

英吉沙尔直隶厅：大米每京石价银二两五钱八分，小麦每京石价银九钱六分，大麦每京石价银五钱七分，包谷每京石价银八钱，俱与上月相同。

玛喇巴什直隶厅：大米每京石价银二两三钱六分八厘，小麦每京石价银九钱六分六厘，包谷每京石价银六钱四分，俱与上月相同。

（朱批：）览。①

0312. 请准以喻先达借补参将缘由折

光绪十七年三月二十一日（1891年4月29日）

头品顶戴护理甘肃新疆巡抚新疆布政使臣魏光焘跪奏，为拣员借补参将要缺，以重边防，恭折仰祈圣鉴事。

窃新疆阿克苏镇属新设喀喇沙尔营参将员缺，业经奏准作为题缺，亟应拣员请补，以重职守。该处为南疆门户，蒙回杂处，弹压巡防，均关紧要，非干练有为之员，难资得力。查有头品顶戴留甘肃新疆尽先补用提督阿尔杭阿巴图鲁喻先达，勇于任事，训练有方，在新疆带队有年，边情最为熟悉，以之借补斯缺，洵堪胜任，合无仰恳天恩俯准以该员借补喀喇沙尔营参将员缺，实于边防有裨。如蒙俞允，并恳敕部先行发给署札，俟防务大定，即行给咨送部引见，以符定制。

除饬取该员履历清册咨部外，谨会同陕甘总督臣杨昌濬、喀什噶尔提督臣董福祥，恭折具陈，伏乞皇上圣鉴训示。谨奏。光绪十七年三月二十一日。

（朱批：）兵部议奏。②

光绪十七年四月二十三日，奉朱批：兵部议奏。钦此。③

①中国第一历史档案馆藏：《单》，档号：03-6903-028。

②台北故宫博物院藏：《军机及宫中档》，文献编号：408006771。

③中国第一历史档案馆藏：《录副奏折》，档号：03-5878-052。

0313. 请准以邓以潢补授绥定县知县折

光绪十七年三月二十一日（1891年4月29日）

头品顶戴护理甘肃新疆巡抚新疆布政使臣魏光焘跪奏，为拣员请补要缺知县，以裨地方，恭折仰祈圣鉴事。

窃据署新疆布政使饶应祺、署镇迪道兼按察使衔陈名钰会详称：窃照伊塔道属新设绥定县知县，系附伊犁府首县，地处极边，辖境辽阔，五方杂处，政务殷繁，应请定为冲、繁、疲、难四项请调要缺。该县系属新设，亟应遴员请补，以重职守。

查伊犁新设各缺，经抚臣刘锦棠奏准仿照吉林新章由外拣补一次。今绥定县员缺，查有现署斯缺同知衔奏留新疆补用知县邓以潢，年四十二岁，系湖南长沙县人，由俊秀于同治十二年投效军营。十三年七月，在陕西西征粮台遵筹饷事例报捐监生，加捐县主簿不论双单月选用。关陇肃清案内汇保，光绪二年二月初四日奉上谕：着以县丞分发省分补用。钦此。新疆南北两路一举荡平案内汇保，六年正月三十日奉上谕：着俟补缺后，以知县补用。钦此。新疆六载边防案内汇保，十年十月初四日奉上谕：着免补县丞，以知县仍分省补用，并赏加同知衔。钦此。十二年，奏留新疆补用，旋委署布政司经历，是年七月二十七日到任。十五年，调署昌吉县知县，十月十二日交卸经历篆务，二十二日到昌吉县任。十六年，调署绥定县知县，三月十三日交卸昌吉县篆务，四月二十七日到绥定县任。查该员邓以潢年壮才明，吏事谙练，历署各缺，均无遗误，现署绥定县任内措置一切，均属裕如，民情极为爱戴，以之请补斯缺，实堪胜任，人地亦极相宜等情。详请具奏前来。

臣查该员年力富强，才识明敏，合无仰恳天恩俯念要缺需员，准以同知衔奏留新疆补用知县邓以潢补授绥定县知县员缺，洵于地方有裨。如蒙俞允，俟奉部覆，即行给咨送部引见，以符定制。再，该员于各署任内并无参罚案件，合并声明。谨会同陕甘总督臣杨昌濬、护理伊犁将军臣富勒铭额，恭折具奏，伏乞皇上圣鉴训示。谨奏。光绪十七年三月二十一日。

（朱批：）吏部议奏。①

光绪十七年四月二十三日，奉朱批：吏部议奏。钦此。②

0314. 监生徐树松保案有误请饬更正片

光绪十七年三月二十一日（1891年4月29日）

再，新疆六载边防案内分省补用从九品徐树松，保以县主簿仍分省遇缺即补，奉旨允准钦遵行知在案。兹据徐树松禀称：该员系于光绪五年在湖南滇捐局由监生报捐双月选用从九品，领有执照。此案底衔缮作“分省补用从九品”，自系笔误，恳请更正，前来。

臣覆查无异，合无仰恳天恩俯准饬部更正注册，以免歧异，出自鸿慈！谨附片具陈，伏乞圣鉴训示。谨奏。

（朱批：）吏部知道。③

光绪十七年四月二十三日，奉朱批：吏部知道。钦此。④

0315. 请准焦大聚借补游击缘由折

光绪十七年三月二十六日（1891年5月4日）

头品顶戴护理甘肃新疆巡抚新疆布政使臣魏光焘跪奏，为拣员借补游击要缺，以重操防，恭折仰祈圣鉴事。

窃新疆抚属新设吐鲁番营游击员缺，业经奏准作为题缺，亟应拣员请补，以专责成。该处地属要冲，汉缠杂处，操练巡防，

①台北故宫博物院藏：《军机及宫中档》，文献编号：4080067721。

②中国第一历史档案馆藏：《录副奏折》，档号：03-5278-095。

③台北故宫博物院藏：《军机及宫中档》，文献编号：408006772-0-A。

④中国第一历史档案馆藏：《录副奏片》，档号：03-5878-053。

在在关重，非精明强干之员，难期胜任。查有总兵衔留甘肃新疆尽先补用副将胡松额巴图鲁焦大聚[①]，朴诚勇敢，办事实心，在新疆带队年久，操防均能认真，以之借补斯缺，洵属人地相宜，合无仰恳天恩俯准以该员借补吐鲁番营游击员缺，实于营伍有裨。如蒙俞允，并恳饬部先行发给署札，俟防务大定，即行给咨送部引见，以符定制。

除饬取该员履历清册咨部外，谨会同陕甘总督臣杨昌濬，恭折具陈，伏乞皇上圣鉴训示。谨奏。光绪十七年三月二十六日。

（朱批：）兵部议奏。[②]

光绪十七年五月初一日，奉朱批：兵部议奏。钦此。[③]

0316. 请以王俊补授叶城县知县缘由折

光绪十七年三月二十六日（1891 年 5 月 4 日）

头品顶戴护理甘肃新疆巡抚新疆布政使臣魏光焘跪奏，为拣员请补要缺知县，以裨地方，恭折仰祈圣鉴事。

窃据署理新疆布政使饶应祺、署镇迪道兼按察使衔陈名钰详称：叶城县知县黄袁调补迪化县知县，奉部覆准，系于光绪十六年五月十七日奉旨，按照行文程限，应以八月初三日作为开缺日期。所遗叶城县知县系冲、疲、难三项要缺，亟应由外遴员请补，以重职守。查南路新设各缺，奏准仿照吉林章程由外拣补一次，

①焦大聚（1849—?），江苏江宁府上元县（今南京）人，行伍出身，伟勇巴图鲁、胡松额巴图鲁勇号。同治七年（1868），赏六品军功。光绪二年（1876），以把总尽先拔补。次年，保守备。四年（1878），保都司，加游击衔，推补参将。七年（1881），保副将。十年（1884），加总兵衔。十五年（1889），保以副将留于新疆，尽先补用。十七年（1891），借补新疆吐鲁番营游击。二十一年（1895），署新疆抚标中营参将，统领督标亲军。次年，保以总兵遇缺简放，旋以提督记名简放。二十三年（1897），补授新疆伊犁镇总兵，署陕西河州镇总兵。二十六年（1900），擢新疆提督，兼署甘肃提督。

②台北故宫博物院藏：《军机及宫中档》，文献编号：408006773。

③中国第一历史档案馆藏：《录副奏折》，档号：03-5879-001。

以后出缺援照甘肃变通章程，试用人员无论正、佐各官，如遇要缺，一并准其请补等语。

今叶城县知县系属要缺，查有同知衔奏留新疆补用知县王俊，年五十一岁，湖北江夏县人，由文童在籍办理团练，于团防尤为出力案内汇保，同治二年十一月十三日奉上谕：着以从九品不论双单月选用。钦此。十年，在协黔捐局遵例报捐三班知县，指发河南试用。十三年，在京铜局捐免保举。四月十六日，由吏部带领引见，奉旨：着照例发往。钦此。六月十六日到省。光绪六年，甄别案内革职。七年，经钦差大臣刘锦棠调赴哈密大营供差。九年，委随前分界大臣长顺①差遣，旋奏委查勘喀喇沙尔通达伊犁道路。于收复伊犁并六载边防案内奏请开复知县，经部议奏，准开复知县，仍令补交加倍半捐复知县银两，十一年六月十七日奉旨：依议。钦此。于遵保分界出力案内请免缴捐复银两，加同知衔。部议仍令补缴，所请加同知衔，暂行存记，十二年六月十二日具奏，奉旨：依议。钦此。十三年二月二十二日，复经前分界大臣长顺奏请免其补缴，本日奉旨：着照所请，该部知道。钦此。奉部咨：同知衔前河南候补知县王俊，令给咨赴部引见。十五年，奏留新疆补用。查该员才明识练，办事勤能，在新疆年久，边情尤为熟悉，以之请补叶城县知县，实堪胜任，人地亦极相宜等情。详请具奏前来。

---

①长顺（1839—1904），又名常顺，字鹤亭、鹤汀，郭博勒氏，满洲正白旗人，恩特赫恩巴图鲁。咸丰间，充护军。九年（1859），选蓝翎侍卫。十一年（1861），补三等侍卫，升二等侍卫。同治元年（1862），授头等侍卫，加副都统衔。八年（1869），补镶黄旗汉军副都统。翌年，补副都统。十年（1871），授科布多参赞大臣。次年，署乌里雅苏台将军。十三年（1874），充总理营务翼长。同年，以参案革职。光绪四年（1878），署巴里坤领队大臣。六年（1880），调补哈密帮办大臣。八年（1882），授伊犁段分界大臣，与俄国代表翡里德签订《伊犁界约》。九年（1883），勘分新疆南段界务。是年，迁乌鲁木齐都统。十年（1884），补正白旗汉军都统。十一年（1885），任乾清门侍卫。十四年（1888），擢吉林将军。十六年（1890），兼署吉林副都统。二十二年（1896），以病去职。三十年（1904），补授吉林将军。同年，卒于任。赠太子少保、一等轻车都尉，谥忠靖。修有《吉林通志》存世。

臣查该员王俊，才具稳练，办事勤能，合无仰恳天恩俯念要缺需员，准以同知衔奏留新疆补用知县王俊补授叶城县知县，实于地方有裨。如蒙俞允，俟奉部覆，并案给咨送部引见，以符定制。是否有当，谨会同陕甘总督臣杨昌濬，恭折具陈，伏乞皇上圣鉴训示。谨奏。光绪十七年三月二十六日。

（朱批：）吏部议奏。①

光绪十七年五月初一日，奉朱批：吏部议奏。钦此。②

0317. 奏报委令胡冠沅同知遗缺片

光绪十七年三月二十六日（1891年5月4日）

再，署精河同知雷铭三调省遗缺，查有候补同知胡冠沅堪以委署。据署新疆布政使饶应祺、署镇迪道兼按察使衔陈名钰会详前来。除批饬给委外，谨会同陕甘督臣杨昌濬、护理伊犁将军臣富勒铭额，附片具奏，伏乞圣鉴。谨奏。

（朱批：）吏部知道。③

光绪十七年五月初一日，奉朱批：吏部知道。钦此。④

0318. 奏闻柳葆元等调署通判等缺片

光绪十七年三月二十六日（1891年5月4日）

再，署哈密通判沈先鉷调省遗缺，查有请补精河同知柳葆元堪以委署。又，现署疏附县准补迪化县知县黄袁应即饬赴本任，所遗员缺查有现署迪化县准补拜城县知县杨其澍堪以调署。据署新疆布政使饶应祺、署镇迪道兼按察使衔陈名钰会详前来。除批

①台北故宫博物院藏：《军机及宫中档》，文献编号：408006774。
②中国第一历史档案馆藏：《录副奏折》，档号：03-5279-001。
③台北故宫博物院藏：《军机及宫中档》，文献编号：408006774-0-A。
④中国第一历史档案馆藏：《录副奏片》，档号：03-5279-002。

饬分别给委外，谨会同陕甘督臣杨昌濬，附片具奏，伏乞圣鉴。谨奏。

（朱批：）吏部知道。①

光绪十七年五月初一日，奉朱批：吏部知道。钦此。②

0319. 奏为赏假回籍省亲缘由折

光绪十七年四月初一日（1891年5月8日）

头品顶戴护理甘肃新疆巡抚新疆布政使臣魏光焘跪奏，为亲老多病，吁恳天恩俯准开缺，俟交卸护篆后，赏假回籍省视，恭折沥陈，仰祈圣鉴事。

窃臣母李氏今年七十有四，少历艰辛，夙多疾病。臣供职甘肃，时迎养在署，朝夕服侍。光绪十年，臣蒙圣恩调补甘肃新疆布政使，比以关塞险远，气候异宜，非衰亲病体能堪，不得已送归里第，忽已七年。迩来迍邅叠遘，臣弟若妹及一家大小丁口相继殁亡者七人。臣母哀痛伤情，旧病增剧，拊膺垂涕，冀一见臣。每接家书，魂惊魄悸。惟日盼抚臣刘锦棠回任，披沥陈情归省，不期一再续假，迟延至今。昨恭读邸钞，本年二月二十三日内阁奉上谕：甘肃新疆巡抚着陶模补授。钦此。查新授甘肃新疆巡抚臣陶模，现任陕西布政使，与甘肃接境，可期迅速履任，臣得及时交卸护篆。

新疆自设行省以来，规模渐具；伊犁、塔尔巴哈台标营善后交隶事宜，亦已大定；藩司应办之事，诸有端绪。署布政使饶应祺在任年余，情形熟悉。微臣母病侵寻，望臣綦切，而万里悬隔，非五、六月之久不能抵家。母年已逾七旬，恒虞风烛，兴念及此，寝馈难安！皇上方隆孝治，锡类推仁，合无仰恳天恩俯准开臣甘肃新疆布政使本缺，赏假回籍省亲，俟抚臣陶模到任交卸，即行

①台北故宫博物院藏：《军机及宫中档》，文献编号：408006774-0-B。

②中国第一历史档案馆藏：《录副奏片》，档号：03-5279-003。

就道。

臣年五十有三，报国日长，傥臣母见子欣慰，宿病就痊，即当泥首阙廷，求赏差使，断不敢稍耽安逸，自外生成。谨恭折沥陈，伏乞皇上圣鉴训示。谨奏。光绪十七年四月初一日。

（朱批：）另有旨。①

光绪十七年五月十二日，奉朱批：另有旨❶。钦此。②

【案】此折于光绪十七年五月十三日得旨允行，《上谕档》载曰：

光绪十七年五月十二日，内阁奉上谕：魏光焘奏，亲老多病，恳准开缺回籍省亲一折。护理甘肃新疆巡抚布政使魏光焘，着准其开缺，俟陶模到任，交卸抚篆后，再行回籍。钦此。③

0320. 请仍以陶生林借补莎车协副将折

光绪十七年四月初四日（1891 年 5 月 11 日）

头品顶戴护理甘肃新疆巡抚新疆布政使臣魏光焘跪奏，为吁恳天恩仍以提督借补要缺副将，暂缓给咨送部引见，以重边防，恭折仰祈圣鉴事。

窃臣前奏请以陕甘遇缺题奏提督陶生林借补喀什噶尔提属莎车协营副将员缺，接准兵部咨：议奏该员于同治九年因案革职，旋于进攻河州案内出力，经前陕甘总督臣左宗棠奏准开复原官原衔，当经臣部奏明，调取引见，迄今尚未赴部，应俟引见后方准补用，奉旨：依议。钦此。钦遵。等因。查陶生林本系开复例应引见人员，臣因莎车地属要冲，毗连外部，巡防弹压，责任匪轻。副将一缺又属新设，未便久悬，该员在新疆年久，边情熟悉，自经委署办理一切，均极妥洽。现在营务正须以次整饬，若给咨送

①台北故宫博物院藏：《军机及宫中档》，文献编号：408006775。

②中国第一历史档案馆藏：《录副奏折》，档号：03-5279-028。

③《光绪朝上谕档》，第 17 册，第 104 页。

部引见，窃恐遽易生手，难资得力。当于原奏内声明俟防务大定，再行给咨在案。合无吁恳天恩俯念地方紧要，仍以陶生林借补莎车协营副将员缺，以重边防，俟一二年后，并案送部引见，出自逾格鸿施！如蒙恩准，并恳敕部先行发给署札。

臣为因地择人起见，是否有当，谨会同陕甘总督臣杨昌濬、喀什噶尔提督臣董福祥，恭折具陈，伏乞皇上圣鉴训示。谨奏。光绪十七年四月初四日。

（朱批：）着照所请，兵部知道。①

光绪十七年五月初七日，奉朱批：着照所请，兵部知道。钦此。②

0321. 请以罗平安借补古城游击缘由折

光绪十七年四月初四日（1891年5月11日）

头品顶戴护理甘肃新疆巡抚新疆布政使臣魏光焘跪奏，为拣员借补游击要缺，以重操防，恭折仰祈圣鉴事。

窃新疆巴里坤镇属古城营游击员缺，业经奏准作为题缺，亟应拣员请补，以重职守。古城地当要冲，五方杂处，弹压巡防，均关紧要，非明干有为之员，难资得力。查有记名提督现署巴里坤镇标左营游击腾奇初克巴图鲁罗平安，勇略兼长，办事勤奋，在新疆带队年久，地方情形极为熟悉，署任内办理一切，均能认真，以之借补斯缺，洵堪胜任，合无仰恳天恩俯念边防关重，准以该员借补古城营游击员缺，实于营伍有裨。如蒙俞允，并恳饬部先行发给署札，俟防务大定，即行给咨送部引见，以符定制。

除饬取该员履历清册咨部外，谨会同陕甘总督臣杨昌濬、喀什噶尔提督臣董福祥，恭折具陈，伏乞皇上圣鉴训示。谨奏。光绪十七年四月初四日。

---

①台北故宫博物院藏：《军机及宫中档》，文献编号：408006776。

②中国第一历史档案馆藏：《录副奏折》，档号：03-5879-024。

（朱批：）兵部议奏。[1]

光绪十七年五月初七日，奉朱批：兵部议奏。钦此。[2]

0322. 审拟客民方汶柄斗殴人命一案折

光绪十七年四月初四日（1891 年 5 月 11 日）

头品顶戴护理甘肃新疆巡抚新疆布政使臣魏光焘跪奏，为斗殴毙命，核明定拟，恭折具陈，仰祈圣鉴事。

窃迪化县客民方汶柄因称炭口角起衅，殴伤杨三滐移时身死一案，据署迪化县知县杨其澍验明获犯，讯供议拟，解署迪化府知府黄丙焜审明，详署镇迪道兼按察使衔陈名钰审转前来。

臣亲提研讯，缘方汶柄籍隶甘肃高台县。光绪十六年二月，来新疆省城，在刘荫堂药铺佣工，与已死杨三滐素不认识。是年九月十六日中午，杨三滐同弟杨三友驮炭出售，经刘荫堂议价，将炭卸下过秤，旋即赴柜点药，应除炭筐，令方汶柄过称，计重三十二斤。杨三滐只允三十斤，彼此争闹。杨三滐扑拢向殴，方汶柄顺拾抬炭木棍回抵，适伤杨三滐右太阳，当经尸弟杨三友喝阻，信知尸兄杨三旭看明，抬回医治。讵杨三滐伤重，是夜殒命。投约报验，由县议拟解府，详兼按察使衔审明转详，臣覆核无异。

查律载：斗殴杀人者，不问手足、他物、金刃，并绞监候等语。此案方汶柄因称炭口角起衅，殴伤杨三滐右太阳，移时身死，自应按律问拟。方汶柄合依“斗殴杀人者，不问手足、他物、金刃，并绞监候”律，拟绞监候，秋后处决。铺东刘荫堂先已走开，应与救阻不及之杨三友均免置议。无干省释。尸饬领埋，凶棍案结销毁。是否允协？

除全案供招咨送刑部外，合将斗殴毙命，审明定拟缘由，恭折具陈。伏乞皇上圣鉴，饬部核覆施行。谨奏。光绪十七年四月

---

①台北故宫博物院藏：《军机及宫中档》，文献编号：408006777。

②中国第一历史档案馆藏：《录副奏片》，档号：03-5879-025。

初四日。

（朱批：）刑部议奏。①

光绪十七年五月初七日，奉朱批：刑部议奏。钦此。②

0323. 恭报十七年正月雨雪粮价情形折

光绪十七年四月初十日（1891年5月17日）

头品顶戴护理甘肃新疆巡抚新疆布政使臣魏光焘跪奏，为恭报光绪十七年正月分粮价并得雪情形，谨缮折具陈，仰祈圣鉴事。

窃照光绪十六年十二月分各厅州县粮价并得雪情形，业经臣奏报在案。兹据署新疆布政使饶应祺详称：光绪十七年正月分，北路镇西得雪，积地三寸；迪化、昌吉、阜康、绥来得雪，积地二寸；库尔喀喇乌苏得雪，积地一寸；奇台微雪。伊塔道属宁远得雪，积地五寸；塔尔巴哈台得雪，积地二寸；绥定微雪。南路拜城得雪，积地六寸；库车、疏勒、疏附得雪，积地五寸；叶城得雪，积地四寸；英吉沙尔、于阗得雪，积地二寸；温宿、喀喇沙尔、乌什、和阗、莎车微雪，余未得雪。

至通省粮价镇西、塔尔巴哈台、精河、喀喇沙尔、英吉沙尔、迪化、昌吉、阜康、绥来、绥定等厅县俱与上月相同，余均略有增减。汇详请奏前来。

理合恭折具陈，并缮粮价清单，敬呈御览，伏乞皇上圣鉴。谨奏。光绪十七年四月初十日。

（朱批：）知道了。③

光绪十七年五月十三日，奉朱批：知道了。钦此。④

①台北故宫博物院藏：《军机及宫中档》，文献编号：408006778。
②中国第一历史档案馆藏：《录副奏折》，档号：03-7314-021。
③台北故宫博物院藏：《军机及宫中档》，文献编号：408006780。
④中国第一历史档案馆藏：《录副奏折》，档号：03-6904-013。

0324. 呈新疆光绪十七年正月粮价清单

光绪十七年四月初十日（1891年5月17日）

谨将新疆各属光绪十七年正月分米粮时估价值，缮具清单，恭呈御览。

计开正月分

镇迪道属

迪化县：大米每京石价银二两一钱一分四厘，小麦每京石价银八钱八分四厘，莞豆每京石价银九钱三分六厘，青稞每京石价银六钱二分一厘，俱与上月相同。

昌吉县：大米每京石价银一两八钱七分二厘，小麦每京石价银七钱七分六厘，莞豆每京石价银九钱二分，青稞每京石价银八钱七分五厘，俱与上月相同。

阜康县：粟米每京石价银九钱五分五厘，小麦每京石价银一两一钱三分二厘，莞豆每京石价银一两一钱三分二厘，高粱每京石价银九钱二厘，俱与上月相同。

绥来县：大米每京石价银一两七钱六分八厘，小麦每京石价银八钱二分八厘，莞豆每京石价银一两二分二厘，高粱每京石价银五钱六分三厘，俱与上月相同。

奇台县：大米每京石价银二两七分一厘，较上月增六分九厘。小麦每京石价银七钱七厘，与上月相同。莞豆每京石价银七钱五分九厘，较上月增一钱三分八厘。

吐鲁番直隶厅：小麦每京石价银一两四分四厘，较上月增七分五厘。大麦每京石价银五钱六分，较上月增一钱一分二厘。高粱每京石价银六钱三分一厘，较上月增三分七厘。黄豆每京石价银一两七钱一分七厘，较上月增一钱三分九厘。

镇西直隶厅：小麦每京石价银一两三钱，莞豆每京石价银一两二钱四分，青稞每京石价银七钱二分，俱与上月相同。

哈密直隶厅：粟米每京石价银一两四钱四分，与上月相同。

小麦每京石价银九钱六分六厘，较上月减四分一厘。莞豆每京石价银一两五钱八分四厘，与上月相同。青稞每京石价银八钱三分四厘，较上月增一分八厘。

库尔喀喇乌苏直隶厅：小麦每京石价银一两一钱二分，较上月减一分。莞豆每京石价银一两三钱五分，与上月相同。高粱每京石价银七钱一分，较上月减七分。

伊塔道属

绥定县：大米每京石价银三两八钱四分四厘，小麦每京石价银一两二钱四分二厘，大麦每京石价银九钱四厘，莞豆每京石价银一两二钱二分四厘，俱与上月相同。

宁远县：大米每京石价银三两四钱四分，与上月相同。小麦每京石价银六钱九分，与上月相同。大麦每京石价银五钱一分三厘，较上月增三分二厘。莞豆每京石价银七钱二分，与上月相同。

塔尔巴哈台直隶厅：小麦每京石价银一两二分五厘，大麦每京石价银八钱七分五厘，莞豆每京石价银一两八分五厘，俱与上月相同。

精河直隶厅：大米每京石价银三两一钱四分五厘，小麦每京石价银九钱四分五厘，莞豆每京石价银一两三钱六分，大麦每京石价银七钱三分五厘，俱与上月相同。

阿克苏道属

温宿直隶州：大米每京石价银一两六钱九分三厘，较上月增一钱七分三厘。小麦每京石价银八钱五分五厘，较上月增一钱六分五厘。大麦每京石价银四钱四分四厘，与上月相同。包谷每京石价银六钱八分，较上月增一钱九分七厘。

拜城县：小麦每京石价银三钱九分，较上月增四分。莞豆每京石价银二钱六分，与上月相同。大麦每京石价银一钱八分，与上月相同。包谷每京石价银三钱，较上月增四分。

喀喇沙尔直隶厅：大米每京石价银二两三钱六分八厘，小麦每京石价银一两一钱四厘，莞豆每京石价银一两八厘，包谷每京石价银八钱九分六厘，俱与上月相同。

库车直隶厅：大米每京石价银一两七钱，较上月增一钱。小麦每京石价银五钱六分，较上月增五分。莞豆每京石价银二钱八分，与上月相同。包谷每京石价银三钱一分，与上月相同。

乌什直隶厅：大米每京石价银一两四钱九分，与上月相同。小麦每京石价银四钱六分二厘，较上月增一分四厘。大麦每京石价银二钱三分五厘，与上月相同。包谷每京石价银三钱九分三厘，较上月增二分七厘。

喀什噶尔道属

疏勒直隶州：大米每京石价银二两二钱九分五厘，较上月增四分五厘。小麦每京石价银一两一钱四厘，较上月增二分八厘。包谷每京石价银九钱四分七厘，与上月相同。高粱每京石价银七钱四分七厘，与上月相同。

疏附县：大米每京石价银二两二钱九分五厘，较上月增四分五厘。小麦每京石价银一两一钱四厘，较上月增二分八厘。包谷每京石价银九钱九分一厘，与上月相同。高粱每京石价银七钱四分七厘，与上月相同。

莎车直隶州：大米每京石价银一两六钱三分，较上月减一钱四分六厘。小麦每京石价银八钱二分八厘，与上月相同。大麦每京石价银六钱八分七厘，与上月相同。包谷每京石价银六钱七厘，与上月相同。

叶城县：大米每京石价银二两七钱八分五厘，与上月相同。小麦每京石价银一两，与上月相同。包谷每京石价银五钱七分六厘，较上月减四分八厘。青稞每京石价银四钱，与上月相同。

和阗直隶州：大米每京石价银一两九钱六分，较上月增二钱一分。小麦每京石价银九钱三分八厘，与上月相同。包谷每京石价银五钱三分八厘，较上月增六分四厘。青稞每京石价银五钱五分二厘，与上月相同。

于阗县：大米每京石价银二两二钱八厘，较上月增一钱三分八厘。小麦每京石价银九钱三分八厘，较上月增四分一厘。包谷每京石价银六钱五分二厘，与上月相同。

英吉沙尔直隶厅：大米每京石价银二两五钱八分，小麦每京石价银九钱六分，大麦每京石价银五钱七分，包谷每京石价银八钱，俱与上月相同。

玛喇巴什直隶厅：大米每京石价银二两二钱二分，较上月减一钱四分八厘。小麦每京石价银九钱六分六厘，与上月相同。包谷每京石价银七钱六分八厘，较上月增一钱二分八厘。

（朱批：）览。①

0325. 预估十八年新疆等处岁需新饷折

光绪十七年四月初十日（1891 年 5 月 17 日）

头品顶戴护理甘肃新疆巡抚新疆布政使臣魏光焘跪奏，为预估光绪十八年新疆等处岁需新饷，恭折仰祈圣鉴事。

窃查新疆、伊犁、塔尔巴哈台光绪十八年应需饷项、军装及善后一切经费，前准户部咨，令于十七年春间先行详估奏报，以便预为筹拨等因。当经行司核议去后。兹据署甘肃新疆布政使饶应祺详称：新疆抚标、提标、阿克苏、巴里坤两镇标，岁需俸饷银一百五十六万两；添制军装、器械，岁需银十万两；司库例支不敷，岁需银十五万两；地方例支杂差、车脚、口分，岁需银五万两；古城旗营经费岁需银六万五千两。均属常年应需之款，善后经费岁拨银十四万两，北路城工经费在内。现查善后尚未告竣，城工未办犹多，需款尚钜，应照原估拨银十四万两，俾资应用，计共请拨银二百六万五千两。伊犁镇标官俸、勇饷、军装、器械及一切善后经费等项，岁需银三十九万两，已于估拨十七年新饷案内附片奏明。十七八九三年均照原数拨给，俾得将一切应办事

①中国第一历史档案馆藏：《单》，档号：03-6904-014。

件，尽此三年中妥为布置，以蒇全功，应请援案照拨。

塔尔巴哈台协标勇队及地方善后事宜，前奉谕旨定期光绪十七年正月初一日，拨交新疆巡抚接管。查该处旗营、协标兵勇各一千五百人，岁拨银三十二万两，除善后经费银三万两外，按照旗营协标人数匀拨，各应拨饷装银一十四万五千两。现将协标一千五百人，照马三步七章程核实估计，岁需官兵俸饷、军装、器械等项共银一十二万三千两。善后一切，需款浩繁，应照原数拨银三万两，总计岁需银二百六十万八千两，详请具奏前来。

臣查新疆地方异常瘠苦，专恃协饷接济；伊犁、塔尔巴哈台设官伊始，百端待兴，一切用款均属极力撙节，确实估计，减无可减，相应恳恩俯准饬部照拨，以济要需。至存储新疆藩库银九万五千两，伊塔道库银五万两，塔尔巴哈台同知库银四万两，可否照旧指拨，分别提存，以裕边储之处，并恳饬部核议。

所有预估光绪十八年新疆等处岁需新饷缘由，谨会同陕甘总督臣杨昌濬，恭折具奏，伏乞皇上圣鉴训示。谨奏。光绪十七年四月初十日。

（朱批：）户部议奏。①

光绪十七年五月十三日，奉朱批：户部议奏。钦此。②

0326. 塔城等处军台改设驿站等情片

光绪十七年四月初十日（1891年5月17日）

再，塔尔巴哈台原议设兵三千名，分设旗队一千、汉队二千。嗣议绿营改隶新疆巡抚，划出汉队五百名，立为军标，是巡抚、副都统各分兵额千五百名，人数相等，饷亦维均。臣等上年会奏定期交隶，先分饷数，声明各应分饷装银十四万五千两，系按照兵额匀摊。近日，迭准额尔庆额咨称：巡抚所属协标饷装并加闰

①台北故宫博物院藏：《军机及宫中档》，文献编号：408006779。

②中国第一历史档案馆藏：《录副奏折》，档号：03-6628-071。

运脚等项，只应分银十一万三千八百余两，较原奏划分饷数相去悬远。该处所设协标马步兵额系统火勇合算，核与新疆抚标及提、镇各标章程不符。

查塔尔巴哈台岁拨饷银三十六万两，除照部议提存银四万两，并善后经费银三万两外，尚余银二十九万两，实不为少。因该处杂支太繁，转致正饷不敷。边地重在养兵，未便虚额，臣现在援照新疆各标通章，拟设协标千五百人，以马三步七估计，岁需官兵俸饷、军装等项银十二万三千两，并将额尔庆额允拨加闰、运脚两项，新疆向未估款请拨者，全数作为正饷，仍不敷银九千余两，委属无可再减。该处业裁参赞大臣，分伊犁副都统一员驻防，与当日情形不同，一切杂支应否酌裁，应请饬部核议，通筹拨济。

此外自塔尔巴哈台至库尔喀喇乌苏旧设军台十处，现在该处既分隶巡抚，自应改设驿站，责成地方官经管，俾归画一。所需银两即以常年所拨军台经费拨归新疆藩库，以备支发，恳请饬部一并核议，遵办。谨附片陈明，伏乞圣鉴训示。谨奏。

（朱批：）户部议奏。①

光绪十七年五月十三日，奉朱批：户部议奏。钦此。②

0327. 请将桂荣留新补用缘由片

光绪十七年四月初十日（1891年5月17日）

再，查选用知府户部候补郎中桂荣，于光绪十一年由总理各国事务衙门派赴新疆办理俄文翻译，并经抚臣刘锦棠委令教习学童。数年以来，深为得力。该员明白安详，通达事理，且能遇事留心吏治，边情亦均熟悉。新疆中俄交涉事繁，治理所关，需才孔亟，合无仰恳天恩俯准将该员以知府留于甘肃新疆补用，出自鸿慈。

---

①台北故宫博物院藏：《军机及宫中档》，文献编号：408006779-0-A。

②中国第一历史档案馆藏：《录副奏片》，档号：03-6122-038。

臣为边地得人起见，是否有当，谨附片具奏，伏乞圣鉴训示。谨奏。

(朱批：）着照所请，该部知道。①

光绪十七年五月十三日，奉朱批：着照所请，该部知道。钦此。②

0328. 审拟杜维登等窃赃逾贯一案折

光绪十七年四月二十四日（1891年5月31日）

头品顶戴护理甘肃新疆巡抚新疆布政使臣魏光焘跪奏，为窃赃逾贯，核明定拟，恭折具陈，仰祈圣鉴事。

窃乌什贼犯杜维登等伙窃俄商条勒和加银物，计赃逾贯一案，据乌什厅同知袁运鸿勘验，估赃获犯，讯供议拟，解代理阿克苏道蒋诰审明，咨署镇迪道兼按察使衔陈名钰转详前来。

臣覆加查核，缘杜维登、李英、孙得胜分隶湖北、甘肃、山西，先后投入定远营当勇，均因误操革除，流寓该处，先未为匪。光绪十五年十月二十四日晚，杜维登、李英、孙得胜会遇，各道贫苦。杜维登素知俄商条勒和加铺内殷实，起意行窃，得赃分用，李英、孙得胜均各应允，一共三人，即于是晚三更，分携木棒，走到俄商门首。杜维登留孙得胜在外接赃，自与李英挖洞入内，窃得银、布、烟土等项，递交孙得胜，随到僻静地方点赃，按股俵分各散。俄商报经该厅勘验估赃，悬赏严缉。旋于十六年四月间，先后拿获首、从各犯，并起获原赃红、白洋布到案，审供议拟解道，咨兼按察使衔核明转详，臣覆核无异。

查律载：窃盗赃一百二十两以上，绞；为从者减一等，各等语。此案杜维登纠同李英等行窃条勒和加银、布、烟土，计赃库平银二百六两，自应以杜维登为首，照律问拟。杜维登合依“窃

---

①台北故宫博物院藏：《军机及宫中档》，文献编号：408006780-0-A。

②中国第一历史档案馆藏：《录副奏片》，档号：03-5279-031。

盗赃一百二十两以上，绞”律，拟绞监候，秋后处决。李英、孙得胜听从行窃得赃，应照为从律问拟。李英、孙得胜合依“窃盗赃一百二十两以上绞；为从者减一等”律，拟杖一百，流三千里，至配折责安置，均照例刺字。原赃给领，失赃已经如数追赔。无干省释。该犯等在外为匪，原籍父兄、牌甲无从觉察，请免置议。是否允协？

除全案供招咨送刑部外，所有窃赃逾贯，核明定拟缘由，谨恭折具陈。伏乞皇上圣鉴，饬部核覆施行。谨奏。光绪十七年四月二十四日。

（朱批：）刑部议奏。①

光绪十七年五月二十九日，奉朱批：刑部议奏。钦此。②

0329. 修理城署等工仍照原册核销缘由折

光绪十七年四月二十四日（1891年5月31日）

头品顶戴护理甘肃新疆巡抚新疆布政使臣魏光焘跪奏，为覆陈新疆南北两路修理城垣、衙署并省城城垣、巡抚、藩司衙署用过银两，恳恩饬部仍照原册核销，恭折仰祈圣鉴事。

窃臣准工部咨：光绪十六年十二月二十五日，议奏护理甘肃新疆巡抚魏光焘覆奏新疆南北两路修理城垣、衙署，工料碍难援照例价造销等因。检查原册，并未开明做法细数及木植名目、工料银两，核与例价大相悬殊，应令删减，另造清册送部核办一折，奉旨：依议。钦此。又准咨奏新疆修理省城城垣、巡抚、藩司衙署，查册开工匠各项银两，系照该省市价开报，比甘肃省例价多至二三倍不等，应令核实删减，另造细数清册送部，再行核办一折，奉旨：依议。钦此。各等因，到臣。当经转行司道据实详覆前来。

---

①台北故宫博物院藏：《军机及宫中档》，文献编号：408006782。

②中国第一历史档案馆藏：《录副奏折》，档号：03-7359-066。

查新疆修理各处城垣、衙署，业将高宽丈尺及砖瓦、木料大小、长短于造销册内注载。木植一项，南北两路以白杨、松树为大宗，椽檩柱栌，均堪就用，价亦相等。工匠、物料，南路向较关内为昂，北路价值尤贵，其万难援照例价发给情形，迭经奏明在案。而开办以来，多资勇丁帮作，故前项城垣、衙署共计三十六起，实只用银五十二万余两，较之伊犁前修惠远一城请销银二十四万余两，相去奚止倍蓰。新疆创设行省，百役繁兴，就地既无款可筹，丝毫仰给协拨，能省一分即能多办一事，是以一切工程用项，无不极力撙节，减而又减。现在部臣饬令删减，另造细册，自系为慎重帑项起见。惟各项银两，均系核实造报，委属无从删减，相应吁恳天恩俯准饬部将新疆南北两路修理城垣、衙署并省城城垣、巡抚、藩司衙署用过银两，仍照原册一律核销，以清积案，出自鸿慈。

谨会同陕甘总督臣杨昌濬，恭折具陈，伏乞皇上圣鉴训示。谨奏。光绪十七年四月二十四日。

（朱批：）着照所请，该部知道。①

光绪十七年五月二十九日，奉朱批：着照所请，该部知道。钦此。②

0330. 奏闻盗匪挟仇烧杀分别惩办缘由折

光绪十七年四月二十四日（1891 年 5 月 31 日）

头品顶戴护理甘肃新疆巡抚新疆布政使臣魏光焘跪奏，为盗匪聚众劫犯，挟仇烧杀，形同叛逆，委员查讯，分别惩办，恭折具陈，仰祈圣鉴事。

窃光绪十六年十二月二十九日，据署吐鲁番厅同知傅寿森禀

①台北故宫博物院藏：《军机及宫中档》，文献编号：408006783。

②此朱批日期与内容，据《军机处随手登记档》（档案编号：03-0268-2-1217-143）校补。

报：洋海盗匪阿和买提、阿不都热以木等聚众劫犯，仇杀汉人，烧毁房屋，比即会同防营，督带兵役往捕，该盗匪等均已逃匿等情。臣当将傅寿森撤任，并摘去翎顶，勒令会同署吐鲁番营游击陈东旸严拿各犯，并飞饬附近各属防营分派队伍，扼要兜拿，一面委候补道李宗宾[①]带同知州杨方炽等前往查办。旋经吐鲁番文武派出兵役会同回子郡王玛木特所派回目人等，将首、从各犯全数拿获，解交李宗宾审拟。兹据禀称：查明洋海地方距厅城一百二十里，盗匪阿和买提、阿不都热以木等系著名惯贼，曾于光绪十五年经乡约许登鳌、商民赵金中等联名控厅驱逐，该盗匪等因之积忿。

上年十一月，阿不都热以木起意纠约马勒必子等抢劫汉民张

---

①李宗宾（1833—1898），湖北蕲州人，咸丰六年（1856），以文童投效于前荆州将军多隆阿军营。七年（1857），因攻剿童司牌等处地方营垒，经前大学士湖广总督官文等会保六品蓝翎。九年（1859），回援宿、太及前攻克太湖县城，经官文等会保，着以从九品不论双单月，遇缺选用。又因攻拔石牌城，经官文等会保，以府经历县丞不论双单月，遇缺先选用。十月，攻剿怀桐，经官文等会保，免选本班，以知县留于安徽不论繁简，遇缺尽先即补。十一年（1861），攻克桐、宿等县城垣，经官文等会保，免补本班，以同知直隶州知州仍留安徽不论繁简，遇缺前尽先即补，并赏换花翎。同治元年（1862），克复庐州府县城垣，经前大学士两江总督曾国藩等奏保，免补本班，以知府记名，遇缺简放。五月，奉前荆州将军多隆阿札委，总理营务处，随同援陕。三年（1864），剿办蔡、启，攻拔西大峪堡，经前帮办甘肃军务荆州将军穆图善等会保，赏加道衔。四年（1865），收复宁灵城垣，经穆图善等奏保，俟补缺后，以道员用，并赏加盐运使衔。六年（1867），署理甘肃宁夏府知府。七年（1868），补授云南临安府知府。八年（1869），经穆图善奏留，办理经手未完事件，代理宁夏府知府。十年（1871），因宁夏府城防案内尤为出力，经前大学士陕甘总督左宗棠等会保，遇有道员缺出，尽先题奏。十一月，补授甘肃肃州府遗缺知府，旋授宁夏府知府。十二年（1873），署理巩昌府知府。十三年（1874），回宁夏府本任，因随征出力，经穆图善等奏保，俟补道员后，加布政使衔。光绪二年（1876），因亲老，呈请开缺终养。以前在宁夏府任内查禁罂粟不力，经左宗棠奏参，暂行革职。五年（1879），闻讣丁母忧。十一月，到籍守制。七年（1881），服满。九年（1883），经陕甘总督谭钟麟奏准，原案开复。十一年（1885），经吏部带赴引见，钦派王大臣验看。初六日覆奏，准其开复，照例用。依议。十二年（1886），经穆图善奏委，总理行营营务，会办文案。十四年（1888），经署宁夏将军金顺奏准，暂留军营办理甘肃粮台事务。十六年（1890），经护理甘肃新疆巡抚魏光焘奏准，以道员归于新疆补用。十九年（1893），经甘肃新疆巡抚陶模奏请，补授新疆阿克苏兵备道。二十四年（1898），在任病故。

彪家财物，报厅派差陈得六等，于十二月二十日缉获马勒必子，说出首犯阿不都热以木藏匿处所。乃该差不即往拿首犯，辄拿票内无名之贼兄买迈热以蒙，搜出身带具领往罗布淖尔安户银四十两，指为抢赃，私行怀挟，又不将拿获人犯即时送案，致阿和买提、阿不都热以木等于二十二日聚众劫犯，追还诈去银两，抢去差役骑马，旋又劫夺过客马匹，杀死蒋姓，自知罪犯重大，与伙匪买提八亥、买急厉、买迈热以蒙、马勒必子、买迈色提、买卖里芽丝商议，先杀洋海汉人，报复夙嫌，后至鲁克沁，劫出厅官，交郡王管押贼犯，再作计议。均各允从。比有色提巴海、帕子尔、坎士木、铁木耳、米四里、木加拉尔、玉山阿皮、思克力、木牙四、阿五提等十人自来聚会，买急厉阿皮思至礼拜寺取出矛杆，作红、白旗二面，陆续纠约沙吉提、买迈托乎、地土尔当、克物尔、克米牙斯、八拉提、满克理木、阿哈满提、买提鸦斯、阿哈买提巴亥十人，裹胁怕拉提、若子牙思、哎子八咳三名，遂沿途找寻汉人，各用刀棍砍殴，杀毙汉民许登鳌等各家男、妇大小三十五名口，杀伤三人，烧毁房屋二十四间。续行裹胁米力克八亥、买的牙士、坎木尔、哈以提托乎、地买提、哎里牙思六名。是夜，均经买迈热以蒙、买迈色提监守，以防逃跑，旋即纠众骑马动身。

二十三日黎明，至鲁克沁城，夺门拥入，正举火间，回子郡王玛木特督众开枪，轰毙买急厉，轰伤买迈色提，贼势不支，窜回洋海，搜掠财物，四散逃走。首犯阿和买提、阿不都热以木、买迈热以蒙、买迈色提、买提八亥向罗布淖尔奔逸，探知前途有备，折循边界，拟由乌什窜入俄境。回子郡王派出回目，会同兵役跟踪穷追。正月二十六日，至金厂山内围捕。该盗匪等尚敢拌死抗拒，比即枪伤阿和买提右臂、阿不都热以木左肩甲，立将各犯就擒，其余各犯陆续缉获，无一漏网。被杀汉民，业经验明尸伤，饬领安埋，一面提犯研鞫，供认前情不讳。除买急厉、阿不都热以木先后枪毙，业经戮尸枭示，哎里牙思在监病故不计外，开具各犯供折，呈请核办前来。

臣详加披阅，此案盗匪阿和买提、买提八亥、买迈热以蒙、马勒必子、买迈色提、买卖里芽丝六犯，与已死阿不都热以木、买急厉共谋聚众，形同叛逆，例应凌迟。色提巴海、帕子尔、坎士木、铁木耳、米四里、木加拉尔、玉山阿皮、思克力、木牙四、阿五提十犯，杀人放火，抢掠财物，例应斩枭。以上十六犯，均传首犯事地方，悬竿示众。沙吉提、买迈托乎、地土尔当、克物尔、克米牙斯、八拉提、满克理木、阿哈满提、买提鸦斯、阿哈买提巴亥十犯，骑马持械，随同助势，亦属法无可贷，例应处斩。差役陈得六妄拿诈赃，致酿巨案，较之寻常蠹役诈赃，致毙人命，情罪尤重，亟应处斩。当饬李宗宾督同该厅文武，监提凌迟、斩枭、处斩各犯，分别就地正法，以彰国法而快人心。所有被害汉民惨遭烧杀，家破人亡，实堪悯恻！已经筹款交地方官，量予抚恤，毋令失所。此次该盗匪等因劫犯起衅，事出仓卒，非地方官意料所及。惟傅寿森所派差役妄拿诈赃，激成巨案，惨毙无辜至三十五名之多，实非寻常失察可比，相应请旨将补用知府候补直隶州知州卸署吐鲁番厅同知傅寿森交部议处，以示惩儆。

除被胁怕拉提等八名暂行收禁，查讯平日是否善良，以及阿和买提等罪犯凌迟，例应缘坐，另行办理，并将犯供钞送刑部外，合将盗匪聚众劫犯，挟仇烧杀，形同叛逆，委员查讯，分别惩办缘由，谨恭折具陈。伏乞皇上圣鉴，施行。谨奏。光绪十七年四月二十四日。

（朱批：）着照所请，该部知道。①

光绪十七年五月二十九日，奉朱批：着照所请，该部知道。钦此。②

①台北故宫博物院藏：《军机及宫中档》，文献编号：408006781。

②中国第一历史档案馆藏：《录副奏折》，档号：03-7359-065。

0331. 请奖回子郡王玛木特缘由片

光绪十七年四月二十四日（1891 年 5 月 31 日）

再，洋海盗匪烧杀抢劫，势甚凶悍，幸回子郡王玛木特督众击毙贼首，始各逃散，复又选派回目拿获首要各犯，销除乱萌，保全地方，实属异常出力。该回子郡王玛木特应如何给奖，以示鼓励之处，出自天恩！其余在事出力回目人等，即由臣赏给银两、功牌，以资激劝，谨附片陈明。伏乞圣鉴训示，施行。谨奏。

（朱批：）玛木特助剿出力，甚属可嘉，着加恩赏穿黄马褂。①

光绪十七年五月二十九日，奉朱批：玛木特助剿出力，甚属可嘉，着加恩赏穿黄马褂。钦此。②

0332. 奏报拣员委署同知等缺情形片

光绪十七年四月二十四日（1891 年 5 月 31 日）

再，署库车直隶同知张开鉴卸署遗缺，查有候补同知闻端兰堪以委署。又，署阜康县知县左兆凤卸署遗缺，查有候补知县钟逢焕堪以委署。据署新疆布政使饶应祺、署镇迪道兼按察使衔陈名钰会详前来。

除由臣批饬分别给委外，谨会同陕甘总督臣杨昌濬，附片具陈。伏乞圣鉴。谨奏。

（朱批：）吏部知道。③

光绪十七年五月二十九日，奉朱批：吏部知道。钦此。④

①台北故宫博物院藏：《军机及宫中档》，文献编号：408006781-0-A。
②中国第一历史档案馆藏：《录副奏片》，档号：03-7359-067。
③台北故宫博物院藏：《军机及宫中档》，文献编号：408006783-0-A。
④中国第一历史档案馆藏：《录副奏片》，档号：03-5275-075。

0333. 请以英林补授新疆伊塔道缘由折

光绪十七年四月二十八日（1891 年 6 月 4 日）

头品顶戴护理甘肃新疆巡抚新疆布政使臣魏光焘跪奏，为拣员请补新设巡道要缺，以裨地方，恭折具陈，仰祈圣鉴事。

窃照新设伊塔兵备道辖境辽阔，紧接俄邻，稽查卡伦，兼管通商事宜，督饬所属水利、屯田、钱粮、刑名，政务殷繁，系冲、繁、疲、难四项最要缺，亟应遴员请补，以重职守。查伊犁新设各缺，经前抚臣刘锦棠奏准仿照吉林新章由外先行拣补一次。今新设伊塔兵备道员缺，事属创始，一切均须整理，非得精明干练之员，难胜其任。

查有现署斯缺二品顶戴遇缺尽先题奏道英林，年四十四岁，镶黄旗满洲二甲喇本世管佐领下人，由二品荫生于同治六年在甘肃第十一次捐输案内遵筹饷事例，加捐同知，分发山西分缺先用，并免试用。旋投效甘肃军营，克复狄道州城案内随折奏保，七年四月十六日奉上谕：着赏戴花翎。钦此。八年十二月二十五日，丁亲父忧，经前陕甘督臣穆图善奏请留营差遣，十年六月初十日奉旨：着照所请，该部知道。钦此。十一年三月二十五日，服满起复，先于克复太子寺案内出力汇保，十年十二月三十日奉上谕：着免补本班，以知府签掣省分，遇缺尽先前即补。钦此。十二年，告假回旗。八月二十日，由本旗带领引见，承袭世管佐领，归旗当差。十三年，请假赴甘肃，经前陕甘督臣左宗棠咨部留营差遣。克复乌鲁木齐、玛纳斯各城案内汇保，光绪三年九月初五日奉上谕：着以参领无论何项缺出，归军功班尽先补用。钦此。攻克达坂城、托克逊贼巢，并会克吐鲁番满、汉各城案内汇保，四年正月二十五日奉上谕：着免补参领，以副都统交军机处记名，遇有缺出，请旨简放。钦此。旋经部驳文员不准改保武职，经左宗棠并案奏请改奖，并请赏加二品衔；并于新疆南路肃清出力，请赏给清字勇号，五年三月十六日奉旨：吏部议奏。钦此。嗣经部议克复乌鲁木齐案内，改奖补缺后以道员补用，核与章程相符，应行照准。其攻克达坂城案内改奖免补知府，以道员仍分省，遇缺尽先题奏，按照例章，无论应题、应调、应选之缺，尽先题补、奏补。其所叙在后之二品衔，应毋庸议。至清字勇号，应令查明实在劳绩，另行奏明办理，是年四月二十日具奏，奉旨：依议。钦此。是年十月初二日，闻讣丁祖母忧，复经左宗棠奏请留营差遣，奉旨：着照所请，该部知道。钦此。新疆南路诸军五次剿平边寇案内汇保，七年五月二十日奉上谕：着赏加二品顶戴，并赏给二品封典。钦此。八年正月初二日，服满报部，旋奉部覆，一俟边务稍松，请咨回旗，补行穿孝。九年，委署镇迪道篆，八月初六日到任，十二年八月十六日交卸。十四年，委署伊塔道篆，八月二十八日接印任事。

查该员英林朴实稳练，通达治体，在新疆年久，边务极为熟悉，前署镇迪道及现署伊塔道任内，办理一切，均属妥协，以之请补斯缺，实堪胜任，人地亦极相宜，合无仰恳天恩俯念要缺需员，准以现署斯缺二品顶戴遇缺尽先题奏道英林补授新设伊塔兵备道缺，洵于地方有裨。惟查该员丁承重忧，屡经请假，均因边务紧要未准回旗。此次如蒙俞允，俟奉部覆，仍令该员回旗补行穿孝，俟百日孝满后，送部引见，再赴新任。

是否有当，谨会同陕甘总督臣杨昌濬、护理伊犁将军臣富勒铭额，恭折具奏。伏乞皇上圣鉴训示。再，该员各署任内并无参罚案件，合并声明。谨奏。光绪十七年四月二十八日。

（朱批：）吏部议奏。[①]

光绪十七年六月初一日，奉朱批：吏部议奏。钦此。[②]

---

①台北故宫博物院藏：《军机及宫中档》，文献编号：408006784。

②中国第一历史档案馆藏：《录副奏折》，档号：03-5880-001。

0334. 造销十四年防军善后收支各款折

光绪十七年四月二十八日（1891 年 6 月 4 日）

头品顶戴护理甘肃新疆巡抚新疆布政使臣魏光焘跪奏，为造报甘肃新疆光绪十四年分防军、善后收支各款，分缮清册，恳恩饬部核销，恭折仰祈圣鉴事。

窃照甘肃新疆十一二三等年防军、善后用款，每年指拨各省的款银四百八十万两，新疆分银二百二十万两。十四五六三年仍照上案指拨，内提充转运公用银四万两，归陕甘总督经理造销，新疆每年分银二百一十六万两。所有十一二三等年防军、善后用款，业经先后造报在案。

兹据粮台司道详称：光绪十四年分新疆收支各款，旧管：报销案内，截至十三年底止，存新平银八万三千三百七十一两三钱七分八厘，欠发新疆各营、旗、哨留营弁勇十年以前旧饷，并十一十二两年分新饷暨十年以前病故勇丁存饷，共计新平银五十万六千八百八十五两二分六厘；又欠甘肃由兰州借用商款库平合新平银二十万八千三百三十三两三钱三分三厘。

新收：甘肃藩司分解新饷及各省补解光绪十一二三等年分短平并欠饷，山东省补解西征欠饷款内短平，新疆各营旗报缴截旷、采制、运脚等款扣回平余，共计新平银二百二十九万五千三十一两八钱九分一厘。此收款之总数也。

开除：发过新疆马步各营、旗、哨、开花炮队饷项，补发留营弁勇欠饷、病故勇丁存饷、统领公费、夫价、马队倒马价、各台局薪水、口粮、工食、制办、修整军装、器械、制造火药工料价值、转运饷装车骡脚价、员役盐菜、口粮、假遣车脚及善后、保甲、义学、牛瘟经费等项，共计新平银一百七十六万三百八两二钱三分七厘；又由甘肃藩司扣还十三年内新疆清理欠饷，借用兰州商款库平合新平银二十万八千三百三十三两三钱三分三厘；又拨发新疆藩库例支不敷及供支古城旗营经费，并拨解司库储存款项，共计新平银三十三万两。以上统共开除银二百二十九万八千六百四十一两五钱七分。此支发并扣拨之总数也。

实在：截至十四年底止，存新平银七万九千七百六十一两六钱九分九厘，尚欠发新疆各营、旗、哨留营弁勇十年以前旧饷，并十一十二两年分新饷银一十四万三千四十七两六钱一分二厘，应于十五年以后江西、四川两省将欠解十一十二两年分新饷解到，概行补发清款；又欠发十年以前病故勇丁存饷银一十一万五千一百四两一钱三分三厘，应俟各故勇亲属请领至日，即由十五年以后新饷内匀给。共欠发新平银二十五万八千一百五十一两七钱四分五厘。此实存并欠发之总数也。造具总散清册，详请奏销前来。

臣覆查无异，除将清册分送各部查核外，谨缮简明清单，会同陕甘总督臣杨昌濬，恭折具奏。伏乞皇上圣鉴，饬部核销施行。再，新疆十五年分防军、善后销案，已饬司道接续赶造，应俟造报至日，再行办理，合并声明。谨奏。光绪十七年四月二十八日。

（朱批：）户部议奏，单并发。[①]

光绪十七年六月初一日，奉朱批：户部议奏，单并发。钦此。[②]

0335. 呈光绪十四年防军收支各款清单

光绪十七年四月二十八日（1891年6月4日）

谨将甘肃新疆光绪十四年分防军、善后收支各款数目，缮具清单，恭呈御览。

计开

旧管：一、上案新疆防军、善后报销款内截至光绪十三年十二月底，实存新平银八万三千三百七十一两三钱七分八厘。

一、截至光绪十三年十二月底止，欠发新疆各军营、旗、哨

①台北故宫博物院藏：《军机及宫中档》，文献编号：408006785。

②中国第一历史档案馆藏：《录副奏折》，档号：03-6123-001。

留营弁勇十年以前旧饷，并十一十二两年分新饷暨十年以前病故勇丁存饷，共计新平银五十万六千八百八十五两二分六厘；又欠甘肃由兰州借用商款库平银二十万两，以九六申合新平银二十万八千三百三十三两三钱三分三厘。

新收：一、收协饷案内甘肃藩司分解新饷新平银二百一十五万九千七百九十一两二钱六分。

一、收协饷案内甘肃藩司分解各省补解光绪十一二三等年分短平，并欠饷新平银一十二万六千七百二十一两七钱一分四厘。

一、收协饷案内甘肃藩司转解山东省补解西征欠饷款内短平库平合新平银一百二十两八钱三分三厘。

一、收新疆马步各营旗十四年分报缴截旷银七千四百九十二两八钱八分。

一、收本案报销内，支发采购、制办、运脚、筹款扣回平余银九百五两二钱四厘。

以上五款，共收新平银二百二十九万五千三十一两八钱九分一厘。

开除：一、除发马队各营旗十四年分饷银五十四万二千四百九十七两九钱一分五厘。

一、除发步队各营、旗、哨十四年分饷银七十一万一千六十八两七钱六分。

一、除发开花炮队十四年分饷银一万五千八百五两八分。

一、除发马步各营、旗、哨暨开花炮队管带营旗官、哨长、巡查薪水、薪粮等项银五万五千四百二两六钱一分五厘。

一、除发马步各营、旗、哨留营弁勇十年以前，并十一十二两年分新旧欠饷暨十年以前病故弁勇存饷银二十四万八千七百三十三两二钱八分一厘。

一、除发各军马步营旗十四年分统领公费、夫价银五千四百二十四两五分二厘。

一、除马队各营旗十四年分倒马价银一万一千九百四十七两九钱五分。

一、除发随营差遣及各台局文武员弁十四年分薪水银一万八千四百一十五两。

一、除发各台局经书、贴书、字识十四年分工食暨纸张、笔墨、油烛银三千一百六十三两一钱二分九厘。

一、除发各台局护勇、长夫、通事、仓夫、斗级十四年分口粮、工食银四千九百三十四两七钱六分。

一、除发十四年分驻省采运局官驮骡、委员、夫役薪水、工食、驮驿、料草、灌药等项银五千一十五两三钱一分。

一、除发十四年分军装制办局招募浙粤并关内、本地各匠工食银五千四百八十二两九钱六分八厘。

一、除发十四年分由新疆省城转运饷银、军装、军火赴南北两路车骡运脚价银二万六千七百七十八两一钱九分。

一、除发十四年分由新疆省城押运饷银、军装、军火赴南北两路员役盐菜、口粮银五百六十九两九钱六分五厘。

一、除发十四年分假遣及残废员弁勇丁并病故员弁灵柩回籍车脚银一万九千二百二十四两一分三厘。

一、除发十四年分供支新疆伊犁、塔尔巴哈台赴任、回旗籍各官员车脚、口分银二千八百一十五两二钱六分。

一、除发十四年分采制军装、军火，修整军装、器械，制造火药等项价银四万三百六十九两七钱。

一、除发十四年分各保甲局薪水、口粮、工食、油烛、纸张银一万六十一两一钱九分九厘。

一、除发十四年分各处义学塾师薪水暨购办纸张、笔墨银二万六千七十两六分。

一、除发十四年分，各处牛痘局医生、跟役、通事、火夫工食、口粮暨药资银六千五百二十九两三分。

以上二十款，共支发新平银一百七十六万三百八两二钱三分七厘。

一、除由甘肃藩司扣还光绪十三年分报销案内列收甘肃由兰州借用商款库平申合新平银二十万八千三百三十三两三钱三分三厘。

一、除拨发新疆藩司例支不敷款项库平申合新平银一十五万两。

一、除拨发新疆藩司供支古城旗营经费库平申合新平银一十万两。

一、除拨解交新疆藩库储存库平申合新平银八万两。

以上四款，共计扣还、拨发新平银五十三万八千三百三十三两三钱三分三厘。

统计支销、扣还、拨发，共新平银二百二十九万八千六百四十一两五钱七分，内除扣还由兰州借用商款库平合新平银二十万八千三百三十三两三钱三分三厘，应归十三年分报销案内收款抵销，又拨发新疆藩库新平银三十三万两，应由新疆藩司列收另案造报外，其余支销款内应由兵部核销开花炮队车夫、车骡料草价、马队各营旗倒马价值、官驮骡经费、转运饷银、军装、军火陆路运脚、假遣及残废员弁车脚、病故员弁灵柩回籍脚价、各官员赴任、回旗籍车脚、口分等项新平银六万二千四百七十两九钱七分二厘；

应由工部核销采制军装、军火，修整军装、器械，制造火药，并义学购买纸张、笔墨等项价值新平银四万一千五百三十七两九钱六分；

应由户部核销各军马步营、旗、哨饷项、补发欠饷及统领公费、夫价、文武员弁薪水、经贴、各书工食、纸张、笔墨、油烛、各台局护勇、长夫口粮、工食、官驮委员薪水、浙粤、本地工匠工食、押运员弁、跟役骑驿、脚价、盐菜、口粮、保甲、义学、牛痘、经费等项，新平银一百六十五万六千二百九十九两三钱五厘；

实在：一、存新平银七万九千七百六十一两六钱九分九厘。

一、截至十四年底，尚欠各军营、旗、哨留营弁勇十年以前旧饷，并十一、十二两年分新饷暨十年以前病故勇丁存饷，共计新平银二十五万八千一百五十一两七钱四分五厘。

前款查截至十三年底止，共欠发各军营、旗、哨留营弁勇十年以前旧饷，并十一、十二两年分新饷暨十年以前病故勇丁存饷，共计新平银五十万六千八百八十五两二分六厘，内欠发留营弁勇十年以前旧饷银三十一万九千三百五十七两四钱九分，又十一、十二两年分新饷银七万一千六百四十六两八钱九分七厘，又欠发十年以前病故勇丁存饷银一十一万五千八百八十两六钱三分九厘。除十四年分已发过留营弁勇十年以前旧饷银二十万五千一百六十四两二钱三分，又十一、十二两年分新饷银四万二千七百九十二两五钱四分五厘，又发过十年以前病故勇丁存饷银七百七十六两五钱六厘，共计发过银二十四万八千七百三十三两二钱八分一厘外，截至十四年底止尚欠发留营弁勇十年以前旧饷银一十一万四千一百九十三两二钱六分，又十一、十二两年分新饷银二万八千八百五十四两三钱五分二厘，均应于十五年以后，江西、四川两省将欠解十一、十二两年分新饷解到，概行补发清款。

又，欠发十年以前病故勇丁存饷银一十一万五千一百四两一钱三分三厘，应俟各故勇亲属请领至日，即由十五年以后新饷内匀给。理合登明。

（朱批：）览。①

0336. 奏闻接收塔尔巴哈台分隶事宜折

光绪十七年五月初五日（1891年6月11日）

头品顶戴护理甘肃新疆巡抚新疆布政使臣魏光焘跪奏，为塔尔巴哈台分隶事宜，接收清楚，恭折具陈，仰祈圣鉴事。

---

①中国第一历史档案馆藏：《单》，档号：03-6123-002。

窃照塔尔巴哈台协标勇队、地方善后，前准额尔庆额咨：光绪十六年十二月十八日会奏定期十七年正月初一日分隶巡抚管辖等因。当饬署该处副将白占春妥为经理，造册具报，并将分隶协标一千五百人月需饷银由司拨解散放，一面饬署精河营参将准补塔尔巴哈台屯防副将张怀玉迅赴本任，旋准额尔庆额咨转协标马步营旗员弁、勇夫、军装、器械、清册前来；并据张怀玉具报，三月二十一日接印任事，营旗弁勇及军械等项，业经照数接管。现令查照抚、提、镇各标，酌议营制、饷章，并体察情形，将所管马步营旗分扎处所，妥筹详办，奏咨立案。其地方善后事宜，责成地方官次第办理。绥靖旧城，上年经臣奏准作为汉城，为副将、同知等官驻扎之所。署该厅同知石本清已于本年四月初一日移驻城内，副将张怀玉饬即前往驻扎，以资防守。

所有接收塔尔巴哈台分隶事宜缘由，除咨兵、户二部查照外，谨会同陕甘总督臣杨昌濬、护理伊犁将军臣富勒铭额，恭折具奏。伏乞皇上圣鉴。谨奏。光绪十七年五月初五日。

（朱批：）该部知道。①

光绪十七年六月初七日，奉朱批：该部知道。钦此。②

0337. 请以徐广学等补授都司等缺折

光绪十七年五月初五日（1891 年 6 月 11 日）

头品顶戴护理甘肃新疆巡抚新疆布政使臣魏光焘跪奏，为拣员请补都司、守备各员缺，以重操防，恭折仰祈圣鉴事。

窃新疆新设省城城守协营中军都司、阿克苏镇属城守营都司及抚属喀喇巴尔噶逊营守备、济木萨营中军守备各员缺，业经奏准作为题缺，亟应拣员请补，以专责成。查有留甘肃新疆尽先补用副将徐广学，朴实勤敏，堪以借补省城城守营中军都司员缺；

---

①台北故宫博物院藏：《军机及宫中档》，文献编号：408006786。

②中国第一历史档案馆藏：《录副奏折》，档号：03-6123-003。

留甘肃新疆尽先补用都司谈雋祺，朴勤干练，堪以请补阿克苏城守营都司员缺；参将衔留甘肃新疆尽先补用游击谢复胜，办事勤奋，堪以借补喀喇巴尔噶逊营守备员缺；游击用留甘尽先补用都司陈天荣，明干有为，堪以借补济木萨营中军守备员缺。以上各员，均在新疆从征年久，边情极为熟悉，以之请补各缺，实堪胜任，合无仰恳天恩俯准以徐广学等四员请补都司、守备各缺，以裨营伍。如蒙俞允，并恳敕部发给札付。

除谢复胜、陈天荣二员应照乌鲁木齐等处补放守备定例毋庸送部引见外，其请补都司之徐广学、谈雋祺二员，俟防务大定，即行给咨送部引见，以符定制。谨会同陕甘总督臣杨昌濬、喀什噶尔提督臣董福祥，恭折具陈。伏乞皇上圣鉴训示。谨奏。光绪十七年五月初五日。

（朱批：）兵部议奏。①

光绪十七年六月初七日，奉朱批：兵部议奏。钦此。②

0338. 神灵显恳恩敕赐匾额封号折

光绪十七年五月初五日（1891年6月11日）

头品顶戴护理甘肃新疆巡抚新疆布政使臣魏光焘跪奏，为神灵显应，恳恩敕赐匾额、封号，以答神庥，恭折仰祈圣鉴事。

窃维新疆迪化府属博克达山距省治百余里，系天山正干，蜿蜒西来，冈峦重叠，其最高三峰矗立层霄，四时积雪莹澈，兴云降雨，亭育无穷。内有大小龙潭，水清而洌，附近各属资其灌注，实为西域巨镇。乾隆二十四年，列入祀典，香帛岁由太常寺颁给。光绪七年，前乌鲁木齐都统臣恭镗就其麓建庙一所，奏准赏给匾额，钦遵悬挂在案。十一、十二、十三等年，近省一带，时苦亢旱，率属虔祷，甘雨随降，岁事以成。惟查建庙处所，地甚低洼，

①台北故宫博物院藏：《军机及宫中档》，文献编号：408006787。

②中国第一历史档案馆藏：《录副奏折》，档号：03-5280-018。

潮湿所蒸，渐就倾圮。十四年，臣在藩司本任内禀商抚臣刘锦棠，相度形势，捐廉鸠工，另于山顶修建新庙一所，恭移钦颁匾额，照旧悬挂，并于大龙潭建龙神祠。数年以来，寒燠应候，雨泽及时，并无水旱偏灾之患。又，温宿州城隍庙、绥来县关帝庙、城隍庙、龙神祠，均著灵异，凡遇雨旸愆期，瘟疫时作，官绅、户民虔诚诣祷，或渥沛甘霖，或立转晴霁，沴疠亦即时休息。据署新疆布政使饶应祺、署镇迪道兼按察使衔陈名钰详转请奏前来。

臣查庙祀正神，如御灾捍患有功德于民者，例准奏请匾额、封号。兹据所详各节，洵属灵应昭著功德及民，相应吁恳天恩再行赏给博克达山神庙匾额一方，敕赐大龙潭龙神祠、温宿州城隍庙、绥来县关帝庙、城隍庙、龙神祠匾额各一方，交臣饬司分发各属，敬谨刊挂，并请敕加温宿、绥来两州县城隍封号，以昭灵贶而顺舆情。谨会同陕甘总督臣杨昌濬，恭折具陈，伏乞皇上圣鉴训示。再，新疆例案均系改题为奏，合并声明。谨奏。光绪十七年五月初五日。

（朱批：）所请给扁加封前，已谕令各直省分季汇题，即着遵照办理。①

光绪十七年六月初七日，奉朱批：所请给扁加封前，已谕令各直省分季汇题，即着遵照办理。钦此。②

0339. 奏报城守尉克蒙额赴任等情片

光绪十七年五月初五日（1891年6月11日）

再，古城城守尉克蒙额由京行抵新疆，臣当即给委饬赴本任，以重职守。兹据该守尉呈称：业于光绪十七年四月二十八日到任接印视事，所有护理城守尉前署正黄正红旗佐领文裕，应饬仍回佐领署任。其署正黄正红旗佐领前署该旗防御都成额，应饬仍回

①台北故宫博物院藏：《军机及宫中档》，文献编号：408006788。

②中国第一历史档案馆藏：《录副奏折》，档号：03-5554-080。

防御署任；署正黄正红旗防御前署镶黄正白旗骁骑校恒麟，应饬仍回骁骑校署任，各专责成。署镶黄正白旗骁骑校正黄正红旗委前锋校色克图肯，应饬仍归原旗当差。

除分饬遵照外，谨会同陕甘总督臣杨昌濬、护理伊犁将军臣富勒铭额，附片具陈。伏乞圣鉴。谨奏。

（朱批：）知道了。[①]

光绪十七年六月初七日，奉朱批：知道了。钦此。[②]

0340. 奏请从优奖叙防戍各军缘由折

光绪十七年五月初八日（1891年6月14日）

头品顶戴护理甘肃新疆巡抚新疆布政使臣魏光焘跪奏，为新疆防戍各军异常出力，自光绪十年邀恩优奖后，时阅七年，拟恳鸿慈准依成案，比照战功，从优奖叙，以示鼓励，恭折仰祈圣鉴事。

臣维用人之道，奖劝为先；防守之劳，边区尤甚。新疆南北两路外连俄境，内杂蒙回，固圉靖邻，在在均关紧要。溯自光绪三年全疆收复以来，悉赖客军分布防守，离家远戍，备历艰辛。光绪十年，前督办新疆军务臣刘锦棠体圣朝宽大之恩，悯军士从戎之苦，以防戍六年奏恳比照战功，加恩优奖，奉上谕：新疆底定以来，各军分防要隘，搜捕余匪，驰驱于冰天沙漠之中，不避艰险，异常出力，自应量予奖励。钦此。此时，臣在甘肃藩司任内，敬聆之下，仰见皇上廑念边军有劳必录，纶音下逮，感浃肌髓，至今士气常新。

光绪十一年，改设行省，臣蒙恩调任甘肃新疆布政使。到任后，目击关外情形，迥殊内地，防汛辽阔，伏莽潜滋，加以郡县初开，人心未定，零星游匪，出没无常。前抚臣刘锦棠激励将士，

①台北故宫博物院藏：《军机及宫中档》，文献编号：408006788-0-A。

②中国第一历史档案馆藏：《录副奏片》，档号：03-5280-019。

逐段梭巡，奔走于风雪之中，寝处于瘴疠之地，劳瘁迥异寻常。旋改立标营，裁汰老弱，人数顿减，逻守益烦。又因饷项支绌，改食坐粮，资其力者日多，给其求者转薄，由是而边军愈苦。嗣值前抚臣刘锦棠奉旨归省，臣以铨材谬护抚篆，力小任重，深惧弗胜，所幸在事文武员弁坚忍耐劳，始终不懈，迄今数载，遗误毫无，得以上慰宸廑，下弥边衅，益信我国家厚泽深仁，从前逾格之施入人深而收效远也。

夫有功必赏，朝廷所用，以鼓舞人才者在此，边臣所恃以收功指臂者亦在此。新疆地方险远，人皆视为畏途。前此湘、楚、皖、蜀，嵩武诸军所以不避锋镝，不顾身家，出入冰天雪海间而踊跃用命者，固由忠义奋发，要亦军食之厚，保举之优，有以引之于前策之于后耳。今虽参勇制改标营，而缠回风气未开，暂不能仿内地绿营章程专用土著。综计现在分防各营旗马步二万有奇，大半籍隶湘楚，以南人而奔驰万余里，以瘠地而苦守六七年，其成劳似不可没。臣是以不揣冒昧，拟援前次请奖成案，吁恳特沛恩施。如蒙俞允，俟奉到谕旨，谨即开单择尤汇奏，断不敢稍涉冒滥，致负圣慈！

所有新疆各军文武员弁防戍七年，异常出力，拟恳恩准比照战功，从优奖叙缘由，是否有当，谨会同陕甘总督臣杨昌濬，恭折具陈。伏乞皇上圣鉴训示，施行。谨奏。光绪十七年五月初八日。

（朱批：）准其照案，择尤酌保，毋许冒滥。①

光绪十七年六月十二日，奉朱批：准其照案，择尤酌保，毋许冒滥。钦此。②

---

①台北故宫博物院藏：《军机及宫中档》，文献编号：408006789。

②中国第一历史档案馆藏：《录副奏折》，档号：03-5879-028。

0341. 审拟民人殴杀外姻卑幼一案折

光绪十七年五月十二日（1891 年 6 月 18 日）

头品顶戴护理甘肃新疆巡抚新疆布政使臣魏光焘跪奏，为斗杀外姻卑幼，核明定拟，恭折具陈，仰祈圣鉴事。

窃阜康县客民吴大慨因口角起衅，戳伤缌麻服表弟高升材身死一案，据署阜康县知县左兆凤验明获犯，讯供议拟，解署迪化府知府黄丙焜审明，详署镇迪道兼按察使衔陈名钰审转前来。

臣覆加查核，缘吴大慨籍隶甘肃山丹县，与已死高升材分属姑表兄弟，同来阜康地方伙贸杂货生理，素好无嫌。光绪十六年十月初一日晚，吴大慨因取用钱文，彼此口角。高升材赶拢抓住吴大慨发辫，吴大慨挣脱，高升材顺拾桌上翦刀，戳伤吴大慨左额角。吴大慨情急，夺翦回戳，适伤高升材左乳，当经张明喝阻。讵高升材伤重，旋即殒命。投约报验获犯，讯供议拟，解迪化府详兼按察使衔审明转详，臣覆审无异。

查律载：外姻尊长殴缌麻卑幼至死者，绞，等语。此案吴大慨因取钱口角，戳伤缌麻表弟高升材左乳身死，自应按律问拟。吴大慨合依“外姻尊长殴缌麻卑幼至死者绞”律，拟绞监候，秋后处决。高升材殴伤吴大慨左额角，亦有不合，业已身死，应与救阻不及之张明均无庸议。无干省释。尸棺饬埋，凶翦案结销毁。是否允协？

除全案供招咨送刑部外，合将斗杀外姻卑幼，核明定拟缘由，恭折具奏。伏乞皇上圣鉴，饬部核覆施行。谨奏。光绪十七年五月十二日。

（朱批：）刑部议奏。①

光绪十七年六月十七日，奉朱批：刑部议奏。钦此。②

---

①台北故宫博物院藏：《军机及宫中档》，文献编号：408006790。

②中国第一历史档案馆藏：《录副奏折》，档号：03-7314-027。

0342. 审拟缠民以敏故杀妻死一案折

光绪十七年五月十二日（1891年6月18日）

头品顶戴护理甘肃新疆巡抚新疆布政使臣魏光焘跪奏，为故杀妻死，核明定拟，恭折具陈，仰祈圣鉴事。

窃莎车州缠民以敏因与伊妻口角起衅，故杀伊妻阿以比比身死一案，据署莎车直隶州知州潘震验明获犯，讯供议拟，解署喀什噶尔道向邦倬审明，咨镇迪道兼按察使衔陈名钰核转前来。

臣覆加查核，缘缠民以敏籍隶莎车州，务农度日，已死阿以比比是其妻室，完婚四年，向来和好。光绪十六年四月，以敏负欠无偿，潜往叶城避债，叮嘱伊妻随后即来。伊妻欲母伴送，适值妻母比微比比因事羁绊，延至八月初始行雇车将女送至叶城，寻见以敏。妻母次日即就原车回家。以敏因妻来迟，疑有外遇，向妻盘诘。伊妻不服，遂致反目。

八月二十三日，阿以比比欲往伊大姊家探问，以敏拦住，阿以比比不听，径自步行。以敏随后跟走，比到中途，阿以比比坐地歇息，以敏催其赶路，又相口角，以敏用拳打伤阿以比比右眼，阿以比比揪住以敏衣服，以敏抓住阿以比比发辫，用口咬其左手，阿以比比松手叫骂，以敏赶上按倒地下，阿以比比抓伤以敏右颊，更加滚骂。以敏愈加气忿，顿起杀机，有心致死，遂用左脚在阿以比比头上用力乱踢，致靴尖踢伤其左腮颊、左颔颏，又靴底铁掌踢伤其偏左、左耳根、脑后发际，登时殒命。以敏当即逃避，经乡约报验，据尸母认明，补报获犯，讯供议拟解道，咨兼按察使衔核明转详，臣覆核无异。

查律载：夫殴妻故杀，亦绞等语。此案以敏因与伊妻阿以比比口角起衅，临时起意将其踢伤致死，实属故杀，自应按律问拟。以敏合依“夫殴妻故杀，亦绞”律，拟绞监候，秋后处决。无干省释。尸棺饬埋，凶靴案结销毁。是否允协？

除全案供招咨送刑部外，所有故杀妻死，核明定拟缘由，谨恭折具陈。伏乞皇上圣鉴，饬部核覆施行。谨奏。光绪十七年五月十二日。

（朱批：）刑部议奏。①

光绪十七年六月十七日，奉朱批：刑部议奏。钦此。②

0343. 恭报十七年二月雨雪粮价情形折

光绪十七年五月二十日（1891年6月26日）

头品顶戴护理甘肃新疆巡抚新疆布政使臣魏光焘跪奏，为恭报光绪十七年二月分粮价并得雨雪情形，谨缮折具陈，仰祈圣鉴事。

窃照光绪十七年正月分各厅州县粮价并得雪情形，业经臣奏报在案。兹据署新疆布政使饶应祺详称：光绪十七年二月分，北路奇台得雨，入土三寸；阜康、镇西得雪，积地三寸；昌吉得雨，入土二寸；绥来、哈密、库尔喀喇乌苏得雪，积地三寸；迪化微雪。伊塔道属宁远得雨，入土三寸；塔尔巴哈台得雪，积地一寸；绥定、精河微雨。南路未得雨雪。

至通省粮价，镇西、塔尔巴哈台、精河、和阗、迪化、昌吉、绥来、绥定等厅州县俱与上月相同，余均略有增减。汇详请奏前来。

理合恭折具陈，并缮粮价清单，敬呈御览，伏乞皇上圣鉴。谨奏。光绪十七年五月二十日。

（朱批：）知道了。③

光绪十七年六月二十二日，奉朱批：知道了。钦此。④

---

①台北故宫博物院藏：《军机及宫中档》，文献编号：408006791。

②中国第一历史档案馆藏：《录副奏折》，档号：03-7314-028。

③台北故宫博物院藏：《军机及宫中档》，文献编号：408006792。

④中国第一历史档案馆藏：《录副奏折》，档号：03-6905-027。

0344. 呈新疆光绪十七年二月粮价清单

光绪十七年五月二十日（1891 年 6 月 26 日）

谨将新疆各属光绪十七年二月分米粮时估价值，缮具清单，恭呈御览。

计开二月分

镇迪道属

迪化县：大米每京石价银二两一钱一分四厘，小麦每京石价银八钱八分四厘，莞豆每京石价银九钱三分六厘，青稞每京石价银六钱二分一厘，俱与上月相同。

昌吉县：大米每京石价银一两八钱七分二厘，小麦每京石价银七钱七分六厘，莞豆每京石价银九钱二分，青稞每京石价银八钱七分五厘，俱与上月相同。

阜康县：粟米每京石价银八钱八分四厘，较上月减七分一厘。小麦每京石价银一两二分六厘，较上月减一钱六厘。莞豆每京石价银一两六分一厘，较上月减七分一厘。高粱每京石价银八钱四分九厘，较上月减五分三厘。

绥来县：大米每京石价银一两钱六分八厘，小麦每京石价银八钱二分八厘，莞豆每京石价银一两二分二厘，高粱每京石价银五钱六分三厘，俱与上月相同。

奇台县：大米每京石价银二两二钱四分四厘，较上月减一钱七分三厘。小麦每京石价银六钱七分二厘，较上月减三分五厘。莞豆每京石价银六钱九分，较上月减六分九厘。

吐鲁番直隶厅：小麦每京石价银一两一钱一分八厘，较上月增七分四厘。大麦每京石价银五钱六分，与上月相同。高粱每京石价银六钱三分一厘，与上月相同。黄豆每京石价银一两七钱一分七厘，与上月相同。

镇西直隶厅：小麦每京石价银一两三钱，莞豆每京石价银一两二钱四分，青稞每京石价银七钱二分，俱与上月相同。

哈密直隶厅：粟米每京石价银一两三钱六分八厘，较上月减七分二厘。小麦每京石价银九钱三分八厘，较上月减二分八厘。莞豆每京石价银一两五钱一分二厘，较上月减七分二厘。青稞每京石价银八钱四分八厘，较上月增一分四厘。

康尔喀喇乌苏直隶厅：小麦每京石价银一两六分，较上月减六分。莞豆每京石价银一两四钱二分，较上月增七分。高粱每京石价银七钱一分，与上月相同。

伊塔道属

绥定县：大米每京石价银三两八钱四分四厘，小麦每京石价银一两二钱四分二厘，大麦每京石价银九钱四厘，莞豆每京石价银一两二钱二分四厘，俱与上月相同。

宁远县：大米每京石价银二两九钱六分，较上月减四钱八分。小麦每京石价银六钱九分，与上月相同。大麦每京石价银五钱三分五厘，较上月增二分二厘。莞豆每京石价银六钱四分八厘，较上月减七分二厘。

塔尔巴哈台直隶厅：小麦每京石价银一两二分五厘，大麦每京石价银八钱七分五厘，莞豆每京石价银一两八分五厘，俱与上月相同。

精河直隶厅：大米每京石价银三两一钱四分五厘，小麦每京石价银九钱四分五厘，莞豆每京石价银一两三钱六分，大麦每京石价银七钱三分五厘，俱与上月相同。

阿克苏道属

温宿直隶州：大米每京石价银一两八钱二分四厘，较上月增一钱三分四厘。小麦每京石价银六钱九分，较上月减一钱六分五厘。大麦每京石价银四钱八分，较上月增三分六厘。包谷每京石价银五钱四分四厘，较上月减一钱三分六厘。

拜城县：小麦每京石价银四钱三分，较上月增四分。莞豆每京石价银二钱六分，与上月相同。大麦每京石价银二钱六分，较上月增八分。包谷每京石价银三钱四分，较上月增四分。

喀喇沙尔直隶厅：大米每京石价银二两三钱六分八厘，与上月相同。小麦每京石价银七钱七分二厘，较上月减三钱三分二厘。莞豆每京石价银七钱二分，较上月减二钱八分八厘。包谷每京石价银六钱四分，较上月减二钱五分六厘。

库车直隶厅：大米每京石价银二两，较上月增三钱。小麦每京石价银七钱四分，较上月增一钱八分。莞豆每京石价银二钱八分，与上月相同。包谷每京石价银四钱一分，较上月增一钱。

乌什直隶厅：大米每京石价银一两五钱一分九厘，较上月增二分九厘。小麦每京石价银四钱六分二厘，与上月相同。大麦每京石价银二钱三分五厘，与上月相同。包谷每京石价银三钱九分三厘，与上月相同。

喀什噶尔道属

疏勒直隶州：大米每京石价银二两二钱五分，较上月减四分五厘。小麦每京石价银一两七分六厘，较上月减二分八厘。包谷每京石价银八钱九分六厘，较上月减五分一厘。高粱每京石价银七钱四分七厘，与上月相同。

疏附县：大米每京石价银二两二钱五分，较上月减四分五厘。小麦每京石价银一两七分六厘，较上月减二分八厘。包谷每京石价银九钱三分八厘，较上月减五分三厘。高粱每京石价银七钱四分七厘，与上月相同。

莎车直隶州：大米每京石价银一两六钱一分三厘，较上月减一分七厘。小麦每京石价银七钱三分一厘，较上月减九分七厘。大麦每京石价银六钱二分五厘，较上月减六分二厘。包谷每京石价银五钱一分，较上月减九分七厘。

叶城县：大米每京石价银二两七钱八分五厘，与上月相同。小麦每京石价银一两，与上月相同。包谷每京石价银五钱七分六厘，与上月相同。青稞每京石价银三钱五分，较上月减五分。

和阗直隶州：大米每京石价银一两九钱六分，小麦每京石价银九钱三分八厘，包谷每京石价银五钱三分八厘，青稞每京石价银五钱五分二厘，俱与上月相同。

于阗县：大米每京石价银二两二钱八厘，与上月相同。小麦每京石价银九钱九分一厘，较上月增五分三厘。包谷每京石价银六钱五分二厘，与上月相同。

英吉沙尔直隶厅：大米每京石价银二两一钱二分八厘，较上月减四钱五分二厘。小麦每京石价银八钱四分二厘，较上月减一钱一分八厘。大麦每京石价银五钱七分，与上月相同。包谷每京石价银六钱二分五厘，较上月减一钱七分五厘。

玛喇巴什直隶厅：大米每京石价银二两五钱九分，较上月增三钱七分。小麦每京石价银一两一钱四厘，较上月增一钱三分八厘。包谷每京石价银八钱三分二厘，较上月增六分四厘。

（朱批：）览。①

0345. 造报十四年司库收支银粮草束折

光绪十七年五月二十日（1891年6月26日）

头品顶戴护理甘肃新疆巡抚新疆布政使臣魏光焘跪奏，为造报甘肃新疆光绪十四年分司库收支银粮、草束，分缮总、散清册，恳恩饬部核销，恭折仰祈圣鉴事。

窃照光绪十三年分司库收支各属正、杂银粮、草束，业经臣奏请核销在案。兹据署新疆布政使饶应祺详称：光绪十四年分各属征收本折粮草、地课、杂税等项，支发文武廉费、俸工、鞔鞋、盐菜、驿站夫马、工料、孤贫花布、祭祀及乌鲁木齐、巴里坤、古城旗营官兵俸饷、迁徙经费、车价并免扣官兵借款，修理古城衙署、兵房，分别司库、道库实收实支数目，造册请销。至各军营旗并善后各项支领粮料、草束应扣价银，已由军需、善后项下扣收解司。各属征收税课银两，其有善后项下动用者，亦由善后

①中国第一历史档案馆藏：《单》，档号：03-6905-028。

项下解还司库，照数列收汇报。

统计光绪十四年分，旧管存银二十九万七千二百二十六两五钱八分四厘，新收各款银六十万一千一十五两四钱二分三厘，开除银四十八万一百二十八两二钱八分，实在截至十四年底止，共存银四十一万八千一百一十三两七钱二分七厘，又未支银七千七百九十七两七钱四分五厘，又仍未支银八千一百九两一钱六分九厘。

旧管存各属仓储各色京斗粮四十二万九千七百七十二石二斗八升六合，新收各色京斗粮二十一万八千九百九十七石七斗九升七合七勺，开除各色京斗粮一十四万八千六百一十七石一斗五升九合四勺，实在截至十四年底止，共存各色京斗粮五十万一百五十二石九斗二升四合三勺；又各属征收未完籽种额粮一万四千七百八十五石七斗四升八合三勺，又未支料七十七石七斗五升三合六勺，又仍未支料一百二十二石八斗七合五勺，又仍长支料三百一十石三升二合五勺。

旧管各属厂储草一千二百四十五万二千七百一十斤一十两九钱二分，新收草一千四百七十四万七千三百二十四斤二钱二分，开除草一千一百九十八万六千七百九十五斤八两，实在截至光绪十四年底止，共存草一千五百二十一万三千二百三十九斤三两一钱四分，又未支草二万九百三十六束，又仍未支草八万六千四百九十三束。

其长支、未支银粮、草束，俟找发扣还后，归入下届造报附销，造具银粮、草束四柱清单，并总、散报销清册，详请奏咨核销前来。

臣覆核无异，理合缮具简明清单，恭呈御览，仰恳天恩饬部核销。除将清册分送户部、户科外，谨会同陕甘总督臣杨昌濬，恭折具奏。伏乞皇上圣鉴训示。谨奏。光绪十七年五月二十日。

（朱批：）户部议奏，单并发。①

光绪十七年六月二十二日，奉朱批：户部议奏，单并发。钦此。②

0346. 呈新疆光绪十四年收支各款清单

光绪十七年五月二十日（1891年6月26日）

谨将新疆各属光绪十四年分管、收、除、在各款银粮、草束数目，缮具四柱清单，恭呈御览。

计开

一、银两项下

旧管：一、存银二十九万七千二百二十六两五钱八分四厘。

新收：一、收新饷项下拨解旗营经费银九万六千两。

一、收新饷内提存司库银七万六千八百两。

一、收新饷内提归司库例款不敷银一十四万四千两。

一、收园地课银三千七百九十二两二分四厘。

一、收折色粮草银五万五千二百七十七两七钱三分六厘。

一、收带征拜城县十三年分灾缓折色草价银四两二钱八分。

一、收牲税及税余银七千七百二十九两一钱七分九厘。

一、收园房地租银四千二百八十五两六钱三分六厘。

一、收水磨硙税银一万二千二百四十九两七钱四分八厘。

一、收金课银七十四两八钱七厘。

一、收金沙变价银二千三百三十八两五钱六分。

一、收草湖税银一千三百五十六两六钱一分。

一、收契税银四千九百五十五两八钱二分二厘。

一、收军需、善后项下解缴各军营旗善后领用粮缴价银六万六千七百六十二两八钱四分五厘。

①台北故宫博物院藏：《军机及宫中档》，文献编号：408006793。

②中国第一历史档案馆藏：《录副奏折》，档号：03-6566-057。

一、收军需、善后项下解缴各军营旗善后领用草缴价银五千一百六十三两九钱六分二厘。

一、收平粜粮石价银二万一千三百一十两二分四厘。

一、收变卖草束价银四百七十三两六钱二厘。

一、收百货土产税银七万六百四十四两一钱二分六厘。

一、收减平银一万八千八百七十两一钱五分二厘。

一、收面价银六千四百八十七两二钱。

一、收哈密、库车回王应扣一半俸银一千五百七十六两。

一、收各属并标营缴还十二、十三两年分报销册内长支廉价银八百二十七两八钱七分。

一、补收十一年分漏报莎车色勒库尔地方金课折收银三十五两二钱四分。

以上二十三款，共新收银六十万一千一十五两四钱二分三厘。总共管、收银八十九万八千二百四十二两七厘。

开除：一、支发文职廉俸、工费等项银一十七万二千六百三十四两一钱二分九厘。

一、支发驿站经费银一十万五千八两二分三厘。

一、支发武职廉俸、薪蔬、纸红、马干、料草、公费、鞦鞋、盐菜、世俸等项银三万六千五百四十两二钱五分一厘。

一、支发祭祀银二千二百八两七钱一分四厘。

一、支发哈密、库车、吐鲁番三处回王俸银四千四百两。

一、支发孤贫花布银一千五百一十一两四分。

一、支发刊刻《时宪书》工料银四百九十三两四钱四分。

一、支发刊刻征信册工料银九百两二分五厘。

一、支发坎巨提头目进贡金沙例赏大缎价值银七十六两八钱。

一、支发渡船水手工食、岁修经费及凿修冰路民夫盐菜、锄铲等项银一千一百一十三两六分。

一、支发税局局费银一万三千三百八十三两八钱八分八厘。

一、支发十二、十三两年分减平银内扣收各处长支、廉费、减平银四十八两四厘。

一、支发乌鲁木齐、巴里坤、古城三旗营经费并迁徙经费、车价免扣官兵借款，修理古城旗营、衙署、兵房等项银一十四万一千八百一十两九钱六厘。

以上十三款，共支发银四十八万一百二十八两二钱八分。

实在：一、存银四十一万八千一百一十三两七钱二分七厘，内司库存银三十六万七千二百三十四两四钱七分五厘，阿克苏道库存银六百三十八两一钱二分六厘，喀什噶尔道库存银五万二百四十一两一钱二分六厘。

一、未支银七千七百九十七两七钱四分五厘。

一、仍未支银八千一百九两一钱六分九厘。

一、粮石项下

旧管：一、存各色京斗粮四十二万九千七百七十二石二斗八升六合。

新收：一、收各色京斗粮二十一万八千九百九十七石七斗九升七合七勺。

以上管、收共京斗粮六十四万八千七百七十石八升三合七勺。

开除：一、支发书役食粮京斗粮八千八百三十石三斗三升一合一勺。

一、支发新疆巡抚衙门笔帖式家口粟米、马料京斗粮一十八石九斗一升。

一、支发驿书火食京斗粮四千五百五石。

一、支发乌鲁木齐、巴里坤、古城三旗营官兵食粮、马料京斗粮一万四百五十五石七斗九升一合八勺。

一、支发镇西厅由奇台县拨运籽种京斗粮二千石。

一、支发乌鲁木齐提标各营马料京斗粮五百一十五石一斗五升四合五勺。

一、支发孤贫、残废口食京斗粮二千七百三十九石一斗九升八勺。

一、支发监犯口食京斗粮二百九石三斗五升四合七勺。

一、支发递解人犯口食京斗粮一十三石六斗四升七合六勺。

一、支发军需、善后领用京斗粮七万六千四百二十四石七斗九升一合。

一、支发户民借领籽种京斗粮一万三千三十八石四斗一升四合。

一、支发赈济被灾户民口食京斗粮一百四十八石七斗四升。

一、支发渡船水手及修冰路民夫口食京斗粮三百四十二石四升八合。

一、支发减粜京斗粮二万九千三百七十五石七斗八升五合九勺。

以上十四款，共支发京斗粮一十四万八千六百一十七石一斗五升九合四勺。

实在：一、存各色京斗粮五十万一百五十二石九斗二升四合三勺。

一、存民欠未完十四年分籽种京斗粮二千七百九十五石二升一合六勺。

一、存缓征及民欠未完十四年分额粮二千六百八十石三斗四升九合三勺。

一、存民欠未完九、十、十一、十二、十三等年籽种京斗粮三千八百三十八石三斗三升五合六勺。

一、存民欠未完九、十、十一、十二、十三等年额粮五千四百七十二石四升一合八勺。

一、乌鲁木齐提标及阿克苏镇标各营未支料七十七石七斗五升三合六勺。

一、乌鲁木齐提标及阿克苏镇标各营仍未支料一百二十二石八斗七合五勺。

一、乌鲁木齐提属各营仍长支料三百一十石三升二合五勺。

一、草束项下

旧管：一、存本色草一千二百四十五万二千七百一十斤一十两九钱二分。

新收：一、收本色草一千四百七十四万七千三百二十四斤二钱二分。

以上管、收共草二千七百二十四万三十四斤一十一两一钱四分。

开除：一、支发本色草一千一百九十八万六千七百九十五斤八两。

实在：一、存草一千五百二十一万三千二百三十九斤三两一钱四分。

一、乌鲁木齐提标及阿克苏镇标各营未支草二万九百三十六束。

一、乌鲁木齐提标及阿克苏镇标各营仍未支草八万六千四百九十三束。

（朱批：）览。①

0347. 请以李凌汉借补昌吉县知县折

光绪十七年六月初四日（1891年7月9日）

头品顶戴护理甘肃新疆巡抚新疆布政使臣魏光焘跪奏，为拣员借补要缺知县，以裨地方，恭折仰祈圣鉴事。

窃据署新疆布政使饶应祺、署镇迪道兼按察使衔陈名钰会详：昌吉县知县员缺久悬，亟应拣员请补，以重职守。查北路旧有各缺，经前抚臣刘锦棠奏准援照甘肃变通章程请补。查章程内开：如因地方紧要，遴才任使，须将他省候补及候选分发各员变通委署者，应准留于该省分别补用。又，新疆拟补缺章程内有分省候选，并他省候补各员从事有年，于边务熟悉，均准留于新疆，照

①中国第一历史档案馆藏：《单》，档号：03-6566-058。

章补署，各等语。

今昌吉县知县系繁、难二项要缺，查有运同衔留甘补用知州李凌汉，年四十六岁，湖南湘乡县人，由文童于同治九年投效楚军。十三年十二月十六日，遵筹饷例在西征粮台报捐通判不论双单月选用。关陇肃清案内汇保，光绪二年二月初四日奉上谕：着免选本班，以知州分发省分，归候补班补用。钦此。克复乌鲁木齐、玛纳斯各城案内汇保，三年九月初五日奉上谕：着以本班留于甘肃，归候补班前尽先补用，并赏戴蓝翎。钦此。攻克达坂城、托克逊贼巢并会师克复吐鲁番满、汉两城案内汇保，四年正月二十五日奉上谕：着赏换花翎。钦此。新疆五次剿平边寇案内汇保，七年五月二十日奉上谕：着赏加运同衔。钦此。新疆六载边防案内汇保，十年十月初四日奉上谕：着赏给四品封典，并俟补缺后，再行送部引见。钦此。十一年，留省候补。十三年，委署拜城县篆，十四年正月二十五日到任，十六年四月初十日卸事。

查该员李凌汉年壮才明，实心任事，前署拜城县任内，办理一切，诸臻妥协，且在新疆年久，边情尤为熟悉，以之借补昌吉县知县员缺，实堪胜任，人地亦极相宜。虽以知州请补知县，与例稍有未符，然例有借补明文，又属人地相宜等情。详请具奏前来。

臣查该员李凌汉年富才明，办事勤慎，合无仰恳天恩俯念要缺需员，准以运同衔留甘补用知州李凌汉借补昌吉县知县员缺，于地方实有裨益。如蒙俞允，俟奉部覆，即行给咨送部引见，以符例章。再，该员署任内并无参罚案件。合并声明。谨会同陕甘总督臣杨昌濬，恭折具陈，伏乞皇上圣鉴训示。谨奏。光绪十七年六月初四日。

（朱批：）吏部议奏。①

①台北故宫博物院藏：《军机及宫中档》，文献编号：408006794。

光绪十七年七月初十日，奉朱批：吏部议奏。钦此。[1]

0348. 请以田鼎铭补阜康知县缘由折

光绪十七年六月初四日（1891年7月9日）

头品顶戴护理甘肃新疆巡抚新疆布政使臣魏光焘跪奏，为拣员请补要缺知县，以裨地方，恭折仰祈圣鉴事。

窃据署新疆布政使饶应祺、署镇迪道兼按察使衔陈名钰会详：准补阜康县知县李时熙于光绪十七年正月初六日闻讣丁忧，应以丁忧本日作为开缺日期，业经详请奏咨在案。所遗阜康县知县系冲、繁、难三项要缺，亟应遴员请补，以重职守。查北路旧有各缺，经前抚臣刘锦棠奏准援照甘肃变通章程请补。查章程内开：知县要缺一项，初任、候补并拣发、委用以及到省在后各员，均准通融拣选题补。其试用人员无论正、佐各官，如遇要缺，一并准其请补等语。

今阜康县知县要缺，查有花翎同知衔候补知县田鼎铭，年四十三岁，原籍甘肃通渭县人，寄籍安西直隶州。同治八年，由文童投效军营，于夺取新路坡要隘、克复太子寺汛城并踏平祁家集逆巢案内奏保，十年十二月三十日奉上谕：着赏戴六品蓝翎。钦此。十二年，应补行七年科考取准州学附生。旋复投营效力，关陇肃清案内汇保，光绪二年二月初四日奉上谕：着以县主簿分省补用。钦此。四年，遵筹饷例在湖南协黔捐局加捐县丞双月选用。新疆南北两路一举荡平案内汇保，六年正月三十日奉上谕：着免选本班，以知县分省，归候补班前尽先补用，并赏加同知衔。钦此。新疆六载边防案内汇保，十年十月初四日奉上谕：着赏换花翎。钦此。十五年，留省候补。查该员田鼎铭年力强干，练达有为，在新疆年久，边情熟悉，以之请补阜康县知县员缺，实堪胜任，人地亦极相宜等情。详请具奏前来。

---

[1] 中国第一历史档案馆藏：《录副奏折》，档号：03-5281-033。

臣查该员田鼎铭年力富强，才具干练，合无仰恳天恩俯念要缺需员，准以同知衔候补知县田鼎铭补授阜康县知县员缺，洵于地方有裨。如蒙俞允，俟奉部覆，即行给咨送部引见，以符例章。谨会同陕甘总督臣杨昌濬，恭折具奏，伏乞皇上圣鉴训示。谨奏。光绪十七年六月初四日。

（朱批：）吏部议奏。[①]

光绪十七年七月初十日，奉朱批：吏部议奏。钦此。[②]

0349. 设立新疆省城书院并筹备经费折

光绪十七年六月初四日（1891 年 7 月 9 日）

头品顶戴护理甘肃新疆巡抚新疆布政使臣魏光焘跪奏，为甘肃新疆省城设立书院，并筹款生息，以裕经费，恳恩饬部立案，恭折仰祈圣鉴事。

窃维作育人才，莫如书院。新疆僻处边徼，风气不齐，非诵法儒先，无以收经正民兴之效。查迪化州城旧有书院一所，自经兵燹，荡然无存，士类雕残，贫苦尤甚，虽欲亲师取友，其道无由。光绪十一年，刘锦棠暨臣先后到巡抚、藩司本任，当择官房酌量修整，调镇迪道属生童读书其中，以复书院旧制，而地势湫隘，规模未备。

嗣因乌鲁木齐都统一缺奏准裁撤，所遗城西北隅衙署，地既高敞，房屋亦多，可就筹拨款项，饬迪化县知县陈希洛雇购工料，改旧添新，凡讲堂、斋舍、庖湢需用器物，犁然备具，工竣额曰“博达书院”，以为新疆全省士子肄业之所；购备经、史、子、集各书，俾资考览；脩金、膏火、岁修等项，所费不赀，非得常款，无以经久，并就地筹获新湘平银共二万两，交由迪化县发商生息，以资开支。书院山长暂由内省延聘，其教以敦崇品行、屏黜浮华

---

①台北故宫博物院藏：《军机及宫中档》，文献编号：408006796。

②中国第一历史档案馆藏：《录副奏折》，档号：03-5281-034。

为旨归，而课之以经解、策论、制艺、诗赋，以观其造诣。每年二月初旬，巡抚亲临甄别，取录内外各课，月给膏火、银粮。月课由巡抚、司、道、府轮考，分别给奖，以示鼓励。

计五六年来，人数渐众，学业亦有可观。从此讲贯服习，俾边荒士子皆得涵濡教泽，争自濯磨，实于人才不无裨益。南路现设义学，均系缠氓，应俟所诣加进，择其确能有成者，调入书院肄业，以示大同而资推广。所有新疆省城设立书院，并筹备经费缘由，据署布政使饶应祺详请具奏前来。

谨会同陕甘总督臣杨昌濬、甘肃学政臣胡景桂，恭折具陈。伏乞皇上圣鉴，饬部立案施行。谨奏。光绪十七年六月初四日。

（朱批：）该部知道。[①]

光绪十七年七月初十日，奉朱批：该部知道。钦此。[②]

0350. 查讯革员游春泽等侵欺各款折

光绪十七年六月初四日（1891年7月9日）

头品顶戴护理甘肃新疆巡抚新疆布政使臣魏光焘跪奏，为遵驳查讯被参革员侵欺各款，分别定议，恭折具奏，仰祈圣鉴事。

窃臣于光绪十五年二月准本任抚臣刘锦棠移交前署伊犁将军锡纶会参伊犁不法各员一案，卷查革员游春泽等被参办理善后浮开捏报之款不下二十七万余两，交部定罪，经刑部以原参诸多含混，请饬令详细查讯明确，按例定拟，再行核办等因。于光绪十四年四月二十六日具奏，奉旨：依议。钦此。钦遵。旋准伊犁将军色楞额将该革员等并卷宗、印簿、清折咨解到省，因案不齐全，调卷集证，辗转查询，至十六年三月始准护理伊犁将军富勒铭额饬据各员陆续申覆前来，行司发署迪化府知府黄丙焜逐一考核质问，详署藩司饶应祺、署镇迪道兼按察使衔陈名钰覆审会详。

---

①台北故宫博物院藏：《军机及宫中档》，文献编号：408006797。

②中国第一历史档案馆藏：《录副奏折》，档号：03-6628-124。

臣亲提查讯，此案以革员游春泽等浮开捏报不下二十七万余两为紧要关键，而二十七万余两之数，原参系以六款约略估计，一为半价售穷民汇票，一为浮报修格登山御制碑亭销款，一为吞骗工头价银，一为冒支军台官兵口分、牛马价值，一为浮报惠远城工，一为浮报瞻德城工。现在逐款秉公查核。

如原参穷民筑城工价汇总，勒给远省汇票计银一万三千余两，如不能往，以半价售归一节。据游春泽供：穷民借工糊口，日用是资，何能汇总勒给远省汇票？如有此事，当时人数众多，岂得无人告发？等语。核其情节，尚属近理，查询当时事后，亦委无告发穷民。

如原参修建格登山御制碑亭，委员邢长春经手用银三百八十两，竟请销银二千一百余两一节。据游春泽供：邢长春用银二百八十两，系只工价一项，此外尚有木料、砖瓦、石灰价值、驮送运脚及彩画、油漆等费，合共用银二千一百余两，奉工部核驳银三百余两，实准销银一千八百两等语。比经咨查，准护理伊犁将军富勒铭额覆称：邢长春早已回籍，委勘则今昔工价迥殊，难估确数；检查将军金顺报销工程片奏，曾经声明山路崎岖，运道遥远情形，供词自非虚饰。

如原参吞骗工头工价银二千五百六十余两一节。据李永祜供：光绪十年，工头方文斗等联名具控欠发工价一案，经将军金顺交发审局讯办，如数发清完结等语。检阅旧案，亦属相符。

如原参军台官兵口分，自光绪八九年起，共请销银七万八千五百余两，马、牛价销银四千八百余两，金顺于十一年十月始照会各领队大臣、总兵安设一节。检查档案，并无十一年十月照会文卷。据游春泽供：军台、卡伦自八年伊犁收还后，将军金顺即陆续安设，八年南路分界大臣已由冰岭军台行走等语。分咨现任各领队大臣查覆，八年九月、九年三月、十年五月，均有安设军台、卡伦之案，与所供陆续安设尚相符合。

如原参惠远城，据游春泽核驳游击王鸿发工价，将城东、西、北三面悉照南面城垣，提督李考祥所报工价二万二千四百余两、面二十七万九千九百二十斤，开支是该城工价、面价，四面共计用银不足十二万两，请销银二十四万余两一节。据游春泽供：王鸿发、李考祥分办惠远城工，系光绪九年四月接手，仅筑城身，该城工程八年即已开办，所用器具、木椽等项并四面脚基，均李永祜一手经理，迨后城面、女墙、垛口又系李永祜经手办竣，原奏称用银不足十二万两，专就城身估计，而不知有前后大半工程，且李考祥承办城身工程报用银二万九千余两，面价在外，原奏称二万二千四百余两，不知何据等语。提讯李永祜，供词相同。检查李考祥销册，实报用银二万九千余两，未列面价，又只开城垣、濠沟丈尺，并无女墙、垛口、城脚等工。是城身一项已不止用银十二万两，仍另有前后工程用款。

以上五款，原参既无确实证据。搜调卷宗，苦不齐全，在事诸人又各星散，而就现有档卷考证，供词尚无罅隙。即质之列款禀讦之吴炳鑫，亦不能一一确指，强以相加。诚如部议，不能箝制其口，折服其心，应请均无庸置议。

惟原参瞻德城监修委员雷沛霖具报用银不足六万两，请销银十三万余两一节。据游春泽供：雷沛霖系原任伊犁总兵刘宏发委办城工，该员经手本只用银五万八千九百三十六两八钱九分二厘，外有刘宏发采买修城兵勇食粮及修桥兵勇口分各等项，共用银二万五千一百三十三两八钱，并恤赏银四万两等语。检核印簿清折，实均逐款开列，恤赏一项亦咨总署有案。但瞻德城工原报请销银十三万二百余两，经部核驳，实准销银十二万七千五百九十九两二钱二分一厘，尽将前款列抵，仍浮销银三千五百二十八两五钱二分九厘无着。据游春泽供系购买零星之用。令其指出何项，则供年久无从记忆，驳以纵或遗忘，何至印簿、清折中亦未开载？再三盘诘，游春泽无词可答，俯首认罪。

臣查此案，原参浮开捏报不下二十七万余两，或征诸旁人讦告之禀，或检零星旧卷，执一推勘，并未合全案。逐细详查，不免多有失实之处。十五年二月，抚臣刘锦棠曾有前在伊犁访闻该革员游春泽等不免侵欺，实未闻其有如此等数一奏。伊犁将军已更数任，其金顺任内一切案卷，强半残缺散失，迭次咨调，仅有存者，若必按款逐宗索卷稽核，方始定案，将了结无期。现在就案办理，凡原参无据者，不事苛求，惟瞻德城工浮销无着之款，游春泽虽坚称年久忘记，诘难之下，亦即理屈辞穷，罪有应得，自应比例定拟。

查例载：盗仓库钱粮入己一千两以上者，斩监候。此案游春泽造报城工，浮销侵吞银三千五百二十八两五钱二分九厘，应比照“盗仓库钱粮入己一千两以上者，斩监候”例，拟斩监候，勒限追完。本年二月，准户部咨：据两江、四川两省先后查抄游春泽房屋、田地、衣物、器具、书籍等项，值银一千八百八十三两二钱六分五厘，请拨解新疆，统归伊犁善后经费项下动用；尚短银一千六百四十五两二钱六分四厘，应即照例勒追缴收。惟该革员犯事系在光绪十五年三月十六日恩诏以前，应否查办，听候部议。已革直隶州知州李永祜，原参与游春泽浮开捏报，查讯游春泽侵吞前款，尚与该革员无涉，业经革职，应毋庸议。原参查抄之案，并请撤销。

除将革员游春泽亲供咨送军机处、刑部外，所有遵驳查讯革员侵欺各款，分别定拟缘由，是否有当，谨会同陕甘总督臣杨昌濬、护理伊犁将军臣富勒铭额，恭折具奏。伏乞皇上圣鉴，饬部核议施行。再，此案因调卷集证，行文往返，是以稽迟。合并声明。谨奏。光绪十七年六月初四日。

（朱批：）刑部议奏。[1]

光绪十七年七月初十日，奉朱批：刑部议奏。钦此。[2]

---

①台北故宫博物院藏：《军机及宫中档》，文献编号：408006795。

②中国第一历史档案馆藏：《录副奏折》，档号：03-6567-009。

0351. 奏报知府吴炳鑫亏空缘由片

光绪十七年六月初四日（1891年7月9日）

再，花翎盐运使衔山西遇缺题奏知府吴炳鑫，先经原任伊犁将军金顺以城工亏款奏参革职监追。嗣经前署将军锡纶查明，奏准注销参案，开复原官，并将原参亏款指出漏报各项及短发薪公局费，请均于游春泽、李永祜名下，分别着追给领，于光绪十四年三月十九日奉上谕：着照所议办理，该部知道。钦此。钦遵。当经并案行司，委署迪化府知府黄丙焜查明，详由司道审转前来。

臣查锡纶片奏内称：照金顺所移清单，除各员薪水经部议准另案核销木料先已移交外，所有口袋、运脚皆非吴炳鑫实用之款，即非吴炳鑫亏缴之银。现既漏报，应于游春泽、李永祜二人名下着追。其余短发吴炳鑫薪公、局费银四千五百九十余两，一并于游春泽名下追缴等语。现在查案质讯，前项口袋、运脚等款共银一千二百六十四两有奇，皆系公家实用，吴炳鑫固未经手，游春泽亦未漏报。金顺任内一切用款，仰蒙圣恩早准开单报销。此项支款系属以公济公，请免置议。至吴炳鑫应领薪公、局费银四千五百九十余两，与游春泽无涉。据吴炳鑫呈验金顺印批，虽有准发之款，未载数目，即吴炳鑫开呈，亦只笼统一笔，不能逐宗具列。金顺任内此等批准未发之项，不一而足，均无款可发，应亦毋庸置议。理合附片陈明，伏乞圣鉴。谨奏。

（朱批：）刑部知道。[①]

光绪十七年七月初十日，奉朱批：刑部知道。钦此。[②]

---

①台北故宫博物院藏：《军机及宫中档》，文献编号：408006795-0-A。

②中国第一历史档案馆藏：《录副奏折》，档号：03-6567-008。

0352. 请将王荣桂等一并革职缘由片

光绪十七年六月初四日（1891 年 7 月 9 日）

再，五品衔候补知县王荣桂，举止轻浮，造言生事。镇迪道库大使兼按司狱张贵松，居心巧诈，鄙谬不职。已革同知衔浙江补用知县王豪，前经陕甘总督臣左宗棠以该员鄙谬妄为，声名甚劣，奏参革职。因其边情尚熟，经历任喀什噶尔道弃瑕录用，借供驱使，前数年尚知敛迹，近来故态复萌，实属不堪造就。正当整顿吏治之时，此等劣员未便稍事姑容，相应请旨将五品衔候补知县王荣桂、镇迪道库大使兼按司狱张贵松一并革职，已革浙江补用知县王豪永不叙用，以肃官方。谨附片陈明，伏乞圣鉴。谨奏。

（朱批：）着照所请，吏部知道。①

光绪十七年七月初十日，奉朱批：着照所请，吏部知道。钦此。②

0353. 恭报十七年三月雨雪粮价情形折

光绪十七年六月十九日（1891 年 7 月 24 日）

头品顶戴护理甘肃新疆巡抚新疆布政使臣魏光焘跪奏，为恭报光绪十七年三月分粮价并得雨雪情形，谨缮折具陈，仰祈圣鉴事。

窃照光绪十七年二月分各厅州县粮价并得雨雪情形，业经臣奏报在案。兹据署新疆布政使饶应祺详称：光绪十七年三月分，北路库尔喀喇乌苏得雪，积地六寸；奇台得雪，积地四寸；得雨，入土五寸；镇西得雪，积地三寸；昌吉得雨，入土三寸；迪化得

①台北故宫博物院藏：《军机及宫中档》，文献编号：408006796-0-A。

②中国第一历史档案馆藏：《录副奏片》，档号：03-5281-035。

雪，积地二寸；绥来得雪，积地二寸；得雨，入土二寸；阜康得雨，入土一寸；吐鲁番微雨。伊塔道属宁远得雨，入土二寸；绥定、塔尔巴哈台、精河微雨。南路库车得雨，入土七寸；乌什得雨，入土三寸；喀喇沙尔得雨，入土四寸；拜城得雨，入土一寸；疏勒、疏附、叶城、和阗微雨，余未得雨雪。

至通省粮价，吐鲁番、镇西、塔尔巴哈台、精河、喀喇沙尔、英吉沙尔、和阗、昌吉、阜康、拜城等厅州县俱与上月相同，余均略有增减。汇详请奏前来。

理合恭折具陈，并缮粮价清单，敬呈御览，伏乞皇上圣鉴。谨奏。光绪十七年六月十九日。

(朱批：) 知道了。[①]

光绪十七年七月二十一日，奉朱批：知道了。钦此。[②]

0354. 呈新疆光绪十七年三月粮价清单

光绪十七年六月十九日（1891 年 7 月 24 日）

谨将新疆各属光绪十七年三月分米粮时估价值，缮具清单，恭呈御览。

计开三月分

镇迪道属

迪化县：大米每京石价银二两四钱六分六厘，较上月增三钱五分二厘。小麦每京石价银九钱五分五厘，较上月增七分一厘。莞豆每京石价银九钱三分六厘，与上月相同。青稞每京石价银六钱九分，较上月增六分九厘。

昌吉县：大米每京石价银一两八钱七分二厘，小麦每京石价银七钱七分六厘，莞豆每京石价银九钱二分，青稞每京石价银八钱七分五厘，俱与上月相同。

---

①台北故宫博物院藏：《军机及宫中档》，文献编号：408006799。

②中国第一历史档案馆藏：《录副奏折》，档号：03-6906-032。

阜康县：粟米每京石价银八钱八分四厘，小麦每京石价银一两二分六厘，莞豆每京石价银一两六分一厘，高粱每京石价银八钱四分九厘，俱与上月相同。

绥来县：大米每京石价银一两七钱九分七厘，较上月增二分九厘。小麦每京石价银八钱二分八厘，与上月相同。莞豆每京石价银一两二分二厘，与上月相同。高粱每京石价银五钱六分三厘，与上月相同。

奇台县：大米每京石价银二两四钱一分六厘，较上月增一钱七分二厘。小麦每京石价银七钱七厘，较上月增三分五厘。莞豆每京石价银六钱二分一厘，较上月减六分九厘。

吐鲁番直隶厅：小麦每京石价银一两一钱一分八厘，大麦每京石价银五钱六分，高粱每京石价银六钱三分一厘，黄豆每京石价银一两七钱一分七厘，俱与上月相同。

镇西直隶厅：小麦每京石价银一两三钱，莞豆每京石价银一两二钱四分，青稞京石价银七钱二分，俱与上月相同。

哈密直隶厅：粟米每京石价银一两四钱四分，较上月增七分二厘。小麦每京石价银九钱五分二厘，较上月增一分四厘。莞豆每京石价银一两四钱四分，较上月减七分二厘。青稞每京石价银八钱四分八厘，与上月相同。

库尔喀喇乌苏直隶厅：小麦每京石价银九钱九分，较上月减七分。莞豆每京石价银一两四钱二分，与上月相同。高粱每京石价银七钱一分，与上月相同。

伊塔道属

绥定县：大米每京石价银三两八钱四分四厘，与上月相同。小麦每京石价银一两二钱四分四厘，较上月增二厘。大麦每京石价银九钱四厘，与上月相同。莞豆每京石价银一两二钱二分四厘，与上月相同。

宁远县：大米每京石价银二两九钱六分，与上月相同。小麦每京石价银五钱五分二厘，较上月减一钱三分八厘。大麦每京石价银四钱六厘，较上月减一钱二分九厘。莞豆每京石价银五钱七分六厘，较上月减七分二厘。

塔尔巴哈台直隶厅：小麦每京石价银一两二分五厘，大麦每京石价银八钱七分五厘，莞豆每京石价银一两八分五厘，俱与上月相同。

精河直隶厅：大米每京石价银三两一钱四分五厘，小麦每京石价银九钱四分五厘，莞豆每京石价银一两三钱六分，大麦每京石价银七钱三分五厘，俱与上月相同。

阿克苏道属

温宿直隶州：大米每京石价银一两五钱二分，较上月减二钱四厘。小麦每京石价银八钱五分五厘，较上月增一钱六分五厘。大麦每京石价银六钱，较上月增一钱二分。包谷每京石价银六钱八分，较上月增一钱三分六厘。

拜城县：小麦每京石价银四钱三分，莞豆每京石价银二钱六分，大麦每京石价银二钱六分，包谷每京石价银三钱四分，俱与上月相同。

喀喇沙尔直隶厅：大米每京石价银二两三钱六分八厘，小麦每京石价银七钱七分二厘，莞豆每京石价银七钱二分，包谷每京石价银六钱四分，俱与上月相同。

库车直隶厅：大米每京石价银二两一钱，较上月增一钱。小麦每京石价银六钱九分，较上月减五分。莞豆每京石价银四钱二分，较上月增一钱四分。包谷每京石价银四钱四分，较上月增三分。

乌什直隶厅：大米每京石价银一两五钱六分四厘，较上月增四分五厘。小麦每京石价银四钱七分五厘，较上月增一分三厘。大麦每京石价银二钱四分六厘，较上月增一分一厘。包谷每京石价银四钱六厘，较上月增一分三厘。

喀什噶尔道属

疏勒直隶州：大米每京石价银二两二钱五分，与上月相同。

小麦每京石价银一两七分六厘，与上月相同。包谷每京石价银九钱二分一厘，较上月增二分五厘。高粱每京石价银七钱四分七厘，与上月相同。

疏附县：大米每京石价银二两二钱五分，与上月相同。小麦每京石价银一两七分六厘，与上月相同。包谷每京石价银九钱六分四厘，较上月增二分六厘。高粱每京石价银七钱四分七厘，与上月相同。

莎车直隶州：大米每京石价银一两六钱一分三厘，与上月相同。小麦每京石价银七钱三厘，较上月减二分八厘。大麦每京石价银六钱二分五厘，与上月相同。包谷每京石价银五钱一厘，较上月减九厘。

叶城县：大米每京石价银二两四钱六分五厘，较上月减三钱二分。小麦每京石价银九钱，较上月减一钱。包谷每京石价银五钱二分八厘，较上月减四分八厘。青稞每京石价银三钱五分，与上月相同。

和阗直隶州：大米每京石价银一两九钱六分，小麦每京石价银九钱三分八厘，包谷每京石价银五钱三分八厘，青稞每京石价银五钱五分二厘，俱与上月相同。

于阗县：大米每京石价银二两三钱四分六厘，较上月增一钱三分八厘。小麦每京石价银九钱九分一厘，与上月相同。包谷每京石价银六钱五分二厘，与上月相同。

英吉沙尔直隶厅：大米每京石价银二两一钱二分八厘，小麦每京石价银八钱四分二厘，大麦每京石价银五钱七分，包谷每京石价银六钱二分五厘，俱与上月相同。

玛喇巴什直隶厅：大米每京石价银二两九钱六分，较上月增三钱七分。小麦每京石价银一两一钱四分，较上月增三分六厘。包谷每京石价银八钱九分六厘，较上月增六分四厘。

（朱批：）览。[①]

0355. 奏补古城满营防御骁骑校员缺折

光绪十七年六月十九日（1891年7月24日）

头品顶戴护理甘肃新疆巡抚新疆布政使臣魏光焘跪奏，为拣员请补古城满营防御、骁骑校各员缺，以重操防，恭折仰祈圣鉴事。

窃查乌鲁木齐、巴里坤满营迁并古城，遵照部议，暂设六旗。其巴里坤满营旧补各缺衔名，业经一律开缺，另案请补。光绪十六年，经臣拣员奏补满营六旗各佐领员缺，奉朱批：兵部议奏。钦此。钦遵各在案。所有防御、骁骑校员缺，亟应另行请补，以专责成。兹据古城城守尉拣员呈请奏补前来。

臣逐加考验，镶黄正白旗防御员缺，查有蓝翎防御现署该旗防御琦彻图，堪以补授；骁骑校员缺，查有五品蓝翎骁骑校现署该旗骁骑校恒麟，堪以补授。正黄正红旗防御员缺，查有尽先即补防御现署该旗防御都成额，堪以补授；骁骑校员缺，查有五品军功尽先即补骁骑校现署该旗骁骑校景文，堪以补授。镶白正蓝旗防御员缺，查有蓝翎防御现署该旗防御庆福，堪以补授；骁骑校员缺，查有五品军功骁骑校现署该旗骁骑校倭仁布，堪以补授。镶红镶蓝旗防御员缺，查有云骑尉防御现署该旗防御怀塔奔，堪以补授；骁骑校员缺，查有骁骑校现署该旗骁骑校福隆阿，堪以补授。

左翼蒙古四旗防御员缺，查有即补防御现署该旗防御苏克敦，堪以补授；骁骑校员缺，查有尽先即补骁骑校现署该旗骁骑校多印，堪以补授。右翼蒙古四旗防御员缺，查有五品军功尽先即补骁骑校现署该旗防御伊克精额，堪以补授；骁骑校员缺，查有尽

---

①中国第一历史档案馆藏：《单》，档号：03-6906-033。

先即补骁骑校现署该旗骁骑校连奎，堪以补授。

以上各员，步、骑各射均属可观，营务亦极熟悉，合无仰恳天恩俯准以琦彻图等补放防御、骁骑校各缺，以资得力。

除将该各员履历清册咨部查照外，谨会同陕甘总督臣杨昌濬、护理伊犁将军臣富勒铭额，恭折具奏。伏乞皇上圣鉴训示。再，请补防御、骁骑校各缺，例应拟具正、陪，请旨简放。惟该营现无堪以拟陪之员，无从开列。合并声明。谨奏。光绪十七年六月十九日。

（朱批：）兵部议奏。①

光绪十七年七月二十一日，奉朱批：兵部议奏。钦此。②

0356. 请以田九福借补库车营游击折

光绪十七年六月十九日（1891 年 7 月 24 日）

头品顶戴护理甘肃新疆巡抚新疆布政使臣魏光焘跪奏，为拣员借补要缺游击，以重边防，恭折仰祈圣鉴事。

窃新疆阿克苏镇属库车营游击员缺，业经奏准作为题缺，亟应拣员请补，以重职守。该处为南路通衢，弹压巡防，最关紧要，非干练有为之员，难资得力。查有头品顶戴留甘肃新疆尽先补用总兵现署喀喇沙尔营参将霍隆武巴图鲁田九福，朴实勇敢，办事勤能，在新疆带队年久，并历署游击、参将各缺，边情熟悉，操防一切，均能认真整顿，以之借补斯缺，洵堪胜任，合无仰恳天恩俯准以该员借补库车营游击员缺，实于边防有裨。如蒙俞允，并恳饬部先行发给署札，俟防务大定，即行给咨送部引见，以符定制。

除饬取该员履历清册咨部外，谨会同陕甘总督臣杨昌濬、喀什噶尔提督臣董福祥，恭折具陈。伏乞皇上圣鉴训示。谨奏。光

---

①台北故宫博物院藏：《军机及宫中档》，文献编号：408006798。

②中国第一历史档案馆藏：《录副奏折》，档号：03-5880-091。

绪十七年六月十九日。

(朱批:)兵部议奏。①

光绪十七年七月二十一日，奉朱批：兵部议奏。钦此。②

0357. 请饬周崇傅速赴新任缘由片

光绪十七年六月十九日（1891年7月24日）

再，署喀什噶尔道向邦倬因病请假遗缺，亟应委员署理，以重职守。查有盐运使衔奏归新疆补用道李宗宾，老成干练，明达政体，堪以委署。业由臣檄饬遵照。惟该道员缺前于光绪十六年八月十三日钦奉谕旨着周崇傅③补授。钦此。钦遵在案。迄今日久，尚未到省，相应请旨饬催周崇傅迅来新疆，以便饬赴新任而专责成。谨会同陕甘总督臣杨昌濬，附片陈明，伏乞圣鉴训示。谨奏。

(朱批:)吏部知道。④

光绪十七年七月二十一日，奉朱批：吏部知道。钦此。⑤

0358. 奏报黄光达到省听候差遣片

光绪十七年六月十九日（1891年7月24日）

再，服满起复二品顶戴盐运使衔前任喀什噶尔道黄光达，前经臣以办事需员，于光绪十七年二月二十二日奏请调赴新疆差遣，

---

①台北故宫博物院藏：《军机及宫中档》，文献编号：408006800。

②中国第一历史档案馆藏：《录副奏折》，档号：03-5880-090。

③周崇傅（1830—1892），字少白，号子岩，湖南零陵人。同治元年（1862），中举，分兵部学习。七年（1868），中式进士，选庶吉士，散馆授编修。光绪元年（1875），改官中书，旋随左宗棠出关，以功赏戴花翎，加三品衔。八年（1882），随左宗棠赴苏、浙。旋乞归永州，主讲莘州书院。后起为喀什噶尔兵备道，转署镇迪道兼按察使衔。十八年（1892），卒于任。

④台北故宫博物院藏：《军机及宫中档》，文献编号：408006800-0-A。

⑤中国第一历史档案馆藏：《录副奏片》，档号：03-5281-072。

四月二十九日奉朱批：着照所请，吏部知道。钦此。钦遵行知去后。旋据该员禀称：起复后，由籍前赴甘肃一带措资，途次接奉行知，遵即应调出关，兹于六月十六日到省，听候差遣等情。除由臣批饬到省候补外，谨会同陕甘总督臣杨昌濬，附片具陈，伏乞圣鉴。谨奏。

（朱批：）吏部知道。[①]

光绪十七年七月二十一日，奉朱批：吏部知道。钦此。[②]

0359. 审拟缠民热则伤毙人命一案折

光绪十七年六月二十四日（1891年7月29日）

头品顶戴护理甘肃新疆巡抚新疆布政使臣魏光焘跪奏，为斧伤两命，一故一斗，核明定拟，恭折仰祈圣鉴事。

窃疏勒州缠民热则因争挖树兜起衅，先用斧背殴伤于拉引，复故杀买卖提依敏当各身死一案，据署疏勒直隶州潘时策逐一验明获犯，讯供议拟，解署喀什噶尔道向邦倬审明，咨署镇迪道兼按察使衔陈名钰核转前来。

臣覆加查核，缘缠民热则籍隶疏勒州，种地度日，与已死素识之于拉引、并不认识之买卖提依敏，均各无嫌。光绪十七年正月十二日上午，热则持斧往土福墩地方寻柴，适于拉引同买卖提依敏各持砍土镘，先在该处寻柴。热则找得树兜，于拉引跑拢争挖，热则拦阻不住，用斧背向于拉引头上吓打一下，适伤其顶心殒命。买卖提依敏即扑拢不依，声喊杀人，热则恐旁人听闻，用斧吓砍，致斧刃划伤其偏左、偏右。买卖提依敏愈加喊骂，并将砍土镘打伤热则左膝。热则负痛，顿起杀机，遂用斧背连打，致伤其顶心、囟门等处，随即殒命，并复起意埋尸灭迹。旋经各尸父等投约报验获犯，讯供议拟，由州解道，咨兼按察使衔核明转

①台北故宫博物院藏：《军机及宫中档》，文献编号：408006798-0-A。

②中国第一历史档案馆藏：《录副奏片》，档号：03-5281-071。

详，臣覆核无异。

查律载：故杀者，斩；斗殴杀人者，不问手足、他物、金刃，并绞。又例载：二罪俱发，以重论，各等语。此案热则因争挖树兜起衅，用斧背殴伤于拉引，复临时起意故杀买卖提依敏，当各身死，自应按律问拟。热则一犯除斗杀一命，并埋尸不失各轻罪不议外，合依"故杀者，斩"律，拟斩监候，秋后处决，仍照例先行刺字。无干省释。各尸饬埋，凶斧案结销毁。是否允协？

除全案供招咨送刑部外，所有斧伤两命，一故一斗，核明定拟缘由，谨恭折具陈。伏乞皇上圣鉴，饬部核覆施行。谨奏。光绪十七年六月二十四日。

（朱批：）刑部议奏。①

光绪十七年七月二十六日，奉朱批：刑部议奏。钦此。②

0360. 奏报南路被雹被水灾情片

光绪十七年六月二十四日（1891 年 7 月 29 日）

再，新疆南路温宿州属柯尔坪庄所辖十二村，光绪十七年五月十四日巳刻，忽下冰雹，历一时之久，小麦、杂粮多被伤损。北路镇西厅属三塘湖，六月初一日未刻，雷雨大作，山水陡发，田亩多被冲没，房屋亦有坍塌。据温宿直隶州知州陈希洛、署镇西厅同知易寿崧转据各乡约禀报，逐段勘查，详报前来。臣当经批饬妥为抚恤，并饬布政司移道委员，分往该两州厅，会同覆勘被雹、被水地亩各若干，额征钱粮应否分别蠲缓，迅即结报详办。

除俟查覆至日再行具奏外，所有温宿州被雹、镇西厅被水大概情形，谨附片具陈。伏乞圣鉴训示。谨奏。

（朱批：）知道了。③

---

①台北故宫博物院藏：《军机及宫中档》，文献编号：408006801。

②中国第一历史档案馆藏：《录副奏折》，档号：03-7314-038。

③台北故宫博物院藏：《军机及宫中档》，文献编号：408006801-0-A。

光绪十七年七月二十六日，奉朱批：知道了。钦此。[①]

0361. 奏为恩准开缺回籍省亲谢恩折

光绪十七年七月初二日（1891 年 8 月 6 日）

头品顶戴护理甘肃新疆巡抚开缺新疆布政使臣魏光焘跪奏，为恭谢天恩，仰祈圣鉴事。

窃臣于光绪十七年七月初一日准吏部咨开，五月十二日，内阁奉上谕：魏光焘奏，亲老多病，恳准开缺回籍省视一折。护理甘肃新疆巡抚布政使魏光焘，着准其开缺，俟陶模到任交卸抚篆后，再行回籍。钦此。跪聆之下，感激莫名！谨即恭设香案，望阙叩头谢恩。

伏念臣湖湘下士，樗栎庸材，从戎豫章，转战两粤、浙、闽、关陇七省，厕员兵备分巡甘肃平庆泾固。十年，旋洊臬以擢藩，复移官而出塞，特恩命护抚篆三载，时切冰兢，仰托鸿慈，幸免贻羞于陨越；俯惭驽钝，惟知竭力以经营。乃臣心之惕厉方殷，而母病之缠绵迭报，抚躬失措，沥悃渎陈，蒙圣德之如天，荷仁恩之锡类，释其蚊负，遂厥乌私！凡兹高厚殊施，实属遭逢至幸。臣惟有益加勉奋，永矢捐縻；医药善求，冀驻桑榆之景；阙廷恭诣，长摅葵藿之忱！

除俟抚臣陶模到任，交卸起程回籍届时奏报外，所有微臣感激下忱，谨专折叩谢天恩。伏乞皇上圣鉴。谨奏。光绪十七年七月初二日。

（朱批：）知道了。[②]

光绪十七年九月初七日，奉朱批：知道了。钦此。[③]

①中国第一历史档案馆藏：《录副奏折》，档号：03-7104-073。

②台北故宫博物院藏：《军机及宫中档》，文献编号：408006802。

③中国第一历史档案馆藏：《录副奏折》，档号：03-5283-012。

0362. 恭报十七年四月雨水粮价情形折

光绪十七年七月十五日（1891 年 8 月 19 日）

头品顶戴护理甘肃新疆巡抚开缺新疆布政使臣魏光焘跪奏，为恭报光绪十七年四月分粮价并得雨情形，谨缮折具陈，仰祈圣鉴事。

窃照光绪十七年三月分各厅州县粮价并得雨雪情形，业经臣奏报在案。兹据署新疆布政使饶应祺详称：光绪十七年四月分，北路迪化、镇西得雨，入土六寸；奇台得雨，入土五寸；昌吉、阜康、绥来得雨，入土四寸；库尔喀喇乌苏微雨。伊塔道属宁远得雨，入土五寸；塔尔巴哈台得雨，入土二寸；精河、绥定微雨。南路温宿、拜城、乌什、和阗、于阗、英吉沙尔微雨，余未得雨。幸值天气和暖，雪水融化，地亩足资灌溉。

至通省粮价，塔尔巴哈台、精河、昌吉、阜康、绥来、拜城、叶城等厅县俱与上月相同，余均略有增减。汇详请奏前来。

理合恭折具陈，并缮粮价清单，敬呈御览。伏乞皇上圣鉴。谨奏。光绪十七年七月十五日。

（朱批：）知道了。[①]

光绪十七年八月十九日，奉朱批：知道了。钦此。[②]

0363. 呈新疆光绪十七年四月粮价清单

光绪十七年七月十五日（1891 年 8 月 19 日）

谨将新疆各属光绪十七年四月分米粮时估价值，缮具清单，恭呈御览。

计开四月分

①台北故宫博物院藏：《军机及宫中档》，文献编号：408006803。

②中国第一历史档案馆藏：《录副奏折》，档号：03-6907-031。

镇迪道属

迪化县：大米每京石价银二两四钱六分六厘，与上月相同。小麦每京石价银九钱五分五厘，与上月相同。莞豆每京石价银一两八厘，较上月增七分二厘。青稞每京石价银六钱九分，与上月相同。

昌吉县：大米每京石价银一两八钱七分二厘，小麦每京石价银七钱七分六厘，莞豆每京石价银九钱二分，青稞每京石价银八钱七分五厘，俱与上月相同。

阜康县：粟米每京石价银八钱八分四厘，小麦每京石价银一两二分六厘，莞豆每京石价银一两六分一厘，高粱每京石价银八钱四分九厘，俱与上月相同。

绥来县：大米每京石价银一两七钱九分七厘，小麦每京石价银八钱二分八厘，莞豆每京石价银一两二分二厘，高粱每京石价银五钱六分三厘，俱与上月相同。

奇台县：大米每京石价银二两四钱一分六厘，与上月相同。小麦每京石价银六钱七分二厘，较上月减三分五厘。莞豆每京石价银五钱八分六厘，较上月减三分五厘。

吐鲁番直隶厅：小麦每京石价银九钱六分九厘，较上月减一钱四分九厘。大麦每京石价银五钱六分，与上月相同。高粱每京石价银五钱九分四厘，较上月减三分七厘。黄豆每京石价银一两七钱一分七厘，与上月相同。

镇西直隶厅：小麦每京石价银一两三钱八分，较上月增八分。莞豆每京石价银一两四钱，较上月增一钱六分。青稞每京石价银九钱二分，较上月增二钱。

哈密直隶厅：粟米每京石价银一两五钱八分四厘，较上月增一钱四分四厘。小麦每京石价银九钱六分六厘，较上月增一分四厘。莞豆每京石价银一两四钱四分，与上月相同。青稞每京石价银八钱三分四厘，较上月减一分四厘。

库尔喀喇直乌苏直隶厅：小麦每京石价银九钱一分九厘，较上月减七分一厘。莞豆每京石价银一两三钱三分二厘，较上月减八分八厘。高粱每京石价银七钱一分，与上月相同。

伊塔道属

绥定县：大米每京石价银四两一钱四分四厘，较上月增三钱。小麦每京石价银一两二钱四分二厘，较上月减二厘。大麦每京石价银九钱四厘，与上月相同。莞豆每京石价银一两二钱二分四厘，与上月相同。

宁远县：大米每京石价银二两九钱六分，与上月相同。小麦每京石价银五钱五分二厘，与上月相同。大麦每京石价银四钱六厘，与上月相同。莞豆每京石价银五钱六分一厘，较上月减一分五厘。

塔尔巴哈台直隶厅：小麦每京石价银一两二分五厘，大麦每京石价银八钱七分五厘，莞豆每京石价银一两八分五厘，俱与上月相同。

精河直隶厅：大米每京石价银三两一钱四分五厘，小麦每京石价银九钱四分五厘，莞豆每京石价银一两三钱六分，大麦每京石价银七钱三分五厘，俱与上月相同。

阿克苏道属

温宿直隶州：大米每京石价银一两五钱二分，与上月相同。小麦每京石价银六钱九分，较上月减一钱六分五厘。大麦每京石价银四钱八分，较上月减一钱二分。包谷每京石价银五钱四分四厘，较上月减一钱三分六厘。

拜城县：小麦每京石价银四钱三分，莞豆每京石价银二钱六分，大麦每京石价银二钱六分，包谷每京石价银三钱四分，俱与上月相同。

喀喇沙尔直隶厅：大米每京石价银二两三钱六分八厘，与上月相同。小麦每京石价银一两三分五厘，较上月增二钱六分三厘。莞豆每京石价银一两八厘，较上月增二钱八分八厘。包谷每京石价银八钱九分六厘，较上月增二钱五分六厘。

库车直隶厅：大米每京石价银二两一钱，与上月相同。小麦每京石价银六钱九分，与上月相同。莞豆每京石价银三钱五分，较上月减七分。包谷每京石价银四钱八分六厘，较上月增四分六厘。

乌什直隶厅：大米每京石价银一两六钱九厘，较上月增四分五厘。小麦每京石价银四钱八分八厘，较上月增一分三厘。大麦每京石价银二钱五分六厘，较上月增一分。包谷每京石价银四钱一分九厘，较上月增一分三厘。

喀什噶尔道属

疏勒直隶州：大米每京石价银二两四钱，较上月增一钱五分。小麦每京石价银一两一钱四厘，较上月增二分八厘。包谷每京石价银九钱四分七厘，较上月增二分六厘。高粱每京石价银七钱四分七厘，与上月相同。

疏附县：大米每京石价银二两四钱，较上月增一钱五分。小麦每京石价银一两一钱四厘，较上月增二分八厘。包谷每京石价银九钱九分一厘，较上月增二分七厘。高粱每京石价银七钱四分七厘，与上月相同。

莎车直隶州：大米每京石价银一两六钱一分三厘，与上月相同。小麦每京石价银六钱七分六厘，较上月减二分七厘。大麦每京石价银六钱，较上月减二分五厘。包谷每京石价银四钱六分二厘，较上月减三分九厘。

叶城县：大米每京石价银二两四钱六分五厘，小麦每京石价银九钱，包谷每京石价银五钱二分八厘，青稞每京石价银三钱五分，俱与上月相同。

和阗直隶州：大米每京石价银一两九钱八分，较上月增二分。小麦每京石价银一两四分，较上月增一钱二厘。包谷每京石价银六钱一分四厘，较上月增七分六厘。青稞每京石价银五钱五分二厘，与上月相同。

于阗县：大米每京石价银二两三钱四分六厘，与上月相同。

小麦每京石价银九钱三分八厘，较上月减五分三厘。包谷每京石价银六钱四厘，较上月减四分八厘。

英吉沙尔直隶厅：大米每京石价银一两九钱七分六厘，较上月减一钱五分二厘。小麦每京石价银八钱四分二厘，与上月相同。大麦每京石价银五钱七分，与上月相同。包谷每京石价银六钱二分五厘，与上月相同。

玛喇巴什直隶厅：大米每京石价银二两五钱九分，较上月减三钱七分。小麦每京石价银一两一钱四分，与上月相同。包谷每京石价银七钱六分八厘，较上月减一钱二分八厘。

（朱批：）览。①

0364. 奏报十六年征信册籍刊印散发折

光绪十七年七月十五日（1891 年 8 月 19 日）

头品顶戴护理甘肃新疆巡抚开缺新疆布政使臣魏光焘跪奏，为新疆各属光绪十六年征信册籍遵章刷印散发，恭折仰祈圣鉴事。

窃照新疆各属光绪十五年征信册籍，业经奏咨并刷发各属绅民查阅在案。兹据署布政使饶应祺详称：各厅、州、县、县丞光绪十六年征信册籍底本，饬据各属陆续申覆，除镇迪道属之吐鲁番厅、哈密厅、济木萨县丞、呼图壁巡检及阿克苏、喀什噶尔两道属之各厅州县经征十六年已垦熟地应征粮石，均于十六年下忙截数之前一律征收全完，应请毋庸造具征信册外，其镇西、迪化、昌吉、阜康、绥来、奇台、库尔喀喇乌苏等七属经征十六年额粮并催征、带征，均有未完。至济木萨县丞仅只因灾缓征及催征节年民欠未完，陆续据各该属造具征信册底本，由司发交经历司，雇募工匠，添刻活字印板，首列部议清厘民欠章程十条，次列各项民欠总、散数目，一律摆印，并委库大使会同核对。

①中国第一历史档案馆藏：《单》，档号：03-6907-032。

计刊印镇西厅经征十六年未完并催征十四、十五两年民欠册各四十本，库尔喀喇乌苏厅经征十六年未完并催征十四、十五两年民欠册各三十本，迪化县经征十六年未完并催征节年民欠册各四十本，阜康县经征十六年未完并催征节年及带征十一年灾缓民欠册各三十本；昌吉县经征十六年未完册三十本，并带征十一年灾缓及催征十三、十四、十五等年民欠册各三十本，又催征节年民欠册三十本；奇台县经征十六年未完册四十本，并催征十四、十五两年民欠册四十本；绥来县经征十六年未完并带征十四年灾缓民欠册各四十本，济木萨县丞催征节年民欠册三十本，并带征灾缓民欠册三十本。注明页数，钤用司印。内迪化府属各县、县丞遵章移送镇迪道一半，发交迪化府一半；镇迪道属镇西厅、库尔喀喇乌苏厅则全送镇迪道，分别转发各属绅民，分给各乡民，公同查阅，俾令周知。附赍各册，详请奏咨前来。

臣覆查无异，除将各册咨部查核外，所有新疆各属光绪十六年征收额粮及催征、带征民欠灾缓未完粮石征信册籍，遵章刷印、散发缘由，谨会同陕甘总督臣杨昌濬，恭折具陈。伏乞皇上圣鉴训示。谨奏。光绪十七年七月十五日。

（朱批：）户部知道。[①]

光绪十七年八月十九日，奉朱批：户部知道。钦此。[②]

0365. 第二次遵办新海防捐请饬核奖折

光绪十七年七月十五日（1891年8月19日）

头品顶戴护理甘肃新疆巡抚开缺新疆布政使臣魏光焘跪奏，为新疆第二次遵办新海防捐输，恳恩饬部核奖，恭折仰祈圣鉴事。

窃照新疆接办新海防捐输，业自光绪十六年正月初一日起截至七月底止，将第一次捐输具奏请奖在案。其自八月初一日起至

---

①中国第一历史档案馆藏：《军机及宫中档》，文献编号：408006805。

②中国第一历史档案馆藏：《录副奏折》，档号：03-6241-063。

十月底止，遵照部咨，饬司将所收捐款全数拨归顺直赈务。兹据署布政使饶应祺详称：自十六年八月起至十月止，先后据各捐生报捐实官、职衔各项共三十八名，计收正项库平银一万三千五百一十四两八钱，分别填发正实收，给予收执；收捐银两，拨归赈务，另存候提。其随收饭银、照费、填过副实收及各捐生履历清册，一并赍解，详请具奏，并恳咨部填换执照，以凭转给等情。前来。

臣覆核无异，合无仰恳天恩俯准将新疆第二次新海防捐输饬部分别核奖，以资鼓励。除将清册、副实收、饭银、照费咨送吏部、户部、国子监外，谨恭折具陈。伏乞皇上圣鉴训示。再，自十六年十一月起收捐银两，仍遵部咨照旧办理。合并声明。谨奏。光绪十七年七月十五日。

（朱批：）户部议奏。①

光绪十七年八月十九日，奉朱批：户部议奏。钦此。②

0366. 奏报骆恩绶等员补缺事宜片

光绪十七年七月十五日（1891年8月19日）

再，署库尔喀喇乌苏直隶同知周鼎铭卸署遗缺，查有候补直隶州知州骆恩绶，堪以委署。署于阗县知县吴光熊撤任遗缺，查有准补哈密通判孙志焄，堪以委署。署拜城县知县徐鼎藩卸署遗缺，查有候补知县李征煦，堪以委署。据署新疆布政使饶应祺、署镇迪道兼按察使衔陈名钰会详前来。除由臣批饬分别给委外，谨会同陕甘总督臣杨昌濬，附片陈明。伏乞圣鉴。谨奏。

（朱批：）吏部知道。③

①台北故宫博物院藏：《军机及宫中档》，文献编号：408006804。

②中国第一历史档案馆藏：《录副奏折》，档号：03-6124-031。

③台北故宫博物院藏：《军机及宫中档》，文献编号：408006804-0-A。

光绪十七年八月十九日，奉朱批：吏部知道。钦此。[①]

0367. 奏报颜廷奎等署理知县员缺片

光绪十七年七月十五日（1891年8月19日）

再，署霍尔果斯通判蒋光升卸署遗缺，查有候补知县颜廷奎，堪以委署。据署新疆布政使饶应祺、署镇迪道兼按察使衔陈名钰会详前来。除由臣批饬给委外，谨会同陕甘总督臣杨昌濬、护理伊犁将军臣富勒铭额，附片具奏。伏乞圣鉴。谨奏。

（朱批：）吏部知道。[②]

光绪十七年八月十九日，奉朱批：吏部知道。钦此。[③]

0368. 委派双喜署理骁骑校情形片

光绪十七年七月十五日（1891年8月19日）

再，署理古城满营右翼蒙古四旗骁骑校连奎，经臣奏请补授该旗骁骑校员缺，尚未接奉谕旨。兹据古城城守尉克蒙额呈称：该员感受风寒，医治罔效，于光绪十七年六月二十日病故。所遗员缺查有前锋校双喜，堪以署理。等情。前来。除由臣给委并另行拣员请补外，谨会同陕甘总督臣杨昌濬、护理伊犁将军臣富勒铭额，附片具陈。伏乞圣鉴。谨奏。

（朱批）兵部知道。[④]

光绪十七年八月十九日，奉朱批：兵部知道。钦此。[⑤]

---

①中国第一历史档案馆藏：《录副奏折》，档号：03-5282-058。

②台北故宫博物院藏：《军机及宫中档》，文献编号：408006804-0-B。

③中国第一历史档案馆藏：《录副奏折》，档号：03-5282-059。

④中国第一历史档案馆藏：《军机及宫中档》，文献编号：408006805-0-A。

⑤中国第一历史档案馆藏：《录副奏折》，档号：03-5881-046。

0369. 请免追故员文明等欠银缘由片

光绪十七年七月十五日（1891 年 8 月 19 日）

再，乌鲁木齐、巴里坤各满营迁并古城，前经臣奏明佐领以下等官，预支半年俸廉，分作三年扣还。巴里坤满营防御伊勒图堪、文明二员，各预支俸廉银六十七两三钱三分五厘，迁并古城后，该二员均以年老告休，并经臣奏准支给俸银在案。兹据古城城守尉克蒙额呈称：伊勒图堪、文明先后在营病故，所有预支俸廉除陆续扣还外，伊勒图堪尚欠银四十六两三钱三分五厘，文明尚欠银三十九两三钱三分五厘，共银八十五两六钱七分。该员等身后萧条，均无余积，委属无从抵扣，恳请附奏免缴，前来。

臣覆查无异，理合据情仰恳恩准将已故告休防御伊勒图堪、文明未扣银两，免其追缴，以示体恤。谨会同陕甘总督臣杨昌濬、护理伊犁将军臣富勒铭额，附片具陈。伏乞圣鉴训示。谨奏。

（朱批：）着照所请，该部知道。①

光绪十七年八月十九日，奉朱批：着照所请，该部知道。钦此。②

0370. 代奏回王玛木特叩谢天恩折

光绪十七年七月二十日（1891 年 8 月 24 日）

头品顶戴护理甘肃新疆巡抚开缺新疆布政使臣魏光焘跪奏，为据情代奏恭谢天恩，仰祈圣鉴事。

窃臣于光绪十七年四月二十四日由驿附奏吐鲁番回子郡王玛木特于洋海盗匪案内助剿出力，恳恩给奖，以示鼓励一片。六月二十九日，兵部递回原片，奉朱批：玛木特助剿出力，甚属可嘉，

①中国第一历史档案馆藏：《军机及宫中档》，文献编号：408006805-0-B。

②中国第一历史档案馆藏：《录副奏折》，档号：03-6124-032。

着加恩赏穿黄马褂。钦此。钦遵恭录转行去后。旋据玛木特呈称：七月初五日，接奉行知，当即恭设香案，望阙叩头谢恩。伏念奴才渥蒙覆帱，远备藩封，适小丑之跳梁，遂前驱而负弩，同修矛甲，偶靖萑苻，拜庸服之殊荣，自天闻命；念宵衣而悚息，伏地滋惭！

奴才惟有报称勉图，慎勤倍矢，以冀仰答高厚鸿慈于万一！所有感激荣幸下忱，呈请代奏前来。理合恭折据情代奏，伏乞皇上圣鉴。谨奏。光绪十七年七月二十日。

（朱批：）知道了。[①]

光绪十七年九月初八日，奉朱批：知道了。钦此。[②]

0371. 拟设塔城协标员缺营制饷章折

光绪十七年七月二十四日（1891 年 8 月 28 日）

太子少保头品顶戴陕甘总督臣杨昌濬、头品顶戴护理甘肃新疆巡抚开缺新疆布政使臣魏光焘跪奏，为新疆伊犁镇属塔尔巴哈台协标员缺、营制、饷章仿照抚、提、镇各标章程，酌量拟设，谨缮清单，恭折仰祈圣鉴事。

窃塔尔巴哈台分隶协标汉队一千五百名，前由臣光焘饬准补塔尔巴哈台屯防副将张怀玉赴任接管，查照抚、提、镇各标营制，体察情形，分设马步各旗，并将驻扎处所妥筹办理，业经奏明在案。兹据张怀玉会同署塔尔巴哈台厅同知石本清拟议，详请核办等情。臣等查该处地居极边，幅员辽阔，东北与科布多、蒙古、乌梁海各部犬牙相错，西北紧接俄罗斯边界卡伦相望，南连库尔喀喇乌苏，西界伊犁、精河，其中或地势扼要，或路径纷歧，弹压巡防，均关紧要。

---

①中国第一历史档案馆藏：《军机及宫中档》，文献编号：408006806。

②此朱批日期与内容，据《军机处随手登记档》（档案编号：03-0269-2-1217-233）校补。

拟设协标中、左、右步队三旗，前、左、右、后马队四旗，中营副将一员，管带步队一旗；左营中军都司一员，带步队一旗，均驻绥靖汉城；右营都司一员，带步队一旗，分防西路牛圈子；前旗守备一员，带马队一旗，驻汉城南门外；左旗守备一员，带马队一旗，分防沙尔霍罗斯及石纳札台；右旗守备一员，带马队一旗，分防南湖、头台两处；后旗守备一员，带马队一旗，分防南湖并新地。共设副将一员、都司二员、守备四员，并各旗哨应设千总三员、把总十四员、巡查经制外委七员，总共设官三十一员；步队三旗，马队四旗，除火勇共设正勇一千四百七十八名，岁需饷银一十万二千二百一十两四钱二分。该处汉回、蒙、哈错杂而居，应添设蒙文书办一名，蒙古、缠回、哈萨克通事各一名，塔尔巴哈台甫议招垦，尚未启征，各官例马所需料草，拟暂支折色。总共各旗官弁岁需十成俸薪、蔬红、廉费、马干、料草折价及书办、通事口食等项银一万一千七百五十三两七钱二分六厘。合共岁需兵饷、官俸、杂支等项银一十一万三千九百六十四两一钱四分六厘。饬据布政使饶应祺议覆请奏前来。

谨缮具清单，恭呈御览，仰恳饬部核议，施行。所有仿照抚、提、镇标拟设伊犁镇属塔尔巴哈台协标员缺、营制、饷章各缘由，谨会同署伊犁将军富勒铭额、喀什噶尔提臣董福祥，合词恭折具陈。伏乞皇上圣鉴训示。再，此折系臣光焘主稿，合并声明。谨奏。光绪十七年七月二十四日。

（朱批：）该部议奏，单三件并发。①

光绪十七年八月二十九日，奉朱批：该部议奏，单三件并发。钦此。②

---

①台北故宫博物院藏：《军机及宫中档》，文献编号：408006807。

②中国第一历史档案馆藏：《录副奏折》，档号：03-5881-080。

0372. 呈拟定塔城协标旗营制饷章清单

光绪十七年七月二十四日（1891 年 8 月 28 日）

谨将拟定新疆伊犁镇属塔尔巴哈台协标马步各旗营制、饷章，缮具清单，恭呈御览。

计开

一、步队一旗，以上三百六十七人为定额，私夫在外。

每旗旗官一员，除每岁廉俸、薪蔬、纸红、马干等项银两照章支领外，每月加制办旗帜、号衣银五十两，不扣建。私夫八名，每名月支银二两七钱，扣建。营书三名，每名月支银六两，扣建。中哨哨长千总一员，除每岁养廉、俸薪、马干等项银两，照章支领外，加私夫二名，每名月支银二两七钱，扣建。左、右两哨哨长把总二员，除每岁养廉、俸薪、马干等项银两照章支领外，每员加私夫二名，每名月支银二两七钱，扣建。巡查经制外委一员，除每岁养廉、马干等项银两照章支领外，加私夫二名，每名月支银二两七钱，扣建。亲兵什长额外外委四名，每名月支银四两五钱，扣建。各哨什长二十四名，每名月支银四两二钱，扣建。亲兵四十四名，哨书、护兵十五名，每名月支银三两九钱，扣建。正勇二百四十名，每名月支银三两六钱，扣建。火夫三十二名，每名月支银三两，扣建。共大建月支银一千四百二十两零一钱，小建月支银一千三百七十四两四钱三分。

一、马队一旗，以一百二十六人为定额，火夫、私夫、马夫在外。

每旗旗官一员，除每岁廉俸、薪蔬、纸红、马干等项银两照章支领外，每月加制办旗帜、号衣银二十五两，不扣建。私夫八名，每名月支银二两七钱，扣建。营书二名，每名月支银六两。马夫各半名，月支银一两三钱五分，扣建；月支杂费银六钱，不扣建。左、右两哨哨长把总二员，除每岁养廉、俸薪、马干等项银两照章支领外，每员加私夫二名，每名月支银二两七钱，扣建。

巡查经制外委一员，除每岁养廉、马干等项银两照章支领外，加私夫二名，每名月支银二两七钱，扣建。亲兵领旗额外外委三名，每名月支银四两五钱；马夫各半名，月支银一两三钱五分，扣建；月支杂费银六钱，不扣建。各哨领旗八名，每名月支银四两二钱；马夫各半名，月支银一两三钱五分，扣建；月支杂费银六钱，不扣建。亲兵二十七名，哨书、护兵一十名，每名月支银三两九钱；马夫各半名，月支银一两三钱五分，扣建；月支杂费银六钱，不扣建。马勇七十二名，每名月支银三两六钱；马夫各半名，月支银一两三钱五分，扣建；月支杂费银六钱，不扣建。火夫十四名，每名月支银三两，扣建。营书、额外外委及领旗、哨书、亲兵、护兵、正勇，每名骑马一匹，每匹月支马干银二两四钱，扣建。其旗哨巡查各官马匹折色料草、马干，照章支领，不另议给。共大建月支银一千零九十八两一钱，小建月支银一千零六十四两七钱七分，倒马价照章支领。

以上马步队饷章，系照奏设抚、提、镇各标章程开列。合并声明。

（朱批：）览。[①]

0373. 呈拟设塔城协标官弁勇丁数目清单

光绪十七年七月二十四日（1891年8月28日）

谨将拟设新疆伊犁镇属塔尔巴哈协标各旗官弁勇丁数目，缮具清单，恭呈御览。

计开

一、拟设塔尔巴哈台协标步队三旗、马队四旗。内中营步队一旗，旗官副将一员，中哨哨长千总一员，左、右两哨哨长把总二员，巡查经制外委一员。左营步队一旗，旗官中军都司一员，

①中国第一历史档案馆藏：《单》，档号：03-5881-082。

中哨哨长千总一员，左、右两哨哨长把总二员，巡查经制外委一员，均驻绥靖汉城。右营步队一旗，分防西路牛圈子。旗官都司一员，中哨哨长千总一员，左、右两哨哨长把总二员，巡查经制外委一员。前旗马队一旗，驻汉城南门外。旗官守备一员，左、右两哨哨长把总二员，巡查经制外委一员。左旗马队一旗，分防沙尔霍罗斯及石纳札台。旗官守备一员，左、右两哨哨长把总二员，巡查经制外委一员。右旗马队一旗，分防南湖、头台两处。旗官守备一员，左、右两哨哨长把总二员，巡查经制外委一员。后旗马队一旗，分防南湖并新地。旗官守备一员，左、右两哨哨长把总二员，巡查经制外委一员。

以上步队三旗、马队四旗，共员弁三十一员、勇丁一千四百七十八名。除官弁廉俸等项照章支给外，勇饷按照抚、提、镇、标章程扣算，每年约计六大建、六小建，共需银一十万二千二百一十两四钱二分。

（朱批：）览。[①]

0374. 呈拟设塔城协标官弁等数目清单

光绪十七年七月二十四日（1891年8月28日）

谨将拟设新疆伊犁镇属塔尔巴哈协标官弁、书办、通事岁需俸薪、蔬红、廉例、公费、马干、口食、料草折价各款数目，缮具清单，恭呈御览。

计开

一、拟设塔尔巴哈台协标，共官三十一员，内副将一员，都司二员，守备四员，千总三员，把总十四员，巡查经制外委七员，例马七十匹，巡查经制外委骑操马七匹，岁需俸薪、蔬红、养廉、例马料草折价等项银九千二百二十七两二钱六分一厘，公费银二

---

①中国第一历史档案馆藏：《单》，档号：03-5881-081。

千四百三十六两四钱六分五厘。

一、拟设塔尔巴哈台协署蒙文书办一名，每名月支银四两八钱，岁支银五十七两六钱；蒙古通事一名，缠回通事一名，哈萨克通事一名，每名月支银九钱，岁支银三十二两四钱。总计岁需银九十两，遇闰加增，小建扣除。

以上总共岁需俸薪、蔬红、廉费、例马料草折价并书办、通事、口食等项，共银一万一千七百五十三两七钱二分六厘。再，查俸薪、蔬红、廉例、公费等项银两，曾经部议准以十成实银发给，毋庸减成，是以单内均按十成之数开列。合并声明。

（朱批：）览。[1]

0375. 请将新疆舆图展缓期限缘由折

光绪十七年七月二十六日（1891 年 8 月 30 日）

头品顶戴护理甘肃新疆巡抚开缺新疆布政使臣魏光焘跪奏，为创办新疆省府、厅、州、县总、分各舆图、图说尚未蒇事，请展缓期限，恭折仰祈圣鉴事。

窃光绪十五年十一月二十五日准会典馆咨称：现办会典舆图，将图式、附图说式刊刻颁发，遵照奏定期限，于一年内测绘省图、府、直隶厅、州图、厅、州、县图各一分，附以图说，解送到馆等因。当经行司转饬各属遵办，并派员开局总纂在案。

查新疆幅员辽阔，郡县初开，画界分疆，周勘测绘，均属创办，备极繁难，且沿边数千里与俄国及各外部毗连，旧界、新界、卡伦、鄂博等类，尤关紧要，悉应载入图中，详著为说，参稽考订，动须岁时。开办以来，竭力督催，一年之限，早经届满，现虽大致脱稿，尚须逐细详核。屈计数月以内，仍难一律办齐，合无仰恳天恩俯准自本年十一月起，再行展限半年解送，以期详晰

[1]中国第一历史档案馆藏：《单》，档号：03-5881-083。

核校，俾臻妥善。据布政使饶应祺详请具奏前来。

谨恭折具陈，伏乞皇上圣鉴训示。谨奏。光绪十七年七月二十六日。

（朱批：）着照所请，该衙门知道。[①]

光绪十七年八月二十九日，奉朱批：着照所请，该衙门知道。钦此。[②]

0376. 请准汤秀斋等免其骑射缘由片

光绪十七年七月二十六日（1891年8月30日）

再，新疆前在军营打仗手足受伤武职人员，迭经奏免骑射，改习枪炮，奉旨允准钦遵在案。兹据头品顶戴题奏提督借补玛纳斯协副将署抚标中军参将汤秀斋禀称：于同治元年攻打安徽徽州府城，左臂受石伤一处；五年，于陕西长安县属雨花寨攻打捻匪，右腿受矛伤一处；九年，攻打甘肃灵州金积堡，左胯受枪子伤一处。又，据留甘肃新疆尽先补用提督署济木萨营参将张复良禀称：于同治二年攻打贵州天柱县属九龙寨，左肩甲受石伤一处；七年，攻克甘肃灵州属吴忠堡，右腿受枪子伤一处；又于是年攻打金积堡东关，右肩甲受枪子伤一处。该二员历受各伤，或筋骨被损，或枪子洞穿，或入骨未经取出，虽随时医愈，而气血亏耗，时作痛楚，挽弓维艰，禀请奏免骑射，各等情。前来。

臣亲加验看，委无捏饰情弊，合无仰恳天恩俯准将汤秀斋、张复良二员，免其骑射，改习枪炮之处，出自鸿慈！除咨部外，谨附片具陈，伏乞圣鉴训示。谨奏。

（朱批：）着照所请，兵部知道。[③]

---

①台北故宫博物院藏：《军机及宫中档》，文献编号：408006808。

②中国第一历史档案馆藏：《录副奏折》，档号：03-7422-041。

③台北故宫博物院藏：《军机及宫中档》，文献编号：408006808-0-A。

光绪十七年八月二十九日，奉朱批：着照所请，兵部知道。钦此。①

0377. 核销古城衙署等工动用经费折

光绪十七年七月二十六日（1891年8月30日）

头品顶戴护理甘肃新疆巡抚开缺新疆布政使臣魏光焘跪奏，为古城旗营衙署、兵房等工动用经费，恳恩饬部核销，恭折仰祈圣鉴事。

窃照古城旗营衙署、兵房等工，前经抚臣刘锦棠饬令切实估计，共需银八万八千余两，奏明在案。兹据粮台司道详称：前项工程所需木料，饬派营勇砍伐，以资节省。惟产木处所离城百数十里，山路崎岖，雇车搬运，需费不赀，工匠、物料，均属昂贵，按照市价发给，计修城守尉衙署一座、佐领衙署六座，防御、骁骑校衙署各六座，兵房五百所，火器营、步军营、总学堂各一所，并庙宇、仓廒、鼓楼、角厅等工一律告竣，共用费银八万八千九百四十九两九钱七分一厘，照原议由旗营经费项下动拨，实用实销，取具各印委丈尺、做法、册结、图说，汇造转赍前来。

臣覆查无异，相应缮具清单，恭呈御览，仰恳饬部核销，以清款目。除将册结、图说咨部外，谨会同陕甘总督臣杨昌濬，恭折具陈，伏乞皇上圣鉴训示。谨奏。光绪十七年七月二十六日。

（朱批：）该部议奏，单并发。②

光绪十七年八月二十九日，奉朱批：该部议奏，单并发。钦此。③

---

①中国第一历史档案馆藏：《录副奏折》，档号：03-5881-084。

②台北故宫博物院藏：《军机及宫中档》，文献编号：408006809。

③中国第一历史档案馆藏：《录副奏折》，档号：03-6123-068。

0378. 呈修建古城衙署等工经费清单

光绪十七年七月二十六日（1891 年 8 月 30 日）

谨将修建古城旗营衙署、兵房等工动用经费银两，缮具简明清单，恭呈御览。

计开

收款：一、收旗营经费项下动拨各款银八万八千四百五十两五钱八分四厘。

一、收扣回采买物料价值各款平余银四百九十九两三钱八分七厘。

以上共收新饷平银八万八千九百四十九两九钱七分一厘。

支款：一、建修城守尉衙署一座，共支经费银七千八百四十一两七钱四厘。

一、建修佐领衙署六座，共支经费银一万四百四十二两七钱九分四厘。

一、建修防御衙署六座，共支经费银五千七百六十七两四钱一分二厘。

一、建修骁骑校衙署六座，共支经费银四千四百四两一钱八分四厘。

一、建修兵房五百所，共支经费银四万五千七百三十七两八钱三分三厘。

一、建修堆房六所，共支经费银五百六十四两九分。

一、建修火器营一所，共支经费银四百六十六两四钱一分七厘。

一、建修总学堂一所，共支经费银二百八十七两二钱九分。

一、建修步军营一所，共支经费银二百一两二钱三分一厘。

一、建修粮仓一所，共支经费银一千一百八十六两二钱三分四厘。

一、建修万寿宫一座，共支经费银二千四百二十三两九钱九分七厘。

一、建修关帝庙一座，共支经费银二千六百八十五两二钱六分二厘。

一、建修钟鼓楼一座、转角厅四所，共支经费银四千六百九十六两一钱一分四厘。

一、监修员役薪公暨制办伐木器具、兵勇犒赏，共支经费银二千二百四十五两四钱九厘。

以上总共支发新饷平银八万八千九百四十九两九钱七分一厘，合符前项收款。理合登明。

（朱批：）览。①

0379. 防营官兵各台局卡义学数目折

光绪十七年七月二十六日（1891年8月30日）

头品顶戴护理甘肃新疆巡抚开缺新疆布政使臣魏光焘跪奏，为新疆防营员弁勇丁及各台、局、卡、义学，自光绪十六年七月初一日起至十二月底止实在数目，分别缮具清单，奏明立案，恭折仰祈圣鉴事。

窃新疆马步营、旗、炮队、台、局、义学截至光绪十六年六月底止实在数目，业经分别奏咨在案。兹据新疆粮台详称：自十六年七月初一日起，遵照奏定标营章程，添募开花炮队一哨，挑募步队一营；又于十六年七月底止，裁减开花炮队拉炮马四匹、车夫四名，并步队一旗。通截至十六年十二月底止，实存马步九十六营旗一哨、开花炮队四哨，共计额设营书弁勇二万三千九百四十四员名，火勇一千六百五十六名，额设营、旗、哨官三百六十七员，巡查一百二十二员，额外火夫、私夫、马夫、车夫共六千一百四十六名。其旧设各台、局、义学，并接办新设伊塔道属

①中国第一历史档案馆藏：《单》，档号：03-5884-002。

各局、卡、义学，分晰缮具四柱清单，详请奏咨前来。

臣覆核无异，所有新疆防营、员弁勇丁、各台、局、卡、义学自光绪十六年七月初一日起至十二月底止实在数目，除咨部外，谨缮具清单，恭呈御览。伏乞皇上圣鉴，饬部立案施行。谨奏。光绪十七年七月二十六日。

（朱批：）该部知道，单二件并发。[①]

光绪十七年八月二十九日，奉朱批：该部知道，单二件并发。钦此。[②]

0380. 呈新疆防营官夫马炮车等清单

光绪十七年七月二十六日（1891年8月30日）

谨将新疆驻防马步各营旗员弁勇丁、夫马、炮车数目，自光绪十六年七月初一日起至十二月底止，缮具四柱清单，恭呈御览。

旧管：光绪十六年六月底止，实存防军标营章程马队一营五十三旗、步队二十四营一十八旗一哨、开花炮队三哨，共计旧存额设营、旗、哨官三百六十四员，旧存额设巡查一百二十一员，旧存额设营书、弁勇二万三千七百四十三员名，旧存额设火勇一千六百三十八名，旧存额外火夫七百六十九名，旧存额外私夫、马夫、车夫五千三百五十五名，旧存额马七千三十六匹，旧存炮车一十八辆、车骡四十八头、马四匹。

新收：光绪十六年七月初一日起，添募伊犁镇标开花炮队一哨，遵照标营章程，新添额设哨官二员，新添额设营书、弁勇八十三员名，新添额设火勇七名，新添额外车夫、私夫十四名，新添炮车六辆、车骡十六头。

光绪十六年八月初一日起，挑募古城营步队一营，遵照标营章程，新添额设营、哨官五员，新添额设巡查二员，新添额设营

①台北故宫博物院藏：《军机及宫中档》，文献编号：408006810。

②中国第一历史档案馆藏：《录副奏折》，档号：03-5881-091。

书、弁勇四百四十八员名，新添额设火勇四十三名，新添额外私夫二十八名。

开除：光绪十六年六月底止，裁减伊犁镇标右营所兼开花炮队，计裁减拉炮马四匹，裁减车夫四名。

光绪十六年起月底止，裁减古城营步队一旗，计裁减官弁勇丁三百六十七员名，裁减额外私夫十六名。

实在：光绪十六年十二月底止，实存防军标营章程马队一营五十三旗、步队二十五营一十七旗一哨、开花炮队四哨，共计实存额设营、旗、哨官三百六十七员，实存额设巡查一百二十二员，实存额设营书、弁勇二万三千九百四十四员名，实存额设火勇一千六百五十六名，实存额外伙夫七百六十九名，实存额外私夫、马夫、车夫五千三百七十七名，实存额马七千三十六匹，实存炮车二十四辆、车骡六十四头。

（朱批：）览。[①]

0381. 呈新疆各台局卡义学数目清单

光绪十七年七月二十六日（1891年8月30日）

谨将新疆各台、局、卡、义学数目，自光绪十六年七月初一日起至十二月底止，缮具四柱清单，恭呈御览。

旧管：光绪十六年六月底止，实存新疆粮台，省城军装总局，省城采运局、柴草局，哈密军装局。

哈密新城、吐鲁番新城、喀喇沙尔、库车、阿克苏、乌什、英吉沙尔、喀什噶尔汉城、叶尔羌、和阗、古城、绥来、省城等处十三保甲局。

哈密、巴里坤、昌吉、吐鲁番、喀喇沙尔、库车、阿克苏、乌什、喀什噶尔、英吉沙尔、玛喇巴什、叶尔羌、和阗等处十三

①中国第一历史档案馆藏：《单》，档号：03-5881-092。

牛痘局。

哈密义学五堂，吐鲁番义学六堂，喀喇沙尔义学四堂，库车义学五堂，拜城义学二堂，温宿义学三堂，乌什义学三堂，疏勒义学三堂，疏附义学二堂，玛喇巴什义学三堂，英吉沙尔义学三堂，莎车义学五堂，叶城义学二堂，和阗义学二堂，于阗义学二堂，巴里坤义学四堂，奇台义学四堂，济木萨义学三堂，阜康义学二堂，迪化义学六堂，昌吉义学二堂，绥来义学四堂，呼图壁义学二堂，共计义学七十七堂。

新收：伊犁、宁远城中俄通商局，伊塔道善后总局，宁远善后局，绥定善后局，绥定城保甲总局，宁远保甲局，绥定城东关保甲分局，绥定城南关保甲分局，瞻德城保甲分局，广仁城保甲分局。

霍尔果斯尼堪卡伦稽查卡，菓子沟稽查卡，绥定东门稽查分卡，绥定南门稽查分卡，绥定西门稽查分卡。

宁远城关义学三堂，绥定城关义学三堂，广仁城义学一堂，瞻德城义学一堂，霍尔果斯义学一堂。

以上新收各局、卡、义学，系伊犁将军移交接办，并伊塔道到任后陆续开办，业经另案将所设局、卡、义学接办、开办各日期暨开支经费分别奏咨在案。理合登明。

开除：无项。

实在：光绪十六年十二月底止，实存新疆粮台，伊犁宁远城中俄通商总局，伊塔道、宁远、绥定三善后局，省城军装总局，省城采运局、柴草局，哈密军装局。

哈密新城、吐鲁番新城、喀喇沙尔、库车、阿克苏、乌什、英吉沙尔、喀什噶尔汉城、叶尔羌、和阗、古城、绥来、省城、绥定、宁远、绥定城东关、南关、瞻德城、广仁城等处十九保甲局。

霍尔果斯尼堪卡伦、果子沟、绥定东门、南门、西门等处五稽查卡。

哈密、巴里坤、昌吉、吐鲁番、喀喇沙尔、库车、阿克苏、乌什、喀什噶尔、英吉沙尔、玛喇巴什、叶尔羌、和阗等处十三牛痘局。

哈密义学五堂，吐鲁番义学六堂，喀喇沙尔义学四堂，库车义学五堂，拜城义学二堂，温宿义学三堂，乌什义学三堂，疏勒义学三堂，疏附义学二堂，玛喇巴什义学三堂，英吉沙尔义学三堂，莎车义学五堂，叶城义学二堂，和阗义学二堂，于阗义学二堂，巴里坤义学四堂，奇台义学四堂，济木萨义学三堂，阜康义学二堂，迪化义学六堂，昌吉义学二堂，绥来义学四堂，呼图壁义学二堂，宁远义学三堂，绥定义学三堂、广仁城义学一堂，瞻德城义学一堂，霍尔果斯义学一堂，共计义学八十六堂。

（朱批）览。[①]

0382. 请以石本清补授塔城同知折

光绪十七年八月初一日（1891年9月3日）

头品顶戴护理甘肃新疆巡抚开缺新疆布政使臣魏光焘跪奏，为拣员借补要缺同知，以裨地方，恭折仰祈圣鉴事。

窃据署新疆布政使饶应祺、署镇迪道兼按察使衔陈名钰会详称：伊犁、塔城改设官制，改塔尔巴哈台理事通判为塔城直隶厅抚民同知，仍兼理事衔。该处西北紧连俄境，东北界科布多，西通伊犁，南接库尔喀喇乌苏，外则中俄交涉，内则汉、回、蒙、哈错杂而居，事务纷繁，民俗疲玩，极为难治，应请定为繁、疲、难三项要缺，亟应遴员请补，以重职守。查北路添设、改设各缺，经前抚臣刘锦棠奏请仿照吉林新设各缺章程，由外先行拣补一次；又于新疆补署各缺章程内声明甘肃候补曾经引见验看、领照到省人员，如熟悉边务，调赴新疆差遣，遇有人地相宜缺出，准予分

①中国第一历史档案馆藏：《单》，档号：03-5881-093。

别请补，均奉部覆准在案。今改设塔城直隶厅抚民同知，系属要缺，非精明强干练达之员，难期胜任。

查有现署斯缺补缺后补用知府甘肃尽先补用直隶州知州石本清，年五十六岁，湖南沅江县人，由文童于同治二年投效军营，克复浙江湖州、安吉、孝丰、石门、德清等城案内汇保，四年十月二十六日奉上谕：着以从九品不论双单月，尽先即选。钦此。于捻匪全股荡平、直东肃清案内汇保，七年八月初六日奉上谕：着以县丞留于陕西补用。钦此。陕西全境肃清案内汇保，九年十二月二十六日奉上谕：着以州同留于甘肃补用。钦此。荡平金积堡贼巢、宁灵肃清案内汇保，十年十月初三日奉上谕：着以知州仍留甘肃补用。钦此。克复巴燕戎格擒斩叛逆及剿灭河州窜贼案内汇保，十三年八月初三日奉上谕：着赏戴蓝翎。钦此。关陇肃清案内汇保，光绪二年二月初四日奉上谕：着赏换花翎。钦此。克复吐鲁番满、汉两城案内汇保，四年二月初四日奉上谕：着以直隶州知州尽先补用。钦此。

先于二年五月委署甘肃阶州直隶州篆，六月二十二日到任，五年六月二十二日卸事。新疆荡平各项差使出力案内汇保俟补直隶州知州后，以知府用，经部驳令另核奏明请奖。嗣经钦差大臣刘锦棠覆奏，改请军功随带加三级，复经部议准其改请随带三级，其所请“军功”字样，应毋庸议，奉旨：依议。钦此。阶州瓜子沟番匪滋事，经官军荡平擒获首逆案内汇保，六年十二月二十二日奉上谕：着俟补缺后，以知府仍留甘肃尽先补用，先换顶戴。钦此。是年冬，请咨赴部引见。七年五月初十日，经钦派王大臣验放，照例发往。十一日覆奏，奉旨：依议。钦此。遵即领照起程，七月十九日到省。八年，经前两江总督臣左宗棠奏请，调赴江苏差遣，并以原官改留江苏，仍归原班补用。是年四月十四日奉旨：依议。钦此。十四年，在江苏并无经手未完事件，因无力补缴离省分发银两，呈请前两江总督臣曾国荃奏明给咨，仍回甘肃原省候补。是年六月十八日奉朱批：着照所请，吏部知道。钦此。十五年五月到甘肃，旋经陕甘总督臣杨昌濬咨送新疆差遣，十一月初四日到省。十二月，委署塔城直隶厅抚民同知篆务，十六年二月十二日到任。

查该员石本清年壮才明，公事干练，现在署任办理一切，均属裕如，民情极为爱戴，以之借补斯缺，实堪胜任，人地亦极相宜。虽以直隶州借补同知，与例稍有未符，但新疆各班人少，情形不同，而边缺紧要，尤须因地择人，以资治理等情。详请具奏前来。

臣查该员石本清才识稳练，不避艰苦，合无仰恳天恩俯念要缺需员，准以该员石本清补授塔城直隶厅抚民同知员缺，洵于地方有裨。如蒙俞允，该员系曾经引见到省之员，毋庸送部引见。再，该员署任内并无参罚案件，合并声明。谨会同陕甘总督臣杨昌濬、护理伊犁将军臣富勒铭额，恭折具陈，伏乞皇上圣鉴训示。谨奏。光绪十七年八月初一日。

（朱批：）吏部议奏。①

光绪十七年九月初四日，奉朱批：吏部议奏。钦此。②

0383. 请以赵有正借补阿克苏镇游击折

光绪十七年八月初一日（1891年9月3日）

头品顶戴护理甘肃新疆巡抚开缺新疆布政使臣魏光焘跪奏，为拣员借补要缺游击，以重操防，恭折仰祈圣鉴事。

窃新设阿克苏镇标中军游击员缺，前经奏准作为题缺，亟应拣员请补，以重职守。该中军游击有经管钱粮、督率操防之责，非明干有为之员，难期得力。查有提督衔留甘肃新疆尽先补用总兵现署该中军游击精济巴图鲁赵有正，干练有为，实心任事，在

①台北故宫博物院藏：《军机及宫中档》，文献编号：408006811。

②此朱批日期与内容，据《军机处随手登记档》（档案编号：03-0269-2-1217-229）校补。

新疆带队年久，边情极为熟悉，委署以来，操防一切，均能认真，以之借补斯缺，洵堪胜任，合无仰恳天恩俯准以该员借补阿克苏镇标中军游击员缺，实于营伍有裨。如蒙俞允，并恳饬部先行发给署札，俟防务大定，即行给咨送部引见，以符定制。

除饬取该员履历清册咨部外，谨会同陕甘总督臣杨昌濬、喀什噶尔提督臣董福祥，恭折具陈。伏乞皇上圣鉴训示。谨奏。光绪十七年八月初一日。

（朱批：）兵部议奏。①

光绪十七年九月初四日，奉朱批：兵部议奏。钦此。②

0384. 请以蔡俊接袭恩骑尉世职折

光绪十七年八月初一日（1891年9月3日）

头品顶戴护理甘肃新疆巡抚开缺新疆布政使臣魏光焘跪奏，为照例接袭世职，恭折仰祈圣鉴事。

窃臣据署新疆布政使饶应祺详：据署镇西厅同知易寿崧详：准署巴里坤镇标中营守备许明耀移称：同治五年，该标左营经制外委蔡含章在富家滩打仗阵亡，前经兵部议给云骑尉世职，袭次完时，给予恩骑尉，世袭罔替等因。旋以其嫡长子蔡喜承袭世职，各在案。兹蔡喜于光绪十六年七月初四日病故，并无子嗣，只有胞弟蔡俊一人，现年二十八岁，例应接袭恩骑尉世职。已故蔡喜承袭后，并未领过敕书。造具三代履历册结，由厅加具印结，详赍藩司转请具奏前来。

臣覆加验看，委无捏饰假冒情弊，应准其接袭，俟奉部覆，就近发标学习，准食全俸，扣至五年期满，出具考语，给咨送部引见，以符定制。除将赍到三代履历、印、甘各结分送部、科外，谨会同陕甘总督臣杨昌濬、喀什噶尔提督臣董福祥，恭折具陈。

---

①台北故宫博物院藏：《军机及宫中档》，文献编号：408006812。

②中国第一历史档案馆藏：《录副奏折》，档号：03-5881-105。

伏乞皇上圣鉴，饬部议覆施行。再，此案改题为奏，合并声明。谨奏。光绪十七年八月初一日。

（朱批：）兵部议奏。[①]

光绪十七年九月初四日，奉朱批：兵部议奏。钦此。[②]

0385. 审拟民人刘金升斗杀人命一案折

光绪十七年八月初十日（1891年9月12日）

头品顶戴护理甘肃新疆巡抚开缺新疆布政使臣魏光焘跪奏，为斗杀人命，核明定拟，恭折具陈，仰祈圣鉴事。

窃绥定县客民刘金升因索债起衅，咬伤颜士进右手腕，辜限内因伤溃烂身死一案，据署绥定县知县邓以潢验明，讯供议拟，解署伊犁府知府潘效苏，转详署伊塔道英林审明，咨署镇迪道兼按察使衔陈名钰核转前来。

臣覆加查核，缘刘金升籍隶山东曹县，光绪十五年来绥定县佣工，与已死颜士进同居，素好无嫌。刘金升欠颜士进银一两七钱，屡讨未还。十六年十一月十七日挨晚，颜士进又向索讨。刘金升央缓，颜士进不允，彼此口角。颜士进扑拢抓住刘金升发辫，刘金升力挣不脱，用口咬颜士进右手腕一下，比经王殿甲喝阻，报县验讯取辜。讵颜士进伤口溃烂，医治罔效，延至十一月二十六日，因伤殒命。复经报县验讯议拟，由府解道，咨兼按察使衔核明转详，臣覆核无异。

查律载：斗殴杀人者，不问手足、他物、金刃，并绞等语。此案刘金升因索债起衅，咬伤颜士进右手腕，越十日辜限内因伤溃烂身死，自应按律问拟。刘金升合依“斗殴杀人者，不问手足、他物、金刃，并绞”律，拟绞监候，秋后处决。王殿甲救阻不及，应毋庸议。刘金升所欠颜士进银两追交尸亲具领。无干省释。尸

---

①台北故宫博物院藏：《军机及宫中档》，文献编号：408006813。

②中国第一历史档案馆藏：《录副奏折》，档号：03-5881-106。

棺饬埋。是否允协？

除全案供招咨送刑部外，所有斗杀人命，核明定拟缘由，谨恭折具陈。伏乞皇上圣鉴，饬部核覆施行。谨奏。光绪十七年八月初十日。

（朱批：）刑部议奏。①

光绪十七年九月十三日，奉朱批：刑部议奏。钦此。②

0386. 审拟民人张幅中斗杀人命一案折

光绪十七年八月初十日（1891年9月12日）

头品顶戴护理甘肃新疆巡抚开缺新疆布政使臣魏光焘跪奏，为斗杀人命，审明定拟，恭折具陈，仰祈圣鉴事。

窃奇台县客民张幅中因算工价起衅，用斧殴伤张登滦右耳根，移时身死一案，据奇台县知县刘澄清验明获犯，讯供议拟，解署迪化府知府黄丙焜，转详署镇迪道兼按察使衔陈名钰审解前来。

臣亲提审讯，缘张幅中籍隶甘肃秦安县，光绪元年来奇台县属种地度日，与已死张登滦同姓不宗，素好无嫌。十六年九月十五日，张幅中雇张登滦马匹打场，言定每日人、马工价小麦一斗。十月十五日工满，应给小麦三石，当未付给。旋张登滦带妻黄氏来张幅中家借住。十七年正月十一日，张登滦预备移居，向张幅中索讨工价，以小麦难搬，折银十两。张幅中不允，张登滦斥骂，张幅中回詈。张登滦即拿木棍向打，张幅中将木棍格落，张登滦湾身拾棍，张幅中顺拾地下铁斧吓殴，适伤张登滦右耳根倒地。经房东刘张氏喝住。讵张登滦伤重，移时殒命。尸妻张黄氏投约报验获犯，讯供议拟，解府详兼按察使衔转详，臣亲审无异。

查律载：斗殴杀人者，不问手足、他物、金刃，并绞等语。此案张幅中因索工价起衅，用斧殴伤张登滦右耳根，移时身死，

---

①台北故宫博物院藏：《军机及宫中档》，文献编号：408006814。

②中国第一历史档案馆藏：《录副奏折》，档号：03-7314-048。

自应照律问拟。张幅中合依“斗殴杀人者，不问手足、他物、金刃，并绞”律，拟绞监候，秋后处决。房东刘张氏救阻不及，应毋庸议。张幅中所欠工价小麦三石，追交尸妻具领。无干省释。尸棺饬埋，凶斧案结销毁。是否允协？

除全案供招咨送刑部外，所有斗杀人命，审明定拟各缘由，谨恭折具陈。伏乞皇上圣鉴，饬部核覆施行。谨奏。光绪十七年八月初十日。

（朱批：）刑部议奏。[①]

光绪十七年九月十三日，奉朱批：刑部议奏。钦此。[②]

0387. 审拟民人杜满遐棍毙人命一案折

光绪十七年八月初十日（1891 年 9 月 12 日）

头品顶戴护理甘肃新疆巡抚开缺新疆布政使臣魏光焘跪奏，为斗杀人命，审明定拟，恭折具陈，仰祈圣鉴事。

窃阜康县客民杜满遐因口角起衅，夺棍殴伤同伙雇工王五左腰眼，移时身死一案，据署阜康县知县左兆凤验明获犯，录供通报，未及招解卸事，移交接署知县钟逢焕议拟，解署迪化府知府黄丙焜审明，详署镇迪道兼按察使衔陈名钰审转前来。

臣亲提审讯，缘杜满遐籍隶山西忻州，与已死王五同在李吉多烧房佣工，素好无嫌。光绪十七年正月二十三日早，杜满遐睡熟，王五喊同工作不应，用手打杜满遐腿上两下。杜满遐惊醒斥骂，彼此口角。王五顺拿木棍向殴，杜满遐夺棍过手，王五复湾身拾取地下铁锄，杜满遐随用木棍向王五吓打一下，适伤其左腰眼倒地。经同伙吴学幅喝住，告知雇东李吉多调治。不料王五伤重，延至是晚殒命，投约报验获犯，讯明议拟，解府详兼按察使衔审明转详，臣亲审无异。

---

①台北故宫博物院藏：《军机及宫中档》，文献编号：408006815。

②中国第一历史档案馆藏：《录副奏折》，档号：03-7314-047。

查律载：斗殴杀人者，不问手足、他物、金刃，并绞等语。此案杜满遐因口角起衅，夺棍殴伤同伙雇工王五左腰眼身死，自应照律问拟。杜满遐合依“斗殴杀人者，不问手足、他物、金刃，并绞”律，拟绞监候，秋后处决。吴学幅救阻不及，应毋庸议。无干省释。尸棺饬埋，凶棍案结销毁，是否允协？

除全案供招咨送刑部外，所有斗杀人命，审明定拟缘由，谨恭折具陈。伏乞皇上圣鉴，饬部核覆施行。谨奏。光绪十七年八月初十日。

（朱批：）刑部议奏。[①]

光绪十七年九月十三日，奉朱批：刑部议奏。钦此。[②]

0388. 恭报十七年五月雨水粮价情形折

光绪十七年八月二十二日（1891年9月24日）

头品顶戴护理甘肃新疆巡抚开缺新疆布政使臣魏光焘跪奏，为恭报光绪十七年五月分粮价并得雨情形，谨缮折具陈，仰祈圣鉴事。

窃照光绪十七年四月分各厅州县粮价并得雨情形，业经臣奏报在案。兹据署新疆布政使饶应祺详称：光绪十七年五月分，北路奇台得雨，入土六寸；迪化得雨，入土三寸；昌吉、阜康、绥来、哈密、吐鲁番、镇西、库尔喀喇乌苏微雨。伊塔道属宁远得雨，入土二寸；绥定、塔尔巴哈台、精河微雨。南路库车得雨，入土六寸；英吉沙尔得雨，入土四寸；喀喇沙尔、叶城得雨，入土三寸；疏勒、疏附、拜城、和阗得雨，入土二寸；温宿南乡被雹，乌什、莎车、于阗、玛喇巴什微雨。正值天气炎热，渠水畅流，地亩足资灌溉，民情安帖。

至通省粮价，镇西、塔尔巴哈台、喀喇沙尔、库车、温宿、

①台北故宫博物院藏：《军机及宫中档》，文献编号：408006816。

②中国第一历史档案馆藏：《录副奏折》，档号：03-7314-046。

昌吉、阜康、绥定等厅州县俱与上月相同，余均略有增减。汇详请奏前来。

理合恭折具陈，并缮粮价清单，敬呈御览，伏乞皇上圣鉴。谨奏。光绪十七年八月二十二日。

（朱批：）知道了。[①]

光绪十七年九月二十三日，奉朱批：知道了。钦此。[②]

0389. 呈新疆十七年五月粮价清单

光绪十七年八月二十二日（1891年9月24日）

谨将新疆各属光绪十七年五月分米粮时估价值，缮具清单，恭呈御览。

计开五月分

镇迪道属

迪化县：大米每京石价银二两四钱六分六厘，与上月相同。小麦每京石价银九钱九分，较上月增三分五厘。莞豆每京石价银一两八厘，与上月相同。青稞每京石价银七钱五分九厘，较上月增六分九厘。

昌吉县：大米每京石价银一两八钱七分二厘，小麦每京石价银七钱七分六厘，莞豆每京石价银九钱二分，青稞每京石价银八钱七分五厘，俱与上月相同。

阜康县：粟米每京石价银八钱八分四厘，小麦每京石价银一两二分六厘，莞豆每京石价银一两六分一厘，高粱每京石价银八钱四分九厘，俱与上月相同。

绥来县：大米每京石价银一两八钱六分，较上月增六分三厘。小麦每京石价银八钱二分八厘，与上月相同。莞豆每京石价银一两二分二厘，与上月相同。高粱每京石价银五钱六分三厘，与上

---

①台北故宫博物院藏：《军机及宫中档》，文献编号：408006817。

②中国第一历史档案馆藏：《录副奏折》，档号：03-6908-025。

月相同。

奇台县：大米每京石价银二两四钱一分六厘，与上月相同。小麦每京石价银六钱七分二厘，与上月相同。莞豆每京石价银六钱二分一厘，较上月增三分五厘。

吐鲁番直隶厅：小麦每京石价银九钱三分二厘，较上月减三分七厘。大麦每京石价银四钱八分五厘，较上月减七分五厘。高粱每京石价银五钱五分七厘，较上月减三分七厘。黄豆每京石价银一两九钱四分，较上月增二钱二分三厘。

镇西直隶厅：小麦每京石价银一两三钱八分，莞豆每京石价银一两四钱，青稞每京石价银九钱二分，俱与上月相同。

哈密直隶厅：粟米每京石价银一两四钱四分，较上月减一钱四分四厘。小麦每京石价银九钱一分，较上月减五分六厘。莞豆每京石价银一两三钱六分八厘，较上月减七分二厘。青稞每京石价银八钱六厘，较上月减二分八厘。

库尔喀喇乌苏直隶厅：小麦每京石价银九钱二分，较上月增一厘。莞豆每京石价银一两四钱二分，较上月增八分八厘。高粱每京石价银七钱一分，与上月相同。

伊塔道属

绥定县：大米每京石价银四两一钱四分四厘，小麦每京石价银一两二钱四分二厘，大麦每京石价银九钱四厘，莞豆每京石价银一两二钱二分四厘，俱与上月相同。

宁远县：大米每京石价银二两九钱六分，与上月相同。小麦每京石价银六钱九分，较上月增一钱三分八厘。大麦每京石价银四钱二分八厘，较上月增二分二厘。莞豆每京石价银五钱七分六厘，较上月增一分五厘。

塔尔巴哈台直隶厅：小麦每京石价银一两二分五厘，大麦每京石价银八钱七分五厘，莞豆每京石价银一两八分五厘，俱与上月相同。

精河直隶厅：大米每京石价银三两一钱四分五厘，与上月相同。小麦每京石价银九钱四分五厘，与上月相同。莞豆每京石价银一两三钱六分，与上月相同。大麦每京石价银八钱七分五厘，较上月增一钱四分。

阿克苏道属

温宿直隶州：大米每京石价银一两五钱二分，小麦每京石价银六钱九分，大麦每京石价银四钱八分，包谷每京石价银五钱四分四厘，俱与上月相同。

拜城县：小麦每京石价银四钱，较上月减三分。莞豆每京石价银二钱六分，与上月相同。大麦每京石价银二钱六分，与上月相同。包谷每京石价银三钱四分，与上月相同。

喀喇沙尔直隶厅：大米每京石价银二两三钱六分八厘，小麦每京石价银一两三分五厘，莞豆每京石价银一两八厘，包谷每京石价银八钱九分六厘，俱与上月相同。

库车直隶厅：大米每京石价银二两一钱，小麦每京石价银六钱九分，莞豆每京石价银三钱五分，包谷每京石价银四钱八分六厘，俱与上月相同。

乌什直隶厅：大米每京石价银一两六钱三分九厘，较上月增三分。小麦每京石价银五钱二分八厘，较上月增四分。大麦每京石价银二钱七分八厘，较上月增二分二厘。包谷每京石价银四钱五分八厘，较上月增三分九厘。

喀什噶尔道属

疏勒直隶州：大米每京石价银二两七钱，较上月增三钱。小麦每京石价银一两七分六厘，较上月减三分八厘。包谷每京石价银九钱四分七厘，与上月相同。高粱每京石价银七钱四分七厘，与上月相同。

疏附县：大米每京石价银二两七钱，较上月增三钱。小麦每京石价银一两七分六厘，较上月减二分八厘。包谷每京石价银九钱九分一厘，与上月相同。高粱每京石价银七钱四分七厘，与上月相同。

莎车直隶州：大米每京石价银一两六钱一分三厘，与上月相同。小麦每京石价银六钱二分一厘，较上月减五分五厘。大麦每京石价银四钱七分五厘，较上月减一钱二分五厘。包谷每京石价银四钱七分五厘，较上月增一分三厘。

叶城县：大米每京石价银二两三钱二分，较上月减一钱四分五厘。小麦每京石价银八钱，较上月减一钱。包谷每京石价银四钱八分，较上月减四分八厘。青稞每京石价银三钱五分，与上月相同。

和阗直隶州：大米每京石价银一两九钱八分，与上月相同。小麦每京石价银一两八分，较上月增四分。包谷每京石价银六钱二分六厘，较上月增一分二厘。青稞每京石价银五钱五分二厘，与上月相同。

于阗县：大米每京石价银二两三钱四分六厘，与上月相同。小麦每京石价银九钱三分八厘，与上月相同。包谷每京石价银六钱四分，较上月增三分六厘。

英吉沙尔直隶厅：大米每京石价银一两九钱七分六厘，与上月相同。小麦每京石价银六钱九分，较上月减一钱五分二厘。大麦每京石价银五钱七分，与上月相同。包谷每京石价银六钱二分五厘，与上月相同。

玛喇巴什直隶厅：大米每京石价银二两五钱九分，与上月相同。小麦每京石价银九钱九分六厘，较上月减一钱四分四厘。包谷每京石价银七钱六分八厘，与上月相同。

（朱批：）览。①

0390. 奏闻标营马步碍难裁减缘由折

光绪十七年八月二十二日（1891年9月24日）

头品顶戴护理甘肃新疆巡抚开缺新疆布政使臣魏光焘跪奏，

①中国第一历史档案馆藏：《单》，档号：03-6908-026。

为新疆防守紧要，马步营勇，碍难裁减，恭折具陈，仰祈圣鉴事。

窃臣承准军机大臣字寄：光绪十七年四月二十五日奉上谕：户部奏，库款支绌，亏短甚巨，酌拟筹饷办法，开单呈览一折。朕详加披阅，所拟各条，于筹补库储尚属切实，着依议行。惟筹饷一事，部臣虽尽心擘画，全赖各省疆臣认真督办，不避怨嫌，庶一切诿卸掩饰之弊可除，克臻实效。现当库存奇绌，各直省将军、督抚等受恩深重，必应顾全大局，共济时艰，无待谆谆详谕也。户部原折并单内应由外办四条，均着钞给阅看。将此各谕令知之。钦此。等因。当经钦遵转行议办在案。

查单开裁减各省马步营勇一条内称：自接奉此次奏案之日起，各就本省所存马步营勇，认真裁减，统限一年之内裁足一成等语。臣自应竭力办理，仰副朝廷筹补库储之至意。惟新疆远处边陲，情形较异。光绪十年，前抚臣刘锦棠于统筹全局折内声明：全疆旗绿以三万一千人为准，内镇迪、喀什噶尔、阿克苏各道属并巴里坤镇，共设二万一千人。伊犁分设旗兵三千、勇队四千，塔尔巴哈台旗兵一千、勇队二千。该两处共足万人，当规复兵制之始，斟酌拟设，并参用勇营章程，力除绿营陋习，择地团扎，勤加操练，俾一兵得一兵之用。比经部议以现在所拟较承平时全疆兵数南北各减去五千余人，是马步营勇并未多设，部臣早已洞悉。嗣刘锦棠将抚、提两标及阿克苏、巴里坤两镇标先后奏定，就辖境广狭，酌设额兵多寡，仍未逾二万一千之数。十五年，复经奏准分伊犁勇队一千人归军标；其隶镇标者，仅三千人。分塔尔巴哈台勇队五百人，归副都统；其隶协标者，仅一千五百人。总计共设二万五千五百人。

现伊犁镇标、塔尔巴哈台协标营制、饷章，经臣接续奏明，兵额甫定，而全疆地面辽阔，外与俄国及各外部交界，沿边卡隘，防御须严；内而蒙、哈、汉、缠，种类羼杂，弹压巡防，均关紧要。防护运道，远至八十余站，亦内地各省所无，且罗布淖尔抚辑招徕事务业经开办，俟有成绪，防务又须筹及，环二万里之地，守以二万数千之兵，合计似多，分布实少，设有缓急，除各标营勇，别无练军可供调遣，是额设之勇实属必不可少之数，未便再行裁减，致形单薄。惟有督饬各将弁昕夕训练，悉成劲旅，不以空名冒饷、老弱充数，以期防剿足资永固边圉。并据署布政使饶应祺具详前来。

除停购外洋枪炮、船只、机器，盐商捐输请奖，新疆无从议办，其土药税厘，应遵部议办理外，所有新疆各标马步营勇碍难裁减缘由，谨会同陕甘总督臣杨昌濬，恭折具陈。伏乞皇上圣鉴训示。谨奏。光绪十七年八月二十二日。

（朱批：）户部知道。①

光绪十七年九月二十三日，奉朱批：户部知道。钦此。②

0391. 周振汝保案有误请饬更正片

光绪十七年八月二十二日（1891 年 9 月 24 日）

再，克复新疆乌鲁木齐、玛纳斯各城案内，蓝翎候选从九品周振汝保以县丞分发省分，归候补班前补用，奉旨允准钦遵行知在案。兹据周振汝禀称：该员先于荡平甘肃金积堡贼巢、宁灵肃清案内由文童保以从九品归部尽先选用，并无“蓝翎”字样。此案底衔缮作蓝翎候选从九品，自系笔误，恳请更正前来。

臣覆查无异，合无仰恳天恩俯准饬部将该员于克复乌鲁木齐等城案内底衔删去“蓝翎”字样，以免歧异，出自鸿慈。谨附片具陈，伏乞圣鉴训示。谨奏。

（朱批：）吏部知道。③

光绪十七年九月二十三日，奉朱批：吏部知道。钦此。④

---

①台北故宫博物院藏：《军机及宫中档》，文献编号：408006818。

②中国第一历史档案馆藏：《录副奏折》，档号：03-5755-069。

③台北故宫博物院藏：《军机及宫中档》，文献编号：408006818-0-A。

④中国第一历史档案馆藏：《录副奏片》，档号：03-5283-052。

0392. 覆陈新疆等处新饷碍难裁减折

光绪十七年八月二十六日（1891年9月28日）

头品顶戴护理甘肃新疆巡抚开缺新疆布政使臣魏光焘跪奏，为覆陈光绪十八年分新疆等处新饷碍难裁减，恳恩饬部仍照前奏数目指拨，以济要需，恭折仰祈圣鉴事。

窃臣前奏请拨光绪十八年新饷一折，奉朱批：户部议奏。钦此。旋准部咨：新疆请拨十八年协饷，大致与十七年估数相同。惟臣部酌拟筹饷办法，奏准将各省马步营勇裁足一成，腾出饷项，扫数解部等因。钦奉上谕，飞咨遵办。该护抚此奏尚在未经接奉谕旨之前，是该处营勇尚须裁减。至请拨善后经费，添制军装、器械，司库例支不敷，地方例支杂差、车脚、口分等项，冗费繁多，仍应认真裁省，切实查覆，再行汇总指拨等因。饬据署布政使饶应祺议覆前来。

臣查新疆抚、提两标、阿克苏、巴里坤、伊犁三镇标、塔尔巴哈台协标，防守紧要，营勇碍难裁减，业经奏明在案。窃维饷随勇定，勇数既无可减，额饷在所必需，军装、器械又须按年添制，远道购运，价值尤昂。例支廉公驿费，为数不少。司库岁收，委不敷出，地方杂差、车脚、口分等项，例准开销，新疆并无他款可抵。旗营迁并古城，经费业经裁减，所拨款项，均系计口授食。善后银两并借补北路城工经费，现在善后尚未告竣，城工未办犹多，经费骤难节缩。伊犁、塔尔巴哈台甫经接收，事同创始，城垣、衙署、地方事件，百废待举，需款尤属不赀。值兹库款支绌，筹画维艰，节省一分，即多储一分之用，自应认真办理，借纾饷力。

惟臣前估十八年分新疆抚、提两标、阿克苏、巴里坤两镇标俸饷银一百五十六万两，添制军装、器械银十万两，司库例支不敷银十五万两，地方杂差、车脚、口分等项银五万两，旗营经费银六万五千两，善后经费银十四万两，共二百六万五千两；又伊犁镇标俸饷、军装、器械并善后经费银三十九万两，塔尔巴哈台协标俸饷、军装、器械银十二万三千两，善后经费银三万两，总共需银二百六十万八千两，均系核实确估，无可再减，相应吁恳天恩饬部仍照前数指拨，以济要需。至提存新疆藩库银九万五千两，伊塔道库银五万两，塔尔巴哈台同知库银四万两，可否照旧拨存，并恳饬部核议。

所有覆陈光绪十八年分新疆等处新饷仍照前奏数目指拨缘由，除咨部外，谨会同陕甘总督臣杨昌濬，恭折具奏，伏乞皇上圣鉴训示，施行。谨奏。光绪十七年八月二十六日。

（朱批：）户部知道。①

光绪十七年九月二十八日，奉朱批：户部知道。钦此。②

0393. 奏请常年经费拨归藩库缘由片

光绪十七年八月二十六日（1891年9月28日）

再，准部咨议覆臣前奏塔尔巴哈台协标应分饷装银两，酌减杂支，并军台经费拨归藩库各节，声叙笼统，无从悬揣，应令详晰奏咨等因。查塔尔巴哈台设旗绿兵额三千名，岁拨协饷银三十六万两，除遵部议提存银四万两，又善后经费银三万两外，实余饷银二十九万两。分隶后，归副都统管辖旗绿兵额一千五百名，归巡抚管辖协标兵额一千五百名，前项饷银按照人数匀分，应各分银十四万五千两。臣于前奏定期交接划分饷数案内，曾经声明如数分拨。嗣准额尔庆额咨单内开：该处分银十七万六千余两，协标仅分银十一万三千八百余两。臣以协标饷装此数实难敷用，咨商增拨，未经允许，并咨臣自行估奏。臣旋将协标营制、饷章酌定奏咨立案，岁需俸饷、军装等项银十二万三千两，较匀分饷数减至二万二千两，悉以归之副都。统计该处旗绿兵额一千五百

①台北故宫博物院藏：《军机及宫中档》，文献编号：408006818-1。

②中国第一历史档案馆藏：《录副奏折》，档号：03-6907-031。

名，已多分饷银四万四千两，共一十六万七千两。额尔庆额犹以前数为不足。

查彼此所辖兵额，厥数维均，而该处估饷独赢，实由杂支太繁，是以前请酌为裁减。臣所奏定协标营制、饷章，岁需饷装银十二万三千两，委系确实估计，万难再减。该处各项杂支能否酌裁，相应请旨饬下塔尔巴哈台副都统自行切实确估，专案具奏。至塔尔巴哈台既分隶巡抚管辖，自该处至库尔喀喇乌苏旧设军台十处，应即改为驿站，并恳准照前奏将常年所拨经费拨归藩库，以资支发。除咨部外，谨附片具奏，伏乞圣鉴训示。谨奏。

（朱批：）该部议奏。[①]

光绪十七年九月二十八日，奉朱批：该部议奏。钦此。[②]

0394. 奏请恩准更改属员官衔片

光绪十七年八月二十六日（1891年9月28日）

再，臣据留陕甘尽先补用副将周瑞林禀称：于克复甘肃灵州案内由蓝翎把总保以千总尽先拔补，并加守备衔；克复巴燕戎格肃清河州案内，误由蓝翎守备请保以都司尽先补用，换戴花翎，并于关陇肃清等案由都司递保副将，均将“瑞林”误作“瑞霖”。又，据尽先补用都司谭明辉禀称：于关陇肃清案内由拔补把总保以千总尽先补用，新疆六载边防案内误由守备请保免补守备，以都司尽先补用。请附奏递减、更正，各等情。前来。

臣覆核无异，合无仰恳天恩俯准将周瑞林于克复巴燕戎格肃清河州案内准保花翎补用都司，改为蓝翎守备衔千总，请免补千总，以守备尽先补用，仍换花翎；关陇肃清案内准保尽先补用游击，改为免补守备，以都司尽先补用；克复乌鲁木齐、玛纳斯各城案内准保副将衔留陕甘尽先补用参将，改为免补都司，以游击

---

①台北故宫博物院藏：《军机及宫中档》，文献编号：408006818-1-A。

②中国第一历史档案馆藏：《录副奏片》，档号：03-6124-068。

留陕甘尽先补用，并加参将衔；新疆南北路一举荡平案内准保仍留原省尽先补用副将并二品封典，改为免补游击，以参将留原省尽先补用，仍请赏给二品封典。谭明辉于六载边防案内准保尽先补用都司，改为拔补千总请免补千总，以守备尽先补用。敕部逐层递减，并将周“瑞林”误作“瑞霖”各案，一并更正注册，俾得各实官阶，出自鸿施。

除咨部外，谨附片具陈。伏乞圣鉴训示。谨奏。

（朱批：）兵部知道。①

光绪十七年九月二十八日，奉朱批：兵部知道。钦此。②

0395. 请准拣员借补骁骑校情形片

光绪十七年八月二十六日（1891 年 9 月 28 日）

再，署古城满营右翼蒙古四旗骁骑校连奎，臣前奏请补授该旗骁骑校员缺，尚未奉旨，该员旋因病身故。所遗员缺，当经附奏另行拣员请补在案。兹考验得花翎尽先即补防御金文布，办事勤能，营务亦极熟悉，以之借补斯缺，实堪胜任，合无仰恳天恩俯准以该员借补右翼蒙古四旗骁骑校员缺，以资得力。

除饬取履历清册咨部查照外，谨会同陕甘总督臣杨昌濬、护理伊犁将军臣富勒铭额，附片具陈，伏乞圣鉴训示。再，请补骁骑校，例应拟具正、陪，请旨简放。惟该营现无堪以拟陪之员，无从开列，合并声明。谨奏。

（朱批：）兵部议奏。③

光绪十七年九月二十八日，奉朱批：兵部议奏。钦此。④

---

①台北故宫博物院藏：《军机及宫中档》，文献编号：408006818-1-B。

②中国第一历史档案馆藏：《录副奏片》，档号：03-5881-157。

③台北故宫博物院藏：《军机及宫中档》，文献编号：408006818-1-C。

④中国第一历史档案馆藏：《录副奏片》，档号：03-5881-156。

0396. 请以周添才借补英吉沙尔参将折

光绪十七年九月初九日（1891 年 10 月 11 日）

头品顶戴护理甘肃新疆巡抚开缺新疆布政使臣魏光焘跪奏，为拣员借补要缺参将，以重边防，恭折仰祈圣鉴事。

窃新疆喀什噶尔提属新设英吉沙尔营参将员缺，业经奏准作为题缺，亟应拣员请补，以重职守。该处东连叶尔羌，西南紧接奈曼布鲁特，弹压巡防，均关紧要，非干练有为之员，难资得力。查有留甘肃新疆尽先补用提督现署喀什噶尔提标前营游击芬臣巴图鲁周添才，安详笃实，勇略兼长，在新疆带队年久，边情熟悉，自署缺以来，巡防、操练，均能认真，以之借补斯缺，洵堪胜任，合无仰恳天恩俯准以周添才借补英吉沙尔营参将员缺，实于边防有裨。如蒙俞允，应请敕部先给署札，俟防务大定，即行给咨送部引见，以符定制。

除饬取该员履历清册咨部查照外，谨会同陕甘总督臣杨昌濬、喀什噶尔提督臣董福祥，恭折具陈，伏乞皇上圣鉴训示。谨奏。光绪十七年九月初九日。

（朱批：）兵部议奏。①

光绪十七年十月十三日，奉朱批：兵部议奏。钦此。②

0397. 请以张宗本借补和阗营参将折

光绪十七年九月初九日（1891 年 10 月 11 日）

头品顶戴护理甘肃新疆巡抚开缺新疆布政使臣魏光焘跪奏，为拣员借补要缺参将，以重边防，恭折仰祈圣鉴事。

窃新疆喀什噶尔提属新设和阗营参将员缺，业经奏准作为题

---

①台北故宫博物院藏：《军机及宫中档》，文献编号：408006819。

②中国第一历史档案馆藏：《录副奏折》，档号：03-5882-015。

缺，亟应拣员请补，以重职守。该处南通西藏，西南紧与英邻，防守弹压，最关紧要，非明干有为之员，弗克胜任。查有头品顶戴留甘肃新疆尽先补用提督现署该营参将奇臣巴图鲁张宗本，老成干练，任事勇敢，历在新疆带队，著有战功，自署任以来，操防一切，尤能认真经理，以之借补斯缺，洵堪胜任，合无仰恳天恩俯准以张宗本借补和阗营参将员缺，实于边防有裨。如蒙俞允，并恳敕部先给署札，俟防务大定，即行给咨送部引见，以符定制。

除饬取履历清册咨部查照外，谨会同陕甘总督臣杨昌濬、喀什噶尔提督臣董福祥，恭折具陈，伏乞皇上圣鉴训示。谨奏。光绪十七年九月初九日。

（朱批：）兵部议奏。①

光绪十七年十月十三日，奉朱批：兵部议奏。钦此。②

0398. 请以张鸿畴等补授都司各缺折

光绪十七年九月初九日（1891 年 10 月 11 日）

头品顶戴护理甘肃新疆巡抚开缺新疆布政使臣魏光焘跪奏，为拣员请补都司、守备各员缺，以重操防，恭折仰祈圣鉴事。

窃新疆新设喀什噶尔回城协营左旗中军都司、阿克苏镇属乌什协营左旗都司、抚属玛纳斯协营右旗守备、喀什噶尔提标城守营中军守备各缺，业经奏准作为题缺，亟应拣员请补，以专责成。查有留甘肃新疆尽先补用都司张鸿畴，朴勇勤干，堪以请补喀什噶尔回城协营左旗中军都司员缺；副将衔留陕甘尽先补用游击刘克俊，明白强干，堪以借补乌什协营左旗都司员缺；留甘尽先补用都司杨柏材，办事实心，堪以借补玛纳斯协营右旗守备员缺；总兵衔留甘尽先即补副将倭协春巴图鲁李金良，勇敢勤朴，堪以借补喀什噶尔提标城守营中军守备员缺。

---

①台北故宫博物院藏：《军机及宫中档》，文献编号：408006820。

②中国第一历史档案馆藏：《录副奏折》，档号：03-5882-016。

以上各员，均在新疆从征有年，边情极为熟悉，以之请补各缺，实堪胜任，合无仰恳天恩俯准以张鸿畴等四员请补都司、守备各缺，以裨营伍。如蒙俞允，并恳饬部发给札付。杨柏材、李金良二员，照乌鲁木齐等处补放守备定例，应毋庸送部引见；其请补都司之张鸿畴、刘克俊二员，俟防务大定，即行给咨送部引见，以符定制。

除饬取该员等履历清册咨部查照外，谨会同陕甘总督臣杨昌濬、喀什噶尔提督臣董福祥，恭折具陈，伏乞皇上圣鉴训示。谨奏。光绪十七年九月初九日。

（朱批：）兵部议奏。①

光绪十七年十月十三日，奉朱批：兵部议奏。钦此。②

0399. 奏报李庆棠等调署知州等缺片

光绪十七年九月初九日（1891 年 10 月 11 日）

再，温宿直隶州知州陈希洛撤任遗缺，查有英吉沙尔直隶厅同知李庆棠，堪以调署。所遗员缺，查有奏留新疆补用同知王毓芬，堪以委署。喀喇沙尔直隶厅同知江遇璞撤任遗缺，查有留甘补用同知刘金藩，堪以委署。据署新疆布政使饶应祺、署镇迪道兼按察使衔陈名钰会详前来。

除由臣批饬分别给委外，谨会同陕甘总督臣杨昌濬，附片具陈，伏乞圣鉴。谨奏。

（朱批：）吏部知道。③

光绪十七年十月十三日，奉朱批：吏部知道。钦此。④

---

①台北故宫博物院藏：《军机及宫中档》，文献编号：408006821。

②中国第一历史档案馆藏：《录副奏折》，档号：03-5882-014。

③台北故宫博物院藏：《军机及宫中档》，文献编号：408006819-0-A。

④中国第一历史档案馆藏：《录副奏片》，档号：03-5284-031。

0400. 恭报十七年六月雨水粮价情形折

光绪十七年九月二十一日（1891 年 10 月 23 日）

头品顶戴护理甘肃新疆巡抚开缺新疆布政使臣魏光焘跪奏，为恭报光绪十七年六月分粮价并得雨情形，谨缮折具陈，仰祈圣鉴事。

窃照光绪十七年五月分各厅州县粮价并得雨情形，业经臣奏报在案。兹据署新疆布政使饶应祺详称：光绪十七年六月分，北路迪化得雨，入土六寸；奇台、昌吉、阜康得雨，入土三寸；绥来得雨，入土二寸；镇西厅属三塘湖大雨。哈密得雨，入土一寸；库尔喀喇乌苏微雨。伊塔道属宁远得雨，入土二寸；塔尔巴哈台得雨，入土一寸；绥定、精河微雨。南路拜城、叶城得雨，入土二寸；温宿、喀喇沙尔、库车、乌什、疏勒、疏附、和阗微雨。正值天气炎热，渠水畅流，地亩足资灌溉，民情安帖。

至通省粮价，吐鲁番、镇西、库尔喀喇乌苏、塔尔巴哈台、喀喇沙尔、库车、疏勒、莎车、迪化、昌吉、绥定、疏附等厅州县俱与上月相同，余均略有增减。汇详请奏前来。

理合恭折具陈，并缮粮价清单，敬呈御览，伏乞皇上圣鉴。谨奏。光绪十七年九月二十一日。

（朱批：）知道了。①

光绪十七年十月二十二日，奉朱批：知道了。钦此。②

0401. 呈光绪十七年六月粮价清单

光绪十七年九月二十一日（1891 年 10 月 23 日）

谨将新疆各属光绪十七年六月分米粮时估价值，缮具清单，

①台北故宫博物院藏：《军机及宫中档》，文献编号：408006824。

②中国第一历史档案馆藏：《单》，档号：03-6909-031。

恭呈御览。

计开六月分

镇迪道属

迪化县：大米每京石价银二两四钱六分六厘，小麦每京石价银九钱九分，莞豆每京石价银一两八厘，青稞每京石价银七钱五分九厘，俱与上月相同。

昌吉县：大米每京石价银一两八钱七分二厘，小麦每京石价银七钱七分六厘，莞豆每京石价银九钱二分，青稞每京石价银八钱七分五厘，俱与上月相同。

阜康县：粟米每京石价银八钱八分四厘，与上月相同。小麦每京石价银一两一钱三分二厘，较上月增一钱六厘。莞豆每京石价银一两一钱六分七厘，较上月增一钱六厘。高粱每京石价银九钱二厘，较上月增五分三厘。

绥来县：大米每京石价银一两八钱六分，与上月相同。小麦每京石价银七钱七分二厘，较上月减五分六厘。莞豆每京石价银八钱四分九厘，较上月减一钱七分三厘。高粱每京石价银五钱六分三厘，与上月相同。

奇台县：大米每京石价银二两三钱四分七厘，较上月减六分九厘。小麦每京石价银六钱三分六厘，较上月减三分六厘。莞豆每京石价银五钱八分六厘，较上月减三分五厘。

吐鲁番直隶厅：小麦每京石价银九钱三分二厘，大麦每京石价银四钱八分五厘，高粱每京石价银五钱五分七厘，黄豆每京石价银一两九钱四分，俱与上月相同。

镇西直隶厅：小麦每京石价银一两三钱八分，莞豆每京石价银一两四钱，青稞每京石价银九钱二分，俱与上月相同。

哈密直隶厅：粟米每京石价银一两四钱四分，与上月相同。小麦每京石价银九钱六分六厘，较上月增五分六厘。莞豆每京石价银一两二钱二分四厘，较上月减一钱四分四厘。青稞每京石价银八钱三分四厘，较上月增二分八厘。

库尔喀喇乌苏直隶厅：小麦每京石价银九钱二分，莞豆每京石价银一两四钱二分，高粱每京石价银七钱一分，俱与上月相同。

伊塔道属

绥定县：大米每京石价银四两一钱四分四厘，小麦每京石价银一两二钱四分二厘，大麦每京石价银九钱四厘，莞豆每京石价银一两二钱二分四厘，俱与上月相同。

宁远县：大米每京石价银二两九钱六分，与上月相同。小麦每京石价银五钱四分八厘，较上月减一钱四分二厘。大麦每京石价银三钱八分五厘，较上月减四分三厘。莞豆每京石价银五钱七分六厘，与上月相同。

塔尔巴哈台直隶厅：小麦每京石价银一两二分五厘，大麦每京石价银八钱七分五厘，莞豆每京石价银一两八分五厘，俱与上月相同。

精河直隶厅：大米每京石价银三两一钱四分五厘，与上月相同。小麦每京石价银九钱四分五厘，与上月相同。莞豆每京石价银一两三钱六分，与上月相同。大麦每京石价银八钱三分五厘，较上月减四分。

阿克苏道属

温宿直隶州：大米每京石价银二两一钱二分五厘，较上月增六钱五厘。小麦每京石价银六钱九分，与上月相同。大麦每京石价银四钱四分四厘，较上月减三分六厘。包谷每京石价银五钱三厘，较上月减四分一厘。

拜城县：小麦每京石价银三钱八分，较上月减二分。莞豆每京石价银二钱六分，与上月相同。大麦每京石价银二钱六分，与上月相同。包谷每京石价银三钱，较上月减四分。

喀喇沙尔直隶厅：大米每京石价银二两三钱六分八厘，小麦每京石价银一两三分五厘，莞豆每京石价银一两八厘，包谷每京石价银八钱九分六厘，俱与上月相同。

库车直隶厅：大米每京石价银二两一钱，小麦每京石价银六钱九分，莞豆每京石价银三钱五分，包谷每京石价银四钱八分六厘，俱与上月相同。

乌什直隶厅：大米每京石价银一两七钱八分八厘，较上月增一钱四分九厘。小麦每京石价银五钱五分四厘，较上月增二分六厘。大麦每京石价银二钱八分八厘，较上月增一分。包谷每京石价银四钱八分四厘，较上月增二分六厘。

喀什噶尔道属

疏勒直隶州：大米每京石价银二两七钱，小麦每京石价银一两七分六厘，包谷每京石价银九钱四分七厘，高粱每京石价银七钱四分七厘，俱与上月相同。

疏附县：大米每京石价银二两七钱，小麦每京石价银一两七分六厘，包谷每京石价银九钱九分一厘，高粱每京石价银七钱四分七厘，俱与上月相同。

莎车直隶州：大米每京石价银一两六钱一分三厘，小麦每京石价银六钱二分一厘，大麦每京石价银四钱七分五厘，包谷每京石价银四钱七分五厘，俱与上月相同。

叶城县：大米每京石价银二两三钱二分，与上月相同。小麦每京石价银七钱，较上月减一钱。包谷每京石价银四钱八分，与上月相同。青稞每京石价银三钱五分，与上月相同。

和阗直隶州：大米每京石价银一两九钱八分，与上月相同。小麦每京石价银九钱八分，较上月减一钱。包谷每京石价银六钱二分六厘，与上月相同。青稞每京石价银五钱五分二厘，与上月相同。

于阗县：大米每京石价银二两四钱八分四厘，较上月增一钱三分八厘。小麦每京石价银九钱三分八厘，与上月相同。包谷每京石价银六钱四分，与上月相同。

英吉沙尔直隶厅：大米每京石价银一两九钱七分六厘，与上月相同。小麦每京石价银六钱九分，与上月相同。大麦每京石价银五钱七分，与上月相同。包谷每京石价银五钱三分六厘，较上月减八分九厘。

玛喇巴什直隶厅：大米每京石价银二两九钱六分，较上月增三钱七分。小麦每京石价银九钱五分，较上月减四分六厘。包谷每京石价银七钱六分八厘，与上月相同。

（朱批：）览。①

0402. 库车回王恳恩展缓年班缘由折

光绪十七年九月二十一日（1891 年 10 月 23 日）

头品顶戴护理甘肃新疆巡抚开缺新疆布政使臣魏光焘跪奏，为库车回子郡王病仍未痊，恳恩展缓补行年班，以示体恤，恭折仰祈圣鉴事。

窃臣于光绪十六年九月具奏库车回子郡王阿密特年老病剧，恳请暂缓应行年班，俟哈密、吐鲁番回子王二人自十七年起以次该班后，仍饬阿密特接续该班，奉旨允准钦遵转行在案。兹于十七年六月准理藩院咨：本年年班轮应哈密札萨克回子亲王沙木胡索特来京，并令库车郡王阿密特补行来京该班等因。饬据署布政使饶应祺详：据署库车厅同知闻端兰转，据阿密特呈称：世爵去岁恭值年班，因感风寒，触发旧疾，荷蒙圣恩宽限，感激莫名。本拟医治就痊，定期北上补行年班，不料年迈气衰，迄未轻减，限期已迫，仍难起程，应请转详奏恳展缓等情。前来。

臣查库车回子郡王阿密特，年逾七十，衰病侵寻，刻难痊愈，委系实情。所有应补十六年年班，相应恳恩俯准展缓，俾得从容调理。现在本年哈密回子亲王轮值年班，臣已饬令起行，依限到京。俟十八年吐鲁番回子郡王该班后，即饬阿密特遵照定限，于十九年赴京该班，以崇盛典而符例制。

是否有当，谨会同陕甘总督臣杨昌濬，恭折具陈，伏乞皇上

①中国第一历史档案馆藏：《单》，档号：03-6909-032。

圣鉴训示。谨奏。光绪十七年九月二十一日。

（朱批：）着照所请，该衙门知道。①

光绪十七年十月二十二日，奉朱批：着照所请，该衙门知道。钦此。②

0403. 请以谷振杰借补喀什噶尔游击折

光绪十七年九月二十一日（1891年10月23日）

头品顶戴护理甘肃新疆巡抚开缺新疆布政使臣魏光焘跪奏，为拣员借补游击员缺，以重操防，恭折仰祈圣鉴事。

窃新设喀什噶尔提标前营游击员缺，业经奏准作为题缺，亟应拣员请补，以专责成。查有留甘肃新疆尽先补用总兵现署提标中军参将勖勇巴图鲁谷振杰，才具稳练，勤奋有为，在新疆带队有年，营务熟悉，历在署任，操防均能认真，以之借补斯缺，实堪胜任，合无仰恳天恩俯准以谷振杰借补喀什噶尔提标前营游击员缺，以裨营伍。如蒙俞允，应请敕部先给署札，俟防务大定，即行给咨送部引见，以符定制。

除饬取该员履历清册咨部查照外，谨会同陕甘总督臣杨昌濬、喀什噶尔提督臣董福祥，恭折具陈，伏乞皇上圣鉴训示。谨奏。光绪十七年九月二十一日。

（朱批：）兵部议奏。③

光绪十七年十月二十二日，奉朱批：兵部议奏。钦此。④

---

①台北故宫博物院藏：《军机及宫中档》，文献编号：408006822。

②中国第一历史档案馆藏：《录副奏折》，档号：03-5284-068。

③台北故宫博物院藏：《军机及宫中档》，文献编号：408006823。

④中国第一历史档案馆藏：《录副奏折》，档号：03-5282-045。

0404. 请准何有道等留新补用缘由片

光绪十七年九月二十一日（1891 年 10 月 23 日）

再，投效新疆及从前征剿出力各武员，迭经奏留甘肃新疆补用，并声明俟续查有应行留省之员，再行陈奏，奉旨允准钦遵在案。臣兹查有提督衔题奏总兵穆特本巴图鲁何有道、提督衔记名总兵恒勇巴图鲁胡克华、记名总兵易盛富、尽先推补副将杰勇巴图鲁李正元、副将衔尽先补用参将陈如美、符克复，尽先补用参将裴传明、张宝祥，尽先补用游击敢勇巴图鲁吕方仁、留湖南尽先推补游击丁景熙、补用游击赵和益、尽先补用都司袁寿全、都司衔尽先补用守备朱楚南等十三员，均在新疆多年，防务、边情极为熟悉，合无仰恳天恩俯准将提督衔题奏总兵穆特本巴图鲁何有道等十三员，一并以原官原衔留于甘肃新疆尽先补用，于边防、营伍实有裨益。

除饬取该员等履历清册咨部查照并俟续查有应行留省人员随时奏请外，谨会同陕甘总督臣杨昌濬，附片具陈，伏乞圣鉴训示。谨奏。

（朱批：）着照所请，兵部知道。①

光绪十七年十月二十二日，奉朱批：着照所请，兵部知道。钦此。②

0405. 请以邹冠群借补游击缘由折

光绪十七年十月初三日（1891 年 11 月 4 日）

头品顶戴护理甘肃新疆巡抚开缺新疆布政使臣魏光焘跪奏，为拣员借补要缺游击，以重边防，恭折仰祈圣鉴事。

---

①台北故宫博物院藏：《军机及宫中档》，文献编号：408006823-0-A。

②中国第一历史档案馆藏：《录副奏片》，档号：03-5882-046。

窃新疆喀什噶尔提属新设玛喇巴什营游击员缺，业经奏准作为题缺，亟应拣员请补，以重职守。该处东接阿克苏，南通莎车，西连喀什噶尔，为往来冲衢，实上下关键，非干练有为之员，难资得力。查有提督衔留甘尽先补用总兵现署抚标左营游击才勇巴图鲁邹冠群，朴实勇敢，办事勤能，在新疆带队有年，委署以来，操防一切，均能认真，以之借补斯缺，洵堪胜任，合无仰恳天恩俯准以该员借补玛喇巴什营游击员缺，实于边防有裨。如蒙俞允，并恳饬部先行发给署札，俟防务大定，即行给咨送部引见，以符定制。

除饬取该员履历清册咨部外，谨会同陕甘总督臣杨昌濬、喀什噶尔提督臣董福祥，恭折具陈，伏乞皇上圣鉴训示。谨奏。光绪十七年十月初三日。

（朱批：）兵部议奏。[①]

光绪十七年十一月十三日，奉朱批：兵部议奏。钦此。[②]

0406. 请以朱冕荣借补吐鲁番同知折

光绪十七年十月初三日（1891年11月4日）

头品顶戴护理甘肃新疆巡抚开缺新疆布政使臣魏光焘跪奏，为拣员借补要缺同知，以裨地方，恭折仰祈圣鉴事。

窃据署新疆布政使饶应祺、署镇迪道兼按察使衔陈名钰会详称：吐鲁番同知黄丙焜升补伊犁府知府，奉部覆准，系于光绪十六年八月初六日奉旨，按照行文程限，应以十六年十月二十二日作为开缺日期。所遗吐鲁番同知员缺，亟应遴员请补，以重职守。查北路旧有各缺，经前抚臣刘锦棠奏准援照甘肃变通章程办理。查变通章程内开：丞、倅、州、县以及佐杂各要缺，将现任各员按照应升官阶，任内无论有无升案，并是否到任、实授以及历俸、

①台北故宫博物院藏：《军机及宫中档》，文献编号：408006826。

②中国第一历史档案馆藏：《录副奏折》，档号：03-5819-008。

试俸未经期满各员，准择其人地相宜者，一律升调。又，定例应调缺出，俱令于现任人员内拣选调补，如无合例堪调之员，始准以候补人员题补，各等语。

今吐鲁番同知系冲、繁、难三项要缺，于通省现任人员内逐加拣选，非现居要缺，即人地不宜。惟查有花翎尽先补用知府朱冕荣，年四十七岁，湖南长沙县人，由优廪生考选同治癸酉科拔贡，甲戌朝考一等第六名，保和殿覆试一等第二名，经礼部带领引见，奉旨以七品小京官分部用。钦此。签分兵部车驾司。是年七月，到部学习行走。光绪元年四月初七日，请假回籍措资。是年五月，丁生母忧。三年五月，接丁生父忧。四年八月，经前陕甘总督臣左宗棠调营差遣。五年八月，服阕起复。新疆五次剿平边寇案内汇保，七年五月二十日奉上谕：着以同知分省，归候补班前遇缺尽先补用，并赏戴花翎。钦此。是年十二月，委署哈密通判篆务，是月初三日到任。旋经部议以原官留于甘肃，归原班补用。八年三月十一日具奏，奉旨：依议。钦此。九年二月十七日交卸，回营当差。新疆六载边防案内汇保，十年十月初四日奉上谕：着免补本班，以知府仍留原省尽先补用。钦此。

查该员朱冕荣才长识练，心地光明，在新疆年久，边情、土俗最为熟悉，前署哈密通判，任内办理一切，诸臻妥协，以之请补吐鲁番同知员缺，实堪胜任，人地亦极相宜。虽以知府请补同知，与例稍有未符，但新疆各班人少，情形不同，且人地实在相需等情。详请具奏前来。

臣查该员朴诚端谨，为守兼优，合无仰恳天恩俯念要缺需员，准以尽先补用知府朱冕荣借补吐鲁番同知，洵于地方有裨。如蒙俞允，俟奉部覆，再行给咨送部引见，以符例章。谨会同陕甘总督臣杨昌濬，恭折具陈，伏乞皇上圣鉴训示。再，该员前在哈密署任内并无参罚案件，合并声明。谨奏。光绪十七年十月初三日。

(朱批：) 吏部议奏。[①]

光绪十七年十一月十三日，奉朱批：吏部议奏。钦此。[②]

0407. 请以郝忠裔借补游击缘由折

光绪十七年十月初三日（1891 年 11 月 4 日）

头品顶戴护理甘肃新疆巡抚开缺新疆布政使臣魏光焘跪奏，为拣员借补游击员缺，以重操防，恭折仰祈圣鉴事。

窃新设阿克苏镇标左营游击员缺，业经奏准作为题缺，亟应拣员请补，以专责成。查有留甘尽先补用副将现署乌什协副将业铿额巴图鲁郝忠裔，朴勇勤干，娴熟营伍，在新疆带队有年，边情熟悉，历在署任，操防均能认真，以之借补斯缺，实堪胜任，合无仰恳天恩俯准以郝忠裔借补阿克苏镇标左营游击员缺，以裨营伍。如蒙俞允，应请饬部先给署札，俟防务大定，即行给咨送部引见，以符定制。

除饬取该员履历清册咨部查照外，谨会同陕甘总督臣杨昌濬、喀什噶尔提督臣董福祥，恭折具陈，伏乞皇上圣鉴训示。谨奏。光绪十七年十月初三日。

(朱批：) 兵部议奏。[③]

光绪十七年十一月十三日，奉朱批：兵部议奏。钦此。[④]

0408. 奏报兵备道周崇傅到省片

光绪十七年十月初三日（1891 年 11 月 4 日）

再，新授喀什噶尔兵备道周崇傅业于九月二十日到省，堪以

①台北故宫博物院藏：《军机及宫中档》，文献编号：408006825。
②中国第一历史档案馆藏：《录副奏折》，档号：03-5285-053。
③台北故宫博物院藏：《军机及宫中档》，文献编号：408006827。
④中国第一历史档案馆藏：《录副奏折》，档号：03-5819-009。

委署镇迪道兼按察使衔篆务。现署镇迪道准补阿克苏兵备道陈名钰，应即饬赴本任，以专责成。除分别檄饬遵照外，谨会同陕甘总督臣杨昌濬，附片具奏，伏乞圣鉴。谨奏。

（朱批：）吏部知道。①

光绪十七年十一月十三日，奉朱批：吏部知道。钦此。②

0409. 委令魏景桐署理叶城知县片

光绪十七年十月初三日（1891 年 11 月 4 日）

再，署叶城县知县甘澍卸署遗缺，查有奏留新疆试用布政司理问魏景桐，堪以委署。据署新疆布政使饶应祺、署镇迪道兼按察使衔陈名钰会详前来。除由臣批饬给委外，谨会同陕甘总督臣杨昌濬，附片具奏。伏乞圣鉴。谨奏。

（朱批：）吏部知道。③

光绪十七年十一月十三日，奉朱批：吏部知道。钦此。④

0410. 恭报十七年七月雨水粮价情形折

光绪十七年十月十六日（1891 年 11 月 17 日）

头品顶戴护理甘肃新疆巡抚开缺新疆布政使臣魏光焘跪奏，为恭报光绪十七年七月分粮价并得雨情形，谨缮折具陈，仰祈圣鉴事。

窃照光绪十七年六月分各厅州县粮价并得雨情形，业经臣奏报在案。兹据署新疆布政使饶应祺详称：光绪十七年七月分，北路镇西得雨，入土七寸；迪化得雨，入土六寸；绥来得雨，入土

①台北故宫博物院藏：《军机及宫中档》，文献编号：408006825-0-A。

②中国第一历史档案馆藏：《录副奏片》，档号：03-5285-054。

③台北故宫博物院藏：《军机及宫中档》，文献编号：408006825-0-B。

④中国第一历史档案馆藏：《录副奏片》，档号：03-5285-055。

四寸；阜康、奇台得雨，入土三寸；昌吉得雨，入土一寸；吐鲁番、库尔喀喇乌苏微雨。伊塔道属宁远得雨，入土二寸；塔尔巴哈台得雨，入土一寸；绥定微雨。南路库车得雨，入土五寸；乌什得雨，入土四寸；喀喇沙尔得雨，入土二寸；拜城得雨，入土一寸；叶城、和阗、英吉沙尔微雨，余未得雨。

至通省粮价，镇西、塔尔巴哈台、喀喇沙尔、乌什、英吉沙尔、昌吉、阜康、绥来等厅县俱与上月相同，余均略有增减。汇详请奏前来。

理合恭折具陈，并缮粮价清单，敬呈御览。伏乞皇上圣鉴。谨奏。光绪十七年十月十六日。

（朱批：）知道了。①

光绪十七年十一月二十一日，奉朱批：知道了。钦此。②

0411. 呈新疆十七年七月粮价清单

光绪十七年十月十六日（1891年11月17日）

谨将新疆各属光绪十七年七月分米粮时估价值，缮具清单，恭呈御览。

计开七月分

镇迪道属

迪化县：大米每京石价银二两四钱六分六厘，与上月相同。小麦每京石价银九钱五分五厘，较上月减三分五厘。莞豆每京石价银九钱七分二厘，较上月减三分六厘。青稞每京石价银七钱五分九厘，与上月相同。

昌吉县：大米每京石价银一两八钱七分二厘，小麦每京石价银七钱七分六厘，莞豆每京石价银九钱二分，青稞每京石价银八钱七分五厘，俱与上月相同。

---

①台北故宫博物院藏：《军机及宫中档》，文献编号：408006828。

②中国第一历史档案馆藏：《录副奏折》，档号：03-6910-022。

阜康县：粟米每京石价银八钱八分四厘，小麦每京石价银一两一钱三分二厘，莞豆每京石价银一两一钱六分七厘，高粱每京石价银九钱二厘，俱与上月相同。

绥来县：大米每京石价银一两八钱六分，小麦每京石价银七钱七分二厘，莞豆每京石价银八钱四分九厘，高粱每京石价银五钱六分三厘，俱与上月相同。

奇台县：大米每京石价银二两四钱一分六厘，较上月增六分九厘。小麦每京石价银六钱七分二厘，较上月增三分六厘。莞豆每京石价银六钱二分一厘，较上月增三分五厘。

吐鲁番直隶厅：小麦每京石价银九钱三分二厘，与上月相同。大麦每京石价银四钱八分五厘，与上月相同。高粱每京石价银五钱五分七厘，与上月相同。黄豆每京石价银一两七钱九分二厘，较上月减一钱四分八厘。

镇西直录厅：小麦每京石价银一两三钱八分，莞豆每京石价银一两四钱，青稞每京石价银九钱二分，俱与上月相同。

哈密直隶厅：粟米每京石价银一两二钱九分六厘，较上月减一钱四分四厘。小麦每京石价银九钱二分四厘，较上月减四分二厘。莞豆每京石价银一两二钱九厘，较上月减一分五厘。青稞每京石价银八钱三分四厘，与上月相同。

库尔喀喇乌苏直隶厅：小麦每京石价银七钱八分，较上月减一钱四分。莞豆每京石价银一两一钱三分，较上月减二钱九分。高粱每京石价银七钱一分，与上月相同。

伊塔道属

绥定县：大米每京石价银三两七钱七分四厘，较上月减三钱七分。小麦每京石价银八钱二分八厘，较上月减四钱一分四厘。大麦每京石价银五钱六分五厘，较上月减三钱三分九厘。莞豆每京石价银八钱六分四厘，较上月减二钱六分。

宁远县：大米每京石价银二两六钱六分四厘，较上月减二钱九分六厘。小麦每京石价银五钱五分二厘，较上月增四厘。大麦每京石价银四钱六厘，较上月增二分一厘。莞豆每京石价银六钱四厘，较上月增二分八厘。

塔尔巴哈台直隶厅：小麦每京石价银一两二分五厘，大麦每京石价银八钱七分五厘，莞豆每京石价银一两八分五厘，俱与上月相同。

精河直隶厅：大米每京石价银三两一钱四分五厘，与上月相同。小麦每京石价银九钱四分五厘，与上月相同。莞豆每京石价银一两三钱六分，与上月相同。大麦每京石价银八钱七分五厘，较上月增四分。

阿克苏道属

温宿直隶州：大米每京石价银二两一钱二分五厘，与上月相同。小麦每京石价银六钱九分，与上月相同。大麦每京石价银四钱四分四厘，与上月相同。包谷每京石价银五钱三分二厘，较上月增二分九厘。

拜城县：小麦每京石价银三钱五分，较上月减三分。莞豆每京石价银二钱六分，与上月相同。大麦每京石价银一钱八分，较上月减八分。包谷每京石价银二钱五分，较上月减五分。

喀喇沙尔直隶厅：大米每京石价银二两三钱六分八厘，小麦每京石价银一两三分五厘，莞豆每京石价银一两八厘，包谷每京石价银八钱九分六厘，俱与上月相同。

库车直隶厅：大米每京石价银二两二钱九分四厘，较上月增一钱九分四厘。小麦每京石价银五钱六分，较上月减一钱三分。莞豆每京石价银三钱五分，与上月相同。包谷每京石价银四钱八分六厘，与上月相同。

乌什直隶厅：大米每京石价银一两七钱八分八厘，小麦每京石价银五钱五分四厘，大麦每京石价银二钱八分八厘，包谷每京石价银四钱八分四厘，俱与上月相同。

喀什噶尔道属

疏勒直隶州：大米每京石价银二两八钱五分，较上月增一钱五分。小麦每京石价银一两九分，较上月增一分四厘。包谷每京石价银九钱四分七厘，与上月相同。高粱每京石价银七钱四分七厘，与上月相同。

疏附县：大米每京石价银二两八钱五分，较上月增一钱五分。小麦每京石价银一两九分，较上月增一分四厘。包谷每京石价银九钱九分一厘，与上月相同。高粱每京石价银七钱四分七厘，与上月相同。

莎车直隶州：大米每京石价银一两六钱一分三厘，与上月相同。小麦每京石价银六钱七分六厘，较上月增五分五厘。大麦每京石价银五钱，较上月增二分五厘。包谷每京石价银五钱一厘，较上月增二分六厘。

叶城县：大米每京石价银二两三钱二分，与上月相同。小麦每京石价银八钱，较上月增一钱。包谷每京石价银四钱八分，与上月相同。青稞每京石价银三钱五分，与上月相同。

和阗直隶州：大米每京石价银一两九钱八分，与上月相同。小麦每京石价银八钱九分七厘，较上月减八分三厘。包谷每京石价银六钱二分六厘，与上月相同。青稞每京石价银五钱五分二厘，与上月相同。

于阗县：大米每京石价银二两二钱八厘，较上月减二钱七分六厘。小麦每京石价银九钱三分八厘，与上月相同。包谷每京石价银六钱四分，与上月相同。

英吉沙尔直隶厅：大米每京石价银一两九钱七分六厘，小麦每京石价银六钱九分，大麦每京石价银五钱七分，包谷每京石价银五钱三分六厘，俱与上月相同。

玛喇巴什直隶厅：大米每京石价银二两六钱六分，较上月减三钱。小麦每京石价银八钱九分七厘，较上月减五分三厘。包谷每京石价银六钱九分，较上月减七分八厘。

（朱批：）览。[①]

0412. 请以王廷赞补授直隶同知折

光绪十七年十月十六日（1891年11月17日）

头品顶戴护理甘肃新疆巡抚开缺新疆布政使臣魏光焘跪奏，为拣员请补同知要缺，以重地方，恭折仰祈圣鉴事。

窃据署新疆布政使饶应祺、署镇迪道兼按察使衔陈名钰会详称：查新疆改设官制，裁库尔喀喇乌苏粮员，设抚民直隶同知兼理事衔。该处为省城西路冲衢，幅员辽阔，地方扼要，土、客杂处，兼管吐尔扈特游牧事务，极为繁难，应请定为冲、繁、难三项要缺，亟应遴员请补，以重职守。查北路改设各缺，经前抚臣刘锦棠奏准仿照吉林新设各缺成案，由外先行拣补一次在案。

今改设库尔喀喇乌苏抚民直隶同知员缺，查有候补同知王廷赞，年五十二岁，湖南湘阴县人，由优廪生于光绪二年在湖南滇捐局遵筹饷例，报捐贡生。四年，投效恪靖大营。新疆南北两路一举荡平案内汇保，六年正月三十日奉上谕：着以县丞分省，归候补班前尽先补用。钦此。新疆南路诸军五次剿平边寇案内汇保，七年五月二十日奉上谕：着免补本班，以知县留甘归候补班前补用，并赏加同知衔。钦此。新疆六载边防案内汇保，十年十月初四日奉上谕：着免补本班，以同知仍留原省，归候补班补用，并赏给正五品封典。钦此。十一年，留省候补，八月二十一日禀到。十二年四月，委署阜康县知县，是月二十二日到任，十五年六月二十五日卸事。

查该员王廷赞读书本色，心地慈明，前署阜康县任内，办事妥协，官声甚好，舆情极为爱戴，以之请补库尔喀喇乌苏直隶同知员缺，实堪胜任，人地亦极相宜等情。详请具奏前来。

---

①中国第一历史档案馆藏：《单》，档号：03-6910-023。

臣查该员笃实廉明，志趣不苟，合无仰恳天恩俯念要缺需员，准以候补同知王廷赞补授库尔喀喇乌苏直隶同知，于地方实有裨益。如蒙俞允，俟奉部覆，即行给咨送部引见，以符例章。谨会同陕甘总督臣杨昌濬，恭折具奏，伏乞皇上圣鉴训示。再，该员前在署任内并无参罚案件，合并声明。谨奏。光绪十七年十月十六日。

(朱批:) 吏部议奏。[①]

光绪十七年十一月二十一日，奉朱批：吏部议奏。钦此。[②]

0413. 新疆第一次遵办顺直赈捐核奖折

光绪十七年十月十六日（1891年11月17日）

头品顶戴护理甘肃新疆巡抚开缺新疆布政使臣魏光焘跪奏，为新疆第一次遵办顺直赈捐，恳恩饬部核奖，恭折仰祈圣鉴事。

窃臣于光绪十六年八月二十三日准户部咨：议覆御史徐树钧[③]奏顺直赈捐，亟宜减成，以广招徕[❶]一片，七月十四日具奏，本日奉旨：依议。钦此。并刊录片稿，飞咨查照等因，到臣。当以顺直待赈孔殷，新疆地方辽阔，各属集捐，动需时日，恐有缓不济

①台北故宫博物院藏：《军机及宫中档》，文献编号：408006829。

②中国第一历史档案馆藏：《录副奏折》，档号：03-5285-083。

③徐树钧（1842—1910），字衡士，号淑鸿，湖南长沙人，附生出身。咸丰四年（1854），捐纳户部候补主事。七年（1857），中式举人。光绪四年（1878），保军机章京。六年（1880），补户部河南司主事。八年（1882），升户部浙江司员外郎，转户部福建司员外郎。十年（1884），补军机章京。十一年（1885），授户部福建司郎中。十四年（1888），调户部云南司郎中。十五年（1889），补江南道监察御史。同年，授掌山西道监察御史。十六年（1890），充巡城御史。十七年（1891），协理京畿道事务。十九年（1893），补吏科给事中，三品衔。二十年（1894），任刑科掌印给事中、巡城给事中。同年，放广西桂平梧盐法道。二十一年（1895），署广西按察使、广西布政使。二十五年（1899），调补江苏分巡盐法江宁道。二十七年（1901），署江宁布政使。三十一年（1905），开缺回籍修墓。宣统二年（1910），卒。著有《续访碑录》《宝鸭斋诗集》《诗余》《宝鸭斋题跋》《宝鸭斋法帖》《宝鸭斋金石拓存》《淮海咏归》《长郡题名录》，参修《平定回匪方略》等行世。

急之势，比咨明前两江督臣曾国荃于江苏省协解甘肃新饷项下，先行截拨库平银一万两，兑交上海顺直赈捐局，转解济用，以期便捷。前项银两由甘肃藩司于应解新疆饷内划扣，一俟捐资齐集，由司收缴，以清垫款；一面查照捐章，委员设局开办。

兹据署布政使饶应祺详称：新疆顺直赈捐，遵自光绪十六年十一月初一日开办起，截至十七年二月底止，先后据各捐生报捐职衔、封典、贡监各项共三十三名，计收正项库平银二千五百二十三两二钱，存候归还前次兑拨新饷，分别填发正实收，给予收执。其随收饭银、照费、填过副实收，并各捐生履历清册，一并赍解，详请具奏，并恳咨部填换执照，以凭转给等情。前来。

臣覆核无异，合无仰恳天恩俯准将新疆第一次顺直赈捐饬部分别核奖，以示鼓励。除将清册、副实收、饭银、照费咨送吏部、户部、国子监外，谨恭折具陈。伏乞皇上圣鉴训示。谨奏。光绪十七年十月十六日。

(朱批：) 该部议奏。[①]

光绪十七年十一月二十一日，奉朱批：该部议奏。钦此。[②]

❶【案】光绪十六年七月初八日，江南道监察御史徐树钧具折曰：

江南道监察御史臣徐树钧跪奏，为顺天赈捐亟宜减成，以广招徕而裨赈务，恭折仰祈圣鉴事。

窃照本年近畿州县水灾极重，仰蒙皇太后、圣上发帑发粟，开厂赈饥。朝廷子惠元元，至优极渥，无如灾区太广，赈款不敷，顺天所属各州县以至津沽数百里，汪洋浩瀚，皆在水中，耆老咸言自嘉庆六年以后水灾无有大于本年者。查嘉庆六年近畿水灾，曾发库款一百五十万两，其时部库充盈，办理较易。现在顺天府无款可筹，尚赖各省督抚大吏协助赈款，然连年协助，心疲力竭，自顾不遑。是以近年水

①台北故宫博物院藏：《军机及宫中档》，文献编号：408006830。

②中国第一历史档案馆藏：《录副奏折》，档号：03-5598-120。

灾屡次请开赈捐，诚属万不得已之举。本月初四日奉上谕：御史余联沅奏，近畿灾重，请饬再拨库款，变通赈捐章程，着户部速议等因。钦此。仰见圣主轸念灾黎之意！

伏查近年顺天、直隶、山东、河南、江浙等省水灾，叠开赈捐，减成上兑，准捐虚衔、封典、贡监、翎枝，虽无实官，然连年捐输，已成强弩之末。即援照近年捐章，亦难期踊跃，况本年近畿灾重，需款浩繁，部库既难多拨，若不将虚衔、封典、贡监章程量为减成，仍恐无裨赈务，拟请饬下户部查照海防新捐虚衔、封典、贡监章程，再减一成，以三成实银上兑，如此略为变通，方于赈务有益。报捐翎枝，仍照海军衙门会同户部奏定章程办理，均由顺天府先发实收，委员分途劝办。俟咨部核准发照事竣，由顺天府造册核销，仍勒限一年，即行停止，以示限制。

臣为赈款难筹起见，是否有当，伏乞皇上圣鉴，饬部核议施行。谨奏。光绪十六年七月初八日。①

0414. 奏请安插呼图克图徒从众片

光绪十七年十月十六日（1891 年 11 月 17 日）

再，棍噶札拉参②呼图克图所领徒众，经前抚臣刘锦棠奏明安

---

①中国第一历史档案馆藏：《录副奏折》，档号：03-9472-015。

②棍噶札拉参（1835—1895），又译棍噶札勒参，藏语意为“皆喜胜幢”，又名嘉穆巴图多普，法号察罕格根，转世喇嘛，甘肃巩昌府洮州厅卓尼杨氏土司所辖曲华相（又译齐白西、车巴沟、垂弼胜）相康村人。自幼披剃为僧，多智慧。同治元年（1862），应新疆库尔喀喇乌苏乌讷恩素珠克图等延请出关，在库尔喀喇乌苏、塔尔巴哈台等处传授经典。四年（1865），以塔尔巴哈台回族、哈萨克族起事，率卫拉特兵剿办，赏加呼图克图名号。七年（1868），受命统辖流移于阿尔泰山之索伦营、塔城厄鲁特人众，妥办安插事宜。八年（1869），赴阿勒泰创修千佛庙，赐名承化寺。十一年（1872），率所部索伦、厄鲁特兵驻塔城，加强塔尔巴哈台防务。光绪二年（1876），率众迎击沙俄波塔宁骑兵，将其逐出。七年（1881），离开新疆，前往西藏熬茶布施。十三年（1887），进京陛见。二十年（1894），由八英沟赴临洮诵经。二十二年（1896），圆寂。清廷赏银五百两，准其转世为八英沟承化寺呼图克图，并于塔尔巴哈台建祠致祭。

插库尔喀喇乌苏厅属八英沟地方❶。该呼图克图上年十月抵新疆省城，与臣面商，以该处不敷安插，请饬由该厅并绥来县毗连处所，添拨地段，俾资游牧。当饬署库尔喀喇乌苏同知周鼎铭、绥来县知县李原琳，察看地方情形，会同履勘，酌量指拨去后。兹据呼图克图呈称：勘明库尔喀喇乌苏地西自八英沟起，东至月牙台止，五十余里；绥来县地自月牙台交界处起，东至头道河大梁头止，七十余里。统计东西长一百三十余里，南北宽五六十里，南抵松树根，北抵山口戈壁为界，地势联络，水草丰盛，便于游牧，查与民屯无碍，恳请拨给等情。并据该厅县会勘，禀请照拨，前来。

臣覆核无异，除饬呼图克图将所领徒众妥为安插，并委员会立界碑外，谨附片具奏。伏乞圣鉴。谨奏。

（朱批：）该衙门知道。①

光绪十七年十一月二十一日，奉朱批：该衙门知道。钦此。②

【案】光绪十三年六月二十四日，新疆巡抚刘锦棠奏报查明呼图克图徒众迁徙并筹办哈巴河防务一折，曰：

尚书衔降一级留任甘肃新疆巡抚二等男臣刘锦棠跪奏，为遵旨查明棍噶札拉参呼图克图所领徒众，新疆实无余处可资迁徙，拟请仍在旧地居住，并拟筹哈巴河一带防务，恭折具陈，仰祈圣鉴事。

窃臣承准军机大臣字寄：光绪十三年三月二十四日，奉上谕：棍噶札拉参呼图克图于上年到京瞻觐后，曾据刘秉璋等奏请调赴西藏，经总理各国事务衙门议覆请旨，当以棍噶札拉参于开道番众、议办通

①台北故宫博物院藏：《军机及宫中档》，文献编号：408006829-0-A。

②中国第一历史档案馆藏：《录副奏片》，档号：03-6277-080。

商等事恐不相宜，未经准行①。惟该呼图克图曾在塔尔巴哈台带兵剿贼，于西北边情自较熟习。曾在四川省城，丁宝桢与之接见，称其胸襟阔大，深明大义，奏请留备任使。该呼图克图才略短长，早在朝廷洞鉴之中，必须安置得宜，亦可储以待用。所领徒众应如何收回安插，前经谕令锡纶等详晰定议，迄今日久未据覆奏，殊属延缓。着刘锦棠会同锡纶，妥为筹商，于新疆所属择一距俄较远可以安插之地，迅速奏明，请旨办理。将此由五百里各谕令知之。钦此。仰见圣谟广运、廑念边陲之至意，当即钦遵恭录咨商去后。适锡纶咨到遵议覆奏各折片，于西北情形言之详尽，臣愚实无以易之。

查棍噶札拉参前在塔尔巴哈台带兵剿贼，著有成劳，此时筹度边防，自应妥筹安插。惟新疆北路伊犁、塔城距俄既近，而其余厅县又已奏明安插户口，兴修屯务，实无余地可以安插此项僧众。南路向系缠民居处，经教不同，其势亦难置议。必欲安插此项僧众，自仍以蒙古诸部落为宜，而蒙古诸部落中又无一距俄较远之地。是与其劳费他移，莫若仍居旧地，且该处距俄虽近，而人民既众，彼族亦无从生心。使一旦徙之以行，势必为俄属哈萨克占踞其地。如锡纶所奏，乌梁海部属人口无多，又恋寒畏热，不乐居山南之地，使不能保有此土，又将若何？是一议迁徙，不独费巨人劳为多窒碍也。从前界务未定，棍噶札拉参曾与俄人有忿争之事。今则时越数年，界务亦已大

---

①光绪十二年十一月二十一日，清廷颁布谕旨曰："又谕：总理各国事务衙门奏，遵议刘秉璋、文硕所筹西藏事宜一折。开道藏番，自宜择人而使，惟棍噶札拉参虽曾赴藏，是否与藏众浃洽，究难深信。且从前在西北各路带兵，诸多卤莽，于开道番藏、议办通商等事恐不相宜。所请将该呼图克图调往之处，着毋庸议。前因英藏私相贸易，谕令文硕查明，如有其事，正可因势利道，为此后开办互市地步，道其将来，并非追其既往。即着仍遵前旨，酌度情形，相机设法开办，以期商务流通，借为安边之计。藏印边界通商条约，原未载明何地，将来开办通商，须就该处地势番情妥筹布置，既不能豫行指定地方，亦何能将已定之约遽议更改。至藏地边防，自宜筹备，惟骤带多兵入藏，易启群疑，必须逐渐转移，方不至横生枝节。所请拨兵补勇、整顿营伍一节，着文硕到任后，体察情形，妥慎办理，切勿遽露更张之迹，俾免别滋事端。现当中英定约之后，藏务已就安谧，该大臣惟当于抚绥开道等事，平心静气，筹措得宜，即可潜消隐患，慎毋胶执成见，操切张惶，致误大局，懔之慎之！原折均着钞给阅看。将此由五百里各密谕知之。"（《德宗景皇帝实录》（四），卷之二百三十五，光绪十二年十一月下，第167—168页）

定，即令还其故居，亦可相安无事。如虑该呼图克图无所管辖，恐复滋生事端，拟请以该呼图克图就近归塔尔巴哈台参赞大臣管辖，令于无事时，但率其徒众诵经，不得干预公事，庶僧俗相安，而与俄人亦无从生衅矣。

至哈巴河达承化寺一带地方，在塔城迤东，布伦托海迤北，阿尔泰山在其东北，紧接俄国七河、斜米两省，为中俄出入要冲。其南又有捷径直通迪化府属之古城、奇台、绥来等处。长庚前奏谓一旦有事，俄人由布伦托海南下古城，则伊犁、乌鲁木齐隔绝在西，新疆全局皆震。是布伦托海据古城之上游，地势已为扼要，况哈巴河一带又在布伦托海西北，其为扼要，尤属显然。光绪八年，俄人驻兵其地，意图侵占，经升任参赞大臣清安等奏明有案。查该处向归科布多管辖。同治年间，塔城遭回逆变乱，棍噶札拉参率其徒众，与柯勒依十二鄂托克人众借居其地，耕种营生。当时筹办安插事宜，曾经升任乌里雅苏台将军臣额勒和布等先后议奏，请就近归塔尔巴哈台参赞管辖，并称布伦托海虽系科布多属，然去科布多南十六台，去塔九台等语。是布伦托海去科已远，况哈巴河又在其西，去科尤为窎远，中间重冈叠巘，山径崎岖，冬苦雪封，夏又无水。虽承化寺地在布伦托海，东北距科稍近，然中隔大山，仍须绕由布伦托海行走。是哈巴河至承化寺一带地段，归科则道里隔绝，隶塔则声息相通。哈巴河之于塔城，犹门户之于堂奥，非防塔城，新疆北路无屏障。非防哈巴河一带，塔城东北无凭依也。

夫隶塔隶科，同为圣朝疆土，苟非关系新疆全局，臣亦何容置词？特以该处即为险要所在，隶科不过少资游牧，蒙、哈之获利无多，隶塔即可自固藩篱，形势之所关甚大。臣与锡纶、春满等往复函商，意见相合，拟请将原借地段划归塔尔巴哈台管辖，以资防守。如蒙俞允，其一切建置事宜，容臣等另案奏明办理。

臣为慎重边防起见，是否有当，谨会同陕甘总督臣谭钟麟、署伊犁将军臣锡纶、署塔尔巴哈台参赞大臣春满，恭折具陈。伏乞皇太后、皇上圣鉴训示，施行。再，此案因往返筹商，是以覆奏稍迟。合并声明。谨奏。光绪十三年六月二十四日。①

【案】光绪十五年正月二十四日，刘锦棠等奏报筹议承化寺僧众迁徙事宜一折，曰：

尚书衔甘肃新疆巡抚二等男臣刘锦棠、伊犁将军臣色楞额、署塔尔巴哈台参赞大臣伊犁副都统臣额尔庆额跪奏，为遵旨筹议承化寺僧众迁徙事宜，恭折仰祈圣鉴事。

窃臣锦棠前承准军机大臣字寄：光绪十三年七月二十六日，奉上谕：刘锦棠奏，棍噶札拉参所领徒众，拟请仍在旧地居住，并筹哈巴河防务一折。览奏，均悉。前因沙克都林札布等奏，乌梁海蒙哈官兵逼令承化寺僧众，赶紧移挪，情形急迫，当于五月二十二日谕令刘锦棠、锡纶迅筹覆奏。此次该抚所奏，尚系议覆三月间谕旨、未经奉到续谕之件。此事颇有关系，必须得一实在情形，着刘锦棠、锡纶懔遵前旨，确切查明，迅速筹议。一面咨商沙克都林札布等，秉公酌度，务须筹一妥善办法，奏明请旨。至所奏哈巴河以达承化寺一带地方，拟请划归塔尔巴哈台管辖等语。俟覆奏到日，再行酌定降旨等因。钦此。又，承准军机大臣字寄：光绪十三年十二月初一日，奉上谕：锡纶奏，遵议棍噶札拉参所领僧众，请仍照刘锦棠前奏办理一折。该大臣所奏，仍与前奏大略相同。着刘锦棠会同沙克都林札布等，妥速筹商，并应否委员确勘，再行定议，务各破除成见，详审酌度，奏明办理等因。钦此。

伏查此案叠奉谕旨，训示周详，无微弗至。臣等不能及时定议，惶悚实深。前署将军臣锡纶未及再议，旋即交卸。臣色楞额到任后，复会同筹商，沙克都林札布仍持前议，催令交还借地。是即令委员会勘，亦终无益，且臣额尔庆额曾在科布多任事，于该处情形知之甚悉。上年，复派员往查，亦毋庸再行会勘。该处原属乌梁海蒙部，前岁该部落雇人种地，意在迁回。继因赔累难堪，毫无所获，上年已无人再至。沙克都林札布原奏，请迁去承化寺僧众，收还借地，以便安插蒙哈。此起哈萨克，其始亦只系借地游牧，非科布多所有，且多于

①《刘襄勤公奏稿》，第1627—1636页。

承化寺僧众约数十倍，乌梁海蒙部能听其安插，则无争于此土盖可知矣。惟其地紧与俄邻，棍噶札拉参曾与俄人构衅，久居其地，诚恐不能相安。前奉谕旨，令于新疆所属，择一距俄境较远之地，奏明安插。臣等自应恪遵，惟择地甚难，非急切所能指定。正筹议间，适臣色楞额据旧吐尔扈特东部落盟长毕西勒尔图郡王巴雅尔呈称：棍噶札拉参前在库尔喀喇乌苏地方，该部落赖其保护，今闻会议，欲令其迁回新疆，让还科布多借地，部众皆愿其复来等语。复咨由臣锦棠饬据库尔喀喇乌苏厅，查明厅属八英沟一名察汗乌素，在西南山中，距城一百六十余里，原系该蒙古牧场，附近并无官地。中有寺院一所，原系棍噶札拉参建造，现住喇嘛二百余人，皆其旧日徒众。复询该处蒙民，佥称愿得棍噶扎拉参复来属实。上年十一月间，承化寺僧众人有省视棍噶札拉参回寺者，道过省城。臣锦棠复亲加询问，据称该寺僧众有招之近地者，有来自远方者。其招之近地者，现存约三百余人。其来自远方者，自棍噶扎拉参去日，多已从行。其后又或游化十方，所存不过数十人而已。

臣等公同商议，棍噶札拉参既应迁徙，而八英沟一带距俄实远，以迁于此，洵属相宜。该蒙部又望之甚殷，自可从其所请，但其徒众既多系招之近地，各安其土，各有布施，恐迁地弗良，徒多耗费，且承化寺名由敕赐，工在不资，亦未便听其毁弃。近年，棍噶札拉参远去。该徒众恂恂自守，亦尚相安，拟就其中量为区别。其原系来自远方者，前与俱来，今即应与之俱往。其原系招之近地者，即听其留居该寺，概免迁移，仍择大喇嘛一人领之，有愿随同迁徙亦听。以后该处若归塔尔巴哈台管辖，则所留僧众亦仍归塔尔巴哈台参赞大臣管辖，以专责成。如此则举动不劳，而事机亦顺。如蒙允准，应请旨饬下理藩院，催令该呼图克图速来新疆。其未尽事宜，应俟该呼图克图至日面商，再行详晰具奏。

至哈巴河一带地方，紧与俄邻，俄人窥伺已久。塔尔巴哈台自借地以来，即已派兵驻守，以故数年尚称安静。若一旦委之以去，使俄人乘虚而入，得以南下古城，则新疆隔绝在西，全局将为之俱震，非小失也。科布多远隔大山，势必不能为之固守，应否改隶塔尔巴哈台管辖，自应恭候谕旨遵行。

所有臣等会同拟议缘由，谨合词恭折具陈。伏乞皇太后、皇上圣鉴训示，施行。再，此折系由臣锦棠主稿，因往返熟商，有需时日，是以覆奏稽迟，合并声明。谨奏。光绪十五年正月二十四日。

光绪十五年二月二十六日，奉朱批：着照所请。该衙门知道。钦此。①

【案】此折于是年二月二十六日得允行，《清实录》：

甘肃新疆巡抚刘锦棠等奏，遵旨筹议承化寺僧迁徙事宜，拟令棍噶札拉参所领徒众，移住库尔喀喇乌苏所属之八英沟，而让还科布多借地。其在承化寺就近所招之徒众，安土重迁，则听其留居该寺，仍择大喇嘛一人领之，以后该处若隶塔尔巴哈台，则所留徒众亦归塔尔巴哈台参赞大臣管辖。至哈巴河一带地方，塔尔巴哈台自借地以来，即已派兵驻守，尚称安静，未便委去，俾俄人得乘虚南下古城。应否改隶塔尔巴哈台管辖，请旨定夺。从之。②

【案】光绪十五年十二月十七日，总理衙门王大臣奕劻等以棍噶札勒参赴新疆安插徒众，奏请准其驰驿前往，曰：

总理各国事务多罗庆郡王臣奕劻等跪奏，为棍噶札勒参呼图克图拟赴甘肃新疆，安插徒众，援案恳请驰驿前往，恭折具陈，请旨遵行事。

光绪十五年十一月十八日，准北洋大臣直隶总督咨称：据棍噶札勒参呼图克图呈称：窃棍噶札勒参于光绪十二年四月到京，十四年四月，经总理衙门传旨，先后赏给银七千两，并将承化寺徒众给予勘合，由驿资遣回寺安插，棍噶札勒参暂赴五台山唪经。本年五月，伊犁将军奏，筹议承化寺僧众迁徙事宜，请旨饬令前往新疆，遵即束装，于八月十三日到京，在理藩院报到。旋因左足旧受炮伤，触寒举发，来津就医，现拟整装，迅速前进。惟路途遥远，资斧维艰，可否

①中国第一历史档案馆藏：《朱批奏折》，档号：04-01-09-0005-006。又，《奏稿》，第2013—2020页。

②《德宗景皇帝实录（四）》，卷之二百六十七，光绪十五年二月，第578—579页。

援照上年由驿遣回徒众成案，准其由驿前往，行至甘肃省城，由藩库支领前次恩赏银二千两，交垂弼胜地方所建庙宇喇嘛等，择日永远唪经，恭祝皇太后、皇上万寿无疆。棍噶札勒参即当驰赴新疆，听候妥适迁徙，恳准咨照总理衙门，据情代奏等因。查该呼图克图熟悉边情，尚系有用之才，现拟遵旨前往甘肃，请领恩赏银两建寺，恭祝慈寿、圣寿，并驰赴新疆，安插徒众。既有由驿遣回徒众成案，应请奏恳恩施，准其由驿前往甘肃新疆，以示体恤等因。前来。

臣等查上年三月二十日，臣衙门奏请将棍噶札勒参所带徒众三十余人，由驿先行遣回，并筹给银五千两，奉旨允准在案。此次该呼图克图呈请由驿前往，核与上年成案相符。合无仰恳天恩，俯如所请，准其由驿前往之处，臣等未敢擅便，谨恭折陈明。伏乞圣鉴训示，遵行。再，此折系总理各国事务衙门主稿，会同理藩院办理。合并声明。谨奏。十二月十七日①

总理各国事务多罗庆郡王臣奕劻，协办大学士户部尚书臣宗室福锟，军机大臣兵部尚书臣许庚身，军机大臣刑部尚书臣孙毓汶，户部左侍郎臣绩昌，户部右侍郎一等毅勇侯臣曾纪泽，礼部右侍郎臣廖寿恒，兵部左侍郎署刑部右侍郎臣徐用仪，经筵讲官太子少保大学士管理藩院事务都统臣恩承，理藩院尚书臣宗室松森，理藩院左侍郎副都统臣恩棠，理藩院右侍郎副都统臣庆福，理藩院额外侍郎臣达木定札布。

光绪十五年十二月十七日，奉朱批：依议。钦此。②

0415. 奏报代理道蒋诰饬回本任片

光绪十七年十月十六日（1891年11月17日）

再，准补阿克苏道陈名钰经臣附奏饬赴本任在案。其代理该

①因录副之具奏日期漫漶，兹据《军机处随手登记档》（档案编号：03-0259-2-1215-337）校补。

②中国第一历史档案馆藏：《录副奏折》，档号：03-5256-094。

道员缺疏勒直隶州知州蒋诰，应即仍回本任，以专责成。据藩、臬两司会详前来。除由臣批饬给委外，谨会同陕甘总督臣杨昌濬，附片具奏。伏乞圣鉴。谨奏。

（朱批：）吏部知道。[①]

光绪十七年十一月二十一日，奉朱批：吏部知道。钦此。[②]

0416. 伊犁等处添改各缺请作题缺折

光绪十七年十一月初一日（1891 年 12 月 1 日）

太子少保头品顶戴陕甘总督臣杨昌濬、头品顶戴护理甘肃新疆巡抚开缺新疆布政使臣魏光焘跪奏，为伊犁镇属并塔尔巴哈台协标新添、改设参将、游击、都司、守备各缺，均请作为题缺，由外请补，恭折仰祈圣鉴事。

窃照伊犁镇属暨塔尔巴哈台协标营制，臣等奏请仿照抚、提、镇各标章程，分别拟设，先后钦奉谕旨交部议奏在案。查该各处地属极边，紧邻俄壤，弹压操防，最关紧要，非边情熟悉、强干有为之员，难期胜任。塔尔巴哈台屯防副将一缺，业经奏准作为题缺。所有新设伊犁镇标中营游击一员、守备二员，左营游击一员、守备二员，右营游击一员、守备一员，绥定城守营都司一员、守备一员，霍尔果斯营参将一员、守备二员，宁远营都司一员、守备一员，塔尔巴哈台协营都司二员、守备四员，合无仰恳天恩俯念边防紧要，均准作为题缺，由外拣员请补。其塔尔巴哈台协标，应请归伊犁镇总兵管辖，以专责成。至副将、参将、游击、都司、守备各缺，请照奏定抚、提、镇标章程，作为五年俸满，保题升用，俾昭激劝。

除咨部查照外，谨会同护理伊犁将军臣富勒铭额、喀什噶尔提督臣董福祥，合词恭折具奏。伏乞皇上圣鉴训示。再，此折系

①台北故宫博物院藏：《军机及宫中档》，文献编号：408006829-0-A。

②中国第一历史档案馆藏：《录副奏片》，档号：03-5285-084。

臣光焘主稿。合并声明。谨奏。光绪十七年十一月初一日。

(朱批:)兵部议奏。①

光绪十七年十二月初六日,奉朱批:兵部议奏。钦此。②

0417. 请开去伊犁镇属旧补实缺缘由折

光绪十七年十一月初一日(1891年12月1日)

太子少保头品顶戴陕甘总督臣杨昌濬、头品顶戴护理甘肃新疆巡抚开缺新疆布政使臣魏光焘跪奏,为伊犁镇属旧补游击、都司、守备各员,拟恳一律开缺,另行请补,恭折仰祈圣鉴事。

窃乌鲁木齐提标改设抚标,并巴里坤镇标分别添改旧补副将以下各员,均经前抚臣刘锦棠奏请开去实缺,另行请补,奉旨允准钦遵在案[1]。兹伊犁镇属及塔尔巴哈台协标营制,系照抚、提、镇各标章程安设。旧有员缺既经添改营制,亦与曩殊,应即一律开缺。查塔尔巴哈台屯防副将系属新补,其余各缺均系署任,并无实缺人员,应毋庸议。所有伊犁镇属旧补中营游击段文彬、左营守备刘平贵、巴彦岱营都司贾逢寅三员,相应请旨开去实缺,以奉到部文之日作为开缺日期,俾清界限,容臣等细心察看,或以原官,或另拣员,从新请补,以裨营伍。

除饬取该各员原领札付缴销,并将千总、把总、外委各弁咨部开缺外,所有请开伊犁镇属旧补实缺缘由,谨会同护理伊犁将军臣富勒铭额,合词恭折具陈。伏乞皇上圣鉴训示。再,此折系臣光焘主稿,合并声明。谨奏。光绪十七年十一月初一日。

(朱批:)兵部议奏。③

光绪十七年十二月初六日,奉朱批:兵部议奏。钦此。④

---

①台北故宫博物院藏:《军机及宫中档》,文献编号:408006830-1。

②中国第一历史档案馆藏:《录副奏折》,档号:03-5883-007。

③台北故宫博物院藏:《军机及宫中档》,文献编号:408006831。

④中国第一历史档案馆藏:《录副奏折》,档号:03-5883-006。

❶【案】光绪十四年八月二十二日，新疆巡抚刘锦棠会同陕甘总督谭钟麟奏请将乌鲁木齐提标参游以下各官一律开缺，另行咨补，曰：

头品顶戴陕甘总督臣谭钟麟、尚书衔甘肃新疆巡抚二等男臣刘锦棠跪奏，为乌鲁木齐提标原设参、游以下等官，拟请先行一律开去实缺，再分别奏咨改补、另补，以收实效而裨营伍，恭折仰祈圣鉴事。窃新疆抚标并城守等营添设副、参、游、都、守等官，均作为题缺由外拣补，业经具奏在案。惟查提标原设各缺，前准部议，所有裁撤各员弁应即留于该省，遇缺另补。其现设各缺，应令查明，堪胜改缺之任者，即行分别奏咨报部，换札注册，令其赴任。人地未宜者，亦即奏明开缺，另拣熟悉地方情形、明干有为之员请补等因。

臣等查新疆议设抚标等营，原系因勇设标，以官带勇，或就原设之营量为移改，或按新立营标分别添设。营制既别，饷章各殊。所设原缺，揆诸旧制，大缺改小者有之，小缺改大者有之，情形本自不一，而旧有实缺员弁，有现充别营旗哨等官者，有留他军差遣者，有署事关内者，有请假回籍者，且有查无下落者。而新设马步营旗需员训练，不能悬缺以待，若拘泥牵合，殊多窒碍。即应领廉俸、薪蔬等项不先截清起止，新旧互异，支发亦涉纷歧。

相应请旨饬部，将乌鲁木齐提标中、左、右营，迪化城守营，喀喇巴尔噶逊营，玛纳斯协营，济木萨营，库尔喀喇乌苏营，精河营旧有参、游以下等官，先行一律开去实缺，截至奉到此次部文之日止，俾清界限。仍由臣等细心察看，查明堪胜改缺之任者，分别奏咨，报部注册。人地未宜者，拣员另补，以收实效，核与部章亦属相符，于营伍不无裨益。

除饬取各该员弁原领札付另案咨缴，并将千把、经制外委等缺咨部办理外，所有请开乌鲁木齐提标参、游、都、守等实缺缘由，谨缮清单，恭折具奏。伏乞皇太后、皇上圣鉴训示，施行。再，此折系臣锦棠主稿，合并声明。谨奏。光绪十四年八月二十二日。

光绪十四年九月二十三日，奉朱批：兵部知道，单并发。钦此。[①]

0418. 审拟回民马兴和殴杀人命一案折

光绪十七年十一月十六日（1891年12月16日）

头品顶戴护理甘肃新疆巡抚开缺新疆布政使臣魏光焘跪奏，为斗杀人命，审明定拟，恭折具陈，仰祈圣鉴事。

窃吐鲁番回民马兴和因口角起衅，棍殴余春泰身死一案，据署吐鲁番厅同知彭绪瞻验明获犯，讯供议拟，解署镇迪道兼按察使衔陈名钰审转前来。

臣亲提审讯，缘马兴和籍隶甘肃化平厅，光绪三年出关，种地度日，与已死余春泰素好无嫌。光绪十七年四月初九日上午，余春泰至马兴和家闲坐谈笑，以闺阃之事戏谑，马兴和生气，彼此互骂。余春泰随取木棍向殴，马兴和夺棍回殴，致伤余春泰左肋。余春泰扑殴，马兴和举棍抵格，打伤其左肩甲。余春泰弯身拾石，马兴和又用棍殴伤其脊背，连接右后肋，当即逃跑。余春泰跟追，将及赶上。马兴和情急，转身用棍横殴，适伤余春泰左太阳接连左耳窍倒地。经马登玉喝阻。讵余春泰伤重，移时殒命。据尸兄余春彦投约，报验获犯，讯供议拟，解兼臬司审明转详，臣亲审无异。

查律载：斗殴杀人者，不问手足、他物、金刃，并绞等语。此案马兴和因戏谑口角起衅，棍殴余春泰移时身死，自应照律问拟。马兴和合依“斗殴杀人者，不问手足、他物、金刃，并绞”律，拟绞监候，秋后处决。马登玉等救阻不及，应毋庸议。无干省释。尸棺饬埋，凶棍案结销毁。是否允协？

除全案供招咨送刑部外，所有斗杀人命，审明定拟各缘由，谨恭折具陈。伏乞皇上圣鉴，饬部核覆施行。谨奏。光绪十七年

---

①中国第一历史档案馆藏：《朱批奏折》，档号：04-01-16-0224-012。又，《录副奏折》，档号：03-5858-039。

十一月十六日。

（朱批：）刑部议奏。[1]

光绪十七年十二月二十一日，奉朱批：刑部议奏。钦此。[2]

0419. 审拟贼犯李幅有伙窃逾贯一案折

光绪十七年十一月十六日（1891 年 12 月 16 日）

头品顶戴护理甘肃新疆巡抚开缺新疆布政使臣魏光焘跪奏，为伙窃逾贯，审明定拟，恭折具陈，仰祈圣鉴事。

窃迪化县贼犯李幅有等伙窃俄商喀克木洋行赃物逾贯一案，据署迪化县知县杨其澍验明获犯，讯供议拟，由署迪化府知府黄丙焜审明，解署镇迪道兼按察使衔陈名钰审转前来。

臣亲提审讯，缘李幅有、尹得澪、马易黑子、高得昌、杨澪春等，分隶甘肃秦安、清水等县，早年出关，先未为匪。杨澪春在南关居住，李幅有流寓伊家。光绪十六年十二月初八日，尹得澪、马易黑子、高得昌先后至李幅有处闲坐，各道贫苦。李幅有知南关洋行殷实，起意行窃，得赃分用，并许分给杨澪春银钱，均各允从。即于是晚三更，李幅有携带铁镢，尹得澪、马易黑子、高得昌均系徒手，同抵洋行门首。尹得澪、马易黑子接过铁镢，挖孔入室，窃得红钱、洋布各项。李幅有、高得昌在外接赃。尹得澪等仍由原路逸出，将各赃物分背至杨澪春家，查点红钱一百三十八挂、洋布二十五板，按股俵分各散。旋据俄商报验，饬差缉获首、从各犯，并起获原赃钱、布到案，讯供议拟，解府详兼按察使衔审详，臣亲审无异。

查律载：窃盗赃一百二十两以上，绞监候；为从减一等。又例载：回民行窃结伙在三人以上，但有一人执持器械，无论绳鞭、小刀、棍棒，俱不分首从，不计赃数、次数，改发云贵、两广极

---

①台北故宫博物院藏：《军机及宫中档》，文献编号：408006832。

②中国第一历史档案馆藏：《录副奏折》，档号：03-7314-062。

边烟瘴充军。又律载：窃盗窝主，为从者分赃而不行，仍为从论，各等语。此案窃犯李幅有纠同尹得濬等行窃俄商洋行钱、布，计估库平银二百二十四两，赃已逾贯，应以李幅有为首，照律问拟。李幅有合依“窃盗赃一百二十两以上，绞”律，拟绞监候，秋后处决。尹得濬、马易黑子、高得昌，均系回民，听从行窃，自应按例问拟。尹得濬、马易黑子、高得昌三犯合依“回民行窃结伙三人以上，但有一人执持器械，无论绳鞭、小刀、棍棒，不分首从，不计赃数、次数，改发云贵、两广极边烟瘴充军”例，改发云贵、两广极边烟瘴充军。

汉民杨濬春窝留窃贼，虽未造意同行，而知情分赃，应照为从科断。杨濬春合依“窃盗窝主不造意而但为从者分赃而不行，仍为从论”律，于首犯李幅有绞罪上减一等，拟杖一百，流三千里。各犯均照例刺字，至配折责。该犯等在外为匪，原籍父兄、牌保无从觉查，应请免议。原赃给领，失赃追赔。无干省释。是否允协？

除全案供招咨送刑部外，所有伙窃逾贯，审明定拟各缘由，谨恭折具陈。伏乞皇上圣鉴，饬部核覆施行。谨奏。光绪十七年十一月十六日。

（朱批：）刑部议奏。①

光绪十七年十二月二十一日，奉朱批：刑部议奏。钦此。②

0420. 审拟伊明主使殴毙人命一案折

光绪十七年十一月十六日（1891年12月16日）

头品顶戴护理甘肃新疆巡抚开缺新疆布政使臣魏光焘跪奏，为主使殴毙人命，核明定拟，恭折具陈，仰祈圣鉴事。

窃疏附县缠民伊明因争水起衅，喝令胞弟玉奴素殴伤哈生木

①台北故宫博物院藏：《军机及宫中档》，文献编号：408006833。

②中国第一历史档案馆藏：《录副奏折》，档号：03-7360-064。

身死一案，据前署疏附县知县黄袁验明获犯，讯供通报，未及详办卸事，移交代理疏附县知县田鼎铭议拟，详署疏勒州知州潘时策审转，解署喀什噶尔道向邦倬审明，咨署镇迪道兼按察使衔陈名钰核转前来。

臣覆加查核，缘伊明籍隶疏附县，务农度日，与已死哈生木同村居住，素好无嫌。光绪十七年三月十三日早，伊明上地看水，见哈生木将公共渠水挡去，灌伊包谷地亩，即回家喊其三弟牙合普、四弟玉奴素，前往堵阻。牙合普赴他处折取树枝，预备堵渠。玉奴素携拿木椿二根，同伊明先至渠口，与哈生木争闹。哈生木即扑拢，将伊明衣襟扭住。伊明喝令玉奴素殴打，玉奴素即拿木椿连殴，致伤哈生木脑后、右后肋。哈生木犹不放手，伊明又喝令玉奴素用力很打，值哈生木回顾，殴伤其右额角、右眼睛倒地。牙合普赶拢阻止。讵哈生木伤重，延至十七日，因伤殒命。据尸亲投约，报验获犯，讯供议拟，解州详道，咨兼按察使衔核明转详，臣覆核无异。

查律载：威力主使人殴打致死者，以主使之人为首，下手之人为从论，减主使一等。又，一家人共犯，止坐尊长；侵损于人者，以凡人首从论，各等语。此案伊明与哈生木因争水起衅，喝令伊弟玉奴素棍殴哈生木身死，系侵损于人，自应以凡人首从，按主使本律问拟。伊明一犯合依“威力主使人殴打至死者，以主使之人为首”律，拟绞监候，秋后处决。玉奴素听从伊明殴打，合依“下手之人为从论，减主使一等”律，于伊明绞罪上减一等，杖一百，流三千里，发配安置。牙合普先未在场，后系救阻不及，应无庸议。无干省释。尸棺饬埋，凶器木椿案结销毁。是否允协？

除全案供招咨送刑部外，所有主使殴毙人命，核明分别定拟各缘由，谨恭折具奏。伏乞皇上圣鉴，饬部核覆施行。谨奏。光绪十七年十一月十六日。

（朱批：）刑部议奏。[1]

光绪十七年十二月二十一日，奉朱批：刑部议奏。钦此。[2]

0421. 审拟缠民五受尔殴妻毙命一案折

光绪十七年十一月十七日（1891年12月17日）

头品顶戴护理甘肃新疆巡抚开缺新疆布政使臣魏光焘跪奏，为殴妻毙命，核明定拟，恭折具陈，仰祈圣鉴事。

窃喀喇沙尔厅缠民五受尔因接妻回归口角起衅，用铁锄砍伤伊妻托乎大汉顶心，移时身死一案，据喀喇沙尔厅同知江遇璞验明获犯，讯供议拟，解代理阿克苏道蒋诰审明，咨署镇迪道兼按察使衔陈名钰核转前来。

臣覆加查核，缘缠民五受尔籍隶喀喇沙尔厅，种地度日，娶缠女托乎大汉为妻，过门年余，式好无尤。光绪十七年五月十一日，托乎大汉回娘家探亲，值父他出，经母留住三日。五受尔于十四日亲自往接，托乎大汉推缓，五受尔不允，妻母哎买大汉即催女同归，并送至门外看望。托乎大汉行不数武，仍然站立。五受尔催促，托乎大汉声称要等伊父回来，五受尔用手推走，托乎大汉倒地哭闹。五受尔生气，顺拾地下铁锄吓砍，适伤托乎大汉顶心。哎买大汉赶拢喝阻。讵托乎大汉伤重，移时殒命。投约报验，讯供议拟，解道咨兼按察使衔核明转详，臣覆核无异。

查律载：夫殴妻至死者，绞等语。此案缠民五受尔因接妻托乎大汉回归，口角起衅，锄砍伊妻顶心，移时身死，自应按律问拟。五受尔合依"夫殴妻至死者，绞"律，拟绞监候，秋后处决。妻母哎买大汉救阻不及，应毋庸议。尸饬领埋，凶器铁锄案结销毁。是否允协？

除全案供招咨送刑部外，合将殴妻毙命，核明定拟缘由，谨

---

①台北故宫博物院藏：《军机及宫中档》，文献编号：408006834。

②中国第一历史档案馆藏：《录副奏折》，档号：03-7314-063。

恭折具陈。伏乞皇上圣鉴，饬部核覆施行。谨奏。光绪十七年十一月十七日。

（朱批：）刑部议奏。[①]

光绪十七年十二月二十一日，奉朱批：刑部议奏。钦此。[②]

0422. 覆陈新疆征收土药税银章程折

光绪十七年十一月十七日（1891年12月17日）

头品顶戴护理甘肃新疆巡抚开缺新疆布政使臣魏光焘跪奏，为覆陈新疆征收土药税银章程，恭折仰祈圣鉴事。

窃准总理各国事务衙门咨：新疆土药，原奏仅称收数甚微，本省出产绝少，其如何征收，皆未明晰声叙，应请饬下该抚臣仿照各邻省办法，分别本省土药及外省贩运过境土药，每百斤收银若干，妥拟章程，限三个月，将新定办法迅速覆奏一折，奉旨：依议。钦此。并钞录原奏到臣。饬据税务局司道妥拟详覆前来。

查新疆土药一项，素无出产，所征税银皆系由内地贩运出关。光绪十一年，开办税务，陆续议定章程，自入境以至通省，收过载落地税二道，每道每百斤收税银十六两，共收银三十二两。该商投局完税后，即填给税票，于土药上黏贴印花，以后无论运往何处，验有票据印花，概不重征，亦无别项捐厘名色，历办有年，尚属公私称便，似应照旧抽收，以免纷更而便商旅。

除行司转饬各局、卡认真经理外，所有征收土药章程，是否有当，理合恭折具陈。伏乞皇上圣鉴训示，施行。谨奏。光绪十七年十一月十七日。

（朱批：）该衙门知道。[③]

---

①台北故宫博物院藏：《军机及宫中档》，文献编号：408006834-1。

②中国第一历史档案馆藏：《录副奏折》，档号：03-7314-060。

③台北故宫博物院藏：《军机及宫中档》，文献编号：408006835。

光绪十七年十二月二十一日，奉朱批：该衙门知道。钦此。[1]

0423. 审拟缠民塔立甫殴杀人命一案折

光绪十七年十一月十七日（1891年12月17日）

头品顶戴护理甘肃新疆巡抚开缺新疆布政使臣魏光焘跪奏，为斗杀人命，核明定拟，恭折具陈，仰祈圣鉴事。

窃乌什厅缠民塔立甫因借牛走失口角起衅，用木棍殴伤秋六克身死一案，据乌什厅同知袁运鸿获犯，验讯拟议，解代理阿克苏道蒋诰审明，咨署镇迪道兼按察使衔陈名钰核转前来。

臣覆加查核，缘缠民塔立甫籍隶乌什厅，务农度日，与已死秋六克素识无嫌。光绪十七年三月十五日，塔立甫向其嫁母巴哈一汉借牛耕地。巴哈一汉当将后夫毛拉塔一同胞侄秋六克伙喂牛二只借给塔立甫赶回，中途跑失，找寻无获。秋六克听闻，疑塔立甫盗卖，捏称走失，向巴哈一汉索赔。巴哈一汉即找塔立甫追问，并将秋六克说伊盗卖之言告知。塔立甫因牛只未获，无从辨白，只得隐忍。十八日，失牛均已走回，巴哈一汉恐塔立甫找寻，走向告知。塔立甫闻牛已自回，忆及秋六克诬伊盗卖，指名辱骂，欲寻秋六克理论。巴哈一汉拦住，正吵嚷间，适秋六克路过，闻声进内，彼此互骂。秋六克扑拢殴打，塔立甫顺拾木棍格抵。秋六克转身拾取坑上柴斧，塔立甫恐其行凶，遂用木棍向其脑后吓殴一下，当即倒地。经伊布拉引与巴哈一汉喝住。讵秋六克伤重，移时殒命。巴哈一汉告知尸父，投约报验获犯，讯供议拟，解道咨兼按察使衔核转，臣覆核无异。

查律载：斗殴杀人者，不问手足、他物、金刃，并绞等语。此案缠民塔立甫因借牛走失口角起衅，用木棍殴伤秋六克脑后身死，自应照律问拟。塔立甫一犯合依“斗殴杀人者，不问手足、他物、金刃，并绞”律，拟绞监候，秋后处决。依布拉引等救阻

---

[1] 中国第一历史档案馆藏：《录副奏折》，档号：03-6503-097。

不及，均毋庸议。无干省释。尸棺饬埋，凶棍案结销毁。是否允协？

除全案供招咨送刑部外，所有斗杀人命，核明定拟各缘由。谨恭折具陈。伏乞皇上圣鉴，饬部核覆施行。谨奏。光绪十七年十一月十七日。

（朱批：）刑部议奏。①

光绪十七年十二月二十一日，奉朱批：刑部议奏。钦此。②

0424. 请将谢思孝等二员照例议恤片

光绪十七年十一月十七日（1891 年 12 月 17 日）

再，新疆立功后病故文武各员，叠经奏蒙恩准照例议恤各在案。兹续查有尽先补用副将尚勇巴图鲁谢思孝、副将衔尽先即补游击谢得恩。该各员随征关外，历著战功，先后在营积劳病故，均堪悯恻！合无仰恳天恩俯准将谢思孝、谢得恩二员饬部照军营立功后积劳病故例议恤，以昭激劝而慰幽魂，出自鸿施！

除饬取各故员履历清册咨部外，谨附片具陈，伏乞圣鉴训示。谨奏。

（朱批：）着照所请，该部知道。③

光绪十七年十二月二十一日，奉朱批：着照所请，该部知道。钦此。④

---

①台北故宫博物院藏：《军机及宫中档》，文献编号：408006836-1。

②中国第一历史档案馆藏：《录副奏折》，档号：03-7314-061。

③台北故宫博物院藏：《军机及宫中档》，文献编号：408006835-0-A。

④中国第一历史档案馆藏：《录副奏片》，档号：03-5883-063。

0425. 请以周沄补授精河同知片

光绪十七年十一月十七日（1891年12月17日）

再，署精河直隶同知胡冠沅病故遗缺，查有分省补用直隶州知州周沄，堪以委署。据署新疆布政使饶应祺、署镇迪道兼按察使衔周崇傅会详前来。除由臣批饬给委外，谨会同陕甘总督臣杨昌濬，附片具奏。伏乞圣鉴。谨奏。

（朱批：）吏部知道。[1]

光绪十七年十二月二十一日，奉朱批：吏部知道。钦此。[2]

【案】此奏片之具奏日期，原件附于主折408006830-1号折之后，其具奏日期为“光绪十七年十一月初一日”，而录副则以奉旨日期即“光绪十七年十二月二十一日”为之，二者悬殊。查《随手档》[3]“朱批魏光焘折”，则署有“报夹板三副，均四百里，十一月十六七八日发”等字样。其主折分三栏，均夹有附片或清单。据此片所附主折判断，其具奏日期当为“光绪十七年十一月十七日”。据此，原件、录副均未确。兹据校正。

0426. 请将武员罗平安等留新补用折

光绪十七年十一月十八日（1891年12月18日）

头品顶戴护理甘肃新疆巡抚开缺新疆布政使臣魏光焘跪奏，为新疆出力武职各员，恳恩留于甘肃新疆补用，以裨营伍，恭折仰祈圣鉴事。

---

①台北故宫博物院藏：《军机及宫中档》，文献编号：408006830-1-A。

②中国第一历史档案馆藏：《录副奏片》，档号：03-5286-076。

③中国第一历史档案馆藏：《军机处随手登记档》，档案编号：03-0269-1-1217-333。

窃查新疆从前征剿出力各武员，迭经奏留甘肃新疆补用，并声明俟续查有应行留省之员，再行陈奏，奉旨允准钦遵在案。现在抚、提两标及阿克苏、巴里坤、伊犁各镇标一律设定马步营旗，汛地辽阔，在在需员委用。兹查有记名提督腾奇初克巴图鲁罗平安等二十二员，在新疆多年，边情、防务极为熟悉，合无仰恳天恩俯准均以原官原衔留于甘肃新疆尽先补用，实于营伍有裨。

除饬取履历清册咨部查照，并俟续查有应行留省人员随时奏请外，谨缮具该各员衔名清单，会同陕甘总督臣杨昌濬，恭折具奏。伏乞皇上圣鉴训示。谨奏。光绪十七年十一月十八日。

（朱批：）着照所请，兵部知道，单并发。①

光绪十七年十二月二十一日，奉朱批：着照所请，兵部知道，单并发。钦此。②

0427. 呈请留新疆补用各员衔名清单

光绪十七年十一月十八日（1891 年 12 月 18 日）

谨将请留甘肃新疆尽先补用各员衔名，缮具清单，恭呈御览。

计开

记名提督腾奇出克巴图鲁罗平安，提督衔记名总兵猛勇巴图鲁黎忠明，尽先推补副将才勇巴图鲁熊福堂，副将衔尽先推补参将拔勇巴图鲁舒昭严，副将衔尽先推补参将谭明曜，副将衔尽先补用参将李有仓，副将衔尽先即补参将陈甲福，尽先补用参将琫武巴图鲁彭祯祥，副将衔尽先补用游击刘乾福，副将衔留河南抚标尽先即补游击刘长顺，副将衔尽先补用游击何长春，参将衔尽先补用游击周得全，留陕补用游击孚勇巴图鲁陈以林，陕西抚标尽先即补游击师凯南，尽先补用都司苏永发，尽先补用都司萧有动，尽先补用都司杨光初，补用都司胥文林，尽先补用守备侯锡

①台北故宫博物院藏：《军机及宫中档》，文献编号：408006837。

②中国第一历史档案馆藏：《录副奏折》，档号：03-5883-064。

明，尽先补用守备丁忠叙，尽先补用守备唐为贵，尽先补用守备晏明敬，共二十二员。

（朱批：）览。[①]

0428. 请蠲缓温宿等处额征粮草缘由折

光绪十七年十一月十八日（1891年12月18日）

头品顶戴护理甘肃新疆巡抚开缺新疆布政使臣魏光焘跪奏，为新疆温宿、镇西两州厅被灾地亩应征粮草，分别蠲缓，恭折仰祈圣鉴事。

窃阿克苏道属温宿州被雹，镇迪道属镇西厅被水，业将大概情形奏明，并饬司移道委员会同该两州厅，覆勘被灾地亩若干，钱粮应否蠲缓，再行详办在案。兹据署布政使饶应祺详：先后据各印委结报：温宿州柯尔坪庄所属十二村，内上六村被灾较重，计地一万四千四百七十五亩一分六厘，额征粮三百五十七石二斗四升一合二勺、草二万三千四百五十六斤一两六钱四分，内应蠲粮一百四十九石九斗六合七勺、草一万七千九百六斤八两四钱二分四厘；应缓粮二百七石三斗三升四合五勺、草五千五百四十九斤九两二钱一分六厘，请自十八年起，分作三年带征。

至该庄下六村，内喇喇阿一、马卡二村被灾稍轻地二千四百四十六亩四分六厘，额征粮五十二石九斗八升三合五勺、草六千六百一十九斤十二两五钱，请缓至十八年秋后带征。其余四村田禾间被伤损，尚未成灾。镇西厅属三塘湖被水地四百二亩九分，内被冲成沟地二十五亩，额征粮一石九斗一合六勺，请自十七年起，一律豁除，俟拨地成熟，再行升科。其余地三百七十七亩九分，额征粮二十八石七斗四升四合四勺，请自十八年起，分作三年带征等情。详请具奏前来。

---

①中国第一历史档案馆藏：《单》，档号：03-5883-065。

臣覆查无异，除饬加意抚恤，额征粮、草先行出示停收，并查明各灾户来春应否接济另案汇办外，所有温宿州被雹、镇西被水，额征粮、草，合无仰恳天恩俯准分别蠲缓，以示体恤。如蒙恩准，俟钦奉谕旨，饬司将该两州厅被灾各户应行蠲缓粮草数目，分别敬刊誊黄，遍行晓谕，以广皇仁而昭实惠。

是否有当，谨会同陕甘总督臣杨昌濬，恭折具奏，伏乞皇上圣鉴训示。谨奏。光绪十七年十一月十八日。

（朱批：）另有旨。①

光绪十七年十二月二十一日，奉朱批：另有旨❶。钦此。②

❶【案】此案旋于是年十二月二十一日得旨允行，《上谕档》载曰：

光绪十七年十二月二十一日，内阁奉上谕：魏光焘奏，查明各属被灾地亩，请将应征粮草分别蠲缓一折。甘肃新疆温宿州等处本年被雹、被水，地亩成灾，若将应征粮草照常征收，民力实有未逮。加恩，着照所请，所有温宿州柯尔坪庄所属十二村，内上六村被灾地一万四千四百七十五亩零，额征粮三百五十七石零、草二万三千四百五十六斤零，内应蠲粮一百四十九石零、草一万七千九百六斤零；应缓粮二百七石零、草五千五百四十九斤零，着自光绪十八年起，分作三年带征。至该庄下六村，内喇喇阿一、马卡二村被灾地二千四百四十六亩零，额征粮五十二石零、草六千六百一十九斤零，着缓至光绪十八年秋后带征。镇西厅属三塘湖被水地四百二亩零，内被冲成沟地二十五亩，额征粮一石零，着自光绪十七年起，一律豁除，俟拨地成熟，再行升科。其余地三百七十七亩零，额征粮二十八石零，着自光绪十八年起，分作三年带征，以纾民力。余着照所议办理。该抚即刊刻誊黄，遍行晓谕，务使实惠均沾，毋使吏胥舞弊，用副轸念民艰至

---

①台北故宫博物院藏：《军机及宫中档》，文献编号：408006838。

②中国第一历史档案馆藏：《录副奏折》，档号：03-9473-027。

意！该部知道。钦此。①

0429. 请以胡义和借补喀什提标游击折

光绪十七年十一月十八日（1891年12月18日）

头品顶戴护理甘肃新疆巡抚开缺新疆布政使臣魏光焘跪奏，为拣员借补游击员缺，以重操防，恭折仰祈圣鉴事。

窃新设喀什噶尔提标左营游击员缺，业经奏准作为题缺，亟应拣员请补，以专责成。查有头品顶戴留甘肃新疆尽先补用提督现署该营游击霍罗奇巴图鲁胡义和，忠勇朴勤，战功夙著，在新疆带队年久，边情最为熟悉，署任以来，操防均能认真，以之借补斯缺，实堪胜任。合无仰恳天恩俯准以胡义和借补喀什噶尔提标左营游击员缺，以裨营伍。如蒙俞允，应请饬部先给署札，俟防务大定，即行给咨送部引见，以符定制。

除饬取该员履历清册咨部查照外，谨会同陕甘总督臣杨昌濬、喀什噶尔提督臣董福祥，恭折具陈，伏乞皇上圣鉴训示。谨奏。光绪十七年十一月十八日。

（朱批：）兵部议奏。②

光绪十七年十二月二十一日，奉朱批：兵部议奏。钦此。③

0430. 恭报十七年八月雨水粮价情形折

光绪十七年十一月二十四日（1891年12月24日）

头品顶戴护理甘肃新疆巡抚开缺新疆布政使臣魏光焘跪奏，为恭报光绪十七年八月分粮价并得雨情形，谨缮折具陈，仰祈圣鉴事。

---

①《光绪朝上谕档》，第17册，第343—344页。

②台北故宫博物院藏：《军机及宫中档》，文献编号：408006839。

③中国第一历史档案馆藏：《录副奏折》，档号：03-5883-062。

窃照光绪十七年七月分各厅州县粮价并得雨情形，业经臣奏报在案。兹据署新疆布政使饶应祺详称：光绪十七年八月分，北路迪化得雨，入土八寸；阜康、奇台得雨，入土七寸；昌吉得雨，入土六寸；绥来得雨，入土四寸；镇西、吐鲁番、库尔喀喇乌苏微雨。伊塔道属精河得雨，入土五寸；宁远得雨，入土二寸；绥定、塔尔巴哈台微雨。南路库车得雨，入土四寸；拜城得雨，入土三寸；温宿、喀喇沙尔、乌什微雨，余未得雨。

至通省粮价，吐鲁番、塔尔巴哈台、喀喇沙尔、库车、昌吉、阜康、绥来、绥定、拜城等厅县俱与上月相同，余均略有增减。汇案详请具奏前来。

理合恭折具陈，并缮粮价清单，敬呈御览，伏乞皇上圣鉴。谨奏。光绪十七年十一月二十四日。

（朱批：）知道了。[①]

光绪十七年十二月三十日，奉朱批：知道了。钦此。[②]

0431. 呈新疆光绪十七年八月粮价清单

光绪十七年十一月二十四日（1891年12月24日）

谨将新疆各属光绪十七年八月分米粮时估价值，缮具清单，恭呈御览。

计开八月分

镇迪道属

迪化县：大米每京石价银二两五钱一分七厘，较上月增七分一厘。小麦每京石价银九钱五分五厘，与上月相同。莞豆每京石价银九钱三分六厘，较上月减三分六厘。青稞每京石价银七钱五分九厘，与上月相同。

昌吉县：大米每京石价银一两八钱七分二厘，小麦每京石价

①台北故宫博物院藏：《军机及宫中档》，文献编号：408006840。

②中国第一历史档案馆藏：《录副奏折》，档号：03-6911-047。

银七钱七分六厘，莞豆每京石价银九钱二分，青稞每京石价银八钱七分五厘，俱与上月相同。

阜康县：粟米每京石价银八钱八分四厘，小麦每京石价银一两一钱三分二厘，莞豆每京石价银一两一钱六分七厘，高粱每京石价银九钱二厘，俱与上月相同。

绥来县：大麦每京石价银一两八钱六分，小麦每京石价银七钱七分二厘，莞豆每京石价银八钱四分九厘，高粱每京石价银五钱六分三厘，俱与上月相同。

奇台县：大米每京石价银二两三钱四分七厘，较上月减六分九厘。小麦每京石价银六钱七分二厘，与上月相同。莞豆每京石价银六钱二分一厘，与上月相同。

吐鲁番直隶厅：小麦每京石价银九钱三分二厘，大麦每京石价银四钱八分五厘，高粱每京石价银五钱五分七厘，黄豆每京石价银一两七钱九分二厘，俱与上月相同。

镇西直隶厅：小麦每京石价银一两一钱七厘，较上月减二钱七分三厘。莞豆每京石价银一两三钱六分，较上月减四分。青稞每京石价银八钱八分，较上月减四分。

哈密直隶厅：粟米每京石价银一两三钱三分九厘，较上月增四分三厘。小麦每京石价银九钱二分四厘，与上月相同。莞豆每京石价银一两二钱九厘，与上月相同。青稞每京石价银八钱三分四厘，与上月相同。

库尔喀喇乌苏直隶厅：小麦每京石价银七钱八分，与上月相同。莞豆每京石价银一两，较上月减一钱三分。高粱每京石价银六钱，较上月减一钱一分。

伊塔道属

绥定县：大米每京石价银三两七钱七分四厘，小麦每京石价银八钱二分八厘，大麦每京石价银五钱六分五厘，莞豆每京石价银八钱六分四厘，俱与上月相同。

宁远县：大米每京石价银二两六钱六分四厘，与上月相同。

小麦每京石价银五钱五分二厘，与上月相同。大麦每京石价银五钱一分三厘，较上月增一钱七厘。莞豆每京石价银七钱四分八厘，较上月增一钱四分四厘。

塔尔巴哈台直隶厅：小麦每京石价银一两二分五厘，大麦每京石价银八钱七分五厘，莞豆每京石价银一两八分五厘，俱与上月相同。

精河直隶厅：大米每京石价银三两一钱四分五厘，与上月相同。小麦每京石价银八钱七分五厘，较上月减七分。莞豆每京石价银一两二钱五分，较上月减一钱一分。大麦每京石价银七钱三分五厘，较上月减一钱四分。

阿克苏道属

温宿直隶州：大米每京石价银一两五钱二分，较上月减六钱五厘。小麦每京石价银六钱九分，与上月相同。大麦每京石价银四钱四分四厘，与上月相同。包谷每京石价银五钱三分二厘，与上月相同。

拜城县：小麦每京石价银三钱五分，莞豆每京石价银二钱六分，大麦每京石价银一钱八分，包谷每京石价银二钱五分，俱与上月相同。

喀喇沙尔直隶厅：大米每京石价银二两三钱六分八厘，小麦每京石价银一两三分五厘，莞豆每京石价银一两八厘，包谷每京石价银八钱九分六厘，俱与上月相同。

库车直隶厅：大米每京石价银二两二钱九分四厘，小麦每京石价银五钱六分，莞豆每京石价银三钱五分，包谷每京石价银四钱八分六厘，俱与上月相同。

乌什直隶厅：大米每京石价银一两六钱九厘，较上月减一钱七分九厘。小麦每京石价银四钱八分八厘，较上月减六分六厘。大麦每京石价银二钱五分六厘，较上月减三分二厘。包谷每京石价银四钱一分九厘，较上月减六分五厘。

喀什噶尔道属

疏勒直隶州：大米每京石价银二两五钱五分，较上月减三钱。小麦每京石价银一两九分，与上月相同。包谷每京石价银九钱六分，较上月增一分三厘。高粱每京石价银八钱五厘，较上月增五分八厘。

疏附县：大米每京石价银二两五钱五分，较上月减三钱。小麦每京石价银一两九分，与上月相同。包谷每京石价银一两五厘，较上月增一分四厘。高粱每京石价银八钱五厘，较上月增五分八厘。

莎车直隶州：大米每京石价银一两六钱一分三厘，与上月相同。小麦每京石价银六钱二分一厘，较上月减五分五厘。大麦每京石价银五钱二分五厘，较上月减二分五厘。包谷每京石价银五钱一厘，与上月相同。

叶城县：大米每京石价银二两三钱二分，与上月相同。小麦每京石价银九钱，较上月增一钱。包谷每京石价银四钱八分，与上月相同。青稞每京石价银三钱五分，与上月相同。

和阗直隶州：大米每京石价银一两九钱八分，与上月相同。小麦每京石价银八钱九分七厘，与上月相同。包谷每京石价银五钱六分三厘，较上月减六分三厘。青稞每京石价银四钱九分七厘，较上月减五分五厘。

于阗县：大米每京石价银二两二钱八厘，与上月相同。小麦每京石价银九钱一分一厘，较上月减二分七厘。包谷每京石价银六钱四分，与上月相同。

英吉沙尔直隶厅：大米每京石价银二两一钱二分八厘，较上月增一钱五分二厘。小麦每京石价银六钱九分，与上月相同。大麦每京石价银五钱七分，与上月相同。包谷每京石价银五钱三分六厘，与上月相同。

玛喇巴什直隶厅：大米每京石价银二两九钱六分，较上月增三钱。小麦每京石价银八钱二分八厘，较上月减六分九厘。包谷每京石价银六钱四分，较上月减五分。

(朱批:) 览。[1]

0432. 委令刘肇瑞署理同知遗缺片

光绪十七年十一月二十四日(1891年12月24日)

再，委署英吉沙尔直隶厅同知王毓芬因案调省遗缺，查有奏留新疆补用知府刘肇瑞，堪以委署。据署新疆布政使饶应祺、署镇迪道兼按察使衔周崇傅会详前来。除由臣批饬给委外，谨会同陕甘总督臣杨昌濬，附片具奏，伏乞圣鉴。谨奏。

(朱批:) 吏部知道。[2]

光绪十七年十二月三十日，奉朱批：吏部知道。钦此。[3]

0433. 请饬将李清海等保案更正片

光绪十七年十一月二十四日(1891年12月24日)

再，臣据总兵衔尽先推补副将阿克敦巴图鲁李清海禀称：于关陇肃清案内，由都司衔补用守备保免补都司，以游击尽先补用，并换花翎；克复乌鲁木齐等城案内，误由补用参将保免补参将，以副将尽先推补，并给勇号。又，据总兵衔留江西尽先补用副将效勇巴图鲁周陞朝禀称：于荡平金积堡案内，由蓝翎千总保免补千总，以守备留于两江尽先补用，并换花翎；克复乌鲁木齐等城案内，误由游击衔留江西尽先补用都司保免补都司，以游击仍留原省尽先补用，并加参将衔。请附奏递减更正，各等情。前来。

臣覆核无异，合无仰恳天恩俯准将李清海于克复乌鲁木齐等城案内准保副将并匡勇巴图鲁勇号，改为花翎尽先补用游击，请免补游击，以参将尽先推补，仍给勇号；南北荡平案内由推补副

---

①中国第一历史档案馆藏：《单》，档号：03-6911-048。

②台北故宫博物院藏：《军机及宫中档》，文献编号：408006840-0-A。

③中国第一历史档案馆藏：《录副奏片》，档号：03-5286-134。

将赏换阿克敦巴图鲁勇号底衔，改为推补参将；六载边防案内由副将准保总兵衔，改为由参将赏加副将衔；周陞朝于克复乌鲁木齐等城案内准保参将衔留江西尽先补用游击，改为花翎两江尽先补用守备请免补守备，以都司留江西尽先补用，并加游击衔；攻克达坂城、托克逊并会克吐鲁番满、汉两城案内准保江西尽先补用参将，改为免补都司，以游击仍留原省尽先补用；新疆南北路一举荡平案内准保总兵衔江西尽先补用副将，改为免补游击，以参将尽先补用，并加副将衔；五次剿平边寇案内由总兵衔副将保效勇巴图鲁勇号底衔，改为副将衔尽先补用参将；敕部分别递减更正，以实官阶，出自鸿施。

除咨部外，谨附片具陈，伏乞圣鉴训示。谨奏。

（朱批：）兵部议奏。①

光绪十七年十二月三十日，奉朱批：兵部议奏。钦此。②

0434. 估修惠远城满营各工请饬立案折

光绪十七年十一月二十五日（1891年12月25日）

头品顶戴护理伊犁将军副都统臣富勒铭额、头品顶戴护理甘肃新疆巡抚开缺新疆布政使臣魏光焘跪奏，为估修伊犁惠远城未完工程、新建将军以下各衙署并兵房、庙宇等工，请旨饬部立案，恭折仰祈圣鉴事。

窃臣光焘于光绪十六年奏估十七八九三年伊犁岁饷案内，声明尽此三年，赶将伊犁一切事宜布置停妥。接准部覆，内称应行整顿各事宜，自应从速办理，尽此三年，布置停妥，务期成效可观等因。查伊犁应办各事，以满营工程为一大宗。光绪九年，将军金顺奏准离惠远旧城十五里高敞处所，另建惠远新城。十五年，前抚臣刘锦棠奏定以将军、都统驻扎其他。该处城身、雉堞，前

①台北故宫博物院藏：《军机及宫中档》，文献编号：408006840-0-B。

②中国第一历史档案馆藏：《录副奏片》，档号：03-5883-052。

经金顺兴筑，早报完竣。惟城楼、城瓮、衙署、兵房等项，当时待款停工，此次先其所急，自应一律兴修，俾将军、都统及早移驻，以资镇慑而固边围。上年，臣等会委署伊犁府知府潘效苏，督同署绥定县知县邓以潢，前往该处，确切勘估，呈请核办。

兹据该员等详称：惠远新城应修城瓮八个，城楼八座，角楼四座，炮亭二十四座，将军、都统衙署二所，协领、佐领、防御、骁骑校衙署二十六所，主事、理事同知衙署四所，兵房八百四十院，钟鼓楼一座，营务、粮饷、驼马、步军营、火器营、印房、兵户司公所七处，大档房、八旗档房、粮仓、义学、军器库、火药局、演武厅、接官厅二十三处，万寿宫一座，文庙、武庙、城隍庙、龙神祠、昭忠祠五座，通计大小工程九百五十余起，估需经费银三十一万七千余两。缘伊犁户口稀少，工价素昂，满营工程浩大，泥、木各匠须从他处添雇，小工亦由南路各属招募；产木处所距城二三百里不等，由山砍伐，搬至河沿，路径崎岖，专资人力，结筏放运，动至经旬，需费不少。应用物料，均较各处昂贵，加以防务紧要，马步营旗按段梭巡，仅敷分布。土工一项，不能照南北各属工程办法，派勇帮作，费用益繁，前项银数实属从简估计，省无可省，恳请核奏立案等情。前来。

臣等覆查所陈各节均系实情，估需经费亦属核实，当饬该员等分起兴作。臣富勒铭额相距较近，不时亲往督视，并加派妥员监办，仍饬撙节动支，工竣核实造报。

所有估修惠远城满营各工缘由，谨合词恭折具陈。伏乞皇上圣鉴训示，饬部立案施行。再，此折系臣光焘主稿，合并声明。谨奏。光绪十七年十一月二十五日。

（朱批：）该部议奏。①

光绪十八年正月初五日，奉朱批：该部议奏。钦此。②

---

①台北故宫博物院藏：《军机及宫中档》，文献编号：408006841。

②中国第一历史档案馆藏：《录副奏折》，档号：03-6185-087。

0435. 修理南北两路河渠饬部备案折

光绪十七年十一月二十八日（1891年12月28日）

头品顶戴护理甘肃新疆巡抚开缺新疆布政使臣魏光焘跪奏，为历年修理新疆南北两路河渠，恳恩饬部备案，恭折仰祈圣鉴事。

窃维新疆建设行省，地方事宜，以招垦为大宗，水利为先务。边荒雨泽稀少，全恃积雪消融，分流灌注。惟河道平浅，潴蓄无多，涝则越轨而趋，旱则水难到地。光绪六年，督臣左宗棠奏修关外渠道，北及镇西、奇台、迪化，南至库车。嗣经刘锦棠奏修叶尔羌及喀什噶尔所属河渠，其余尚俟筹办。十一年，臣到藩司本任，接续禀请兴修。旋护抚篆，咨行各统领营旗官，并行各道府，分饬所属，勘察情形，分别办理。综计数年来，各属水利次第经营，粗有端绪。

镇迪道属以木垒、洛克伦、玛纳斯诸河为干，大溜所经，游波四溢，坍塌冲洗，在在堪虞。前后饬修迪化县属长胜等十七渠，奇台县属牛王宫、西滩、小堡三渠，昌吉县属呼图壁军户、大东沟等十五渠，阜康县属总干、大龙口等三十四渠，绥来县属黄渠，水极急骤，势若建瓴，筑坝分支，为工尤巨，并修蛇腰沟等三渠，镇西厅属拱北尔、库尔喀喇乌苏厅属流沙坡、精河厅属永集湖等二十二渠，各随地势，以时蓄泄，共用三十六万六百余工。

阿克苏道属以浑巴什、开都渭干诸河为干，饬修温宿州属瑚玛拉堤四十余里。该处土性松浮，动被冲刷，改用巨木，排作矶头，和筑土石，聿臻稳固。乌什厅属修苦屈庄、小毕底尔二渠，喀喇沙尔厅属修头、二号等八渠，新开库车厅属大河十里有奇，附挖小河，由干分支，萦纡四注，并筑渭干河堤八十余丈，共用二十一万八千五百余工。

喀什噶尔道属以泽普勒善、听杂布诸河为干。饬修疏勒州属龙口桥、莎车州属英尔瓦等五大渠，英吉沙尔厅属大小三十九渠，和阗州属玉陇哈什等四渠，兼开札尔河，分浚五渠。于阗县属开自新、又新二渠。玛喇巴什厅属水源窎远，宣蓄失当，旱涝皆灾，改五台支河为正河，加开新河，筑霍木拉等堤数十道，支渠相等。开古海子、玉河南北两岸大小一百二十四渠，共用一百二十八万七千四百余工。

伊塔道属塔尔巴哈台甫经接隶，水渠正在勘办。伊犁以大河为干，哈什河由大河迤北，依傍东岸，挟溜南行，旧开数渠，分注熙春、惠、宁一带屯地，连年山水涨发，河道西迁，决口数处。当饬迎溜筑坝，以杀水势，用复旧渠，并修巴彦岱、缠头营、盘水泉子等渠，七里沟另开新渠，分别缓急，随时堵筑，共用五万四千工。

臣查边圉情形，迥殊内地。兵燹后，地亩荒废，民物凋残，一渠之工，动至数万，少亦数千，非官司代为筹谋水利农田，难期起色。前项河道、渠堤，统用工百九十余万，皆由各统领营旗官操防之余，深以民事为念，督率营勇，分起兴修。该各地方官亦能实心任事，酌派民夫，帮同修理，故能事举，而兵不以为劳，民不以为役。环疆万里，荒地加垦，水道疏通，渐复承平之旧。至各属桥梁、道路，水冲冰冻，塌损甚多，补旧增新，行旅称便。并饬每逢春暖，栽种树株，具报二百九十余万，夹道青葱，一律成活。此外，已办未竣及未修各工程，应俟抚臣陶模到任后，再行接续酌办，用副朝廷眷念西陲之至意！

所有历年修理新疆南北两路河渠缘由，谨恭折具奏。伏乞皇上圣鉴，饬部备案施行。谨奏。光绪十七年十一月二十八日。

（朱批：）该部知道。[①]

光绪十八年正月初五日，奉朱批：该部知道。钦此。[②]

---

①台北故宫博物院藏：《军机及宫中档》，文献编号：408006842。

②中国第一历史档案馆藏：《录副奏折》，档号：03-9606-066。

0436. 彭礼堂保案有误请饬更正片

光绪十七年十一月二十八日（1891年12月28日）

再，臣据留甘肃新疆尽先补用提督彭礼堂禀称：该员自投效军营，由军功保免补外委，以把总尽先拔补，并戴蓝翎，旋保尽先拔补千总，加守备衔，换戴花翎，均将“礼堂”缮作“理堂”，且保千总后误由游击于克复巴燕戎格案内保副将衔尽先补用参将，又以游击于关陇肃清案内重保参将换戴花翎；嗣于克复达坂城、托克逊并会克吐鲁番满、汉两城案内保勇号，克复乌鲁木齐等城案内保总兵并勇号。各案底衔均属不合，委因营官开保时未能查明，禀请附奏更正等情。前来。

臣覆核无异，合无仰恳天恩俯准将该员于陕北肃清案内得保把总、荡平金积堡案内得保千总所书“理堂”均改为“礼堂”，并于克复巴燕戎格案内由补用游击准保副将衔参将，改为花翎守备衔尽先拔补千总，请免补千总，以守备尽先补用，并加都司衔；关陇肃清案内由游击准保花翎补用参将，改为免补守备，以都司尽先补用，并加游击衔；攻克达坂城、托克逊并会克吐鲁番满、汉两城案内由副将衔补用参将准保奇臣巴图鲁勇号，改为由游击衔尽先补用都司，赏给奇臣巴图鲁勇号、克复乌鲁木齐等城案内由补用副将准保免补副将遇缺请旨简放总兵，并给直勇巴图鲁勇号，改为免补都司，以游击尽先补用，加参将衔，仍给直勇巴图鲁勇号；克复西四城回疆一律肃清红旗报捷案内由副将衔补用参将免补参将、副将遇缺请旨简放总兵，改为参将衔补用游击，免补游击、参将，以副将尽先补用；五次剿平边寇案内准保遇有提督、总兵缺出，请旨简放，改为免补副将，以总兵遇缺请旨简放，饬部逐层递减更正，以实官阶。其于克复西四城回疆一律肃清案内赏给二品封典，六载边防案内赏给头品顶戴，仍照原案注册。

除饬取该员履历清册咨部外，谨附片具陈，伏乞圣鉴训示。谨奏。

（朱批：）兵部议奏。[1]

光绪十八年正月初五日，奉朱批：兵部议奏。钦此。[2]

【案】此奏片之具奏日期，原件目录署“光绪十七年十一月二十八日”，而录副则署“光绪十七年十二月初四日”。查光绪十八年正月初五日《随手档》[3]“朱批魏光焘折”一栏，则署有“报四百里，上年十一月二十八日发”等字样。据此，此片之具奏日期当以原件目录为是，录副误。兹据校正。

0437. 张俊三保案有误请饬更正片

光绪十七年十一月二十八日（1891年12月28日）

再，臣据记名提督资勇巴图鲁张俊三禀称：于陕西全境肃清案内由千总保以守备即补，并戴蓝翎；荡平金积堡贼巢、宁灵肃清案内，误由蓝翎都司请保免补都司，以游击尽先补用，并换花翎；旋于克复巴燕戎格暨河州肃清等案，由游击累保记名提督，请附奏递减前来。

臣覆核无异，合无仰恳天恩俯准将该员于荡平金积堡贼巢案内准保花翎尽先补用游击，改为蓝翎守备请免补守备，以都司尽先补用，仍换花翎；克复巴燕戎格案内准保副将衔留甘补用参将，改为免补都司，以游击留甘尽先补用，加参将衔；克复辑怀城、乌鲁木齐、昌吉、呼图壁各城案内准保总兵衔副将，改为免补游击，以参将留甘尽先补用，加副将衔；克复玛纳斯南城案内准保记名总兵，改为免补参将，以副将尽先补用；收还伊犁、历年剿办窜匪案内准保记名提督，改为免补副将，以总兵记名，遇缺请

---

①台北故宫博物院藏：《军机及宫中档》，文献编号：408006842-0-A。

②中国第一历史档案馆藏：《录副奏片》，档号：03-5885-004。

③中国第一历史档案馆藏：《军机处随手登记档》，档案编号：03-0272-1-1218-005。

旨简放，饬部逐层递减。其于历次剿办窜扰陕回擒斩净尽西北两路肃清案内所给二代正二品封典、资勇巴图鲁勇号，仍照案注册，以实官阶，出自鸿施。

除咨部外，谨附片具陈，伏乞圣鉴训示。谨奏。

（朱批：）兵部议奏。[①]

光绪十八年正月初五日，奉朱批：兵部议奏。钦此。[②]

【案】此奏片之具奏日期，原件目录署“光绪十七年十一月二十八日”，而录副则署“光绪十七年十二月初四日”。查光绪十八年正月初五日《随手档》[③]“朱批魏光焘折”一栏，则署有“报四百里，上年十一月二十八日发”等字样。据此，此片之具奏日期当以原件目录为是，录副误。兹据校正。

0438. 奏报修建伊犁衙署等工费用片

光绪十七年十一月二十八日（1891年12月28日）

再，伊犁宁远设立县治、分巡伊塔兵备道，并驻其地。该处旧城仅存基址，霍尔果斯通判系属新设衙署，尚未修建。塔尔巴哈台紧接俄疆，同知、照磨驻扎绥靖旧城，城垣坍塌，并无房屋可资栖止。又，镇迪道兼臬司衙门系就领队旧署修葺，房屋无多，不敷居住；墙壁、椽檩年久，愈形朽坏。

以上城垣、衙署或从新建造，或就旧添补，亟应分别办理，以资防守而便办公。惟该各处匠工、物料均极昂贵，木料一项，赴山采伐，远至数百里，雇车搬运，需费不赀。据署布政使饶应祺详：据各印委先后估报，宁远县城工需用工料等项银二万三千

①台北故宫博物院藏：《军机及宫中档》，文献编号：408006842-0-B。

②中国第一历史档案馆藏：《录副奏片》，档号：03-5885-003。

③中国第一历史档案馆藏：《军机处随手登记档》，档案编号：03-0272-1-1218-005。

余两，霍尔果斯通判衙署需银五千余两，塔尔巴哈台城工需银二万四千余两，同知、照磨衙署需银六千余两；镇迪道兼臬司衙署需银五千余两，食粮在外，汇详请奏前来。

臣覆核无异，除饬俟工竣并案造销外，谨会同陕甘总督臣杨昌濬，附片具奏。伏乞圣鉴，饬部立案施行。谨奏。

（朱批：）工部知道。[①]

光绪十八年正月初五日，奉朱批：工部知道。钦此。[②]

【案】此奏片之具奏日期，原件目录署“光绪十七年十一月二十八日”，而录副则署“光绪十七年十二月初四日”。查光绪十八年正月初五日《随手档》[③]“朱批魏光焘折”一栏，则署有“报四百里，上年十一月二十八日发”等字样。据此，此片之具奏日期当以原件目录为是，录副误。兹据校正。

0439. 请以陈文英等员补授游击折

光绪十七年十二月初三日（1892年1月2日）

头品顶戴护理甘肃新疆巡抚开缺新疆布政使臣魏光焘跪奏，为拣员请补游击、都司、守备各员缺，以重操防，恭折仰祈圣鉴事。

窃新疆抚、提各标并阿克苏、巴里坤两镇标游击、都司、守备各缺，业经奏准作为题缺，亟应拣员请补，以专责成。查有副将用留甘肃新疆尽先补用游击恒勇巴图鲁陈文英，晓畅营伍，办事勤能，堪以请补喀什噶尔提标城守营游击员缺；记名提督开缺巴里坤镇标中营游击丁连科，朴实练达，夙著勤劳，堪以借补巴

---

①台北故宫博物院藏：《军机及宫中档》，文献编号：408006842-0-C。

②中国第一历史档案馆藏：《录副奏片》，档号：03-7160-005。

③中国第一历史档案馆藏：《军机处随手登记档》，档案编号：03-0272-1-1218-005。

里坤镇标左营游击员缺；留陕甘遇缺推补副将坚勇巴图鲁赵达元，胆识俱优，堪以借补乌什协营中旗中军都司员缺；留甘尽先推补参将谢典礼，强干精实，堪以借补抚标中营左旗中军守备员缺；总兵衔留甘尽先补用副将董大荣，勇敢勤奋，堪以借补抚标左营左旗中军守备员缺；留甘尽先推补副将依博德恩巴图鲁徐积诚，办事勤谨，堪以借补省城城守协营右旗守备员缺；留甘尽先补用游击龙玉堂，勤朴有为，堪以借补阿克苏镇属喀喇沙尔营中军守备员缺。

以上各员，均在新疆从征年久，营务熟悉，以之借补各缺，均堪胜任，合无仰恳天恩俯准以陈文英等七员请补游击、都司、守备各员缺，以裨营伍。如蒙俞允，并恳敕部发给札付，谢典礼、董大荣、徐积诚、龙玉堂四员，应照乌鲁木齐补放守备定例，毋庸送部引见。其请补游击陈文英、丁连科，都司赵达元三员，俟防务大定，即行给咨送部引见，以符定制。

除饬取该各员履历清册咨部查照外，谨会同陕甘总督臣杨昌濬、喀什噶尔提督臣董福祥，恭折具陈。伏乞皇上圣鉴训示。谨奏。光绪十七年十二月初三日。

（朱批：）兵部议奏。[①]

光绪十八年正月初九日，奉朱批：兵部议奏。钦此。[②]

0440. 覆陈新疆有无被灾应行抚恤折

光绪十七年十二月初三日（1892年1月2日）

头品顶戴护理甘肃新疆巡抚开缺新疆布政使臣魏光焘跪奏，为遵旨查明新疆有无被灾地方，应行调剂抚恤，恭折具陈，仰祈圣鉴事。

窃臣于光绪十七年十一月初十日承准军机大臣字寄：光绪十

①台北故宫博物院藏：《军机及宫中档》，文献编号：408006843。

②中国第一历史档案馆藏：《录副奏折》，档号：03-5885-015。

七年十月初三日奉上谕：本年顺天、直隶各属洼区，积水未消，民情困苦，谕令李鸿章截留本年江苏海运漕米十六万石，分拨顺天、直隶，办理春赈，并因甘肃阶、文二州县民情拮据，动用厘金、仓谷，筹办赈抚。云南顺宁府属被火，鲁甸厅属被旱，将新旧钱粮分别豁免、缓征。安徽寿州被火，江西丰城、新淦二县被风，清江县被风、被雹，均经该督抚等查勘抚恤，小民谅可不至失所。惟念来春青黄不接之时，民力未免拮据，着传谕该督抚等体察情形，如有应行接济之处，即查明据实覆奏，务于封印以前奏到，候朕于新正降旨加恩。再，安徽安庆等府被水、被旱，凤阳等府州被虫，江西永新、泉丰二县被旱，浙江杭州等府被风、被水，台州府被旱，河南永城县被虫，山西介休、孝义二县地震，陕西兴安等府州被水、被雹，吴堡县被雹，榆林、绥德等府州被雹、被霜，甘肃泾州等州县被雹，甘肃新疆温宿州被水、被雹，广东高要、高明二县被水，广西百色厅被风，临桂、苍梧二县被火，云南平彝县被水、石屏州被旱、寻甸等州县被水、宣威等州县被水、被雹，均经该督抚等委员查勘，即着迅速办理，并将来春应否接济之处，一并查明，于封印前奏到。此外，各省有无被灾地方，应行调剂抚恤之处，着该将军、督抚等一并查奏，候旨施恩。将此各谕令知之等因。钦此。遵旨寄信前来，仰见皇上轸念民依之至意！

查光绪十七年新疆阿克苏道属温宿州境被雹、镇迪道属镇西厅境被水，额征粮草业经臣奏请分别蠲缓，并饬妥为抚恤，查明各灾户来春应否接济，另案汇办在案。其余各属夏、秋禾收成中稔，并无被灾地方应需接济。饬据署布政使饶应祺详覆前来。

臣覆查无异，所有遵旨覆陈新疆有无被灾地方应行调济抚恤缘由，谨会同陕甘总督臣杨昌濬，恭折具陈。伏乞皇上圣鉴。谨奏。光绪十七年十二月初三日。

(朱批：) 知道了。[①]

光绪十八年正月初九日，奉朱批：知道了。钦此。[②]

0441. 恭报十七年夏秋禾收成分数折

光绪十七年十二月初三日（1892年1月2日）

头品顶戴护理甘肃新疆巡抚开缺新疆布政使臣魏光焘跪奏，为查明甘肃新疆光绪十七年夏秋禾收成分数，缮具清单，恭折仰祈圣鉴事。

窃查新疆每年收成分数，历经奏报在案。兹据署布政使饶应祺详称：据各属先后申报：光绪十七年收成分数，牵匀计算，通省夏禾实在七分有余，秋禾实在七分有余。汇案详请具奏前来。

臣覆核无异，相应缮具清单，恭呈御览。除咨部查照外，谨会同陕甘总督臣杨昌濬，恭折具奏。伏乞皇上圣鉴。谨奏。光绪十七年十二月初三日。

(朱批：) 知道了。[③]

光绪十八年正月初九日，奉朱批：知道了。钦此。[④]

0442. 呈十七年夏秋禾收成分数清单

光绪十七年十二月初三日（1892年1月2日）

谨将甘肃新疆光绪十七年各属夏、秋禾收成分数，开具清单，恭呈御览。

计开

夏禾约收十分者：叶城县。

---

①台北故宫博物院藏：《军机及宫中档》，文献编号：408006844。

②中国第一历史档案馆藏：《录副奏折》，档号：03-5599-001。

③台北故宫博物院藏：《军机及宫中档》，文献编号：408006844-1。

④中国第一历史档案馆藏：《录副奏折》，档号：03-6723-001。

约收九分者：昌吉县、镇西厅、精河厅、温宿州、喀喇沙尔厅、莎车州。

约收八分者：绥来县、吐鲁番厅、库车厅、疏附县、英吉沙尔厅、玛喇巴什厅。

约收七分者：济木萨县丞、奇台县、库尔喀喇乌苏厅、宁远县、拜城县、乌什厅、疏勒州、和阗州、于阗县。

约收六分者：迪化县、呼图壁巡检、阜康县、哈密厅、绥来县。

秋禾约收十分者：叶城县。

约收九分者：昌吉县、吐鲁番厅、精河厅、温宿州、疏附县。

约收八分者：绥来县、库尔喀喇乌苏厅、喀喇沙尔厅、库车厅、疏勒州、莎车州、英吉沙尔厅、于阗县、玛喇巴什厅。

约收七分者：迪化县、阜康县、奇台县、拜城县、乌什厅、和阗州。

约收六分者：呼图壁巡检、济木萨县丞、宁远县。

约收五分者：哈密厅、绥定县。

再，镇西厅天气早寒，向不种植秋禾，故无分数。温宿、镇西收成分数系除被灾地亩计算；塔尔巴哈台甫经移交，未据造报。合并声明。

（朱批：）览。[①]

0443. 请准杨光初兼袭世职缘由折

光绪十七年十二月初四日（1892年1月3日）

头品顶戴护理甘肃新疆巡抚开缺新疆布政使臣魏光焘跪奏，为照例请袭世职，恭折仰祈圣鉴事。

窃据署抚标中军参将汤秀斋、署抚标中营守备谢典礼、请补

①中国第一历史档案馆藏：《单》，档号：03-6723-002。

昌吉县呼图壁巡检王道昌禀称：记名提督原任甘肃宁夏镇属灵武营参将杨必耀，湖南湘潭县人，咸丰五年由武童投效老湘营，屡著战功。光绪二年九月，随同官军进攻玛纳斯南城，力战阵亡。经陕甘总督臣左宗棠奏准议恤，旋奉部覆，应请将阵亡提督杨必耀从优加赠太子少保衔，给骑都尉兼一云骑尉，袭次完时，给予恩骑尉，世袭罔替等因。三年六月初三日具奏，本日奉旨：依议。钦此。转行遵照在案。兹据该故提督之子杨光初造具宗图、履历、亲供，呈请兼袭骑都尉兼一云骑尉世职等情。职等谊属同乡，查该员现年四十二岁，由劳绩保举都司，奏留甘肃新疆补用，实系杨必耀嫡长子，例应兼袭，并无捏饰、假冒情弊，加具印、甘各结，转请具奏前来。

臣覆查无异，相应吁恳天恩准其兼袭，俟奉部覆，照例给咨赴部引见。除将宗图、供结分送部、科外，谨恭折具陈，伏乞皇上圣鉴训示。再，此案改题为奏，合并声明。谨奏。光绪十七年十二月初四日。

（朱批：）兵部议奏。①

光绪十八年正月十二日，奉朱批：兵部议奏。钦此。②

0444. 审拟缠民刁勒克殴毙人命一案折

光绪十七年十二月初四日（1892年1月3日）

头品顶戴护理甘肃新疆巡抚开缺新疆布政使臣魏光焘跪奏，为斗杀人命，核明定拟，恭折具陈，仰祈圣鉴事。

窃疏勒州缠民刁勒克因口角拳殴沙的克越日身死一案，据署疏勒直隶州知州潘时策验明获犯，讯供议拟，解署喀什噶尔道李宗宾审明，咨署镇迪道兼按察使衔周崇傅核转前来。

臣覆加查核，缘刁勒克籍隶疏勒州，佣工度日，与已死沙的

---

①台北故宫博物院藏：《军机及宫中档》，文献编号：408006846。

②中国第一历史档案馆藏：《录副奏折》，档号：03-5885-019。

克邻居无嫌。光绪十七年六月初五日，沙的克挖放渠水灌地，将大路挖坏。刁勒克路过，斥其不应。沙的克不服，彼此嚷闹。沙的克扑拢，扭住刁勒克胸衣，刁勒克情急，顺用右手拳殴两下，致伤其小腹跌地。尸母哎里麦比比赶拢喝阻，刁勒克当时跑走。沙的克卧地，声称腹痛难受，该尸母调治罔效，延至次日，因伤殒命。经该尸亲投约报验获犯，讯供议拟，解道咨按察使衔核明转详，臣覆核无异。

查律载：斗殴杀人者，不问手足、他物、金刃，并绞等语。此案刁勒克因口角拳殴沙的克小腹，越日身死，自应按律问拟。刁勒克一犯合依"斗殴杀人者，不问手足、他物、金刃，并绞"律，拟绞监候，秋后处决。沙的克挖坏大路，亦有不合，业已因伤身死，应毋庸议。无干省释。尸棺饬埋。是否允协？

除全案供招咨送刑部外，所有斗杀人命，核明定拟各缘由，谨恭折具奏。伏乞皇上圣鉴，饬部核覆施行。谨奏。光绪十七年十二月初四日。

（朱批：）刑部议奏。①

光绪十八年正月十二日，奉朱批：刑部议奏。钦此。②

0445. 审拟汉民周五十殴杀人命一案折

光绪十七年十月初四日（1892年1月3日）

头品顶戴护理甘肃新疆巡抚开缺新疆布政使臣魏光焘跪奏，为斗杀人命，核明定拟，恭折具陈，仰祈圣鉴事。

窃绥定县汉民周五十因挖放渠水，口角争闹，顺用铁锹殴伤察哈尔蒙古沙拉，越七日因伤身死，该犯自行投案一案，据绥定县知县邓以潢会同署理事同知奎光审明议拟，详署伊犁府知府潘效苏审明，解署伊塔道英林提讯，咨署镇迪道兼按察使衔周崇傅

①台北故宫博物院藏：《军机及宫中档》，文献编号：408006847。

②中国第一历史档案馆藏：《录副奏折》，档号：03-7315-001。

核转前来。

臣覆加查核，缘周五十籍隶绥定县，佣工度日，与已死蒙古沙拉素识无嫌。周五十之雇东陈茂胜与沙拉之雇东李福胜有公共水渠一道，原议按日轮流分放。前次轮到陈茂胜放水日期，陈茂胜因周五十回家娶妻，无人照顾，将水借给李福胜放灌。光绪十七年五月初二日，值李福胜放水日期，周五十见麦地干燥，携带铁锨往渠坝挖水。沙拉瞥见向阻，周五十即索前次借放之水，沙拉不依，彼此争闹。沙拉力大，将周五十掀按地下，周五十向其哀告释放，拾起铁锨，一面跑走，一面叫骂。沙拉从后追赶，将次赶上，周五十恐其吃亏，顺执铁锨转向沙拉吓砍一下，致伤沙拉右手腕。沙拉扑拢向夺，周五十又向其头上吓砍一下，适伤其顶心倒地。经李福胜喝阻，周五十逃跑。李福胜投约，将沙拉送至伊舅母乌曲尔家，调治罔效，延至初九日，因伤殒命。尸亲投约报验，并据该犯自首，讯供议拟，解府转道，咨兼按察使衔核转，臣覆核无异。

查律载：斗殴杀人者，不问手足、他物、金刃，并绞。又律载：损伤于人者，不在自首之律，各等语。此案周五十因挖放渠水口角，用铁锨殴伤沙拉，越七日身死，系损伤于人，虽自行投案，律不准首，应仍照律问拟。周五十一犯合依“斗殴杀人者，不问手足、他物、金刃，并绞”律，拟绞监候，秋后处决。李福胜救阻不及，应毋庸议。无干省释。尸棺饬属领埋，凶器案结销毁。是否允协？

除全案供招咨送刑部外，所有斗杀人命，核明定拟各缘由，谨恭折具奏。伏乞皇上圣鉴，饬部核覆施行。谨奏。光绪十七年十二月初四日。

（朱批：）刑部议奏。①

①台北故宫博物院藏：《军机及宫中档》，文献编号：408006848。

光绪十八年正月十二日，奉朱批：刑部议奏。钦此。[①]

0446. 奏请免追已故旗员欠银缘由片

光绪十七年十二月初四日（1892年1月3日）

再，乌鲁木齐、巴里坤各满营迁并古城，佐领以下等官，预支半年俸廉，分作三年扣还，经臣奏明在案。该满营骁骑校连奎预支俸廉银五十二两七钱二分，笔帖式额勒精额预支俸廉银七十一两八钱三分八厘。兹据古城城守尉克蒙额呈称：连奎、额勒精额先后在营病故，所有预支俸廉除陆续扣还外，连奎尚欠银三十两二钱二分，额勒精额尚欠银三十四两九钱一分三厘六毫，共银六十五两一钱三分三厘六毫。该员等身后萧条，无从抵扣，恳请附奏免缴前来。

臣覆查无异，相应恳恩俯准将已故骁骑校连奎、笔帖式额勒精额未扣银两免其追缴，以示体恤。谨会同陕甘总督臣杨昌濬、护理伊犁将军臣富勒铭额，附片具陈。伏乞圣鉴训示。谨奏。

（朱批：）着照所请，该部知道。[②]

光绪十八年正月十二日，奉朱批：着照所请，该部知道。钦此。[③]

【案】此奏片之具奏日期，原件目录署“光绪十七年十二月初三日”，而录副则以朱批日期为之。查光绪十八年正月十二日《随手档》[④]“朱批魏光焘折”一栏，则署有“报四百里，上年十二月初四日发”等字样。据此，原件、录副均未确。兹据校正。

---

①中国第一历史档案馆藏：《录副奏折》，档号：03-7315-002。

②台北故宫博物院藏：《军机及宫中档》，文献编号：408006843-0-A。

③中国第一历史档案馆藏：《录副奏片》，档号：03-6127-011。

④中国第一历史档案馆藏：《军机处随手登记档》，档案编号：03-0272-1-1218-011。

0447. 奏报通商局开支经费等情片

光绪十七年十二月初四日（1892年1月3日）

再，查新疆喀什噶尔道属疏勒、疏附、莎车、叶城、英吉沙尔，阿克苏道属温宿、乌什等处皆与俄国接界，又与退摆特爱，乌罕什克、南瓦罕、布鲁特各外部毗连。其与俄国接界之处，久经勘定立约，固应将沿边卡伦严行防守。至各外部交界处所，未经勘分，尤应各就现管之界，扼要安设卡伦，派兵驻扎。又，自中俄通商以来，交涉事繁，地方官应接不暇，且与俄领事驻扎处所相隔，势难一一就商办理，若概责成道员亲办，该俄领事遇事狡执，常须反覆辩论，相与切磋，非有委员居间办理，诸形窒碍。

臣于光绪十六年正月初一日起，设立中俄通商局，驻喀什噶尔城，专办交涉，并于各处稽查卡伦派文武员弁经理，试办已及二年，尚称妥协。即如本年，俄国塔什干总督带兵巡边，马队越入中属地界，植竿贴示，以上年设有苏满一卡，派员与论，俄人屈服。此亦设卡之明效。前奉部咨，令将各台局卡核实裁减，以节糜费，自应遵照办理。惟事关敦睦邦交，慎固封守，苟有裨益，未便惜小费而失大计。

所有喀什噶尔道设立通商局暨沿边安设卡伦，实为边疆要务，应需经费，极力核减，委无丝毫浮溢。除将清册咨部外，谨会同陕甘总督臣杨昌濬，附片具陈。伏乞圣鉴，饬部立案施行。谨奏。

（朱批：）着照所请，该部知道。①

光绪十八年正月十二日，奉朱批：着照所请，该部知道。钦此。②

---

①台北故宫博物院藏：《军机及宫中档》，文献编号：408006843-0-B。

②此朱批日期与内容，据《军机处随手登记档》（档案编号：03-0272-1-1218-011）校补。

【案】此奏片之具奏日期，原件目录署“光绪十七年十二月初三日”，录副则查无下落。查光绪十八年正月十二日《随手档》[①]“朱批魏光焘折”一栏，则署有“报四百里，上年十二月初四日发”等字样，栏内有此片。据此，其具奏日期当为“光绪十七年十二月初四日”无疑。兹据校正。

0448. 汇报十七年办结就地正法各案折

光绪十七年十二月初四日（1892年1月3日）

头品顶戴护理甘肃新疆巡抚开缺新疆布政使臣魏光焘跪奏，为光绪十七年夏、秋、冬三季办结就地正法各案，照章摘由汇报，恭折具陈，仰祈圣鉴事。

窃新疆远处极边，强盗等案及情罪重大决不待时人犯，暂准就地正法，摘由汇报，历经奏明在案。本年夏、秋、冬三季拿获决不待时重大各案共八起，经各地方官验讯通报，批各该管州、府、道审明，咨历任镇迪道兼按察使衔覆核转详，统由臣详核案情，参诸律例，分别斩决、枭示，即于犯事地方就地正法，以昭炯戒。谨将各案摘由开单，恭呈御览。

所有光绪十七年夏、秋、冬三季办结就地正法各案，照章摘由汇报缘由，恭折具陈。伏乞皇上圣鉴训示，施行。谨奏。光绪十七年十二月初四日。

（朱批：）刑部知道，单并发。[②]

光绪十八年正月十二日，奉朱批：刑部知道，单并发。钦此。[③]

①中国第一历史档案馆藏：《军机处随手登记档》，档案编号：03-0272-1-1218-011。

②台北故宫博物院藏：《军机及宫中档》，文献编号：408006849。

③中国第一历史档案馆藏：《录副奏折》，档号：03-7261-001。

0449. 呈十七年办结就地正法各案清单

光绪十七年十二月初四日（1892年1月3日）

谨将光绪十七年夏、秋、冬三季办结就地正法各案摘由，汇缮清单，恭呈御览。

计开

夏季分

一、逆犯托和大买卖提因挟胞叔阿思满责打之嫌，起意谋杀，乘其睡熟，刀戳心坎，登时殒命。经罗布淖尔抚辑招徕局委员李时熙验讯详报。臣查罗布淖尔甫经辟治，施教未久，其民愚暗无知，不谙尊卑名分，未便遽行照例处以凌迟，当行署镇迪道兼按察使衔陈名钰转饬该处善后委员，将逆犯托和大买卖提从宽处斩，并晓谕该处缠民，嗣后再有此等事件，仍当照例办理。

一、盗犯郭金平、沙五尔施放洋枪，恐吓事主，拦劫驼只、货物。经署迪化县知县杨其澍获犯议拟，由署迪化府知府黄丙焜转详署镇迪道兼按察使衔陈名钰招解前来。臣亲审无异。查盗犯郭金平等凶暴昭著，法无可贷，当批就地正法，以昭炯戒。

一、赛都拉因赔窃赃，谋死事主米满比比，并拒杀事主雇工玉奴素身死。经署温宿州知州江遇璞验明获犯，录供通报，未及拟办卸事，移交后任陈希洛议拟招解，因犯供翻异，发署迪化府知府黄丙焜覆审，详署镇迪道兼按察使衔陈名钰转解前来。臣亲审无异。查凶犯赛都拉因挟行窃赔赃之嫌，杀死事主一家二命，罪不容诛，当批就地正法，以昭炯戒。

秋季分

一、凶盗阿三挟嫌商同哎拉巴依子，谋杀达五子夫妇死后，掠取家财。经署库车厅同知李时熙验明获犯，旋经署阿克苏道黄光达提审议详，因恐犯供未确，批饬提省，发署迪化府知府黄丙焜覆审，详署镇迪道兼按察使衔陈名钰转详前来。臣亲审无异。查凶盗阿三等挟嫌谋杀一家二命，并杀人后搜掠家财，均属不法，未便久稽显戮，当批就地正法，以昭炯戒。

一、凶犯罗有材图财谋杀刁玉发身死，搜掠烟土。经署阜康县知县左兆凤验明获犯，讯供招解，由署迪化府知府黄丙焜审明，详署镇迪道兼按察使衔陈名钰转解前来。臣亲审无异。查凶犯罗有材图财害命，不法已极，当批就地正法，以昭炯戒。

一、凶盗苏拉纠约提拉、买卖提里各持刀棍，拦劫事主那斯尔车辆，提拉棍伤事主右手折断，苏拉刀伤事主顶心偏左并左后肋，登时殒命。因未得财，苏拉复于是夜同窃事主于拉引家，临时行强，捆缚事主，搜掠衣物。经署疏勒州知州潘时策验明，获犯议拟，解署喀什噶尔道向邦倬提审，咨署镇迪道兼按察使衔陈名钰核转。臣查凶盗苏拉等拦劫杀人，又复临时行强，捆缚事主，两犯斩决，从一科断，批饬就地正法，以昭炯戒。

冬季分

一、游勇刘知训起意图财，主使张永成将包有才诱至半路，谋杀身死，搜取银两。经署塔城厅同知石本清获犯验讯，议拟通详。臣查塔城游勇充斥，罔知法纪，现既改归地方，亟应认真惩办。此案游勇刘知训、张永成图财害命，罪无可逭，当批就地正法，以昭炯戒。

一、凶犯张木匠即张贿堂听从秦兴顺，图财害命，伙谋李健成身死，加功得财，因该犯在逃，先将秦兴顺处斩。案内李维保供被该犯诱往，并未动手、分赃，是否属实，监禁待质，经臣于十五年季报奏明在案。随严饬署昌吉县知县任兆观缉获张木匠，供认前情不讳，解署迪化府知府黄丙焜，详署镇迪道兼按察使衔周崇傅审转前来。臣亲审无异。查张木匠即张贿堂，图财害命，加功得财，罪不容诛，在逃三年之久，未便再稽显戮，即批就地正法，以昭炯戒。李维保现虽审明实系被诱，亦未动手、分赃，但人命重件，当不阻救，事后亦不报官，且于未发落之前乘间脱逃，殊属不合，容俟获日另结。

（朱批：）览。[①]

0450. 奏闻呈进十八年回部贡金折

光绪十七年十二月初七日（1892年1月6日）

头品顶戴护理甘肃新疆巡抚开缺新疆布政使臣魏光焘跪奏，为呈进回部贡金，恭折具陈，仰祈圣鉴事。

窃照新疆色勒库尔之南回部坎巨提，向来按年进贡沙金。该头目俄则项前于光绪四年遵例呈进，经前大学士陕甘总督臣左宗棠奏准，援案赏给大缎二匹，由左宗棠就近发给祗领，历经钦遵办理在案。兹据署喀什噶尔道李宗宾申称：该头目赛必德哎里罕呈到光绪十八年分进贡沙金一两五钱，遵将例赏大缎二匹发交赛必德哎里罕祗领，申请具奏前来。

臣覆查无异，除将所进沙金一两五钱咨送内务府呈进外，理合恭折具奏。伏乞皇上圣鉴。谨奏。光绪十七年十二月初七日。

（朱批：）该衙门知道。[②]

光绪十八年二月初一日，奉朱批：该衙门知道。钦此。[③]

0451. 奏报恭缴十七年朱批情形折

光绪十七年十二月初九日（1892年1月8日）

头品顶戴护理甘肃新疆巡抚开缺新疆布政使臣魏光焘跪奏，为恭缴朱批事。

窃臣于光绪十七年正月起至十二月初九日止，历次奉到朱批奏折、奏片，共计一百二十四件，理合汇封呈缴。伏乞皇上圣鉴。

---

①中国第一历史档案馆藏：《单》，档号：03-7261-002。

②台北故宫博物院藏：《军机及宫中档》，文献编号：408006850。

③此朱批日期等，据《军机处随手登记档》（档案编号：03-0272-1-1218-029）校补。

谨奏。光绪十七年十二月初九日。

（朱批：）知道了。[①]

光绪十八年二月初二日，奉朱批：知道了。钦此。[②]

0452. 恭报交卸护理抚篆起程日期折

光绪十七年十二月初九日（1892年1月8日）

头品顶戴护理甘肃新疆巡抚开缺新疆布政使臣魏光焘跪奏，为恭报微臣交卸护理甘肃新疆巡抚篆务起程回籍日期，恭折仰祈圣鉴事。

窃臣于光绪十七年四月初一日具奏恳请开缺，俟交卸护篆后回籍省亲一折，奉上谕：着准其开缺，俟陶模到任交卸抚篆后，再行回籍。钦此。当经恭折叩谢天恩，奉朱批：知道了。钦此。钦遵在案。兹抚臣陶模已于十二月初七日行抵新疆省城，臣于初九日檄委署中军参将汤秀斋、署迪化府知府黄丙焜，恭赍甘肃新疆巡抚关防、王命、旗牌、文卷等件，移交接管。微臣即于是日交卸护篆，起程回籍。

所有交卸起程回籍日期，谨恭折具陈，伏乞皇上圣鉴。谨奏。光绪十七年十二月初九日。

（朱批：）知道了。[③]

光绪十八年正月十五日，奉朱批：知道了。钦此。[④]

①台北故宫博物院藏：《军机及宫中档》，文献编号：408006851。
②中国第一历史档案馆藏：《录副奏折》，档号：03-5714-030。
③台北故宫博物院藏：《军机及宫中档》，文献编号：408006852。
④中国第一历史档案馆藏：《录副奏折》，档号：03-5288-035。

光绪二十二年（1896）

0453. 奏报肃清东三关连获胜仗情形折

光绪二十二年正月二十二日（1896年3月5日）

总统湘军头品顶戴调补陕西巡抚臣魏光焘跪奏，为湘军拿办西宁逆酋，肃清东三关，进剿北川，连获胜仗，攻克苏家堡老巢，谨将详细情形恭折具陈，仰祈圣鉴事。

窃臣部前队拿办东三关回逆及北川获胜、攻克坚巢大概情形，业经电请军务处代奏在案。伏查西宁逆回屠戮汉民，不可数计，附城百余里，几无完堡，外属厅县不与焉。从来叛逆杀劫之惨，未有如是之甚者，是以臣与提臣董福祥会于白塔寺，彼此熟商，非痛剿之后不可轻易言抚。议定臣率湘军由平番一路与董福祥在湟各军合力进剿，旋因大通围急，饬令前队分统左军提督汤秀斋、前军总兵龙恩思，各率所部步队五营；守备王恩平、都司王得胜炮队两营，都司汤懋臣、副将周玉堂马队两旗，由碾伯径趋该县。嗣以路僻无水，不利师行，必改道西宁县属之北川地方，而该处为逆回老巢，坚堡林立，尤以苏家堡为最著，且与西川之哆巴堡为各处怙恶强悍之所萃聚，该逆所恃以死守者也。

至巨酋韩文秀、韩成吉、包良，虽于已革提臣李培荣军前乞抚，仍盘踞府城东关，阴纵党与，时出攻杀。该关回众投诚四十余日，并不捆献逆目；所筑木栅亦不拆毁，所缴军械皆系窳败。反覆叵测，深为肘腋之患。臣饬该分统及营务处严金清于道过西宁时，与该城文武妥商办理，再进北川，步步清厘，盖三关未清，则足以缀北川之后；北川未克，不能疏入大通之途、取进西川之势。此筹酌办理之先后也。

韩文秀为撒回总头目，实系此次循化起事首逆，回众潜迎来湟，拥道罗跪，僭妄已极，各逆皆听其指挥。惟北川头目刘腾蛟、西川头目马大头三三，各树一帜，不服驱使。韩成吉为马圈十八堡逆首，包良为大通县逆首，威柄次之。汤秀斋抵湟会商，以该逆系著名首要，设有逃逸，贻患无穷，即于正月初八日将该逆三名拿交西宁县管禁，回众遂汹汹哗动。当即会同西宁镇总兵邓增、署西宁知府张道生、署西宁知县萧承恩，带兵弹压，勒令捆献头目，呈缴马匹、军械。仍复抗违不遵。比即捕获大小逆目八十四名，皆屡次攻城陷堡，众所指而目之者。并斩悍匪百余名，余众始帖然就抚。此办理东三关回逆之详细情形也。

初九日，各军进剿北川，以苏家堡筑垒极坚，聚匪甚众，必先捣其要害，始足以制贼之命。乃于初十日辰刻，逼近该巢十余里之长宁堡，扎营未定，贼即拥众来扑，我军严阵以待，击毙骑贼二十余名，即退回紧守三里外之景阳川峡口。该处坚堡数座，碉楼炮眼密列如城。该分统等商分三路前进，汤秀斋督左军由右进，龙恩思督前军由左进，王恩平、王得胜炮队居中，严金清督之；汤懋臣、周玉堂为左、右翼。分拨甫定，贼步骑万余猛扑。总兵刘清辉、都司陈煦亮、副将黄大胜、都司龚炳魁带队奋勇前冲，周玉堂率马队由右抄击，枪炮齐施，贼已却复进，鏖战三时，始败入堡死拒。王恩平手燃巨炮，隳其碉楼，立将该堡攻克，附近之上下小寨尔等七堡，亦分兵抢夺，同时攻克。正拟乘势进薄苏家堡，为一举扑灭之计，忽大风扬尘，咫尺莫辨，遂即收队。是日，计毙贼三百余名，阵斩红旗悍目五名，我军伤亡哨长把总罗梅溪一名、勇十三名。

十一日，该营务处分统等以该逆长于冲突，昨日之战，知我不为动，今必分股包抄，使我首尾受敌，属仍分路进击，彼此互相应援。黎明，出队甫数里，贼已倾巢而出，步骑约四五万人，呼声震谷，三面猛扑，左路贼势尤重，前军右、后两营猝被围裹。都司龚炳魁、总兵傅其政、训导莫楷，即列方阵，四面抵御。贼骑愈战愈密，几莫能支。适分统龙恩思亲督中营，横趋截击，左军亦分队接应，贼渐披靡，其中、右两路之贼，经汤秀斋、王恩平、王得胜、周玉堂等连环排击，纵横荡决，约二时许，贼始同溃入堡，负险死拒。我军以大炮轰击，将士踊跃争先，肉薄而进，遂将该堡攻克，而左右旁近坚堡各十数座，既经左、右两路分兵遏其来援之路，犹凭堡固守。各营见老巢已克，勇气百倍，分头直薄，炮石飞落如雨，前者被创，后者继进。左路依山一堡，尤为坚厚。龙恩思、王得胜等用巨炮轰开堡门，步队排击拥入，贼遂纷纷奔窜，余堡亦相率齐溃，多由堡后逃逸。汤懋臣、周玉堂率马队，分途追杀二十余里始收队，分扎各堡。是役也。自辰至未，力战四时，计克大小坚堡三十余座，阵斩红旗、白旗各悍目十余名、悍贼二千余名，堕崖落涧死者无算，生擒八十余名，讯明军前正法；夺获粮、械甚夥。我军阵亡勇丁十八名，受伤哨弁二名、勇十七名。讯据生擒贼供大头目刘腾蛟知湘军将到，先杀其妻子，决死抗拒，并欲调撒拉助战，不意官兵即将各堡尽克，刘腾蛟想已逃向哆巴等语。此攻克北川苏家堡老巢及附近各堡之详细情形也。

臣查西宁回逆搜掠汉民粮物，移藏北、西两川，恃其地险而坚，党众且悍，半年以来，未敢过问，自谓可保无虞，故各处逆回一慑兵威，遂即投诚敛迹，独刘腾蛟、马大头三三犹敢负嵎抗拒，肆无忌惮，设兵机稍有不顺，各处观望之贼又不免从而生心。幸将士勇敢，两日之间即将苏家堡老巢攻克，北川一律靖谧，实非臣初意之所及料！大通县围经董福祥前派在湟之张成基、何得彪两军，先于初七日乘后子河获胜之后，分兵疾趋城下，该逆望风溃散，城围遂解，并于初九日会同大通县团练，攻克黑林各堡。其详细情形，应由董福祥具奏。现饬臣部前、左两军及马队、炮队乘胜出西川之北，中、后两军及马队会同邓增所部，出西川之南，进攻哆巴堡。剿办情形，容再随时奏报。至此次出力员弁，拟请俟各军削平西川逆巢后，一并恳恩给奖；阵亡弁勇，再行汇报请恤，以示激劝。

除韩文秀等讯供惩办另折陈奏外，所有湘军拿办西宁逆酋，肃清东三关，进攻北川连获胜仗，攻克苏家堡老巢详细情形，理合恭折由驿驰陈。伏乞皇上圣鉴训示。谨奏。光绪二十二年正月二十二日。

（朱批：）另有旨。①

光绪二十二年二月初四日，奉朱批：另有旨❶。钦此。②

❶【案】此折、片旋于十年二月初四日得旨允行，《上谕档》载曰：

光绪二十二年二月初四日，内阁奉上谕：魏光焘奏，进剿北川获胜，攻克苏家堡老巢一折。西宁北川地方逆目刘腾蛟踞守苏家堡坚巢，与西川哆巴逆众互为声援。本年正月初十日，魏光焘所部提督汤秀斋等，会同西宁镇总兵邓增各军，进剿苏家堡。官军分队抄击，踊跃争先。十一日，遂将苏家堡攻克，附近各堡踞贼亦相率奔溃，计克大小坚垒三十余座，阵斩悍目多名，擒斩悍贼二千余名，剿办尚为得手。仍着魏光焘督饬各军，乘此声威，进攻哆巴，务将首要各逆悉数歼除，以靖地方而弭后患！余着照所议办理，该部知道。钦此。③

0454. 奏报弹压北川汉回之乱情形片

光绪二十二年正月二十二日（1896 年 3 月 5 日）

再，此次回匪肇乱，戕杀惨毒，掘冢析骸，汉民饮憾至于次

---

①台北故宫博物院藏：《军机及宫中档》，文献编号：408006851-1。

②此朱批日期与内容，据《军机处随手登记档》（档案编号：03-0288-1-1222-033）校补。

③《光绪朝上谕档》，第 22 册，第 35 页；又，《德宗景皇帝实录》（六），卷三百八十五，光绪二十二年二月上，第 23—24 页。

骨。臣部前队各军于初八日捕斩东三关逆目之后，初九日进规北川，汉民乘势寻仇，搜杀不已。臣十二日抵湟，派队驻扎弹压，委员清查回众一千二百余名，交地方官妥为安置赈恤，以广皇仁。窃维逆回构祸，与汉民仇怨太深。臣自入湟以来，据绅民呈请剿洗不下百数十纸，当此兵力厚集之时，不能不痛事剿除，以彰天讨而快人心。至其老弱妇孺及善良被胁无由自拔者，亦不能曲徇绅民之请，漫无区别，概予骈诛。

除饬臣部各军遵办外，谨附片陈明，伏乞圣鉴。谨奏。

(朱批：) 另有旨。①

光绪二十二年二月初四日，奉朱批：另有旨。钦此。②

0455. 奏报进攻西川等处获胜情形折

光绪二十二年二月初九日 (1896 年 3 月 22 日)

总统湘军头品顶戴调补陕西巡抚臣魏光焘跪奏，为湘军进攻西川，连日接仗获胜，现拟逼营围攻，并分军赴凉堵剿，暨商甘军进规北大通各情形，恭折仰祈圣鉴事。

窃湘军攻克北川苏家各堡，业经臣于正月二十二日具奏，并将进攻西川哆巴连日获胜大概情形，于正月二十九日电陈在案。兹于二月初五日准陕甘督臣转寄总理衙门初一日电传谕旨：数日未得魏光焘电，哆巴一处何以尚未攻克？顷董福祥电奏：据陶模电：新军于北大通失利，彼处情形较重，着该抚严饬诸军攻克哆巴，即合董军力攻北大通，务期一鼓扫除，毋任旁窜。钦此。等因。跪诵之下，无任惶悚！当即电请督办军务处先行覆奏，亦在案。所有详细战状及现办情形，谨为我皇上陈之。

臣于正月十二日抵湟，据报湘军前队攻克北川苏家各堡逆巢，

---

①台北故宫博物院藏：《军机及宫中档》，文献编号：408006850-1-A。

②此朱批日期与内容，据《军机处随手登记档》（档案编号：03-0288-1-1222-033）校补。

即商西宁镇总兵邓增亲率所部暨西宁办事大臣奎顺①派拨马步队伍共八营旗，会同湘军后队分统副将罗吉亮所部后军五营、已革副将吴元恺所部中军炮队两营、游击魏荣斌所部马队两营旗及督臣杨昌濬所派都司李双庆管带靖逆开花炮队，进取哆巴。十三、十四等日，由府城先后开拔。十四日，邓增所部及湘军先开三营同进驻河南之镇海堡，邓增扬武河干。贼出数百来犯，比即击退。入夜，复乘我初至，潜来偷袭。湘军出队迎击，毙贼数十。时已四更，月黑未便穷追。

十五日，商定邓军进右路，列队河南，扼桥而阵；湘军后军前营进左路，炮队两营居中。悍贼万余，猛突来抄，几为所窘。我军并力抵御，枪矛击刺，相持三时之久，贼始溃走。分统吴元恺、营官徐有礼率队跟追，直薄墙根。贼闭关死拒，另有骑贼千余由堡东抄出，伏于双寨。邓军马队旋绕冲击，逼蹙奔退，履冰跟追，直抵南门，亦即收队。维时，湘军后开之马步六营旗尚未开至镇海堡也。是日，计毙白旗贼目二名、悍贼数百名，湘军阵亡哨长把总黄锦胜一名、勇丁十二名，受伤弁勇二十六名。

十七日辰刻，邓军仍列河南，湘军渡河，以马队循山以出西北，后军左、后两营辅之，前、右两营循河而东，中营居中，炮队两营分列步队之后。堡前濠沟错杂，伏贼约二三万，突出悍贼千余，直扑前来。马队为之少却，左、后两营急进，正在相持，又出伏贼数千，直抄其后。营官何泰馪等两头堵击，手刃悍贼三名。南川贼目韩柳义督战尤力，经军功鲁殿奎枪击马下，径枭其

①奎顺（1846—？），满洲正蓝旗人，监生，捐纳贡生。同治九年（1870），再捐笔帖式。次年，保主事、员外郎。十二年（1873），签分户部员外郎。光绪元年（1875），监修普祥峪工程。三年（1877），补户部员外郎，加四品衔。五年（1879），升补户部郎中。九年（1883），充捐纳房帮办，调户部江南司郎中。十一年（1885），放甘肃甘凉道。十三年（1887），署西宁办事大臣。十八年（1892），迁西宁办事大臣，加副都统衔。二十五年（1899），任正黄旗汉军副都统、马兰镇总兵官兼总管内务府大臣。二十六年（1900），调镶白旗汉军副都统。同年，授察哈尔都统。三十年（1904），补乌里雅苏台将军。三十一年（1905），调补正蓝旗汉军都统。

首。吴元恺、李双庆复以开花炮遥击，立毙悍贼三百余名，贼始纷窜，各营回剿沟内之贼，又毙数百名，余均入堡固守。邓军焚其水磨三座。是日，湘军计阵亡哨长守备罗启荣一名、勇丁十四名，受伤弁勇二十七名，何泰馩亦受矛伤。十九日，邓增炮击贼堡，角楼立坏。该逆经屡日惩创，负固不敢复出。惟日纠悍党入堡，间以游骑巡逻，一见官军，即又退匿。枪炮伺击，时有所殪，难以悉数。此湘军后队会同总兵邓增各营连日获胜之实在情形也。

湘军前队于正月十六日由苏家堡开拔，逾岭而西，溪沟四出，贼之无归，散处者到处皆有，及分队往扑，则又翻山狂窜，大队甫行，又复从旁抄截。我军节节搜剿，日行不过十数里，沿途斩获颇多。十八日，将抵下西河庄，贼忽被山而下，呼声如雷。我军夹河而阵，枪炮排击，毙贼百余始溃。乘势夺逆堡三座，悉焚其积聚而行。

二十三日，进次哆巴东南之黑嘴堡。次日，邓增以喇课被围求援，抽队回城。二十七日，贼忽倾巢出扑，前军由东进击，左军扼其北，后军扼其西南。贼悉并力于东。营官李祥椿、欧阳胜奋勇直前，各营继进，南、北两军分路兜击，纵横荡决，约及三时，贼不能支，纷溃入堡。欧阳胜率队猛进，抢夺堡门，内贼仓皇关闭，悍贼三千余人亦猝不能入。我军枪炮环施，短兵相接，悉数歼除，而城上炮石骤下如雨，且已日暮，遂即收队。是日，计我军阵亡哨长外委杨国栋一名、勇丁三十五名，受伤弁勇一百二十二名，营官陶宗侃亦受炮伤。

二月初三日，该分统等复商定，后军由西进，前军由东进，左军由东北进，马队分列各步队之后，而以中军及靖逆炮队分列河南及东北对岸。布置甫定，贼分三路猛扑。后军前、后两营直薄西门木城，贼由南、北两门各出大股包抄。旗官汤懋臣率马队，分统罗吉亮率步队，分途截击。前军直薄东门，左军绕出其北。分统龙恩思，营官黄大胜、左新盛奋勇搏战三路枪炮、呐喊之声，响震山谷，贼屡却复进，鏖战三时，始溃入堡，凭墙死拒，终以堡大贼众，濠深墙高，未能即拔，焚其东北面水磨及附堡、卡垒十三座而还。我军营官副将黄大胜左肩中枪子由右背而出，旋即阵亡。左新盛亦被石伤，弁勇阵亡五十六名，受伤一百五十二名。此湘军合围后连日获胜之实在情形也。

窃查哆巴一堡，广大坚厚，险固异常，业已电陈崖略。该处距西宁府城五十里，在湟水之北，西纳河出其东，相山峙其北，山水深峻，形势天然。从前各军皆以兵单，未敢议攻，臣亦明知地险贼繁，非旦夕所能奏功，而于攻克苏家各堡之后，即令直前规取者，诚以该处为逆回老巢，群恃为固根本要害，贼所必争，故先致力于斯，俾各川悍党回顾老巢，萃集一处，但将该堡攻克，聚而歼旃，可以一了百了。纵有余逆零星散伏，亦可次第搜擒，不至日久费饷劳师。两旬以来，歼殪丑类，实已不少，该逆势蹙胆慑，亦曾递禀投诚。臣以悍党尚多，逆目未得，未肯草率敷衍，苟且了事，故宁冒迟钝之讥，而必谋长久之计，区区愚诚，实在于此。现拟逼堡筑垒，设法环攻，因地冻尚坚，难施畚锸，不能不稍待时日。

至新军赵有正进攻北大通失利，退守永安。臣得信后，即饬分统张星元率所部右军五营，由平番开拔凉州，相机堵剿；复商甘军营务道员张成基，由达坂山北进，亦因冰雪未消，山高路窄，骤难成行。惟据该道探报，永安现无贼踪，赵军当已拔出。邓镇会同甘军进剿喇课上五庄一带，贼皆分窜四散，该镇现即驻扎上五庄，以扼哆巴北窜之路。其连日进剿获胜情形，容再会同提臣董福祥、西宁办事大臣奎顺奏报。

湘军阵亡营官总兵衔陕甘补用副将策勇巴图鲁黄大胜，于攻克北川苏家堡贼巢尤为出力，拟保以总兵补用，并加提督衔，可否从优饬照提督阵亡例赐恤，出自鸿施！此外，伤亡弁勇除俟汇案奏恳恩恤外，所有湘军进攻西川，连日接仗获胜，现拟逼营围攻，并分军赴凉堵剿，暨商甘军进规北大通各情形，理合恭折具陈。伏乞皇上圣鉴训示。谨奏。光绪二十二年二月初九日。

（朱批：）黄大胜着照提督阵亡例议恤，该部知道。[①]

光绪二十二年二月二十三日，奉朱批：黄大胜着照提督阵亡例议恤，该部知道。钦此。[②]

0456. 请将周文斌即行革职缘由片

光绪二十二年二月初九日（1896 年 3 月 22 日）

再，行军赏罚，必须严明，始足以昭惩劝。查有管带湘军后军后营记名总兵伟勇巴图鲁周文斌，恇怯无能，打仗不力，未便稍事姑容。除撤去管带外，相应请旨即行革职，永不叙用，以肃军政。理合附片具奏，伏乞圣鉴训示。谨奏。

（朱批：）周文斌着革职，永不叙用，兵部知道。[③]

光绪二十二年二月二十三日，奉朱批：周文斌着革职，永不叙用，兵部知道。钦此。[④]

【案】此奏片之具奏日期，原件以“光绪二十二年五月二十日”为之。惟查是年六月初一日《随手档》[⑤]“朱批魏光焘折”，却无此片。遂溯查是年二月二十三日《随手档》[⑥]“朱批魏光焘折”栏，内即有此片，且署有“报四百里，二月初九日西宁发”等字样。据此，此片之具奏日期当为“光绪二十二年二月初九日”无疑。兹据校正。

---

①台北故宫博物院藏：《军机及宫中档》，文献编号：408006852-1。

②此朱批日期与内容，据《军机处随手登记档》（档案编号：03-0288-1-1222-052）校补。

③台北故宫博物院藏：《军机及宫中档》，文献编号：408006853-0-A。

④此朱批日期与内容，据《军机处随手登记档》（档案编号：03-0288-1-1222-052）校补。

⑤中国第一历史档案馆藏：《军机处随手登记档》，03-0288-2-1222-149。

⑥中国第一历史档案馆藏：《军机处随手登记档》，档案编号：03-0288-1-1222-052。

0457. 奏报筹解甘肃安抚难民经费片

光绪二十二年二月（1896年3月）

再，准户部来电：甘肃提督臣董福祥安抚难民，应需经费，拟由陕省司库封储银内酌拟等因。当查司库封储银两，因军务制办机器、军装及募勇等项，屡经挪用，所余无多。惟提臣办理安抚，事关紧要，自应竭力筹措，以济要需，随由司筹拨银三万两，委解河州董福祥行营交收应用。除分咨外，谨附片具陈，伏乞圣鉴。谨奏。

（朱批：）户部知道。[①]

0458. 奏陈会商留遣湘军暨善后情形折

光绪二十二年五月二十日（1896年6月30日）

总统湘军头品顶戴调补陕西巡抚臣魏光焘跪奏，为遵旨回任，会商督臣、提臣，分别留遣湘军，暨原办西宁剿抚、善后各事详细情形，恭折缕陈，仰祈圣鉴事。

窃臣于光绪二十二年四月初十日在西宁营次奉电谕：董福祥着驻扎西宁，一切剿抚事宜，责成该提督一手办理，所有甘军统归节制。魏光焘着回陕西巡抚本任，以重职守。所部湘军，除现在出关及分防各处外，余悉带至秦中，分别遣撤等因。钦此。遵即抽带五营，于四月二十日由西宁起程，余二十七营旗留交董福祥节制调遣。迨抵碾伯，叠接董福祥函牍称：甘军足敷调遣，湘军可多撤少留等因。前来。

臣与往返函商，到省又与督臣会商，意见相同。定议酌留龙恩思前军五营、汤秀斋左军五营，会剿卡尔冈踞匪，并于前赴肃

①中国第一历史档案馆藏：《朱批奏片》，档号：04-01-35-1032-045。

州之右军五营内挑留两营，归道员潘效苏兼统，以防安西、玉门。其余马步、炮队二十营旗，概行调回陕西，分别遣撤，业于五月十三日将大概情形会衔电奏，并商俟卡尔冈事竣，所留巴燕戎格之十营亦即调陕裁遣，以归画一。臣维湘军自正月初八日到湟，首清东三关，次克北川苏家堡一带，次攻西川哆巴堡，仰仗天威，五战皆捷。该逆畏罪投诚。臣遵谕旨，剿抚兼施，令其捆送匪目，尽缴马、械，准予收抚，以广皇仁，均经先后奏报在案。

计自哆巴堡抚局定后，即分兵追剿大通上五庄窜贼，清厘东南两川，搜斩逆目二十名，续收军械百余件，即进剿巴燕戎格撤回。臣以两营扎西宁，细察抚回，固属安谧，即提臣到湟后，重令捆送数百人杀之，并无违抗惊窜，俯首听迁。提臣办理当能尽善，西宁一局已可无烦圣虑。巴燕戎格经臣所部前、后两军攻克水地川及卡尔冈之依什郡等庄，后因提臣到宁，商候甘军渡河合剿，暂停战事，指日会兵进捣，不难一鼓歼除。青海玉门窜贼两股亦经该处防军堵截得力，当易竣事。湘军远役已久，自应先裁，以节饷需，现在斟酌缓急，会商分别撤留。甘肃新疆诸军，分布仍属周密，不虞单薄，尤足仰纾宸廑！

所有微臣现回本任，会商湘军分别留遣暨原办西宁剿抚、善后各事详细情形，理合恭折由驿驰陈。伏乞皇上圣鉴训示。谨奏。光绪二十二年五月二十日。

（朱批：）知道了。[①]

光绪二十二年六月初一日，奉朱批：知道了。钦此。[②]

---

①台北故宫博物院藏：《军机及宫中档》，文献编号：408006853。

②此朱批日期与内容，据《军机处随手登记档》（档案编号：03－0288－2－1222－149）校补。

0459. 请恤甘肃军务阵亡员弁缘由片

光绪二十二年五月二十日（1896 年 6 月 30 日）

再，臣于抚定哆巴后，三月初旬即饬前军分统龙恩思拔队进扎平戎，清厘南川、红水泉、新庄、沙沟、树儿湾各庄，捕斩逆目二十名，续收军械百余件。甫经竣事，适巴燕戎格厅上年投诚甘军新军撤回马成林等，因米拉沟逸酋冶巨麻窜入，勾煽纠合水地川、卡尔冈、甘都塘、三工回众复叛，迫胁黑城，为回目冶成得所拒，袭杀泄忿，再陷札什巴汛城，逾岭扰及南川乩思观，汛城戒严，并攻破十族番民三堡，势甚猖獗。

臣闻报，立饬前军剿办。三月十三四等日，该军由乩思观等处节节搜剿前进。十五日，全队过山压击，收复札什巴城，贼退归巢。龙恩思等以逆巢南界黄河，与贵德、循化接壤，迤北为巴燕戎格治城及番汉各庄，东北僻径通米拉沟，西为番寺、番庄，西北与黑城毗连，近当西宁孔道，处处关紧，深虞彼击此窜。一面禀臣飞饬贵德、循化调兵，扼河防堵，以遏其南；增调后军分统徐有礼率队继进，与新军会攻甘都，以遏东北。一面抚定黑城，进规水地川，以为合围卡尔冈张本。二十四日，后军过山，前军即裹五日行粮，绕由迤西沙冲寺出水地川上游，约后军二十七日出黑城列队，分前营出公乙列队，均为疑兵。

二十六日，前军甫到，扎营未定，贼来猛扑，伏枪击却。二十七日，分兵三路进攻，贼四五千迎拒，鏖战三时，毙贼数百。黑城、公乙之兵同时并出，贼惶骇阵动，我军乘之，立克上下多填。二十八日，乘胜攻青库、舍仁，文不书、具日、沙尔等庄，贼抵死抗拒，我军自辰至未，毙贼千余，追逐投河自溺者无算。水地川九庄纵横四十余里，一律荡平，余贼窜伏卡尔冈。我军阵亡哨官刘广裕一员、弁勇五十一名，受伤百十三名。

四月初五日，后军会同新军进攻甘都塘之瓜拉仓，贼散伏坡垄间，伺放冷枪。我军排列山下，测准仰击，毙贼数十，卡尔冈援贼大至，我军冲入敌阵，枪炮环轰，贼尸枕藉，践踏追奔，大获全胜。黄昏收队，我军阵亡哨官张美佳一员、弁勇二名，受伤二十四名。是役毙贼约五六百名。初八日，前军进攻卡尔冈之沙连堡。初九日，后军会新军攻卡尔冈之依什郡，均获胜仗，杀贼千二百余名，阵毙红衣贼目一名，依什郡及连附四庄一律焚毁。我军阵亡哨官黄翰一员、弁勇十名，受伤弁勇三十七名。

以上湘军六次攻战，据各该分统等先后禀报前来。查收复札什巴，攻克水地川，业于三月三十日经臣先将大概情形电奏在案。其初五、初八、初九之战，值董福祥到湟，臣赶办移交，尚未及奏报。除叠次阵亡、受伤弁勇均由臣随时批饬照章发给银两外，所有阵亡哨官补用千总刘广裕前于攻克苏家堡出力案内拟保都司，补用守备黄翰前案拟保游击，补用游击张美佳前案拟保参将，可否仰乞天恩俯准从优照都司、游击、参将例，分别赐恤，以慰忠魂之处，出自逾格鸿施！至在事出力人员，应否俟巴燕戎格全境肃清后并由臣择尤汇案请奖，以示鼓励，恭候训示。理合附片具陈，伏乞圣鉴。谨奏。

（朱批：）刘广裕等三员，均着照所请，从优议恤；出力人员，着俟甘肃军务告竣，择尤请奖，该部知道。①

光绪二十二年六月初一日，奉朱批：刘广裕等三员，均着照所请，从优议恤；出力人员，着俟甘肃军务告竣，择尤请奖，该部知道。钦此。②

【案】此奏片之具奏日期，原件以“光绪二十二年六月十二日”为之。然查是年六月二十七日《随手档》③“朱批魏光焘折”，却并无

---

①台北故宫博物院藏：《军机及宫中档》，文献编号：408006854-0-A。

②此朱批日期与内容，据《军机处随手登记档》（档案编号：03-0288-2-1222-149）校补。

③中国第一历史档案馆藏：《军机处随手登记档》，档案编号：03-0288-2-1222-175。

此片。遂溯查是年六月初一日《随手档》① “朱批魏光焘折”栏，内即有此片。据此，此片之具奏日期当为“光绪二十二年五月二十日”无疑。兹据校正。

0460. 恭报到任接篆日期并谢天恩折

光绪二十二年六月十二日（1896年7月22日）

头品顶戴陕西巡抚臣魏光焘跪奏，为微臣到任接篆，恭折叩谢天恩，仰祈圣鉴事。

窃臣于甘肃西宁营次恭读电谕：魏光焘着回陕西巡抚本任，以重职守。遵于四月二十日自西宁起程，行抵碾伯。复奉电谕：着即迅赴本任，毋庸在碾伯候旨。等因。钦此。兹于六月初八日，驰抵陕西省城。十一日，准护抚臣张汝梅饬委西安府知府文启、署抚标中军参将田玉广，将陕西巡抚关防暨王命、旗牌、文卷等件赍送前来。当即恭设香案，望阙叩头谢恩，祗领任事。

伏念臣历藩甘肃，摄抚新疆，乞养旋归，被恩稠叠。前岁辽东负弩，报乏涓埃；此次湟境视师，效无尺寸。兹复仰承眷命，回任关中，查陕省为古今形胜之区，巡抚有控驭全疆之责，凡察吏安民与治军筹饷，职守綦重，经画宜周。现值甘回余孽未清，边防尤未敢稍懈。如臣愚昧，时惧弗胜。惟有益懔冰渊，勉矢勤慎，课吏治以肃官常，省差徭以纾民力，饬营伍以固边守，节财用以裕饷源，遇有一切要事，随时咨商督臣，率同司道实心经理，庶期仰答高厚鸿慈于万一！

除到任日期恭疏具题外，所有微臣感激下忱，谨具折叩谢天恩。再，臣经过甘肃及陕境地方，雨旸时若，夏麦丰登，民情亦尚安谧，堪以上慰宸廑。合并陈明。伏乞皇上圣鉴谨奏。光绪二十二年六月十二日。

---

①中国第一历史档案馆藏：《军机处随手登记档》，档案编号：03-0288-2-1222-149。

（朱批：）知道了。[①]

光绪二十二年六月二十七日，奉朱批：知道了。钦此。[②]

0461. 奏报藩臬二司饬回本任片

光绪二十二年六月十二日（1896年7月22日）

再，布政使张汝梅、按察使李有棻[③]、延榆绥道马相如交卸署篆，仍各饬回本任，以专责成。至臣督师西征刊用木质关防，前经奏明在案。现在到任接篆，所有前用关防即于六月十一日毁销。理合附片具奏，伏乞圣鉴。谨奏。

（朱批：）知道了。[④]

光绪二十二年六月二十七日，奉朱批：知道了。钦此。[⑤]

0462. 奏报陕西六月雨水粮价情形折

光绪二十二年七月十三日（1896年8月21日）

头品顶戴陕西巡抚臣魏光焘跪奏，为恭报雨泽、禾苗情形，恭折仰祈圣鉴事。

---

①台北故宫博物院藏：《军机及宫中档》，文献编号：408006854。

②中国第一历史档案馆藏：《录副奏折》，档号：03-5342-134。

③李有棻（1841—1906），字芗垣，江西萍乡人，优廪生。同治十二年（1873），拔贡，报捐内阁中书。光绪二年（1876），选玉牒馆汉誊录官。三年（1877），充收掌校对官。同年，保湖南补用知府。八年（1882），署沅州府知府。十年（1884），补授湖北襄阳府知府。同年，署安陆府知府、武昌府知府。嗣保升道员。十七年（1891），授广东高廉钦道。二十年（1894），迁陕西按察使。翌年，署陕西布政使，督办新甘转运局兼制造事宜。二十四年（1898），擢陕西布政使。二十五年（1899），护理陕西巡抚。同年，丁母忧，回籍终制。二十六年（1900），督办江西全省团练。二十八年（1902），授江宁布政使。同年，护理两江总督，兼护南洋通商大臣、两淮盐政。其间，创办《秦报》、两江师范学堂（南京大学）。三十年（1904），授江西铁路总办。三十二年（1906），卒于任。赠太子少保。著有《奏议、批牍》十卷、《卧云草堂文存》等行世。

④台北故宫博物院藏：《军机及宫中档》，文献编号：408006854-0-C。

⑤中国第一历史档案馆藏：《录副奏片》，档号：03-5342-135。

窃查陕西省光绪二十二年五月分雨泽、禾苗暨肤施等县被雹各情形，业经前护抚臣张汝梅恭折具奏在案。兹据西安、延安、汉中、榆林、同州、兴安、邠州、乾州、商州、绥德等府州属陆续具报，于六月初一至十一，暨二十五六等日，先后得雨二三寸至五寸及深透不等，其余各属尚未报到。

臣查陕省入夏以来，雨旸应时，现在秋禾长发，荞麦、杂粮均已出土三四寸不等，民情欣悦，阖境乂安，堪以上慰宸廑。惟据榆林县具报：县属郭家湾等七村庄于五月十二、青杨岔等十九村庄于六月十一等日被雹，打伤秋禾，勘验被灾地亩，轻重不一。葭州具报，该属朱家坬等二十三村庄于五月十三日午后雹雨交加，约两时久，勘验打伤秋禾最重，民人王长宽等父子三人在地工作，被雹打毙冲去，仅寻获王长宽尸躯。平利县具报：县属中坝等四处于五月二十五日未刻，暴雨骤注，山水涨发，漫溢河堤，被淹田庐、禾苗，勘验轻重不一，未致成灾。商州具报：该属赵峪口等十三处于六月初六日寅刻至辰刻，天降暴雨，山水涨发，水旱地亩多被淹伤，勘验尚不成灾。安定县具报：县属郭家坪等十八村庄于六月初九日午间，忽降冰雹，打伤禾苗甚重，各等情。先后禀报前来。当经臣饬司移行该管道府遵章覆勘，不致成灾之处是否毋须赈抚；其被灾较重之处，实在成灾分数，若干钱粮，应否蠲缓，先行出示停征，一面清查被灾户口，妥筹抚恤。容俟查办完竣，另行奏报。

刻查西安粮价，大米每仓石价银二两一钱六分，小米每仓石价银一两二钱五分，较之上月，大米每石增银三钱，小米每石增银一钱八分。

所有光绪二十二年六月分雨泽、禾苗及榆林等州县被雹、被水并省城粮价各情形，理合恭折陈奏。伏乞皇上圣鉴。谨奏。光绪二十二年七月十三日。

（朱批：）知道了，即着查明榆林等州县被灾户口，妥为抚恤，以惠穷黎。[1]

光绪二十二年七月二十六日，奉朱批：知道了，即着查明榆林等州县被灾户口，妥为抚恤，以惠穷黎。钦此。[2]

0463. 奏请劝办息借商款出力各员折

光绪二十二年七月十三日（1896年8月21日）

头品顶戴陕西巡抚臣魏光焘跪奏，为劝办息借商款出力各员，恳恩分别给奖，以昭激劝，恭折仰祈圣鉴事。

窃查二十年八月初九日钦奉谕旨，饬令各省息借商款，如集款至一万两以上，准将筹集之人先行请奖虚衔、封典，以示鼓励等因。当经前升任抚臣鹿传霖转饬钦遵办理，由藩司详议章程，刊刷印票，札委各员分赴各局劝办，并由厘税总局札饬省外厘局委员会同筹劝。凡七阅月，各属一体劝办告竣，共计劝借银三十八万四千四百两，业经批解司库兑收，详经前护抚臣张汝梅分别奏咨拨解在案。

查该员等奉檄劝办，劳苦不辞，卒能于陕省瘠苦之区劝借巨款，虽属分所应为，而微劳不无足录。且查实力经手之员仅十八人，劝集已至三十八万四千四百两，分计均在一万两以上，核与原议奖章相符。据厘税总局司道等造具各员履历并劝借银数各册折，详请具奏前来。

臣覆核无异，查该各员请奖虚衔、封典，亦与定章相符，并无冒滥，谨开具清单，恭呈御览，仰恳天恩俯准分别给奖，以昭激劝。

除将该员等履历并劝借银数各册、折送部外，理合恭折具奏。伏乞皇上圣鉴训示。谨奏。光绪二十二年七月十三日。

---

①台北故宫博物院藏：《军机及宫中档》，文献编号：408006855。

②中国第一历史档案馆藏：《录副奏折》，档号：03-9368-009。

（朱批：）该部议奏，单并发。[①]

光绪二十二年七月二十六日，奉朱批：该部议奏，单并发。钦此。[②]

0464. 呈劝办息借商款出力各员清单

光绪二十二年七月十三日（1896年8月21日）

谨将陕省劝办息借商款出力请奖各员，缮具清单，恭呈御览。

计开

花翎道员用候补知府李希哲，拟请俟过道员班后，赏加二品顶戴。

候补知府松山、试用知府周铭旗、道员用候补知府景星燿、在任候补知府佛坪厅同知王公亮，均拟请赏加三品衔。

四品衔试用尽先同知张炳均，拟请赏给四品封典。

补用知县吴复元，拟请赏加五品衔。

同知衔准补紫阳县知县梁鸣凤、五品顶戴准补安康县知县马积馨、同知衔教习知县侯鸣珂、同知衔试用知县立刚、同知衔候补知县孙万春、同知衔候补知县张会一、同知衔甘泉县知县欧炳琳、同知衔分缺间用知县黄肇宏，均拟请赏加四品顶戴。

在籍候选未入杨承恩，拟请赏加六品顶戴。

六品衔在籍候选从九品王济贤，拟请赏给六品封典。

候选州判周元祉，拟请赏加五品衔。

（朱批：）览。[③]

---

①台北故宫博物院藏：《军机及宫中档》，文献编号：408006856。

②中国第一历史档案馆藏：《录副奏折》，档号：03-6397-043。

③中国第一历史档案馆藏：《单》，档号：03-5343-037。

0465. 请以胡青云更补抚标右营守备折

光绪二十二年七月十三日（1896年8月21日）

头品顶戴陕西巡抚臣魏光焘跪奏，为拣员请补守备要缺，以裨营伍，恭折仰祈圣鉴事。

窃查接管卷内，右营守备刘成图借补汉中镇属留坝营游击，所遗守备一缺系第二轮第五缺，轮应尽先人员到班，前经护抚臣张汝梅以尽先守备朱墀清请补，嗣准部覆，以朱墀清尽先名次在后，其名次在前尚有张心广等九员，行令迅拣合例人员请补等因。前护抚臣未及核办卸事，移交到臣。遵查光绪十二年定章，其名次在二十名以内，均能请补，但如请补之人而以前尚有人员，须将名次在前之员逐一声叙，或未到标，或在标而人地不宜，再以其次人员请补等语。

兹查册开归标尽先守备前四名之张心广、李荣宽、杨正邦、余绍祥，均未到标。惟查有名次第五之陕西商州协标中营分防龙驹寨汛千总蓝翎尽先守备胡青云，现年四十九岁，甘肃固原州人，由马兵随营剿贼，迭著战功，保以蓝翎千总尽先拔补。同治十年，荡平金积堡贼巢、宁灵肃清案内，保以守备尽先补用。光绪元年，借补龙驹寨汛千总，在任多年，尚无贻误，堪以请补抚标右营守备员缺，且与轮补章程相符，合无仰恳天恩俯准以尽先补用守备胡青云更补抚标右营守备。如蒙俞允，俟接准部覆后，即行给咨送部引见，以符定制。所遗千总员缺，应由督臣另行办理。

除将该员履历送部外，所有拣员请补抚标右营守备缘由，谨会同署陕甘总督臣陶模、陕西固原提臣雷正绾，恭折具陈。伏乞皇上圣鉴训示。再，臣到任未及三月，例不加考，合并声明。谨奏。光绪二十二年七月十三日。

（朱批：）兵部议奏。①

光绪二十二年七月二十六日，奉朱批：兵部议奏。钦此。②

0466. 奏闻旗员罗元昇等承袭缘由片

光绪二十二年七月十三日（1896年8月21日）

再，查接管卷内，据署藩司李有棻据汉中府转据褒城县详报：阵亡汉中镇属东江口营蓝翎步兵罗应龙，应继胞侄武童罗元昇，请袭云骑尉世职。又详报：阵亡汉中镇属沔右营蓝翎马兵李秀，应继胞侄武童李迎堃，请袭云骑尉世职等情。具详请奏前来。前护理抚臣张汝梅未及核办卸事，移交到臣。查前准部咨：嗣后请袭世职，半年汇奏一次，将册结、宗图汇总咨部等因。历经遵办在案。

兹查请袭云骑尉世职之武童罗元昇、李迎堃，实系阵亡各员例应承袭之人，并无违碍情弊。前据该府县查明由司详送验看，当经前护理抚臣验看得该武童等均堪以承袭世职。现值半年汇奏之期，相应吁恳天恩饬部核覆。除册结、宗图咨送部、科外，谨附片具陈。伏乞圣鉴。谨奏。

（朱批：）兵部议奏。③

光绪二十二年七月二十六日，奉朱批：兵部议奏。钦此。④

0467. 奏陈京控案件循例汇奏片

光绪二十二年七月十三日（1896年8月21日）

再，京控案件例应半年汇奏一次。前有华州民人孙年儿以草

---

①台北故宫博物院藏：《军机及宫中档》，文献编号：408006857。

②中国第一历史档案馆藏：《录副奏折》，档号：03-5916-079。

③台北故宫博物院藏：《军机及宫中档》，文献编号：408006857-0-A。

④中国第一历史档案馆藏：《录副奏片》，档号：03-5916-080。

营人命等情。遣抱孙徐氏赴京呈诉一案，讯因供词各执，将犯发回该州，勒限严拿逃犯郑士秀、薛仓娃，务获到案，质讯详解。俟审定后，再行照例办理。又，白河县民妇方贺氏以奸掳贿弊等情。赴京呈诉一案，因行提被证人等未到，俟催解到日，发委审办。此二案已经前护抚臣张汝梅于上次奏明在案。旋因方贺氏案内要证田兴江等隔省关传，刻难到案，复经前护抚臣咨部展限，亦在案。现在人证尚未解齐，容俟解到，再行审拟详办。兹查光绪二十二年正月初一日起至六月底止，再无奉发京控案件。据藩、臬两司会详前来。

臣覆查无异，除饬催赶紧严拿孙年儿案内逃犯郑士秀等，并催提方贺氏案内被证人等各到案质讯详办外，所有京控案件半年汇奏一次缘由，谨附片具奏。伏乞圣鉴。谨奏。

（朱批：）刑部知道。[①]

光绪二十二年七月二十六日，奉朱批：刑部知道。钦此。[②]

0468. 奏陈龙恩思五营遣撤情形片

光绪二十二年七月十三日（1896年8月21日）

再，臣前奉电旨：龙恩思五营现已裁撤，着带赴陕西，由魏光焘遣散回湘，务令沿途安静行走。至李永芳[③]五营既未度陇，驻陕无用，着魏光焘酌量遣撤，并传谕张汝梅知之。钦此。等因。

---

①台北故宫博物院藏：《军机及宫中档》，文献编号：408006857。

②因录副查无下落，此朱批日期等系推补。

③李永芳（1842—?），安徽亳州人。咸丰初，投效军营。五年（1855），因守城出力，赏给六品功牌。六年（1856），保外委。同年，投效河南军营。十年（1860），保千总，赏戴蓝翎。同治四年（1865），保都司，加强勇巴图鲁名号。五年（1866），保升参将。七年（1868），保副将，擢总兵，赏换花翎。十二年（1873），加头品封典。光绪三年（1877），保提督尽先题奏。七年（1881），给予加一级记录二次。二十年（1894），统领豫靖马步全军北上，次年，遣撤。二十二年（1896），统领镇安马步全军。二十四年（1898），擢广西右江镇总兵。同年，赴京引见。二十五年（1899），请假回籍修墓。三十二年（1906），补授四川川北镇总兵。宣统三年（1911），因病开缺。

当经恭录转饬钦遵。龙恩思五营俟到陕后，即照章遣散回湘，仍令沿途安静行走，以免滋扰。李永芳五营，当此饷项支绌，既钦奉圣谕，自应遵照裁撤，俾节縻费。惟上年因陕西各营多调赴甘，故招募此军填防，尚称得力。现在赴甘各营未能遽撤，此军暂难悉裁。

臣与司道等再三熟商，拟于该军五营内先撤两营，大饷截至本年六月底止，再发一月行饷，回豫遣散。其余三营，仍俟赴甘各军回陕，随时裁遣，业经臣电恳代奏奉旨允准钦遵在案。兹据善后总局司道等详请奏咨立案前来。除咨部查照外，相应附片具奏，伏乞圣鉴。谨奏。

（朱批：）该部知道。[①]

光绪二十二年七月二十六日，奉朱批：该部知道。钦此。[②]

0469. 委令姚岳度署理陕安道员片

光绪二十二年七月十三日（1896 年 8 月 21 日）

再，署陕安道黄嗣东据报丁忧，所遗员缺，亟应委员署理，以专责成。兹查有补用道姚岳度，堪以委令署理。除檄饬遵照外，谨附片具陈，伏乞圣鉴。再，臣到任未及三月，例不加考，合并陈明。谨奏。

（朱批：）知道了。[③]

光绪二十二年七月二十六日，奉朱批：知道了。钦此。[④]

①台北故宫博物院藏：《军机及宫中档》，文献编号：408006855-0-A。

②中国第一历史档案馆藏：《录副奏片》，档号：03-5760-021。

③台北故宫博物院藏：《军机及宫中档》，文献编号：408006855-0-B。

④中国第一历史档案馆藏：《录副奏片》，档号：03-5343-106。

0470. 筹解洋款银数并委员起程日期折

光绪二十二年七月二十七日（1896 年 9 月 4 日）

头品顶戴陕西巡抚臣魏光焘跪奏，为筹解应还洋款银数并委员起程日期，恭折仰恳圣鉴事。

窃前准部咨：应还俄、法、英、德两款本息，数巨期促，奏派各省分认，陕省派银二十二万两，饬令按期解赴江海关道交纳，归还洋款等因。当经前护抚臣将光绪二十二年六月一期应解英、德洋款银六万两，并委员管解起程日期奏咨在案。

兹查本年八月一期应解还英、德借款一半银三万两，十月一期应解还一半银三万两，二共银六万两，又九月一期应解还俄、法四成借款银四万两，以上共银一十万两。陕省相距遥远，解运维艰。六月一期，前护抚臣深恐陆道迂迟，有误期限，即饬承解委员改道，由商州龙驹寨水路运至汉口，搭附轮船，解往交纳。此次筹解前款，适准户部电知，由天津洋款内拨还陕库前借饷银二十万两等因。拟即就此款委提，一并筹解，派委候补知县寇廉、候补府经历王学忠，定于本年七月二十四日由陕起程，先赴天津，即在拨还陕库银二十万两内，提出银一十万两，由天津附轮会解，赴江海关道衙门交纳归款，以期便捷。由藩司张汝梅详请具奏前来。

除咨部外，所有解还洋款银数并委员起程日期，谨恭折具陈，伏乞皇上圣鉴。谨奏。光绪二十二年七月二十七日。

（朱批：）户部知道。①

光绪二十二年八月十一日，奉朱批：户部知道。钦此。②

---

①台北故宫博物院藏：《军机及宫中档》，文献编号：408006858。

②此朱批日期与内容，据《军机处随手登记档》（档案编号：03－0289－1－1222－217）校补。

0471. 请以童兆蓉调补西安府知府折

光绪二十二年七月二十七日（1896 年 9 月 4 日）

头品顶戴陕西巡抚臣魏光焘跪奏，为拣员调补首府要缺，以资治理，恭折仰祈圣鉴事。

窃臣准部咨：光绪二十二年六月十四日奉上谕：陕西西安府知府员缺紧要，着该抚于通省知府内拣员调补，所遗员缺着张筠[①]补授。钦此。臣查西安府系省会首郡，管辖十八厅州县，政务殷繁，且时有发审案件，非精明干练之员，不足以资治理。

臣与藩、臬两司在于现任知府内，逐加遴选，查有兴安府知府童兆蓉，现年五十九岁，湖南宁乡县人，由附生中式。同治六年丁卯科本省乡试举人，遵例报捐同知分发试用；因办理营务、攻剿回逆出力，保以同知留于陕西，归候补班尽先补用，并戴花翎。十年八月，到京验放。十月，领照到省，委赴律武军办理营务，以防剿秦陇回逆并剿办贵州上游股匪出力，保免补本班，以知府仍留原省，归候补班前补用；回省办理军需局务，因转运军饷、军装出力，保俟补缺后，以道员用。旋以城防转运出力，保加盐运使衔。光绪二年，补授兴安府知府。又因各属城防转运出力，保俟补道员后，加二品衔。六年二月，到京验放，奉旨准其补授，照例用。四月回省，八年八月二十四日到任。十八、二十一等年，两次卓异，历署延榆绥道，兼护陕安道，并署榆林、汉中各府印务，交代均经后任结报清楚。现经先行调署西安府知府。

该司等查得该员勤谨详慎，练达治体，前署道府各缺及在兴

---

①张筠（1851—?），浙江建德人。光绪九年（1883），中式进士，授翰林院编修，历充功臣馆纂修，国史馆协修、纂修、总纂、教习庶吉士，四川副考官、殿试弥封官，京察一等，保道府用。二十二年（1896），放陕西兴安府知府，调补西安府知府。二十八年（1902），迁陕西陕安道。三十三年（1907），署理山西提学使。三十四年（1908），调补云南迤东道。宣统二年（1910），因病开缺。

安府本任，办理诸务，措置裕如，以之调补斯缺，实堪胜任。其一切因公处分，例免核计。据藩司张汝梅、臬司李有棻会详请奏前来。

合无仰恳天恩俯念员缺紧要，准以兴安府知府童兆蓉调补西安府知府，洵于地方有裨。如蒙俞允，该员系实缺知府调补知府，衔缺相当，毋庸送部引见。所遗兴安府知府员缺，遵旨即以张筠补授。

所有拣员调补首府要缺缘由，谨会同署陕甘督臣陶模，恭折具陈。伏乞皇上圣鉴训示。再，臣到任未及三月，例不加考，合并陈明。谨奏。光绪二十二年七月二十七日。

（朱批：）吏部议奏。①

光绪二十二年八月十一日，奉朱批：吏部议奏。钦此。②

0472. 请将县丞任葆林即行革职片

光绪二十二年七月二十七日（1896 年 9 月 4 日）

再，湘军行营委员广西候补县丞任葆林，上年分解军装，在于河南陕州各属地方，辄将传牌交付家丁，致有浮折车价情事，经臣撤差查办，勒令赔缴，咨解发还。查该员轻任家丁，于其浮折车价，漫无觉察，咎实难辞，相应请旨将广西候补县丞任葆林即行革职，以示惩儆。谨附片具陈，伏乞圣鉴。谨奏。

（朱批：）着照所请，该部知道。③

光绪二十二年八月十一日，奉朱批：着照所请，该部知道。钦此。④

①台北故宫博物院藏：《军机及宫中档》，文献编号：408006859。

②中国第一历史档案馆藏：《录副奏折》，档号：03-5344-055。

③台北故宫博物院藏：《军机及宫中档》，文献编号：408006859-0-A。

④中国第一历史档案馆藏：《录副奏片》，档号：03-5917-017。

0473. 奏陈拿获匪犯正法示众片

光绪二十二年七月二十七日（1896 年 9 月 4 日）

再，陕省前因盗风日炽，经各前抚臣会同督臣奏请，于部议会匪、土匪、马贼、游勇等项之外，将情罪重大各犯就地正法，汇案奏报，奉旨允准钦遵咨行遵办在案。兹查接管卷内，光绪二十二年夏季分，据兴安府审办白河县拿获会匪蓝玉即蓝老二，又名蓝老五，同伙犯但绍银、李洸玉、刘芯法四犯。讯据供认，该犯蓝玉先前听从在逃之黄瑞庭等入会，歃血焚表，盟誓结拜，派为第五，给有飘布，传有口号；复迭邀逸犯姜全沅等，拦江抢夺钱、布，并拒伤事主刘远迎。

光绪二十一年五月初二日，该犯因挟单老六索分赃钱之嫌，纠邀但绍银、李洸玉、刘芯法，谋杀单老六身死，逃后复投入陈松林会内，派为老二，传给口号、飘布。经差拿获，又复中途主使匪党，拒伤船舵工张柏林等情。由县禀经前护抚臣张汝梅批司饬行该管兴安府知府童兆蓉，督同该县尹昌龄，提犯覆鞫，供情相符，照章议拟，禀请核示前来。

前护抚臣以该犯蓝玉即蓝老二，又名蓝老五，听纠入会，迭次伙抢得赃，挟嫌纠伙谋杀单老六身死，被获后复敢主使匪党拒捕，实属罪恶昭著，法难宽宥，当与督臣照章批饬就地正法，枭首沿江地面示众，以昭炯戒。但绍银等三犯听从蓝玉，砍伤单老六毙命，归入正案办理。逸犯黄瑞庭等饬缉，获日另结。

所有光绪二十二年夏季分情重匪犯照章惩办缘由，谨会同署陕甘督臣陶模，附片具陈。伏乞圣鉴。谨奏。

（朱批：）刑部知道。[①]

---

①台北故宫博物院藏：《军机及宫中档》，文献编号：408006859-0-B。

光绪二十二年八月十一日，奉朱批：刑部知道。钦此。[①]

0474. 委令童兆蓉等先行署理知府片

光绪二十二年七月二十七日（1896年9月4日）

再，西安府知府文启升授潼商道，遗缺应即拣员调署。兹查有兴安府知府现拟调补西安府知府童兆蓉，堪以先行调署。所遗兴安府知府员缺，查有试用知府周铭旗，堪以委署。据藩、臬两司会详前来。除批饬分别檄委外，理合附片具陈，伏乞圣鉴。再，臣到任未及三月，例不加考，合并陈明。谨奏。

（朱批：）吏部知道。[②]

光绪二十二年八月十一日，奉朱批：吏部知道。钦此。[③]

0475. 奏陈筹解京饷银数日期片

光绪二十二年七月二十七日（1896年9月4日）

再，查陕西省前因海防、善后及京旗需饷甚巨，迭经奏明裁勇节饷，每年共集银十万两，议定自光绪十二年为始，专款分批解部。今光绪二十二年分应解京饷银十万两，前于本年二、五两月头二批委解银八万两，先后赴京交纳，均经前护抚臣奏咨在案。兹臣饬司在于司库留备款内动支，筹解三批京饷银二万两，以符十万两之数。

又，二十二年分应解加复俸饷银四千两，前于五月间已搭解一半银二千两，此次再搭解一半银二千两，以符四千两之数。又筹解二十二年分奉文改解部库铁路经费银五万两，又搭解二十年扣存各官廉费等项六分减平初批银一万五千两，又搭解二十二年

---

①此朱批日期与内容，据《军机处随手登记档》（档案编号：03-0289-1-1222-217）校补。

②台北故宫博物院藏：《军机及宫中档》，文献编号：408006859-0-C。

③中国第一历史档案馆藏：《录副奏片》，档号：03-5344-056。

扣收文武各官养廉三成助饷银八千两，又搭解内务府经费银五千两。以上六宗共银一十万两，均系应由陕省筹解之款。现准部电，由天津洋款内拨还陕库前解甘饷银二十万两，除委提拨解洋款银十万两外，余银十万两，即行由司拣委妥员，于七月二十四日赴津请领，就近解赴户部等衙门交纳，以期便捷等情。据藩司张汝梅具详请奏前来。

臣覆查无异，除分咨外，所有筹解京饷银数、日期，谨附片具陈。伏乞圣鉴。谨奏。

（朱批：）户部知道。[①]

光绪二十二年八月十一日，奉朱批：户部知道。钦此。[②]

0476. 奏报本年七月雨水粮价情形折

光绪二十二年八月十九日（1896年9月25日）

头品顶戴陕西巡抚臣魏光焘跪奏，为恭报雨泽、禾苗情形，恭折仰祈圣鉴事。

窃查陕西省光绪二十二年六月分雨泽、禾苗，暨榆林等州县被雹、被水各情形，业经臣恭折具奏在案。兹据西安、延安、凤翔、汉中、榆林、同州、兴安、邠州、乾州、商州、鄜州、绥德各府州属陆续具报，于七月初一至初五、初九至十七、二十三至二十六等日，先后得雨二三寸至五六寸，及深透不等，其余各属尚未报到。

臣查附省地方，七月初间，正值伏日，间有缺雨之处，设坛祈祷。初十以后，即已叠沛甘霖。现在秋禾滋长，稻谷、杂粮渐已扬花结穗，民情安谧，堪以上慰宸廑！惟据榆林县禀报：县属沙草湾等处于七月初三、四等日，大雨倾盆，两岸夹山骤难消泄，

---

①台北故宫博物院藏：《军机及宫中档》，文献编号：408006858-0-A。

②此朱批日期与内容，据《军机处随手登记档》（档案编号：03-0289-1-1222-217）校补。

以致水高数丈，地内秋禾概被水冲沙压，并王董氏母女二人在地守瓜，冲没未获。经该县勘验，被灾颇重。又据朝邑县禀报：县属大庆关地方于六月二十七并七月初五等日，因黄河上游水涨，将近滩一带民房、禾苗悉被冲淹，因滩中淤泥阻滞，未能过河勘验，各等情。前来。

当经臣饬司移行该管道府，遵章复勘，并饬朝邑县俟河滩稍干，即速过渡勘报，该两县被水之处，究竟成灾几分，钱粮应如何蠲缓，先行出示停征，一面将被灾贫民筹款抚恤，并打捞王董氏母女尸躯，妥为殓埋。容俟查办完竣，另行奏报。

刻查西安粮价，大米每仓石价银二两三钱九分，小米每仓石价银一两三钱四分，较之上月，大米每石增银二钱三分，小米每石增银九分。

所有光绪二十二年七月分雨泽、禾苗及榆林等县被水并省城粮价各情形，理合恭折具陈。伏乞皇上圣鉴。谨奏。光绪二十二年八月十九日。

（朱批：）知道了。被水等处，即着分别复勘，酌量抚恤。①

光绪二十二年九月初四日，奉朱批：知道了。被水等处，即着分别复勘，酌量抚恤。钦此。②

0477. 奏请蠲免陕省二十年民欠钱粮折

光绪二十二年八月十九日（1896年9月25日）

头品顶戴陕西巡抚臣魏光焘跪奏，为查明陕西省光绪二十年分民欠钱粮、草束，开单恳恩蠲免，恭折仰祈圣鉴事。

窃查陕省自同治元年兵燹后，户口凋残，田地半就荒芜，招徕甫有转机，又值光绪三、四两年荒旱，虽连年设法饬属招垦，加意拊循，无如小民困苦颠连，元气迄未苏复。十九年以前各属

---

①台北故宫博物院藏：《军机及宫中档》，文献编号：408006860。

②中国第一历史档案馆藏：《录副奏折》，档号：03-9368-025。

民欠钱粮及应征官款，迭经前抚臣奏蒙恩准豁免在案。所有二十年未完钱粮，前因库款奇绌，需用孔殷，屡经饬属剔荒征熟，勒催报解。在小康之家，咸知正供攸关，无不竭力争先，踊跃输纳。其未完之户，多系穷檐小户及未开垦之叛荒各产，催比虽严，完纳总难扫数。现值催征二十二年新赋，并带征二十一年旧欠，如将二十年未完钱粮同时并征，民力实有未逮。

据各属查明二十年分，咸宁等五十九厅州县民欠地丁正、耗更名糯价、存留俸工、驿递、夫马、陵租、房壕、马厂、地租、盐、茶、铁各课及道仓应征民屯更、本色粮石等项，共未完银一十五万六千七百七十九两五钱零，内荒地未完银一十一万五百二十一两五钱零，熟地并灾缓未完银四万六千二百五十七两九钱零；又未完起存本色共粮二万七千八百二石三斗零，内荒地未完粮一万一千三百二十一石一斗零，熟地并灾缓未完粮一万六千四百八十一石一斗零；又未完本色草二千五百七十五束零，内荒地未完草一千九百八十四束零，熟地未完草五百九十一束零；又补造米脂县光绪十九年，未完被旱缓征站支新垦等银及拨协边塘夫马、留支夫马、工料等项共银一百六十二两一钱零，分晰造具折、册，恳请豁旧征新，由藩司张汝梅、督粮道姚协赞①援案，会详请奏前来。

臣维钱粮有关正供，固不宜轻言蠲免，而民为邦本，尤当体察抚绥，以资培养。该司道等核议，三年科赋，同时并征，民力

---

①姚协赞（1845—?），字柽甫，奉天承德人，原籍浙江，增生出身。同治六年（1867），中式顺天乡试举人。七年（1868），中式进士，改庶吉士。十年（1871），授翰林院编修。光绪二年（1876），充会试同考官。五年（1879），京察一等。是年，丁父忧，回籍终制。同年，以纂修国史馆画一传成，保俟服阕加五品衔。七年（1881），服满起复，赴京引见，以道府用。同年，保升道员，晋二品衔。八年（1882），京察一等，历充国史馆协修、总纂提调官、文渊阁校理。九年（1883），放甘肃巩秦阶道。十五年（1889），丁母忧，回籍守制。十七年（1891），赴部引见。十八年（1892），补授山东兖沂曹济道。二十年（1894），总办黄河防汛各事宜。二十一年（1895），补授陕西督粮道。二十四年（1898），调补河南河陕汝道，因病开缺。

未逮，洵属实在情形，合无仰恳天恩俯准将单开咸宁等五十九厅州县光绪二十年分民欠灾缓未完钱粮、租课、草束一并豁免，以广皇仁而纾民困。

除将清册咨部外，谨专折具陈，缮具清单，恭呈御览。伏乞皇上圣鉴训示。谨奏。光绪二十二年八月十九日。

（朱批：）着照所请，该部知道，单并发。①

光绪二十二年九月初四日，奉朱批：着照所请，该部知道，单并发。钦此。②

0478. 呈陕省二十年民欠钱粮等项清单

光绪二十二年八月十九日（1896 年 9 月 25 日）

谨将陕西省各属光绪二十年分荒、熟地未完地丁正、耗课租暨本色粮草等项数目，缮具清单，恭呈御览。

计开

光绪二十年分

各属共未完荒地地丁正、耗各款银一十一万五百二十一两五钱八分七厘，熟地并灾缓地丁正、耗各款银四万六千二百五十七两九钱一分九厘。荒地本色起存共粮一万一千三百二十一石一斗九升一合五勺五抄，熟地本色起存共粮一万六千四百八十一石一斗四升七合四勺五抄。荒地本色草一千九百八十四束四斤十一两七钱八分二厘，熟地本色草五百九十一束一斤五两六钱。

咸宁县未完熟地地丁正耗、糯价共银三千九百四十二两六钱六分九厘，熟地本色粮二千五十二石二斗一升一合五勺。

长安县未完荒地地丁正耗、马厂共银一百三十四两八钱五分四厘，熟地地丁正耗、糯价共银一千一百一十七两二钱一分，熟地本色起存共粮一千五百二十二石五升一合一勺。

---

①台北故宫博物院藏：《军机及宫中档》，文献编号：408006861。

②中国第一历史档案馆藏：《录副奏折》，档号：03-6255-060。

盩厔县未完熟地本色粮八百四十九石九斗四升二合一勺。

渭南县未完荒地地丁正耗共银二百七十三两六钱四分三厘，熟地地丁正耗共银一万三百二十一两六钱五厘，荒地本色粮三百四十八石五斗八升九合，熟地本色粮一千八十六石二斗六升。

泾阳县未完荒地地丁正耗共银二百六十两五钱八分，熟地地丁正耗、糯价共银六千六百八两五钱一分六厘，荒地本色粮六十九石三升一合五勺，熟地本色粮三百二十二石七斗九升五合六勺。

醴泉县未完荒地地丁正耗共银七百九十二两八钱八分九厘，熟地地丁正耗共银一千二十八两六钱五分五厘，荒地本色粮三百石六斗五升八合三勺，熟地本色粮一千六百六石八斗三升二合七勺。

临潼县未完荒地地丁正耗共银一万三千一百五十八两二钱九分二厘，熟地地丁正耗共银一千六百六十七两七钱三分八厘，荒地本色粮一百七十二石四斗一升八合，熟地本色粮一千五百六十六石四斗一升六合一勺。

高陵县未完荒地地丁正耗、存留、夫马、马厂共银三百八十九两六钱四分，熟地地丁正耗共银一千六十八两一钱五分七厘，荒地本色起存共粮七石八斗七合，熟地本色起存共粮五百三十二石二斗九升六合一勺。

三原县未完荒地地丁正耗共银七千九百四十三两四钱二分九厘，熟地地丁正耗共银三千二百一十两六钱三分九厘，荒地本色粮八百三十石八斗一升五合九勺，熟地本色粮二百八十石四斗七升九合。

鄠县未完熟地地丁正耗、糯价共银二百二十两一钱一分八厘，熟地本色粮七百八石四斗三升七合六勺。

富平县未完荒地地丁正耗、陵租共银一万五千四百九两八钱五分一厘，熟地地丁正耗共银四千三百四十八两八钱四分七厘，荒地本色粮四十八石四斗六升一合七勺，熟地本色粮三斗六升八合二勺。

蓝田县未完熟地本色粮三石八斗五升五合四勺。

兴平县未完熟地本色粮三百八十六石九斗三升二勺。

咸阳县未完荒地地丁正耗、马厂、陵租共银三百三十三两一钱六分，熟地地丁正耗共银一千二十八两三钱二分二厘，荒地本色起存共粮八百九十二石三斗七升九合八勺，熟地本色粮一千九百二十五石五斗五升三合五勺。

耀州未完荒地地丁正耗共银三千八百五十九两八钱三分五厘。

同官县未完荒地地丁正耗共银三百八十三两一分二厘。

肤施县未完荒地地丁正耗、存留、俸工、夫马、盐课共银六百八十三两八钱三厘，熟地存留、俸工、夫马、耗羡共银一百二两八分二厘，荒地本色粮五百三十四石七斗七升三合，荒地本色草五百三束三分五厘。

延川县未完荒地地丁正耗、存留、俸工、夫马、盐课共银八百九十一两八钱四分八厘，熟地地丁正耗、存留、俸工、盐课共银三百七十五两一钱八分二厘，荒地本色粮七十二石二斗九升八合一勺，熟地本色粮二十三石一斗九升六合。

宜川县未完荒地地丁正耗、陵租、盐课共银六百三十六两二钱二分六厘，熟地盐课银一十两九分八厘，荒地本色粮二百一十七石六斗五合。

安塞县未完荒地地丁正耗、存留、俸工、夫马、盐课共银一千二百三十两三钱二分四厘，荒地本色粮五百七石七斗四合五勺。

甘泉县未完荒地地丁正耗、存留、俸工、夫马、盐课共银二百七两八钱一分四厘，荒地本色粮四十八石三斗七升一合四勺。

靖边县未完荒地耗羡、存留、盐课共银一百六十七两九钱六分九厘，熟地盐课银三十二两一钱八分六厘，荒地本色粮四百二十八石四斗六升四勺，荒地本色草三百五十九束十一斤七两九钱八分三厘。

定边县未完荒地耗羡、存留、盐课共银四百五十一两四钱三分九厘，荒地本色粮一千四百六石一斗八升八合四勺。

延长县未完荒地地丁正耗、存留、俸工、夫马、盐课共银五百六十三两九钱三分三厘，荒地本色粮四百五十五石四斗六升二合，熟地本色粮一百九石四斗六升二合一勺。

保安县未完荒地本色粮三百七石六斗五升二合。

凤翔府未完熟地、房壕租银一十七两九钱一分三厘。

凤翔县未完荒地地丁正耗共银四百八十七两八钱八分三厘，熟地地丁、正耗共银四百八十一两七钱一分三厘，熟地本色粮二百六十一石八斗三升一合。

陇州未完荒地地丁正耗、夫马、盐课共银四百三十五两一钱一分，荒地本色粮五石一斗一升二合九勺。

汧阳县未完荒地耗羡、夫马、盐课共银二百二十八两九钱三分五厘。

岐山县未完熟地本色粮二百三十八石九斗三升一勺。

宝鸡县未完熟地本色粮八十一石三斗九升九合九勺。

城固县未完熟地地丁正耗、盐课共银二百三十三两二厘。

沔县未完熟地、铁课银二十四两七钱一分二厘。

褒城县未完熟地盐课银一两五钱二分五厘。

佛坪县未完熟地、铁课银一十两。

榆林县未完熟地、耗羡、存留共银四十八两五分二厘。

府谷县未完熟地本色粮七十五石六斗六升九合三勺。

神木县未完熟地地丁正耗共银一百一十四两八钱九分四厘，熟地本色粮一百五十一石八升七合四勺。

大荔县未完荒地地丁正耗共银四千七百八十八两七钱五分五厘，熟地地丁正耗共银一千九百八十八两三钱七分二厘，荒地本色粮五百三十三石一斗四升一合，熟地本色粮一百七十八石七斗二升二合六勺。

朝邑县未完荒地地丁正耗共银四百七十六两六钱七分四厘，熟地地丁正耗共银二百三十九两六钱八分六厘。

蒲城县未完荒地地丁正耗、陵租共银三万一千一百九十三两四钱八分三厘，熟地地丁正耗共银三百七十四两八钱三分八厘，荒地本色粮五百八十五石八斗四升四合。

澄城县未完荒地地丁正耗共银五千九百一十七两一钱六分四厘，熟地本色粮一十三石一斗五合八勺。

郃阳县未完荒地地丁正耗共银七百七十六两八钱六分六厘。

华州未完熟地地丁正耗共银四千九百六十一两一钱八分一厘，熟地本色粮三十六石七斗五升九合四勺。

白水县未完荒地地丁正耗共银四千五百七十九两九分三厘。

未完熟地茶课银六两九钱六分一厘。

邠州未完荒地地丁正耗、盐课共银一千三百九十五两一钱四分七厘。

长武县未完荒地地丁正耗、夫马、盐课共银一千二百四十二两一钱一厘，熟地地丁正耗、盐课共银八百二十一两七钱三分九厘，荒地本色存留粮七十三石一斗九升九合三勺五抄，熟地本色存留粮六十二石三斗九升三合二勺五抄。

淳化县未完荒地地丁正耗、盐课、马厂共银一千一百五十三两二钱一分一厘，熟地地丁正耗共银六百六十九两二钱九分。

三水县未完荒地地丁正耗、马厂共银八十五两三分四厘。

乾州未完熟地本色粮八百一十六石五斗二升六合二勺。

武功县未完熟地本色粮八百五十石六升九合。

鄜州未完荒地地丁正耗、存留、俸工、夫马、盐课共银四千五百五十三两七钱三分，熟地并灾缓地丁正耗、盐课共银八百四十九两三钱五分七厘，荒地本色粮二千二百六石九斗一升一合一勺，熟地本色粮六百一十三石二升四合四勺。

洛川县未完荒地地丁正耗、盐课共银一千四百五十一两六钱九分五厘，熟地盐课银七十八两七钱四分四厘，荒地本色粮一百二十四石五斗四升一合九勺。

中部县未完荒地地丁正耗、存留、俸工、夫马、盐课共银四百一十五两六钱五分八厘，熟地耗羡、夫马共银六两二钱三分六厘，荒地本色粮一百五十石三升五合九勺。

宜君县未完荒地地丁正耗、盐课共银五百五十三两九钱三分二厘，荒地本色粮一百四十五石一斗七升九合三勺。

绥德州未完荒地地丁正耗、存留、俸工、夫马共银一千七百九十六两二钱三分一厘，荒地本色粮五百六十二石七斗七合二勺，荒地本色草七百九十六束十四斤十一两八钱九分五厘。

米脂县未完荒地地丁正耗、存留、俸工、夫马共银二百七十一两六钱四分一厘，熟地盐课银二百四十七两六钱八分。

清涧县未完荒地地丁正耗、存留、俸工、夫马共银九百四十六两七钱三厘，荒地本色粮二十石一斗七升一合二勺，荒地本色草三百二十三束一十斤七两九钱六分九厘，熟地本色草五百九十一束一斤五两六钱。

又，补造米脂县光绪十九年未完被旱缓征站支、新垦等银五十六两六钱四分五厘。

又，拨协边塘夫马银五十二两七钱七分三厘。

又，留支夫马、工料银五十二两七钱七分三厘。

（朱批：）览。[①]

0479. 请以刘福荫调补西乡知县折

光绪二十二年八月十九日（1896年9月25日）

头品顶戴陕西巡抚臣魏光焘跪奏，为拣员调补要缺知县，以资治理，恭折仰祈圣鉴事。

窃查西乡县知县杨调元调补长安县知县，所遗系繁、疲、难三项要缺，前经护抚臣张汝梅请以候补知县张世英补授，嗣准吏部咨，以张世英系曾任选缺人员，不得请补繁要之缺，应毋庸议。西乡县知县要缺，令即另行拣补等因奏驳，奉旨：依议。钦此。

---

①中国第一历史档案馆藏：《单》，档号：03-6574-053。

于光绪二十二年六月二十九日咨行到陕。臣与藩、臬两司遵即在于通省现任知县应升、应调各员内，覆加遴选，实无合例堪补、堪升之员。

惟查有同官县知县刘福荫，现年六十三岁，湖北江夏县人，由副贡生中式同治六年丁卯科本省乡试举人。光绪六年庚辰科会试后，大挑一等引见，奉旨以知县签分陕西补用，是年十月到省。九年十二月，丁母忧，回籍。十二年十一月，起复到省。十四年十二月，准补同官县知县，十五年正月十二日到任，试署期满，业经详请实授在案。该司等查得该员老成谙练，判断详允，历俸已满三年，任内并无欠解钱粮、积案展参处分及盗劫已起四参之案，以之调补西乡县要缺知县，与例相符，堪以胜任等情。由藩、臬两司会详请奏前来。

臣覆查无异，合无仰恳天恩俯念员缺紧要，准以同官县知县刘福荫调补西乡县知县员缺，以资治理。该员系知县调补知县，衔缺相当，毋庸送部引见。所遗同官县知县系简缺，陕省现有应补人员，容俟刘福荫准调部覆至日，另行请补。

所有拣员调补要缺知县缘由，谨会同署陕甘督臣陶模，恭折具陈。伏乞皇上圣鉴训示。再，臣到任未及三月，例不加考。合并陈明。谨奏。光绪二十二年八月十九日。

（朱批：）吏部议奏。①

光绪二十二年九月初四日，奉朱批：吏部议奏。钦此。②

0480. 循例盘查司道库储银两情形折

光绪二十二年八月十九日（1896年9月25日）

头品顶戴陕西巡抚臣魏光焘跪奏，为循例盘查司道库储银两，恭折仰祈圣鉴事。

---

①台北故宫博物院藏：《军机及宫中档》，文献编号：408006862。

②中国第一历史档案馆藏：《录副奏折》，档号：03-5346-006。

窃查各省司道库储银两，督抚到任，例应亲往盘查。臣仰荷圣恩，调任陕西巡抚，司道各库，自应照例盘查。兹据藩司张汝梅、督粮道姚协赞各将库储银两，按款分晰造册，呈送前来。臣即亲往各库，逐一盘查，藩库截至光绪二十二年七月初七日止，共实储正、杂等项银六十二万三千二百二十三两零，道库截至二十二年六月初十日止，共实储折征银一万三百三十四两零。臣按款核对银数，均属相符，并无亏挪情弊。

所有盘查司道库储银两实存无亏缘由，理合循例缮折具陈。伏乞皇上圣鉴。谨奏。光绪二十二年八月十九日。

（朱批：）户部知道。[①]

光绪二十二年九月初四日，奉朱批：户部知道。钦此。[②]

0481. 奏报湘军分别次第留遣情形片

光绪二十二年八月十九日（1896年9月25日）

再，臣所部湘军前在碾伯奏明挈带五营回陕遣撤，嗣于兰州会商督臣陶模、提臣董福祥，奏明酌留十营会剿撤回，挑留两营交道员潘效苏统带，其余悉数调回。旋经董福祥以撤回事定，所留十营一并奏撤，计湘军先后调回陕西，应行裁遣者，步队、炮队共二十六营两哨、马队四旗。查各营弁勇人等，多系籍隶湘、鄂。自光绪二十年募调东征，辗转西来，间有病故缺额，随时就地募补；燕、齐、晋、豫之人，亦多有之。

臣查照陶模奏定遣勇给予恩饷章程区为三等，远者两月，近者月半，再近者一月，分遣之时，查明籍贯，分别发给。营哨官弁亦按给两月薪水，仍各责成押送，沿途约束，到籍遣散，免滋事端。计已到头起大营一营，卫队两哨，护卫左营一营，后军中、

①台北故宫博物院藏：《军机及宫中档》，文献编号：408006863。

②此朱批日期与内容，据《军机处随手登记档》（档案编号：03-0289-1-1222-240）校补。

左、后三营，大饷截至六月十五日止；次起护卫右营、中军前营，大饷截至七月初五日止。又，后军前、右两营大饷截至七月初十日止。三起中军炮队前、左、右、后四营，大饷截至七月二十日止。惟暂留大营步队一营、卫队两哨，以资弹压；自六月十五日起，改支坐饷；挑留炮队一营，发给两月行饷，送回湖北，余均分别发给恩饷遣行，经臣随时电奏在案。七月二十以后续到马队前、右两旗，大饷截至七月二十四日止。右军中、前、后三营，大饷截至七月底止。

现查前后已共到马步、炮队十八营旗，除暂留大营步队一营、卫队两哨，并挑送湖北炮队一营外，计已遣散十六营旗，沿途尚属安静。后起步队十营、马队两旗，据报已抵兰州、平凉等处，因沿途雨水阻滞，行程稍为迂缓，迭经饬催，约八月底九月初旬均可次第到陕，一律遣裁。所有七月以前湘军分别次第留遣情形，谨附片具陈。伏乞圣鉴。谨奏。

（朱批：）该部知道。[①]

光绪二十二年九月初四日，奉朱批：该部知道。钦此。[②]

0482. 奏报本年八月雨水粮价情形折

光绪二十二年九月初六日（1896年10月12日）

头品顶戴陕西巡抚臣魏光焘跪奏，为恭报雨泽、禾苗情形，恭折仰祈圣鉴事。

窃查陕西省光绪二十二年七月分雨泽、禾苗及榆林等县被水各情形，业经臣恭折具奏在案。兹据西安、延安、凤翔、同州、兴安、邠州、乾州、商州、鄜州各府州属陆续具报，于八月初二至初十、十三至二十等日，得雨二三寸至深透不等，其余各属尚未报到。

---

①台北故宫博物院藏：《军机及宫中档》，文献编号：408006860-0-A。

②中国第一历史档案馆藏：《录副奏片》，档号：03-5917-065。

臣查附省地方八月以来，阴雨颇多，现已晴霁，早禾正在收获，晚禾渐次成熟。兹值播种二麦之际，得此渥泽，大有裨益，民情欣悦，堪以上慰宸衷！惟据安定县具报，县属张家沟于七月二十日未刻被雹打伤秋禾，经该县勘验，被伤二三分不等，不致成灾。其无力贫民，已由该县捐廉，散给籽种钱文，以资补种晚禾。又据长安县具报，县属苍龙等河于七月二十六七等日，因天雨连绵，河水涨发，冲开堤口，淹伤庄黄等村秋禾。经该县勘验，通计不及五分，不致成灾，禀请委验，各等情。前来。均经臣批司移行该管道府遵章复勘，是否不致成灾，贫民应否另筹抚恤，其长安被水之处，一面督饬农民将冲开堤口赶紧修筑，及宣泄积水，以便播种春麦，借资接济。容俟查办完竣，另行奏报。

刻查西安粮价，大米每仓石价银二两三钱九分，小米每仓石价银一两二钱三分，较之上月，大米价银相同，小米每石减银一钱一分。

所有光绪二十二年八月分雨泽、禾苗及安定、长安等县被雹、被水，并省城粮价各情形，理合恭折具陈。伏乞皇上圣鉴。谨奏。光绪二十二年九月初六日。

（朱批：）知道了，着即派员复勘被水情形，据实办理。①

光绪二十二年九月十七日奉朱批：知道了，着即派员复勘被水情形，据实办理。钦此。②

0483. 筹解洋款请与江淮协饷抵解折

光绪二十二年九月初六日（1896年10月12日）

头品顶戴陕西巡抚臣魏光焘跪奏，为筹拟光绪二十三年陕西承拨应还洋款与江苏、两淮协甘新饷，互兑抵解，以期妥速而省繁费，恭折仰祈圣鉴事。

---

①台北故宫博物院藏：《军机及宫中档》，文献编号：408006864。

②中国第一历史档案馆藏：《录副奏折》，档号：03-9368-031。

窃前准部咨：应还俄法、英德两款，奏令陕西省每年分认银二十二万两，解赴江海关道交纳等因。本年应解各批，业经如期委解，先后奏咨在案。光绪二十三年应解之款，部限分作六期，陕省距江苏上海县三千余里，道途纡远，按期筹解，前差未回，后差又往，偶遇雨雪，泥泞滞行，辄难偻计程期，常虞迟误。

查江苏、两淮二十三年均有承拨协甘新饷应解甘肃，必由陕西经过，臣与藩司张汝梅再四筹商，拟与互兑抵解，将陕西二十三年应解洋款，遵照部限分起，先期备具文批，咨送江苏、两淮，就近兑解。其江苏、两淮应解甘饷，亦即备具文批，先期咨送陕省，拨解赴甘，各将解到批回咨回备案；并将兑解款目、日期报部核查。陕省兑解甘饷，由陕至甘脚价；江苏、两淮兑解洋款，由各该处至上海脚价，均代造销，仍将比较径解省出脚价扣存报拨。如此一为转移，筹解可以纡徐，无误期限，而转运繁费亦可借资节省，实为两益之举。嗣后陕省常年应解洋款，并可查照前章，俟每年部拨协甘新饷已定之时，即行援案咨部，照章办理。据藩司详请奏咨前来。

臣覆核无异，除咨户部查照外，所有筹拟光绪二十三年陕西应还洋款与江苏、两淮协甘新饷互兑抵解，以期妥速而省繁费缘由，是否有当，理合恭折具陈。伏乞皇上圣鉴，饬部议覆施行。谨奏。光绪二十二年九月初六日。

（朱批：）户部议奏。①

光绪二十二年九月十七日，奉朱批：户部议奏。钦此。②

---

①台北故宫博物院藏：《军机及宫中档》，文献编号：408006865。

②此朱批日期与内容，据《军机处随手登记档》（档案编号：03-0289-1-1222-253）校补。

0484. 奏报潼商道文启饬赴任片

光绪二十二年九月初六日（1896 年 10 月 12 日）

再，升补陕西潼商道文启现已交卸西安府篆务，应即饬赴新任，以专责成。除檄饬遵照外，谨附片具陈，伏乞圣鉴。谨奏。

（朱批：）知道了。[①]

光绪二十二年九月十七日，奉朱批：知道了。钦此。[②]

0485. 奏陈委署代理州县各缺情形片

光绪二十二年九月初六日（1896 年 10 月 12 日）

再，各省州县无论奏调、委署、代理，每届三月汇奏一次，历经遵办在案。兹查陕省光绪二十二年四月起至六月底止，署西乡县知县张鹏翼调省遗缺，委候补知县张会一署理。代理宜川县知县高凤仪卸事遗缺，委试用知县方培英署理。商州直隶州知州李素告病遗缺，委候补直隶州知州多龄署理。护理清涧县知县任浩卸事遗缺，委试用同知俞恒龄署理。盩厔县知县李汝鹤撤省遗缺，委优贡知县周丕绅署理。白水县知县顾元亨丁忧遗缺，委署蒲城县知县张世英兼摄，旋委拔贡知县倪度署理。洋县知县王增祺告病遗缺，委署佛坪？同知李聪兼署等情。由藩司张汝梅、臬司李有棻会详请奏前来。

臣覆核无异，所有光绪二十二年夏季委署、兼摄、兼署州县各缺缘由，谨附片具陈。伏乞圣鉴。谨奏。

（朱批：）吏部知道。[③]

---

①台北故宫博物院藏：《军机及宫中档》，文献编号：408006865-0-A。

②中国第一历史档案馆藏：《录副奏片》，档号：03-5346-067。

③台北故宫博物院藏：《军机及宫中档》，文献编号：408006865-0-B。

光绪二十二年九月十七日，奉朱批：吏部知道。钦此。[①]

0486. 奏请议叙唐沛霖等员缘由片

光绪二十二年九月初六日（1896年10月12日）

再，查定例，官员历任交代无亏缺迟延者，准该督抚保奏；试用候补人员，准请遇缺尽先补用等因。兹查有陕西试用同知唐沛霖，自光绪四年至二十一年，历署留坝、孝义、南郑等厅县。又，试用同知袁启钧，自光绪六年至二十年，历署定边、宁陕、佛坪等厅县。该二员各署任内所管正、杂仓库、驿站钱粮，均依限交代清楚，经各后任造册结报，并无亏缺迟延，核与议叙之例相符。由布政使张汝梅详请核奖前来。

臣覆核无异，合无仰恳天恩俯准将陕西试用同知唐沛霖、袁启钧，各照例给予遇缺尽先补用，以示鼓励之处，出自逾格鸿慈！除咨部外，谨附片具陈。伏乞圣鉴，饬部核议施行。谨奏。

（朱批：）吏部议奏。[②]

光绪二十二年九月十七日，奉朱批：吏部议奏。钦此。[③]

0487. 奏报陕西本年秋禾约收分数折

光绪二十二年十月初九日（1896年11月13日）

头品顶戴陕西巡抚臣魏光焘跪奏，为恭报陕西省秋禾约收分数，恭折仰祈圣鉴事。

窃查秋禾约收分数，例应先行奏报。兹据西安、延安、凤翔、汉中、榆林、同州、兴安、商州、邠州、乾州、鄜州、绥德等十二府州属将本年秋禾约收分数，陆续开折具报，由藩司汇详请奏

---

①中国第一历史档案馆藏：《录副奏片》，档号：03-5346-068。

②台北故宫博物院藏：《军机及宫中档》，文献编号：408006865-0-C。

③中国第一历史档案馆藏：《录副奏片》，档号：03-5346-066。

前来。

臣覆加查核，统计西安等七府五直隶州所属共九十一厅州县，多寡牵算，秋禾约收五分有余。谨专折具陈，开列清单，恭呈御览。伏乞皇上圣鉴。谨奏。光绪二十二年十月初九日。

(朱批：) 知道了。①

光绪二十二年十月二十四日，奉朱批：知道了。钦此。②

0488. 呈陕西本年秋禾约收分数清单

光绪二十二年十月初九日（1896 年 11 月 13 日）

谨将陕西省光绪二十二年西安等十二府州属秋禾约收分数，开列清单，恭呈御览。

计开

约收七分有余各县：咸宁、长安、蒲城三县。

约收六分有余各厅州县：临潼、兴平、醴泉、盩厔、鄠县、富平、蓝田、孝义、宁陕、耀州、凤翔、南郑、略阳、榆林、华州、华阴、郃阳、潼关、砖坪、汉阴、镇安、山阳、雒南、武功二十四厅州县。

约收六分各县：岐山、宜君二县。

约收五分有余各厅州县：渭南、泾阳、三原、高陵、同官、咸阳、肤施、宜川、延川、延长、安定、甘泉、安塞、靖边、定边、宝鸡、扶风、郿县、陇州、汧阳、城固、宁羌、留坝、凤县、沔县、定远、西乡、洋县、佛坪、怀远、神木、葭州、府谷、大荔、韩城、朝邑、石泉、紫阳、平利、白河、洵阳、商州、商南、邠州、长武、三水、淳化、乾州、永寿、鄜州、洛川、中部、绥德、清涧、吴堡五十五厅州县。

约收五分各县：麟游、褒城、白水、澄城、安康、保安、米

①台北故宫博物院藏：《军机及宫中档》，文献编号：408006866。

②中国第一历史档案馆藏：《录副奏折》，档号：03-6727-050。

脂七县。

以上西安等十二府州属九十一厅州县，多寡牵算，统计秋禾约收五分有余。理合登明。

（朱批：）览。[①]

0489. 奏报校阅省标官兵秋操情形折

光绪二十二年十月初九日（1896 年 11 月 13 日）

头品顶戴陕西巡抚臣魏光焘跪奏，为校阅省标各营官兵秋操情形，恭折仰祈圣鉴事。

窃查省城抚标三营并城守协营兵丁，例应春、秋二季合队操演，期于有勇知方，以收实效。上年春、秋两操并本年春操，前任抚臣鹿传霖[②]暨前护抚臣张汝梅，因甘肃回匪肆扰，防务吃紧，未克举办。兹值秋操届期，臣于十月初五日亲赴校场，将抚标中、左、右并城守各营调集合操，先演香山、双龙、速战等阵，队伍严肃，步伐整齐，奇正相生，进止如法；施放连环枪炮，并喷筒火弹，均属声势联络；比较刀矛、藤牌，亦极便捷；洋枪阵式，稳练有准。各营弁兵抬枪、鸟枪、洋枪及箭射准头，均在八成以上。臣择其技艺最优者，量予奖赏；间有未能娴熟者，分别责惩，勒令演习。复按册点验兵丁、器械，俱属精壮足额。

伏思关中地当冲要，又值甘肃军务甫经肃清，弹压巡防，仍不敢稍涉松懈。臣惟有督饬将弁随时加意操练，务期胥成劲旅，

---

①中国第一历史档案馆藏：《单》，档号：03-6727-051。

②鹿传霖（1836—1910），字润万，又字滋轩，号迂叟，直隶定兴人。同治元年（1862），中式壬戌科进士，选庶吉士，补广西兴安知县。十三年（1874），升桂林知府。历任广东惠潮嘉道道员、福建按察使、四川布政使。光绪九年（1883），擢河南巡抚，十一年（1885），调任陕西巡抚，次年，因病开缺。十五年（1889），回陕西巡抚本任，后迁两江总督。二十六年（1900），补授两广总督。二十七年（1901），入值军机，三十年（1904），授吏部尚书。宣统元年（1909），加太子少保衔。同年，晋太子太保。二年（1910），卒，谥文端。著有《筹瞻疏稿》等行世。

一兵得一兵之用，仰副朝廷整军经武之至意！

所有微臣校阅省标各营秋操情形，理合恭折具陈。伏乞皇上圣鉴。谨奏。光绪二十二年十月初九日。

(朱批：) 知道了。①

光绪二十二年十月二十四日，奉朱批：知道了。钦此。②

0490. 奏陈饬令陕安道景星赴任片

光绪二十二年十月初九日（1896 年 11 月 13 日）

再，新授陕西陕安道景星③现已到省，应即饬赴新任，以专责成。除檄饬遵照外，理合附片具陈，伏乞圣鉴。谨奏。

(朱批：) 知道了。④

光绪二十二年十月二十四日，奉朱批：知道了。钦此。⑤

0491. 奏报编修陈嘉言等回京供职片

光绪二十二年十月初九日（1896 年 11 月 13 日）

再，翰林院编修陈嘉言、内阁中书黄凤岐，经臣奏调赴营，于光绪二十一年十一月二十七日奉上谕：翰林院编修陈嘉言、内

---

①台北故宫博物院藏：《军机及宫中档》，文献编号：408006867。

②中国第一历史档案馆藏：《录副奏折》，档号：03-5996-114。

③景星（？—1910），又名月汀，满洲镶白旗人，索绰络氏，二品荫生，恩赏举人。同治六年（1867），选工部主事。十一年（1872），加道衔。光绪四年（1878），补工部都水司员外郎。十二年（1886），补誊录。十三年（1887），升工部都水司郎中，掌司务厅印钥。十四年（1888），充节慎库监督。同年，放江苏苏松常镇太粮储道。二十年（1894），充文案翼长。二十二年（1896），调补陕西陕安道。二十三年（1897），补长芦盐运使。二十四年（1898），授山西按察使，调山东按察使。同年，迁河南布政使。二十五年（1899），护理河南巡抚。二十六年（1900），擢江西巡抚，转湖北巡抚。同年，授福州将军。翌年，兼管闽场船政，管理闽海关税务。三十三年（1907），授资政院协理大臣。三十四年（1908），充禁烟大臣。宣统二年（1910），卒于任。

④台北故宫博物院藏：《军机及宫中档》，文献编号：408006867-0-A。

⑤中国第一历史档案馆藏：《录副奏片》，档号：03-5347-064。

阁中书黄凤岐，着准其发往差委等因。钦此。该员等先后到营，经臣派委会办营务各差，深资襄助。现在臣部湘军奉裁次第竣事，该员等并无经手未完事件，应各回京供职。

除分别咨送翰林院、内阁衙门外，理合附片陈明。伏乞圣鉴。谨奏。

（朱批：）知道了。[①]

光绪二十二年十月二十四日，奉朱批：知道了。钦此。[②]

0492. 奏报本年九月雨水粮价情形折

光绪二十二年十月十一日（1896年11月15日）

头品顶戴陕西巡抚臣魏光焘跪奏，为恭报雨泽、禾苗情形，恭折仰祈圣鉴事。

窃查陕省光绪二十二年八月分雨泽、禾苗及安定等县被雹、被水各情形，业经奏报在案。兹据西安、凤翔、汉中、同州、邠州、乾州、商州、鄜州各府州属陆续具报，于九月初一至初三、四、五及初六、初八、初十等日，得雨一二寸至三四寸不等，其余各属尚未报到。臣查陕省八月以来，阴雨颇多，九月初旬以后，渐渐晴霁，稻谷、杂粮均已次第收获，二麦正值播种，亦有渐次出土者，民情欣悦，堪以上慰宸衷！

惟据华州具报，八月十七日起至九月初五日止，阴雨连绵，以致州南诸峪之水汇聚于北乡低洼之处，东西十余里，地种秋禾，均浸水中，收成无望；积水未涸，冬麦难种，实属成灾。

又，据咸阳县具报，八月中旬以来，阴雨连绵，以致苍龙、白马等河水涨漫溢县属南乡打鱼屯等处，共淹地五十余顷，幸地种秋禾多已收获，晚禾未收者有限，不致成灾。惟冬令将届，比及积水消退，种麦已迟。

---

①台北故宫博物院藏：《军机及宫中档》，文献编号：408006867-0-B。

②中国第一历史档案馆藏：《录副奏片》，档号：03-5347-065。

又，据华阴县具报，自八月十七日以后，阴雨连绵；又于二十九日至九月初五等日大雨，河水涨发，以致该县近河之班庄等处，或因地势低洼，积水成潦；或因河堤决口，漫淹民地，东西约三十里，南北约四五里，秋禾均被淹坏，收成无望，且节逾霜降，积水难涸，二麦未能播种，委属成灾。

又，据兴安府并平利县具报，县属镇坪分县地方因八月下旬淫雨连绵，茅坝中兴厂并干竹河口及文彩沟、石砦河、小榆河各处，坍塌高山数座，压陷山下居民房屋、田地，及伤毙人命、牲畜不少。俟查勘明确，再行禀办。

又，据兴安府禀报，府属各厅县本年夏雨愆期，田禾稍为受伤。八月以后，阴雨过多，山内包谷、洋芋均已萎烂，他粮亦大半生芽，秋收甚形歉薄，年内尚可敷衍，明春青黄不接，民情不免拮据，各等情。前来。

臣查华州、华阴二处水灾较重，咸阳次之，而镇坪分县山坍之处尤属奇灾，深堪悯恻！均经批司移行该管道府，并由司委员遵章复勘，被灾地亩实有若干，钱粮应如何蠲缓，暨镇坪分县山坍各处压陷民命若干，赶紧确勘具报，一面饬令华州等州县，速将决口堵筑，设法疏消积水，灾民妥筹抚恤，毋任失所。兴安府属各厅县已饬筹款，办运粮石，以备明春平粜，借资接济。容俟查办完竣，各属被灾轻重情形，另行奏报。

刻查西安粮价，大米每仓石价银二两七钱七分，小米每仓石价银一两四钱五分，较之上月，大米增银三钱八分，小米增银二钱二分。

所有光绪二十二年九月分雨泽、禾苗，暨华州等处被水、坍塌山座，并省城粮价情形，理合恭折具奏。伏乞皇上圣鉴。谨奏。光绪二十二年十月十一日。

（朱批：）知道了，即着派员分投华州等处，查勘灾情轻重，分别抚恤，余依议。[①]

光绪二十二年十月二十五日，奉朱批：知道了，即着派员分投华州等处，查勘灾情轻重，分别抚恤，余依议。钦此。[②]

0493. 审拟临时行强伙盗各犯情形折

光绪二十二年十月十一日（1896年11月15日）

头品顶戴陕西巡抚臣魏光焘跪奏，为审明窃盗临时行强，并伙盗供获首伙各犯，余犯事后知情分赃，按律分别定拟，恭折仰祈圣鉴事。

窃查陕省寻常盗案及临时行强各盗犯，经前抚臣张煦奏请改题为奏，以期迅速，奉旨允准钦遵咨行照办在案。查前据同官县知县刘福荫具报：该县客民马任治家被贼夤夜抬门入室行窃，临时起意行强，拒伤事主，搜赃逃逸。该县会营勘验，缉获伙盗何添羊，讯据供出王癸有等首伙逃所。旋复先后拿获首盗王癸有、伙盗王郑掷、苏红大、张皆应四人到案，起出原赃，差传事主认领，查验事主马王氏伤痕平复，估赃讯供通详，批府提讯。旋据咸宁县禀报，该犯苏红大在监病故。檄委长安县验讯，委系病毙，刑禁、医生人等均无凌虐、误治情事，详经批饬核入正案拟办。前据该府督同局员审拟，解经前署臬司马相如审转前护抚臣张汝梅，讯因犯供翻异，饬府确讯拟办。嗣据西安府知府文启审与前供无异，仍照原招由臬司李有棻勘转前来。

臣提犯亲鞫，缘王癸有、王郑掷、何添羊、张皆应及在监病故之苏红大，分隶佛坪、西乡及四川之太平等厅县，均佣趁度日，先未为匪。光绪十九年，王癸有等先后由籍来同官县属雷家坡炭窑佣工，彼此交好，嗣因炭窑停工，各乏雇主，到处游荡。二十年正月初九日，王癸有、张皆应、何添羊、王郑掷、苏红大一处

①台北故宫博物院藏：《军机及宫中档》，文献编号：408006868。

②中国第一历史档案馆藏：《录副奏折》，档号：03-9368-042。

会遇闲谈，各道贫难。苏红大稔知敖背神村马任治家道宽裕，起意纠窃，得赃分用，众各允从，约定是晚到彼处空庙会齐各散。届时，苏红大、王癸有、张皆应、王郑掷、何添羊先后踵至。苏红大携带小刀并背篓，王郑掷带洋火，余俱徒手，一共五人，约三更时分，偕抵事主马任治门首。苏红大称患眼疾，与张皆应在外把风接赃。何添羊用手抬开门扇，与王癸有、王郑掷一同进窑，窃得衣物一包，递给张皆应等接收，又复进内行窃。王癸有碰撞箱盖声响，事主马任治惊起喊捕。苏红大、张皆应闻喊畏惧，携赃先逃。王癸有起意行强，喝令王郑掷、何添羊一齐动手。王郑掷随取身带洋火，擦燃照亮，同王癸有寻获窑内麻绳，将马任治两手捆缚。维时，马任治之妻马王氏并子媳马喜儿、马李氏俱闻喊起捕。何添羊拾取窑内木棒，连殴伤马王氏左右臂膊，吓禁声张，随与王癸有等即用寻取麻绳，将马王氏等一并捆缚，搜劫赃物，逃至该处空庙，见苏红大、张皆应先已至庙，彼此告知前情，查点赃物，俵分各散。

马任治挣脱缚绳，解开马王氏等被捆绳索，查点失物，投约报案。何添羊、王癸有、苏红大、王郑掷、张皆应各将分得钱、肉、面、豆食用，并苏红大将分得棉被、棉花、锄头、蓝斜布、女棉裤，张皆应将分得棉被、袜子，均陆续卖与不知姓名人，得钱花用。闻事主报案差拿，商约分逃县属谢家湾并宜君苦泉地方藏躲。经县会营勘验，差缉拿获何添羊，讯据供出王癸有等首伙逃所，选差干役，先后全数获案。当将起获各赃，传主认领，查验事主伤已平复，估赃讯供，详经批府提省审办。旋因苏红大在监病故，委验属实，批饬核入正案办理。该府督同局员审拟，解经前署臬司马相如审转前护抚臣张汝梅，讯因犯供翻异，饬府覆讯拟办。兹据该府文启审与原供无异，仍照原招由臬司李有棻勘转前来。

臣亲提覆鞫，据各供前情不讳。严诘王癸有，实止听从行窃，临时起意行强，搜得赃物；王郑掷、何添羊均止听从行窃，复听从临时行强，帮同搜赃；苏红大委系起意行窃，与张皆应在外把风接赃，闻喊畏惧先逃，均不知强情，事后分赃各一次，此外均无窝伙、窃劫别案。供赃确凿，案无遁饰。

查律载：共谋为窃，临时行强，以临时主意及共为强盗者，不分首从论。又，强盗已行但得财者，不分首从，皆斩。又，光绪十四年刑部通行内开：伙盗被获，能将全案首伙供出，于限内尽行指获，法无可贷者，减为杖一百，流三千里。又例载：知强盗后而分所盗之赃，数在百两以下者，俱照共谋为盗，临时畏惧不行事后分赃例减一等，杖一百，徒三年，各等语。

此案王癸有听从苏红大伙窃，迨经事主马任治等喊捕，辄敢临时起意行强，捆缚事主，实属首恶。王郑掷始听苏红大纠窃，继复听从王癸有行强，帮同捆缚事主搜赃，亦属同恶相济，厥罪维均，自应不分首从，按律问拟。王癸有、王郑掷除纠伙三人以上持械行窃轻罪不议外，合依“共谋为窃，临时行强，以临时主意及共为强盗者，不分首从论，强盗已行，但得财者，不分首从，皆斩”律，均拟斩立决。

何添羊听纠行窃，复听从行强，殴捆事主搜赃，按律亦应斩决。惟该犯被获到案供出首伙各盗王癸有、王郑掷，并伙贼苏红大、张皆应逃所，于四个月限内全行拿获。查该犯入室搜赃拒捕，系旧例法无可贷之犯，自应遵照通行问拟。何添羊合依“伙盗被获，能将全案首伙供出，于限内尽行指获，系法无可贷者，减为杖一百，流三千里”定章，拟减为杖一百，流三千里。据供亲老丁单，惟该犯在外游荡为匪，实属忘亲不孝，应不准留养。

苏红大起意纠窃，张皆应听从伙窃，于王癸有临时行强。该犯等在外闻喊先逃，事后分赃，自应仍按窃盗本律问拟。惟查苏红大为首持械伙窃，与知强盗后分赃罪名相等，自应从一科断。张皆应伙窃为从，系属轻罪。苏红大、张皆应均合依“知强盗后而分所盗之赃，数在百两以下者，俱照共谋为盗，临时畏惧不行，事后分赃”例，减一等，杖一百，徒三年。苏红大业已在监病故，应毋庸议。

何添羊、张皆应虽恭逢光绪二十年八月十六日恩诏，惟事犯在二十年正月初一日以后，毋庸查办，仍照例刺字，分别发配，折责安置、拘役。王郑挪有父王贵，何添羊有父何仲林，均不能禁约其子为匪，应饬县移知各犯籍，传案责惩。何仲林年逾七十，照律收赎。该犯等在外为匪，原籍牌甲无从觉察，应与苏红大在监病故之刑禁、医生人等讯无凌虐、误治情弊及买赃不识姓名人，均免置议。获赃给领，未获各赃，照估追赔。此案首伙五名已于限内全获，印、捕各官职名邀免开送。

除供招咨部外，所有审明窃盗临时行强，并伙盗供获首伙各犯，余犯事后知情分赃，按律分别定拟缘由，理合恭折具陈。伏乞皇上圣鉴，饬部核覆施行。谨奏。光绪二十二年十月十一日。

（朱批：）刑部速议具奏。[1]

光绪二十二年十月二十五日，奉朱批：刑部速议具奏。钦此。[2]

0494. 请将知县魏振邦革职缘由折

光绪二十二年十月十一日（1896 年 11 月 15 日）

头品顶戴陕西巡抚臣魏光焘跪奏，为特参庸劣不识知县，请旨革职，以肃官常，恭折仰祈圣鉴事。

窃州县有地方之责，既宜勤恤民力，尤应恪守官方，若使任性妄为，吏治无由整肃。前据延安府知府马绍训、署延榆绥道黄泽厚先后具禀：风闻肤施县知县魏振邦有苛索铺商情事。前护抚臣与藩、臬两司访闻无异，当经批府确查具报。旋该府马绍训委安定县知县安登瀛，查覆禀称：肤施一县，向仅领土票一张，按年捐输银二十四两。该县门丁张升于各铺加派银两属实，魏振邦

①台北故宫博物院藏：《军机及宫中档》，文献编号：408006869。

②中国第一历史档案馆藏：《录副奏折》，档号：03-7369-028。

先不知情，后经知觉，即将门丁驱逐远扬等情。前来。究竟前项加派银两已未入手？是否追缴存库候领？抑已发还商人？未据明晰声叙。惟魏振邦于门丁舞弊私派，不即扣留禀办，竟任远扬，难保无纵容情事，比即饬司仍饬该府据实查覆，并将该县魏振邦撤任查办去后。兹据该府马绍训禀：魏振邦黑夜闯入府署，咆哮闹骂，并据魏振邦拉涉任内支过铺帐，禀讦马绍训，各等情。

臣查该县魏振邦始则任用门丁，苛派铺商，加捐土帖，事发听其远扬；迨道府禀揭撤任，又不听候查办，辄敢黑夜闯入府署闹骂，并拉涉铺帐，复用预印空白禀讦，亲临上司，实属谬妄任性，有玷官箴，未便稍事姑容。据藩司张汝梅、臬司李有棻会详请参前来。相应请旨将肤施县知县魏振邦先行革职，以正官方而肃吏治。

除再批饬该管道并委员前往确查，加派及禀讦各情另行参办外，所有特参庸劣不职知县，先请革职缘由，谨会同署陕甘督臣陶模，恭折具陈。伏乞皇上圣鉴训示。谨奏。光绪二十二年十月十一日。

（朱批：）着照所请，吏部知道。①

光绪二十二年十月二十五日，奉朱批：着照所请，吏部知道。钦此。②

0495. 请将陶宗侃等即行革职缘由片

光绪二十二年十月十一日（1896年11月15日）

再，查武威左军后营管带同知职衔陶宗侃，于奉撤回陕道经兰州，该营勇丁借端滋事，未能约束，并敢诱娶良家女子为妾，殊属谬妄。又，马队前旗管带记名提督董义禄，带队回陕，该旗勇丁出外与人争殴，几酿人命，毫无觉察，营饷亦多轇轕，虽查

①台北故宫博物院藏：《军机及宫中档》，文献编号：408006869。
②中国第一历史档案馆藏：《录副奏折》，档号：03-7318-054。

尚未入已，究属意存朦混。

当此整饬营伍之际，未便因其前有微劳，稍存回护，相应请旨将同知职衔陶宗侃、记名提督董义禄二员即行革职，以肃营规而儆效尤。谨附片具陈，伏乞圣鉴训示。谨奏。

（朱批：）着照所请，该部知道。①

光绪二十二年十月二十五日，奉朱批：着照所请，该部知道。钦此。②

【案】此奏片之具奏日期，原件目录署“光绪二十二年十月二十四日”，而录副则署“光绪二十二年十月十一日”，两相悬殊。查光绪二十二年十月二十五日《随手档》③“朱批魏光焘折”栏，内即有此片。据同批折件可知，此奏片具奏日期当为光绪二十二年十月十一日，原件目录讹误无疑。兹据校正。

0496. 奏报由专饷支报恤赏银两片

光绪二十二年十月十一日（1896年11月15日）

再，湘军上年东征牛庄阵亡弁勇，当经奏报并迭次更正，分晰造具花名清册咨部在案。此次西宁、巴燕戎格等处阵亡弁勇，亦均随时报明。所有应给恤赏银两，均应按照湘军旧章，每名给银三十两，由臣派员解赴各故勇原籍，会同地方官查明，传知各该家属取保祗领。兹值军务肃清，据各故勇家属纷纷呈请给领前来，自应按照核发，以广皇仁而昭实惠。此项恤赏银两，拟请即由拨解湘军专饷项下开支造报。

除此次阵亡弁勇仍另造具花名清册咨部查核外，谨附片陈明。

①台北故宫博物院藏：《军机及宫中档》，文献编号：408006873-0-A。

②中国第一历史档案馆藏：《录副奏片》，档号：03-5918-032。

③中国第一历史档案馆藏：《军机处随手登记档》，档案编号：03-0289-2-1222-288。

伏乞圣鉴训示，施行。谨奏。

（朱批：）该部知道。[1]

光绪二十二年十月二十五日，奉朱批：该部知道。钦此。[2]

【案】此奏片之具奏日期，原件目录署“光绪二十二年十月二十四日”，而录副则署“光绪二十二年十月十一日”，两相悬殊。查光绪二十二年十月二十五日《随手档》[3]“朱批魏光焘折”栏，内即有此片。据同批折件可知，此奏片具奏日期当为光绪二十二年十月十一日，原件目录讹误无疑。兹据校正。

0497. 奏销前敌粮料转运经费缘由片

光绪二十二年十月十一日（1896年11月15日）

再，臣此次进军西宁，前敌粮料均自后路运办，其转运经费应由地方官作正开销具报。惟本年三月拨派前、后两军攻剿巴燕戎属水地川、甘都堂、中原三堡一带，需用粮料由碾伯、平戎驿递运至札什巴、乢思观、沙尔、瞿昙寺、巴燕戎等处，计程各三四十里、六七十里不等。又派营务处严金清率马队二旗，剿捕青海窜贼、余匪，需用粮料由西宁镇海堡运至都兰寺地方，计程十二站，概系自雇民驮，以期便捷。查此项转运，计粮料六十六万七千余斤，按每百里百斤给银四钱，共发过脚价银四千四百三十余两。

至湘军上年赴甘，自山海关开拔西来，计程七十余站，驰驱冰雪，抱病颇多。迨抵西宁，寒瘴甚重，感受厉疫，尤易成疾，且叠次打仗，受伤兵勇多难调愈，以致残废久病者不能留营，病

[1]台北故宫博物院藏：《军机及宫中档》，文献编号：408006873-0-B。

[2]中国第一历史档案馆藏：《录副奏片》，档号：03-5918-033。

[3]中国第一历史档案馆藏：《军机处随手登记档》，档案编号：03-0289-2-1222-288。

故、伤亡者不能归骨，远域从征，殊堪悯念！均经臣随时分别资送回籍，另补精壮，以期得力。查此项资送残废、伤亡、病故弁勇，前后计三百一十七名，每名给银八两，共动用银二千五百三十六两。统计脚价、资送两款，总共动用银六千九百六十余两，系属撙节开支，照章核发。

现在查造各项报销，合无仰恳天恩准臣汇案开报，出自鸿慈！除俟奉到谕旨再将各项细数造册咨部查核外，谨附片陈明。伏乞圣鉴训示，施行。谨奏。

（朱批：）该部知道。[1]

光绪二十二年十月二十五日，奉朱批：该部知道。钦此。[2]

【案】此奏片之具奏日期，原件目录署“光绪二十二年十月二十四日”，而录副查无下落。查光绪二十二年十月二十五日《随手档》[3]“朱批魏光焘折”栏，内即有此片。据同批折件可知，此奏片具奏日期当为光绪二十二年十月十一日，原件目录讹误无疑。兹据校正。

0498. 报明办赈日期及刊刷司印实收折

光绪二十二年十月二十四日（1896年11月28日）

头品顶戴陕西巡抚臣魏光焘跪奏，为报明开办赈捐日期及刊刷正、副司印、实收，恭折仰祈圣鉴事。

窃查前护抚臣张汝梅附奏陕省光绪十八、十九两年各属被灾，援照十八年顺直赈捐章程开办赈捐一案。嗣准户部议覆，衔、封、贡、监及应试生监准照章办理，惟翎枝一节未经议准，并令将各绅富集捐赈款查明，折合库平银两，先行报部等因。当经行局遵

①台北故宫博物院藏：《军机及宫中档》，文献编号：408006873-0-C。

②此朱批日期与内容，据《军机处随手登记档》（档案编号：03-0289-2-1222-288）校补。

③中国第一历史档案馆藏：《军机处随手登记档》，档案编号：03-0289-2-1222-288。

办去后。兹定于本年九月初十日由局开办，其应给各捐生司印，正、副实收，照案由局刊刷，以便陆续填发。至各捐生履历清册暨截存副实收，应俟汇案并赍送部，换发执照，由捐饷局司道会详请奏前来。

臣覆查无异，除批饬先造各属捐户花名，并捐款折合库平银数清册，汇送咨部外，所有开办赈捐日期及刊刷正、副司印实收缘由，理合恭折具奏。伏乞皇上圣鉴，饬部立案。谨奏。光绪二十二年十月二十四日。

（朱批：）该部知道。①

光绪二十二年十一月初七日，奉朱批：该部知道。钦此。②

0499. 陕省旧赋比较上三年完欠分数折

光绪二十二年十月二十四日（1896 年 11 月 28 日）

头品顶戴陕西巡抚臣魏光焘跪奏，为查明陕省光绪二十一年旧赋钱粮比较上三年完欠分数，开列清单，恭折仰祈圣鉴事。

窃查前准户部咨：陕西省旧赋钱粮比较上三年完欠分数，自光绪八年起，按年开单奏报，新赋钱粮统归上、下两忙案内考核，旋准咨送单式，考核旧赋以未完之数为纲，令仿照江西省奏报清单办理，各等因。查陕省正赋钱粮，节经饬属设法招垦，因地广人稀，迄未一律尽辟。近年剔荒征熟，察验民情，仅将旧赋带征一年，以示体恤。所有二十年以前民欠银两，经各前抚臣暨臣奏奉恩旨豁免在案。

兹值查造光绪二十一年旧赋比较之期，查陕省二十一年分应征旧赋，自十七年起至二十年止民欠未完钱粮，内十七、十八、十九等三年并无续完银两，毋庸开报。所有二十年钱粮，除荒地免征外，共未完银四万四千四百六两零，内除临潼、延川、扶风、

①台北故宫博物院藏：《军机及宫中档》，文献编号：408006872。

②中国第一历史档案馆藏：《录副奏折》，档号：03-5602-040。

褒城、沔县、鄜州六州县水灾案内奉文暂行豁免银一千三百三十二两零，又除咸宁、临潼、泾阳、醴泉、耀州、同官、扶风、商州、淳化、武功十州县十九年水、雹、旱灾案内奉文缓征以前已完准流抵二十年应完正赋银三千六百九十五两零，仅未完银三万九千三百七十八两零。又，鄜州二十年雹灾案内奉文缓征以前已完准流抵二十一年正赋应仍归二十年带征银二百一十八两零，二共未完银三万九千五百九十七两零。截至二十一年奏销止，共已完九百二十一两零，照数在于二十一年续销册内列收造报。实在民欠未完二十年银三万八千六百七十五两零，业经奉文全数豁免。据藩司张汝梅具详前来。

臣覆查无异，除咨部外，所有光绪二十一年征收旧赋钱粮比较分数，谨缮具清单，恭折陈奏。伏乞皇上圣鉴。谨奏。光绪二十二年十月二十四日。

（朱批：）户部知道，单并发。[①]

光绪二十二年十一月初七日，奉朱批：户部知道，单并发。钦此。[②]

0500. 呈陕省旧赋比较上三年完欠清单

光绪二十二年十月二十四日（1896年11月28日）

谨将陕西省光绪二十一年分征收旧赋比较上三年完欠分数，缮具清单，恭呈御览。

计开

旧赋项下

光绪二十一年分应征光绪十七年起至二十年止民欠未完钱粮，内十七、十八、十九等三年并无续完银两，毋庸开报外，所有二十年除荒地免征外，共未完银四万四千四百六两三钱六分二厘，

---

①台北故宫博物院藏：《军机及宫中档》，文献编号：408006873。

②中国第一历史档案馆藏：《录副奏折》，档号：03-6256-021。

内除临潼、延川、扶风、褒城、沔县、鄜州六州县水灾案内奉文暂行豁免银一千三百三十二两二钱三分四厘，又除咸宁、临潼、泾阳、醴泉、耀州、同官、扶风、商州、淳化、武功等十州县十九年水、雹、旱灾案内奉文缓征灾前已完准流抵二十年应完正赋银三千六百九十五两五钱七分七厘，止未完银三万九千三百七十八两五钱五分一厘。又，鄜州二十年雹灾案内，奉文缓征以前已完准流抵二十一年正赋，应仍归二十年带征银二百一十八两九钱五分六厘，二共未完银三万九千五百九十七两五钱七厘。截至二十一年奏销止，共已完银九百二十一两七钱八分八厘，照数在于二十一年续销册内列收造报讫。实在民欠未完二十年银三万八千六百七十五两七钱一分九厘，业已奉文豁免。计已完二厘三毫二丝六忽，未完九分七厘六毫七丝四忽。

比较光绪十八年，应征银五万八千七百五十九两六钱八分一厘，已完二厘一毫八丝五忽，银一千二百八十四两二钱九分三厘，未完豁免九分七厘八毫一丝五忽，银五万七千四百七十五两三钱八分八厘，计多完银一毫四丝一忽。

比较光绪十九年，应征银一十万七千八百五十四两二分九厘，已完一厘二丝六忽，银一千一百七两四钱四分七厘，未完豁免九分八厘九毫七丝四忽，银一十万六千七百四十六两五钱八分二厘，计多完银一厘三毫。

比较光绪二十年，应征银一十八万六千六百三十两四钱八分九厘，已完一厘二毫五丝五忽，银二千二百六十二两六钱三分三厘，未完豁免九分八厘七毫四丝五忽，银一十八万四千三百六十七两八钱五分六厘，计多完银一厘七丝一忽。

以上未完银两，业已奉文全数豁免。理合登明。

（朱批：）览。[1]

[1]中国第一历史档案馆藏：《单》，档号：03-6256-022。

0501. 审拟监犯越狱限满未全拿获一案折

光绪二十二年十月二十四日（1896年11月28日）

头品顶戴陕西巡抚臣魏光焘跪奏，为审明监犯越狱，限满犯未全获，禁卒人等委无松刑贿纵，按例分别定拟，恭折仰祈圣鉴事。

窃查前据临潼县具报：监犯袁老二、纪应蓀并接递发配寄禁人犯曾三沅即曾三、周汪漢即周小九、骆秉亨即骆傻孜在监越狱脱逃一案，经前护抚臣张汝梅将管狱、有狱各官，奏参革审[1]，奉旨：这所参疏防监犯越狱之管狱官陕西调署临潼县典史渭南县典史倪大勋，着即革职拿问，交张汝梅提同刑禁人等，严讯有无松刑贿纵情弊，照例惩办；有狱官临潼县知县施劭，虽据声称因事下乡，究属疏于防范，着革职留任，仍勒限严拿逸犯袁老二等，务获究办。余着照所议办理。该部知道。钦此。钦遵行司饬将已革典史倪大勋及刑禁人等提省，发委西安府审办，并饬严拿各逃犯，务获究报。

随据该县先后禀报：于光绪二十一年十月初八日差获纪应蓀，并十九日原役在河南息县，协同息役，拿获周汪漢即周小九二名，饬府提审。该府讯因纪应蓀与续获另犯张瑜儿供各狡展，禀经咨准山东抚臣查覆后，复督同局员提讯无异，研诘刑禁、更夫人等，并无松刑贿纵情弊。正详办间，据署咸宁县知县记佩先后禀报：禁卒韦德因病保外，更夫周有儿在押患病，均医治罔效，于二十二年七月二十四、八月初三等日，在保、在押病故。檄委长安县知县杨调元验讯，委系病毙，保户、看役、医生人等俱无凌虐、误治情弊，详饬核入正案拟办。逸犯袁老二等弋获无期。据西安府知府文启议拟，解经布政使张汝梅、按察使李有棻覆审，招解前来。

臣亲提研鞫，缘周汪漢即周小九、纪应蓀，分隶河南息县、山东寿光等县。韦德、周有儿、崔长清籍隶临潼、富平等县，分充该县禁卒、更夫、刑书。周汪漠与在逃之曾三沅即曾三、骆秉亨即骆傻孜，均系光绪十九年七月二十四日，因在河南罗山县听从朱洸汪，伙窃事主王庆福钱铺，临时行强，拒伤事主、邻右，劫得钱、衣等物；该犯等携赃先遁，事后知情分赃案内各拟杖一百，流三千里，定发甘肃省安置之犯。纪应薪系听从张搇儿图财，谋勒车夫雷老十身死，犯案被获，问拟斩决，解府讯供狡避，赃据未获，详请移咨山东巡抚，查拿逸犯、原赃，解陕审办，将该犯发回，听候咨覆，尚未审定之犯。袁老二系十八年十月二十九日听纠伙窃谢景龙家，弃赃逃走，用刀拒伤谢杨氏平复案内拟绞监候，逢恩不准援免，业经审题发回，尚未奉准部覆之犯。

二十一年六月初九日，该县施劭因事下乡。是日，河南罗山县递解该犯周汪漠等三犯赴甘，道经该县寄禁，该犯纪应薪与袁老二向周汪漠等彼此问知姓名。该县典史倪大勋于傍晚时，带同刑书崔长清收封，验明该犯袁老二、纪应薪并周汪漠、曾三沅、骆秉亨刑具完固，收禁笼内，如法封锁；谕令禁卒、更夫小心看守，当即回署。崔长清向不在监值宿，亦即回房办公。

是夜三更后，天下大雨，周汪漠、纪应薪与袁老二等均已睡醒，适禁卒韦德、更夫周有儿各因困倦睡熟。袁老二向周汪漠、纪应薪并曾三沅、骆秉亨商称因身犯重罪，起意纠约越狱同逃。周汪漠等均各允从。随各扭断镣铐，扳折笼柱。袁老二与纪应薪并将身穿红衣脱弃，用扭断镣铐在监房北首墙根轮流挖窟，一同钻出，携断笼柱至外监东南墙角靠立，将墙上枣茨拉落一绺，均踩柱越墙逃走，天明混出城外，潜至僻处，用青铜钱磨薄，各将发代剃，分路逃散。

至黎明时，周有儿睡醒惊觉，喊同韦德通知崔长清，找寻无踪，报明典史倪大勋，转禀该县施劭，回县勘讯，差缉通禀，经前护抚臣奏参，奉旨将倪大勋革职拿问，施劭革职留任，仍勒限严拿，钦遵行司饬将倪大勋同刑禁、更夫人等提省，发府审办。该前署西安府李希哲查在逃监犯纪应薪一名，系听从逸犯张搇儿即张芳典，图财谋杀雷老十身死案内之犯，先经该县讯明议拟解府，讯因犯供狡避，赃据未获。该犯有供逸犯张墘儿将赃带回原籍山东益都县张家营庄寻主变卖情事，由府详请转咨查拿，并查起原赃解陕审办，将该犯发回监禁，听候咨覆讯办。因该犯越狱脱逃，山东尚未咨覆，该犯原犯罪名难以核实，禀请咨催。李希哲未及奉到咨覆卸事，移交该府文启接审。旋据该县先后禀获逃犯纪应蕂、周汪漠二名，饬府归案审办。该府因纪应蕂与续获另犯张墘儿供各狡展，复禀经咨催，旋准山东抚臣查明咨覆，核与县讯原供吻合，讯据纪应蕂亦供认不讳。

查纪应蕂虽听从越狱脱逃，惟在尚未定罪名以前，向不以之加重，应仍按图财害命本例科断，归首犯张墘儿案内另办。该府督同局员，覆讯无异，研诘刑禁、更夫人等，坚供实系失于防范，并无松刑贿纵情事，并据典史倪大勋供亦无异。正详办间，旋据咸宁县先后禀报禁卒韦德、更夫周有儿因病在保，在押身故，檄委长安县验讯，委系病毙，并无别故；研讯保户、看役、医生人等，均无凌虐、误治情弊，详饬核入正案办理。查袁老二等弋获无期，应先拟结，由该府议拟解经藩、臬两司覆审招解到臣，亲提覆鞫，据供前情不讳。

查例载：犯罪囚禁在狱，私纠伙党三人以上，穿穴逾墙，乘禁卒人等一时疏懈，潜行越狱脱逃者，原犯军流律应加二等调发者，俱改为拟绞监候，秋审时为从，入于缓决。又，监犯越狱，狱卒果系一时疏忽，并无贿纵情弊，依律减囚罪二等，各等语。

此案周汪漠因听纠伙窃，临时行强，该犯携赃先遁，事后知情分赃，拟流发配，寄禁县监，不思安分守法，辄敢听从越狱脱逃，自应按例问拟。周汪漠即周小九合依“原犯军流律，应加二等调发者，改拟绞监候”例，改为拟绞监候。该犯系属为从，秋审入于缓决。纪应蕂已归原犯图财害命本案拟结，应毋庸议。

禁卒韦德于监禁重犯，讯无贿纵情弊，惟并不加意防范，致令乘闲越狱脱逃五名之多，虽周汪漠与纪应蕂已经拿获，尚有拟绞人犯袁老二一名，拟流人犯曾三沅、骆秉亨二名未获，且纪应薅等已逾百日限外始经他人拿获，例不免罪，仍应按例问拟。查周汪潢并在逃之曾三沅、骆秉亨原犯均系流罪，按流减等定拟，系属轻罪，纪应薅罪应拟斩，惟越狱以前罪尚未定，该禁卒自应从重，以原拟绞罪在逃之袁老二本罪减等问拟。韦德应即革役，合依“监犯越狱，如狱卒果系依法看守，一时疏忽，偶致脱逃，并无贿纵情弊，审有确据者，依律减囚罪二等治罪”例，于袁老二绞罪上减二等，拟杖一百，徒三年。更夫周有儿并不小心巡逻，应照不应重律，拟杖八十。该犯等业已先后病故，均毋庸议。

刑书崔长清未能先事防范，应请酌照不应重律，拟杖八十，折责发落，系公罪，免其革役。该禁卒韦德等在保、在押病故，讯无凌虐，误治之保户、看役、医生人等，均免置议。典史倪大勋疏脱绞犯袁老二，流犯周汪潢、曾三沅、骆秉亨，未定罪名人犯纪应薅等五名，虽四个月限内拿获纪应薅，限外拿获周汪潢二名。惟现在已逾四月，尚有绞犯袁老二，流犯曾三沅、骆秉亨三名未获，业经奏参革职，照例留于地方协缉。该县施劭虽因事下乡，并未出境，照例仍留任督缉，均俟限满逸犯有无弋获，再行分别办理。袁老二等饬缉，获日另结。

除供招咨部外，所有审明定拟缘由，是否允协，理合恭折具陈。伏乞皇上圣鉴，饬部核覆施行。谨奏。光绪二十二年十月二十四日。

（朱批：）刑部议奏。[1]

光绪二十二年十一月初七日，奉朱批：刑部议奏。钦此。[2]

❶【案】光绪二十一年七月二十四日，护理陕抚张汝梅以典史倪大勋、知县施劭疏防斩绞流犯越狱同逃，奏请革职惩处，曰：

---

①台北故宫博物院藏：《军机及宫中档》，文献编号：408006871。

②中国第一历史档案馆藏：《录副奏折》，档号：03-7398-022。

头品顶戴护理陕西巡抚布政使臣张汝梅跪奏，为特参疏防斩、绞、流犯越狱同逃之管狱、有狱各官，恭折仰祈圣鉴事。

窃据临潼县知县施劭禀称：光绪二十一年六月初九日，该县因事下乡。初十日午后，接据典史倪大勋申报：是月初九日夜，监犯袁老二、纪应蓤并接递配寄监人犯曾三沅、周汪漠、骆秉亨，乘间扭断镣铐，扳折笼柱，挖窟钻出，越狱同逃。该县当即驰回，勘明情形，派差分投追缉，提讯刑禁人等，供无松刑、贿纵情弊。查袁老二系听邀伙窃、拒伤事主谢杨氏平复案内拟绞监候，逢恩不准援免，业经审题发回，尚未奉准部覆之犯；纪应蓤系听从图财谋勒车夫雷老十身死案内拟斩立决，解府讯供狡避，赃、据未获，详请移咨山东巡抚查拿获逸犯、原赃解陕审办，将犯发回，听候咨覆，尚未审定之犯；曾三沅即曾三、周汪漠即周小九、骆秉亨即骆傻孜，均系在河南罗山县听从朱洸沄，伙窃事主王庆福钱铺，临时行强，拒伤事主、邻佑，劫得钱、衣等物，该犯等携赃先遁，事后知情分赃案内，拟杖一百，流三千里，定发甘肃省安置，于初九日傍晚，接准前途递解到县监禁，未及转解之犯。请查核等情。前来。

臣查监狱重地，防范不容稍懈，乃该管狱官漫不经心，致令斩、绞重犯并接递流犯越狱脱逃五名之多，实非寻常疏忽可比，且恐刑禁人等松刑贿纵，亟应严参澈究。该县虽因事下乡，惟并未出境，仍应照例参办。据署藩、臬两司会详请参前来。

除饬将典史倪大勋先行撤任，遴员接署，并委提该典史及刑禁人等至省，发委西安府究明确情，据实拟办；一面严督该县选差干役，悬赏购线，上紧设法踩缉；并通饬所属暨分咨各省一体协拿逃犯袁老二等，务获究报外，相应请旨将管狱官调署临潼县典史正任渭南县典史倪大勋照例革职拿问，有狱官临潼县知县施劭照例革职留任，勒限缉拿，限满有无弋获，再行分别办理。

所有特参疏防监犯越狱同逃缘由，理合恭折具陈。伏乞皇上圣鉴训示。再，所遗渭南县典史员缺，陕省现有应补人员，容另咨补。合并陈明。谨奏。光绪二十一年七月二十四日。①

0502. 奏请奖叙孀妇马王氏等缘由片

光绪二十二年十月二十四日（1896年11月28日）

再，去岁甘回不靖，陕境防务戒严，经前护抚臣张汝梅奏明陕西各属劝修城垣，兼筑堡寨，俟工竣核其捐数，奏请奖叙，当经通饬各属遵办在案。兹据凤翔县知县顾彔禀称：该县南乡已故附贡生马宗融之妻马王氏，并伊故子光禄寺署正职衔马天申之妻马张氏，深虑回匪犯顺扰及梓桑，捐银一万四千两，以作修城办防之资，洵属深明大义。由藩、臬两司会详，呈请奏恳恩施给予封典前来。

臣查该孀妇等矢志守节，于邻疆告警，慨捐巨款，以卫里闬，洵属好义急公，殊堪嘉尚！合无仰恳天恩俯准给予马王氏、马张氏五品封典，以彰善行而资观感，出自逾格鸿慈！

除饬取该氏夫履历及该氏等年岁清册，送部查核外，谨附片陈明。伏乞圣鉴训示。谨奏。

（朱批：）该部议奏。②

光绪二十二年十一月初七日，奉朱批：该部议奏。钦此。③

0503. 奏陈湘军援引办理津贴缘由片

光绪二十二年十月二十四日（1896年11月28日）

再，甘肃前敌各军上年经前陕甘督臣杨昌濬奏请援案津贴四成粮价，以励军心，奉旨允准。旋准部咨：此项津贴四成粮价银

①中国第一历史档案馆藏：《朱批奏折》，档号：04-01-28-0024-046。

②台北故宫博物院藏：《军机及宫中档》，文献编号：408006871-0-A。

③此朱批日期与内容，据《军机处随手登记档》（档案编号：03-0289-2-1222-300）校补。

两，除派赴前敌征军外，其余各路防营概不准援引办理，以示区别等因。迭经督臣奉准咨行各在案。查湘军自入甘后，即赴西宁征剿，士卒辛苦异常。前敌食粮昂贵，运办匪易，各营粮价均只按扣六成，援照津贴四成，以广皇仁而恤兵艰。前准督臣来咨，湘军四成粮价银两，应随专饷自行办理，俾免周折。

现拟自湘军上年行抵兰州之日起，本年奉旨遣撤，仍截至抵兰之日止，按照原奏定价，每名每月津贴四成银四钱三分二厘，核实造销，仰恳天恩饬部立案。除咨户部外，谨会同署督臣陶模，附片具陈。伏乞圣鉴。谨奏。

(朱批:) 户部知道。①

光绪二十二年十一月初七日，奉朱批：户部知道。钦此。②

0504. 奏报副将田玉广给咨赴引片

光绪二十二年十月二十四日（1896年11月28日）

再，臣标中军参将田玉广③升补陕西西安城守协副将，准部催调引见。因上年甘回滋事，由陕派兵会剿，该员管带练军，兼办

---

①台北故宫博物院藏：《军机及宫中档》，文献编号：408006871-0-B。

②中国第一历史档案馆藏：《录副奏片》，档号：03-6141-046。

③田玉广（1842—?），贵州镇宁州人。咸丰十年（1860），由武童投效湘军，以功赏给六品军功。同年，保千总。同治二年（1863），保守备，戴蓝翎。三年（1864），保都司，赏换花翎。四年（1865），管带抚标右营。五年（1866），保游击。六年（1867），保副将。七年（1868），晋提督衔。八年（1869），管带抚标卫队营。九年（1870），办理陕西抚镇营务处，加果勇巴图鲁勇号。十年（1871），回籍葬亲。十二年（1873），署理陕西神木营参将，换图勒炳阿巴图鲁勇号。光绪元年（1875），补陕西神木营参将。同年，署兴化城守协副将。三年（1877），委带福靖中营兼统福靖新后营。六年（1880），署建宁镇标左营游击。同年，调补浙江象山协副将。九年（1883），接统湘军前左后三营水师兼带楚军正右营水师。十九年（1893），调补抚标中军参将，兼管防练各军营务处事宜。二十年（1894），升补西安城守营协副将。二十一年（1895），兼理西安城守协副将印务。二十二年（1896），调补西安协副将。二十五年（1899），补授甘肃宁夏镇总兵，分统武卫中军后路各营。二十八年（1902），署陕西延榆绥镇总兵。三十二年（1906），调补陕西延绥镇总兵。同年，因病出缺。

营务处事件，责任綦重，经前护抚臣张汝梅会同前督臣杨昌濬、提臣雷正绾奏请暂缓赴引，奉旨允准在案❶。现在甘肃军务一律肃清，赴甘防剿各军亦陆续撤调回陕，应即给咨，令该员赴部引见，以符定例。该员已于本年十月十八日起程北上，理合会同陕甘督臣陶模、陕西提臣邓增，合词附片具陈。伏乞圣鉴。谨奏。

(朱批：) 知道了。①

光绪二十二年十一月初七日，奉朱批：知道了。钦此。②

❶【案】光绪二十一年闰五月二十一日，护理陕抚张汝梅请将田玉广暂缓引见，曰：

再，臣标中军参将田玉广前经督臣杨昌濬奏请升补陕西西安城守协副将，业经奉旨允准，调取赴部引见，当因该员尚有任内经手未完事件，未克随时赴引。兹准兵部咨催前来。臣查现在甘省回匪滋事，由陕派兵会剿，该员管带练军兼办臣营务处事件，责任繁重，未便遽易生手，致虞贻误。惟有仰恳天恩准将该参将田玉广暂缓赴部，俾资臂助，一俟甘省军务清肃，即当饬令请咨交卸起程，断不敢借词延缓。

所有升补陕西西安城守协副将田玉广请暂缓引见缘由，谨会同陕甘督臣杨昌濬、陕西提臣雷正绾，合词具陈。伏乞圣鉴训示。谨奏。

(朱批：) 着照所请，兵部知道。③

0505. 奏报防练各军拟酌量改定缘由折

光绪二十二年十月二十九日（1896 年 12 月 3 日）

头品顶戴陕西巡抚臣魏光焘跪奏，为陕省防、练各军拟酌量改定，以资防范，恭折仰祈圣鉴事。

①台北故宫博物院藏：《军机及宫中档》，文献编号：408006871-0-C。

②中国第一历史档案馆藏：《录副奏片》，档号：03-5918-055。

③中国第一历史档案馆藏：《录副奏片》，档号：04-01-16-0246-088。

窃维绥靖地方，必先整饬营伍。陕省幅员辽阔，东西距九百余里，南北距二千四百余里，与河南、湖北、四川、山西、甘肃壤地毗连，沿边防务，在在皆关紧要。上年，甘回起事，迭次拨派陕营，以剿为防，致南北山各处防营抽调空虚，幸赖天威震叠，回乱不致蔓延。现虽关内外一律肃清，而河州、狄道汉回仍未尽洽，时有谣传。陕境西路紧接平凉府属及清水县之张家川等处，回民种族尤多，宜防隐患，且从前晋、豫灾荒，客民播迁纷至，良莠不齐；川楚会匪时复混迹南山，勾结生事，非得营汛查拿，不足以资镇摄而靖闾阎。此各路防营不容一日疏懈也。臣筹思至再，既虑饷源支绌，又恐防范难周，只得就现在各营旗酌量变通，妥为布置，以期有备无患，上慰宸廑！

查陕省原有防军，除前裁永定六营、镇安两营外，现连上年赴甘之永兴六营，尚存马步十九营旗，加以抚、镇各标练军十二营旗，总共马步三十一营旗。又，商州协回兵一起，现在陇事既平，应再酌裁，以节饷糈。其镇安三营，已饬回豫遣散，正饷截至十月二十日止，加发行饷一月，俾各安靖回籍。永兴一军，前商督臣调回，计日可以抵陕。臣拟连存防各军裁并、挑留，编成步队十三旗、马队四旗、开花炮队一旗，合为马步一十八旗。前此防军人数多寡不一，饷章亦复参差，兹拟一并改旗，较归画一。步队饷项，拟仿照甘肃新更章程，马队拟照楚军坐粮章程，统计改并各旗与标营练勇，共留马步三十营旗、回兵一起。

查本年防、练各营旗饷项及北山州县防勇口粮、制造、善后经费，共估银四十四万四千四百余两，又另请估拨永定、永兴、镇安等军月饷，截至先后裁撤、改并之日止，共银三十九万一千余两，统计实需银八十三万余两。此次改定之后，合各营旗薪饷、防勇口粮、制造、善后经费，每岁实需银五十二万余两，较之往年常饷虽觉稍多，而除去永定、永兴、镇安各军月饷，实较本年饷数大减。如蒙俞允，应请将酌定饷项，自改定之日照章起支。臣就现时情形，体察分布，拟以步队五旗、马队一旗，驻扎省城附郭，督饬认真训练，无事操防巡缉，有事足备征调。其余各旗，分别择要扼扎，加意巡防，随时操练，俾成劲旅，仍俟甘省汉回相安，民心大定，再当切实裁减，照旧留防。昨与督臣往复电商，意见相同。至此项饷银，仍由陕库统于岁估项下估拨供支，伏恳天恩饬部照准，按年造销。其官弁勇额、月饷章程，另缮清单，恭呈御览。

除咨部查核外，所有酌定营旗饷数缘由，臣为整顿营务起见，是否有当，谨会同陕甘总督臣陶模，恭折具陈。伏乞皇上圣鉴训示，施行。谨奏。光绪二十二年十月二十九日。

（朱批：）该部议奏，单并发。①

光绪二十二年十一月十五日，奉朱批：该部议奏，单②并发。钦此。③

0506. 奏报升允期满甄别情形片

光绪二十二年十月二十九日（1896年12月3日）

再，查定例，捐纳、试用道府，该督抚于分发到省后，悉心察看，一年期满，出具切实考语，奏明分别繁简补用等因。今查有试用道员升允④，自光绪二十一年九月二十五日到省之日起，扣至本年九月二十五日，试用一年期满，例应甄别。据藩、臬两司会详前来。

---

①台北故宫博物院藏：《军机及宫中档》，文献编号：408006874。

②此清单查无下落，待考。

③中国第一历史档案馆藏：《录副奏折》，档号：03-5760-040。

④升允（1858—1931），字吉甫，号素庵，蒙古镶黄旗人。光绪八年（1882），中式举人。十二年（1886），补总理各国事务衙门章京。十六年（1890），充出使俄国参赞。十八年（1892），报捐知府。二十年（1894），加布政使衔。二十四年（1898），署陕安道。二十五年（1899），授陕西督粮道。同年，迁陕西布政使。二十六年（1900），补山西按察使。同年，授甘肃布政使，回任山西布政使。二十七年（1901），调补陕西布政使。同年，擢陕西巡抚。三十年（1904），调补江西巡抚。同年，授察哈尔都统。三十一年（1905），升授陕甘总督。民国二十年（1931），卒于津。赠谥文忠。

臣查该道才识优长，讲求吏治，堪以繁缺补用。谨会同陕甘督臣陶模，附片具陈。伏乞圣鉴。谨奏。

（朱批：）吏部知道。[①]

光绪二十二年十一月十五日，奉朱批：吏部知道。钦此。[②]

0507. 檄委严金清总理营务缘由片

光绪二十二年十月二十九日（1896年12月3日）

再，新疆补用道严金清[③]，才识兼备，晓畅戎机，臣前派总理湘军行营营务，深资臂助。现在陕省防、练各军亟须整顿，必得廉正、练达之员，切实经理，以期得力。除檄委该道总理营务外，理合附片具奏。伏乞圣鉴训示。谨奏。

（朱批：）知道了。[④]

光绪二十二年十一月十五日，奉朱批：知道了。钦此。[⑤]

0508. 奏为交部从优议叙谢恩折

光绪二十二年十一月初一日（1896年12月5日）

头品顶戴陕西巡抚臣魏光焘跪奏，为恭谢天恩，仰祈圣鉴事。

窃臣恭阅邸钞，光绪二十二年十月初七日，内阁奉上谕：魏光焘攻克苏家堡、哆巴等处贼巢，叠挫凶锋，亦属著有勤劳，着交部从优议叙等因。钦此。当即恭设香案，望阙叩头谢恩讫。俯

---

①台北故宫博物院藏：《军机及宫中档》，文献编号：408006874-0-A。

②中国第一历史档案馆藏：《录副奏片》，档号：03-5348-066。

③严金清（1838—1909），字紫卿，江苏人。同治年间，入左宗棠幕，随军出关。光绪三年（1877），署理迪化直隶州知州。二十七年（1901），署理陕西凤邠盐法道。二十八年（1902），署理陕西按察使。三十年（1904），因案降调。宣统元年（1909），开复原官。同年，卒。有《严廉访遗稿》存世。

④台北故宫博物院藏：《军机及宫中档》，文献编号：408006874-0-B。

⑤中国第一历史档案馆藏：《录副奏片》，档号：03-5348-065。

念甘回肇乱已及年余，蹂躏河湟，蔓延边塞。兹幸同张挞伐，一律肃清，朝廷释西顾之忧勤，遐迩仰天威之震叠！

臣自上年率师度陇，勉筹剿抚，未效涓埃，方抱疚之滋深，实无功之足录，乃荷恩施下贲，甄叙优加，以薄伐之微劳，沐温纶之褒宠。抚衷循省，弥觉惭惶！臣惟有宣布皇仁，拊绥还役，士卒有归耕之乐，边陲无伏莽之虞，以冀仰答高厚鸿慈于万一！

所有微臣感激下忱，谨缮折叩谢天恩，伏乞皇上圣鉴。谨奏。光绪二十二年十一月初一日。

（朱批：）知道了。①

光绪二十二年十一月十六日，奉朱批：知道了。钦此。②

0509. 覆陈被灾各属筹议来春接济折

光绪二十二年十一月十七日（1896 年 12 月 21 日）

头品顶戴陕西巡抚臣魏光焘跪奏，为遵旨查明陕省本年被灾歉收各属，筹议来春接济情形，恭折覆陈，仰祈圣鉴事。

窃臣前准军机大臣字寄：光绪二十二年十月初三日奉上谕：本年陕西榆林等州县被水、被雹，经该抚委员查勘，即着迅速办理，并将来春应否接济之处，一并查明，于封印前奏到，候旨施恩等因。钦此。当经钦遵恭录行司转饬查办去后。兹据查勘成灾被雹之耀州、安定、肤施、葭州、三水，被水之咸阳、华州、华阴、平利、榆林、朝邑及勘不成灾被雹之三原、洛川，被水之长安、商州；又秋禾被雨歉收之砖坪、紫阳、平利、白河，并平利县属之镇坪地方坍塌山座成灾，各厅州县陆续禀报，各该处地方夏、秋田禾被雹、被水、被雨歉收，均经随时禀请勘验，分别已、未成灾，或就近借给厘银，或散放义仓及赈、余各粮石，并由各该州县捐廉抚恤，以资接济。被冲地亩，酌给籽种，修复工本。

---

①台北故宫博物院藏：《军机及宫中档》，文献编号：408006875。

②中国第一历史档案馆藏：《录副奏折》，档号：03-5348-072。

应输本年钱粮，按照被灾分数，分别蠲缓各在案。目下民情安贴，尚无乏食之虞。惟距来年麦秋尚远，青黄不接之时应否接济，届时察看情形，再行禀办等情。由藩司张汝梅汇核具详前来。

臣查陕省灾歉频仍，小民元气未复，本年复有偏灾，虽经核实查勘，分别赈抚，刻下民情尚属安谧。第距来年麦收尚远，青黄不接之时，被灾较重者，嗷嗷待哺，自应预筹赈济。其被灾较轻者，收成减色，素鲜盖藏，亦未免拮据。臣现已通饬地方官实力体察，来春如有乏食贫民，照章散放常、平、义仓各积谷，或筹发库款接济，及采粮平粜，并劝谕殷实之家量予借贷，总期灾黎得所，耕凿咸安，以仰副圣主轸念民瘼之至意！至被灾各州县未完钱粮，分别应蠲、应缓，容俟查明确实，另行奏恳恩施。

所有陕省被灾各属筹议来春接济缘由，理合恭折覆陈，伏乞皇上圣鉴训示。谨奏。光绪二十二年十一月十七日。

（朱批：）知道了。①

光绪二十二年十二月初五日，奉朱批：知道了。钦此。②

0510. 奏明陕省二十二年上忙征收情形折

光绪二十二年十一月十七日（1896年12月21日）

头品顶戴陕西巡抚臣魏光焘跪奏，为查明陕西省光绪二十二年分上忙征收钱粮、盐课等银已完数目，恭折仰祈圣鉴事。

窃查前准户部咨：陕省上、下两忙钱粮册籍，以实征之数依限造报，并令将耗羡、存留及起运已完银两归入某季拨册，一并分造，各等因。所有光绪二十一年上、下两忙册籍，业经遵造分别奏咨在案。兹值造银二十二年上忙之期，查陕省二十二年分共额征民屯、更起运银一百三十二万九千二百两零。除兴平、高陵、褒城、朝邑、华阴、武功六县水灾案内豁免银六百一十六两零，

---

①台北故宫博物院藏：《军机及宫中档》，文献编号：408006877。

②中国第一历史档案馆藏：《录副奏折》，档号：03-9369-004。

又除荒地应征银七万七千八十五两零，各属熟地实应征银一百二十五万一千四百九十九两零。今上忙已完银一百九万一千二百八十两零，未完银一十六万二百一十八两零，除咸宁、长安、华阴、商州、鄜州五州县二十一年水雹灾案内奉文缓征灾前已完准留抵二十二年正赋银二千六百七十两零，又除临潼、延川、扶风、褒城、沔县五县水灾案内暂行豁缓三年银一千一百六十六两零，实未完银一十五万六千三百八十一两零。

又，额征民屯、更起、存耗羡，除请留免耗外，共银二十三万七千四百七十六两零，除兴平、高陵、褒城、朝邑、华阴、武功六县水冲地亩案内豁免银八十九两零，又除荒地应征银一万二千六百二十八两零，实熟地应征银二十二万四千七百五十八两零。今上忙已完银一十八万九千六百七两零，未完银三万五千一百五十一两零，除咸宁、长安、华阴、商州、鄜州五州县二十一年水雹灾案内奉文缓征灾前已完准流抵二十二年耗银四百两零，又除临潼、延川、扶风、褒城、沔县五县水灾案内暂行豁缓三年银一百四十八两零，实未完银三万四千六百二两零。

又，额征民存留俸工、廪膳、祭祀、孤贫并额外廪粮等项银九万九千三百二十五两零，又拨支各属不敷孤贫口粮银三两零，二共银九万九千三百二十八两零。除应征拨支各属不敷孤贫口粮银三两零，实应征银九万九千三百二十五两零。除荒地应征银三千八百一十九两零，实熟地应征银九万五千五百六两零，除延川县水灾蠲缓银一百一十两零，实征银九万五千三百九十五两零。今上忙已完银五万二千七百六十二两零，内解司裁汰俸工、乡饮、纸札、宪书等项银九百三十两零，留支银五万一千八百三十二两零，实未完银四万二千六百三十二两零。

又，额征民屯、存留、驿站等项共银一十七万六千二百七十三两零，除荒地应征银三千七十八两零，实熟地应征银一十七万三千一百九十五两零。今上忙已完银一十万七千五百五十五两零，内解司站支边塘、协济、扛夫等银三万八千五百五十五两零，解汉中府供驿银一万四千九十四两零，留支银五万四千九百五两零，实未完银六万五千六百四十两零。

又，额征屯存留俸工、杂支、孤贫等项银二千三百一十八两零，除荒地应征银三百二十五两零，实熟地应征银一千九百九十三两零。今上忙已完银九百七十三两零，全数留支各官俸工等银。实未完银一千一十九两零。

又，额征盐课银一万九千二百四十两零，除褒城县长林镇杨寨等处水冲地亩豁免银六两零，又除荒地应征银一千二百六十一两零，实熟地应征银一万七千九百七十二两零。今上忙已完银八千二百四十两零，未完银九千七百三十一两零。据藩司张汝梅分晰查造各款细数及入拨清册，具详请奏前来。

臣覆查无异，除清册咨部外，所有查明陕省光绪二十二年分上忙征收钱粮、盐课等银已完数目，谨缮折具奏。伏乞皇上圣鉴。谨奏。光绪二十二年十一月十七日。

（朱批：）户部知道。[①]

光绪二十二年十二月初五日，奉朱批：户部知道。钦此。[②]

0511. 奏为湘军援甘收支饷银造册报销折

光绪二十二年十一月十七日（1896年12月21日）

头品顶戴陕西巡抚臣魏光焘跪奏，为湘军援甘收支饷银，造册报销，恭折仰祈圣鉴事。

窃臣于光绪二十一年九月奉旨率所部湘军武威马步、炮队三十二营旗、亲兵两哨，赴甘援剿，十月以前饷项均由天津东征粮台造销。十月初一日以后由臣报销，业经奏明在案。现值军务完竣，自应按款造报，以昭核实。兹查收款项下，先后收到东征粮台及部拨各省协饷，共银一百三十四万两，应扣收四分湘平、一

①台北故宫博物院藏：《军机及宫中档》，文献编号：408006878。

②中国第一历史档案馆藏：《录副奏折》，档号：03-6256-054。

分余平并各营报缴缺旷银四万五百九十五两七钱一分，共计收银一百三十八万五百九十五两七钱一分。

支款项下，除甘肃挑留步队两营行饷截至七月底止，湖北挑回炮队一营行饷截至抵陕之日止，其余各营、旗、哨均截至本年六月十五及九月底先后遣撤之日止，共发过薪饷、马干、统费、津贴、柴草、粮价、制造、帐房及随营办事文武员弁薪粮、局费、转运饷、械经费、阵亡受伤恤赏、养伤银两，并遣撤各营旗员弁勇丁恩饷，共银一百二十七万九千一百二十九两一钱八分九厘五毫，又拨发湖北炮队一营两月行饷银六千二百一十八两七钱八分五厘，西安转运粮台薪粮、公费银四千九百三两八钱，总共动用银一百二十九万二百五十一两七钱七分四厘五毫，以出抵入，尚存银九万三百四十三两九钱三分五厘五毫，如数饬存司库，听候部拨。据粮台司道分造总、散清册，会详请奏前来。

臣覆加查核，各款均属实用实销，委无浮冒，除将总、散清册咨部查核外，所有湘军收支饷项款目，谨缮具简明清单，恭呈御览。伏乞皇上圣鉴，饬部核销施行。谨奏。光绪二十二年十一月十七日。

(朱批:)该部议奏，单并发。①

光绪二十二年十二月初五日，奉朱批：该部议奏，单并发。钦此。②

0512. 呈湘军武威各军收支饷项清单

光绪二十二年十一月十七日（1896 年 12 月 21 日）

谨将湘军武威马步、炮队各军营旗收支饷项，分款缮具简明清单，恭呈御览。

计开

---

①台北故宫博物院藏：《军机及宫中档》，文献编号：408006876。

②中国第一历史档案馆藏：《录副奏折》，档号：03-6142-008。

一、收天津湘军东征粮台拨发行饷银二十六万两。

一、收各省协饷银一百八万两。

一、收四分余平银三万七千五百二十两。

一、收各营报缴截旷银二千五百三十五两四钱五分。

一、收运脚、制造核扣一分余平银五百四十两二钱六分。

以上五项，共收银一百三十八万五百九十五两七钱一分。

一、发马步、炮队各营旗薪饷、马干等项银九十万一千六百八十三两三钱二分六厘一毫。

一、发制办帐房、矛杆，采买大小铜锅、锹、镢等项银四万九千五百八十六两一钱六分五厘。

一、发马步、炮队各军营旗津贴、粮价银四万一千九百四十五两六分八厘八毫。

一、发随营及各局办事文武员弁薪粮、局费等项银三万五千二百三十三两七钱四分六厘五毫。

一、发各军统费、夫银，加给津贴、马干、柴草、倒马价值、资遣残废勇丁、运粮驮脚及犒赏等项银九万六百三十二两九钱四分三厘一毫。

一、发解运饷装委员、护勇、跟役盘费及添制饷鞘、芦席、绳索、钉皮等项银三千四百六十九两七钱四分。

一、发恤赏、养伤银四万三千七百五十五两。

一、发遣撤各营旗员弁勇丁分别远近，各给恩饷，共银一十一万二千八百二十三两二钱。

一、拨发湖北挑留吴元恺炮队一营两月行饷银六千二百一十八两七钱八分五厘。

一、拨发西安转运粮台薪粮、公费银四千九百三两八钱。

以上十款，共开除银一百二十九万二百五十一两七钱七分四厘五毫，实在存银九万三百四十三两九钱三分五厘五毫，均存陕西藩库。合并登明。

（朱批：）览。①

0513. 奏报本年十月雨水粮价情形折

光绪二十二年十一月十八日（1896年12月22日）

头品顶戴陕西巡抚臣魏光焘跪奏，为恭报雨泽、禾苗情形，恭折仰祈圣鉴事。

窃查陕省光绪二十二年九月分雨泽、禾苗及华州等处被水坍塌山座各情形，业经奏报在案。兹据西安、凤翔、汉中、同州、兴安、邠州、乾州、商州、鄜州各府州属陆续具报，于十月初三日至初六及初九、初十至十七、十九并二十、二十二等日，得雨一寸至二三寸不等，其余各属尚未报到。臣查陕省本年秋雨颇多，入冬以来，天气晴和，二麦已播种出土，现值盘根之际，得此雨泽，大有裨益，民情欣悦，合境安谧，堪以上慰宸廑！

刻查西安粮价，大米每仓石价银二两五钱七分，小米每仓石价银一两六钱四分，较之上月，大米减银二钱，小米增银一钱九分。

所有光绪二十二年十月分雨泽并省城粮价情形，理合恭折具陈。伏乞皇上圣鉴。谨奏。光绪二十二年十一月十八日。

（朱批：）知道了。②

光绪二十二年十二月初六日，奉朱批：知道了。钦此。③

0514. 请以罗寿昌补授直隶知州缘由折

光绪二十二年十一月十八日（1896年12月22日）

头品顶戴陕西巡抚臣魏光焘跪奏，为拣员请补要缺直隶州知

---

①中国第一历史档案馆藏：《单》，档号：03-6142-077。

②台北故宫博物院藏：《军机及宫中档》，文献编号：408006881。

③中国第一历史档案馆藏：《录副奏折》，档号：03-9369-006。

州，以裨地方，恭折仰祈圣鉴事。

窃照商州直隶州知州李素告病，遗缺系三项要缺，例不掣签，业将开缺日期及例不掣签缘由咨部在案，自应照例拣选请补。查例载：道、府、直隶州知州、同知、通判，遇题调要缺，酌量以候补人员请补时，应先尽记名分发人员酌量请补。如果实系人地不宜，始准声叙以各项候补人员请补。又，遇应用候补时，先尽科甲出身人员请补，各等语。查该州界连鄂省，地当孔道，弹压、抚绥、政务，均极繁重，非精明干练之员，不足以资治理。

臣与藩、臬两司查通省简缺直隶州知州，现无历俸已满五年以上应调之员，随于知县卓异应升及在任候补、应补人员内逐加遴选，非现居要缺，即人地未宜，一时实难升调；候补班内并无正途出身，其记名分发人员，人地均不相宜。

惟查有候补直隶州知州罗寿昌，现年五十八岁，湖南益阳县监生。同治二年，投效湘军，办理文案。肃清皖南案内保以县丞留于江苏遇缺即补，并戴蓝翎。六年，随同果军入秦，办理营务，剿办回、捻、土匪，克复绥德州各城池案内，保免补本班，以知县改留陕西，遇缺即补。八年，委带武威新营，陕省全境肃清案内保免补本班，以知州仍留陕西尽先补用。旋赴楚军，办理营务。十二年，陕省剿防案内保俟补缺后，以直隶州仍留陕西，归候补班补用。十三年，克复巴燕戎格暨肃清河州等处案内，保免补知州，以直隶州知州仍归陕西补用。旋请咨赴部引见，奉旨：着照例发往。钦此。九月二十一日领照起程，十一月初八日到省。试看期满，前经加考甄别，堪以繁缺留陕补用，历署孝义厅同知、邠州直隶州知州各缺，遵筹饷例加捐知府衔。光绪十年四月，闻讣丁父忧。十二年十月，起复到省，遵赈捐例，换戴花翎。二十二年，委署乾州直隶州知州，二月初五日到任。该员办事明敏，吏治谙练，现署乾州要缺直隶州知州，措置裕如。其前署各缺交代，均经后任结报清楚，以之请补商州要缺直隶州知州，堪以胜任。虽军功初任候补人员调缺请补，与例稍有未符，惟缺居繁要，人地实在相需，例得据实陈明。据藩、臬两司会详请奏前来。

臣覆查该员明干有为，操守廉洁，以之请补斯缺，洵属相宜，合无仰恳天恩俯念员缺紧要，准以候补直隶州知州罗寿昌补授商州直隶州知州，实于地方有裨。如蒙俞允，该员系以直隶州知州请补直隶州知州，衔缺相当，毋庸送部引见。

是否有当，谨会同陕甘督臣陶模，恭折具陈。伏乞皇上圣鉴，饬部核覆施行。谨奏。光绪二十二年十一月十八日。

（朱批：）吏部议奏。①

光绪二十二年十二月初六日，奉朱批：吏部议奏。钦此。②

0515. 奏明湘军遣撤各营竣事情形折

光绪二十二年十一月十八日（1896 年 12 月 22 日）

头品顶戴陕西巡抚臣魏光焘跪奏，为湘军遣撤各营一律竣事，地方安静，恭折具陈，仰祈圣鉴事。

窃臣本年四月初十日在西宁营次接奉电谕：魏光焘着回陕西本任，所部湘军除现在出关及分防各处外，余悉带至秦中，分别遣撤等因。钦此。遵于四月二十日抽带五营，由西宁起程。嗣商督臣陶模、提臣董福祥，奏明酌留前军五营、左军五营，会剿巴燕戎属卡尔冈踞匪，又派严金清带马队两旗赴青海追剿窜逆，并于赴肃州之右军五营内挑留两营，归道员潘效苏统带；董福祥旋以撤回事定，所留十营一并奏撤，由臣行饬先后开拔来陕。

查湘军上年赴甘，原系步队、炮队二十八营两哨、马队四旗。兹除交留潘效苏两营外，计应回陕裁遣者，共步、炮队二十六营两哨、马队四旗。臣自抵陕以后，将各营随到随遣，仍饬原带将弁妥为押送，陆续分起成行，并派陕省防军沿途镇摄稽查，以防扰累。前以大营步队一营、卫队两哨尚须暂留弹压，照章改支坐

①台北故宫博物院藏：《军机及宫中档》，文献编号：408006880。

②中国第一历史档案馆藏：《录副奏折》，档号：03-5349-020。

饷；副将吴元恺所带炮队，尚为得力，挑留一营，送回湖北，发给两月行饷。计截至七月底止，已遣散马步十六营旗，经臣附片详细奏报。后起各营旗因甘陕秋雨过多，行程濡滞，左军步队五营八月底始行到陕遣撤；前军步队五营及马队左、后两旗，九月十五日始行到陕遣撤。各营旗薪饷均截至遣撤之日为止，亦经臣电请军务处先行代奏在案。

至前留大营一营两哨，各军既经遣毕，亦于九月底截止大饷，悉数遣撤完竣。所有应发恩饷，按照督臣陶模奏定原案，分别远近区为三等。其籍隶湖广、安徽、江苏者，每名给饷两月，派总兵罗吉亮、同知李坤鼎，于湖北樊城散放；籍隶直隶、山东、奉天者，亦各给饷两月，派知县熊廷襄于河南卫辉散放；籍隶河南、山西者，每名给饷一月，派知县魏承恩于潼关散放；籍隶四川者，每名亦给饷一月；籍隶陕甘者，每名给饷半月，就地散放。兹据前途报称，均已一律妥帖发讫，沿途所过地方，俱属如常安静。其各营原领军装、枪炮，均随时饬缴陕局查存，另派妥员经理，以重军需。

除湘军饷项截止各日期、详细花名清册、用款数目，核明专案造报并咨部查照外，所有遣撤湘军竣事缘由，谨恭折具陈。伏乞皇上圣鉴。再，前由甘肃拨归潘效苏两营，昨准督臣来电：甘省裁兵节饷，两营精壮可用，拟令回陕，行饷发至十一月底止。应俟到陕后，另行办理。合并陈明。谨奏。光绪二十二年十一月十八日。

（朱批：）该部知道。①

光绪二十二年十二月初六日，奉朱批：该部知道。钦此。②

①台北故宫博物院藏：《军机及宫中档》，文献编号：408006879。

②中国第一历史档案馆藏：《录副奏折》，档号：03-5760-053。

0516. 请准汪廷栋等四员留陕补用片

光绪二十二年十一月十八日（1896年12月22日）

再，臣维求治之道，端在得人。抵任以来，察看陕省情形，凡水利、棉桑、垦荒、开矿诸大端，皆地方可兴之利，必得实力讲求之员，认真办理，方有成效。兹查三品衔甘肃补用知府汪廷栋，才识练达，前经臣委充陕西粮台提调，实心任事，筹画精详。又，分省补用知府刘济坤，诚笃廉明；留甘补用知县李世楷，明干有为；升用知县欧培墉，办事勤谨。

该员等前随臣军营差使，均资得力，合无仰恳天恩俯准将汪廷栋等四员留陕，交臣差遣委用，俾收指臂之效，出自鸿慈。谨附片陈明，伏乞圣鉴训示。谨奏。

（朱批：）着照所请，吏部知道。①

光绪二十二年十二月初六日，奉朱批：着照所请，吏部知道。钦此。②

0517. 奏报陕省查禁私钱缘由片

光绪二十二年十一月十八日（1896年12月22日）

再，查私铸小钱，定例责成州县随时访拿究办，于年底出具境内并无私铸及行使小钱印结，详报具奏，历经遵办在案。兹查光绪二十二年分，督饬各属遵例禁革。据各厅州县先后禀报，严密查缉，并无行使小钱及私铸情事，出具印结，由藩、臬两司会详请奏前来。

除仍责成实力严禁毋得视为具文外，所有光绪二十二年分陕省查禁私钱缘由，谨循例附片具陈。伏乞圣鉴。谨奏。

---

①台北故宫博物院藏：《军机及宫中档》，文献编号：408006879-0-A。

②中国第一历史档案馆藏：《录副奏片》，档号：03-5349-022。

（朱批：）知道了。[①]

光绪二十二年十二月初六日，奉朱批：知道了。钦此。[②]

0518. 奏报秋季惩办情重盗匪情形片

光绪二十二年十一月十八日（1896年12月22日）

再，查前准部咨嗣后：各省拿获马贼、游勇、土匪并伙众持械强劫案件，如实系距省窎远，解犯中途堪虞，就近解交该管道府，或委员覆审明确，免其解省，由该管道府并委员核明情罪，禀候督抚批饬，就地正法，按季汇案具奏等因。历经遵办在案。兹查光绪二十二年秋季分，据委员准补邠州直隶州王兆庆审办陇州拿获游勇郑石林同在营当夫之桑辉坡二名，讯据供认，郑石林先在甘肃军营当勇，奉文遣撤，同桑辉坡结伴回山东原籍，于光绪二十二年五月初一日行抵陇州拓石镇地方，因盘费用尽，起意商允桑辉坡抢夺同行不识姓名客人银物，郑石林用木棒先打伤客人左太阳穴等处，重至骨损；桑辉坡亦用木棒打伤客人左肩甲等处，伤甚轻浅，携赃逃逸，不知姓名客人随即因伤身死。

又，据汉中府审办洋县拿获盗犯刘志和即刘老九、侯老六即侯沅子、朱老九、李老夭、商得均、翟文得六名，讯据供认，该犯刘志和、侯老六、朱老九、李老夭听从逸盗陈三沅即陈老六，又名陈世茂，纠伙十二人，于二十一年十二月十三日夜，分持刀械，撞门入室，强劫事主李树林家钱物，拒伤事主平复。该犯商得均共谋为盗，临时因别故不行，事后亦未分赃；翟文得事后被逼寄赃，知情窝顿。

又，据乾州直隶州审办永寿县拿获游勇贾用治、蒋兴贵二名，讯据供认，该犯贾用治等由甘肃军营告假回河南原籍，于二十二

---

①台北故宫博物院藏：《军机及宫中档》，文献编号：408006879-0-B。

②此朱批日期与内容，据《军机处随手登记档》（档案编号：03-0289-2-1222-327）校补。

年六月初十日走至永寿县罐罐沟地方，贾用治因路费缺乏，向同行之假勇王得胜借钱未允，起意商允蒋兴贵抢劫分用。贾用治同王得胜先行，乘王得胜不防，用刀戳伤其小肚，划伤左肋倒地，抢夺包袱银两。蒋兴贵畏惧落后，事前既未加功，事后又未分赃，王得胜医治平复，各等情。由该州县等禀经前护抚臣与臣先后批司，饬委准补邠州直隶州王兆庆，并行该管汉中府知府常裕、乾州直隶州知州罗寿昌，督同该州县提犯覆鞫，供情相符，照章议拟，禀请核示前来。

臣以该盗犯刘志和即刘老九、侯老六即侯沅子、朱老九、李老夭，游勇郑石林、贾用治六犯，或入室搜赃，拒伤事主；或白昼抢夺，殴毙、杀伤事主，均属凶恶昭著，法无可逭，当与督臣照章批饬就地正法，枭首犯事地方，以昭炯戒。

从犯桑辉坡听从抢夺杀人，帮殴伤轻，又非金刃，罪应拟军，另行照例办理；商得均共谋为盗，临时因别故不行，事后亦未分赃；翟文得被逼寄赃，知情窝顿，罪应拟徒；蒋兴贵听从抢夺，临时畏惧落后，既未加功，又未分赃。惟究系游勇，应于白昼抢夺伤人未死为从军罪上酌减一等拟徒。均照章锁系巨石五年，俟限满察看情形，再行核办。逸盗陈三沅等饬缉，获日另结。

所有光绪二十二年秋季分情重盗匪、游勇，照章惩办缘由，谨会同陕甘督臣陶模，附片具陈。伏乞圣鉴。谨奏。

（朱批：）刑部知道。[①]

光绪二十二年十二月初六日，奉朱批：刑部知道。钦此。[②]

---

①台北故宫博物院藏：《军机及宫中档》，文献编号：408006879-0-C。

②此朱批日期与内容，据《军机处随手登记档》（档案编号：03-0289-2-1222-327）校补。

0519. 奏报委署道府县各缺情形片

光绪二十二年十一月十八日（1896年12月22日）

再，各省道府州县无论奏调、委署，每届三月汇奏一次，历经遵办在案。兹查陕西省自光绪二十二年七月起至九月底止，署陕安道黄嗣东丁忧遗缺，委补用道姚岳度署理。西安府知府文启升授潼商道遗缺，委兴安府知府童兆蓉调署；所遗兴安府知府员缺，委试用知府周铭旗署理。署佛坪厅同知李聪交卸、兼理洋县遗缺，委候补知县朱瑾署理。署高陵县知县周之济调省遗缺，委试用知州方敌署理。署定边县知县屈寿昌调省遗缺，委候补知县何谱馨署理。富平县知县傅汝梅撤任遗缺，委试用通判朱承恩署理。安康县知县马积馨请咨引见遗缺，委石泉县知县陈熊调署。肤施县知县魏振邦撤任遗缺，委候补知县常润署理。由藩司张汝梅、臬司李有棻会详请奏前来。

臣覆核无异，所有光绪二十二年秋季分委署道府知县各缺缘由，谨附片具奏。伏乞圣鉴。谨奏。

（朱批：）吏部知道。[①]

光绪二十二年十二月初六日，奉朱批：吏部知道。钦此。[②]

0520. 请将王诹等员一并革职缘由折

光绪二十二年十二月初八日（1897年1月10日）

头品顶戴陕西巡抚臣魏光焘跪奏，为特参庸劣不职各员，以肃官方，恭折仰祈圣鉴事。

窃维求治之方，澄叙为要。臣莅任以来，接见僚属，时以勉修职守，共襄郅治，谆谆相勖，并随时访察。其才能出众、实心

---

①台北故宫博物院藏：《军机及宫中档》，文献编号：408006879-0-D。

②中国第一历史档案馆藏：《录副奏片》，档号：03-5349-021。

任事者，固不乏人，而溺职营私、难期振作者，亦复不少。若不认真整顿，何以肃庶政而臻上理？

兹查有潼关厅同知王诹，气质粗率，声名平常；咸阳县知县涂传德，遇事偏执，心术近猾；安塞县知县包述信，嗜好甚深，公事废弛；候补知县曹鸿儒，气质粗浮，工于牟利；署宁陕厅巡检候补典史耿士侃，行为乖谬，擅离职守；署商南县典史候补巡检孙效谋，敢于欺朦，规避取巧；候补典史章德壎，品行不端，罔顾廉耻。以上各员均属庸劣不职，有玷官箴，未便稍事姑容。据藩、臬两司会详前来。

臣覆核无异，相应请旨将王诹、涂传德、包述信、曹鸿儒、耿士侃、孙效谋、章德壎等一并革职，以肃官方。谨会同陕甘督臣陶模，合词恭折具陈。伏乞皇上圣鉴训示。谨奏。光绪二十二年十二月初八日。

（朱批：）另有旨。①

光绪二十二年十二月二十五日，奉朱批：另有旨❶。钦此。②

【案】此案旋于光绪二十二年十二月二十五日得旨允行。《上谕档》载曰：

光绪二十二年十二月二十五日，内阁奉上谕：魏光焘奏，特参庸劣不职各员一折。陕西潼关厅同知王诹，气质粗率，声名平常；咸阳县知县涂传德，遇事偏执，心术近猾；安塞县知县包述信，嗜好甚深，公事废弛；候补知县曹鸿儒，气质粗浮，工于牟利；署宁陕厅巡检候补典史耿士侃，行为乖谬，擅离职守；署商南县典史候补巡检孙效谋，敢于欺朦，规避取巧；候补典史章德壎，品行不端，罔顾廉耻。均着即行革职，以肃官方。该部知道。钦此。③

---

①台北故宫博物院藏：《军机及宫中档》，文献编号：408006883。

②中国第一历史档案馆藏：《录副奏折》，档号：03-5349-112。

③《光绪朝上谕档》，第22册，第276—277页。

0521. 奏请暂免报解土药厘税缘由折

光绪二十二年十二月初八日（1897 年 1 月 10 日）

头品顶戴陕西巡抚臣魏光焘跪奏，为陕库奇绌，数年内势难周转，吁恳天恩暂免报解土药厘税，以敷支销，恭折仰祈圣鉴事。

窃查陕省瘠苦之区，每年司库入款综计不过一百六十万两上下。平时例支各款，仅足敷用，一遇额外用项，即须设法腾挪，一切艰窘情形，久在圣明洞鉴。前因永定、永兴两军并镇安各营饷项及应还商借本息银两无从筹措，是以前护抚臣有拨留耗羡、封储等项之请。嗣又奉加派每年认还英德、俄法两款银二十二万两，因复有筹拨地丁及厘金银各八万两、出粜余剩兵粮银三万两、节省耗羡等款银三万两之议，而本年应还英德、俄法两款银一十六万两，尚未计及。

查应归光绪二十二年奏销者，永定、永兴、镇安各军恩、正两饷银四十五万七千三百余两，应还商借本息银二十二万九千三百余两，并英德、俄法两款一十六万两，合计共应销银八十四万六千六百余两。前准部电，准提耗羡二十万两，又由天津留存洋款内拨还陕省动支封储、地丁两项拨借甘军饷银二十万两，共奉拨银四十万两，尚不敷银四十四万六千六百余两，未及请部指拨。臣于本年六月莅任，督同藩司稽核库款，实已悉索一空，无可挹注。惟有遵旨整顿厘税，清查荒田，借资补苴，节经饬属实力奉行。幸本年所收厘税，比较上年可多银十万余两。荒田已认垦五千六百余顷，惟厘税等项若准照案全数支销，尚仍不敷。荒田一项，升科例有定限，亦属缓不济急，且国计宜裕，民生亦所宜恤。自同治初元以后，陕省土著不及五成，欲商旅之常出于涂，农工之乐安其业，必先有招徕安集之方，而后输将日见踊跃。现方疏浚水利，开采盐碱、煤矿，劝植棉桑及牧养诸事。

又，本年夏、秋间，各属水、雹、阴雨为灾，明春尚须赈抚，在在需款，筹无可筹，而奉部饬解之款，自应按期照解。前项已支未销银四十余万两及二十三年应还英德、俄法两款转瞬届期，通盘筹画，实属不敷周转。方今时局艰难，部库国帑亦属支绌之际，如有可以腾挪之处，断不敢冒昧渎恳。无如入少出多，不敷过巨，几同无米之炊，再四筹思，惟有恳将土药、厘税暂免报解，以便支销。俟三年后荒田以次升科，入款稍裕，再当遵行报解。据藩司张汝梅详请具奏前来。

臣覆详细考核，系属实在情形，合无仰恳天恩俯念陕省库藏奇绌，万难周转，准将土药、厘税一项暂免报解，以敷支销。除咨部查照外，理合恭折具奏。伏乞皇上圣鉴训示，施行。谨奏。光绪二十二年十二月初八日。

（朱批：）户部议奏。①

光绪二十二年十二月二十五日，奉朱批：户部议奏。钦此。②

0522. 请将湘军积劳病故员弁议恤折

光绪二十二年十二月初八日（1897年1月10日）

头品顶戴陕西巡抚臣魏光焘跪奏，为汇报湘军在营积劳病故员弁恳恩饬部从优议恤，恭折具奏，仰祈圣鉴事。

窃湘军此次赴甘援剿，前敌各处地既寒苦，复多瘴疠。本年春、夏之交，疾疫流行，将士驰驱艰险，无间寒暑，婴疾致殒者，殆以数百计。其萧益星等三十七员名，尤为劳勚卓著。据各军营统带先后禀请奏恤前来。

臣查该故员等或折冲行阵，奋不顾身；或转运军储，备历艰苦，以致积劳成疾，先后沦亡，委骨边荒，殊堪悯恻！凡在事出力人员已蒙恩准保奖，阵亡员弁亦经奏请赐恤，迭荷鸿施。而在营病故人员，均属有功足录。魏景枚一员，前曾由臣随折奏保升阶；其余各员亦经各营委开呈拟保职衔，恳请奏奖在案。兹既以

①台北故宫博物院藏：《军机及宫中档》，文献编号：408006882。

②中国第一历史档案馆藏：《录副奏折》，档号：03-6508-060。

死勤事，虽与临阵捐躯者稍觉有间，但同为国家致命前敌，自亦在圣慈矜恤之中，相应吁恳天恩俯准饬部，各依拟保官阶，照军营立功后积劳病故例，一并从优议恤，以慰忠魂而昭激劝。

除饬取各故员履历另行咨部查核外，谨汇缮清单，恭呈御览。伏乞皇上圣鉴，饬部议覆施行。谨奏。光绪二十二年十二月初八日。

（朱批：）该部议奏，单并发。①

光绪二十二年十二月二十五日，奉朱批：该部议奏，单并发。钦此。②

0523. 呈湘军积劳病故员弁请恤清单

光绪二十二年十二月初八日（1897年1月10日）

谨将湘军武威各军营、局在营积劳病故文武员弁衔名，谨缮清单，恭呈御览。

计开

拟保提督补用总兵萧益星，湖南湘乡县人；

拟保副将补用参将唐炳耀，湖南湘乡县人；

拟保副将补用参将王升祥，湖南湘乡县人；

拟保总兵补用副将贺东海，湖南湘乡县人；

拟保副将补用参将王荣辉，湖南湘潭县人；

拟保参将补用游击黄金友，湖南善化县人；

拟保参将补用游击刘敦平，湖南衡山县人；

拟保游击补用都司吴镇湘，湖南湘潭县人；

拟保都司补用守备曾庆文，湖南醴陵县人；

拟保游击补用都司刘起云，湖南湘潭县人；

拟保都司补用守备吴锦奇，湖南平江县人；

---

①台北故宫博物院藏：《军机及宫中档》，文献编号：408006884。

②中国第一历史档案馆藏：《录副奏折》，档号：03-5919-059。

拟保都司补用守备李洪举，湖南邵阳县人；

拟保都司补用守备刘宏陞，湖南善化县人；

拟保都司补用守备常桂云，湖南湘乡县人；

拟保千总拔补把总成大志，湖北兴国州人；

拟保把总五品军功张良田，湖南善化县人；

拟保把总五品军功高光荣，湖南善化县人；

拟保把总五品军功罗连陞，湖南善化县人；

拟保把总六品军功朱勣臣，湖南湘乡县人；

拟保把总六品军功陈世昌，湖南邵阳县人；

拟保把总六品军功胡竣蓉，湖南湘乡县人；

补用直隶州知州分省补用知县魏景枚，湖南新化县人；

拟保直隶州知州同知衔安徽试用知县曹金恩，湖南长沙县人；

拟保同知江苏试用知县宁英，湖南邵阳县人；

拟保县丞附生蒋文骘，湖南湘阴县人；

拟保县丞附生徐鸿銮，湖南湘阴县人；

拟保知县分省补用县丞刘宗陶，湖南湘乡人；

拟保县丞附生李迪轩，湖南新化县人；

拟保县丞甘肃补用巡检周澍，湖南宁乡县人；

拟保从九品文童魏兆鹏，四川仁寿县人；

拟保从九品文童袁镇江，湖南邵阳县人；

拟保县丞选用巡检刘子谷，湖南湘乡县人；

拟保从九品文童凌紫廷，湖南邵阳县人；

拟保从九品文童万介金，湖南湘乡县人；

拟保从九品文童袁兆耀，湖南新化县人；

拟保从九品文童刘清夔，湖南平江县人；

拟保从九品文童张思源，湖南长沙县人。

以上文武员弁，共三十七名。

（朱批：）览。[①]

0524. 请将广有仓二十年民欠粮草豁免折

光绪二十二年十二月初八日（1897 年 1 月 10 日）

头品顶戴陕西巡抚臣魏光焘跪奏，为查明陕西榆林府广有仓光绪二十年分民欠本色粮草，续行开单恳恩豁免，恭折仰祈圣鉴事。

窃查榆林府广有仓每年应征本色粮草，前因起征较迟，奏请缓至次年八月底截数造办。该仓奏销，并请改至九月专案造送。本年八月，奏请豁免光绪二十年各属民欠钱粮案内，声明广有仓未完粮草，俟奏请截数后，查明民欠确数，再行请豁。兹查该仓应造光绪二十一年并带征二十年前本色粮草奏销各册，业已造齐奏咨。所有二十年该仓民欠未完粮草，查明榆林、绥德、米脂、清涧、吴堡五州县，共欠本色粮一千八百五十九石七斗一升五合八勺、草一百束，内荒地未完粮一千二百八十四石九升七合一勺，熟地未完粮五百七十五石六斗一升八合七勺、草一百束，委系实欠在民。现值二十二年仓粮开征之际，旧欠尚须带征一年。北山地瘠民贫，若将二十年粮草同时并征，民力实有未逮。各属钱粮等项业已宽免，该仓粮草事同一律，自应援案并请豁旧征新，以示体恤等情。由藩司张汝梅分晰造册，具详请奏前来。

臣覆查无异，相应仰恳天恩俯准将单开榆林等五州县，光绪二十年民欠广有仓本色粮草，一并豁免，以广皇仁而纾民力。除清册咨部外，谨缮单恭呈御览。伏乞皇上圣鉴训示。谨奏。光绪二十二年十二月初八日。

（朱批：）着照所请，户部知道，单并发。[②]

光绪二十二年十二月二十五日，奉朱批：着照所请，户部知

---

①中国第一历史档案馆藏：《单》，档号：03-5919-060。

②台北故宫博物院藏：《军机及宫中档》，文献编号：408006885。

道，单并发。钦此。[①]

0525. 呈广有仓二十年民欠粮草豁免清单

光绪二十二年十二月初八日（1897年1月10日）

谨将陕西榆林府广有仓光绪二十年分荒、熟地亩未完本色粮草数目，缮具清单，恭呈御览。

计开：光绪二十年分

榆林府等属共未完广有仓荒地粮一千二百八十四石九升七合一勺，熟地粮五百七十五石六斗一升八合七勺、草一百束。

内榆林县未完熟地粮八十五石一斗六升六合、草一百束；

绥德州未完荒地粮三百一十一石八斗二升五合；

米脂县未完荒地粮五百三十四石二斗八升四合，熟地粮二百七十石九斗一升四合；

清涧县未完荒地粮四百三十七石九斗八升八合一勺，熟地粮三石三斗四升九合；

吴堡县未完熟地粮二百一十六石一斗八升九合七勺。

（朱批：）览。[②]

0526. 奏报核销镇安五营军费情形片

光绪二十二年十二月初八日（1897年1月10日）

再，臣据善后局司道详称：上年甘回倡乱，陕境防军调赴甘省助剿，防地空虚，添募镇安马步五营，择要驻扎，以资镇慑。所有应支饷项，均由司库筹拨。嗣甘省军务渐清，防军陆续撤回。该军五营于二十二年六月先撤二营，又于十月二十日遣撤三营，各发清饷项，并另发一月行饷，俾归农业，均详经前护抚臣与臣

---

①中国第一历史档案馆藏：《录副奏折》，档号：03-6677-079。

②中国第一历史档案馆藏：《单》，档号：03-6677-080。

先后奏咨各在案。兹核查该镇安五营，自二十一年十月初一日起至二十二年十月二十日裁撤止，原未预筹的饷均由司库通挪周转，计旧管无款。新收项下，一、收藩库筹运挪垫，并拨发新饷正项，共库平银一十二万七千三百二十两零。一、收本案扣回各项制造、采办一分平余银一百四十八两零，二共收库平银一十二万七千四百六十九两零。开除项下，共请销库平银一十二万七千三百七十六两零。实在存银九十三两零，应归入善后各营二十二年报销案内列收造报。

再，前奏部议每报销银一万两，解办公、饭费银十两。今镇安营报销，照章应解饭费库平银一百二十七两零，应在本案扣回四分减平内照数动支，俟奉准部覆，即行搭解。又，该军应扣四分减平银五千九十五两零，如数解交司库收储，分别造具细数、总散清册，呈请奏销前来。

臣覆核无异，除咨部外，理合附片具陈。伏乞圣鉴，饬部核销施行。谨奏。

(朱批：) 户部知道。①

光绪二十二年十二月二十五日，奉朱批：户部知道。钦此。②

0527. 奏请准销遣撤湘军恩饷缘由片

光绪二十二年十二月初八日（1897年1月10日）

再，臣此次遣撤湘军武威各营弁勇，应给恩饷，按照督臣奏定章程，已由奉拨专饷内动支。其营哨各官亦各按两个月薪粮数目支给，并无统领公费、委员川资银两，业经造报在案。现准部咨，凡营官、哨官均于截止各营正饷外，给予一月薪水，不给公费等因。自应遵照办理。惟查湘军各营于本年六、七、八、九等月遣撤，该营哨官等责令押送勇丁，当经各给两月薪粮，统计多

①台北故宫博物院藏：《军机及宫中档》，文献编号：408006882-0-A。

②中国第一历史档案馆藏：《录副奏片》，档号：03-5760-057。

发一月，共支银二千九百余两。

此时均已回籍，实属无从核减，惟有吁恳天恩俯念此次发饷在先，奉文在后，仍准照两个月核销，免其追缴之处，出自鸿慈！谨附片陈明。伏乞圣鉴。谨奏。

（朱批：）户部知道。[1]

光绪二十二年十二月二十五日，奉朱批：户部知道。钦此。[2]

0528. 奏请核销转运粮台开支缘由片

光绪二十二年十二月初八日（1897年1月10日）

再，据善后局司道详称：前请咨覆襄办湘军转运粮台事务候补道及提调、委员、书识、贴写、杂费、勇丁、运饷、委员开支银数，应行分别删减办理各节，内查候补道升允，系属专差，应请仍准月支银五十两，同、通、州、县均按盐粮则例，从减酌给，亦请免其递减。书识、贴写截至七月底裁撤粮台，停止护勇口粮，改照军需局勇丁工食，每名月支银三两，什长每名月支银三两三钱，公费一项减去银五十两，每月开报银一百两，均经奉部照准在案。至同、通、州、县，据称均按盐粮则例从减酌给，请免递减之处，令将某员按照盐粮则例应支若干，减支若干，查明细数，附入善后案内，另册造报等因。

兹西事告竣，粮台已撤，自应分别管、收、除、在，造具四柱清册，以归简便而免轇轕。计自光绪二十一年十月初一日起，截至二十二年七月底裁撤粮台止，查旧管无款，新收湘军转运粮台移交银四千九百三两零。开除请销委员、文案、书识、贴写、护勇支过薪水、口食、公费等银四千九百三两零。实在无存。至同、通、州、县薪水，比较盐粮则例，减支银若干并应扣四分减平，已经粮台归并大案，扣数全行解交司库，本案再无扣存平银，

---

①台北故宫博物院藏：《军机及宫中档》，文献编号：408006882-0-B。

②中国第一历史档案馆藏：《录副奏片》，档号：03-5760-056。

均于报销册尾声明，造具收支清册，呈请奏销前来。

臣覆核无异，除咨部外，理合附片具陈。伏乞圣鉴，饬部核销施行。谨奏。

（朱批：）户部知道。①

光绪二十二年十二月二十五日，奉朱批：户部知道。钦此。②

0529. 奏闻陕西办理新旧交代情形片

光绪二十二年十二月初八日（1897年1月10日）

再，准部咨：陕西省新旧交代，分别已、未完结，半年汇奏一次等因。查光绪二十二年四月以前各属新旧交代，一律督算清楚，经前护抚臣附奏在案。兹自光绪二十二年五月起至十月底止，统计新案已结仓库、驿站交代三十起，均遵例限随时咨部，尚有未结交代九起，查系未满例限。据藩司张汝梅开单具详前来。

臣覆查无异，除分别严催依限造报并清单咨部外，谨附片具陈。伏乞圣鉴。谨奏。

（朱批：）户部知道。③

光绪二十二年十二月二十五日，奉朱批：户部知道。钦此。④

0530. 奏报陕省交代存银批转清楚片

光绪二十二年十二月初八日（1897年1月10日）

再，各省府、厅、州、县交代，每届年底，例应将并无征存未解银两及交代亦无逾限之处汇奏一次，历经遵照办理。兹查陕西省自光绪二十一年十一月起至二十二年十月底止，统计各府、

①台北故宫博物院藏：《军机及宫中档》，文献编号：408006882-0-C。

②中国第一历史档案馆藏：《录副奏片》，档号：03-6142-046。

③台北故宫博物院藏：《军机及宫中档》，文献编号：408006882-0-D。

④中国第一历史档案馆藏：《录副奏片》，档号：03-6142-047。

厅、州、县造报交代册结五十三起，均系依限接收结报，并无隐匿，间有初参未结，亦经查取职名，随案开参。其征存银两，俱已随时扫数解清，委无存留属库未解之项。据藩司张汝梅详请奏咨前来。

臣覆查无异，除清单咨部外，所有光绪二十二年陕西省各属交代存银批解清楚及依限结报缘由，谨附片具奏。伏乞圣鉴。谨奏。

（朱批：）户部知道。①

光绪二十二年十二月二十五日，奉朱批：户部知道。钦此。②

0531. 奏报榆林广有仓销案缘由片

光绪二十二年十二月初八日（1897年1月10日）

再，查陕省前因举办征信册，议令次年五月奏销为止，截数造办。其榆林府广有仓征收粮草，交纳较迟，奏销缓至八月底截数。该仓奏销请以八月为期，九月专案造报，并改题为奏，借可以速补迟等因。遵办在案。兹届造报榆林府广有仓光绪二十一年分展限奏销之期，由藩司张汝梅准据延榆绥道、榆林府将该府广有仓并榆林等县二十一年收支兵马粮草四柱奏销清册，逐一造齐，具详请奏前来。

臣覆核无异，除各册咨部外，谨附片具陈。伏乞圣鉴。谨奏。

（朱批：）户部知道。③

光绪二十二年十二月二十五日，奉朱批：户部知道。钦此。④

---

①台北故宫博物院藏：《军机及宫中档》，文献编号：408006882-0-E。

②此朱批日期与内容，据《军机处随手登记档》（档案编号：03-0289-2-1222-346）校补。

③台北故宫博物院藏：《军机及宫中档》，文献编号：408006882-0-F。

④此朱批日期与内容，据《军机处随手登记档》（档案编号：03-0289-2-1222-346）校补。

0532. 奏报二十二年冬月雨水粮价情形折

光绪二十二年十二月十六日（1897年1月18日）

头品顶戴陕西巡抚臣魏光焘跪奏，为恭报雪泽、麦苗情形，恭折仰祈圣鉴事。

窃查陕西省光绪二十二年十月分雨泽、禾苗情形，业经奏报在案。兹据西安、延安、凤翔、榆林、同州、汉中、兴安、邠州、乾州、商州、鄜州、绥德等府州属陆续具报，于十一月初七至初十、十三及十五至十七等日，先后得雪二三寸至五六寸不等，其余各属尚未报到。臣查陕省入冬以来，雨雪应时，现正二麦盘根之际，获此雪泽滋培，大有裨益，民情欣悦，堪以上慰宸廑！

刻查西安粮价，大米每仓石价银二两九钱，小米每仓石价银一两九钱九分，较之上月，大米增银三钱三分，小米增银三钱五分。

所有光绪二十二年十一月分雪泽、麦苗并省城粮价情形，理合恭折具陈。伏乞皇上圣鉴。谨奏。光绪二十二年十二月十六日。

（朱批：）知道了。①

光绪二十二年十二月二十八日，奉朱批：知道了。钦此。②

0533. 请将被灾各属钱粮等项蠲缓折

光绪二十二年十二月十六日（1897年1月18日）

头品顶戴陕西巡抚臣魏光焘跪奏，为查明陕省安定等属被雹、被水暨坍塌山座已、未成灾，分别筹抚，并开单恳请蠲缓钱粮、盐课、草束，恭折仰祈圣鉴事。

窃查安定等厅州县本年夏、秋之间被雹、被水暨坍塌山座，

①台北故宫博物院藏：《军机及宫中档》，文献编号：408006886。

②中国第一历史档案馆藏：《录副奏折》，档号：03-6964-050。

收成歉薄情形，经臣先后具奏，奉旨：着即饬属查勘，妥为抚恤等因。钦此。当经臣饬司移行该管、道、府、直隶州，遵章亲诣覆勘，确查被灾分数，钱粮应否蠲缓，分别极贫、次贫大小丁口，妥筹赈抚去后。兹据各该道府州陆续查勘禀覆，实查得被灾之安定、肤施、葭州、耀州、三原、洛川、三水、平利、砖坪、紫阳、白河、咸阳、长安、商州、华州、华阴、朝邑、榆林十八厅州县，本年或因冰雹打伤夏麦、秋禾；或因暴雨山水涨发，冲伤地亩、房屋，淹毙人口。被灾轻重，情形不一。惟平利县属镇坪地方，高山坍裂十四处，横顺自二三十丈至七八十丈及百余丈不等。塌陷居民四五十户，伤毙男女大小一百零三丁口，逃出现存者一百六十名口，仅以身免，情殊可悯，业已拨款赈抚。挖获各尸，由该县丞捐棺饬埋。除三原、商州二处情形较轻无庸抚恤外，其安定、肤施、耀州、三水、咸阳、长安、华州、华阴八处，或经该州县等捐廉购给籽种，或借义仓粮石接济。此外则葭州两次动用仓存备赈京斗黑豆四百二十余石，洛川动用差徭及生息项下铜钱一千串，朝邑动用义仓京斗谷豆八百三十二石零，榆林三次动用义仓京斗谷豆六百六石零，分别赈借。朝邑被水浸倒民房三百余间，亦经给款修复，俾资栖止。

以上各处，年内尚可敷衍，来春青黄不接，再行察看办理。惟平利、紫阳、砖坪、白河四处均属山居，本年秋雨过多，包谷、洋芋生芽萎烂，灾区较广；又兼安康、洵阳、汉阴、石泉四厅县夏旱秋潦，虽未报灾而收成亦形歉薄。目下粮价腾贵，贫民买食维艰。前据该管兴安府禀请借银买粮平粜，已饬兴安厘局拨银八千两，由该府酌量分拨济用，并分给镇坪山坍处所，妥为赈抚。复因挖挑土塞河道，以工代赈，俾顾目前。第距来春麦收尚远，所有极贫户口，应请筹款赈抚，以救灾黎。

至各属钱粮，除三原、洛川、三水、商州四处被灾较轻，平利、砖坪、紫阳三处山地粮轻，应毋庸议缓外，所有被灾较重之咸阳、长安、华州、华阴四处应纳钱粮，其未被灾以前完纳者，俱照例流抵下年正赋；其被灾尚未完纳者，同安定、肤施、葭州、耀州、白河、朝邑、榆林等七处，应请一并分别蠲缓，以纾民力等情。由布政使张汝梅开具细数清单，具详前来。

臣覆查陕省本年被灾各属，除三原、商州二处无须抚恤，洛川、三水、平利、砖坪、紫阳五处业已分别赈借，应征钱粮毋庸议缓外，其安定、肤施、葭州、耀州、白河、朝邑、榆林、咸阳、长安、华州、华阴等十一处被灾较重，或收成全行失望，或地亩刻难修复，核其情形，实堪悯恻！所有未完地丁钱粮、盐课、草束，谨遵定章，开具被灾地亩分数、蠲缓银粮细数清单，仰恳天恩俯准分别蠲缓，以广皇仁而纾民困。

再，查安定等十四处雹、水各灾，系属一隅之地，来春应否调剂，届时察看情形，再行核办。惟平利、紫阳、白河、砖坪四处，山内小民多以包谷、洋芋为生，今秋淫雨兼旬，萎烂失收，灾区既广，穷民益多，且该兴安府属之安康、汉阴、石泉、洵阳等处，因本年夏旱秋潦，收成亦歉，以故现时粮价大涨，虽经拨银八千两，于汉中所属及湖北、河口一带购粮平粜，而距来春麦收为日方长，是次贫之户亦将渐成极贫，待哺嗷嗷，自非再筹赈济不可。臣已行司饬府查明各处常、平、义仓各粮石，分别办理赈粜。如款项不敷，再行设法筹拨，总期灾黎不致失所，以仰副圣主轸念民瘼之至意！

所有安定等处被雹、被水及坍塌山座已、未成灾，分别筹抚，并请蠲缓钱粮、盐课、草束缘由，谨恭折具奏。伏乞皇上圣鉴训示。谨奏。光绪二十二年十二月十六日。

（朱批：）着照所请，户部知道，单并发。[①]

光绪二十二年十二月二十八日，奉朱批：着照所请，户部知道，单并发。钦此。[②]

---

①台北故宫博物院藏：《军机及宫中档》，文献编号：408006887。

②中国第一历史档案馆藏：《录副奏折》，档号：03-9369-024。

0534. 呈安定等属被灾蠲缓钱粮数目清单

光绪二十二年十二月十六日（1897年1月18日）

谨将安定、肤施、葭州、耀州、白河、咸阳、长安、华州、华阴、朝邑、榆林十一州县被灾蠲缓钱粮、盐课、草束各数目，开列清单，恭呈御览。

计开

一、安定县郭家坪等十八村庄，于六月初九日午刻被雹打伤秋禾，成灾十分共民地一千五百余亩，应完银五十九两一钱六分二厘，拟请蠲免。上忙灾前已完清楚，照章流抵下忙应完正赋，业经覆勘后出示停征。

一、肤施县西南县佛桃坪等五村庄，于五月十一日上午被雹打伤秋禾，成灾十分共地一百亩一分，应纳本年上忙地丁银一十两四钱三分九厘、耗羡银一两五钱六分六厘、盐课银一两七钱七厘，拟请一并蠲免，业经覆勘后照章出示停征。

一、葭州朱家坬等二十三村庄，于五月二十三日午后被雹打伤夏、秋禾苗，应征民屯地丁正银六十七两六钱三分八厘、耗银一十两一钱四分六厘、广有仓兵粮八十石一斗三升八合、屯草二十七束四斤，拟请一律缓至二十三年秋后带征，业于覆勘后照章出示停征。

一、耀州阿姑、杜起、至鱼池池等村，于三月二十三日申刻被雹打伤水、旱各地一百一十七顷余，内除寺沟、南堡等九村地六十余顷，被灾二三分之谱，其余十二村被灾约在四五分、六七分不等。禾苗受伤后，又经狂风、烈日，折损枯槁，多不结实，应完上忙地丁银一百七十五两二钱七分八厘、耗银二十六两二钱九分二厘，拟请缓至本年秋后带征，委勘后，已经出示停征，随同下忙钱粮征收。

一、白河县禀覆，勘明该县自八月十六日后晚得雨起，连绵不断，至九月十四日止，山水涨发。收获之时，遭此淫雨，黄豆、包谷、红薯、稻谷，大半霉烂生芽，刈之于家与委之于地，同一受伤。五乡收成，高低牵算，实已成灾七分。满年额征地丁、耗羡、盐课等银并屯粮，除春、夏、秋已征完外，尚有未征冬季地丁正银二十六两一钱七厘、耗银三两九钱一分六厘一毫、盐课银四两五钱一分三厘，拟请缓至来年上、下两忙，分半带征，业经照章出示停征。

一、咸阳县南乡打鱼屯各村庄，地处低洼，滨临苍龙、白马等河。本年秋间，阴雨连绵，河水漫溢，以致田地多被浸淹。早秋多已收获，而晚秋未收者尚属不少，现已届交冬令，被淹地亩，积水未干，二麦难望播种，勘计成灾七分民、屯、更共地四十八顷三十一亩九分五厘，内民地一十九顷一十四亩四分四厘，屯地一十二顷九十六亩四分七厘，更地一十六顷二十一亩四厘，民地应完本年下忙地丁正银二十一两五分九厘，屯地应完秋粮粟米五十四石三斗六升三合，更地应完秋粮、粟米四十三石八斗八升，拟请展缓分作二年带征。惟民地应完下忙地丁已于灾前输纳，应请流抵次年正赋，业经覆勘后照章出示停征。

一、长安县于七月二十六七等日以至八月内，天雨连绵，苍龙、灵沼等河涨发，冲开堤堰。西乡庄黄等三十村及西坡等十六村，地势低洼，河流漫溢，地内秋禾均被冲淹无收。现在积水未消，一时势难涸复，计被灾六分至七分不等，统共原、续报共淹伤民、屯、更地三百五十一顷六十五亩四分，内民地二百三十六顷三十一亩三分九厘，应完下忙银六百八十八两五钱五分一厘，已完银六百七十两五钱三分七厘，未完银一十八两一分四厘；未完道仓京斗粟米一百五石三斗八升，存粟米二十六石一斗九升，县仓存粟米二十一石二斗六升四合；屯地四十九顷八十七亩三分一厘，未完下忙银二十二两八钱六厘，道仓粟米一百九十五石五斗五合；更地六十五顷四十六亩七分，未完下忙银五十二两三钱七分，道仓粟米二百七十八石八斗九升，应请缓至来年秋后带征，已完者流抵次年正赋，照章于会勘后先行出示停征。

一、华州于八月十七日起至九月初五日止，阴雨连绵，州南诸峪之水同时暴发，涌聚于北乡低洼之处，所有秋禾同遭淹浸。共计各处被灾民地五百三十七顷七十亩，内被灾十分之西罗等十村堡，共应完粮赋八百七两九钱四分，已完银二百九十两九钱四分，未完银五百一十七两；被灾八九分之兰家堡、谢家堡等六十村堡，共应完粮赋四千三十一两三钱八分四厘，已完银一千九百七十两七钱七分，未完银二千六十两六钱一分四厘；去秋、今夏，各处收成歉薄，本年秋收无望，恳请将被灾十分者未完钱粮概予豁免，被灾八九分者未完钱粮分作三年带征，已完银两均请流抵下年正赋。又，去岁该乡被灾后未完银一千三百七十九两五钱八分六厘，前经请缓至本年秋后带征，此时该乡民等仍处灾区，新赋且不能输，旧欠何能补纳？亦拟请再缓一年，业于覆勘后照章出示停征。

一、华阴县于八月二十九至九月初五等日，先后天雨，冲决河堤，附近地亩，俱被水淹，秋禾失望。所有勘明被灾十分之台头班庄分界等六里，共民地三百九十二顷五十五亩六分八厘，应完地丁银三千五百两五钱四分二厘，未被灾以前已完银二千四百六十八两九钱一分一厘，未完银一千三十六两六钱三分一厘；被灾八九分之太员、义合等五里，共民地一百三十八顷五十五亩一分三厘，应完地丁银一千二百三十七两二钱六分，未被灾以前已完银一千一百五两六钱，未完银一百三十二两六钱六分。以上一十一里，秋禾均被淹没，又未能及时播种二麦，恳请将被灾十分者未完钱粮，概予豁免；被灾八九分者，分作三年带征。灾前已完银两，均请流抵下年正赋。其上年班庄等八里被灾未完银一千四百九十七两五钱五分，前请分作三年带征，今各该里仍处灾区，所有旧欠拟请再缓一年带征，业于覆勘后照章出示停征。

一、朝邑县大庆关等八社，滨临黄河，于六月二十七暨七月初五等日，河水泛涨，共计淹伤秋禾地六百二十七顷八十一亩，被灾七分有余。共应征正银五百五十八两五钱四分七厘，上忙已完过正银四百一十五两三钱八分三厘，未完下忙正银一百四十三两一钱六分四厘，应请将未完钱粮分作三年带征，照章于会勘后，先行出示停征。

一、榆林县属沙草湾等处共十村庄，两岸皆山，中系水旱地亩，于七月初三、初四两日，大雨倾盆，水高二丈有余，冲坏屯地共三十五顷四十三亩，秋禾尽被淹伤，内有石积沙压，寸土无存，一时不能修复地三顷九十亩，约计成灾七八分，共应完广有仓本年屯粮五十八石五斗二合、草八十八束十四斤七两，下忙存留地丁正银一十九两九钱、耗羡银二两九钱八分五厘，应请缓至来年秋后察看情形，分别带征，照章于会勘后出示停征。

此外三原、洛川、三水、商州四处，查系偏僻一隅，收成尚无大碍；平利、紫阳、砖坪三处，虽潦灾颇重，而山内粮轻，完纳较易。以上七处，业已分别捐赈，及拨款筹办平粜，钱粮照常催征，故未列叙。合并登明。

（朱批：）览。[①]

0535. 覆陈知县傅汝梅被参各款缘由折

光绪二十二年十二月十六日（1897 年 1 月 18 日）

头品顶戴陕西巡抚臣魏光焘跪奏，为遵旨查明知县被参各款，据实覆陈，恭折仰祈圣鉴事。

窃臣准军机大臣字寄：光绪二十二年八月二十七日奉上谕：有人奏，知县贪劣不职，请饬查办，等语[❶]。据称陕西富平县知县傅汝梅，征收钱粮，加耗甚多，该县境内盗贼充斥，置若罔闻，并有加收陋规，借差勒派，需索银两甚多等情。着魏光焘按照所参各节，确切查明，据实具奏，毋稍徇隐！原片着钞给阅看。将此谕令知之。钦此。遵旨寄信前来。等因。臣当即钦遵饬司将富

①中国第一历史档案馆藏：《单》，档号：03-9369-025。

平县知县傅汝梅先行撤任，一面行饬按察司李有菜、督粮道姚协赞，遴委干员，确实查覆去后。兹据该司、道详称：当派候补通判吕桂林、署富平县知县朱承恩往查，并添派西安府知府童兆蓉，督同吕桂林等逐一确查禀覆。

如原参傅汝梅征收钱粮，加耗甚多一节。查该县钱粮耗银，同治八年经前署抚臣刘典①会同前督臣左宗棠奏请照渭南等县，普减三成。嗣因减收数年，不敷办公及摊捐各款，复经前抚臣邵亨豫会同左宗棠筹议变通钱粮平余案内奏明，富平县照蓝田等县只减二成，自后每两正银连一五耗羡、添平、解费、倾销、火耗等项，永照一两四钱三分一厘六毫七丝征收，至今相沿无异。复抽查花户所执近年粮券，悉与奏数相符，委无加耗情事。原参所指加征，或因同治十二年复奏奉旨准酌复一成而起。

又，原参该员不知弭盗禁赌及加收陋规各节。查该县地方尚属安静，并未闻盗贼充斥城乡各处，亦未获有赌案。所云官亲、家丁大堂聚赌，似为理之所无。该县词讼规费，早经禁革，傅汝梅并悬有严禁需索各牌，众目共睹。访询涉讼百姓，亦未受过书役需索之累。果有冤情未明而家财已倾之事，则被害之家应复不少，岂能无人揭告？

又，原参此次甘回倡乱，该县办理兵差，纵役苛派，每车一辆，摊钱数十串之多，逼毙总约保正一节。访查该县保正、乡约，向俱挨村逐年轮充。姚村保正张志贤，其人现尚生存；雷村赵邦甯，早年充过总约，去年十月间，因西路兵差，奉文派车协济，

---

①刘典（1819—1878），字伯敬、克庵，湖南宁乡人，县学附生。咸丰十年（1860），保候补四品堂，选知县，加同知衔。十一年（1861），补直隶州知州，戴花翎。同治元年（1862），升知府，加道衔。同年，授浙江按察使。次年，加阿尔刚阿巴图鲁勇号，晋布政使司衔。三年（1864），帮办江皖军务。同年，晋二品顶戴，帮办福建军务。四年（1865），授云骑尉。五年（1866），补甘肃按察使，帮办陕甘军务。七年（1868），督办陕西军务。同年，署陕西巡抚。光绪元年（1875），帮办陕甘军务。二年（1876），擢太仆寺卿。三年（1877），加头品顶戴。四年（1878），授通政使司。次年，卒于军次。谥果敏。有《刘果敏公遗书》存世。

拉雇该村郭福喜骡一头，与其雇伙卢姓口角被骂，气忿服烟自尽，尸妻赵张氏未经投保报案，自行殓埋。傅汝梅未能查知，致未验报。随传讯张志贤、郭福喜等，供与访查无异，并据赵张氏供，伊夫赵邦甯实与郭福喜雇伙卢姓因拉骡争吵，被其辱骂，劝散后伊夫气忿，自服洋烟身死，并非差役苛派车钱所致，卢姓亦无殴打别情。当因卢姓远去无踪，伊夫已死，不忍尸骸暴露，遂未投报，委无私和别故，情愿具结，仍恳免验。且调核该县去冬差徭局账，先后协车七十辆，共发行价、坐价钱九百七十二串零，报销有案。其非因差役摊派车钱致逼人命，似属可信。

又，原参勒受户书郭姓等银两及擅用二十一年所收地丁银三千余两，迟至本年二月间始向差徭局、当商、钱铺挪派垫解各节。调查卯册，郭姓即郭清太、康姓即康秦福、张姓即张毓铭，讯据该书等同称：均各入房办公多年，由学徒充清书，由清书顶补经书，向归十房，公禀有案可据，委无花银情事，且郭清太系前县任内顶充，更与傅汝梅无涉。其二十一年分征收过下忙地丁银两，调查簿折，除九月及十二月初两次征解银二万三千二百一十两；又至十二月底征存正、耗银四千五百二十四两零，时值封印，未便起解。嗣于二十二年开印后，扫数批解，尚有尾欠正、耗银一千五百五十余两，实欠在民。复经禀明带征，非傅汝梅所得挪用。复传差徭、局绅并当商庆元钱行万顺甡等查讯，据供并无勒派挪移出银三千余两垫解钱粮之事。

又，原参向庄里镇富绅张印绶借端吓索银五千余两一节。密加访查，并无其事。惟检县卷内，本年四月间，有该县书院院长前广西武宁县知县李怀庚、斋长廪生胡德峻同举人王一谔等十余绅士，因文庙尊经阁年久失修，并需添书院膏火、文武宾兴等事，张印绶为县中巨富，先向其劝办，数尚未定，适张印绶舅母之子唐长绪以其继母张唐氏落井身死控县，傅汝梅批准传讯。张印绶以侍奉有疏，恐干清议，先又有绅士劝捐之说，遂与李怀庚等商议，认捐银六千五百两，独成善举。七月，自行具禀县案。傅汝梅以绅捐绅办，为数较巨，批令俟交银举办，再行禀报请奖。张印绶遂与众绅书立九月期票，交赍长胡德峻收存。至唐长绪控案，经傅汝梅传讯，张印绶之继母张唐氏于去年九月二十六日晚，因疯失足，落井淹毙，有该氏亲生之子张焕廷在场，打捞棺殓，唐长绪亦供误听人言。维时张焕廷患病未到，案悬未结。张印绶闻乡人有谓其认捐之项，系因有控案而然，惧负此名，复生翻悔。李怀庚等亦以张印绶忽然反复，均有不愿，现经传案讯明，退还期票。傅汝梅被参撤省，该署县朱承恩到任，接准移交，张焕廷病亦痊愈，当即传集澈讯，张唐氏委系因病失足，落井淹毙，并无别故。唐长绪讯系误听人言，控出怀疑，现经另案拟结。其张印绶认捐之项，始终皆绅士经手，惟以唐长绪控案，傅汝梅讯而未结，言者指为吓索，虽事属有因，究系传闻之误。

又，原参食物器用、商民支行官价，层层折扣，抑勒不发一节。查该县署中所买食物，各商向有行头，历任因恐丁役短价扰民，故食物由行头购交，随时领价，由来已久，并非起自傅汝梅。随传讯各行头裕顺通等，佥称署内取用食物器具，均系照价发给，并无折扣各情。

以上所查各节，有案可稽，或取甘结存查等情。前来。臣复细加访察，并博采舆论，稽核档卷，所有查覆各节尚属实情。至傅汝梅被参官声甚劣，不知如何夤缘，竟得上考。臣查该令由庶吉士散馆选授陕西略阳县知县，历经调署长安、临潼等县，所至有声，是以各前抚臣屡加甄拔。追调补富平县知县，到任未及两年，报垦荒地八万余亩，岁可增正、耗银六千余两。复筹修溢水、西兴二渠，不取民间分文，灌田至千数百亩。当此清查荒地、整顿水利之时，该令实力奉行，由两司会核转详前护抚臣考察上陈，系为整顿吏治起见，并非夤缘而得。

其余被参各款，或查无其事，或传闻失实。惟赵邦甯与卢姓口角后自服洋烟身死，虽尸亲并未报案，而该令未经查出申报，殊干例议。又张印绶捐款，虽系地方公事，绅捐绅办，官未经手。

第张印绶具禀请捐之时，既另有控案未结，该令不知远嫌，遽与批准，致滋口实，究属不合，相应请旨将该员傅汝梅交部议处。

该县钱粮既无加耗，应仍其旧。赵邦甯实因拉骡与郭福喜之伙卢姓口角被骂气忿自尽，并非差役勒派车钱逼命，其妻赵张氏结请免验，并唐长绪控案已经该署县朱承恩讯结，均毋庸议。该县绅士李怀庚等劝办地方善举，原无不合，然于张印绶涉讼之际，向其劝捐立票，致滋物议，殊属非是，应由该县随时查察以后，不准与闻地方大小公事。

至该县署中食物向由行头购交，随时发价，虽无勒扣情事，如遇本官约束不严，丁役因而私取勒扣，在所不免，即饬该县嗣后需用食物，径向商民照市价平买，毋许再由行头经手，以杜流弊。

所有遵旨查明知县被参各款缘由，理合据实覆奏。伏乞皇上圣鉴训示。谨奏。光绪二十二年十二月十六日。

（朱批：）着照所请，该部知道。[1]

光绪二十二年十二月二十八日，奉朱批：着照所请，该部知道。钦此。[2]

❶【案】光绪二十二年十二月二十一日，御史宗伯鲁特参陕西富平县知县傅汝梅贪劣不职，请饬从严查办，曰：

再，臣闻陕西富平县知县傅汝梅，贪劣不职，怨声载道，于征收钱粮每银一两，加耗至五钱有奇。富平额征九万余两，加耗至四五万之多，其利己而不恤民隐有如此。县境寥廓，客民杂处，该员并不知弭盗禁赌，以致盗贼充斥，民受其殃。官亲、家丁在大堂聚赌，呼卢喧嚣，声彻署内，该员置若罔闻，而工于牟利。所有前任已革之词讼陋规，如差票费、钞批费、开到甘结、合息等费，均照前数倍收，以致百姓涉讼到官，冤未明而家已倾。此次甘回倡乱，该员办理兵差，

①台北故宫博物院藏：《军机及宫中档》，文献编号：408006888。

②中国第一历史档案馆藏：《录副奏折》，档号：03-5349-142。

纵役苛派，每车一辆，摊钱至百数十串之多。县属雷村总约赵邦甯、姚村保正张志贤，均因被逼吞烟身死。

查该县差徭，每年随粮征收，既储之于平日，复敛之于临时，小民甚苦，其何以堪！富平素称大缺，该员若稍知循分，何忧不为廉吏？乃竟借端勒受户书郭姓银四百两、刑书康姓银三百两、兵书张姓银三百两，且曰：本县此缺，亦不是赤手得来。

又，征收地丁，并不随征随解，竟敢擅用二十一年所收地丁银三千余两，迟至本年二月间，经上宪札催，始向差徭局挪用银千余两，勒派当商、钱铺银二千余两，又借端吓索庄里镇富绅张印绶银五千余两。署内食物、器用取诸商民，名曰支行，官价极小，又层层折扣，

抑勒不发，以致市面萧索，诸物昂贵，百姓受累。闻该知县到任数年，官声甚劣，不知如何夤缘，于前任护抚任内竟得上考，不惟百姓闻之皆笑其是非颠倒，即省中同寮亦皆诧异。

臣籍隶陕西，岂容缄默！应请饬下陕西抚臣从严查办，以苏民困而警官邪！又，各省州县如此类者甚多，特未经发觉，无从得知，然民间已阴受其害，仍应请旨严谕各省督抚，认真举劾，则吏治日肃而国本不可动摇已。谨附片具陈。伏乞圣鉴。谨奏。

（朱批：）览。①

0536. 请将知府马绍训开缺缘由片

光绪二十二年十二月十六日（1897 年 1 月 18 日）

再，查延安府知府马绍训与肤施县知县魏振邦互相禀讦一案，前经臣会同督臣将魏振邦先行具奏请旨革职，并声明批饬该管道，暨委员前往确查禀讦各情，另行参办在案。兹据委员候补知府缪钟洛、该管延榆绥道马相如先后禀称：查明魏振邦于门丁张升私向各铺加派土厘银两，先失于觉察，迨经查知，即传讯各铺户，将银两追缴给领，并将门丁驱逐出署。该门丁随即他往，不知去

①中国第一历史档案馆藏：《录副奏片》，档号：03-5350-061。

向。魏振邦并无纵丁妄为情事，惟该令被撤后，乘酒醉至府署，与该府马绍训语言龃龉，事实有之。至魏振邦禀讦马绍训各款，或查无其事，或事出有因，而无实迹。惟该府考试，向章需用一切由县供给。马绍训到任后，府试两次，提归该府自行办理。虽查核县卷均系实用实销，究于政体不宜，致启魏振邦撤任后禀讦之渐等情由。布政使张汝梅、按察使李有棻会详前来。

臣覆查肤施县知县魏振邦，虽查无纵丁妄为情事，惟既查知门丁张升私自苛派铺商，不即扣留详办，辄任远扬他去。迨撤任后，又不听候查办，率入府署滋闹，实属有玷官箴。业已革职，应毋庸议。该府马绍训被讦各款，虽无实据，惟于府试需用一切，向系由县供支，该府提归自办，究于政体不合，难资表率，相应请旨将延安府知府马绍训开缺，送部引见。

所遗延安府知府员缺系简缺，陕省现有应补人员，应请扣留外补。谨会同陕甘督臣陶模，合词附片具陈。伏乞圣鉴训示。谨奏。

（朱批：）着照所请，该部知道。[①]

光绪二十二年十二月二十八日，奉朱批：着照所请，该部知道。钦此。[②]

0537. 汇报请袭世职册结宗图情形片

光绪二十二年十二月十六日（1897年1月18日）

再，前准部咨：嗣后请袭世职，半年汇奏一次，将册结、宗图汇总咨部等因。历经遵办在案。兹据藩司张汝梅据汉中府转据褒城县详报阵亡汉中镇属东江口营千总萧鸣凤之胞侄武童萧国珍，又据南郑县详报阵亡原任宁陕营经制外委康颖锐之胞侄武童康治民，又据西安府转据渭南县详报阵亡尽先参将张鹏飞之嫡长子六

---

①台北故宫博物院藏：《军机及宫中档》，文献编号：408006886-0-A。

②中国第一历史档案馆藏：《录副奏片》，档号：03-5349-143。

品军功张云，又据长安县详报阵亡商州协属署青山右营守备鲁大德之嫡长孙民人鲁天寿，各请袭云骑尉世职。又据凤翔府转据岐山县详报遇害原任湖北布政使梁星源之曾孙文童梁清选，请接袭骑都尉世职等情。具详请奏前来。

臣查请袭云骑尉之萧国珍、康治民、张云、鲁天寿，请袭骑都尉之梁清选，实系阵亡遇害各员弁例应承袭之人，并无违碍情弊。前据各该府查明，先后由司详送验看，均堪以承袭世职。兹值半年汇奏之期，相应吁恳天恩饬部核覆。

除将册结、宗图咨送部、科外，谨附片具陈。伏乞圣鉴。谨奏。

（朱批：）兵部议奏。[①]

光绪二十二年十二月二十八日，奉朱批：兵部议奏。钦此。[②]

0538. 请将知县陈芑芬留省学习片

光绪二十二年十二月十六日（1897年1月18日）

再，部选人员领凭到省，或留省察看，或派委各项差使，例应奏咨立案。兹查有新选白水县知县陈芑芬，于光绪二十二年六月分选授今职，领凭起程，十一月十五日到省，例应饬赴新任。惟查白水县客民甚多，五方杂处，词讼纷繁。该员甫经抵陕，于地方情形未能熟悉，未便遽令赴任，应请将该员暂行留省，派赴谳局学习，以资历练。据藩、臬两司会详前来。

臣覆查无异，除咨部查照外，谨附片具陈。伏乞圣鉴。谨奏。

（朱批：）吏部知道。[③]

光绪二十二年十二月二十八日，奉朱批：吏部知道。钦此。[④]

---

①台北故宫博物院藏：《军机及宫中档》，文献编号：408006886-0-B。

②中国第一历史档案馆藏：《录副奏片》，档号：03-5919-088。

③台北故宫博物院藏：《军机及宫中档》，文献编号：408006886-0-C。

④中国第一历史档案馆藏：《录副奏片》，档号：03-5349-144。

0539. 奏陈陕省司道等官年终密考折

光绪二十二年十二月二十一日（1897 年 1 月 23 日）

头品顶戴陕西巡抚臣魏光焘跪奏，为查察司、道、知府各官，加具考语，密缮清单，恭折仰祈圣鉴事。

窃查定例每届年终，应开具司、道、知府切实考语，密封陈奏。臣仰荷圣恩简任陕西巡抚，本年六月到任以来，时以整饬官常孜孜在念。在省司、道、知府随时接见，可悉其才识心性；其外属各员，察其办事禀牍，并采访舆论，互相印证，亦已知其梗概。

除陕安道景星到任未及三月，新授兴安府知府张筠尚未到任，及署事人员例不注考，并延安府知府马绍训业经因案撤任，应由臣另案办理外，所有查察司、道、知府各官，理合出具切实考语，密缮清单，恭呈御览。伏祈皇上圣鉴。谨奏。光绪二十二年十二月二十一日。

（朱批：）知道了，单、片留中。①

光绪二十三年正月初四日，奉朱批：知道了，单、片②留中。钦此。③

①台北故宫博物院藏：《军机及宫中档》，文献编号：408006889。

②此单、片查无下落，待考。

③台北故宫博物院藏：《军机及宫中档》，文献编号：136606。

光绪二十三年（1897）

0540. 奏为赏赐福字一方谢恩折

光绪二十三年正月十六日（1897年2月17日）

头品顶戴陕西巡抚臣魏光焘跪奏，为恭谢天恩，仰祈圣鉴事。

窃臣赍折差弁回陕，捧到恩赏“福”字一方。当即恭设香案，望阙叩头祗领。钦惟我皇上延禧四寓，锡福庶民，庆衍箕畴，焕羲文于肇岁；温回黍谷，睹宸翰于熙春。仰一字之荣褒，备万方之向用。自天介祉，匝地凝庥。

臣忝领疆符，惭无建树，效华封而敬祝，抚节序以频迁。恩赉遥颁，悚惶弥切！所愿祥光普被，瞻星云纠缦之辉；寰海攸同，上日月升恒之颂。

所有微臣感激荣幸下忱，谨缮折叩谢天恩。伏乞皇上圣鉴。谨奏。光绪二十三年正月十六日。

（朱批：）知道了。[①]

光绪二十三年正月二十九日，奉朱批：知道了。钦此。[②]

---

①台北故宫博物院藏：《军机及宫中档》，文献编号：408006890。

②台北故宫博物院藏：《军机及宫中档》，文献编号：137004。

0541. 奏报续垦地亩并征收折租报销折

光绪二十三年正月十九日（1897年2月20日）

头品顶戴陕西巡抚臣魏光焘跪奏，为查明光绪二十一年分续垦营田地亩，并征收折租各实数，造册报销，恭折仰祈圣鉴事。

窃查陕省招垦营田，历年征收本色租粮及改收折色租钱，动支实存等款，均经分年造册报销在案。兹据各州县陆续造赍二十一年分报销前来。臣逐加覆核，陕省各属原额营田，共实存荒地四千六十顷三十六亩四分九厘七毫，并华州新滩地一顷二十六亩五分。二十年报销已垦交足额租归民管业地二千二百八十九顷二十六亩七分四丝，已垦而租未交足熟地一千五百五十二顷七十五亩八分九厘七毫，内除豁免华州、高陵二州县十三、十五等年两次被冲熟地一十六顷七十二亩九分一毫，实有尚未交足额租熟地一千四百五十二顷六十九亩八分六厘五毫一丝。未垦荒地内除奏明华州冲塌荒地八十三亩六分七厘九毫，实存荒地三百二顷九亩八分五厘一毫五丝。各属仓存租粮共京斗粟谷、豌豆、白米二千九百六十石八斗七升零，兴安、汉中、商州三府州仓存采买京斗稻谷、粟谷一万六千三百四十一石五斗五升零。

光绪二十一年分，各属续垦各则荒地三十三顷三十五亩四厘三毫八丝，交足额租归民管业地四十二顷一十八亩五分五厘三毫五丝。省城二十一年冬赈动用京斗营田租豌豆一千一百三十六石四斗九升零，又动用仓存营田采买京斗稻谷三千二百八十八石五斗零。各属共征完折租钱六千五百二十串四百五十六文，照章由各属扣支口食，并大荔县扣还二十年栖流所已用经费外，实存钱五千八百九十八串六百五十五文，按市估易库平银三千七百六两九钱四分六厘七毫。大荔县沙租征完市平折解库平银二百三十二两七钱六分五厘，共实存库平银三千九百三十九两七钱一分一厘七毫，开支营田所委员薪水，书吏、勇丁口食并杂费，共库平银六百七十九两八分四厘，扣存四分减平银二十七两一钱六分三厘，统共实存库平银三千二百八十七两七钱九分七毫，业经该所如数汇解藩库收存在案。

统计至二十一年底止，各属尚储京斗粟谷、白米一千八百二十四石三斗八升二合五勺。兴安等府州仓存采买京斗稻谷、粟谷一万三千五十三石五升一勺七抄，已垦尚未交足额租熟地共实存一千四百五十五顷四亩七分四厘四毫四丝，未垦荒地共应存二百六十八顷七十四亩八分七毫七丝。上项荒地多系瘠薄硗确之区，虽屡经设法招徕，议减租钱，奈工费利微，迄未一律认垦，现已分饬广为劝导开垦，总期野无旷土，赋复旧额；并令赶紧催收租钱，一俟续垦集收成数，一并汇入下届报销案内办理等情。由善后局司道会详请奏前来。

臣覆查无异，除清册咨部外，所有查明陕省光绪二十一年分续垦并归民管业地亩及仓储租粮征完折租、沙租银钱，动用、实存各数目，理合恭折具陈。伏乞皇上圣鉴。谨奏。光绪二十三年正月十九日。

（朱批：）户部知道。①

光绪二十三年二月初一日，奉朱批：户部知道。钦此。②

0542. 奏报陕省下半年无京控案件片

光绪二十三年正月十九日（1897年2月20日）

再，京控案件例应半年汇奏一次，前有华州民人孙年儿以草菅人命等情，遣抱孙徐氏赴京呈诉一案，讯因供词各执，将犯发回该州，勒限设法严拿逃犯郑士秀、薛仓娃，务获到案质讯详解，俟审定后，再行照例办理。又，白河县民妇方贺氏以奸掳贿弊等情，赴京呈诉一案，当经行提被证人等到省，发委审办。以上二案，均已经臣上次奏明在案。现除方贺氏控案已经臬司督同西安

①台北故宫博物院藏：《军机及宫中档》，文献编号：408006891。

②台北故宫博物院藏：《军机及宫中档》，文献编号：137049。

府讯明拟结另案咨销外，兹查光绪二十二年七月初一日起至十二月底止，再无奉发京控案件。据藩、臬两司会详前来。

臣覆查无异，除孙年儿一案仍饬催赶紧严拿逃犯郑士秀等务获质讯拟办外，谨附片具陈。伏乞圣鉴。谨奏。

（朱批：）刑部知道。①

光绪二十三年二月初一日，奉朱批：刑部知道。钦此。②

0543. 奏闻陈膺臻期满甄别缘由片

光绪二十三年正月十九日（1897 年 2 月 20 日）

再，前准部咨，道、府、州、县，无论何项劳绩保奏归入候补班人员，到省予限一年，察看才具，分别补用等因。兹查有候补知县陈膺臻，于光绪二十一年十一月到省，扣至二十二年十一月，试看一年期满，例应照章甄别。据藩、臬两司具详前来。

臣查该员陈膺臻明干稳慎，堪以留陕照例补用。谨会同陕甘督臣陶模，附片具陈。伏乞圣鉴。谨奏。

（朱批：）吏部知道。③

光绪二十三年二月初一日，奉朱批：吏部知道。钦此。④

0544. 奏报更正严金清原保底衔片

光绪二十三年正月十九日（1897 年 2 月 20 日）

再，湘军总理营务严金清，上年三月经臣随折奏请，由新疆补用知府保以道员仍留原省补用，并戴花翎，奉旨照准在案。兹据该员禀称：前于新疆城署各工案内由新疆补用同知保俟补缺后，

---

①台北故宫博物院藏：《军机及宫中档》，文献编号：408006891-0-A。

②此朱批日期与内容，据《军机处随手登记档》（档案编号：03-0292-1-1223-029）校补。

③台北故宫博物院藏：《军机及宫中档》，文献编号：408006891-0-B。

④台北故宫博物院藏：《军机及宫中档》，文献编号：137051。

以知府在任候补。此次底衔，应作为补缺后补用知府新疆补用同知等情。呈请更正前来。

查臣前于西宁营次随折奏保各员，其时严金清已率队追剿青海余匪，该员底衔系由臣幕代开，军事迫促，未能查悉。至九月底，该员回陕声明，始知前开底衔致有漏叙。此次剿抚西宁逆回及肃清青海全境，该员不避艰险，卓著勋劳，合无仰恳天恩俯准将补缺后补用知府新疆补用同知严金清，免补同知、知府各本班，仍以道员留于原省补用，并饬部将底衔更正之处，出自鸿慈！

除履历咨部查核外，理合附片具奏。伏乞圣鉴。谨奏。

（朱批：）吏部知道。[①]

光绪二十三年二月初一日，奉朱批：吏部知道。钦此。[②]

0545. 奏报本年十二月雨水粮价情形折

光绪二十三年正月二十八日（1897 年 3 月 1 日）

头品顶戴陕西巡抚臣魏光焘跪奏，为恭报雪泽、麦苗情形，恭折仰祈圣鉴事。

窃查陕省光绪二十二年十一月分雪泽、麦苗情形，业经臣恭折具奏在案。兹据西安、凤翔、汉中、延安、同州、鄜州各府州属陆续具报，于十二月初二、初五至初十并十三、十四暨二十七等日，先后得雪二三寸不等，其余各属尚未报到。臣查陕省入冬以来，雨雪尚不缺乏，兹复得此祥霙，麦豆盘根益固，于农田大有裨益，民情欣悦，合境敉安，堪以仰慰宸廑！

刻查西安粮价，大米每仓石价银二两八钱八分，小米每仓石价银一两八钱八分，较之上月，大米减银二分，小米减银一钱一分。

所有光绪二十二年十二月分雪泽、麦苗并省城粮价情形，理

---

①台北故宫博物院藏：《军机及宫中档》，文献编号：408006891-0-C。

②台北故宫博物院藏：《军机及宫中档》，文献编号：137050。

合恭折具陈，伏乞皇上圣鉴。谨奏。光绪二十三年正月二十八日。

（朱批：）知道了。[1]

光绪二十三年二月十一日，奉朱批：知道了。钦此。[2]

0546. 奏为湘军有功员弁恳恩奖叙折

光绪二十三年正月二十八日（1897年3月1日）

头品顶戴陕西巡抚臣魏光焘跪奏，为湘军攻剿西宁西北、两川及巴燕戎属水地川各逆巢，搜捕青海余匪，一律肃清，迭次出力员弁并案遵旨择尤酌保，分别前敌、后路，开单恳恩奖叙，恭折仰祈圣鉴事。

窃臣部湘军上年正月攻克苏家堡贼巢，扫荡北川，当经电请军务处代奏。旋奉电旨：此次攻拔苏家堡出力各员，着魏光焘择尤保奏，以示鼓励。钦此。所有尤为出力各员，臣于规定哆巴后随折奏保，并声明其余出力员弁，容臣汇案请奖，奉旨允准。嗣于五月十九日奏报前、后两军攻克水地川九庄贼巢，奉旨：出力人员，着俟甘肃军务告竣，择尤请奖，各等因。钦此。迭经钦遵恭录行知。各营将士同戴恩施，无不感激思奋。

伏念甘回构乱，纠合数十万众，蹂躏至数千里。臣于二十一年冬间率湘军度陇，其时河州粗定，西宁军事方殷，西北两川贼势猖獗，而东三关逆匪盘踞。李培荣设法羁縻文武，婴城固守，相持累月，迄无成绩。湘军前队抵湟，即擒韩文秀、包良、韩成吉各要逆，会诛大小头目，尽歼悍党。郡城人心稍定。总理营务严金清，分统龙恩思、汤秀斋等遂率马步各军，进捣北川，连日分途攻击，遏前后路来援之贼，当四五万倾巢之众。将士争先搏战，勇气百倍，苏家堡老巢及附近三十余堡，悉数荡平。

臣进抵西宁，知群贼麇聚西川、哆巴堡城，势尤凶悍，当饬

---

①台北故宫博物院藏：《军机及宫中档》，文献编号：408006894。

②台北故宫博物院藏：《军机及宫中档》，文献编号：137245。

后队各军分统吴元恺、罗吉亮等，督率所部，会取西川逆巢。其北川各军亦由下西河等处，节节扫荡而前。正月十四、二十七至二月初三等日，五次攻战，叠获大捷，贼不能支。臣复率亲军进驻哆巴对河之镇海汛城，令诸军环贼堡为垒，周掘长壕，昼夜攻击。该逆势益穷蹙，迭次哀恳投诚。至斩其巨酋马大头三三以献，始准宥从歼渠，抚其良善。此股逆匪悍党最众，受创亦最深，是以收抚后，悉皆弭首帖耳，就我范围，无敢复反侧者，实先有以寒其胆而慑其心也。

西宁既定，派严金清率马队追捕青海余匪，并饬分统张星元率右军五营赴甘凉，相机堵剿。复值巴燕戎格甘军已抚撒回勾煽复叛，先后派会办营务魏景桐、分统龙恩思、徐有礼等军，驰往会剿，两旬之内，收复札什巴城，攻克水地川九庄，廓清四十余里，并于甘都塘、卡尔冈等处连获胜仗，平毁依什郡，连附四庄。适臣奉旨回任留营，会同甘、新各军办理，巴事遂平。

严金清马队至青海，与董福祥、奎顺派出各营，由都兰寺穷极山谷搜捕净尽，往来二千余里，尝以粮运不继，至于煮食料豆、草根，艰苦不堪言状！其窜延敦煌等处之余逆，亦经各军剿抚，以次平定，此皆仰赖皇威远播，故能克期蒇事，关内外一律肃清。因思湘军此次援甘，以东征血战之余，赴西域回氛之警。士卒隆冬奔走冰天雪地，手足皲瘃，迨抵西宁，又以水土不服，往往染受寒瘴、疠役，病亡相继，而贼势方张，未能少息。春夏数月之间，冲寒冒暑，出入悬崖邃谷，复克坚巢，歼除逆党。驯至西陲底定，民困以苏，诸将士奋不顾身，踊跃用命，实属异常出力。

至后路台局员弁及解运粮饷、军械各委员，或设法催提，或冒险转馈，均能不遗余力，艰苦备尝。所有历次阵亡员弁、勇丁已由臣随时奏报，渥荷殊恩。其在事出力文武员弁，据各营旗分统、台局，开单请奖前来。

臣覆加严核，并无冒滥，谨按前敌、后路，分晰缮具清单，恭呈御览。合无仰恳天恩俯准照单给奖，以示鼓励而昭激劝，出自逾格鸿慈。除千总以下各弁照例另单咨部奖叙，并各员弁履历清册取赍送部查核外，谨会同陕甘总督臣陶模，恭折具陈。伏乞皇上圣鉴。谨奏。光绪二十三年正月二十八日。

（朱批：）该部议奏，单三件并发。①

光绪二十三年二月十一日，奉朱批：该部议奏，单三件并发。钦此。②

0547. 呈湘军前敌出力文武职各员清单

光绪二十三年正月二十八日（1897 年 3 月 1 日）

谨将遵保湘军前敌出力文武职各员，汇缮清单，恭呈御览。

计开

盐运使衔补用道直隶题奏知府郑业敩，请免补本班，以道员仍留原省，遇缺尽先题奏，并请赏戴花翎。

留陕差委花翎盐运使衔甘肃补用知府汪廷栋，请免补本班，以道员留陕西，遇缺尽先题奏。

三品衔甘肃补用道邓维钰，请赏给勇号。

四品衔在任候补直隶州知州新疆哈密通判世袭骑都尉孙志焄，请免补直隶州知州，以知府在任候补，并请赏戴花翎。

知府衔广东候补直隶州知州魏恒，请免补本班，以知府仍留原省，归候补班补用，并请赏戴花翎。

补用知府分省试用同知沈锡周，请免补本班，以知府仍分省补用。

花翎候选郎中魏景仑，选用员外郎黄霁，均请以知府分省补用。

户部主事杨觐宸，请以直隶州知州留陕西补用，并请赏加四品衔。

---

①台北故宫博物院藏：《军机及宫中档》，文献编号：408006892。

②台北故宫博物院藏：《军机及宫中档》，文献编号：137256。

刑部主事张恒湘，运同衔留甘补用同知李坤鼎，知府用补用同知直隶州知州同知衔留甘补用知县刘荣阁，均请赏戴花翎，张恒湘并请赏加四品衔。

指分试用江苏试用通判郑承源，留甘补用通判凌炳森，留甘补用知县魏承恩，均请免补本班，以直隶州知州仍留原省，归候补班补用，魏承恩并请赏戴花翎。

内阁中书黄凤岐，以同知分省补用，俟补缺后以知府用，先换顶戴。

分省补用知县戴赓唐、陈用诚，均请免补本班，以知州仍分省归候补班补用，戴赓唐并请赏给正五品封典。

候选通判左新藻，请免选本班，以知州遇缺即选，并请赏加四品衔。

湖北试用知县冯振铣，安徽试用知县邓国华，均请免补本班，以知州仍留原省补用。

指分河南试用知县熊廷襄，仍以知县归原省候补班补用，俟补缺后，以直隶州知州用，先换顶戴。

留陕差委补用知县分省补用县丞欧培墉，请免补本班，以知县留陕西归候补班补用，并请赏加同知衔。

指分江苏试用县丞张镕万，请免补本班，以知县仍留原省，归候补班补用，俟补缺后，以直隶州知州用。

知县用陕西试用县丞李志高，陕西试用县丞刘华源、李裕勋，均请免补本班，以知县仍留原省，归候补班补用，并请赏给五品顶翎。

知县用陕西试用府经历易国勋，福建试用县丞杨葆初，山西试用府经历谭家骏，江苏试用县丞魏允济，蓝翎五品衔东河试用县丞易延福，湖北试用府经历晏孝先，广东试用县丞李光襄，新疆补用县丞何明海，江西试用县丞高生岳、李庆嵩，均请免补本班，以知县仍归原省候补班补用，易国勋、杨葆初、谭家骏、魏允济并请赏加知州衔。

知县用分省补用盐大使严襄，蓝翎补用知县分省补用县丞李章锦，均请免补本班，以知县仍分省归候补班补用，严襄并请赏加同知衔。

拣选知县杨开榥，举人李丙焱，均请以知县分省补用，杨开榥并请赏加知州衔。

分发委用教谕周寿霖，候选训导黄周倬、张耀，选用县丞张运午、张文焕、潘穆，选用府经历李锦荣、方悦鲁，议叙盐大使侯昌镇，均请免选本班，以知县分省归候补班补用，周寿霖、黄周倬请赏加同知衔，张耀请赏戴蓝翎，张运午请赏加五品衔。

开复花翎补用同知留甘补用知县龙惠昌，开复同知衔留甘补用知县蒋顺达，均请免缴捐复银两。

候选教谕王继庠，请俟选缺后，以知县分省补用，并请赏加五品衔。选用县主簿萧植本，请免选本班，以州判留甘肃补用，并请赏加五品衔。

选用县丞周渐远，选用县主簿魏培先，均请免选本班，以州判分省补用，并请赏加五品衔。

湖北试用巡检甘应龙，请免补本班，以府经历仍留原省补用。

蓝翎分省补用从九品欧阳魁麟，请免补本班，以县丞留甘补用，并请赏加六品衔。

候选从九品谭信儒，请免选本班，以县丞留甘补用，并请赏戴蓝翎。

监生张望龄，请以县丞留甘，归候补班补用，并请赏戴蓝翎。

北河补用巡检魏搢伦，湖南补用府司狱王桂森，直隶试用从九品洪步垣，均请免补本班，以县丞仍归原省候补班补用。

六品衔县丞用分省补用主簿余承桂，分省补用巡检刘昌悌，均请免补本班，以县丞仍分省补用，余承桂并请赏戴蓝翎。

监生李元昺，增生陈楚英，附生曹声振，均请以县丞分省归候补班补用，并请赏戴蓝翎。

同知职衔冯锡义，县丞职衔朱文瑞，增生王鼎第，附生熊文麟、司马纯熙、孙锦长、晏光枢、曾炳奎、王摹会，监生魏泰庶，均请以县丞分省补用。

选用巡检王室藩，选用从九品欧阳振鳌、谭长焜、李麓峰、魏荣显，选用典史唐先泽，均请免选本班，以县丞分省归候补班补用，并请赏戴蓝翎。

选用从九品徐寅清、余猷纶、刘容光，六品衔选用从九品魏华鉴，选用巡检余世华，选用未入流刘体干，均请免选本班，以县丞分省归候补班补用，徐寅清并请赏加六品衔。

候选盐大使柳煜麟，请赏加盐提举衔。

附生蒋宗琬，请以盐大使分省，归候补班补用，并请赏加六品衔。

附生余益谟，请以盐知事分省，归候补班补用，并请赏戴蓝翎。

廪生魏冕，请以训导不论双单月即选。

附生李本良、曹文焕、胡梁，均请以县主簿分省补用。

附生刘炳藜，请以州吏目留甘补用，并请赏戴蓝翎。

文童盛炳镕，请以巡检分省补用，并请赏给六品顶翎。

文童王宗海、龙汝骧、宋荫枏、黄启捷、袭英、黄家梁、万汉勋、周振瀚、成人杰、欧阳超、苏席珍、魏国麟、袭策名，均请以巡检分省，归候补班补用，并请赏戴蓝翎。

候选未入流蒋德纶，文童魏华煦、李传邺、莫京、蒋汝揖、唐济政，均请以巡检分省，归候补班补用，并请赏加六品衔。

附生巫光耀、于步云、杨宗岳、向风致、于清镜、张希仲，监生姜云麒，文童王榕、魏景墉、李大章、胡伍畴、徐树勋、任重恩、杨让礼、李裕湘、刘子元、张振汉、黎霆锐、张鸿绶、刘云和、张春藻、喻绪权、刘泽沛、陈周镒、陈盟夏、熊德棻、欧润昌、姚沛霖、周鸿斌、宋庆陞，均请以巡检分省，归候补班补用。

监生萧悬镜，文童尹赞汤、龙槐轩、傅道钧、李景芬、罗长祚、于琦、曾纪镠、彭藩、朱源庆、彭庆瑞、周明山、颜润生、张治平、盛旭然、李法松、萧克容、王集福、董良贵、方训锦，均请以从九品分省，归候补班补用。

（朱批：）览。①

0548. 呈湘军出力武职员弁清单

光绪二十三年正月二十八日（1897年3月1日）

谨将遵保湘军尤为出力武职员弁，汇缮清单，恭呈御览。

计开

记名提督滕春山、袁青云，均请赏给头品顶戴。

提督衔记名总兵张星元、谢春祥，花翎记名总兵沈行轩，均请以提督交军机处记名，遇缺请旨简放，谢春祥并请赏给勇号。

记名总兵诚勇巴图鲁李锡仁，记名总兵绰克绰欢巴图鲁李能杰，留陕甘补用总兵杨王兴，均请赏加提督衔，并请赏给三代一品封典。

花翎补用副将勖勇巴图鲁戴楚南，花翎总兵衔陕甘推补副将左全喜，花翎补用副将辜大有、陶美珍，花翎留浙补用副将王永复，均请免补副将，以总兵交军机处记名，遇缺请旨简放，辜大有并请赏给勇号。

总兵衔甘肃新疆补用副将谭其祥，花翎留两江督标补用副将王云松，留陕甘补用副将贺东来，均请免补副将，以总兵仍留原省，尽先补用，贺东来并请赏给勇号。

花翎补用副将张玉祥、袁善俊，均请免补副将，以总兵尽先补用。

花翎补用副将韩望高，请以副将留陕甘，尽先补用。

副将衔补用参将朱金镛，请免补参将，以副将留陕甘，遇缺

①台北故宫博物院藏：《军机及宫中档》，文献编号：137256-0-A。

尽先补用。

蓝翎补用副将陕甘补用参将唐万胜，请免补参将，以副将留陕甘，遇缺尽先补用，并请赏换花翎，赏加总兵衔。

花翎副将衔湖南补用参将兼袭骑都尉一云骑尉世职易泷砑，花翎副将衔留粤补用参将胡玉兰，花翎留甘补用参将董鸣岐，均请免补参将，以副将仍留原省，尽先补用。

副将衔补用参将闵必富、李运隆，花翎补用参将张春林，补用参将萧沛霖，均请免补参将，以副将尽先补用，闵必富并请赏加总兵衔。

副将衔留陕补用参将舒秀松，请以副将补用。

记名总兵武勇巴图鲁彭光胜，副将衔补用参将陕甘尽先补用游击李洪太，均请赏给二品封典。

两江补用游击易明德，花翎留陕甘补用游击张炳烜，参将衔湖北补用游击周良佐、张彪，均请免补游击，以参将仍留原省，尽先补用，并请赏加副将衔。

花翎补用游击匡勇巴图鲁杨长茂，花翎补用游击喻东仁，花翎参将衔补用游击何为政，补用游击黄印，均请免补游击，以参将尽先补用，并请赏加副将衔。

花翎留陕甘补用游击于洪茂、孙凤高，请免补游击，以参将仍留陕甘，尽先补用。

花衔补用游击王富有、汤有卿、瞿凌，请免补游击，以参将尽先补用。

世袭三等轻车都尉高承业，请以参将尽先补用，并请赏戴花翎。

游击补用都司兰州城守营守备周嘉谟，请免补都司，以游击尽先补用。

花翎补用都司王崐峻、喻汝霖、周家瑞、薛芳园、周王先、柳思友、喻炳仁、方干泰，均请免补都司，以游击尽先补用。

花翎游击补用都司林光明，花翎游击衔补用都司李定坤，均请免补都司，以游击尽先补用，并请赏加参将衔。

蓝翎补用都司黄星阶，补用游击留甘补用都司袁腾蛟，花翎留陕甘补用都司吴伏龙、陈正魁，花翎游击衔补用都司潘运培，花翎补用都司段志茂、刘定开，均请免补都司，以游击留陕甘尽先补用，黄星阶请赏换花翎，袁腾蛟请赏戴花翎，吴伏龙请赏加参将衔。

蓝翎补用都司朱福祥、萧湘浦、易盛基，均请免补都司，以游击尽先补用，并请赏换花翎。

花翎补用都司陈有元、段立堂、谭上升、张乐堂、吴肇龙、谈有余、戴国斌、谭盛周、王祥桂、左国华、孙永耀、萧春和，均请免补都司，以游击尽先补用。

骑都尉兼一云骑尉世职简纯泽，请以游击尽先补用。

补用都司陈惟贵、钟嘉寿、陈开科，均请俟补都司后，以游击补用。

花翎都司衔补用守备洪正明、陈明贵，花翎补用守备王长林、龙扬休、杨克昌、袁显奎、谭忠材、曹久立，蓝翎补用守备徐登云、易德崇，补用守备刘凤山、王昆璧、刘庆延、李青峰，均请免补守备，以都司尽先补用，并请赏加游击衔。

都司补用守备李永贞、李锦堂，均请免补守备，以都司尽先补用，并请赏戴花翎。

蓝翎补用守备刘万荣、喻联辉，花翎都司衔补用守备翟炳樊，花翎补用守备何有田、刘恒丰，均请免补守备，以都司留陕甘，尽先补用，刘万荣、喻联辉请赏换花翎，翟炳樊、何有田请赏加游击衔。

蓝翎留湖南补用守备傅礼安，蓝翎留甘补用守备江有才，湖南补用守备云骑尉世职吴国瑞、饶仁甲，陕西抚标补用守备郝殿魁，花翎都司衔湖南补用守备聂占魁，均请免补守备，以都司仍留原省原标补用，傅礼安、江有才请赏换花翎，吴国瑞、饶仁甲请赏戴花翎，郝殿魁请赏戴蓝翎。

蓝翎补用守备唐正禧、汤义德、王荣财、李大志，均请免补守备，以都司尽先补用，并请赏换花翎。

都司衔守备姚文华，花翎守备李炳云、黄明扬、张春洛、刘印南、李仙胜、王彪炳，蓝翎守备甘国顺、苏大运、张连宾、卢朝斌、罗廷启，补用守备段兆麟、刘荣忠，均请免补守备，以都司尽先补用，刘荣忠并请赏戴花翎。

荆州驻防镶黄旗蒙古防御源瀚，请以佐领不论满蒙遇缺拔补，并请赏戴花翎。

世袭云骑尉姜国栋、钟兆熊，请以守备尽先补用，并请赏戴花翎。

蓝翎千总黄启佑、高世友、朱光萌、左镇阒、胡友源、罗炳炎、何长清、何凤麟、卿元陞、李定国、杜玉魁、黎贤臣，蓝翎守备衔千总蔡起凤、胡长金、胡冠澄、黄倍发，均请免补千总，以守备尽先补用，并请赏换花翎，黄倍发并请赏加都司衔。

蓝翎拔补千总陈云鼎、王开甲、吴桂香、吴理衢、侯桂林、黄秉干、卿华福、周映东、陈岳云，拔补千总易兴乔、蒋芝芳、周寿椿、黄如富，守备衔拔补千总赵鹤松、萧延福，蓝翎补用守备拔补千总魏延梁、杨福祥、刘华俊，花翎守备衔千总王金田，均请免补千总，以守备尽先补用，并赏加都司衔。

四川提标蓝翎千总张得绅，蓝翎留新疆补用千总杨振林，均请免补千总，以守备仍留原省，尽先补用，并请赏换花翎。

拔补千总余谷似、吴高吉、吴继先，均请免补千总，以守备留陕甘，尽先补用，余谷似、吴高吉请赏加都司衔，吴继先请赏换花翎。

蓝翎守御所千总甘家佐，请免补千总，以守御所守备尽先补用，并请赏换花翎。

留新疆拔补千总王义和，湖南长沙协标武举黄钟麓、张本益、李寿昌，均请免补千总，以守备仍留原省原标，尽先补用，王义和请赏加都司衔，黄钟麓、张本益、李寿昌均请赏戴蓝翎。

候选卫守备彭天锡，请以本班遇缺尽先即选，并请赏戴花翎，加都司衔。

都司补用守备卢学礼，请赏戴花翎。

蓝翎守备衔补用千总陕甘督标左营把总练生科，请免补千总，以守备在任候补。

武举朱鑫镕，请以守备尽先补用，并请赏戴花翎。

拔补千总杨凤鸣、李成富、时来春，武举刘万成，均请免补千总，以守备尽先前补用，并请赏戴蓝翎。

蓝翎守备衔千总马福春，蓝翎千总李长辉、何春梅、王德陞、徐定升、袁晖全、萧大志、段伟勋、陈定勋、张王书、陈得发、胡国蓂、张步云、刘长发、邓胜珊、刘德芳、谢占春、王明智、李雨亭，均请免补千总，以守备尽先补用。

蓝翎把总李崇税、余荣斌、王礼友、郭炳南，均请免补把总，以千总尽先拔补，并请赏换花翎，加守备衔。

蓝翎把总王振羽、王福林、蔡立三、曹福祥、罗腾斌、廖春桂、元立岐、周成美、苏占彪、周上达、谭发芹、何乳麟、吴长发、赵麟石、彭臣谟、李玉堂、李长、杨光裕、蒋子茂，蓝翎把总陈敦儒、谭舜先、李玉开、彭绅禄、李举兴、魏武臣、余战胜、王鸿诰、萧兆祥，均请免补把总，以千总尽先补用，并请赏加守备衔。

把总戴鸿翔、郭全福、邱正礼、王鹏飞、翟鸿陞、欧阳白玉、于福春、钱以滨、周慎修、陈星楼、罗复胜、邹正元、李凤来，均请免补把总，以千总尽先拔补，并请赏加守备衔，郭正元、李凤来并请赏戴蓝翎。

湖南协标蓝翎把总蒋耀明，请免补把总，以千总仍归原标，尽先补用，并请赏加守备衔。

（朱批：）览。[1]

---

①台北故宫博物院藏：《军机及宫中档》，文献编号：137256-0-B。

0549. 呈湘军后路出力文职员弁清单

光绪二十三年正月二十八日（1897年3月1日）

谨将遵保湘军后路出力文职各员，缮具清单，恭呈御览。

计开

陕西按察使李有棻，请赏给头品顶戴。

花翎二品衔新授浙江盐运使世杰，请俟升任后，赏给头品顶戴。

花翎陕西延榆绥道马相如，请赏加三品衔。

花翎二品衔陕西督粮道姚协赞，花翎三品衔陕西盐法道江汇川，均请交部从优议叙。

陕西潼关道文启，陕西候补道升允，花翎道员用陕西候补知府李希哲，陕西候补知府杜崇光，均请赏给随带加三级。

指分江苏试用知府莫枚，知府用陕西绥德直隶州知州喻兆圭，三品衔候补知府陕西佛坪同知王公亮，均请俟补知府后以道员用。

陕西西安清军同知闻昌寿，知府衔陕西乾州直隶州知州周曜东，陕西邠州直隶州知州王兆庆，知府衔陕西商州直隶州知州罗寿昌，均请以知府在任候补。

陕西截取同知陈寿彭、万启钊，陕西试用同知姜渭、陶宪章，花翎知府衔坐补定远同知余修凤，均请俟补缺后，以知府用。

选用知州候选布理问魏仲青，请赏加四品衔。

同知衔在任候补直隶州知州陕西长安县知县杨调元，请俟补直隶州知州后，以知府用。

花翎同知衔陕西岐山县知县记佩，米脂县知县贾振镛，南乡县知县周毓棠，同知衔临潼县知县施劭，五品衔署临潼县事长武县知县庄钟济，同知衔华阴县知县梁承馨，同知衔宝鸡县知县李端榘，同知衔陕西永寿县知县陈贻香，知州衔陕西醴泉县知县顾曾烜，均请以直隶州知州在任候补。

四品衔陕西渭南县知县樊增祥，同知衔陕西咸宁县知县焦云龙，均请赏给随带加三级。

同知衔陕西候补知县孙万春，同知衔署长武县知县张绍衡，同知衔陕西教习知县徐普，五品衔陕西另补知县袁启豸，陕西即用知县张延龄、李体仁，陕西候补知县黄肇宏、张会一，陕西候补通判朱承恩，均请俟补缺后，以直隶州知州用。

甘肃补用知县王树枬，请俟补缺后，以直隶州知州仍留原省补用。

知县用陕西候补县丞关觐光，请俟补知县缺后，以知州用。

选用通判成希颜，选用布理问张贺世，均请俟选缺后，以知州用。

四川补用按经历许莹，请俟补缺后，以通判用。

拣选知县佘彬瑚，请以知县分省补用。

选用直隶州州判左榦青，选用县丞施焕，均请俟选缺后，以知县用。

甘肃补用县丞粟国珠、谈震临，两淮试用盐知事陈守樾，陕西补用府经历孙学曾、郑有林，均请俟补缺后，以知县用。

五品衔陕西布政司库大使马惟浚，请以应升之缺升用。

选用县丞李本固，请俟选缺后，以州同用。

廪生彭眪沣、王道正，附生唐兆麟，均请以盐大使不论双单月选用。

附生严若霖，请以县丞分省补用。

廪生汪廷柱、徐弼光、张鉴，均请以训导不论双单月，遇缺前先即选。

候选从九品龙邦杰，监生魏守瑺，均请以县丞不论双单月即选。

候选从九品倪勇，陕西试用典史程崇礼，均请赏加六品衔。

文童魏向荣、刘华平、李庆朝、高慈荫、魏定钤、王金桂、魏兆周，均请以巡检分省补用。

文童彭肇瑞、张发驿、吴先玉、王文英，均请以从九品不论双单月选用。

（朱批：）览。①

0550. 奏明镇安等县被灾并办赈情形折

光绪二十三年正月二十八日（1897年3月1日）

头品顶戴陕西巡抚臣魏光焘跪奏，为遵旨查明陕西镇安等县被灾，并兴安府各属现办赈粜情形，先行恭折覆陈，仰祈圣鉴事。

窃臣准军机大臣字寄：光绪二十二年十二月十六日奉上谕：有人奏，陕西商州一带被灾，州县官隐匿不报，请饬查办，等语❶。朝廷轸念民艰，凡有水旱偏灾，一经督抚陈奏，无不立予恩施，岂容地方官匿不上闻，致令灾民失所！着魏光焘迅速查明镇安、山阳、洵阳、孝义被灾情形，办理赈抚，其镇安一县，万山丛杂，据奏办赈难于运粮，能否以工代赈，并着斟酌办理。原片着钞给阅看。将此谕令知之。钦此。遵旨寄信前来。臣当即钦遵行司委查妥办去后。

伏查光绪二十二年夏、秋间，各属虽先旱后涝，收成尚称中稔。惟兴安府属之砖坪、白河、紫阳、平利四厅县被灾较重，洵阳、安康、汉阴、石泉等厅县次之，业经臣于上年夏、秋报灾案内陈明筹办赈粜在案。镇安、山阳两县系隶商州，孝义厅隶西安府，该各属收成亦在五分以上。第与兴安府各属地处南山，山多地少，居民多种洋芋、包谷，收获较迟，一经久雨，不无霉变生芽。山内穷民过多，素鲜盖藏，以致粮价陡涨，乏食堪虞。前据兴安府禀请拨银八千两，续又请拨银四千两，采粮平粜，并借拨汉中府属南郑、城固、西乡三县仓粮九千石，由该府察看灾区轻重，分别抚恤。又据砖坪、白河、紫阳、镇安、山阳、孝义六厅县各请筹款赈粜，均饬由厘局就近拨给砖坪、紫阳银各二千两，

①台北故宫博物院藏：《军机及宫中档》，文献编号：137256-0-C。

白河、镇安、山阳银各三千两，俾作赈抚、平粜之需。复由南郑借拨砖坪京斗谷二千石，白河京斗谷五千石，紫阳京斗谷三千石，镇安、山阳、洵阳借动仓粮，分别办理。

再，汉中府各属上年亦遭旱潦，虽未成灾，而所报收成亦薄。去冬，兴安委员赴汉采粮，多被绅民阻挠，迭经札饬该府等属申禁遏籴，并令就地方义谷，减价平粜，俾资接济，均于上年冬间先后分饬妥办。孝义离省较近，亦已由司委员将省中仓粮运赴引驾卫等处，设局平粜，并委员驰赴各属确查，务使所办赈抚实惠及民。由布政使张汝梅详请具奏前来。

臣覆查镇安、山阳、孝义、洵阳四处，虽因雨潦歉收，究较砖坪、白河、紫阳、平利为轻，粮价之腾贵，盖以川、楚邻疆收成亦歉，贫民来陕过众所致。经臣与藩司督饬该府县，并委员分赴各属，筹办赈粜。又得去冬雪泽沾足各属，粮价平减，地方安谧如常，堪以仰慰宸廑！至镇安等厅县，秋获较迟，地方官见收成歉薄，粮价日涨，即禀请拨款买粮平粜，尚非匿灾不报，应请毋庸置议。

除俟该印委等查明详细情形及动用银粮各数目，再行具奏外，理合恭折先行覆陈。伏乞皇上圣鉴训示。谨奏。光绪二十三年正月二十八日。

（朱批：）知道了。①

光绪二十三年二月十一日，奉朱批：知道了。钦此。②

❶【案】光绪二十三年正月二十八日，御史宋伯鲁奏报陕西商州一带被水成灾情形，并请将匿灾不报州县予以惩处，曰：

再，陕西商州一带，镇安、山阳、洵阳三县，孝义一厅，上年五六月间，大雨四十余日，蛟水暴涨，裂石摧山，漂没田庐，不可胜计。县官仅就通衢孔道、耳目易及之区草草详报，若深山穷谷，则非

①台北故宫博物院藏：《军机及宫中档》，文献编号：408006893。

②台北故宫博物院藏：《军机及宫中档》，文献编号：137253。

县官耳目所能周，一概置之不问，以故饥黎相率逃亡，转乎沟壑。

今年夏、秋，又复先旱后潦，自六月初四至七月十四，各处皆大旱四十日。自七月中旬至九月中旬，阴雨连绵，或四十日、五十日不等。向阳之地禾苗既因亢旱而枯槁，背阴之地谷实又以久潦而霉烂。现在紫阳、平利、白河均已报灾，安康虽未报灾，而亦筹款数千金，向老河口买米平粜矣。

独镇安、山阳、洵阳、孝义数处，均匿灾不报，现时斗米卖制钱一千三百至一千六百不等，银价仍一千二百上下。是斗米值一金有奇矣。迨至明年春、夏，恐一金且不能买斗米，而市上亦必无粮出粜，若不及早设法振抚，则镇安、山阳、洵阳、孝义三县一厅之民，必将相率而为饿莩无疑矣。况桀黠之辈挺而走险，尤为可虑。惟镇安一县，万山丛杂，舟车不通，即办赈亦难于运粮，惟有以工代赈之法，令贫民壮丁自往山外运粮，最为妥善。

臣查商州一带地方所产以包谷为大宗，其收获常在十月中旬，而秋灾例限九月下旬，题报州县官必待十月中旬包谷收获时，始知各处被灾分数，其时已逾被灾之期，故相率隐匿，习以为常。夫朝廷视民如伤，一夫不获，动廑宸虑。况此灾区绵延数县，流民辗转，载路充衢，而县官循例讳不上闻，抚字谓何，顾忍出此！

臣谊关桑梓，不容不言，应请饬下陕西抚臣迅速查明被灾各区，设法赈抚，择尤蠲免，并筹拨巨款，运米平粜，以救灾黎；并将匿灾各州县官量予薄惩，以儆效尤，使知朝廷慎重民命之意，则小民获福无穷矣。谨附片具陈。伏乞圣鉴。谨奏。①

0551. 奏报镇安一县办理赈粜情形片

光绪二十三年正月二十八日（1897年3月1日）

再，镇安一县地处万山之中，原奏称办赈难于运粮，能否以工代赈等语。查前拨镇安银三千两，买粮平粜，并借给各常、平、

①中国第一历史档案馆藏：《录副奏折》，档号：03-9369-015。

义仓粮石，仍属不敷。复饬由省拨仓粮四千石，委员运至大峪口，设局支放，即由该县派拨贫民赴局领运回县，分别赈粜。每名按日计里，酌给脚钱，事竣具报，即寓以工代赈之意。谨附片陈明。伏乞圣鉴。谨奏。

（朱批：）知道了。[①]

光绪二十三年二月十一日，奉朱批：知道了。钦此。[②]

0552. 请准陈世昌等开复原官缘由片

光绪二十三年正月二十八日（1897 年 3 月 1 日）

再，查已革同知衔河南候补知县陈世昌、又祝嘏赏还原衔已革补用县丞新疆布告尔巡检武纬、咨革江苏丹阳县主簿左文炳等三员，随同臣军营办事，驰驱行阵，躬冒矢石，不避艰险，实属异常出力，拟恳恩准其开复原官，并免缴捐复银两。又，已革知府衔升用同知前福建宁德县知县张兆芝，因案经部议革职，不准抵销。

又，祝嘏赏还原衔已革前甘肃武威县知县张应周，因案经前督臣谭钟麟奏参革职，永不叙用。该二员被参情节稍重，臣未敢率为吁恳恩施。惟此次派赴前敌，冲锋陷阵，随克坚巢，劳勚尤为卓著，未便听其湮没，且张应周已蒙天恩赏还原衔，可否饬部核议准将张兆芝、张应周二员开复原官，以示鼓励之处，出自逾格鸿施！

除各员履历及详细案由造册咨部查核外，谨附片具陈，伏乞圣鉴训示。谨奏。

（朱批：）该部议奏。[③]

---

①台北故宫博物院藏：《军机及宫中档》，文献编号：408006893-0-A。

②台北故宫博物院藏：《军机及宫中档》，文献编号：137246。

③台北故宫博物院藏：《军机及宫中档》，文献编号：408006897-0-A。

光绪二十三年二月十一日，奉朱批：该部议奏。钦此。[①]

【案】此奏片之具奏日期，原件目录署“光绪二十三年二月十八日”，而录副之朱批日期则为“光绪二十三年二月十一日”，两相龃龉。查《随手档》[②] 可知，此奏片之具奏日期当为“光绪二十三年正月二十八日”，原件目录误署无疑。兹据校正。

0553. 请将陈嘉言优加酌用缘由片

光绪二十三年正月二十八日（1897 年 3 月 1 日）

再，翰林院编修陈嘉言于光绪二十一年经臣奏调，奉上谕：翰林院编修陈嘉言，着准其发往差委等因。钦此。旋即到营，当委会办营务，总理行营文案。查该员学识优长，办事开敏，诚为不可多得之才。此次奉调赴营，于攻剿各处贼巢，决策运筹，成劳最著，实属异常出力。惟编修秩居清要，应如何优加擢用，以示鼓励之处，出自天恩，非微臣所敢擅拟。理合附片具陈，伏乞圣鉴。谨奏。

（朱批：）陈嘉言着交部议叙。[③]

光绪二十三年二月十一日，奉朱批：陈嘉言着交部议叙。钦此。[④]

【案】此奏片之具奏日期，原件目录署“光绪二十三年二月十八日”，而录副之朱批日期则为“光绪二十三年二月十一日”，两相龃龉。查《随手档》[⑤] 可知，此奏片之具奏日期当为“光绪二十三年正

---

①台北故宫博物院藏：《军机及宫中档》，文献编号：137229。

②中国第一历史档案馆藏：《军机处随手登记档》，档案编号：03-0292-1-1223-039。

③台北故宫博物院藏：《军机及宫中档》，文献编号：408006897-0-B。

④台北故宫博物院藏：《军机及宫中档》，文献编号：137257。

⑤中国第一历史档案馆藏：《军机处随手登记档》，档案编号：03-0292-1-1223-039。

月二十八日”，原件目录误署无疑。兹据校正。

0554. 奏报张汝梅戡乱功绩缘由片

光绪二十三年正月二十八日（1897年3月1日）

再，上年甘回肇乱，衅起循化、海城，延及河湟。陕境唇齿相依，西北各处戒严。前护抚臣布政使张汝梅酌量缓急，以剿为防，先后抽派陕省各军二十余营，驰往甘省助援，联络各军声气，而于本省防务仍未稍懈，一切办理机宜，经该护抚随时奏报有案。旋臣率师援甘，后路粮台事宜，奉旨交张汝梅督办。臣在天津电商该护抚预筹粮饷转运，以利师行；冬间湘军抵陕，该护抚已督饬署藩司李有棻、署臬司马相如等一一储备；入甘以后，凡前敌所需，无不源源接济，俾臣得壹意进剿，迅速蒇役。

此时军务大定，边境廓清，该护抚筹剿、筹防，兼筹转馈，实为力顾全局，备著勤劳，应如何奖励之处，出自鸿施！谨会同陕甘督臣陶模，附片具陈，伏祈圣鉴。谨奏。

（朱批：）张汝梅着交部议叙。①

光绪二十三年二月十一日，奉朱批：张汝梅着交部议叙。钦此。②

【案】此奏片之具奏日期，原件目录署“光绪二十三年二月十八日”，而录副之朱批日期则为“光绪二十三年二月十一日”，两相龃龉。查《随手档》③可知，此奏片之具奏日期当为“光绪二十三年正月二十八日”，原件目录误署无疑。兹据校正。

---

①台北故宫博物院藏：《军机及宫中档》，文献编号：408006897-0-C。

②台北故宫博物院藏：《军机及宫中档》，文献编号：137255。

③中国第一历史档案馆藏：《军机处随手登记档》，档案编号：03-0292-1-1223-039。

0555. 奏报本年正月雨水量价情形折

光绪二十三年二月十八日（1897 年 3 月 20 日）

头品顶戴陕西巡抚臣魏光焘跪奏，为恭报雨雪、麦苗情形，恭折仰祈圣鉴事。

窃查陕西省光绪二十二年十二月分雪泽、麦苗情形，业经臣恭折具奏在案。兹据西安、延安、凤翔、汉中、同州、兴安、邠州、乾州、鄜州、绥德州等府州属陆续具报，于正月十一至十三并十五及二十六七八等日，先后得微雨，及得雪一二寸至三四寸不等，其余各属尚未报到。臣查陕省上年冬季，雨雪尚不缺乏。兹值麦豆生发之际，又复得此雨雪，实于农田大有裨益，民情欣悦，合境敉安，堪以仰慰宸廑！

刻查西安粮价，大米每仓石价银二两七钱八分，小米每仓石价银一两七钱二分，较之上月，大米减银一钱，小米减银一钱六分。

所有光绪二十三年正月分雨雪、麦苗并省城粮价情形，理合恭折具陈。伏乞皇上圣鉴。谨奏。光绪二十三年二月十八日。

（朱批：）知道了。①

光绪二十三年三月初一日，奉朱批：知道了。钦此。②

0556. 勘明陕省水利拨款择要疏浚折

光绪二十三年二月十八日（1897 年 3 月 20 日）

头品顶戴陕西巡抚臣魏光焘跪奏，为勘明陕省水利，拨款择要疏浚，并酌派营勇工作，以裨地方，恭折仰祈圣鉴事。

窃维陕省地势南北多山，东西均属平原，全赖河渠宣畅，借

①台北故宫博物院藏：《军机及宫中档》，文献编号：408006896。

②台北故宫博物院藏：《军机及宫中档》，文献编号：137771。

资蓄泄。自同治初年兵燹之后，继以旱、荒，挑浚失时，渠道湮塞，小民无力修复，遂日甚一日，以故山水骤发，动辄冲决为患；亢旱偶形，则又引溉无从，以致频年灾祲迭见。光绪二十一年冬间，前护抚臣张汝梅体察情形，曾请于省城设水利总局，督饬各属试办，业经奏明在案❶。臣到任后，复派员周历履勘，工程较小之处，已饬属随时分别疏浚；其工程较大者，或因民地阻止，或因费绌停工，势非分派营勇通力合作，难期费省而功倍。

兹查华州、华阴两属河渠共十四道，在华州者为赤水、遇仙、石堤、太平、罗纹、构峪六河，在华阴者为方山、瓮峪、仙峪、葱峪、敷水、长涧六河，另有西溪、晋公二渠，分溉该州县近河各地亩。其水皆南发源于山谷，北流入渭。因年久失修，致各河身日淤日高，下流壅滞，转成北高南下之势，每遇大雨，沙随溜下，河流涌溢，此决彼溃，东西数十里，积水弥漫，经冬不涸，居民田禾淹没，商旅阻滞不行，困苦情形，实堪悯念！

光绪二十一二等年，该州县水涝成灾，迭经前抚臣鹿传霖、护抚臣张汝梅并臣随时赈抚，先后奏请蠲缓钱粮在案。然有以纾一时之困，尤须有以贻久远之安，庶征额不至久悬，而民生可期渐裕。现拟将河渠淤塞处所，逐段挑浚，浅者深之，狭者广之。所挑之土，即以筑堤培路；其水冲沙积地亩，应一律修复，并于下游卑洼各处另开支河，俾水性得循就下之常，而地方免泛滥之患。惟工段既广且长，不能专恃民力，应派营勇兴修。所开支河，经过军民地亩，亦应由官估给价值，并奏免钱粮。此实地方必不可缓之工也。

又，长安县属附省三桥地方，架石为梁，以通车马，夹河两岸，地皆坟起，中多低洼，计长三十余里，始达于渭。频年积水停淤，通衢阻梗。现拟价买民地，添开渠道，择置坝闸数所，并凿池开田，以消积潦。此亦水患所亟宜除者。

又，泾阳县属之龙洞渠，系郑白渠故道。国朝雍正五年，发库款复修，引泾水，并凿山泉，由该县以达醴泉、三原、高陵并及临潼北境，沾被甚溥。嗣因泾流日下，水低岸高，不能引灌，遂专引琼珠、筛珠二洞山泉以注之，水利甚微。复以年久失修，渠身既淤，泉眼亦塞，其石洞渠底渗漏尤多，下流各属因不能沾水之利，即亦不肯兴修，是以近年渠水仅灌泾阳，略及三原西境。其东境及高陵诸属百数十里，膏腴沃壤，灌溉无资，遇旱辄致歉收，殊非国家轸念民依之意！现勘得泉眼急须开通，并拟多采石料，筑堤补漏，察看从前水源，仍可因势利导，以收全渠之利。此又水利所亟宜兴者。

以上三处，均经委员协同绅士勘明，绘具图说，并由善后、水利局司道详请核办前来。臣覆加查核，以华州、华阴两处工程为最要，已派道员严金清率抚标永兴四旗步队前往，会同水利局提调知府汪廷栋，督令先行开挖支河。其民力所能逮者，即由地方官按亩派夫，分段饬令疏导，仍责成潼商道文启督同办理，俾易蒇事。其三桥与龙洞等处，饬由局责成该地方官实力经营，如民力不足，再派营勇助修，务期坚实宽深，能经久远，以除水患而兴水利，庶于国家正供、小民生计不无裨益。惟运办石料，酌给津贴，价买民地，在在需费。臣与司道等再三筹商，拟于司库所储营田折租项下，酌提银三万两，先行动用，事竣核实报销。至所占民地，容俟估计若干，再行吁恳天恩俯准免其纳赋，以示体恤。此外，各属渠道仍饬局随时察看筹办。

除俟前项工程办理完竣详细具奏外，谨将现办情形先行恭折具陈。伏乞皇上圣鉴训示。谨奏。光绪二十三年二月十八日。

(朱批：) 该部知道。[①]

光绪二十三年三月初一日，奉朱批：该部知道。钦此。[②]

❶【案】光绪二十一年十月初四日，护理陕抚张汝梅为陕省设局

①台北故宫博物院藏：《军机及宫中档》，文献编号：408006895。
②台北故宫博物院藏：《军机及宫中档》，文献编号：137770。

试办水利具折曰：

头品顶戴护理陕西巡抚布政使臣张汝梅跪奏，为陕省设局试办水利，恭折仰祈圣鉴事。

窃臣到陕以来，体察地方情形，知讲求水利实为目前要务。查陕省居天下上游，诸水经流，冲瀜浩衍，为利甚溥。秦汉以还，关中水利以郑白渠为最著，即今之龙洞渠也。余凡滨临河、汉、泾、渭及所汇支流各处可以通舟楫、资灌溉者，不一而足。顾水性靡常，其为利、为害，大率因人事为转移。从前各属河渠以时疏浚，所以利赖攸远，今则半就湮废，食利无多，甚至壅遏迁徙，汛滥冲激。如咸宁县之灞河，华州之太平、罗纹、构峪、石堤、遇仙等河，华阴县之长涧、敷水、渭河、方山等河，本年夏间因雨盛涨，水皆漫溢出槽，决堤溃岸，冲淹田禾，至今华州、咸宁县东北乡一带，尚有积水未消、二麦不能播种之处。此固由于兵祲之后，民物凋罢，未能尽力沟渠，亦由牧民者相率因循、不加董劝所致。若再不图整顿，将来不特水利尽废，抑且民困日深，急宜选员认真办理，随经札行司道会议去后。兹据详请拟于省城设立水利局，委派明干之员提调局务，其局即附设善后局内等情。前来。

臣查有候补知府周铭旗，在陕有年，凡于民间生计无不讲求，而于水利尤所留心，堪以委充提调；并再选员分赴各州县，会同地方官核实办理，务期尽水之利，除水之患，以裕民生而培邦本。其局用应需、官吏薪水、口食等项，再由司道等撙节详议，另行咨部立案；一面督同司道员切实讲求，俟有成效，再当随时奏报。

所有设局试办水利缘由，谨恭折具陈。伏乞皇上圣鉴。谨奏。光绪二十一年十月初四日。

光绪二十一年十月十六日，奉朱批：该部知道。钦此。[①]

---

①中国第一历史档案馆藏：《朱批奏折》，档号：04-01-01-1008-053。又，《录副奏折》，档号：03-9611-002。

0557. 奏报情重盗匪等犯照章惩办折

光绪二十三年二月十八日（1897 年 3 月 20 日）

头品顶戴陕西巡抚臣魏光焘跪奏，为陕省各属情重盗匪、游勇，照章惩办，恭折汇陈，仰祈圣鉴事。

窃查前准部咨：嗣后各省拿获马贼、游勇、土匪并伙众持械强劫案件，如实系距省穹远，解犯中途堪虞，就近解交该管道府，覆审明确，免其解省，由该管道府核明情罪，禀候督抚批饬就地正法，按季汇案具奏等因。历经遵办在案。

兹查光绪二十二年冬季分，据鄜州直隶州审办洛川县拿获盗犯萧憘良、张长映二名，讯据供认，该犯萧憘良等听从逸盗陈老二等，纠伙十二人，于二十二年正月十一夜，明火持械，撞门入室，行劫事主李同兴糖铺钱物，萧憘良按住事主，致事主被火药轰伤，越日身死；张长映听纠上盗，临时畏惧先逃，事后分赃。

又，据汉中府审办西乡县拿获盗犯邱憛侵、阚爆匠即戈大五、李洪开三名，讯据供认，该犯邱憛侵起意纠邀阚爆匠、李洪开并逸盗陈宗礼同伙四人，于二十一年十二月二十一夜，分持刀械，撞门入室，强劫事主李李氏家衣物，捆殴事主受伤平复。

又，据该府审办该县拿获盗犯刘老铳即刘遇椿、王老六即王得甚、周木匠即周袭城、李裁缝即李馨愢、岳双娃五名，讯据供认，该犯刘老铳起意纠邀王老六、周木匠、李裁缝、岳双娃并逸盗岳不好娃等同伙九人，于二十二年二月十八夜，分持刀械，撞门入室，强劫事主蒋明远家钱文，拒伤事主平复。该犯岳双娃听纠同行，临时畏惧先逃，事后分赃。

又，据该府审办该县拿获盗犯汪付溃、余老二即余沅汰、范帼安、赵发揆即赵老九、苏现扬五名，讯据供认，该犯汪付溃起意纠邀余老二、范帼安、赵发揆、苏现扬并逸盗杜兴沅等同伙七人，于二十二年二月二十九日诱开事主曾洪发家大门，明火持械，强劫钱物，捆殴事主受伤平复。

又，据同州府审办韩城县拿获盗犯魏宗议、金沅儿、王亏儿三名，讯据供认，该犯魏宗议、金沅儿听从逸盗倪老九纠伙九人，于二十二年七月十一夜，分持刀械，撞门入室，强劫事主杨騋家钱物。该犯王亏儿听从上盗，临时患病不行，事后亦未分赃。

又，据汉中府审办城固县拿获盗犯张老五即龙显溃、马老九即马洪椿、张老六即张猫娃、张得根即张老五、梁老九、朱五生、陈洪幅七名，讯据供认，该犯张老五起意纠邀该犯马老九、张老六、张得根、梁老九、朱五生并逸盗杨老夭等同伙十一人，于二十二年六月十四夜，分持刀械，强劫事主曾福家钱物，拒伤事主平复。该犯张得根、梁老九、朱五生共谋为盗，临时畏惧不行，事后分赃。陈洪幅被逼寄赃，知情窝顿。

又，据西安府审办泾阳县拿获游勇任集信、李添长二名，讯据供认，先在镇安营当勇，后因事斥革，于二十二年八月十三日行抵泾阳，听从在逃之前同营游勇陈占奎纠伙五人，抢夺同行客人陈元车上银物，拒殴陈元并车夫杨春林受伤平复，各等情。由各该县禀经臣先后批司转行该管鄜州直隶州知州劳启恂、汉中府知府常裕、同州府知府贺尔昌、西安府知府童兆蓉，督同各该县提犯覆鞫，供情相符，照章议拟，禀候核示前来。

臣以该犯萧憘良、邱憚侵、阚爆匠即戈大五、李洪开、刘老铳即刘遇椿、王老六即王得甚、周木匠即周袭城、李裁缝即李罄惚、汪付溃、余老二即余沅汰、范帼安、赵发揆即赵老九、苏现扬、魏宗议、金沅儿、张老五即龙显溃、马老九即马洪椿、张老六即张猫娃、任集信、李添长二十犯，或入室搜赃，轰毙、拒伤事主；或游勇持械，拦路抢夺，砍伤事主。均属凶恶昭著，法无可逭，当与督臣照章批饬就地正法，枭首犯事地方，悬杆示众，以昭炯戒。张长映、岳双娃、张得根即张老五、梁老九、朱五生共谋为盗，临时畏惧不行，事后分赃，罪应拟流，均照章锁系巨石八年。王亏儿听从上盗，临时患病不行，事后并未分赃；陈洪幅被逼寄赃，知情窝顿，罪应拟徒，均照章锁系巨石五年。逸盗陈老二等饬缉，获日另结。

所有光绪二十二年冬季分情重盗匪、游勇照章惩办缘由，谨会同陕甘督臣陶模，恭折汇陈。伏乞皇上圣鉴。谨奏。光绪二十三年二月十八日。

（朱批：）刑部知道。[①]

光绪二十三年三月初一日，奉朱批：刑部知道。钦此。[②]

0558. 请将以工代赈捐银给奖缘由片

光绪二十三年二月十八日（1897年3月20日）

再，光绪十八、十九两年，西安等府州夏、秋歉收，饥黎待哺嗷嗷，经前抚臣鹿传霖奏请赈抚，并通饬各属就地集捐，以辅公帑之不足。三原一县，先后集捐银六万五千两有奇，计口授食，动用银四万二千六百六十余两，业经鹿传霖于奏销册内列报，并经前护抚臣张汝梅奏请查照顺直赈捐章程，核给奖叙，奉部覆准在案。

惟该县原捐赈款六万五千之数，内有拨银二万二千四百余两，择其年力少壮饥民，以工代赈，补修该县东北二关城垣，筑修河堤一百数十丈，并新筑大程镇城垣、王店镇桥梁，开渠淘泉，各紧要工程，选派公正绅商，经理督修，一体工竣完固，禀经委验结报。因前办报销时，工未完竣，未经造报，亦未列入销册。查前办赈济之四万二千余两，业经奏请给奖。其续报以工代赈之二万二千四百余金，事在同时，均属情殷桑梓，若不续为请奖，未免向隅，且恐以后公事难期踊跃，自应一律给奖，以昭平允而顺舆情。据藩司张汝梅详请具奏前来。

臣覆核无异，合无仰恳天恩俯准将三原县续报以工代赈捐项银二万二千四百余两，仍按顺直赈捐章程一律给奖，以昭激劝。

---

①台北故宫博物院藏：《军机及宫中档》，文献编号：408006897。

②台北故宫博物院藏：《军机及宫中档》，文献编号：137774。

除细数及各捐户造册咨部查照外，谨附片具陈。伏乞圣鉴训示。谨奏。

（朱批：）该部知道。①

光绪二十三年三月初一日，奉朱批：该部知道。钦此。②

0559. 奏闻孔繁朴期满甄别情形片

光绪二十三年二月十八日（1897年3月20日）

再，前准部咨：道、府、州、县，无论何项劳绩保奏归入候补班人员到省，予限一年，察看才具，分别补用等因。兹查有知府衔候补班尽先补用直隶州知州孔繁朴，于光绪二十一年十二月到省，扣至二十二年十二月，试看一年期满，例应照章甄别。据藩、臬两司具详前来。

臣查该员孔繁朴勤干练达，堪以繁缺直隶州知州留陕，照例补用。谨会同陕甘督臣陶模，附片具陈，伏乞圣鉴。谨奏。

（朱批：）吏部知道。③

光绪二十三年三月初一日，奉朱批：吏部知道。钦此。④

0560. 请以祝鉴廷升补抚标中军参将折

光绪二十三年二月二十四日（1897年3月26日）

头品顶戴陕西巡抚臣魏光焘跪奏，为拣员请补参将，以重营伍，恭折仰祈圣鉴事。

窃查陕西抚标中军参将田玉广，前于光绪二十年五月经督臣杨昌濬奏请升补陕西西安城守协副将，已奉旨允准在案。所遗参

---

①台北故宫博物院藏：《军机及宫中档》，文献编号：408006897-0-D。

②台北故宫博物院藏：《军机及宫中档》，文献编号：137773。

③台北故宫博物院藏：《军机及宫中档》，文献编号：408006895-0-A。

④台北故宫博物院藏：《军机及宫中档》，文献编号：137772。

将系省会要缺，有整率营伍之责，非精明干练之员，难期胜任。臣于各营实缺参将合例应调人员内详加遴选，非现居要缺，即人地未宜。

惟查有补用总兵镇安营游击祝鉴廷，现年五十七岁，湖南善化县人，由武童投效军营，转战闽、浙、陕、甘等省，积功历保花翎总兵，以提督补用，并蒙赏给冠勇巴图鲁勇号。光绪十一年九月，借补镇安营游击，十二年十一月十一日到任。十七年三月，请咨赴部引见。九月，仍回本任。该员朴勤干练，晓畅戎机，且在陕多年，营务情形尤为熟悉，以之升补抚标中军参将，洵堪胜任，与例亦属相符。合无仰恳天恩俯准以镇安营游击祝鉴廷升补抚标中军参将，实于营伍、地方均有裨益。如蒙俞允，俟接准部覆后，再行给咨送部引见，以符定例。所遗镇安营游击员缺，陕甘现有应补人员，候奉部咨，另行办理。

除将该员履历咨部外，谨会同陕甘督臣陶模、固原提臣邓增，恭折具陈。伏乞皇上圣鉴训示。谨奏。光绪二十三年二月二十四日。

（朱批：）兵部议奏。①

光绪二十三年三月初七日，奉朱批：兵部议奏。钦此。②

0561. 奏明光绪二十二年额征正赋完欠折

光绪二十三年二月二十四日（1897 年 3 月 26 日）

头品顶戴陕西巡抚臣魏光焘跪奏，为查明光绪二十二年额征正赋银两已完、未完实数，恭折仰祈圣鉴事。

窃查前准户部咨：各省地丁所入，缺额仍多。自同治八年为始，将全省一年征收丁、漕各实数专案奏报。又，同治十一年四月准户部咨：各直省奏报丁、漕实数，均展至次年正月办理，二

①台北故宫博物院藏：《军机及宫中档》，文献编号：408006898。

②台北故宫博物院藏：《军机及宫中档》，文献编号：137906。

月出奏，以归画一等因。历经遵办在案。兹值查报光绪二十二年分征收正赋之期，查陕西省各属二十二年分额征民屯、更起运、存留并粮折价，除屯丁兑食外，共银一百六十万七千二百九十七两九钱五分五厘，内除存留银二十七万八千九十七两四钱七分八厘，又除兴平、高陵、褒城、朝邑、华阴、武功等六县水冲地亩豁免银六百一十六两四钱一分，及荒地免征银七万七千八十五两五厘，实熟地应征银一百二十五万一千四百九十九两六分二厘。自开征起至年底止，已完银一百二十万七千七百二十五两三钱四分七厘。

又，咸宁、长安、华阴、商州、鄜州五州县水雹案内，奉文缓征灾前已完准流抵二十二年正赋银二千六百七十两三钱五分六厘，共已完银一百二十一万三百九十五两七钱三厘，未完银四万一千一百三两三钱五分九厘，内除临潼、延川、扶风、褒城、沔县五县水灾案内暂行豁免三年银一千一百六十六两六钱九分四厘，仅未完银三万九千九百三十六两六钱六分五厘。

再，查光绪二十一年地丁，未完银六万九千二百九十六两二钱九厘，又续报垦荒升科银二千九百一十四两八钱二厘，二共银七万二千二百一十一两一分一厘。今截至光绪二十二年底止，带征续完并续垦共银三万四千七百八两七钱六分一厘，仍未完银三万七千五百二两二钱五分，内除鄜州二十年雹灾案内奉文缓征灾前已完准流抵二十一年应完正赋银二百七十两二钱九分六厘，又除临潼、延川、扶风、褒城、沔县、商州六州县水灾案内奉文豁免银一千一百四十两七钱七分三厘，又除咸宁、长安、咸阳、临潼、延川、华州、华阴、鄜州、洛川、清涧等十州县二十一年水、雹各灾案内奉文缓征银三千九百一两一钱四分二厘，又除临潼县二十年、府谷县十九年水灾案内奉文暂缓三年银四十八两三钱七分一厘，仅未完银三万二千一百四十一两六钱六分八厘。

以上已完银两，均经照数批解司库核收，截至年底，已于拨册内分晰开造。其未完银两，现复严催征解，应俟另行汇报。据藩司张汝梅查明，分别具详请奏前来。

臣覆核无异，所有光绪二十二年分额征正赋银两未完实数，理合恭折具陈。伏乞皇上圣鉴。谨奏。光绪二十三年二月二十四日。

(朱批:) 户部知道。①

光绪二十三年三月初七日，奉朱批：户部知道。钦此。②

0562. 奏报防练各军勇数饷数情形折

光绪二十三年二月二十四日（1897年3月26日）

头品顶戴陕西巡抚臣魏光焘跪奏，为陕省防、练各军勇数、饷数，遵照部议，体察情形，再行酌量裁减，恭折仰祈圣鉴事。

窃臣接准户部咨开：光绪二十二年十二月十六日，具奏陕西防、练各军仍须实力裁并一折，奉旨：依议。钦此。钞录原奏，咨行到陕。臣遵查上年奏设防军马步、炮队十八旗，合标营为三十营旗，系体察情形，与督臣往复商定，以甘事甫平，而河州、海城等处搜捕漏匪，时有谣传，民情尚未大定；陕省西北处处毗连甘境，南则界连川、楚，会匪出没无常，防务均未可稍松。去冬，汉中府属高彦发、楚玉等滋事一案，虽经立时扑灭，仍应严为巡缉，且从前防、练各营饷数参差，营制不一，兵丁徒取充数，难期得力。臣改设防军，一切营制、饷章悉以光绪九年甘肃奏定章程为准，固不敢因循积习，亦未敢虚縻度支。

部臣原奏内称，应裁长夫四百九十二名。查前次折开马步、炮队每旗官设夫十名，每哨官设夫二名，原以该员弁等使用需人，不令勇丁供役；马队每两名合给马夫一名，亦以勇丁逐日操防，不能兼任杂事，且马队未设伙勇，今若将哨队各夫悉数裁撤，则火食、柴薪、喂养等役，势必全资勇力，队伍何能整饬？习练何

①台北故宫博物院藏：《军机及宫中档》，文献编号：408006899。

②台北故宫博物院藏：《军机及宫中档》，文献编号：137904。

能专精？查楚军坐粮旗章，马队每旗设夫二十余名，步队每旗百三十余名。此次所设各旗长夫，已属切实核减，似不必一律全裁，致以勇丁提充，转滋流弊。此项长夫拟请毋庸裁撤。

又，原奏内称，步队较楚军旗制，每旗岁多银八百八十八两，马队每旗岁多银一千一百六十余两。查前次奏定兵勇饷项，声明照甘肃奏定章程，毫无增益。惟各旗薪、公等费较楚军坐粮旗制为数稍多，亦因旗官薪、公太薄，办公不敷，不得不稍示体恤。兹部臣以库款奇绌，令酌裁减，拟即于旗官薪、公项下，步队每旗裁去文案、账友、书识等每月薪水银四十八两，计岁裁银五百七十余两；马队每旗裁去文案、账友、书识等每月薪水银四十二两，计岁裁银五百余两，又余马价岁裁银二百八十余两，合共岁裁银七百八十余两。总计马步、炮队岁可节省银一万一千二百余两。此遵照部议，悉心稽核，仍留各旗长夫，酌裁公费之实在情形也。

又，原奏内称，陕西、甘肃二省向未设立炮队营旗，既系防军，并无战事，似不必遽请添设等语。查开花炮队，原为军中利器，前督臣左宗棠用兵关陇，及此次援甘各军，均得炮队之力。现在东南各省于枪炮一艺，无不极力讲求，诚以西洋炮火，法制精密，必平日练习纯熟，方能得其妙用，非若刀矛、火枪肄习较易也。陕省地方紧要，炮队似不可少，且上年湘军西来，由南北洋购借各种快枪、大炮，款项甚巨。若长此搁置局中，不借操演以洗擦之，窃恐日久锈涩，利器转成废物，尤为可惜！现在所设炮队一旗，均系拣募精壮，令熟手勤加督练，冀渐次推广，借固边防而备缓急。其饷数均照步队章程，只添教习及机器匠、炮、马等项，加费亦属无几，拟仍请毋庸裁撤。

至原奏陕西防、练各营旗并商州协回兵一起，北山防勇、制造、善后局等费，仍须实力裁并。统计每年无论有闰无闰，总不得逾四十四万之数，以示限制等因。查陕省饷项，光绪十七八九二十等年，无闰岁估银四十七万余两，有闰估银五十一万余两，只二十一二两年岁估银四十四万余两，而永兴军月饷仍属另估。盖永兴军原系陕省防军，上年赴甘防剿，复添募镇安五营。其镇安军月饷亦系另估。二十二年饷数，实开支八十三万余两。嗣甘省肃清，各军陆续裁撤，陕省所留各营仅堪勉敷分布，饷数，亦与二十一年以前不相悬殊。

臣审度情形，复与督臣往复电商，实难悉遵部议。惟综核饷糈，仍必力求撙节。兹于无可裁减之中，再四酌裁，查抚标练军步队四营，额勇二千名，拟裁去二成正勇四百名，计每岁节省银八千四百余两。延榆绥镇标练军四营，额勇二千名，该处现已另派马步防营两旗扼扎，尚敷分布，拟将该镇四营改为四旗，计裁正勇五百二十名，岁共节省银一万一千四十余两。北山各属防勇口粮，岁需银二万六千余两，拟岁裁银一万三千三百余两。统计标、练各勇口粮，每岁已裁减银四万四千余两，以后岁饷实共需银四十七万余两，应请作为定额。前支饷数，已通知各营旗，均截至三月底止。从四月初一日起，照现改章程发给。此又遵照部议，再行酌裁营勇、节省饷项之实在情形也。

从此饷章画一，营伍整饬，庶一兵得一兵之用，于地方实有裨益。且现在华州各属开浚河渠，全用民夫，力有未逮，故令各旗勇丁于操防之外，兼作重要工程，通盘合计，所省已多。臣明知时局艰难，饷糈奇绌，但能稍可节省，何敢意存固执！惟时势所迫，有碍难悉遵部议一律遽裁者，不得不缕晰陈之。谨将裁定数目缮具清单，恭呈御览。仰恳天恩饬部核准，以顾边防。

臣为整顿营伍起见，是否有当，谨会同陕甘督臣陶模，恭折具陈。伏乞皇上圣鉴训示。谨奏。光绪二十三年二月二十四日。

（朱批：）户部议奏，单并发。[①]

光绪二十三年三月初七日，奉朱批：户部议奏，单并发。

---

①台北故宫博物院藏：《军机及宫中档》，文献编号：408006900。

钦此。[①]

0563. 呈各军核实裁减勇数饷数清单

光绪二十三年二月二十四日（1897 年 3 月 26 日）

谨将陕省防、练各军核实裁减勇数、饷数，缮具清单，恭呈御览。

计开

一、部臣原奏内称，应裁长夫四百九十二名。查前次折开马步十七旗，每旗官只设马夫、厨夫、杂夫十名，又步队哨官三员，每员给私夫二名；马队先锋领旗亲、护、正勇，每两名给马夫一名，合共四百九十二名。此项长夫系照甘肃光绪九年新更章程设立，仍请照设。

一、原奏内称，步队一旗较楚军旗制岁多开银八百八十八两，马队一旗岁多开银一千一百六十余两。查前次折开步队旗官月支薪公、油烛、纸张银九十二两，又文案、账友、书识月支银四十八两；马队旗官月支薪公、油烛、纸张银九十两，又文案、账友、书识月支银四十二两，均系按照甘肃光绪九年新更章程开支，今拟将马、步队文案、账友、书识、薪水银两，截至本年三月底止，概行裁减。又，马队每旗岁支余马价银二百八十五两七钱五分，亦拟一并裁去。计步队每旗岁裁银五百七十六两，马队每旗岁裁银七百八十九两七钱五分，总计马、步、炮队十八旗，岁共裁银一万一千二百二十三两。

一、原奏内称，陕西、甘肃二省向未设立炮队营旗，既系防军，并无战事，似不必遽请添设等语。查陕省所定炮队旗制、饷章，均系按照防军步队开支外，添设正、副教习、机械、匠、炮、马等费，核计每月较步队只多银一百六十余两，统计岁多银一千九百余两。兹将幕友薪水截至本年三月底止，照步队一律裁减。

①台北故宫博物院藏：《军机及宫中档》，文献编号：137903。

此起炮队拟仍请毋庸裁撤。

一、抚标练军步队四营勇额二千名，岁共需银五万三千四百五两六钱。兹拟截至本年三月底止，裁去二成练勇四百名，计每岁裁减银八千四百九十六两。

一、延榆绥镇标练军步队四营勇额二千名，岁共需银四万五千六百八十九两五钱九分二厘。兹拟截至本年三月底止，改为四旗，计每营裁去练勇一百三十名，合计四营共五百二十名，岁共裁减银一万一千四十四两八钱。

一、北山各属防勇口粮，岁共需银二万六千六百八十六两八钱七分八厘。兹拟截至本年三月底止，裁去一半，计每岁裁减银一万三千三百四十三两四钱三分九厘。

以上按扣建之数合算，岁共应裁银四万四千一百七两二钱三分九厘。惟本年三月以前仍请照支，从四月初一起至年底止，一律照裁，以散合总，共应裁减银三万三千三百一十九两七钱三分三厘。除裁减外，实需银四十八万二千八百九十四两一钱七厘。

核计来年按照现在裁定章程，满年六大、六小建，共应需银四十七万二千一百六两六钱一厘。如遇有闰之年，尚应加银三万八千七百五十六两三钱一分二厘，二共银五十一万八百六十二两九钱一分三厘。合并陈明。

（朱批：）览。①

0564. 奏报委解本年京饷银数日期片

光绪二十三年二月二十四日（1897年3月26日）

再，查陕西省前因海防、善后及京旗需饷甚巨，叠经奏明裁勇节饷，每年共集银十万两，议定自光绪十二年为始，专款分批解部。所有二十二年以前应解银两，业经按年报解清楚。兹值二

---

①台北故宫博物院藏：《军机及宫中档》，文献编号：137903-0-A。

十三年筹解之期，现饬藩司在于司库留备款内动支银三万两，作为本年初批京饷，又光绪二十二年扣存各官廉费等项六分减平初批银一万五千两。以上共银四万五千两，由司拣委妥员于二月初五日起程，解赴户部交纳。据藩司张汝梅具详请奏前来。

臣覆查无异，除咨部外，所有筹解光绪二十三年初批京饷银数、日期，谨附片具陈。伏乞圣鉴。谨奏。

（朱批：）户部知道。①

光绪二十三年三月初七日，奉朱批：户部知道。钦此。②

0565. 奏报委署陕省府县各缺情形片

光绪二十三年二月二十四日（1897年3月26日）

再，查各省道、府、州、县，无论奏调、委署，每届三月汇奏一次，历经遵办在案。兹查陕西省光绪二十二年十月起至十二月底止，延安府知府马绍训撤任遗缺，委试用知府景星燿署理。署耀州知州余宏蔚调省遗缺，委另补知县袁启豸署理。

署洛川县知县张炳均调省遗缺，委即用知县裴作则署理。署三原县知县黄世瀛饬赴华州知州新任，遗缺委请调三原县知县欧炳琳先行署理。华阴县知县梁承馨调署长安县，仍以长安县知县杨调元调署华阴县。宁羌州知州马毓华调署咸宁县遗缺，委试用同知袁启钧署理。署洋县知县朱瑾调省遗缺，委试用知县张鹏翼署理。署石泉县知县彭树勋调省遗缺，委候补尽先知县梁慕鸾署理。署甘泉县知县贾致忻调省遗缺，委候补知县严法贞署理。由藩司张汝梅、臬司李有棻会详请奏前来。

臣覆查无异，所有光绪二十二年冬季分委署府州县各缺缘由，谨附片具陈。伏乞圣鉴。谨奏。

---

①台北故宫博物院藏：《军机及宫中档》，文献编号：408006899-0-A。

②台北故宫博物院藏：《军机及宫中档》，文献编号：137905。

（朱批：）吏部知道。[1]

光绪二十三年三月初七日，奉朱批：吏部知道。钦此。[2]

0566. 奏报陕省防练各军驻扎情形片

光绪二十三年二月二十四日（1897年3月26日）

再，陕省幅员寥阔，所有防练各军应扼要驻扎，庶足以敷分布。臣于上年冬间奏明改定马步、炮队章程，旋适在甘拨归道员潘效苏两营由督臣饬令回陕，因其人尚精壮，当经改为抚标左、右两旗，就中裁并，以符原定防营十八旗之数。

臣审察地方形势，酌量分拨，驻防西路；派署西安城守协副将舒秀松所统抚标中、右步队两旗，分扎邠州、长武、陇州等处；副将韩望高、都司李永贞管带抚标永兴左、右马队两旗，分扎乾州、醴泉、武功、岐山等处；东路派参将杜朝林管带抚标永胜右旗，分扎商州一带；游击萧世禧管带抚标练军副中营，分扎华州、华阴一带；南路汉中府属派副将刘徵凤，带抚标永兴右旗，游击徐万银带抚标永胜左旗，分驻沔县、西乡等处；兴安府属派副将黄耀盛，带抚标广胜旗，分驻石泉地方；北山延安、安边、定边、宁条梁各处，则以副将孔高明管带抚标永兴前旗马队、游击程鼎管带抚标永兴左旗步队分扎。

近因华州、华阴两属河渠淤塞，迭遭水患，亟宜开浚支河，宣泄入渭，以苏民困，必就营勇通力合作，庶几费省而功倍，已派总兵欧阳胜管带之抚标永兴中旗、参将唐升禄管带之抚标武威左旗、都司李云松管带之抚标武威右旗，会驻华州之萧世禧一旗，前往兴作，一切勘明办理情形，业经奏报在案。

此外，分统提督龙恩思兼带永胜中旗步队一旗，游击龚炳魁、王明福带抚标前、左步队各一旗，参将魏荣斌带抚标炮队一旗，

---

①台北故宫博物院藏：《军机及宫中档》，文献编号：408006898-0-A。

②台北故宫博物院藏：《军机及宫中档》，文献编号：137907。

副将周玉堂带抚标后旗马队一旗，均扎省城附近，随时督饬操防，严加整顿，并以近省东、西两路官道失修，往来行人不便，即饬各步队于操防之外，分段修培，兼于道旁栽插树株，以资护荫。且查长安县附郭之三桥一带，积水漫溢，渠道倾坏，拟俟各旗培路种树后，即令分修该处渠工，以补民力之不足。此现在各旗分布、驻扎、操防工作之情形也。

至北山地属边荒南境、汉中、兴安等处界连川楚，会匪出没，防营尚觉单薄，拟俟华州、华阴河渠工竣，仍当察酌分拨，俾资防范。

除各旗员弁勇丁花名清册另行咨部备查外，谨会同督臣陶模，附片具陈。伏乞圣鉴。谨奏。

（朱批：）兵部知道。[1]

光绪二十三年三月初七日，奉朱批：兵部知道。钦此。[2]

0567. 奏报本年二月雨水粮价情形折

光绪二十三年三月十三日（1897年4月14日）

头品顶戴陕西巡抚臣魏光焘跪奏，为恭报雨雪、麦苗情形，恭折仰祈圣鉴事。

窃查陕西省光绪二十三年正月分雨雪、麦苗情形，业经臣恭折具奏在案。兹据西安、延安、凤翔、汉中、榆林、同州、兴安、邠州、乾州、商州、鄜州、绥德等府州属陆续具报，于二月初三、四、五至初九、初十并十三、十七八九及二十一二至二十五六、二十八九、三十等日，先后得雪一二三寸，得雨二三寸至四五寸及深透不等，其余各属尚未报到。臣查本年入春以来，叠次得沾雨雪，麦、豆长发渐茂，民情欣悦，堪以仰纾宸廑！

刻查西安粮价，大米每仓石价银二两八钱五分，小米每仓石

---

①台北故宫博物院藏：《军机及宫中档》，文献编号：408006898-0-B。

②台北故宫博物院藏：《军机及宫中档》，文献编号：137908。

价银一两八钱一分，较之上月，大米增银七分，小米增银九分。

所有光绪二十三年二月分雨雪、麦苗并省城粮价情形，理合恭折具陈。伏乞皇上圣鉴。谨奏。光绪二十三年三月十三日。

（朱批：）知道了。①

光绪二十三年三月二十八日，奉朱批：知道了。钦此。②

0568. 酌提公款预先采买粮石缘由折

光绪二十三年三月十三日（1897年4月14日）

头品顶戴陕西巡抚臣魏光焘跪奏，为请酌提公款，预先采买粮石，以备荒歉，恭折仰祈圣鉴事。

窃维积谷之设，本宋朱子社仓遗意，遇荒有备，法至善也。前抚臣冯誉骥③鉴于光绪三、四等年陕省旱荒，赈粮购自南省，糜帑甚多，故通饬各属一体捐办义仓，共捐存京斗稻、粟、麦、豆八十万六千石有奇，修建社仓一千六百余处，业于八年八月将劝办情形及积谷章程，分别奏咨在案❶。

查前次积谷至八十万石，诚不为少，而一遇荒年，散之于亿兆人民，则仍属无多。况自捐办义仓以来，迄今垂二十年，虽无丁丑等年奇荒，而水旱偏灾几于无岁蔑有。十八、十九两年，越

---

①台北故宫博物院藏：《军机及宫中档》，文献编号：408006902。

②台北故宫博物院藏：《军机及宫中档》，文献编号：138281。

③冯誉骥（1822—1884），字卓如，号展云、崧湖、钝叟，广东高要县人，少时，肄业于学海堂书院。道光二十年（1840），领乡荐。二十四年（1844），中式进士，选庶吉士。二十五年（1845），授翰林院编修。二十六年（1846），充广西乡试正考官。二十八年（1848），充翰林院侍读。同年，授山东学政。咸丰元年（1851），补右庶子。三年（1853），补左庶子，署日讲起居注官。同年，授翰林院侍讲学士。四年（1854），放湖北学政。八年（1858），任翰林院侍读学士。十一年（1861），授江西学政。十二年（1873），补詹事府少詹事。同年，授福建学政。光绪二年（1876），升内阁学士兼礼部侍郎衔。三年（1877），署刑部右侍郎、刑部左侍郎、礼部左侍郎。四年（1878），迁礼部右侍郎，调刑部左侍郎。五年（1879），兼署吏部左侍郎，充江南乡试正考官。是年，擢陕西巡抚。九年（1883），以任用非人革职。十年（1884），卒于扬州。著有《绿伽楠馆诗存》行世。

境采粮，縻费不少，即原储八十万石之数，亦不止耗去一半。若再逢荒歉，积储不多，采办不及，必致措手乏策，恐又蹈丁丑等年覆辙。

陕省自兵燹后，闾阎凋敝，兼之历年劝捐劝赈，已属竭泽而渔。若再令捐备义仓，亦难望其踊跃。伏读光绪五年十二月二十五日上谕：御史章乃畬奏请饬举行社仓、社学一折，[2]着各直省督抚即转饬各州县，查照旧章，一律兴修。其经费或借资民力，或酌提公款，并察度地方情形，奏明办理等因。钦遵在案。现陕省积储不多，又难再事劝办，未雨绸缪，不得不另思变计。

臣与藩、臬两司再四筹商，近年厘务迭次认真整顿，岁收较前为旺，拟请于厘金项下每年酌提二成，遴委妥员，分赴各属，就地采买，各在本境社仓存储，通照户口之多寡，以定粮石之数目，庶存粮既富，凶荒可以救民，缓急亦可以饷军，似属一举两得。此项提款仍请以三年为度，用示限制。由藩司张汝梅、臬司李有棻会详请奏前来。

臣覆查陕省地方，惟西、同、凤三属尚称膏腴，南山则地少山多，产粮有限；北山则岁仅一熟，雨泽稍愆，立形歉薄。即前捐仓粮，南、北两山各属每处不过三数千石，少或仅数百余石，一遇荒年，实属不敷散放。即西、同各属平衍之地，粮数较多，而人数亦众，若遇荒年，计口授食，仍觉人多粮少。况前捐义粮屡因偏灾赈济，现储无多。

上年，臣莅任后，叠饬各属续捐积谷，应者寥寥，大都以去岁夏旱秋潦，收成歉薄，恳请缓办，未便强其所难。然此时不预为筹备，设饥馑荐臻，势必购自邻省，不特运脚转重于粮价，且缓不济急，贻误实非浅鲜！明知库款支绌，馈饷艰难，何敢妄请提款！第民为邦本，食乃民天，我皇上厚泽深仁，一遇偏灾，无不恩施立沛，与其赈之于荒岁而縻帑转多，似不若备之于平时而购运可省，矧以本省溢出之款，办本省切要之事，既于地方有益，仍于逐年解额无亏。且曾钦奉谕旨，自应据实胪陈，以仰副皇上轸念民生之至意！

合无仰恳天恩俯准将陕省厘金每年酌提二成，俾作采买积谷之需，以三年为度，嗣后仍照定章办理。臣为预备饥荒、以利民生起见，是否有当，除咨部外，谨恭折具陈。伏乞皇上圣鉴训示。谨奏。光绪二十三年三月十三日。

（朱批：）户部议奏。①

光绪二十三年三月二十八日，奉朱批：户部议奏。钦此。②

❶【案】光绪八年八月初四日，陕西巡抚冯誉骥奏报劝捐积谷，筹建社仓情形，曰：

陕西巡抚臣冯誉骥跪奏，为陕省各属劝捐积谷，筹建社仓，已有成数，恭折奏闻，仰祈圣鉴事。

窃惟积谷之法，自管、贾以后，论綦繁矣。至宋儒朱子，本随长孙平义仓之制，设立社仓，行之十四年，而条目始备。议者谓其要在地近其人，人习其事，在城之专为备，不若在乡之多所备，制莫有善于此者。后世时地异宜，因其制而变通之，本其意而推衍之，庶合足食之常经，即为救荒之长策。

臣前供职京师，习闻光绪三、四年间，陕省旱荒，赈谷多购诸外省。洎五年蒙恩简授巡抚，于陛辞时，即陈明力筹积谷备荒之略。六年二月履任后，矻矻两年，始于积谷建仓一律就绪，所以久未具奏者，良以斯事本欲便民，而易于扰民，必有实心贯彻乎事之始终，一切委曲繁琐，剂合其宜，而又以实力持之，俾弊端胥剔，成效渐臻，庶几稍可自信，否或苟骛虚名，率开浮数，粗疏粉饰，非臣之所安也。

臣前查陕省各属仓粮，业因赈务散竣，流离之后，民少盖藏，其地皆高原大陆，土脉鲜滋，每遇暵干，即成灾歉。是仓储之设，宜视他省为亟矣。幸值是年夏禾丰稔，易于举行，经臣酌立简易章程，出

①台北故宫博物院藏：《军机及宫中档》，文献编号：408006901。

②台北故宫博物院藏：《军机及宫中档》，文献编号：138282。

示行司通饬遵办。其法谕令富户多捐，中户少捐，下户免捐，不准按粮、按亩摊派，致启苛勒。所有粮色，无论稻谷、麦豆，随其土地所产，均许捐交。其捐数若干，均暂存各乡附近公所。其收放均由公正殷实绅耆经理，不准假手吏胥，仍责成地方官年终盘验一次，以相询察。各属有一隅偏灾者，被灾各村，俱令扣除不捐，仍量其受灾轻重，在附近所存积谷，酌拨口粮接济。如斯者一年，绅民乐从，各属颇有捐积，盖富民稍减酒食燕会之需，即豫为邻里乡党之助；贫民仍得自谋衣食，不困酒浆，则裒益胥均也。

水乡多稻田之利，蔬圃有豆菽之饶，则取携甚易也。无分散之患，而人得以安其心；无转运之劳，而人得以省其力，则私计悉便也。绅民自为经理，可无蠹役之侵渔，官司相与稽查，亦系地方之责任，则公义益明也。灾年借资散放，常岁仍继捐输，以一乡济一乡之众，以数岁救一岁之荒，不亟求取数之多，而期于积累；不骤冀见功之速，而要诸久长。此臣举办积储之初筹思备至者也。

惟是有谷而不筹其地，则浥变可虞。有地而不因其方，则取求难给。故劝捐必须建仓，建仓必须当社。查陕省各属，向年间有社仓廒舍，悉为捻、回各匪燔毁无存。随饬于七年续捐积粮项下，提出三成变价，由该绅适中择地，各就人烟辏集、有堡寨可守之处，或新建义仓，或购置石窑，或借空闲庙屋改修廒座，以资存储。综计六、七两年，九十一厅州县共捐存京斗稻、粟、麦、豆八十万六千石有奇，计修建社仓一千六百余处，由司委员分投查验结报，确系实储在仓，并无捏饰情弊。六、七两年，各属被雹、被水各村庄穷黎大小人口，均得拨发口粮，绅民益乐仓储之有益。本年夏收中稔，仍愿输将，一俟捐数较丰，缓急稍有足恃，来年自可暂停，俾得休息。盖至社仓遍设，民不以为官事，而直以为家事，且不藏于家室之私，而藏于里社之公，其弊易除，其效亦易见。臣仍出示劝行节俭，禁止奢华，各存余粟于家，以防匮乏。

至交纳、借放、典守、晒晾各事宜，并饬各厅州县传谕绅耆，各就土俗所宜，妥议具报。臣仍细加厘订，分饬照行，俾经永远，以蕲合乎朱子社仓事目之遗意。盖通行之章程宜简，始无烦扰之虞；分立之条款宜详，始无挂漏之患。由是储蓄递年有增，规画随时渐扩，仓廪实而礼义兴，攘夺之过消，仁让之风渐起，于以仰副圣主惠保无疆、厚生正德之至意，是臣所当次第经营，而不敢自限者耳。

除将通行章程送部备核外，所有各属捐建积谷、社仓，已有成数缘由，谨恭折奏闻。伏乞皇太后、皇上圣鉴训示。谨奏。光绪八年八月初四日。

(朱批:) 社仓为朱子遗意，果能实力奉行，何患食之不足?《记》曰：三年耕，必有一年之蓄①。可不勉乎?②

❷【案】光绪五年十二月二十二日，御史章乃畬奏请各省举行社仓学等事，曰:

江南道监察御史臣章乃畬跪奏，为请饬各省举行社仓、社学，以裕民食而正人心，恭折仰祈圣鉴事。

窃维根本之计，莫重于士与农；平治之经，莫先于养与教。臣伏查会典内开：康熙四十二年奉上谕：直省州县虽设有常、平仓积谷，遇饥荒之年，不敷赈济，亦未可定，应于各村庄设立社仓收谷，大学士会同九卿，详议具奏等因。钦此。嗣遵旨议定设立社仓，于本乡捐出，即储本乡，令本乡诚实之人经管。上岁加谨封储，中岁粜借易新，下岁量口赈济。又，雍正二年，议准州县设学，多在城市，乡民居住辽远，不能到学，照顺治九年例，州县于大乡巨堡各置社学，择生员学优行端者，充补塾师，免其差役，量给廪饩。凡近乡子弟，俱令入学肄业，各等因。仰见列圣恫瘝在抱，教养兼施。凡所以为民生计者，无微不至!

查昔年各州县常平仓，均有积谷，荒歉尚虑不敷赈济。近时，常平多半空虚，殆未易整顿，倘遇灾歉，全无筹备赈济，尽仰给于库帑，殊非长策。如近岁豫、晋两省，连年奇荒，几至束手无策，可为前鉴。社仓各乡村均可设立，储备于丰年，取资于俭岁，非特可以救一时之偏灾，并可以弭无形之祸变。盖饥民啸聚，往往肆行剽掠，酿

---

①参阅《礼记·王制》。

②中国第一历史档案馆藏:《朱批奏折》，档号：04-01-35-1218-024。

成巨案，倘各乡村均有社仓，则民无枵腹，闾里雍熙，自无他患。此社仓之效也。

愚民乖远伦理，妄作非为，多由于不知礼义，为利所惑，潜入于邪教者，所在多有。如各乡设立社学，则民就学者必多，令塾师授四书、五经外，即于朔望照乡约之法，宣讲圣谕，并将《朱子小学》及先正嘉言懿行，随时为之详说。但能令各乡邑多一人向善，则各乡邑便多一善人，辗转化道，善类日众，庶乡曲小民咸知礼法，不为邪教所煽风，风俗可期醇美。此社学之效也。

现当军务久平，正宜休养生息、与民更化之时，朝廷良法，自当实力举行。惟近时各州县社仓、社学诸善政，或早经废弛，有名鲜实，拟请饬下直省督抚，转饬各州县查照旧章，一律兴修，似于民生不无裨益。再，设立社仓等项，在富庶之邑，犹易鼓舞劝捐，借民力举办。若穷僻地方，令民捐资，必致扰累，可否酌提公项，以资经费，庶不论地方贫富均可举行，并请饬下直省督抚妥议章程，奏明办理。

臣为教养斯民、培植根本起见，是否有当，伏乞皇太后、皇上圣鉴。谨奏。光绪五年十二月二十二日。

(朱批:) 览。①

0569. 奏请将知府郑业敩咨回候补片

光绪二十三年三月十三日（1897年4月14日）

再，补用道直隶候补知府郑业敩，臣前驻军锦州，调营办理营务文案，旋复随同赴甘，光绪二十一年十一月附片陈明，奉旨允准在案。该员在营办事，甚资得力。现在军务肃清，并无经手未完事件，应仍咨回原省，听候差委。除咨明直隶督臣外，理合附片具陈。伏乞圣鉴。谨奏。

---

①中国第一历史档案馆藏：《录副奏折》，档号：03-5589-023。

（朱批：）知道了。①

光绪二十三年三月二十八日，奉朱批：知道了。钦此。②

0570. 请鼓铸章程变通办理片

光绪二十三年三月十三日（1897年4月14日）

再，陕省鼓铸制钱，前因局存洋铜无多，上海续购不获，经前抚臣张煦③奏请暂行停止鼓铸❶。嗣因镇安铜厂派委员绅采办，虽铜苗不见甚旺，而矿线尚堪开挖，光绪十八年经前抚臣鹿传霖奏请开炉试办，仍遵照原定章程，每年额铸十卯，遇闰加铸一卯❷，各在案。十八年开炉，事在初办，实铸九卯，因铜苗未旺，节年遂以九卯造报，迄未能如十卯之额。

查宝陕局自十八年开铸以来，仅买运洋铜三万斤，每卯搭用一成，专以镇安铜为大宗。十七、十八两年，陆续解过铜九万五千余斤；十九、二十、二十一三年，每年解铜二万斤上下。虽迭经严札改委饬令认真开挖，无如总未得仓，以致所解铜斤年少一年，不敷鼓铸。且查二十一年鼓铸后，仅存镇安铜七千八百余斤，即令赶挖炼解，恐亦难敷九卯之用，而外洋铜价甚昂，搭配鼓铸，亏本太多，欲请暂时停铸，诚恐街市钱滞，商民益形苦累。再四思维，惟有拟请暂就镇安铜厂每年所解之铜，尽数鼓铸，不必拘

①台北故宫博物院藏：《军机及宫中档》，文献编号：408006901-0-A。

②台北故宫博物院藏：《军机及宫中档》，文献编号：138633。

③张煦（1824—1895），甘肃省宁夏府灵州人，拔贡生，道光二十九年（1849），中举。咸丰三年（1853），中式进士，历任刑部直隶司主稿、刑部湖广司主稿。同治元年（1862），补刑部秋审处坐办，升刑部贵州司主事。二年（1863），授刑部云南司员外郎、律例馆提调。三年（1864），迁刑部奉天司郎中。六年（1867），补授贵州镇远府知府。九年（1870），署思南府知府。十年（1871），补贵州贵阳府知府。光绪四年（1878），调署贵州贵西道。五年（1879），充文武乡试监试。六年（1880），调署贵州按察使，兼办善后局兼稽查厘金事务。八年（1882），补授贵州贵东道。九年（1883），迁陕西按察使。十一年（1885），升补广东布政使。十二年（1886），调补山西布政使。十四年（1888），擢补陕西巡抚。十五年（1889），调任湖南巡抚。十八年（1892），调山西巡抚。二十一年（1895），卒于任。修有《山西通志》行世。

定卯数，一俟得仓之日，再请仍复旧额。据宝陕局司道会详请奏前来。

臣覆查无异，除现在督同司道另派委员，并严饬现办镇安铜务绅委在于各处察看矿苗，赶紧采办，俟铜斤稍有起色，仍随时加卯鼓铸外，所有镇安铜苗不旺，难敷鼓铸，暂请变通办理缘由，谨会同陕甘总督臣陶模，附片具陈。伏乞圣鉴，饬部立案施行。谨奏。

（朱批：）户部知道。①

光绪二十三年三月二十八日，奉朱批：户部知道。钦此。②

❶【案】光绪十四年十二月初三日，山西巡抚张煦以洋铜缺乏，奏请暂停铸钱，曰：

再，陕省于光绪十三年试办鼓铸，因滇铜购买维艰，本省仅镇安县一处产铜，每年采炼无多，铜质亦甚松脆，当经前抚臣叶伯英酌议，仿照各省办法，派员前赴上海采运洋铜、白铅，配搭熔铸，业将一切办理情形奏明在案。

兹查自十三年十月初八日开炉起至本年十一月止，按照原定每年鼓铸十卯，每卯铸钱一千八百串，计十一卯共铸成钱一万九千八百串。惟前因局存洋铜无几，委员续赴上海采办。兹据该委员禀覆，访闻日本铜厂歇业，上海洋铜缺乏，价值增长，实在购买不获等情。由宝陕局司道详请暂停前来。

臣查陕局试办鼓铸，本省镇安厂铜质过低，煎炼亦不如法，必须购买洋铜配搭铸成钱文，方能适用。现在局存洋铜不敷一卯之用，委员赴上海购办，适值洋铜缺乏，未能随时购获，不得不暂请停工，容俟续买洋铜运陕，再请开炉接铸。

除咨部外，所有陕省鼓铸暂请停止缘由，谨会同陕甘督臣谭钟麟，附片具陈。伏乞圣鉴。谨奏。

①台北故宫博物院藏：《军机及宫中档》，文献编号：408006902-0-A。

②台北故宫博物院藏：《军机及宫中档》，文献编号：138284。

光绪十四年十二月十六日，奉朱批：户部知道。钦此。①

❷【案】光绪十八年四月十五日，陕西巡抚鹿传霖奏请开炉铸钱，曰：

再，查陕省前遵部议鼓铸制钱，经前抚臣叶伯英议定章程，于厘金外销项下酌提成本银三万两，派员前赴上海采运洋铜、白铅，并饬镇安县就地开采铜矿，煎炼搭用，奏准开炉试铸。自光绪十三年十月起至十四年十一月止，共铸成钱一万九千八百千。嗣因局存洋铜无多，上海续购不获，经前抚臣张煦奏请暂行停止鼓铸在案。自停止以来，镇安县铜厂仍复督饬认真开采，年来采获铜矿日见其多，而街市行使制钱日见其少，若不变通开铸，则铜有滞积之虞，钱有缺乏之患。

兹查宝陕局存有用剩洋铜，近又设法采买，拟仍开炉试铸，俾得泉货流通。查原定章程，一切均尚周妥。惟原议配搭倾镕铜六铅四，系于镇安铜内掺用洋铜四分之一。现值洋铜缺乏，而镇安铜矿煎炼日精，体质较前坚致。兹拟用镇安铜五成、洋铜一成、白铅四成，如此配搭，于钱式并无增减，而洋铜可少为节省。随即督同藩司张岳年、盐法道江汇川，派委妥员，修整炉座，于本年二月初五日开炉试铸。旋据呈阅新铸之钱，形质坚光，字体完好，与昔年所铸无异，洵堪流传经久，当令按照现定章程，接续鼓铸，仍以一年十卯、一卯四炉为限，其余一切章程均应仍循其旧；一面札饬镇安铜厂陆续报解，并委员前往上海采办洋铜，以期源源接济，事堪经久。兹据宝陕局司道会详请奏前来。

臣覆查无异，所有陕省鼓铸制钱，仍请开局试办缘由，谨会同陕甘总督臣杨昌濬，附片具陈。伏乞圣鉴，敕部立案施行。谨奏。

光绪十八年四月二十六日，奉朱批：该部知道。钦此。②

---

①中国第一历史档案馆藏：《朱批奏片》，档号：04-01-35-1373-010。又，《录副奏片》，档号：03-9530-035。

②台北故宫博物院藏：《军机及宫中档》，文献编号：408011378。又，中国第一历史档案馆藏：《录副奏片》，档号：03-9429-033。

0571. 请以焦云龙升补潼关同知缘由折

光绪二十三年三月二十八日（1897年4月29日）

头品顶戴陕西巡抚臣魏光焘跪奏，为拣员请升要缺同知，以重地方，恭折仰祈圣鉴事。

窃查潼关厅同知王诹革职，遗缺系冲、繁、难要缺，例应在外拣选调补。该厅地处冲要，政务殷繁，一切弹压抚绥，均关紧要，必须精明干练之员，方足以资治理。臣与藩、臬两司在于通省现任简缺同知并候补同知应调、应补及现任知州、知县劳绩应升各员内逐加遴选，非现居要缺，即人地未宜。

惟查有卓异应升之咸宁县知县焦云龙，现年五十八岁，山东长山县人，由附生中式同治癸酉科本省乡试举人，应甲戌科会试，中式贡士，殿试三甲，以知县即用，签分陕西，十月二十八日领照到省。光绪四年，准补三原县知县，九月到任。遵米捐章程，报捐同知升衔。八年，调署咸宁县知县，十二月到任，旋即调补斯缺。九年三月，丁忧卸事。十一年，起复，分发原省，归候补班补用。十一月，领照回省。十三年，准补富平县知县，六月到任。十四年，调补咸宁县知县，十六年二月到任。十八年，大计卓异。二十一年，请咨赴都。十二月，经吏部带领引见，奉旨：着准其卓异加一级，仍注册回任候升。钦此。十六日，领照起程，二十二年正月十五日回省，旋委署绥德直隶州知州，三月初七日到任。

该司等查得该员谙练老成，悃愊无华，历署米脂、安康、长安、临潼，并历任各知县任内，均无欠解钱粮、积案展参处分及盗劫已起四参之案，以之升补潼关厅要缺同知，洵于地方有裨。据藩司张汝梅、臬司李有棻会详前来。

臣查得该员心地朴实，才具练达，合无仰恳天恩俯念员缺紧要，饬部核覆，准以卓异应升咸宁县知县焦云龙升补潼关厅要缺同知，以资治理。惟调缺请升，与例稍有未符，但缺居繁要，人地相需，例准据实陈明。如蒙俞允，该员系卓异引见，回省未满三年，今请升补同知，照例毋庸送部引见。所遗咸宁县知县系省会首邑要缺，容俟奉准部覆之日，另行拣员调补。

所有拣员升补潼关厅要缺同知缘由，谨会同陕甘总督臣陶模，恭折具陈。伏乞皇上圣鉴训示。谨奏。光绪二十三年三月二十八日。

（朱批：）吏部议奏。①

光绪二十三年四月十一日，奉朱批：吏部议奏。钦此。②

0572. 审拟疏脱逃犯之刑禁人等缘由折

光绪二十三年三月二十八日（1897年4月29日）

头品顶戴陕西巡抚臣魏光焘跪奏，为监犯越狱脱逃，限满犯未全获，禁卒人等委无松刑贿纵，按例分别定拟，恭折仰祈圣鉴事。

窃查前据褒城县具报：监犯傅沥才、陈有才、李怀妨乘间越狱脱逃一案，经前护抚臣张汝梅将管狱官奏参革审❶，奉旨：这所参疏防斩犯越狱同逃之管狱官陕西褒城县典史蔡鹤寿，着即革职拿问，交张汝梅提同刑禁人等，严讯有无松刑贿纵，按例惩办；有狱官褒城县知县林耀廷据报先期公出，惟未能先事预防，亦难辞咎，着一并交部议处，仍勒限严缉逸犯傅沥才等三名，务获究办，余着照所议办理。该部知道。钦此。钦遵行司饬将已革典史蔡鹤寿及刑禁人等提省，发委西安府审办，并饬严拿各逃犯，务获究报。随据该县禀报：光绪二十二年八月十三日，原役协同洋县差役拿获傅沥才一名，饬府提审。该府督同局员提讯无异，研诘刑禁、更夫人等，并无松刑贿纵情弊，逸犯陈有才等弋获无期。据西安府知府童兆蓉议拟，解经藩司张汝梅、臬司李有棻覆审招

①台北故宫博物院藏：《军机及宫中档》，文献编号：408006903。

②台北故宫博物院藏：《军机及宫中档》，文献编号：138635。

解前来。

臣亲提研鞫，缘傅沥才、黎喜、高治、许忠全籍隶该县及四川云山等县。黎喜、高治、许忠全分充该县禁卒、更夫、刑书。傅沥才于光绪十七年十月二十日因妒奸，纠同韩老么，谋杀李寅身死犯案，审依谋杀律，拟斩监候；未获之陈有才即陈老么系因挟忿，纠同傅老三等，将李发捆缚割耳后，复起意拉入河内按溺身死案内，审依故杀律，拟斩监候；李怀妨系纠邀王老大共殴任士杰致伤后，复起意故杀身死案内，审依故杀律，拟斩监候；俱已奉准部覆汇入二十二年秋审之犯。

五月初三日，该县林耀廷因奉汉中府委赴南郑县勘验城工。初四日，已出本境。初五日傍晚，该县典史蔡鹤寿因刑书许忠全请假回家探亲，自行进监收封，验明傅沥才、陈有才、李怀妨刑具完固，收禁笼内，如法封锁，谕令禁卒、更夫小心看守，当即回署。是晚四更时候，风雷大作，天下猛雨，黎喜、高治一时困倦，俱各睡熟。傅沥才睡醒，因身犯重罪，起意商同陈有才、李怀妨乘间越狱脱逃。陈有才等应允，随各扭断镣铐，脱去红衣裤，扳折笼柱，用扭断镣铐在内监墙下，轮流挖孔，先后爬出；复刨开外墙水道，挨次钻出，天明混出城外，潜至僻处，用青铜钱磨薄，各将头发代剃，分路逃散。

至黎明时，高治醒起查知，急喊同黎喜，查寻无踪，报明典史蔡鹤寿，转禀该县林耀廷回县，勘讯差缉通禀，经前护抚臣奏参，奉旨将蔡鹤寿革职拿问，林耀廷交部议处，仍勒限严拿。钦遵行司饬将蔡鹤寿同刑禁、更夫人等提省，发府审办。旋据该县禀报缉役协同洋县巡役，拿获该犯傅沥才一名，批饬解省归案审办。该府审讯无异，研诘刑禁、更夫人等供称，实系失于防范，并无松刑贿纵情事，并据典史蔡鹤寿供亦无异。查陈有才等弋获无期，应将现犯先行拟结。由该府议拟，解经藩、臬两司覆审，招解到臣，亲提覆鞫，据供前情不讳。

查例载：犯罪囚禁在狱，私纠伙党三人以上，穿穴逾墙，乘禁卒人等一时疏懈，潜行越狱脱逃者，原犯斩、绞监候人犯，无论首伙，俱改为立决。又，监犯越狱，禁卒果系依法看守，一时疏忽，偶致脱逃，并无贿纵情弊，审有确据者，依律减囚罪二等，各等语。此案傅沥才因妒奸，纠同韩老么谋杀李寅身死，拟斩监候，不思安分守法，辄敢起意商同监犯陈有才、李怀妨结伙三人，乘间越狱脱逃，殊属不法，自应按例问拟。傅沥才合依“犯罪囚禁在狱，私纠伙党三人以上，穿穴逾墙，乘禁卒人等一时疏懈，潜行越狱脱逃者，原犯斩候人犯，无论首伙，俱改为立决”例，拟斩立决。

禁卒黎喜于监禁重犯并不加意防范，致令乘间越狱脱逃三名之多，虽傅沥才已经拿获，系经他人捕得，例不免罪，且尚有斩犯陈有才、李怀妨二名未获，虽讯无贿纵情弊，究属失于疏忽，仍应按例问拟。查傅沥才与在逃之陈有才等原犯均系拟斩，自应从一减科。禁卒黎喜应即革役，合依“监犯越狱，狱卒果系依法看守，一时疏忽，偶致脱逃，并无贿纵情弊，审有确据者，依律减囚罪二等”例，于傅沥才等斩罪上减二等，拟杖一百，徒三年，至配折责拘役，限满预详请释。

更夫高治并不小心巡逻，以致狱囚脱逃，应照“不应重杖八十”律，拟杖八十，折责革役。刑书许忠全先期告假省亲，并未在监值宿，应毋庸议。典史蔡鹤寿疏脱斩犯傅沥才、陈有才、李怀妨三名，虽五日限外捕获傅沥才一名，现在已逾四月，尚有陈有才、李怀妨二名未获，业经奏参革职，照例留于地方协缉，俟限满有无弋获，再行办理。该县林耀廷系在因公出境期内，例得免议。陈有才等饬缉，获日另结。

所有协获邻境斩候越狱脱逃重犯一名，应叙职名系前署洋县知县朱瑾，理合随案开送。除供招咨部外，所有审明定拟缘由，是否允协，理合恭折具奏。伏乞皇上圣鉴，饬部核覆施行。谨奏。光绪二十三年三月二十八日。

（朱批：）刑部速议具奏。①

光绪二十三年四月十一日，奉朱批：刑部速议具奏。钦此。②

❶【案】光绪二十二年六月初七日，护理陕西巡抚张汝梅以褒城县典史蔡鹤寿、知县林耀廷疏防斩犯越狱同逃，奏请分别革职、议处，曰：

头品顶戴护理陕西巡抚布政使臣张汝梅跪奏，为特参疏防斩犯越狱同逃之管狱官，恭折具陈，仰祈圣鉴事。

窃据褒城县知县林耀廷禀称：该县经汉中府札委勘验南郑县城工，于光绪二十二年五月初六日在南郑差次，接据该县典史蔡鹤寿申报：是月初五日夜，监犯傅沥才、陈有才、李怀妨乘间扭断镣铐，扳脱笼柱，挖孔由水道钻出同逃。该县当即驰回，勘明情形，派差分投追缉，提讯刑禁人等，供无松刑贿纵情弊。查傅沥才系纠同韩老么谋杀李寅身死案内拟斩监候，陈有才系故杀李发身死案内拟斩监候，李怀妨系故杀任士杰身死案内拟斩监候，均已接准部覆汇入本年秋审之犯，请查核等情。禀报前来。臣查监狱重地，防范不容稍懈，乃该管狱官漫不经心，致令斩犯越狱脱逃三名之多，实非寻常疏忽可比，且恐刑禁人等松刑贿纵，亟应严参澈究。据署藩、臬两司会详请参前来。

除饬将典史蔡鹤寿先行撤任，遴员接署，提同刑禁人等至省，发委西安府究明确情，据实拟办，一面严督该县选差干役，悬赏购线，上紧设法踩缉，并通饬所属一体协拿逃犯傅沥才等务获究报外，相应请旨将管狱官褒城县典史蔡鹤寿照例革职拿问，有狱官褒城县知县林耀廷，虽先期因公出境，惟未能先事预防，究难辞咎，应请一并交部议处，俟限满逸犯有无弋获，再行核办。

所有特参疏防监犯越狱同逃缘由，理合恭折具陈。伏乞皇上圣鉴。再所遗褒城县典史员缺，陕省现有应补人员，容另咨补。合并陈

①台北故宫博物院藏：《军机及宫中档》，文献编号：408006904。

②台北故宫博物院藏：《军机及宫中档》，文献编号：138637。

明。谨奏。光绪二十二年六月初七日。

光绪二十二年六月二十日，奉朱批：另有旨。钦此。①

0573. 请以梁承馨调补富平县知县折

光绪二十三年三月二十八日（1897年4月29日）

头品顶戴陕西巡抚臣魏光焘跪奏，为拣员调补要缺知县，以重地方，恭折仰祈圣鉴事。

窃查富平县知县傅汝梅降调，遗缺系繁、疲、难兼三要缺，例应拣员调补。该县附近省会，政务殷繁，非精明干练之员，弗克胜任。臣与藩、臬两司在于通省现任简缺应调之员并候补、应补及应升人员内逐加遴选，非现居要缺，即人地未宜。

惟查有准调凤县知县梁承馨，现年五十五岁，广西临桂县人，原籍江苏江宁县，由增生中式同治丁卯科广西乡试举人。光绪庚辰科会试后，大挑一等，蒙钦派王大臣验放。四月初六日奉旨：以知县分省试用。钦此。签掣陕西，亲老告近，改掣湖南，七年闰七月到省。八年五月，丁父忧。十年八月，服阕起复。十二年，请咨赴陕西原省试用，十二月到省。十四年七月，题署华阴县知县，十五年二月到任，试署期满，请准实授。二十二年，调署长安县知县，十一月二十二日到任。二十三年正月，奉文准调凤县知县，尚未到任。该司等查得该员才明心细，谙练吏治，其在华阴县本任，历俸已满三年，并无一切违碍处分，以之调补富平县知县要缺，虽与例稍有未符，而人地实在相需，例准据实呈请。据藩司张汝梅、臬司李有棻会详前来。

臣查得该员明练稳慎，勤求治理，合无仰恳天恩俯念要缺需员，准以调补凤县知县梁承馨调补富平县知县，洵于地方有裨。如蒙俞允，该员系知县调补知县，衔缺相当，毋庸送部引见。所

①中国第一历史档案馆藏：《朱批奏折》，档号：04-01-28-0024-041。又，《录副奏折》，档号：03-5342-081。

遗凤县知县系要缺，陕省现有应补人员，俟梁承馨准调部覆至日，再行序补。

所有拣员调补要缺知县缘由，谨会同陕甘总督臣陶模，恭折具陈。伏乞皇上圣鉴训示。谨奏。光绪二十三年三月二十八日。

（朱批：）吏部议奏。[①]

光绪二十三年四月十一日，奉朱批：吏部议奏。钦此。[②]

0574. 奏闻赵思诚试看期满甄别片

光绪二十三年三月二十八日（1897 年 4 月 29 日）

再，前准部咨：道、府、州、县，无论何项劳绩保奏，归入候补班人员，到省予限一年，察看才具，分别补用等因。兹查有候补知县赵思诚，于光绪二十二年三月到省，扣至二十三年三月，试看一年期满，例应甄别。据藩、臬两司具详前来。

臣查该员明干有为，堪以留陕照例补用。谨会同陕甘督臣陶模，附片具陈。伏乞圣鉴。谨奏。

（朱批：）吏部知道。[③]

光绪二十三年四月十一日，奉朱批：吏部知道。钦此。[④]

0575. 请以升允升授陕安道员缺片

光绪二十三年三月二十八日（1897 年 4 月 29 日）

再，陕安道景星钦奉谕旨升授长芦盐运使，所遗员缺亟应委员署理，以专责成。兹查有候补道升允，练达笃诚，讲求吏治，堪以署理。除檄饬遵照外，谨附片具陈。伏乞圣鉴。谨奏。

①台北故宫博物院藏：《军机及宫中档》，文献编号：408006905。

②台北故宫博物院藏：《军机及宫中档》，文献编号：138632。

③台北故宫博物院藏：《军机及宫中档》，文献编号：408006905-0-A。

④台北故宫博物院藏：《军机及宫中档》，文献编号：138634。

(朱批:)吏部知道。①

光绪二十三年四月十一日,奉朱批:吏部知道。钦此。②

0576. 奏报筹解二批京饷银数日期片

光绪二十三年三月二十八日(1897年4月29日)

再,查陕省前因海防、善后及京旗需饷甚巨,迭经奏明裁勇节饷,每年共集银十万两,议定自光绪十二年为始,专款分批解部,历年遵筹报解在案。

兹查二十三年应解京饷,除本年二月间委解过初批银三万两业经奏咨外,现饬藩司于司库地丁款内动支银五万两,作为本年二批京饷;又二十三年应解加复俸饷一半银二千两,又内务府经费并节年平余共银五千三百三十两,又二十二年三批养廉三成助饷并文武各官廉费等项六分减平二批共银四千两,又二十二年初批土厘银三万二千两,又二十一年土捐银一万二千六百一十五两三分一厘、糖厘银二千四十一两六钱二分六厘。

以上共银一十万七千九百八十六两六钱五分七厘,由司拣委妥员,于三月二十三日起程,解赴户部等衙门交纳。据藩司张汝梅具详请奏前来。

臣覆查无异,除分咨外,所有筹解光绪二十三年分二批京饷银数、日期,理合附片具陈。伏乞圣鉴。谨奏。

(朱批:)户部知道。③

光绪二十三年四月十一日,奉朱批:户部知道。钦此。④

---

①台北故宫博物院藏:《军机及宫中档》,文献编号:408006903-0-A。

②台北故宫博物院藏:《军机及宫中档》,文献编号:138636。

③台北故宫博物院藏:《军机及宫中档》,文献编号:408006903-0-B。

④台北故宫博物院藏:《军机及宫中档》,文献编号:138633。

0577. 奏报本年三月雨水粮价情形折

光绪二十三年四月十三日（1897年5月14日）

头品顶戴陕西巡抚臣魏光焘跪奏，为恭报雨泽、麦苗情形，恭折仰祈圣鉴事。

窃查陕西省光绪二十三年二月分雨雪、麦苗情形，业经臣恭折具奏在案。兹据西安、延安、凤翔、汉中、榆林、同州、兴安、邠州、乾州、商州、鄜州、绥德等府州属具报，于三月初二、三至初五、六、初九及十二三至十六并二十二三暨二十五六七等日，先后得雨二三四寸及深透不等，其余各属尚未报到。臣查陕省入春以来，雨泽沾足，当此麦苗吐穗之际，又复迭次得雨，民情欣悦，合境谧安，堪以仰慰宸廑！

刻查西安粮价，大米每仓石价银二两九钱四分，小米每仓石价银一两九钱三分，较之上月，大米每石增银九分，小米每石增银一钱二分。

所有光绪二十三年三月分雨泽、麦苗并省城粮价情形，理合恭折具陈。伏乞皇上圣鉴。谨奏。光绪二十三年四月十三日。

（朱批：）知道了。[①]

光绪二十三年四月二十四日，奉朱批：知道了。钦此。[②]

0578. 造报永兴等军收支各项销册折

光绪二十三年四月十三日（1897年5月14日）

头品顶戴陕西巡抚臣魏光焘跪奏，为造报永兴、永定、豫凯等军收支各项销册，恭折仰祈圣鉴事。

窃据陕西善后局司道详称：光绪二十年，陕省拨派防军提督

①台北故宫博物院藏：《军机及宫中档》，文献编号：408006906。

②台北故宫博物院藏：《军机及宫中档》，文献编号：138932。

马心胜统带永兴马步六营，续派总兵叶占魁添募永定马步六营，次第开拔入卫。所有一切饷章及募勇口粮、采买皮衣、津贴、米价、柴草、制造、旗号、军火、帐房等项，均详经咨准部覆，仍令造具细册，专案奏报，送部核销等因。遵奉在案。嗣永兴、永定等军凯旋援甘，其永兴六营改派副将吴云伍接统，又奉调宁夏镇总兵牛师韩所统豫军马步七营赴甘助剿，所需饷项均按月由陕拨解供支，以顾要需。旋因甘事渐定，先后遣撤豫凯、永定两军。其永兴一军，复调回西安，归并改旗。所有裁改截止各日期，亦经详请奏咨，各在案。

兹查永兴、永定并豫凯军马步共十九营，自光绪二十年十一月初一日起，先后截至二十二年十月底止，陆续收司库筹拨，奉准、截留应解铁路经费及京饷、俸饷三成，养廉、六分减平，并官捐、商借等项，共银三十六万三千一十四两，又奉拨司库耗羡及厘金、地丁项下，共银三十四万二千九百五十五两七钱五分四厘，又奉拨天津两次还款共银一十九万九千九百九十九两九钱九分九厘，又善后报销案内估余银并本案扣回各项一分平余共银七万五千四百一十两三钱一分五厘，又永兴军缴还车驼三成变价湘平折库平银二千六百一十一两二钱一分八厘。以上共收库平银九十八万三千九百九十一两二钱八分六厘。综计各军支款，共动用湘平折库平银九十二万四千七百三十一两七钱四分七厘，实应存库平银五万九千二百五十九两五钱三分九厘，如数解还司库收存造报。

至此案报销银数，应遵照部章，每银万两，解部饭银十两，以资办公之用，共应解饭费库平银九百二十四两七钱三分二厘，一俟奉准部覆，即行搭解，赴部交纳。计自光绪二十年十一月起至二十二年十月底止，除支发薪饷、恩饷、津贴、米价、柴草、车驼价、喂养、制办、旗号、皮衣、招募经费、修盖地营一切银两，均系按湘平、京平、议平，分别撙节核发，向不再扣四分减平外，其制拨军火、帐房等项价值，系照例制银数支给造报，共扣存四分减平库平银二千二百六十九两八钱六分三厘，亦已如数解交陕库封储。理合将永兴、永定、豫凯各营收支各项银两并拨发各营军火等项，分别造具细数总、散报销清册，等情。详请奏咨前来。

臣覆核无异，所有永兴、永定、豫凯各营收支各项细数，除将报销清册分咨部、科外，谨恭折具陈。伏乞皇上圣鉴，饬部核销施行。谨奏。光绪二十三年四月十三日。

（朱批：）该部议奏。①

光绪二十三年四月二十四日，奉朱批：该部议奏。钦此。②

0579. 奏闻潼关商道文启因病出缺折

光绪二十三年四月十三日（1897年5月14日）

头品顶戴陕西巡抚臣魏光焘跪奏，为巡道因病出缺，请旨简放，恭折仰祈圣鉴事。

窃据藩司张汝梅转据署潼关厅同知文德升禀报：潼商道文启于光绪二十三年三月二十九日在任因病出缺，详请具奏前来。臣查潼商道系冲、繁、难要缺，地当孔道，界连晋、豫，弹压抚绥，在在均关紧要，员缺未便久悬，相应请旨迅赐简放，以重职守。

除将出缺日期恭疏题报并委员接署外，谨会同陕甘总督臣陶模，恭折具陈。伏乞皇上圣鉴。谨奏。光绪二十三年四月十三日。

（朱批：）另有旨。③

光绪二十三年四月二十四日，奉朱批：另有旨❶。钦此。④

❶【案】文启因病出缺，其遗缺清廷饬令锡桐补授，《上谕档》

---

①台北故宫博物院藏：《军机及宫中档》，文献编号：408006907。

②台北故宫博物院藏：《军机及宫中档》，文献编号：138931。

③台北故宫博物院藏：《军机及宫中档》，文献编号：408006908。

④台北故宫博物院藏：《军机及宫中档》，文献编号：138928。

载曰：

光绪二十三年四月二十四日，内阁奉上谕：陕西潼商道着锡桐调补，李希杰着调补山东登莱青道，安徽凤颍六泗道着李光久补授。钦此。

又，查陕西潼商道，系冲、繁、难要缺。谨奏。①

0580. 请以陈兆璜委署潼商道缺片

光绪二十三年四月十三日（1897年5月14日）

再，潼商道文启因病出缺，业经臣具奏请旨简放在案，所遗员缺自应委员先行接署。查有候补道陈兆璜，勤明稳练，堪以委令署理。除檄委外，理合附片具陈，伏乞圣鉴。谨奏。

（朱批：）吏部知道。②

光绪二十三年四月二十四日，奉朱批：吏部知道。钦此。③

0581. 请予李希哲照例遇缺尽先补用片

光绪二十三年四月十三日（1897年5月14日）

再，定例官员历任交代无亏缺迟延者，准该督抚保奏试用候补人员，准请至遇缺尽先补用等因。兹查陕西试用知府李希哲，自光绪八年起至二十一年止，历署西安、同州等府及二次署理西安府，各任内商畜税等项均系依限交代清楚，并无亏短迟延，核与议叙之例相符。由布政使张汝梅查明，详请核奖前来。

合无仰恳天恩俯准将该员陕西试用知府李希哲，照例给予遇缺尽先补用，以示鼓励。除咨部外，谨附片具陈。伏乞圣鉴，饬部核议施行。谨奏。

---

①《光绪朝上谕档》，第23册，第86页。

②台北故宫博物院藏：《军机及宫中档》，文献编号：408006907-0-A。

③台北故宫博物院藏：《军机及宫中档》，文献编号：138930。

（朱批：）该部议奏。[①]

光绪二十三年四月二十四日，奉朱批：该部议奏。钦此。[②]

0582. 奏报校阅省标官兵春操情形折

光绪二十三年四月二十六日（1897年5月27日）

头品顶戴陕西巡抚臣魏光焘跪奏，为较阅省标各营官兵春操情形，恭折仰祈圣鉴事。

窃查省城抚标各营并城守协营兵丁，向按春、秋二季合队操演，期于有勇知方，以收实效。上年秋操，臣已将较阅情形奏明在案。兹值春操届期，臣于四月初八日亲赴校场，将抚标中、左、右、副中并城守各营以及练军马队，调集合操，先演香山、双龙、速战等阵，队伍严肃，步伐整齐。比较刀矛、藤牌，施放连环枪炮，并喷筒火弹，均属技艺娴熟，声势联络；洋枪阵式，稳练有准；练军马队驰骤冲突，均能合宜；马上放枪，亦极便捷。各营弁兵抬枪、鸟枪、洋枪及箭射准头，均在八成以上。臣择其技艺最优者，量予奖赏；间有未能娴熟者，分别责惩，勒令演习。复按册点验兵丁、马匹、器械，俱属精壮足额。

伏思关中地当冲要，壤接边疆，弹压巡防，不可少懈。臣惟有督饬各将弁，随时认真操练，务期悉成劲旅，俾得兵归实用，以仰副朝廷整军经武之至意！

所有微臣较阅省标各营春操情形，理合恭折具陈。伏乞皇上圣鉴。谨奏。光绪二十三年四月二十六日。

（朱批：）知道了。[③]

光绪二十三年五月初十日，奉朱批：知道了。钦此。[④]

---

①台北故宫博物院藏：《军机及宫中档》，文献编号：408006907-0-B。

②台北故宫博物院藏：《军机及宫中档》，文献编号：138929。

③台北故宫博物院藏：《军机及宫中档》，文献编号：408006910。

④台北故宫博物院藏：《军机及宫中档》，文献编号：139271。

0583. 奏报陕省情重盗犯照章惩办折

光绪二十三年四月二十六日（1897年5月27日）

头品顶戴陕西巡抚臣魏光焘跪奏，为陕西省各属情重盗犯，照章惩办，恭折仰祈圣鉴事。

窃查前准部咨：嗣后各省拿获马贼、土匪并伙众持械、拒伤事主强劫案件，如实系距省穹远，解犯中途堪虞，就近解交该管道府覆审明确，免其解省，由该管道府核明情罪，禀候督抚批饬，就地正法，按季汇案具奏，历经遵办在案。

兹查光绪二十三年春季分，据同州府审办澄城县拿获盗犯罗添申即罗老五、杨八娃、袁怔江即袁老九、杨魁儿、杨恫憪五犯，讯据供认，该犯罗添申即罗老五起意，纠同杨八娃并逸盗李老五等首伙十二人，于光绪二十二年八月初十日夜，明火持械，撞门入室，强劫事主李青顺家银、土、衣物，拒伤事主李青彦身死。该犯罗添申、杨八娃入室搜赃，拒毙事主。袁怔江、杨魁儿搜劫得赃，杨恫憪在外把风。

又，据凤翔府审办陇州拿获盗犯宋洪灦即宋占沅、钟代明即钟蔓云、杨红瞬、周占沅四犯，讯据供认，听从逸盗田麻子纠伙八人，于光绪二十二年七月二十一日夜，明火持械，强劫事主马兴成家钱、土、衣物，拒伤事主平复。该犯宋洪灦在外把风助势，钟代明、杨红瞬因别故不行，周占沅临时畏惧不行，均事后分赃，各等情。由该州县禀经臣先后批司转行该管同州府知府贺尔昌、凤翔府知府张衍熙，督同该州县提犯覆鞫，供情相符，照章议拟，禀候核示前来。

臣以该犯罗添申即罗老五、杨八娃、袁怔江即袁老九、杨魁儿四犯，或搜劫得赃，或拒毙事主，均属凶恶昭著，法无可逭。杨恫憪、宋洪灦即宋占沅在外把风助势，亦属同恶相济，厥罪维均，当与督臣照章批饬就地正法，分别枭首示众。罗添申在监病毙，仍令查验明确，照例戮尸，传首犯事地方，悬杆示众，以昭炯戒。钟代明即钟庱云、杨红瞬二犯，听纠入伙，因别故不行，事后分赃，罪应拟遣改军。周占沅临时畏惧不行，事后分赃，罪应拟流，均照章分别锁系巨石。逸盗李老五等饬缉，获日另结。

所有光绪二十三年春季分情重盗犯照章惩办缘由，谨会同陕甘督臣陶模，恭折具陈。伏祈皇上圣鉴。谨奏。光绪二十三年四月二十六日。

（朱批：）刑部知道。①

光绪二十三年五月初十日，奉朱批：刑部知道。钦此。②

0584. 奏报拨解应还英德银数情形片

光绪二十三年四月二十六日（1897年5月27日）

再，前准部咨：应还俄法、英德两款，奏派陕省每年认还银二十二万两，饬令按期解赴江海关道交纳等因。历次遵照筹款，先后按期解交清楚在案。兹届二十三年五月，陕省应筹解还英德款银三万两，查照前奏准之案，在两淮应解甘省协饷银内就近兑拨银三万两，以期迅捷而免迟误，已由司备具文批，移咨江海关道查核兑收，并将批回印还备案。其自陕西至上海县应需盘、脚银两，亦照案扣存，造入季拨。据藩司张汝梅详请奏咨前来。

臣覆查无异，除咨明户部暨两江督臣、江苏抚臣查照外，所有陕省拨解五月应还英德银两数目，理合附片陈明。伏乞圣鉴。谨奏。

（朱批：）户部知道。③

光绪二十三年五月初十日，奉朱批：户部知道。钦此。④

---

①台北故宫博物院藏：《军机及宫中档》，文献编号：408006909。

②台北故宫博物院藏：《军机及宫中档》，文献编号：139276。

③台北故宫博物院藏：《军机及宫中档》，文献编号：408006909-0-A。

④台北故宫博物院藏：《军机及宫中档》，文献编号：139272。

0585. 奏闻暂挪库银赈抚鄂灾缘由片

光绪二十三年四月二十六日（1897年5月27日）

再，臣前准湖北抚臣谭继洵①电称：湖北上年汛水溃堤，灾情甚重，加以宜、施、郧三府秋霖为患，至于食草根、树皮、观音土充饥，情形实为罕见。经督臣张之洞②会同电奏，请推广赈捐，俾应急需，望先行垫款，从速解济等因。臣查陕省上年兴安各属亦值灾歉，办理赈抚，筹款已极艰难。惟念鄂省遭此灾祲，情形孔迫，若待捐款解鄂，自是缓不济急，因与藩司商酌，先由司库挪垫银一万两，电知谭继洵于湖北协甘饷内照数划扣，以拯灾黎。司库借垫之项，即饬拨兑甘肃核收清款，仍一面妥筹劝办，俟集有捐数，再行归还司库。

---

①谭继洵（1823—1901），字信甫、敬甫，湖南浏阳人，附生。道光二十九年（1849），中举。咸丰九年（1859），中式进士。同治元年（1862），充户部广西司主事。十一年（1872），补户部山西司员外郎。十三年（1874），升户部山东司郎中。同年，充坐粮厅监督。光绪三年（1877），放甘肃巩秦阶道。九年（1883），迁甘肃按察使。十年（1884），晋甘肃布政使。十五年（1889），擢湖北巡抚。二十年（1894），署理湖广总督。二十四年（1898），以其子嗣同一案罢职，递籍管束。二十七年（1901），卒于籍。

②张之洞（1837—1909），字孝达，号香涛、香岩、壹公、无竞居士，晚年自号抱冰，直隶南皮人，出生于贵州。道光二十九年（1849），考中秀才。咸丰二年（1852），中顺天府解元。同治二年（1863），中式进士（探花），授翰林院编修。六年（1867），出任浙江乡试主考官，提督湖北学政。十一年（1872），加侍读衔。十二年（1873），任四川乡试主考官、四川学政。光绪二年（1876），调文渊阁校理，兼国子监司业。五年（1879），改詹事府左春坊左中允、司经局洗马。六年（1880），升翰林院侍讲、侍读，詹事府左春坊右庶子、日讲起居注官。七年（1881），补翰林院侍讲学士，擢内阁学士，兼礼部侍郎衔，旋授山西巡抚。十年（1884），升调两广总督，起用退休老将冯子才，于广西边境击败法军，设广东水陆师学堂，立广雅书院。十二年（1886），兼署广东巡抚。十五年（1889），调补湖广总督。次年，创建两湖书院。十九年（1893），兼署湖北巡抚，创办自强学堂（武汉大学前身）。次年，署两江总督。二十二年（1896），调湖广总督，仿德国制式改湖北旧军为新式陆军，并创办湖北武备学堂。二十六年（1900），兼署湖北提督。次年，加太子少保衔。二十八年（1902），授督办商务大臣。次年，任经济特科阅卷大臣。三十三年（1907），调补湖广总督、协办大学士，迁体仁阁大学士，兼管学部。次年，授督办粤汉铁路大臣，晋太子太保。宣统元年（1909），任实录馆总裁官，卒于任。追谥文襄。翌年，归葬南皮。有《张文襄公全集》等行世。

除咨部查照外，谨附片具陈。伏乞圣鉴。谨奏。

（朱批：）户部知道。①

光绪二十三年五月初十日，奉朱批：户部知道。钦此。②

0586. 奏报抽收厘金存支数目情形片

光绪二十三年四月二十六日（1897年5月27日）

再，查陕省光绪二十一年以前抽收百、土厘金总数，均已支解清楚，按年奏报在案。兹查二十二年分各项厘金，因上年迭奉谕旨，饬令认真整顿，杜绝中饱，但期厘务有益，不敢稍惜小费。前因陕省路径纷歧，不免绕越，经臣咨部添设巡卡，以防偷漏在案。

伏查自经整顿之后，各卡委员尚能共体时艰，群加奋勉，剔除积弊，涓滴归公。核计所收百、土厘金，较前大有起色。现经臣督同司道核算满年收支细数，实共抽收百货厘银三十九万七千七百七十五两零，比较上年长收银一十一万二千一百二十七两零；又土药厘银二十一万二千七百四十七两零，比较上年长收银一十万三千四百七十九两零。二项共实收银六十一万五百二十二两零，遵照部议留外，办公并局、卡经费，均按一成计算，共扣银六万一千五十二两零，实存银五十四万九千四百七十两零。又奉文加收二成糖厘银一千三百四十一两零，又加收烟酒厘银二千三百八十三两零，又晋省包解盐厘银二万七千四百六十四两零。所有支销款内遵章扣出四分平余银一千七百七十五两零。

以上共实存银五十八万二千四百三十四两零，俱已陆续尽数转解司库，备拨饷需。由厘税局司道造具各卡抽收支解及提留各款细数清册，详请奏咨前来。

臣覆查无异，除各册咨部外，所有光绪二十二年分抽收厘金存支数目，理合附片具陈。伏乞圣鉴。谨奏。

---

①台北故宫博物院藏：《军机及宫中档》，文献编号：408006909-0-B。

②台北故宫博物院藏：《军机及宫中档》，文献编号：139274。

（朱批：）户部知道。[1]

光绪二十三年五月初十日，奉朱批：户部知道。钦此。[2]

0587. 奏报征收土药地税数目片

光绪二十三年四月二十六日（1897年5月27日）

再，查陕省光绪二十一年分，各属征收烟税银两，经前护抚臣具奏在案。兹查二十二年分，除北山地气甚寒，素不栽种罂粟，毋庸征税外，所有具报凡种罂粟各属共计咸宁等六十三厅州县，陆续报收二十二年分应征土药地税共银二万九千五百二十二两零，已尽数转解司库，另款存储备拨。由厘税局司道造具各属征收数目清册，详请奏咨前来。

臣覆查无异，除各册咨部外，所有光绪二十二年分征收土药地税数目，理合附片具陈。伏乞圣鉴。谨奏。

（朱批：）户部知道。[3]

光绪二十三年五月初十日，奉朱批：户部知道。钦此。[4]

0588. 奏明本年下忙征收钱粮等银折

光绪二十三年五月十三日（1897年6月12日）

头品顶戴陕西巡抚臣魏光焘跪奏，为查明陕西省光绪二十二年分下忙征收钱粮、盐课等银已完数目，恭折仰祈圣鉴事。

窃查前准户部咨，陕省上、下两忙钱粮册籍，以实征之数依限造报，并令将耗羡、存留及起运已完银两归入某季拨册，一并分造，各等因。所有光绪二十二年上忙册籍，业经遵造分别奏咨在案。兹值造报二十二年下忙之期，查陕省二十二年分，共额征

---

①台北故宫博物院藏：《军机及宫中档》，文献编号：408006910-0-A。

②台北故宫博物院藏：《军机及宫中档》，文献编号：139275。

③台北故宫博物院藏：《军机及宫中档》，文献编号：408006910-0-B。

④台北故宫博物院藏：《军机及宫中档》，文献编号：139273。

民屯、更起运除荒灾外，实征银一百二十五万一千四百九十九两零。前上忙征完银一百九万一千二百八十两零，造入二十二年秋拨银八十八万七百三十六两零。

又，二十三年春拨并秋拨请留供兵共银二十一万五百四十四两零，未完银一十六万二百一十八两零；又下忙续垦荒地应征银六千八百八十一两零，二共未完银一十六万七千九十九两零。今下忙续完银一十三万三千四百三十五两零，造入二十三年春拨银一十一万六千四百四十四两零，未入拨银一万六千九百九十一两零，应俟二十三年秋拨册内分晰造报。仍未完银三万三千六百六十四两零，内除咸宁、长安、华阴、商州、鄜州五州县二十一年水、雹灾案内奉文缓征灾前已完准流抵二十二年正赋银二千六百七十两零，又除临潼、肤施、延川、安定、扶风、褒城、沔县、华州八州县水、雹灾案内暂行蠲免银一千六百九十三两零，又除长安、葭州、朝邑、华州四州县本年水、雹灾案内奉文缓征银二千三百六十四两零。止未完银二万六千九百三十六两零。

又，额征民屯、更起存、耗羡除请留免耗外，共银二十三万七千四百七十六两零，内除兴平、高陵、褒城、朝邑、华阴、武功六县水冲地亩案内，豁免银八十九两零，又除荒地免征银一万二千六百二十八两零，实熟地应征银二十二万四千七百五十八两零。前上忙征完银一十八万九千六百七两零，未完银三万五千一百五十一两零，内除米脂县上忙少入荒地耗银六分四厘，止未完银三万五千一百五十一两零，又下忙续垦荒地应征银一千三十二两零，二共未完银三万六千一百八十三两零。今下忙续完银三万七百九两零，仍未完银五千四百七十四两零，内除咸宁等五州县二十一年水、雹灾案内奉文缓征灾前已完准流抵二十二年耗银四百两零，又除临潼等八州县水灾案内奉文蠲免耗银三百九十二两零，又除长安等七州县本年水、雹灾案内奉文缓征银三百八十一两零，止未完银四千三百两零。

又，额征民存留、俸工、廪膳并额外廪粮等项，除荒地并水灾蠲缓外，共银九万五千三百九十五两零。前上忙征完银五万二千七百六十二两零，未完银四万二千六百三十二两零，内除下忙被灾缓征银三十二两零，止该征银四万二千五百九十九两零。今下忙已完银四万二千四百九十四两零，内解司、裁汰、俸工、乡饮、纸札、宪书等项银五百三十六两零，自留支银四万一千九百五十七两零，仍未完银一百五两零。

又，额征民屯、存留、驿站银一十七万六千二百七十三两零。除荒地外，止实征银一十七万三千一百九十五两零。前上忙征完银一十万七千五百五十五两零，未完银六万五千六百四十两零。今下忙被灾蠲缓银一千二百二十一两零，已续完银六万四千三百四十两零，内解司、站支、边塘、协济、扛夫等银一万三千四百一十八两零，解汉中府供驿银六千七十五两零，自支夫马、工料银四万四千八百四十七两零，仍未完银七十七两零。

又，额征屯存留、俸工、杂支、孤贫等项银二千三百一十八两零，内除荒地应征银三百二十五两零，实熟地应征银一千九百九十三两零，前上忙已完留支银九百七十三两零，未完银一千一十九两零。今下忙续完留支银九百五十七两零，仍未完银六十一两零，内除水灾案内奉文缓征银一十九两零，止未完银四十一两零。

又，前上忙未完熟地、盐课银九千七百三十一两零，又续垦荒地应征银三十五两零，二共银九千七百六十六两零。今下忙续完银八千九百一十九两零，仍未完银八百四十七两零，内除沔县、延川二县水灾案内奉文蠲免、缓征银三十六两零，止未完银八百一十一两零。据藩司张汝梅分晰查造各款细数及入拨清册，具详请奏前来。

臣覆核无异，除清册咨部外，所有查明陕省光绪二十二年分下忙征收钱粮、盐课等银已完数目，谨缮折具奏。伏乞皇上圣鉴。谨奏。光绪二十三年五月十三日。

（朱批：）户部知道。[1]

---

①台北故宫博物院藏：《军机及宫中档》，文献编号：408006911。

光绪二十三年五月二十六日，奉朱批：户部知道。钦此。[①]

0589. 奏明陕省司库实存耗羡银数折

光绪二十三年五月十三日（1897 年 6 月 12 日）

头品顶戴陕西巡抚臣魏光焘跪奏，为查明陕西省司库实存耗羡银数，循例具陈，恭折仰祈圣鉴事。

窃查司库耗羡收支、动存各款，例应于奏销地丁钱粮时具折奏报。兹查陕省光绪二十二年奏销册造司库现存耗羡及缺官扣半养廉，共银一万七千三百五十三两零。

除清册咨部外，理合循例具陈，敬缮清单，恭呈御览。伏乞皇上圣鉴。谨奏。光绪二十三年五月十三日。

（朱批：）户部知道，单并发。[②]

光绪二十三年五月二十六日，奉朱批：户部知道，单并发。钦此。[③]

0590. 呈陕省司库实存耗羡银数清单

光绪二十三年五月十三日（1897 年 6 月 12 日）

谨将陕西省司库光绪二十二年分耗羡银数，敬缮清单，恭呈御览。

旧管：一、应存耗羡银一十六万三千三百九十六两零。

一、应存缺官扣半银三万八千五百七十三两零。

新收：一、收耗羡银二十二万七百三十一两零。

一、收缺官扣半银一万九千七百八十一两零。

开除：一、支耗羡银三十七万八千六百四十两零。

---

①台北故宫博物院藏：《军机及宫中档》，文献编号：139612。

②台北故宫博物院藏：《军机及宫中档》，文献编号：408006912。

③台北故宫博物院藏：《军机及宫中档》，文献编号：139611。

一、支缺官扣半银四万六千四百九十两。

实在：一、存耗羡银五千四百八十八两零。

一、存缺官扣半银一万一千八百六十四两。

（朱批：）览。①

0591. 奏请更正京饷案内款目缘由片

光绪二十三年五月十三日（1897年6月12日）

再，臣于本年二月二十四日奏报委解本年初批京饷案内，搭解二十二年扣存养廉三成助饷银一万五千两。因查取底案时房书等误叙扣存养廉六分减平银一万五千两，虽银数无错，而款目不符。正陈请更正间，适准户部咨询，相应据实陈明，仰恳天恩俯准饬部更正，以归核实。除咨部查照外，谨附片具陈。伏乞圣鉴，施行。谨奏。

（朱批：）户部知道。②

光绪二十三年五月二十六日，奉朱批：户部知道。钦此。③

0592. 奏闻商借息银完欠数目片

光绪二十三年五月十三日（1897年6月12日）

再，前奉上谕：饬办息借商款，准于地丁、关税项下按期归还等因。钦此。当经前升任抚臣鹿传霖钦遵办理，陆续共缴到商借库平银三十八万四千四百两，分别解部、截留并头、二两期归还商借本息共银二十二万六千六百三两四钱五分，内除本银十九万四千三百二十五两，业经归入二十一年地丁、厘金等款，分别列支造报，均经前护抚臣奏咨，各在案。

---

①台北故宫博物院藏：《军机及宫中档》，文献编号：139611-0-A。

②台北故宫博物院藏：《军机及宫中档》，文献编号：408006912-0-A。

③台北故宫博物院藏：《军机及宫中档》，文献编号：139613。

所有下余应归二十二年支销本息银五千二百六十四两五分，又头、二两期应归二十一年已支未销息银二万七千一十四两四钱，二共本息银三万二千二百七十八两四钱五分，在二十二年土药厘金款内如数提还；又提拨百货厘金，归还三期商借本息共银四万九千二百七十九两九钱八分三厘，共动支银八万一千五百五十八两四钱三分三厘，业经在二十二年奏销册内分别列支造报。其余已还未销三期本息银五万一千二百六两八钱一分七厘，仍俟四期一律清还，统归二十三年列支造销。据藩司张汝梅详请奏咨前来。

臣覆查无异，除咨部查照外，谨附片具陈。伏乞圣鉴。谨奏。

（朱批：）户部知道。①

光绪二十三年五月二十六日，奉朱批：户部知道。钦此。②

【案】此奏片之具奏日期，原件目录署“光绪二十三年六月二十三日”，而据此片朱批日期，即光绪二十三年五月二十六日，查《随手档》③，据同批折件可知，此奏片之具奏日期应为“光绪二十三年五月十三日”。兹据校正。

0593. 奏报经征钱粮完欠分数情形片

光绪二十三年五月十三日（1897 年 6 月 12 日）

再，前准部咨：各州县经征钱粮未完一分以上各员，议令遵照筹饷条陈，按年奏报钱粮分数，除灾歉不计外，只按熟地核计等因。查陕西省光绪二十一年以前经征完欠各数，已按年奏报在案。兹值查办二十二年分数之期，据通省各府直隶州将经征钱粮完欠分数陆续报齐，调查各厅州县每月旬报暨报解起存数目，核

①台北故宫博物院藏：《军机及宫中档》，文献编号：408006916-0-A。

②台北故宫博物院藏：《军机及宫中档》，文献编号：139615。

③中国第一历史档案馆藏：《军机处随手登记档》，档案编号：03-0292-2-1223-141。

对完欠确数，由藩司张汝梅开造清册，具详请奏前来。

臣详核通省各属未完钱粮，剔荒征熟，银粮并计，均系不及一分。现饬藩司责成该管道府严催，扫数征解具报，如有续完，归入下届奏销办理。

除清册咨送部、科外，所有光绪二十二年各属经征钱粮核计完欠分数缘由，谨附片具陈。伏乞圣鉴。谨奏。

（朱批：）户部知道。①

光绪二十三年五月二十六日，奉朱批：户部知道。钦此。②

【案】此奏片之具奏日期，原件目录署“光绪二十三年六月二十三日”，而据此片朱批日期，即光绪二十三年五月二十六日，查《随手档》③，据同批折件可知，此奏片之具奏日期应为“光绪二十三年五月十三日”。兹据校正。

0594. 奏报本年四月雨水粮价情形折

光绪二十三年五月二十五日（1897年6月24日）

头品顶戴陕西巡抚臣魏光焘跪奏，为恭报雨泽、麦苗情形，恭折仰祈圣鉴事。

窃查陕西省光绪二十三年三月分雨泽、麦苗情形，业经臣奏报在案。兹据西安、延安、凤翔、汉中、榆林、同州、兴安、邠州、乾州、商州、鄜州、绥德等府州属具报，于四月初二至初四、五、六、初八、九及十一至十三四五、十七八九等日，先后得雨二三四寸及深透不等。臣查陕省入春以来，雨泽沾足，当二麦、豌豆渐次成熟之际，复迭次得雨，包谷、杂粮均已及时播种，民

①台北故宫博物院藏：《军机及宫中档》，文献编号：408006916-0-B。

②台北故宫博物院藏：《军机及宫中档》，文献编号：139614。

③中国第一历史档案馆藏：《军机处随手登记档》，档案编号：03-0292-2-1223-141。

情欣悦，合境安谧，堪以仰慰宸廑！

刻查西安粮价，大米每仓石价银三两一钱五分，小米每仓石价银一两九钱一分，较之上月，大米每石增银二钱一分，小米每石减银二分。

所有光绪二十三年四月分雨泽、麦苗并省城粮价情形，理合恭折具陈。伏乞皇上圣鉴。谨奏。光绪二十三年五月二十五日。

(朱批：) 知道了。[①]

光绪二十三年六月初八日，奉朱批：知道了。钦此。[②]

0595. 奏报西安等府州属二麦约收分数

光绪二十三年五月二十五日（1897年6月24日）

头品顶戴陕西巡抚臣魏光焘跪奏，为恭报陕西省西安等府州属二麦约收分数，恭折仰祈圣鉴事。

窃查二麦约收分数，例应先行恭折奏报。兹据西安、凤翔、汉中、同州、兴安、商州、邠州、乾州、鄜州等府州属将本年二麦约收分数先后开折具报，由藩司张汝梅汇详请奏前来。

臣覆加查核，统计西安等九府州属七十二厅州县，多寡合算，二麦约收六分有余，敬缮清单，恭呈御览。

再，延安、榆林、绥德三府州属地处北山，气候较迟，向归实收案内办理。谨恭折具奏，伏乞皇上圣鉴。谨奏。光绪二十三年五月二十五日。

(朱批：) 知道了。[③]

光绪二十三年六月初八日，奉朱批：知道了。钦此。[④]

---

①台北故宫博物院藏：《军机及宫中档》，文献编号：408006914。

②台北故宫博物院藏：《军机及宫中档》，文献编号：139934。

③台北故宫博物院藏：《军机及宫中档》，文献编号：408006913。

④台北故宫博物院藏：《军机及宫中档》，文献编号：139938。

0596. 呈西安等府州二麦约收分数清单

光绪二十三年五月二十五日（1897年6月24日）

谨将陕西省光绪二十三年西安等九府州属二麦约收分数，敬缮清单，恭呈御览。

计开

约收七分有余者：咸宁、长安、兴平、鄠县、富平、渭南、凤翔、岐山、郿县、郃扬、汉阴、雒南十二厅县。

约收七分者：蒲城、澄城二县。

约收六分有余者：咸阳、高陵、蓝田、泾阳、三原、盩厔、醴泉、耀州、宁陕、扶风、宝鸡、汧阳、南郑、沔县、城固、定远、华州、华阴、潼关、白水、朝邑、安康、平利、砖坪、白河、商州、邠州、乾州、永寿、武功三十厅州县。

约收六分者：韩城、镇安二县。

约收五分有余者：临潼、同官、麟游、西乡、留坝、宁羌、凤县、略阳、褒城、洋县、佛坪、大荔、紫阳、石泉、商南、山阳、三水、长武、淳化、鄜州、洛川、中部、宜君二十三厅州县。

约收五分者：孝义、陇州、洵阳三厅州县。

以上西安等九府州属七十二厅州县，多寡牵算，二麦约收六分有余。理合登明。

（朱批：）览。①

0597. 请将定泰留任三年缘由片

光绪二十三年五月二十五日（1897年6月24日）

再，理事同知三年俸满，例准注册升转。兹西安府理事同知

①台北故宫博物院藏：《军机及宫中档》，文献编号：139938-0-A。

定泰，现年五十五岁，镶黄旗蒙古监生，由侍卫处笔帖式于同治八年补授直隶总督衙门笔帖式，年满奏留直隶，以理事同知、通判、知县补用，历经委署阜平县知县、广盈仓大使，旋补保定府理事同知；调办天津海运出力，请加四品衔。光绪十三年十月，丁忧回旗。十四年七月，由本旗带领引见，奉旨：交吏部照例办理。钦此。签分工部都水司主事行走。十一月，吏部带领引见，奉旨：定泰着外用。钦此。十六年正月服阕，十月引见，奉旨：陕西西安府理事同知，着定泰补授。钦此。领凭到省，十七年四月到任。

二十年四月，三年任满，经前抚臣鹿传霖会同前西安将军臣荣禄①，奏请留任三年，奉旨允准钦遵在案❶。兹扣至二十三年四月，复届三年任满，应行候部推升。惟查西安理事同知政务殷繁，必须精明干练之员，方足以资治理。该员老成稳练，办事慎勤，于旗民交涉事件细心听断，办理持平，且清厘保甲，稽查匪类，

①荣禄（1836—1903），字仲华，号略园，满洲正白旗人。咸丰二年（1852），封骑都尉，兼云骑尉。八年（1858），充工部主事，转员外郎。次年，任户部银库员外郎。十年（1860），补道员。十一年（1861），任神机营大臣。次年，补文案处翼长。同治三年（1864），拔营翼长。次年，授神机健锐两营马队专操大臣、神机营威远队专操大臣，管理健锐营事务，加副都统衔。五年（1866），署正蓝旗蒙古副都统，充正蓝旗专操大臣。同年，实授正蓝旗蒙古副都统，转镶白旗满洲副都统。七年（1868），补左翼总兵。同年，管理沟渠河道事务。十年（1871），署工部左侍郎，改工部右侍郎，兼管钱法堂事务。十二年（1873），调户部左侍郎管理三库事务，兼署吏部左侍郎。十三年（1874），补授正蓝旗护军统领、左翼监督、总管内务府大臣。光绪元年（1875），兼署步军统领、镶蓝旗蒙古副都统。三年（1877），授步军统领、镶黄旗护军统领。次年，充紫禁城值年大臣、都察院左都御史。同年，授工部尚书。十三年（1887），补镶蓝旗蒙古都统。次年，任领侍卫内大臣，兼署镶蓝旗汉军都统。十五年（1889），任扈从凤舆大臣、专操大臣、稽查内七仓大臣、管理右翼幼官学大臣，署镶红旗汉军都统。十七年（1891），调西安将军。二十年（1894），任步军统领。次年，转兵部尚书。二十二年（1896），擢协办大学士、玉牒馆副总裁。次年，任经筵讲官。二十四年（1898），补文渊阁大学士，管理户部事务。同年，署直隶总督兼办理通商事务大臣、北洋大臣。同年，兼任军机大臣上行走、管理兵部事务。二十五年（1899），任文渊阁领阁事，充正蓝旗满洲都统，兼崇文门正监督。次年，任内大臣，管理户部事务。二十七年（1901），晋太子太保，升文华殿大学士。次年，兼崇文门副监督。二十九年（1903），卒于任。赠太傅，封一等男爵，谥文忠。有《武毅公事略》《荣文忠公集》《荣禄存札》等行世。

均属认真，洵为理事同知中出色之员。据藩司张汝梅、臬司李有棻会详前来。

臣覆查无异，合无仰恳天恩俯准将西安理事同知定泰再行留任三年，以资熟手，实于地方有裨。是否有当，谨会同西安将军臣国俊[①]，附片具陈。伏乞圣鉴训示。谨奏。

（朱批：）着照所请，吏部知道。[②]

光绪二十三年六月初八日，奉朱批：着照所请，吏部知道。钦此。[③]

❶【案】光绪二十年五月初七日，陕西巡抚鹿传霖等奏请将定泰留任三年以资熟手，曰：

再，理事同知三年俸满，例准注册升转。兹西安府理事同知定泰，系镶黄旗蒙古监生，由侍卫处笔帖式于同治八年补授直隶总督衙门笔帖式，年满奏留直隶，以理事同知、通判、知县补用，历经委署阜平县知县、广盈仓大使，旋补保定府理事同知，调办天津海运出力，赏加四品衔。光绪十三年十月，丁忧回籍。十四年，由本旗带领引见，奉旨：交吏部照例办理。钦此。签分工部都水司主事行走。十一月，引见。奉旨：着外用。钦此。十六年正月服阕，十月十五日引见，奉旨：陕西西安府理事同知，着定泰补授。钦此。领凭到省，十七年四月到任。

今扣至二十年四月，三年任满，应行候部推升。惟查西安理事同知，管理旗民交涉案件，驻扎省会，庶务纷繁，必须精明干练之员，方足以资治理。该员老成稳练，办事慎勤，抵任以来，于旗民一切交

---

①国俊，生卒年未详，汉军镶黄旗人。咸丰二年（1852），以印务笔帖式补骁骑校。六年（1856），授印务章京。八年（1858），选公中佐领。同治元年（1862），升参领。次年，管汉军镶黄旗炮营参领事务。七年（1868），补八旗汉军炮队帮操章京。光绪元年（1875），加副都统衔。三年（1877），补印务参领。九年（1883），迁正蓝旗汉军副都统。十年（1884），调补密云副都统。二十年（1894），擢西安将军。

②台北故宫博物院藏：《军机及宫中档》，文献编号：408006913-0-A。

③台北故宫博物院藏：《军机及宫中档》，文献编号：139937。

涉事件，细心听断，办理持平，旗民同深爱戴，且清厘保甲，稽查匪类，均属认真，实为理事同知出色之员，合无仰恳天恩俯准将西安理事同知定泰留任三年，以资熟手，实于地方有裨。

臣为要缺需原起见，是否有当，谨会同西安将军臣荣禄，附片具陈。伏乞圣鉴训示。谨奏。

光绪二十年五月二十日，奉朱批：着照所请，吏部知道。钦此。①

0598. 奏报祝鉴廷先署参将情形片

光绪二十三年五月二十五日（1897 年 6 月 24 日）

再，陕西镇安营游击祝鉴廷，经臣会同督臣奏请升补臣标中营参将，奉旨允准钦遵咨行在案。查中营参将设处省会，事务殷繁，应饬该员先行署理，以专责成。现署中军参将联辉，仍饬回左营游击本任。

除分别给委并咨商督臣另行委员接署镇安营游击外，谨会同督臣陶模，附片具陈。伏乞圣鉴。谨奏。

（朱批：）兵部知道。②

光绪二十三年六月初八日，奉朱批：兵部知道。钦此。③

0599. 奏报核销防练各营银粮缘由片

光绪二十三年五月二十五日（1897 年 6 月 24 日）

再，陕西省军需、善后收支款项，光绪二十一年以前册报请销，均经户部核准覆奏，奉旨钦遵在案。陕省地处边陲，界连五省，游勇、客民往来络绎，签会匪类，窃发时虞。绿营兵制未复，酌留各路防勇分段巡防，仅敷布置。每年饷数较承平额饷，有减

①台北故宫博物院藏：《军机及宫中档》，文献编号：132711。

②台北故宫博物院藏：《军机及宫中档》，文献编号：408006914-0-A。

③台北故宫博物院藏：《军机及宫中档》，文献编号：139935。

无增。二十一年，甘回肇乱，密迩陕疆，前护抚臣先后选派陕军马步十四营旗，赴甘援剿，存营更属无多，当经奏明添募豫勇镇安五营，并将省城练军挑派旗队，加饷操练，以备调遣。

嗣因西事告蒇，先将镇安五营遣散，复将援甘之马步各营旗先后撤回陕省，变通整顿，裁改旗制，一律更定新章，核支饷项，分防巡缉，地方得以安谧。所有防、练各营旗二十二年分所需薪饷、盐菜、制造、杂支等项及应领食粮，俱已按章筹支给发。兹值造办二十二年报销之期，据善后局司道分造总、散清册，具详请奏前来。

臣覆核无异，除各清册分咨部、科并制造、绿营、操防、铅药、火绳等项遵照另案题估请销外，所有收支银粮各款，相应仰恳天恩饬部核明准销。谨附片具陈。伏乞圣鉴。谨奏。

（朱批：）该部知道。①

光绪二十三年六月初八日，奉朱批：该部知道。钦此。②

0600. 奏陈遵旨裁减防练各军勇饷折

光绪二十三年五月二十八日（1897年6月27日）

头品顶戴陕西巡抚臣魏光焘跪奏，为遵旨裁减防、练各军勇数、饷数，并案覆陈，恭折仰祈圣鉴事。

窃臣于本年三月十三日承准军机大臣字寄：光绪二十三年三月初四日奉上谕：户部奏，冗兵耗财过巨，亟宜大加裁汰一折❶。近因库款支绌，各省亦筹解维艰，是裁减兵勇一事，事机所迫，势在必行，各直省将军、督抚奉到此旨，统限一月内，将裁减兵勇若干，节省饷银若干，切实覆奏。所留兵勇，务当精选训练，镇抚地方。至所裁兵勇，应酌给遣饷银、米之处，并着体察情形，奏明办理。原折着钞给阅看。等因。钦此。遵旨寄信前来。

①台北故宫博物院藏：《军机及宫中档》，文献编号：408006914-0-B。

②台北故宫博物院藏：《军机及宫中档》，文献编号：139936。

当因前奏防、练各军勇数、饷数一折未准部覆，限内未能覆奏，比经咨明户部查照。旋准部咨：光绪二十三年四月初四日，具奏议覆陕西省防、练各军勇数、饷数，酌量裁减一折，奉旨：依议。钦此。原奏内开：伏查陕西省满、绿勇营常年饷项照一百万两估拨，迨后旗营加饷，以致岁有增益，每年估需银一百二三万两。现据该省裁定饷章，满年需银四十七万余两，加以满、绿各营俸饷五十五万余两，合计岁仍需银一百三万两之数，虽较近年饷数不相悬殊，第值此时势多艰、饷项支绌之际，自不得不力节浮费，以供要需。现在各省冗兵耗财过巨，业经议令各省，无论勇营、绿营迅速大加裁减，奏奉谕旨，通行遵照在案。该抚此奏自系尚未接到行知，所请防、练军饷以四十七万余两作为定额之处，仍难照准。至原奏内称前定兵勇饷项系照甘肃奏定章程，毫无增益，核与甘肃定章不符等因。咨行前来。

臣查陕省延榆绥、陕安、汉中三镇绿营制兵，现准督臣咨饬暂减二成。臣标三营自改练兵后，已无制兵名额，所改练军业于本年二月经臣奏明裁减二成，并延榆绥镇标练军四营改为四旗，暂时难议再减。惟陕安镇原设练军一营五百一十八员名，汉中镇原设练军一旗四百一十七员名，初以该两镇辖境辽阔，练军无多，故前案未议裁减。北山防勇口粮前已裁减一半。现在事机所迫，不得不力求撙节，以顾时艰，拟将陕安、汉中两镇练军，截至六月底止，仿照防军旗制，各改设一旗，余额裁汰。北山防勇口粮亦即截至六月底止，概行裁停，均酌给一月饷银作为遣资。此外，防军马步、炮队一十八旗，仅敷分布，应请暂不议裁。

前奏营制饷章，实系审度时宜，援照光绪九年甘肃通行章程，酌中定拟，诚以整顿防军，非月饷稍宽，难责成效。兹与司道等再四筹维，仍酌量变通，再行议减。原章马队每旗设夫七十一名，未设火勇。兹拟于前项马夫内挑留火勇十四名，其余五十七名与步、炮队每旗杂夫、私夫十六名，悉行裁去。合计马步、炮队十八旗，共裁额夫四百五十二名，岁省饷银一万二千八百余两。裁北山防勇四百三十二名，岁省饷银一万三千三百余两。裁陕安、汉中练兵一百九十三名，岁省饷银六千九百余两。是陕省防、练军饷、善后、制造各款岁只需银四十三万余两，较部臣原议四十四万之数，尚觉减少。

查先后两案裁并已省银七万余两，再裁三镇制兵二成，复岁省饷银二万三千余两。综计陕省岁支实只需银九十八万余两，较部臣原定百万之数，又觉减少，合无仰恳天恩饬部照准立案。陕西界连五省，地势袤延，当就现存防、练各军，妥为布置，懔遵谕旨，精选训练，镇抚地方，以期仰纾宸廑。嗣后察看情形，如有再可裁并之处，仍当随时斟酌，奏明办理。

除裁减绿营制兵二成由督臣具奏外，所有裁减防、练各军勇数、饷数缘由，是否有当，谨会同陕甘督臣陶模，恭折具陈。伏乞皇上圣鉴训示，施行。谨奏。光绪二十三年五月二十八日。

（朱批：）该部知道。[①]

光绪二十三年六月初八日，奉朱批：该部知道。钦此。[②]

【案】光绪二十三年三月初四日，大学士管理户部事务宗室麟书等以冗兵耗财，具折奏请大加裁汰，以纾饷力，曰：

大学士管理户部事务臣宗室麟书等谨奏，为冗兵耗财过巨，亟宜大加裁汰，以纾饷力，以济时艰，恭折仰祈圣鉴事。

窃维方今之计莫急于理财，理财之计莫急于节用，节用之计莫急于去冗兵，是以近年臣部因需款紧要，先后奏请裁减绿营七成、勇营三成，腾出饷银，听候拨用，均奉谕旨允行。上年，军机大臣、总理各国事务衙门会同臣部议覆盛宣怀条陈自强大计折内，亦请饬催各直省将裁减兵数及切实办法速行奏明，毋得含混延宕；并声明内外军务均已平定，如江南之榆关撤回各营、陕西之善后防军，固应一律尽裁。即直隶之练军、旅顺之毅军、长江之内河水师，亦应分别核实裁

①台北故宫博物院藏：《军机及宫中档》，文献编号：408006915。

②台北故宫博物院藏：《军机及宫中档》，文献编号：140009。

减，以节虚糜。奉上谕：练兵一条为各省将军、督抚专责，不论绿营、勇营，当此饷项支绌，均应大加裁汰。该将军、督抚等奉到此旨，务须脚踏实地，见诸施行，毋得粉饰因循，一奏塞责等因。钦此。

是裁减兵勇一事，朝廷本期必行，乃自臣部奏准行知各省以来，惟山东巡抚李秉衡请将山东制兵分限五年，裁减五成；又清裁减防勇一万六千余人、练军一千九百余人，最为认真办理。其余各省绿营除同治年间裁减兵数毋庸并计，及近时湖广总督奏请酌量裁减尚无成数可计外，四川则裁减一成，广东、广西则裁减二成，江苏、江西、安徽、河南则裁减三成。各省勇营除东洋事定罢遣各营，及近日旅顺毅军裁撤六营不计外，四川则裁撤一百二十余名，江苏则裁撤四百八十余名，安徽则裁撤一千八百余名，湖北、福建各裁撤三千余名。此各省裁减兵勇之大略也。

查各省兵勇约共八十余万人，岁需饷银约共三千余万两，而裁减兵数、勇数仅止如此，此亦奚济于事哉！夫各省之所以不肯裁减兵勇，与夫稍为裁减而不肯大为裁减者，在腹地则曰伏莽堪虞，在边陲则曰外侮可虑耳。然如山东一省，西接河南则腹地也，东滨大海则边陲也，二者盖兼而有之。山东兵勇既可大为裁减，他省独不可大为裁减乎？自古兵愈多者国愈弱，史策所书，不可枚举。

我朝定鼎中原，当时所用仅八旗劲旅而已，无敌于天下。其后额设绿营、制兵，多或六十余万人，少亦五十余万人，较之八旗劲旅不啻倍蓰，乃粤匪、捻匪、川匪、回匪之乱，制兵竟不足恃，于是加饷挑练，而有练军，招募勇丁，而有湘军、楚军、淮军、豫军。及日本之役，练兵、练勇又不足时，于是仿照西法，添练新军，而有袁世凯、聂世成两军及湖北之洋操队、江南之自强军。夫明知制兵不足恃，而终不肯大为裁减，明知练兵、练勇不足恃，而亦不肯大为裁减，岂非甘弃有用之饷、空养无用之军乎？且招募勇丁以有事而来，即当以无事而罢，此亦古今之通义。乃昔之日。因粤匪、捻匪、川匪、回匪平定垂三十年，而勇营犹未尽去也。昔之日因越南构争、日本开衅而招募者，今越南罢战已逾一纪，日本讲和将及两载，而勇营亦未尽去也。

无事而于绿营、制兵数十万人之外，又养此数十万招募之勇丁，岁费帑金二千余万两，库款几何、民力几何，岂能堪此？在昔乾隆年间增兵六万余名，增饷二百余万两，当时大学士阿桂已言，后难为继，及嘉庆十九年，阿桂之言果验。仁宗睿皇帝乃特降谕旨，令廷臣会议裁汰。嘉庆二十五年，宣宗成皇帝御极之初，复谕令各督抚核议抽裁。夫国家全盛之时，增兵六万余名，增饷二百余万两，似于库储尚无大碍。而三十年后，竟以帑藏不支，一再议裁，况今之增勇数十万人、增饷二千余万两，而可听其长年耗蠹竟无已时乎？现在中外相交，兵事利钝已可概见，谋国者只当以先筹赔款为急务，各省兵勇但取足为镇抚之用而止，诚不宜因仍旧习，耗巨费而拥多营，以致借无可借，抵无可抵，民生日蹙，而国计因之愈穷。

拟请饬下各省将军、督抚等恪遵上年十一月初三日谕旨，脚踏实地，不论勇营、绿营，迅速大加裁汰。其直隶之练军、淮军，旅顺之毅军、长江之内河水师，亦即切实裁汰。他如江南之榆关撤回各营、浙江、河南之新募各营、陕西之善后防军，尤应一律尽撤，毋得借词推宕。至裁减勇丁或应分别远近，酌给一两月遣饷，以资旅费；裁减制兵或应体恤贫苦，酌给半年、一年饷银、饷米，以资生计。均听各该将军、督抚体察情形，奏明办理。其裁撤兵数、勇数及节省饷银，统限文到一月内切实覆奏。各将军、督抚素著公忠，当不至瞻徇情面、意存见好，而不念冗兵之弊、不顾公家之急也。

除将直隶绿营、练军、留防淮军、南洋防军、河南、浙江各防营专条奏明办理外，所有臣等请催各省切实裁汰兵勇缘由，理合恭折具陈。伏乞皇上圣鉴。谨奏。光绪二十三年三月初四日。

大学士管理户部事务臣宗室麟书（假），经筵讲官户部尚书臣宗室敬信，户部尚书臣翁同龢，降二级留任又降一级留任革职留任户部左侍郎臣立山（住班），户部左侍郎臣张荫桓（出差），署户部左侍郎吏部左侍郎臣徐用仪，户部右侍郎臣宗室溥良，户部右侍郎臣陈学棻

(假)。[①]

【案】户部此折于当日即获允行，饬令各直省将军、地方按照所奏，切实举行，曰：

军机大臣字寄：各直省将军、督抚：光绪二十三年三月初四日，奉上谕：户部奏，冗兵耗财过巨，亟宜大加裁汰一折。近因库款支绌，各省亦筹解维艰，经户部先后奏请裁减绿营七成、勇营三成，叠经降旨谕令遵行。上年十一月初二日，复通谕各直省将军、督抚不论绿营、勇营，均应大加裁汰。是裁减兵勇一事，事机所迫，势在必行。兹据户部奏称自行知各省以来，惟山东一省经该抚李秉衡奏明，将制兵分限五年裁减五成，并将防营练勇分别裁减。此外各省或请将兵额酌裁，尚无成数；或仅裁绿营二三成，所裁勇营，更属寥寥无几。似此敷衍塞责，有名无实，何济于事！

现在综计各省兵勇尚有八十余万人，岁需饷银约共三千余万两。绿营积惰，久同虚设，当兹偿款期迫，中外诸臣自应合力通筹，先其所急。若犹复饰词搪塞，坐拥多营，值此需款紧急之时，弃有用之饷养无用之兵，以致借无可借，抵无可抵，民生日蹙，国计亦因之愈穷。在公忠体国之大臣当不出此。各直省将军、督抚奉到此旨，统限一月内将裁减兵勇若干、节省饷银若干条分缕析，切实覆奏。所留兵勇务当精选训练，镇抚地方。

至所裁兵勇应酌给遣饷银米之处，并着该将军、督抚等体察情形，奏明办理。原折着钞给阅看。除直隶、南洋、河南、浙江现有各军另行谕令切实裁汰外，将此由四百里通谕各直省将军、督抚知之。钦此。遵旨寄信前来。[②]

0601. 奏报春季委署代理各缺情形片

光绪二十三年五月二十八日（1897年6月27日）

再，查各省道府州县，无论奏调、委署、代理，每届三月汇

---

①台北故宫博物院藏：《军机及宫中档》，文献编号：138005。

②中国第一历史档案馆编：《光绪朝上谕档》，第23册，第48页，广西师范大学出版社，1996。又，《德宗景皇帝实录（六）》，卷四百二，光绪二十三年三月上，第250—251页。

奏一次，历经遵办在案。兹查陕西省光绪二十三年正月起至三月底止，署咸宁县知县记佩饬回岐山县本任，遗缺委宁羌州知州马毓华署理。咸阳县知县涂传德参革，遗缺委候补知县孙万春署理。保安县知县丁秉乾丁忧，遗缺委延安府照磨皮润璞代理。署乾州直隶州知州罗寿昌调省，遗缺委遇缺尽先补用同知唐沛霖署理。吴堡县知县彭森病故，遗缺委绥德州吏目傅霈和代理，旋委试用知县朱弼臣署理。

潼关厅同知王诹参革，遗缺委候补同知文德升署理。署大荔县知县张琦饬回武功县本任，遗缺委候补班前知县余琪树署理。麟游县知县朱云璿告病，遗缺委候补知县屈寿昌署理。府谷县知县何泽群病故，遗缺委神木县知县方福葆兼摄。安塞县知县包述佶参革，遗缺委试用通判吕桂林署理。署宜川县知县方培英调省，遗缺委候补知县史彪署理。署宜君县知县陈兆焕调省，遗缺委候补知县余宏蔚署理。据藩司张汝梅、臬司李有棻会详请奏前来。

臣覆查无异，所有光绪二十三年春季分委署、代理州县各缺缘由，谨附片具陈。伏乞圣鉴。谨奏。

（朱批：）吏部知道。[①]

光绪二十三年六月初八日，奉朱批：吏部知道。钦此。[②]

0602. 奏报本年五月雨水粮价情形折

光绪二十三年六月二十三日（1897 年 7 月 22 日）

头品顶戴陕西巡抚臣魏光焘跪奏，为恭报雨泽、禾苗情形，恭折仰祈圣鉴事。

窃查陕西省光绪二十三年四月分雨泽、麦苗情形，业经臣奏报在案。兹据西安、延安、兴安、凤翔、汉中、榆林、同州、乾州、邠州、商州、鄜州、绥德等府州属具报，于五月初一、二、

---

①台北故宫博物院藏：《军机及宫中档》，文献编号：408006915-0-A。

②台北故宫博物院藏：《军机及宫中档》，文献编号：140010。

三至初六、七、八及十一二至十四五暨二十四五六至三十等日，先后得雨二三寸至四五寸及深透不等。臣查入夏以来，雨旸时若，二麦、豌豆早已收获，稻谷亦已分秧，各种杂粮均播种出土，民情安谧，堪以上慰宸廑！

刻查西安粮价，大米每仓石价银三两六钱三分，小米每仓石价银二两二钱八分，较之上月，大米每石增银四钱八分，小米每石增银三钱七分。

所有光绪二十三年五月分雨泽、禾苗及省城粮价情形，理合恭折具陈。伏乞皇上圣鉴。谨奏。光绪二十三年六月二十三日。

（朱批：）知道了。①

光绪二十三年七月十二日，奉朱批：知道了。钦此。②

0603. 奏报陕省清解协甘新饷情形折

光绪二十三年六月二十三日（1897年7月22日）

头品顶戴陕西巡抚臣魏光焘跪奏，为陕省清解协甘新饷，恭折仰祈圣鉴事。

窃前准部咨：光绪二十三年陕省协甘新饷银二十万两，饬令分作三起报解等因。经臣于二十二年十月及本年四月两次由司库筹解初、二批新饷银一十二万两，咨部在案。兹臣督饬藩司在司库地丁款内续筹银八万两，作为协甘第三批新饷，饬交票商协同庆汇解，定于五月二十日起程，前赴甘藩司衙门交纳。计本年指拨新饷银二十万两，业已全数解清。据藩司张汝梅具详前来。

臣覆查无异，除咨部外，所有陕省光绪二十三年分指拨甘肃新饷续筹清解缘由，理合恭折具陈。伏乞皇上圣鉴。谨奏。光绪二十三年六月二十三日。

---

①台北故宫博物院藏：《军机及宫中档》，文献编号：408006916。

②台北故宫博物院藏：《军机及宫中档》，文献编号：140530。

(朱批：) 户部知道。[①]

光绪二十三年七月十二日，奉朱批：户部知道。钦此。[②]

0604. 奏陈三原县捐赈请予奖叙片

光绪二十三年六月二十三日（1897年7月22日）

再，前准户部议覆前护抚臣奏陕省光绪十八、十九等年各属被灾，援照十八年顺直赈捐章程开办赈捐一案，奉旨允准等因。当即钦遵行司遵照去后。兹据藩司张汝梅详称：遵即移局通饬各属一体照办，前据三原等县赍到原捐各户花名清册，业经由司汇核详咨备查在案。除各属捐生尚有外出，并北山各州县距省穹远，奖册未能一律齐全外，现据三原县造赍各捐生年岁、三代籍贯、及愿奖衔、封、贡、监履历清册，核与奏请援照十八年顺直赈捐减成章程银数、例案均属相符，一律填发实收，交给各捐生收执，作为赈捐，第一次请奖。

共计捐生二百一名，奖叙正项银四万二千六百二十七两零，照依顺直赈捐章程，共应收部饭、照费银一千五百一十五两零，国子监饭费银一百九十二两零，俟起解京饷时，即行搭解。再，查三原县捐银六万五千六十二两零，除此次请奖外，尚余银二万二千四百余两，前系另案奏销，现准部覆，一律给奖，仍应另案办理，以归画一等情。详请奏咨前来。

臣覆核无异，除清册及副实收一并咨部备查外，谨附片具陈。伏乞圣鉴，饬部核覆施行。谨奏。

(朱批：) 户部知道。[③]

光绪二十三年七月十二日，奉朱批：户部知道。钦此。[④]

---

①台北故宫博物院藏：《军机及宫中档》，文献编号：408006917。

②台北故宫博物院藏：《军机及宫中档》，文献编号：140526。

③台北故宫博物院藏：《军机及宫中档》，文献编号：408006916-0-A。

④台北故宫博物院藏：《军机及宫中档》，文献编号：140533。

0605. 奏闻陕省新旧交代完欠情形片

光绪二十三年六月二十三日（1897 年 7 月 22 日）

再，准部咨：陕西省新旧交代，分别已、未完结，半年汇奏一次等因。查光绪二十二年十月以前，各属新旧交代一律督算清楚，经臣附奏在案。兹自二十二年十一月起至二十三年四月底止，统计新案已结仓库、驿站交代二十一起，均遵例限随时咨部，尚有未结交代一十八起，查系未满例限。据藩司张汝梅开单具详前来。

臣覆查无异，除饬分别严催依限造报并清单咨部外，谨附片具陈。伏乞圣鉴。谨奏。

（朱批：）户部知道。[①]

光绪二十三年七月十二日，奉朱批：知道了。钦此。[②]

0606. 奏报赈抚被水被雹各属情形片

光绪二十三年六月二十三日（1897 年 7 月 22 日）

再，据兴安府禀报：平利县属镇坪县丞所辖之蠓子岗地方，五月初三夜，临河之山忽坍塌里许，阻塞河水上漫十余里，淹没古里大路附山居民于怀光等七户，房屋尽被塌陷，压毙男女大小三十七名口；又陈启元等三户房被淹塌，人尚未伤，河边豌、麦亦遭淹没。所有压毙人口，业经该县丞捐棺饬埋。

又，据镇安县禀报：该县土地寨等处，五月初四及初七、八、九等日，大雨连行，山水陡涨，沿沟水、旱地内夏禾致被冲压三百六十余亩，幸未伤人，且多系有力之家，已谕令修复补种，秋禾不致成灾，俟秋后察看情形，如须调剂，再行禀办。

---

①台北故宫博物院藏：《军机及宫中档》，文献编号：408006916-0-B。

②台北故宫博物院藏：《军机及宫中档》，文献编号：140532。

又，据绥德州禀报：该州西乡徐家坪等处，五月二十六日被雹打伤夏禾自四分至五六分不等，犹可补种。糜谷、荞麦不致成灾。其极贫、次贫各户已经该州借给义粮，俾资接济，各等情。前来。

当经臣先后批司移行该管道、府、州、县，遵章覆勘，究竟被水塌陷房屋及被水、被雹所伤地亩各有若干，分别成灾与否，钱粮应否蠲缓，据实联衔结报。镇坪一处，已饬令该县丞将前存赈余粮石暨兴安府今春赈余银两，妥为分别赈抚，毋任所失；并设法开挖河内塞土，俾消积水；仍令该各处赶紧补种秋禾，以资接济，统俟查办完竣，另行奏报。理合附片具陈。伏乞圣鉴。谨奏。

（朱批：）知道了，镇坪地方被灾甚重，着妥为抚恤；其余被水、被雹处所，并着一并察勘，分别办理。①

光绪二十三年七月十二日，奉朱批：知道了，镇坪地方被灾甚重，着妥为抚恤；其余被水、被雹处所，并着一并察勘，分别办理。钦此。②

0607. 奏报百货厘金采买积谷片

光绪二十三年六月二十三日（1897 年 7 月 22 日）

再，查前准户部议覆臣奏酌提二成厘金银两，采买粮石存储，以备荒歉一折，奉旨允准在光绪二十二年厘金项下提用银七万一千两，采买粮石，仍令以三年为度，用示限制，并令将买粮若干造册报部存案，如有动用，随时咨报核办等因。当即转行遵办去后。兹据藩司张汝梅详称：遵查光绪二十二年所收百货厘金等项，业已提拨动用无存，曾于奏销案内分别造报在案。兹奉前因，应请自光绪二十三年起至二十五年年底止，分年按照所收百货厘金

①台北故宫博物院藏：《军机及宫中档》，文献编号：408006916-0-C。
②台北故宫博物院藏：《军机及宫中档》，文献编号：140531。

数目，遵提二成，采买积谷存仓，造册报核。除分移饬属确查各仓原储粮石禀办外，相应详请先行奏咨立案等情。前来。

臣覆查无异，除咨部查照外，理合附片具陈。伏乞圣鉴。谨奏。

（朱批：）户部知道。[①]

光绪二十三年七月十二日，奉朱批：户部知道。钦此。[②]

0608. 奏报知县郑宗光留省缘由片

光绪二十三年六月二十三日（1897年7月22日）

再，部选人员领凭到省，或留省察看，或派委各项差使，例应奏咨立案。兹查有新选宜川县知县郑宗光，于光绪二十二年四月选授今职，六月二十一日领凭起程，二十三年五月二十三日到省，例应饬赴新任。惟查宜川县地僻民顽，词讼繁多，该员甫经抵陕，于地方情形未能熟悉，未便遽令赴任，应请将该员暂行留省，派赴谳局学习，以资历练。据藩、臬两司会详前来。

臣覆查无异，除咨部查照外，谨附片具陈。伏乞圣鉴。谨奏。

（朱批：）吏部知道。[③]

光绪二十三年七月十二日，奉朱批：吏部知道。钦此。[④]

0609. 奏报苗沛安等请承世职缘由片

光绪二十三年六月二十三日（1897年7月22日）

再，前准部咨：嗣后请袭世职，半年汇奏一次，将册结、宗图汇总咨部等因。历经遵办在案。兹据藩司张汝梅据西安府转据

①台北故宫博物院藏：《军机及宫中档》，文献编号：408006917-0-C。
②台北故宫博物院藏：《军机及宫中档》，文献编号：140527。
③台北故宫博物院藏：《军机及宫中档》，文献编号：408006917-0-D。
④台北故宫博物院藏：《军机及宫中档》，文献编号：140529。

长安县详报：阵亡附生苗咏棠，应继胞侄武童苗沛安。又据汉中府转据南郑县详报：阵亡从九陈大训，应继胞侄军功陈金瑞，及阵亡从九品衔李廷举，应继胞侄武童李国栋。又据兴安府转据安康县详报：阵亡陕安镇标中营把总方志美，应继堂侄孙武童方振铎，均请接袭云骑尉世职等情。具详前来。

臣查请袭云骑尉之苗沛安、陈金瑞、李国栋、方振铎，实系阵亡遇害各员弁例应承袭之人，并无违碍情弊，前据各该府查明，先后由司详送验看，俱堪以承袭世职。现值半年汇奏之期，相应吁恳天恩饬部核覆。

除将册结、宗图咨送部、科外，谨会同陕甘督臣陶模，附片具陈。伏乞圣鉴。谨奏。

（朱批：）兵部议奏。①

光绪二十三年七月十二日，奉朱批：兵部议奏。钦此。②

0610. 奏报承差骡头解京起解日期折

光绪二十三年七月初三日（1897年7月31日）

头品顶戴陕西巡抚臣魏光焘跪奏，为遵办承差骡头解京交圈驯练，并委员起解日期，恭折仰祈圣鉴事。

窃臣前准上驷院咨：具奏承差骡头齿老力疲，京中采办匪易，拟请援案由产骡省分变通调取，以供要差一折。派令陕省仿照直隶采买骡头成案，就地采办身大、性良、毛片出众、口轻善走，堪备御用骡十数头，限五月内派员护送来京，归圈喂养驯练等因。奉旨允准钦遵咨行前来。臣查陕省向非产骡之区，民间喂养骡只亦属无多，且价值甚为昂贵，而身大性良者，尤难其选。惟既钦奉谕旨饬办，事关要差，应即遵照办理，当经行司饬属拣选采办，并檄委管带练军马队补用都司刘琦领款，前赴各处采选去后。嗣

①台北故宫博物院藏：《军机及宫中档》，文献编号：408006917-0-E。

②台北故宫博物院藏：《军机及宫中档》，文献编号：140528。

因限内未能办齐解京，经臣咨覆上驷院查照在案。兹据刘琦申称：在各处逐一拣采，仅购就良骡一十五头，由藩司张汝梅开造单册具详前来。

臣覆加查验，各骡尚属身大、口轻、性良、善走，解圈排演娴熟，堪备御用；仍派委刘琦于六月十二日起程，护解进京，呈交上驷院验收。至此次办骡十五头，价值不一，共用库平银二千七百六十余两。其喂养等费及委员川资、骡夫口食，容俟刘琦交骡回陕后，造具清册，再由臣核实发给，应请作正开销。

除将骡头价银并各骡身高尺寸及毛色、口齿各单册先行分咨部、院外，所有遵办承差骡头、委员解京起程日期各缘由，理合恭折具陈。伏乞皇上圣鉴。谨奏。光绪二十三年七月初三日。

（朱批：）该衙门知道。[①]

光绪二十三年七月十六日，奉朱批：该衙门知道。钦此。[②]

0611. 奏闻半年汇奏京控案件情形片

光绪二十三年七月初三日（1897年7月31日）

再，京控案件例应半年汇奏一次。前有华州民人孙年儿，以草菅人命等情遣抱孙徐氏赴京呈诉一案，讯因供词各执，将犯发回该州，勒限严拿逃犯郑士秀、薛仓娃，务获到案，质讯详解，俟审定后，再行照例办理，经臣上次奏明在案。兹查自光绪二十三年正月初一日起至六月底止，有鄜州客民赵鸿源，以串弊掯良等情赴京呈诉一案，业经行司饬委西安府移提人卷讯办，并委员前赴鄜州会勘查讯，容俟查讯明确，议拟详办。此外再无奉发京控案件。据藩司张汝梅、臬司李有棻会详前来。

臣覆查无异，除饬催赶紧严拿孙年儿案内逃犯郑士秀等务获，并赵鸿源控案作速查讯完结，分别议拟详办外，所有京控案件半

---

①台北故宫博物院藏：《军机及宫中档》，文献编号：408006918。

②台北故宫博物院藏：《军机及宫中档》，文献编号：140609。

年汇奏一次缘由，谨附片具陈。伏乞圣鉴。谨奏。

（朱批：）刑部知道。①

光绪二十三年七月十六日，奉朱批：刑部知道。钦此。②

0612. 奏请豁免故员前借养廉缘由片

光绪二十三年七月初三日（1897年7月31日）

再，前准部咨：汇题各直省文武各官在部借支养廉已、未扣数目案内，计陕省各员未完银共八百五十两，行令查明追缴报部等因。当经行司遵办去后。旋据藩司查明陕省各员未完银数，系前安康县知县俞廷训三百两、清涧县知县萧德宣二百五十两，即用知县刘汝新一百五十两、杨安国一百五十两。

查萧德宣、刘汝新、杨安国，均系道光年间到陕之员，分隶湖北、广东、河南及祖籍江西、江苏等省，年分较近，官册尚存，应请分咨追缴。惟俞廷训一员系嘉庆年间之员，早已离陕，司中官册霉烂，无从查其籍贯，行据安康县查覆，亦以同治元年城池被贼沦陷，案卷全行焚毁，无从查晰等情。详经臣咨准户部覆称：萧德宣等三员，应咨行各省转饬查追；俞廷训一员，无从着追，令即由陕奏明办理等因。前来。

臣查前安康县知县俞廷训，前于嘉庆年间借支未完养廉银三百两，年分既远，官册霉烂，无从着追，相应仰恳天恩将该故员俞廷训前借未完银三百两，准予豁免，以清积案。除萧德宣、刘汝新、杨安国三员未完银两仍照案咨追，俾重库款外，谨附片具陈。伏乞圣鉴训示。谨奏。

（朱批：）户部知道。③

---

①台北故宫博物院藏：《军机及宫中档》，文献编号：408006918-0-A。

②台北故宫博物院藏：《军机及宫中档》，文献编号：140610。

③台北故宫博物院藏：《军机及宫中档》，文献编号：408006918-0-B。

光绪二十三年七月十六日，奉朱批：户部知道。钦此。[①]

0613. 奏报委解京饷银数日期片

光绪二十三年七月初三日（1897年7月31日）

再，查陕省前因海防、善后及京旗需饷甚巨，迭经奏明裁勇节饷，每年共集银十万两，议定自光绪十二年为始，专款分批解部，历年遵筹报解在案。兹查二十三年应解京饷，除二、三两月委解过初、二两批银八万两，业经分别奏咨外，现饬藩司于司库留备款内动支筹解三批银二万两，以符原案节饷十万之数。

又，二十三年分应解加复俸饷银四千两，内除三月已搭解一半银二千两，此次再搭解一半银二千两，以符四千之数。又，搭解二十三年分内务府经费并平余银五千一百六十五两，铁路经费银五万两。又，二十二年各官廉费等项六分减平并续收二十一年文职半廉、书院膏火减平共银二万二千五百八十六两四钱八分一厘，内除前已解过银一万八千两，现实搭解银四千五百八十六两四钱八分一厘。又，二十二年养廉三成银二万九千九百二十两三钱九分五厘，内除前已解过银二万四千两，现实搭解银五千九百二十两三钱九分五厘，又搭解二十一年养廉三成助饷银二千二百四十一两一钱四分二厘，旧欠节年兵部驿站、兵马等项奏销饭银一千四百二十七两五钱五分。以上共银九万一千三百四十两五钱六分八厘，由司拣委妥员，于六月二十四日起程，解赴户部等衙门交纳。据藩司张汝梅具详前来。

臣覆查无异，除分咨外，所有光绪二十三年分委解三批京饷银数、日期，理合附片具陈。伏乞圣鉴。谨奏。

（朱批：）户部知道。[②]

---

①台北故宫博物院藏：《军机及宫中档》，文献编号：140612。

②台北故宫博物院藏：《军机及宫中档》，文献编号：408006918-0-C。

光绪二十三年七月十六日，奉朱批：户部知道。钦此。[①]

0614. 奏请免扣北山各属三成廉银折

光绪二十三年七月十三日（1897 年 8 月 10 日）

头品顶戴陕西巡抚臣魏光焘跪奏，为陕西北山各属缺分瘠苦，援案恳请免扣三成廉银，恭折仰祈圣鉴事。

窃查前准部咨：以海疆不靖，需饷孔殷，外省文武大小官员养廉，按实支之数核扣三成，均归军需动用等因。除微员末弁缺分清苦，经前抚臣鹿传霖奏请免扣外，余均遵照查扣，按年清解在案。惟查陕省延、榆、绥三府州属，地处北山，岁仅一熟，在承平时已形瘠苦。迨经兵燹，至今元气未复，加以近年灾歉频仍，尤觉异常凋敝。官斯土者，廉俸所入，费用不敷，往往办公竭蹶，近又物价昂贵，银价日落，且购买办公各物，动在千里之外，似此情形，实难免于赔累，而署事之员为尤甚！查山东沿海苦缺州县，曾经奏准免扣三成养廉，原以朝廷所费无多，而各该员得以敷衍办公，即可收砥砺廉隅之效，于吏治、民生不无裨益。今陕西北山各府州县地瘠缺苦，情形相同，且较之海滨，生计尤为艰窘。据藩司张汝梅援案详请免扣前来。

臣覆查委属实在情形，合无仰恳天恩俯准将延安府属之肤施、安定、保安、延长、延川、甘泉、安塞、宜川及绥德州并所属清涧、米脂、吴堡、鄜州并所属中部宜君等一十五州县，免扣三成养廉，以示体恤，出自逾格鸿慈！其余仍照现行章程办理。

除咨部查照外，谨恭折具陈。伏乞皇上圣鉴训示。谨奏。光绪二十三年七月十三日。

（朱批：）着照所请，该部知道。[②]

---

①台北故宫博物院藏：《军机及宫中档》，文献编号：140611。

②台北故宫博物院藏：《军机及宫中档》，文献编号：408006919。

光绪二十三年七月二十六日，奉朱批：着照所请，该部知道。钦此。①

0615. 请准惠祐补授绥德直隶知州折

光绪二十三年七月十三日（1897年8月10日）

头品顶戴陕西巡抚臣魏光焘跪奏，为拣员请补要缺直隶州知州，恭折仰祈圣鉴事。

窃照绥德直隶州知州喻兆圭，于光绪二十三年五月初二日病故，应以本日作为开缺日期，归五月分截缺，系冲、繁要缺，例不掣签，自应在外拣员请补。查定例，道、府、直隶州知州、同知、通判，遇题调要缺，以候补人员请补时，应先尽记名分发人员酌量请补等语。今该州界连甘肃，幅员辽阔，一切督属稽查弹压，及办理招垦、抚绥各事宜，在在均关紧要，非精明干练之员，不足以资治理。臣督同藩、臬两司于通省现任应调、应升各员内逐加遴选，非现居要缺，即人地未宜，实乏堪以升调之员。

惟查有记名补用直隶州知州惠祐，现年五十五岁，满洲镶白旗毓魁佐领下人，由国子监官学生考补户部笔帖式，题升山西司主事。光绪十五年，办理大婚典礼，加四品衔。十七年四月，由本部保送直隶州知州。五月二十六日引见，奉旨：惠祐着交部记名，以直隶州知州用。钦此。二十年二月，呈请分发捐指陕西，四月十四日引见，奉旨：惠祐着照例发往。钦此。是年六月，领照到省。该员才明心细，从公谨慎，以之请补绥德直隶州知州要缺，堪以胜任。虽调缺请补，与例稍有未符。惟人地实在相需，例准据实陈明。据藩司张汝梅、臬司李有棻会详请奏前来。

臣覆查无异，合无仰恳天恩俯念员缺紧要，准以记名补用直隶州知州惠祐补授绥德直隶州知州，以重地方。如蒙俞允，该员系补用直隶州知州请补直隶州知州，衔缺相当，毋庸送部引见。

---

①台北故宫博物院藏：《军机及宫中档》，文献编号：140823。

所有拣员请补要缺缘由，谨会同陕甘督臣陶模，恭折具奏。伏乞皇上圣鉴训示。谨奏。光绪二十三年七月十三日。

（朱批：）吏部议奏。[1]

光绪二十三年七月二十六日，奉朱批：吏部议奏。钦此。[2]

0616. 湘军并案保奖开单恳请照准奖叙折

光绪二十三年七月十三日（1897年8月10日）

头品顶戴陕西巡抚臣魏光焘跪奏，为湘军并案保奖人员实属异常出力，查明并无冒滥，谨仍分别开单，恳恩照准奖叙，恭折覆陈，仰祈圣鉴事。

窃臣接准吏部咨开：查明具奏湘军攻剿西北两川等处出力请奖驳回删减一折，奉旨：依议。钦此。旋准兵部咨同前因，均钞录原奏折、片，知照前来。仰见朝廷慎重名器，部臣核议从严，自应钦遵查照办理。惟湘军请奖人员，其在前敌者，皆随剿西宁全境及水地川等处，攻克坚巢，擒斩要逆，实属异常出力。即后路各员筹画转运，亦均不遗余力，备极艰辛。上年迭奉谕旨，准臣择尤保奖，当经恭录分行宣布恩施，借以激励将士，仍一面饬令确查，实系尤为出力之员，始准汇列。臣复再三严核，减之又减，原以昭慎重而杜冒滥也。

兹部臣谓湘军到甘在河州解围以后，微臣回任在西宁肃清以前，与始终其事者，劳绩较有等差，驳令核删。查臣于二十一年十月陛辞西征，跪聆圣训，陈明先事痛剿，再行收抚，切实办理，不敢欺朦。所部湘军由晋、豫分道前进，军务吃紧，羽檄星驰，雪地冰天，不遑休息。到甘后，河围甫解，反侧未安；西宁则贼势方张，游骑四出，甘凉道梗，警报频仍，湘军以数千里赴急之师，两月有余，前麾已直指湟中，侦察贼踪蔓延，实以西、北两

[1] 台北故宫博物院藏：《军机及宫中档》，文献编号：408006920。

[2] 台北故宫博物院藏：《军机及宫中档》，文献编号：140819。

川为窟穴，而郡城东三关踞匪尤为心腹之患，其贼酋以韩文秀为最著，以马大头三三为最凶、最悍。湘军抵湟，立擒韩文秀等首，清三关以固根本，然后分兵进取西、北两川，檄右军进驻甘凉，力保完善。苏家、哆吧两堡周广数里，垣墉埒于郡县，形势险要，附近众堡林立，河狄窜回及各处悍党巨酋麇集其处，将士肉薄奋进，血战两日，荡平北川。旋会攻西川，五次恶战，凶悍殆尽，守陴痛哭，穷蹙投诚，斩巨酋马大头三三以献，缚渠缴械，毁堡勒迁，无不惟命。

溯入湟四十余日，扫除巢穴，巨寇悉歼，西宁即已就平，于是分兵追剿青海窜贼，捕斩东南川余匪，进剿巴燕戎格复叛撒回，收复札什巴城。旬日之间，将水地川四十余里贼巢悉数扫荡。复鏖战于甘都塘、卡尔冈等处，平毁依什郡连附四庄。其先后剿办情形，均经奏报有案。嗣臣回陕西本任，移交提臣董福祥办理。维时青海则有派出追剿之湘军，巴燕戎格则有拨留会剿之湘军，肃州一带则有挑留截剿之湘军。迨全军奏撤，即已随报肃清矣。

伏查臣自二十二年正月奏克苏家堡，即奉电谕择尤保奖。臣于剿抚哆吧之后，始请汇办。旋奏攻克水地川，复奉谕旨准奖，臣均未敢分案办理。是迭次战功仅现在并案请奖一次，且奏保人员分别前敌、后路，文武共只四百数十名，较之他军迭次分案请奖者似属有间，人数亦属减少。若再行删减，将尤为出力者必致向隅。

臣维行军之事，难在攻坚；靖乱之源，莫如拔本。西宁一役，湘军初到，即攻西、北两川坚巢哆吧，先剿后抚，而必勒令迁徙，无非拔本之计，故程功虽拙，而致力较多。卒之剿办之区，汉民一律归耕复业，收抚回众，罔不输诚，迄今回、汉相安。不烦留戍之兵，无虑浮言之动，其效亦昭然可睹也。

湘军人士自奉天转战入陇，行役已及三年，酷暑严寒，未尝少避，穷荒瘴疠，多至死亡，劳苦患难之余，率能踊跃用命，奋不顾身，诚未便没其劳勚。臣不敢任意开列，致贻漫无限制之讥，亦不敢故示刻谿，致阻后来军士之气。除单内不符定章人员遵照部议更正，及另有事故数员应行删除外，其请保留省、分省人员，查光绪十年原任新疆巡抚臣刘锦棠汇案奏保新疆六载边防出力员弁，候选人员保举分省、留省补用，曾蒙恩允准在案。今此案较之边防出力尤属异常，惟有仰恳逾格恩施，准照原请给奖。谨分晰缮具清单，恭呈御览。伏恳特旨饬部注册，以示鼓励而昭激劝。

是否有当，谨会同陕甘总督臣陶模，据实恭折覆陈。伏乞皇上圣鉴训示。谨奏。光绪二十三年七月十三日。

（朱批：）该部议奏，单三件、片一件并发。①

光绪二十三年七月二十六日，奉朱批：该部议奏，单三件、片一件并发。钦此。②

0617. 呈原保后路出力文职各员清单

光绪二十三年七月十三日（1897 年 8 月 10 日）

谨将原保湘军后路出力文职各员，遵照部议酌量更正、删除，缮具清单，恭呈御览。

计开

陕西按察使李有棻，请赏给头品顶戴。

花翎二品衔新授浙江盐运使世杰，请俟升任后，赏给头品顶戴。

花翎二品顶戴陕西延榆绥道马相如，请赏给二品封典。

花翎二品衔陕西督粮道姚协赞、花翎三品衔陕西盐法道江汇川，均请交部从优议叙。

陕西候补道升允、花翎道员用陕西候补知府李希哲、候补知府杜崇光，均请赏给随带加一级。

指分江苏试用知府莫枚、三品衔候补知府陕西佛坪同知王公

①台北故宫博物院藏：《军机及宫中档》，文献编号：408006921。

②台北故宫博物院藏：《军机及宫中档》，文献编号：140820。

亮，均请俟补知府后，以道员用。

陕西西安清军同知闻昌寿、知府衔陕西乾州直隶州知州周曜东、邠州直隶州知州王兆庆、知府衔商州直隶州知州罗寿昌，均请以知府在任候补。

陕西截取同知陈寿彭、万启钊，试用同知姜渭、陶宪章，花翎知府衔坐补定远同知余修凤，均请俟补缺后，以知府用。

选用知州候选布理问魏仲青，请赏加四品衔。

同知衔在任候补直隶州知州陕西长安县知县杨调元，请俟补直隶州知州后，以知府用。

花翎同知衔陕西岐山县知县记佩、米脂县知县贾振镛、南郑县知县周毓棠、同知衔临潼知县施劭、五品衔长武县知县庄钟济、同知衔调补富平县知县梁承馨、同知衔宝鸡县知县李端榘、同知衔永寿县知县陈贻香、知州衔醴泉县知县顾曾烜，均请以直隶州知州在任候补。

四品衔渭南县知县樊增祥、潼关厅同知焦云龙，均请赏给随带加一级。

同知衔陕西候补知县孙万春、张绍衡，同知衔教习知县徐普、即用知县张延龄、李体仁，候补知县黄肇宏、张会一，候补通判朱承恩，均请俟补缺后，以直隶州知州用。

甘肃补用知县王树枏，请俟补缺后，以直隶州知州仍留原省补用。

知县用陕西候补县丞关觐光，请俟补知县后，以知州用。

选用通判成希颜、选用布理问张贺世，均请俟选缺后，以知州用。

四川补用按经历许莹，请俟补缺后，以通判用。

拣选知县佘彬瑚，请赏加五品衔。

选用直隶州州判左榦青，请俟选缺后，以知县用。

两淮试用盐知事陈守樾，请赏加六品衔。

甘肃补用县丞粟国珠、谈震临，陕西补用府经历孙学曾、郑有林，均请俟补缺后，以知县用。

五品衔陕西布政使司库大使马惟浚，请以应升之缺升用。

廪生彭晒澧、王道正，附生唐兆麟，均请以盐大使不论双单月选用。

附生严若霖，请以县丞不论双单月尽先选用。

廪生汪廷柱、徐弼光、张鉴，均请以训导不论双单月，遇缺前先即选。

候选从九品龙邦杰、监生魏守瑞，均请以县丞不论双单月即选。

候选从九品倪勇、陕西试用典史程崇礼，均请赏加六品衔。

文童魏向荣、刘华平、魏定钤、李庆朝、高慈荫、王金桂、魏兆周，均请以巡检不论双单月尽先选用。

文童彭肇瑞、张发骅、吴先玉、王文英，均请以从九品不论双单月选用。

以上共计七十五员名。

（朱批：）览。①

0618. 呈湘军前敌尤为出力文职清单

光绪二十三年七月十三日（1897 年 8 月 10 日）

谨将原保湘军前敌尤为出力文职各员，遵照部议，酌量更正、删除，汇缮清单，恭呈御览。

计开

盐运使衔补用直隶题奏知府郑业敩，请免补本班，以道员仍留原省，遇缺尽先题奏，并请赏戴花翎。

留陕差委花翎盐运使衔甘肃补用知府汪廷栋，请免补本班，以道员留陕西，遇缺尽先题奏。

---

①台北故宫博物院藏：《军机及宫中档》，文献编号：140820-0-A。

三品衔甘肃补用道邓维钰，请赏给勇号。

四品衔在任候补直隶州知州新疆哈密通判世袭骑都尉孙志炅，请免补直隶州知州，以知府在任候补，并请赏戴花翎。

知府衔广东候补直隶州知州魏恒，请免补本班，以知府仍留原省，归候补班补用，并请赏戴花翎。

补用知府分省试用同知沈锡周，请免补本班，以知府仍分省补用。

花翎候选郎中魏景仑、选用员外郎黄霁，均请以知府分省补用。

户部主事杨觐宸，请以直隶州知州分省补用，并赏加四品衔。

刑部主事张恒湘、运同衔留甘补用同知李坤鼎、知府用补用同知直隶州知州同知衔留甘补用知县刘荣阁，均请赏戴花翎，张恒湘并请赏加四品衔。

指分江苏试用通判郑承源、留甘补用通判凌炳森、留甘补用知县魏承恩，均请免补本班，以直隶州知州仍留原省，归候补班补用，魏承恩并请赏戴花翎。

内阁中书黄凤岐，请以同知分省补用，并赏加知府衔。

分省补用知县戴赓唐、陈用诚，均请免补本班，以知州仍分省，归候补班补用，戴赓唐并请赏给正五品封典。

候选通判左新藻，请免选本班，以知州遇缺即选，并请赏加四品衔。

湖北试用知县冯振铣、安徽试用知县邓国华，均请免补本班，以知州仍留原省补用。

指分河南试用知县熊廷襄，请仍以知县归原省候补班补用，俟补缺后，以直隶州知州留陕差委。

补用知县分省补用县丞欧培墉，请免补本班，以知县留陕西，归候补班补用，并请赏加同知衔。

指分江苏试用县丞张镕万，请免补本班，以知县仍留原省，归候补班补用，并请赏加同知衔。

知县用陕西试用县丞李志高、陕西试用县丞刘华源、李裕勋，均请免补本班，以知县仍归原省，候补班补用，并请赏给五品顶翎。

知县用陕西试用府经历易国勋、福建试用县丞杨葆初、山西试用府经历谭家骏、江苏试用县丞魏允济、蓝翎五品衔东河试用县丞易延福、湖北试用府经历晏孝先、广东试用县丞李光襄、新疆补用县丞何明海、江西试用县丞高生岳，均请免补本班，以知县仍归原省候补班补用，易国勋、杨葆初、谭家骏、魏允济并请赏加知州衔。

知县用分省补用盐大使严襄、蓝翎补用知县分省补用县丞李章锦，均请免补本班，以知县仍分省，归候补班补用，严襄并请赏加同知衔。

拣选知县杨开棍、举人李丙焱，均请以知县分省补用，杨开棍并请赏加知州衔。

分发委用教谕周寿霖、候选训导黄周倬、张耀，选用县丞张运午、张文焕、潘穆，选用府经历李锦荣、方悦、鲁议叙，盐大使侯昌镇，均请免选本班，以知县分省，归候补班补用，周寿霖、黄周倬请赏加同知衔，张耀请赏戴蓝翎，张运午请赏加五品衔。

候选教谕王继庠，请俟选缺后，以知县分省补用，并请赏加五品衔。

选用主簿萧植本，请免选本班，以州判留甘补用，并请赏加五品衔。

选用县丞周渐达、选用县主簿魏培先，均请免选本班，以州判分省补用，并请赏加五品衔。

湖北试用巡检甘应龙，请免补本班，以府经历仍留原省补用。

蓝翎分省补用从九品欧阳魁麟，请免补本班，以县丞留甘补用，并请赏加六品衔。

候选从九品谭信儒，请免选本班，以县丞留甘补用，并请赏戴蓝翎。

监生张望龄，请以县丞留甘，归候补班补用，并请赏戴蓝翎。

湖南补用府司狱王桂森、直隶试用从九品洪步垣，均请免补本班，以县丞仍归原省候补班补用。

六品衔县丞用分省补用主簿余承桂、分省补用巡检刘昌悌，均请免补本班，以县丞仍分省补用，余承桂并请赏戴蓝翎。

监生李元昺、增生陈楚英、附生曹声振，均请以县丞分省，归候补班补用，并请赏戴蓝翎。

同知职衔冯锡义，县丞职衔朱文瑞，增生王鼎第，附生熊文麟、司马纯熙、孙锦长、晏光枢、曾炳奎、王慕曾，监生魏泰麃，均请以县丞分省补用。

选用巡检王室藩，选用从九品欧阳振鳌、谭长焜、李麓峰、魏荣显，均请免选本班，以县丞分省，归候补班补用，并请赏戴蓝翎。

选用从九品徐寅清、余猷纶、刘容光，六品衔选用从九品魏华鉴、选用巡检余世华，均请免选本班，以县丞分省，归候补班补用，徐寅清并请赏加六品衔。

候选盐大使柳煜麟，请赏加盐提举衔。

附生蒋宗琬，请以盐大使分省，归候补班补用，并请赏加六品衔。

附生余益谟，请以盐知事分省，归候补班补用，并请赏戴蓝翎。

廪生魏冕，请以训导不论双单月即选。

选用典史唐先泽，选用未入流刘体干，均请免选本班，以县主簿分省补用，唐先泽并请赏戴蓝翎。

附生李本良、曹文焕、胡梁，均请以县主簿分省补用。

附生刘炳藜，请以州吏目留甘补用，并请赏戴蓝翎。

文童盛炳镕，请以巡检分省补用，并请赏给六品顶翎。

文童王宗海、龙汝骧、宋荫柟、黄启捷、龚英、黄家梁、万汉勋、周振瀚、成人杰、欧阳超、苏席珍、魏图麟、龚策名，均请以巡检分省，归候补班补用，并请赏戴蓝翎。

候选未入流蒋德纶、文童魏华煦、李傅、郦莫京、蒋汝楫、唐济政，均请以巡检分省，归候补班补用，并请赏加六品衔。

附生巫光耀、于步云、杨宗岳、向风致、于清镜、张希仲，监生姜云麒，文童王榕、魏景墉、李大章、胡伍畴、徐树勋、任重恩、杨让礼、李裕湘、刘子元、张振汉、黎霆锐、张鸿绶、刘云和、张春藻、喻绪权、刘泽沛、陈周鉴、陈盟夏、熊德棻、欧润昌、姚沛霖、周鸿斌、宋庆陞，均请以巡检分省，归候补班补用。

监生萧悬镜，文童尹赞汤、龙槐轩、傅道钧、李景芬、罗长祚、于琦、曾纪璆、彭藩、朱源庆、彭庆瑞、周明山、颜润生、张治平、盛旭然、李法松、萧克容、王集福、董良贵、方训锦，均请以从九品分省，归候补班补用。

以上共计一百六十三员名。

（朱批：）览。①

0619. 呈遵保尤为出力武职各员清单

光绪二十三年七月十三日（1897年8月10日）

谨将遵保湘军尤为出力武职员弁，仍照原拟，汇缮清单，恭呈御览。

计开

记名提督袁青云，请赏给头品顶戴。

提督衔记名总兵张星元、谢春祥，花翎记名总兵沈竹轩，均请以提督交军械处记名，遇缺请旨简放，谢春祥并请赏给勇号。

记名总兵诚勇巴图鲁李锡仁、记名总兵绰克绰欢巴图鲁李能杰、留陕甘补用总兵杨玉兴，均请赏加提督衔，并请赏给三代一

①台北故宫博物院藏：《军机及宫中档》，文献编号：140820-0-B。

品封典。

花翎补用副将勖勇巴图鲁戴楚南，花翎总兵衔陕甘推补副将左全喜，花翎补用副将辜大有、陶美珍，花翎留浙补用副将王永复，均请免补副将，以总兵交军机处记名，遇缺请旨简放，辜大有并请赏给勇号。

总兵衔甘肃新疆补用副将谭其祥、花翎留两江督标补用副将王云松、留陕甘补用副将贺东来，均请免补副将，以总兵仍留原省尽先补用，贺东来并请赏给勇号。

花翎补用副将张玉祥、袁善俊，均请免补副将以总兵尽先补用。

花翎补用副将韩望高，请以副将留陕甘尽先补用。

副将衔补用参将朱金镛，请免补参将，以副将留陕甘，遇缺尽先补用。

蓝翎补用副将陕甘补用参将唐万胜，请免补参将，以副将留陕甘，遇缺尽先补用，并请赏换花翎，赏加总兵衔。

花翎副将衔湖南补用参将兼袭骑都尉一云骑尉世职易瀣硚、花翎副将衔留粤补用参将胡玉兰、花翎留甘补用参将董鸣岐，均请免补参将，以副将仍留原省补用。

副将衔补用参将闵必富、李运隆，花翎补用参将张春林，补用参将萧沛霖，均请免补参将，以副将尽先补用，闵必富并请赏加总兵衔。

副将衔留陕补用参将舒秀松，请以副将补用。

记名总兵武勇巴图鲁彭光胜、副将衔补用参将陕甘尽先补用游击李洪太，均请赏给二品封典。

两江补用游击易明德，花翎留陕甘补用游击张炳烜，参将衔湖北补用游击周良佐、张彪，均请免补游击，以参将仍留原省尽先补用，并请赏加副将衔。

花翎补用游击匡勇巴图鲁杨长茂、花翎补用游击喻来仁、花翎参将衔补用游击何为政、补用游击黄印，均请免补游击，以参将尽先补用，并请赏加副将衔。

花翎留陕甘补用游击于洪茂、孙凤高，请免补游击，以参将仍留陕甘尽先补用。

花翎补用游击王富有、汤有卿、瞿凌，请免补游击，以参将尽先补用。

世袭三等轻车都尉高承业，请以参将尽先补用，并请赏戴花翎。

游击用补用都司兰州城守营守备周嘉谟，请免补都司，以游击尽先补用。

花翎补用都司王崐峻、喻汝霖、周家端、薛芳园、周玉先、柳思友、喻炳仁、方干泰，均请免补都司，以游击尽先补用。

花翎游击用补用都司林光朝、花翎游击衔补用都司李定坤，均请免补都司，以游击尽先补用，并请赏加参将衔。

蓝翎补用都司黄星阶，补用游击留甘补用都司袁腾蛟，花翎留陕甘补用都司吴伏龙、陈正魁，花翎游击衔补用都司潘运培，花翎补用都司段志茂、刘定开，均请免补都司，以游击留陕甘尽先补用，黄星阶请赏换花翎，袁腾蛟请赏戴花翎，吴伏龙请赏加参将衔。

蓝翎补用都司朱福祥、萧湘浦、易盛基，均请免补都司，以游击尽先补用，并请赏换花翎。

花翎补用都司陈有元、段立堂、谭上升、张乐堂、吴肇龙、谈有餘、戴国斌、谭盛周、王祥桂、左国华、孙永耀、萧春和，均请免补都司，以游击尽先补用。

骑都尉兼一云骑尉世职简纯泽，请以游击尽先补用。

补用都司陈惟贵、钟嘉寿、陈开科，均请俟补都司后，以游击补用。

花翎都司衔补用守备洪正明、陈明贵，花翎补用守备王长林、龙扬休、杨克昌、袁显奎、谭忠材、曹久立，蓝翎补用守备徐登云、易德崇，补用守备刘凤山、王崐璧、刘庆廷、李青峰，均请免补守备，以都司尽先补用，并请赏加游击衔。

都司衔补用守备李永贞、李锦堂，均请免补守备，以都司尽先补用，并请赏戴花翎。

蓝翎补用守备刘万荣、喻联辉，花翎都司衔补用守备瞿炳樊，花翎补用守备何有田、刘恒丰，均请免补守备，以都司留陕甘尽先补用，刘万荣、喻联辉请赏换花翎，瞿炳樊、何有田请赏加游击衔。

蓝翎留湖南补用守备傅礼安，蓝翎留甘补用守备江有才，湖南补用守备云骑尉世职吴国瑞、饶仁甲，陕西抚标补用守备郝殿魁，花翎都司衔湖南补用守备聂占魁，均请免补守备，以都司仍留原省、原标补用，傅礼安、江有才请赏换花翎，吴国瑞、饶仁甲请赏戴花翎，郝殿魁请赏戴蓝翎。

蓝翎补用守备唐正禧、汤义德、王荣财、李大志，均请免补守备，以都司尽先补用，并请赏换花翎。

都司衔守备姚文华，花翎守备李炳云、黄明扬、张春洛、刘印南、李仙胜、王彪炳，蓝翎守备甘国顺、苏大运、张运宾、卢朝斌、罗廷启，补用守备段兆麟、刘荣忠，均请免补守备，以都司尽先补用，刘荣忠并请赏戴花翎。

荆州驻防镶黄旗蒙古防御源瀚，请以佐领不论满蒙，遇缺拔补，并请赏戴花翎。

世袭云骑尉姜国栋、钟兆熊，请以守备尽先补用，并请赏戴花翎。

蓝翎千总黄启佑、高世友、朱光萌、左镇阒、胡友源、罗炳炎、何长清、何凤麟、卿元陞、李定国、杜玉魁、黎贤臣，蓝翎守备衔千总蔡起凤、胡长金、胡冠澄、黄倍发，均请免补千总，以守备尽先补用，并请赏换花翎，黄倍发并请赏加都司衔。

蓝翎拔补千总陈云鼎、王开甲、吴桂香、吴理衢、侯桂林、黄秉干、卿华福、周映东、陈岳云，拔补千总易星乔、蒋芝芳、周寿椿、黄如富，守备衔拔补千总赵鹤松、萧延福，蓝翎补用守备拔补千总魏廷梁、杨福祥、刘华俊，花翎守备衔千总王金田，均请免补千总，以守备尽先补用，并赏加都司衔。

四川提标蓝翎千总张得绅、蓝翎留新疆补用千总杨振林，均请免补千总，以守备仍留原省尽先补用，并请赏换花翎。

蓝翎拔补千总余谷似、吴高吉、吴继先，均请免补千总，以守备留陕甘尽先补用，余谷似、吴高吉请赏加都司衔，吴继先请赏换花翎。

蓝翎守御所千总甘家佐，请免补千总，以守御所守备尽先补用，并请赏换花翎。

留新疆拔补千总王义和，湖南长沙协标武举黄钟麓，湖南抚标千总张本益、李寿昌，均请免补千总，以守备仍留原省、原标尽先补用，王义和请赏加都司衔，黄钟麓、张本益、李寿昌均请赏戴蓝翎。

候选卫守备彭天锡，请仍以本班遇缺尽先即选，并请赏戴花翎，加都司衔。

都司衔补用守备卢学礼，请赏戴花翎。

蓝翎守备衔补用千总陕甘督标左营把总练生科，请免补千总，以守备在任候补。

武举朱鑫镕，请以守备尽先补用，并请赏戴花翎。

拔补千总杨凤鸣、李成富、时来春，武举刘万成，均请免补千总，以守备尽先前补用，并请赏戴蓝翎。

蓝翎守备衔千总马福春，蓝翎千总李长辉、何春梅、王德陞、徐定升、袁晖全、萧大志、段伟勋、陈定勋、张玉书、陈德发、胡国荽、张步云、刘长发、邓胜珊、刘德芳、谢占春、王明智、李雨亭，均请免补千总，以守备尽先补用。

蓝翎把总李崇税、余荣斌、王礼友、郭炳南，均请免补把总，以千总尽先拔补，并请赏换花翎，加守备衔。

蓝翎把总王振羽、王福林、蔡立三、曹福祥、罗腾斌、廖春桂、元立岐、周成美、苏占彪、周上达、谭发芹、何乳麟、吴长发、赵麟石、彭臣谟、李玉堂、李长、杨光裕、蒋子茂，蓝翎把总陈敦儒、谭舜先、李玉开、彭绅禄、李举兴、魏武臣、余战胜、王鸿诰、萧兆祥，均请免补把总，以千总尽先补用，并请赏加守备衔。

把总戴鸿翔、郭全福、邱正礼、王鹏飞、瞿鸿陞、欧阳白玉、于福春、钱以滨、周慎修、陈星楼、罗复胜、邹正元、李凤来，均请免补把总，以千总尽先拔补，并请赏加守备衔，邹正元、李凤来并请赏戴蓝翎。

湖南协标蓝翎把总蒋耀明，请免补把总，以千总仍归原标尽先补用，并请赏加守备衔。

以上共计二百四十七员名。

(朱批：) 览。①

0620. 奏请开复陈世昌等原官缘由片

光绪二十三年七月十三日（1897 年 8 月 10 日）

再，准部咨，臣前奏请开复陈世昌等原官免缴捐复银两一案，经部驳令核减覆奏等因。查已革同知衔河南候补知县陈世昌，祝嘏赏还原衔，已革补用县丞新疆布告尔巡检武纬、咨革江苏丹阳县主簿左文炳三员，随同臣军营办事，驰驱行阵，躬冒矢石，不辞艰险，实属异常出力，仍拟恳恩准其开复原官，并免缴捐复银两。

已革知府衔升用同知前福建宁德县知县张兆芝，因案经部议革职，不准抵销。此次派赴前敌，冲锋陷阵，随克坚巢，劳勚尤为卓著，可否并乞天恩饬部核议准其开复原官，以示鼓励之处，出自逾格鸿施。谨附片覆陈，伏乞圣鉴训示。谨奏。

(朱批：) 览。②

①台北故宫博物院藏：《军机及宫中档》，文献编号：140820-0-C。

②台北故宫博物院藏：《军机及宫中档》，文献编号：408006921-0-A。

光绪二十三年七月二十六日，奉朱批：览。钦此。[①]

0621. 奏报拨解应还英德银数情形片

光绪二十三年七月十三日（1897年8月10日）

再，前准部咨：应还俄、法、英、德两款，奏派陕省每年认还银二十二万两，历次遵筹解交在案。兹届二十三年八月，陕省应筹解还英、德款银三万两，查照奏案，在两淮应解甘省协饷银内就近拨解，已由司备具文批移咨江海关道查核兑收。其自陕西至上海县应需盘、脚银两，亦照案扣存，造入季拨。据藩司张汝梅详请奏咨前来。

除咨明户部暨两江督臣、江苏抚臣查照外，所有陕省拨解八月应还英、德银两数目，理合附片陈明。伏乞圣鉴。谨奏。

（朱批：）户部知道。[②]

光绪二十三年七月二十六日，奉朱批：户部知道。钦此。[③]

0622. 奏报泾阳县捐赈请奖缘由片

光绪二十三年七月十三日（1897年8月10日）

再，陕省光绪十八九等年各属被灾，奏准援照十八年顺直赈捐章程，开办赈捐。前据三原县造赍各捐生清册，作为赈捐第一次请奖，经臣奏咨，各在案。兹又据泾阳县造赍各捐生年岁、三代籍贯及奖叙、衔、封、贡、监、履历清册，核与奏请援照顺直赈捐减成章程均属相符，一律填发实收，交给各捐生收执，作为赈捐第二次造册请奖。共计捐生一百九十八名，奖叙正项银三万一千九百四十五两零，照依顺直章程，共应收部饭、照费一千一

①台北故宫博物院藏：《军机及宫中档》，文献编号：140825。

②台北故宫博物院藏：《军机及宫中档》，文献编号：408006919-0-A。

③台北故宫博物院藏：《军机及宫中档》，文献编号：140822。

百三十七两零、国子监饭费银一百五十二两零，俟起解京饷时，即行搭解。

再，据泾阳县原捐花名册造散赈委员现任泾阳县知县张凤岐，捐助银一千九百七两。查张凤岐实系捐银一千六百两，业已归入此次奖叙。下余银三百七两，系陈松森、许兆堃各捐银一百一十两零。李清鉴、王麟瑞各捐银四十三两零。前造册时误书作一人捐助，应即查照底案，于现造花名册内更正，容再补造履历清册，另行核奖等情。由藩司张汝梅详请奏咨前来。

臣覆核无异，除清册及副实收一并咨部备查外，谨附片具陈。伏乞圣鉴，饬部核覆施行。谨奏。

（朱批：）该部议奏。①

光绪二十三年七月二十六日，奉朱批：该部议奏。钦此。②

0623. 请以许虎炳升补镇安县知县折

光绪二十三年七月二十二日（1897 年 8 月 19 日）

头品顶戴陕西巡抚臣魏光焘跪奏，为拣员请升南山要缺知县，恭折仰祈圣鉴事。

窃照准升镇安县知县林邕，于光绪二十三年四月二十五日在省寓病故，应以本日作为开缺日期。镇安县系繁、难、边要之缺，自应照例拣员调补。查该县辖境绵长，山连楚北，五方杂处，俗敝讼繁，近年复有开矿采铜事件，一切抚绥弹压，在在均关紧要，非精明干练之员，不足以资治理。臣与藩、臬两司于通省现任知县及例准请补人员内逐加遴选，非现居要缺，即人地未宜，一时实乏堪调、堪补之员。

惟查有卓异应升之泾阳县县丞许虎炳，现年六十七岁，河南灵宝县附生，遵例报捐未入流，指分陕西试用，同治六年到省。

①台北故宫博物院藏：《军机及宫中档》，文献编号：408006920-0-A。

②台北故宫博物院藏：《军机及宫中档》，文献编号：140824。

七年，经前抚臣刘典于肃清腹地案内保免补本班，以主簿仍留陕西补用。九年，经前督臣左宗棠于全陕肃清案内保仍以主簿归候补班补用，并加理问衔。光绪二年五月，于关陇肃清案内保俟补主簿后，以县丞补用。是年闰五月，准补紫阳县主簿。八月，告病回籍。三年二月，在籍丁母忧。六年，起病、起复回陕，坐补原缺，历署延安府照磨、南郑县典史，代理延川、保安各县事。十五年八月，署宁陕厅江口主簿。十六年十一月，准补紫阳县主簿。十七年九月，升补长安县县丞。二十年六月，代理长武县知县。十月，调补泾阳县县丞。二十一年，大计卓异加一级，注册候升。该司等查得该员实事求是，谙练老成，历经代理知县，均能办理裕如，任内并无已起参限案件，以之升补镇安县要缺知县，洵堪胜任。惟调缺请升，与例稍有未符，但人地实在相需，例准据实陈明。据藩司张汝梅、臬司李有棻会详前来。

臣覆查无异，合无仰恳天恩俯念南山员缺紧要，准以泾阳县县丞许虎炳升补镇安县要缺知县，实于地方有裨。如蒙俞允，该员系县丞升补知县，应俟部覆至日，再行给咨赴部引见。至所遗泾阳县县丞亦系要缺，容俟接准部覆，再行拣员请补。合并陈明。

所有拣员请升南山要缺知县缘由，谨会同陕甘督臣陶模，恭折具陈。伏乞皇上圣鉴训示。谨奏。光绪二十三年七月二十二日。

（朱批：）吏部议奏。[①]

光绪二十三年八月初七日，奉朱批：吏部议奏。钦此。[②]

0624. 请以张守正补授宁陕厅同知折

光绪二十三年七月二十二日（1897年8月19日）

头品顶戴陕西巡抚臣魏光焘跪奏，为拣员请补要缺同知，以重地方，恭折仰祈圣鉴事。

---

①台北故宫博物院藏：《军机及宫中档》，文献编号：408006922。

②台北故宫博物院藏：《军机及宫中档》，文献编号：141043。

窃查宁陕厅同知张荣升于光绪二十三年五月二十八日病故，应以本日作为开缺日期，归五月分截缺，系繁、难要缺，例不掣签，自应照例拣员请补。查定例：各省道、府、同知、直隶州知州，如系奉旨命往，或督抚题明留于该省候补，凡系应归候补班补用者，均无论应题、应调、应选之缺，令该督抚酌量补用。至题调要缺，酌量以候补人员请补时，该省如有截取记名分发人员，应先尽酌量请补。如果实系人地不宜，始准声叙以各项候补人员请补。又，遇应用候补时，先尽科甲出身人员请补，各等语。该厅地处南山，五方杂处，一切弹压抚绥，均关紧要，非精明干练之员，不足以资治理。臣与藩、臬两司在通省现任应调、应升各员内，逐加遴选，非现居要缺，即人地未宜，实乏堪调、堪升之员。其候补班内记名分发正途出身各员，又人地不宜。

惟查有补用同知张守正，现年五十岁，湖南长沙县廪贡生，捐纳训导，经前陕甘督臣左宗棠于关陇肃清案内保奏，光绪二年二月奉上谕：着免选本班，以知县留于陕西补用。钦此。七年，兴修直隶涿州永定河工，经前督臣李鸿章保俟补缺后，以应升之缺升用。八月奉旨：依议。钦此。十七年，办理安徽芜湖大通保甲缉匪事宜，拿获首要会匪，经前抚臣沈秉成奏请送部引见，候旨录用。十八年四月奉朱批：着照所请。钦此。十九年五月引见，奉旨：分发陕西补用知县张守正，着照例发往。钦此。旋经吏部按照异常劳绩准保免补本班之例，酌拟奏请钦定，七月初二日引见，奉旨：张守正着以同知用。钦此。十二月，领照到省，前经期满甄别，堪以繁缺补用在案。该员实心任事，品端守洁，以之请补宁陕厅要缺同知，实堪胜任，虽系保举初任人员，且调缺请补，与例稍有未符。惟人地实在相需，例准据实陈明。据藩司张汝梅、臬司李有棻会详前来。

臣覆查无异，合无仰恳天恩俯念员缺紧要，准以候补同知张守正补授宁陕厅同知，洵于地方有裨。如蒙俞允，该员系候补同知请补同知，衔缺相当，毋庸送部引见。

所有拣员请补要缺同知缘由，谨会同陕甘督臣陶模，恭折具陈。伏乞皇上圣鉴训示。谨奏。光绪二十三年七月二十二日。

（朱批：）吏部议奏。[①]

光绪二十三年八月初七日，奉朱批：吏部议奏。钦此。[②]

0625. 奏报本年六月雨泽禾苗情形折

光绪二十三年七月二十二日（1897年8月19日）

头品顶戴陕西巡抚臣魏光焘跪奏，为恭报雨泽、禾苗情形，恭折仰祈圣鉴事。

窃查陕西省光绪二十三年五月分雨泽、禾苗情形，业经臣奏报在案。兹据西安、延安、兴安、凤翔、汉中、榆林、同州、乾州、邠州、商州、鄜州、绥德等府州属具报，于六月初四、五至初六、七、八并十三四五至十六七八九、二十及二十四五至二十七八九等日，先后得雨二三寸至四五寸及深透不等。臣查入夏以来，雨旸时若，现在秋禾长发，荞麦、杂粮均已出土三四寸不等，民情安谧，堪以上慰宸廑！

刻查西安粮价，大米每仓石价银三两九钱八分，小米每仓石价银二两四钱八分，较之上月，大米每石增银三钱五分，小米每石增银二钱。

所有光绪二十三年六月分雨泽、禾苗及省城粮价情形，理合恭折具陈。伏乞皇上圣鉴。谨奏。光绪二十三年七月二十二日。

（朱批：）知道了。[③]

光绪二十三年八月初七日，奉朱批：知道了。钦此。[④]

---

①台北故宫博物院藏：《军机及宫中档》，文献编号：408006923。
②台北故宫博物院藏：《军机及宫中档》，文献编号：141042。
③台北故宫博物院藏：《军机及宫中档》，文献编号：408006924。
④台北故宫博物院藏：《军机及宫中档》，文献编号：141044。

0626. 请将武举孙忠有等革审缘由片

光绪二十三年七月二十二日（1897 年 8 月 19 日）

再，据大荔县详称：据民人包辛卯呈控武举孙忠有、孙忠信兄弟，用石灰擦伤伊兄武生包大鹏两眼，并用刀砍伤其右臁肕等处到案。正验伤传讯间，又据民妇包王氏以孙忠信因争路挟嫌，用刀砍殴伤伊子生员包万椿额颅等处，呈请验究前来。随即验明各伤，分别辜医；一面差传孙忠信到案，讯据供词游移，勒传孙忠有，恃符逞刁，抗避不到等情。由藩、臬两司会详请革前来。

臣查孙忠信系光绪十五年己丑恩科本省乡试中式第五十四名武举，十八年会试后，拣选三等，奉有行知在案；孙忠有系光绪十九年癸巳恩科本省乡试中式第五十六名武举，辄敢屡次逞凶伤人，迨经差传孙忠有，又抗避不到，实属恃符妄为。除饬该县赶医各伤务痊，并勒传孙忠有到案，分别讯办外，相应请旨将该武举孙忠有、孙忠信一并褫革，归案审办。

除咨部查照外，谨会同陕甘督臣陶模，附片陈明。伏乞圣鉴训示。谨奏。

（朱批：）着照所请，该部知道。①

光绪二十三年八月初七日，奉朱批：着照所请，该部知道。钦此。②

0627. 奏报各属被灾筹恤情形片

光绪二十三年七月二十二日（1897 年 8 月 19 日）

再，据安定县禀报：该县东、西、北各乡共四十九村，于五月二十二日忽降冰雹，打伤地内夏、秋各禾，经该县亲往勘验，

---

①台北故宫博物院藏：《军机及宫中档》，文献编号：408006924-0-A。

②台北故宫博物院藏：《军机及宫中档》，文献编号：141046。

成灾七分有余，业已先行筹借钱文，分别散放，饬令购买籽种，及早补种荞麦，俾资接济。

又，据米脂县禀报：该县西乡高家渠等八村，于五月二十六日晚被雹打伤夏、秋田禾，经该县亲往勘验，受伤幸轻，尚不成灾。所有被雹贫户亦已先行捐廉，散给籽种，饬令补种杂粮。至七、八月青黄不接之际，由县察看情形，禀请核办。

又，据咸阳县禀报：该县南乡一带近河各村，于六月二十七八九等日连日大雨，河水陡涨，底水上潮，地内所种秋禾多被淹浸，现在积水未消，未能逐细勘验，经该县督饬各村居民赶紧疏消积水，一面补种秋禾，借济民食，各等情。前来。

当经臣先后批司移行该管、道、府、州，遵章覆勘，究竟被雹、被水损伤夏、秋禾苗实有若干亩，分别成灾与否，钱粮应否蠲缓，并被灾贫民应否另筹抚恤，据实联衔结报；仍令咸阳县谕饬居民赶紧疏消积水，同安定、米脂各县及早补种秋粮，俾资接济；统俟查办完竣，另行奏报。谨附片具陈，伏乞圣鉴。谨奏。

（朱批：）知道了。安定等县被灾各情形，着确查核办。①

光绪二十三年八月初七日奉朱批：知道了。安定等县被灾各情形，着确查核办。钦此。②

0628. 奏请陕省土药厘税照旧办理折

光绪二十三年八月初六日（1897年9月2日）

头品顶戴陕西巡抚臣魏光焘跪奏，为遵照部议，详查陕省土药厘税并征，窒碍难行，恳请仍照旧章办理，恭折具陈，仰祈圣鉴事。

窃臣接准户部咨开：内地土药出产日盛，拟另筹征收之法一折，于光绪二十三年四月二十八日具奏，奉旨：依议。钦此。恭

①台北故宫博物院藏：《军机及宫中档》，文献编号：408006924-0-C。

②台北故宫博物院藏：《军机及宫中档》，文献编号：141045。

录咨行钦遵办理。等因。查陕省地方素称瘠苦，小民耕作，生计维艰。近年以来，于树艺五谷之外，间种罂粟，期获微利，为数无多，即有外来巨贾，亦须零星凑集，方能成庄。产土之区，东路为临、渭、二华，西路为兴、武、盩、鄠，南山为汉中、城固一带，亦皆星散难稽。就其播种之地，逐年清查，平地亩税一钱，坡地亩税六分，及至收浆作土，商贩时至，每石百斤收厘银三十两，运出他省，再按各省章程抽收。其由他省贩运过陕者，则照光绪十六年部定新章，每石百斤收厘银三十五两，分设局卡，严防绕越偷漏。此陕省征收土药厘税旧章历年遵照办理者也。

综核近年收数，亩税无甚出入，厘金时有衰旺，则以岁收之丰歉因而悬判，而较之初年收数，则已逐渐加旺，固由设卡稽查，布置增密，亦缘旧章合宜，商民习便，有以致之。盖陕境毗连五省，八达四通，南山则万峰罗列，鸟道纡回；北山则千里辽阔，直通草地，先后安设巡卡十二处，本年复添北山靖定地方巡卡，虽能扼其大要，而头头是道，实有防不胜防之势。惟恃收厘不重，商民一念绕越，更觉耗费稽时，故能悉就范围，不思走险，究竟陕省亩税之外，每石百斤抽厘三十两，转入他省，仍复照征，经历一省，即经征一次，分数见少，合数见多，行商辗转贩运，价值增高，输纳之数亦分次而力纾，并交而力窘。兹部议每石百斤征银六十两，无论运往何处，概不重征，如果察度地方情形，可以照办，亦何不乐以他省应征之款并入陕中。

臣与厘金总局司道再四审量熟筹，一经并征，商贩必以成本过重，裹足不前，黠猾且以绕越为谋，歧途百出，销滞则散不能以成整，利厚则法不足以防奸，纵添设局卡，广布巡丁，地之所限，流弊滋多，诚虑徒有加征之名，并无增课之实，不如循照旧章征收办理，较有把握。至陕省陆地千里，过境土药，甘肃既所出无多，巨商绝少，川省别有水运由陕者，肩负驮载，道路险远，亦乏趸庄。本省所出以近年厘金收数，衡之上年，实为极盛，而犹不及万石。本年岁收甚歉，已形减色，总税务司所开清单，甘肃、陕西、山东、山西、直隶、河南六万石，陕西实不符分数。

抑臣更有愚衷，陕中连年皆收成歉薄，民间卒少盖藏，川、鄂邻省偏灾，粮价尤为腾贵，水无舟楫之利，陆虞挽运之穷。臣前奏准截留厘金二成，采储备荒。现在犹难措手。往年办理亩税，原寓以征为禁之意，尚当严示限制，不令多种，以妨民食。惟其已种之地出产土药，臣自当督同司道严定考成，认真整顿征收，以扩利源而除积弊。

所有详查陕省土药、厘税，请照旧章征收缘由，除咨部外，理合恭折具陈。伏乞皇上圣鉴训示。谨奏。光绪二十三年八月初六日。

(朱批：)户部知道。[①]

光绪二十三年八月十九日，奉朱批：户部知道。钦此。[②]

0629. 奏报各属情重盗匪照章惩办折

光绪二十三年八月初六日（1897年9月2日）

头品顶戴陕西巡抚臣魏光焘跪奏，为陕省各属情重盗匪、游勇，照章惩办，恭折汇陈，仰祈圣鉴事。

窃查前准部咨：嗣后各省拿获马贼、游勇、土匪并伙众持械强劫案件，如实系距省窎远，解犯中途堪虞，就近解交该管道府，或委员覆审明确，免其解省，由该管道府核明情罪，禀候督抚批饬就地正法，按季汇案具奏等因。历经遵办在案。

兹查光绪二十三年夏季分，据汉中府审办宁羌州拿获盗犯何东川即何老么、唐有山、张青山即张老么、魏撕润、郑麻子五犯。讯据供认，该犯何东川起意纠邀唐有山等并逸盗李自沅等首伙七人，于二十二年九月二十一日夜，分持刀械，撞门入室，强劫事主杨春荣家钱物，拒伤事主平复。该犯魏撕润、郑麻子或临时患

①台北故宫博物院藏：《军机及宫中档》，文献编号：408006925。

②台北故宫博物院藏：《军机及宫中档》，文献编号：141295。

病不行，或畏惧先逃，均事后分赃。又，据该府审办西乡县续获盗犯萧针即萧珍一犯。讯据供认，听从已获正法之刘老铳等首伙九人，于二十二年二月十八日夜，分持刀械，撞门入室，强劫事主蒋远明家钱文，拒伤事主平复。

又，据兴安府审办砖坪厅拿获盗犯李瀠萌、杨生友、杨泷得三犯。讯据供认，该犯李瀠萌起意纠邀杨生友等首伙三人，于二十三年正月初六日夜，分持刀械，因用石撞门不开，杨生友复起意放火烧房，入室行劫事主汪聋子家钱物，拒殴事主父子并佃客刘太银三人受伤，后被烧身死。

又，据绥德直隶州审办清涧县拿获盗犯吴聋仔、马茝锈即马阑子、乔削立、李站敖四犯。讯据供认，该犯吴聋仔、马茝锈、乔削立听从逸盗郭姓等，纠伙十一人，于二十三年正月二十四日夜，明火持械，撞门入室，强劫事主兴盛公铺内钱物。该犯李站敖被逼勉从，中途畏惧先逃，事后分赃。

又，据同州府审办白水县拿获盗犯陈四儿、王卜堂、王狗儿三犯。讯据供认，该犯陈四儿起意纠邀王卜堂、王狗儿并逸盗沙老二等首伙五人，于二十二年十一月初九日夜，分持刀械，撞门入室，强劫事主万顺源铺内钱物。该犯王狗儿听纠入伙，临时畏惧不行，事后分赃。

又，据署乾州直隶州审办邠州直隶州拿获游勇张金山一名。讯据供认，先在甘肃军营当勇，后因偷逃回家，于二十三年三月初六日行抵邠州蒋家坡，见有客人何敬牵马、驼载包裹沉重，听从在逃之游勇高得胜开放洋枪，强抢客人何敬马、驼、银钱，拒殴受伤平复，各等情。

由各该州县禀经臣先后批司转行该管汉中府知府常裕、兴安府知府张筠、绥德直隶州知州焦云龙、同州府知府贺尔昌，饬委署乾州直隶州知州唐沛霖，督会同各该州县提犯覆鞫，供情相符，照章议拟，禀候核示，前来。

臣以该犯何东川即何老么、唐有山、萧针即萧珍、李瀠萌、杨生友、杨泷得、吴聋仔、马莁锈即马阑子、乔削立、陈四儿、王卜堂、张金山十二犯，或入室搜赃，殴烧事主；或游勇放枪抢夺，砍伤事主，均属凶恶昭著，法无可逭，当与督臣照章批饬就地正法，分别枭首示众。张青山即张老么在监病故，仍令查验明确，照例戮尸，传首犯事地方，悬杆示众，以昭炯戒。魏撕润听纠入伙，临时因患病不行，事后分赃，罪应拟遣，照章锁系巨石十年。郑麻子、李站敖、王狗儿临时畏惧不行，事后分赃，罪应拟流，均照章锁系巨石八年，限满察看办理。逸盗李自沅等饬缉，获日另结。

所有光绪二十三年夏季分情重盗匪、游勇照章惩办缘由，谨会同陕甘督臣陶模，恭折汇陈。伏乞皇上圣鉴。谨奏。光绪二十三年八月初六日。

（朱批：）刑部知道。[①]

光绪二十三年八月十九日，奉朱批：刑部知道。钦此。[②]

0630. 请以舒绍祥调补咸宁县知县折

光绪二十三年八月初六日（1897 年 9 月 2 日）

头品顶戴陕西巡抚臣魏光焘跪奏，为拣员调补省会首邑要缺知县，以资治理，恭折仰祈圣鉴事。

窃查咸宁县知县焦云龙升补潼关厅同知遗缺，于光绪二十三年五月初六日奉旨，应以奉旨后第五日行文，陕省例限五十日，减半计算，扣至六月初五日，作为开缺日期，业已截缺报部。所遗员缺系冲、繁、疲、难四项要缺，例应在外拣选调补。查该县为省会首邑，政务殷繁，时有发审案件，非勤能干练之员，不足以资治理。臣与藩、臬两司在通省现任正途及应调知县人员内逐加遴选，非现居要缺，即人地未宜。

---

①台北故宫博物院藏：《军机及宫中档》，文献编号：408006927。

②台北故宫博物院藏：《军机及宫中档》，文献编号：141302。

惟查有兴平县知县舒绍祥，现年五十六岁，四川监生，遵例报捐县丞，指分陕西试用，同治十一年到省。十三年，经前帮办新疆军务乌鲁木齐都统金顺保俟补缺后，以知县补用，光绪元年四月初四日奉旨允准在案。六年七月，准补凤翔县县丞，十二月到任，应以准补斯缺行文坐日起，减半计算，扣至是年八月，作为知县到省日期。八年三月，请咨赴部引见，蒙钦派王大臣验放。是年九月，领照回省。九年，丁父忧回籍。十年七月，在籍接丁继母忧，扣至十二年十月，两次服满起复，是年十一月到省。十三年，委署定边县知县。十八年，题补兴平县知县，十九年六月到任。

该司等查得该员稳练明敏，堪胜繁剧，历俸已满三年，任内并无一切违碍处分，以之调补省会要缺，洵堪胜任。该员虽系各项出身知县，与例稍有未符，但人地实在相宜，例准据实陈明。据藩司张汝梅、臬司李有棻会详前来。

合无仰恳天恩俯念要缺需员，准以兴平县知县舒绍祥调补咸宁县知县，以裨地方。如蒙俞允，该员系知县调补知县，衔缺相当，毋庸送部引见。所遗兴平县知县系简缺，陕省现有应补人员，俟部覆准至日，再行拣员请补。

所有拣员调补省会首邑要缺缘由，谨会同陕甘督臣陶模，恭折具陈。伏乞皇上圣鉴训示。谨奏。光绪二十三年八月初六日。

（朱批：）吏部议奏。①

光绪二十三年八月十九日，奉朱批：吏部议奏。钦此。②

0631. 请准知县项梦罴暂行留省片

光绪二十三年八月初六日（1897年9月2日）

再，部选人员领凭到省，或留省察看，或派委各项差使，例

---

①台北故宫博物院藏：《军机及宫中档》，文献编号：40800696。

②台北故宫博物院藏：《军机及宫中档》，文献编号：141298。

应奏咨立案。兹查有新选安塞县知县项梦罴，于光绪二十三年正月分选授今职，领凭起程，七月初十日到省，例应饬赴新任。惟查安塞县地僻民顽，词讼繁多，该员甫经抵陕，于地方情形未能熟悉，未便遽令赴任，应请将该员暂行留省，发委谳局帮审，以资学习。据藩、臬两司会详前来。

臣覆查无异，除咨部查照外，谨附片具陈。伏乞圣鉴。谨奏。

（朱批：）吏部知道。①

光绪二十三年八月十九日，奉朱批：吏部知道。钦此。②

0632. 奏报魏炳蔚回避指省缘由片

光绪二十三年八月初六日（1897年9月2日）

再，二品顶戴盐运使衔陕西遇缺尽先前题奏道魏炳蔚系臣族叔，前以同知分发广东，经前大学士陕甘督臣左宗棠奏调赴甘肃军营差遣❶，历保道员留甘补用。光绪八年三月，蒙钦派王大臣验放，奉旨发往。维时，臣在甘肃臬司任内，该员以亲族同省，循例回避，呈明吏部改发陕西。复经前新疆巡抚臣刘锦棠奏调出关❷，檄办行营营务，以臣调补新疆藩司，复应回避，当经刘锦棠奏明咨送回陕❸，历署潼商、延榆绥等处道篆。二十一年二月，闻讣丁亲母忧回籍。兹于本年六月在部起复领照，七月二十一日到省。

查该员留心时务，历练有年，以臣现任陕抚，又应回避，当饬该员报捐指省，仍以原衔原官遇缺尽先前题奏。除分咨外，合将回避指省缘由附片陈明。伏乞圣鉴训示。谨奏。

（朱批：）吏部知道。③

---

①台北故宫博物院藏：《军机及宫中档》，文献编号：408006926-0-A。

②台北故宫博物院藏：《军机及宫中档》，文献编号：141297。

③台北故宫博物院藏：《军机及宫中档》，文献编号：408006926-0-B。

光绪二十三年八月十九日，奉朱批：吏部知道。钦此。[1]

❶【案】光绪四年十二月初六日，陕甘总督左宗棠奏调魏炳蔚来营差委，曰：

再回疆底定，筹办善后事宜，头绪纷繁，全赖得人经理。非谙习吏事，无以尽措注之宜。非通达治体，无以规久远之效。时务方殷，需才尤切。查有浙江补用知府陈宝善，前在浙江历任永嘉、西安、黄岩、临海、钱塘、会稽、归安等县知县，治匪安民，著有声绩。当戎务倥偬时，筹画饷需，不遗余力。所历各县，舆颂攸同，臣前于浙抚任内素知其能。蓝翎知府衔广东试用同知魏炳蔚，由湖南邵阳县原籍从军，积功洊保今职。于军政、吏治随在留心，务求实际，补江西临江府樟树镇通判，丁忧服阕后，以同知改省广东，经臣札调来营。

该员朴干有为，志趣向上，现在臣军学习军务、吏事，冀可收指臂之助。合无仰恳天恩，敕下浙江抚臣，将浙江补用知府陈宝善调赴臣军差遣，并准将蓝翎知府衔广东试用同知魏炳蔚留营差遣，以资历练。谨附片具陈，伏乞圣鉴训示，施行。谨奏。

光绪四年十二月二十日，内阁奉上谕：左宗棠奏，请调员差委，并请将前调同知留营等语。浙江补用知府陈宝善，着梅启照饬令该员前赴左宗棠军营，听候差遣。广东试用同知魏炳蔚，着准其留于左宗棠军营差遣。该部知道。钦此。[2]

❷【案】光绪十年正月二十二日，新疆巡抚刘锦棠请将道员魏炳蔚留营差遣，曰：

再，道员魏炳蔚经前陕甘总督臣左宗棠奏赴行营效力，历办营务、善后，保留甘肃补用，旋即请咨赴部引见。因现任甘肃藩司魏光焘系属同族叔侄，例应回避，声明改发陕西。上年五月，到陕缴照。冬间，请假回籍省亲，比由陕西抚臣核准咨部有案。臣查该道员曾办

---

①台北故宫博物院藏：《军机及宫中档》，文献编号：141300。

②中国第一历史档案馆藏：《录副奏片》，档号：03-5132-156。又，《左宗棠全集》第十册，第8107—8108页，上海书店，1986。又，《左宗棠全集·奏稿七》，第232页，岳麓书社，1996。

新疆南路善后局务，尚有经手事件，当经札调由籍前来清厘。值此整饬边事之际，正资力于熟手，合无仰恳天恩俯念边徼需才，准将盐运使衔陕西候补道员魏炳蔚留于臣营差遣，以资臂助，出自鸿慈。除分咨外，理合附片具陈。伏乞圣鉴训示。谨奏。

光绪十年二月十四日，军机大臣奉旨：着照所请，吏部知道。钦此。①

❸【案】光绪十一年二月二十六日，新疆巡抚刘锦棠奏报魏炳蔚循例回避回陕，曰：

再，盐运使衔陕西候补道员魏炳蔚经臣于上年正月奏调来营差迁，奉旨允准在案。兹据禀称：该员由广东补用同知经陕甘督臣左宗棠奏调来甘，洊保盐运使衔，以道员留甘补用。光绪七年，赴部引见。实因族侄魏光焘补授甘肃臬司，例应回避，当在吏部呈明，奏奉谕旨，改发陕西。此次魏光焘调补新疆藩司，仍应回避回陕，并请就便回籍省亲，再行到省等情。前来。

查该员才具开展，稳练有为，委办诸事，从无遗误。兹因循例回避，应准咨送回陕，以符定例。再该员现已离营，并无经手未完事件，合并声明。除履历咨部外，理合附片陈明，伏乞圣鉴。谨奏。

光绪十一年三月十七日，军机大臣奉旨：吏部知道。钦此。②

0633. 奏报刘纶襄期满甄别情形片

光绪二十三年八月初六日（1897年9月2日）

再，查定例：捐纳试用道府，该督抚于分发到省后，悉心察看，一年期满，出具切实考语，奏明分别繁简补用等因。今查试用道员刘纶襄，自光绪二十二年三月二十六日到省之日起，扣至本年三月二十六日，试用一年期满，例应甄别。据藩、臬两司会

①台北故宫博物院藏：《军机及宫中档》，文献编号：125267。

②中国第一历史档案馆藏：《朱批奏片》，档号：04-01-12-0532-025。又，《录副奏片》，档号：03-5194-062。

详前来。

臣查该道才识稳练，通达政体，堪以繁缺补用。谨会同陕甘督臣陶模，附片具陈，伏乞圣鉴。谨奏。

（朱批：）吏部知道。[①]

光绪二十三年八月十九日，奉朱批：吏部知道。钦此。[②]

0634. 奏请择尤奖叙办赈官绅缘由片

光绪二十三年八月初六日（1897年9月2日）

再，查陕省光绪十八九等年，西安、同州、乾州及北山延安、榆林、鄜州、绥德等府州属夏、秋各季被水、旱、霜、雹各灾，为日既长，灾区又广，粮缺价昂，乏食饥民，嗷嗷待哺。自兵燹以来，各属常、社、义仓粮石数本无多，闾阎素鲜盖藏，当将仓粮散放，并筹发赈款及劝捐买粮，以资接济。所有赈济银粮数目及捐赀各户，经前抚臣奏请核销给奖，现经臣分案办理奖叙。惟各属官绅尽心竭力，共济时艰，或赴乡劝谕绅富捐助，或挨村稽查贫民极、次，监散口粮；或出境分往采买，及时转运；或设厂煮粥，施济茕独；或以工代赈，俾自谋食。统计灾区州县三十余处，银粮用款七十余万。各官绅办理将及两年之久，严寒盛暑，劳瘁不辞，辛使民忘饥馑，户鲜流亡，似未便没其微劳，应请照光绪十八九等年顺直赈捐章程，核给奖叙，以示鼓励而酬劳勚。据藩司张汝梅具详请奏前来。

臣覆核无异，合无仰恳天恩俯准将陕省光绪十八九两年办赈官绅，照十八九等年顺直赈捐章程，择尤给奖，以昭激劝，出自逾格鸿慈。除咨部外，理合附片具陈，伏乞圣鉴训示。谨奏。

（朱批：）准其酌保数员，毋许冒滥。[③]

---

①台北故宫博物院藏：《军机及宫中档》，文献编号：408006926-0-C。

②台北故宫博物院藏：《军机及宫中档》，文献编号：141301。

③台北故宫博物院藏：《军机及宫中档》，文献编号：408006925-0-A。

光绪二十三年八月十九日，奉朱批：准其酌保数员，毋许冒滥。钦此。①

0635. 奏闻委解新海防捐输银两片

光绪二十三年八月初六日（1897 年 9 月 2 日）

再，准户部转准海军衙门咨：议令各省将光绪十九年十一月以后所收新海防捐输银两，径解户部交纳等因。查陕省光绪二十一年闰五月初五日以前，前项捐款已照章委解在案。今自二十一年闰五月初六日起至二十三年七月二十日止，十五、十六、十七等次，陆续共收正项银三万九千五百八十五两五钱二分，部饭、照费银六百四十二两四钱三分九厘三毫，国子监饭费银六十一两二钱；又已收未奖正项银二万一千七百七十一两，又八、九、十五等次案内，延寿、赵绳鼎、秦荣兆等奉驳补交正项银三百六十三两六钱，部饭、照费银五两四钱五分四厘，均经随时咨部在案。兹由司拣委妥员，于七月二十九日起程，解赴户部衙门交纳。据藩司张汝梅具详前来。

臣覆查无异，除咨部查照外，所有起解新海防捐输正项及部饭、监饭、照费银数、日期，理合附片具奏。伏乞圣鉴。谨奏。

（朱批：）户部知道。②

光绪二十三年八月十九日，奉朱批：户部知道。钦此。③

0636. 奏报乡试完竣接试翻译情形折

光绪二十三年八月二十六日（1897 年 9 月 22 日）

头品顶戴陕西巡抚臣魏光焘跪奏，为陕省乡试房考兼用候补

---

①台北故宫博物院藏：《军机及宫中档》，文献编号：141296。

②台北故宫博物院藏：《军机及宫中档》，文献编号：408006925-0-B。

③台北故宫博物院藏：《军机及宫中档》，文献编号：141299。

人员暨士子三场完竣，接试翻译，均各安静，恭折仰祈圣鉴事。

窃照本年丁酉科陕西文闱乡试，应调同考官十员。查现任实缺州县进士、举人出身者，多有经手要件，不敷调派，随在现任州县及候补人员内考取白河县知县尹昌龄、醴泉县知县顾曾烜、南郑县知县周毓棠、郃阳县知县张树縠、延川县知县傅迪康、候补正途知县张俶澜、曾士刚、李体仁、杨宜瀚、魏立，统计十员，文理均属优长，一体充当分校。臣照例于八月初六日入闱监临，计应试士子五千五百七十名，三场完竣。

十七日，接试翻译，随向内帘恭领钦颁题纸，在严密处所缮写刊刻，发给翻译士子。十九日交卷，当将翻译试卷四十二本逐一弥封，总包钤印，即日委员解交礼部。原奉钦颁题纸，谨附折恭缴。臣于八月二十二日出闱，办理署中公事。仍随时前往查察，并谕饬该提调督粮道姚协赞、监试盐法道江汇川，逐日认真稽查弹压，以昭严密。

所有房考兼用候补人员暨士子三场完竣，接试翻译，均各安静缘由，理合恭折具陈。伏乞皇上圣鉴。谨奏。光绪二十三年八月二十六日。

（朱批：）知道了。[①]

光绪二十三年九月初十日，奉朱批：知道了。钦此。[②]

0637. 奏报本年七月雨水粮价情形折

光绪二十三年八月二十六日（1897年9月22日）

头品顶戴陕西巡抚臣魏光焘跪奏，为恭报雨泽、禾苗情形，恭折仰祈圣鉴事。

窃查陕西省光绪二十三年六月分雨泽、禾苗情形，业经臣奏报在案。兹据西安、延安、凤翔、汉中、榆林、同州、兴安、乾

①台北故宫博物院藏：《军机及宫中档》，文献编号：408006929。

②台北故宫博物院藏：《军机及宫中档》，文献编号：141639。

州、邠州、商州、鄜州、绥德等府州属具报，于七月初四、五至初七、八、九并十一二三、十五、十七八九及二十六七八九、三十等日，先后得雨二三寸至四五六寸及深透不等。臣查入秋以来，雨旸时若，现在秋禾滋长，稻谷、杂粮渐已扬花结穗，民情安谧，堪以上慰宸廑。

刻查西安粮价，大米每仓石价银三两六钱九分，小米每仓石价银二两八钱三分，较之上月，大米每石减银二钱九分，小米每石增银三钱五分。

所有光绪二十三年七月分雨泽、禾苗及省城粮价情形，理合恭折具陈。伏乞皇上圣鉴。谨奏。光绪二十三年八月二十六日。

（朱批：）知道了。①

光绪二十三年九月初十日，奉朱批：知道了。钦此。②

0638. 奏闻拨解应还俄法银数情形片

光绪二十三年八月二十六日（1897年9月22日）

再，前准部咨：应还英、德、俄、法两款，奏派陕省每年认还银二十二万两，历次遵筹解交在案。兹届光绪二十三年九月，陕省应筹解还俄、法款银四万两，查照奏案，在江苏应解甘省协饷银内就近拨解，已由司备具文批，移咨江海关道查核兑收。其自陕西至上海县应需盘脚银两，亦照案扣存，造入季拨。据藩司张汝梅详请奏咨前来。

除咨明户部暨陕甘督臣、两江督臣、江苏抚臣查照外，所有陕省拨解九月应还俄、法银两数目，理合附片陈明。伏乞圣鉴。谨奏。

（朱批：）户部知道。③

---

①台北故宫博物院藏：《军机及宫中档》，文献编号：408006928。

②台北故宫博物院藏：《军机及宫中档》，文献编号：141640。

③台北故宫博物院藏：《军机及宫中档》，文献编号：408006928-0-A。

光绪二十三年九月初十日，奉朱批：户部知道。钦此。[①]

0639. 奏报查办大荔县被灾情形片

光绪二十三年八月二十六日（1897年9月22日）

再，据大荔县禀报，该县南乡南陈村东、西二堡附近渭河，于六月二十八九至七月初七等日，阴雨连绵，渭水陡涨，冲塌民房三十余间，居民人等早已迁移，尚未损伤。滩地秋禾十余顷，被冲无存。经该县亲往勘验，实已成灾。又，据镇坪县丞禀报，该县丞所辖之蠓子岗、黄羊礓地方，于七月十一日又塌一山，壅断河流，旋即冲决，经该县丞亲往勘验，地内所种包谷、禾苗被塌无多，不致成灾。又，据长安县禀报，该县西乡黄家桥南、北等二十七村近河地方，于六月二十六七等日，天雨连绵，河水涨发，冲决堤口，水势横流，地内所种秋禾，概被水淹。经该县亲往勘验，淹伤民屯、更地秋禾一百六十余顷，实属成灾，业已督饬各村民人赶修决口，疏消积水，并令播种春麦，借资接济，各等情。前来。

当经臣先后批司移行该管道府，遵章覆勘，究竟被冲、被塌秋禾实有若干亩，分别成灾与否，钱粮应否蠲缓，被灾贫民应否筹款抚恤，房屋应如何补修，据实妥议，联衔结报；仍令长安县谕饬居民赶紧疏消积水，同大荔、镇坪等处及早播种春粮，俾资接济，统俟查办完竣，另行奏报。谨附片具陈，伏乞圣鉴。谨奏。

（朱批：）知道了，大荔等县被灾处所，即着确切查勘，分别筹办。[②]

光绪二十三年九月初十日，奉朱批：知道了，大荔等县被灾处所，即着确切查勘，分别筹办。钦此。[③]

---

①台北故宫博物院藏：《军机及宫中档》，文献编号：141641。

②台北故宫博物院藏：《军机及宫中档》，文献编号：408006928-0-B。

③台北故宫博物院藏：《军机及宫中档》，文献编号：141634。

0640. 奏报本年八月雨水粮价情形折

光绪二十三年九月十三日（1897年10月8日）

头品顶戴陕西巡抚臣魏光焘跪奏，为恭报雨泽、禾苗情形，恭折仰祈圣鉴事。

窃查陕西省光绪二十三年七月分雨泽、禾苗情形，业经臣奏报在案。兹据西安、延安、凤翔、汉中、榆林、同州、兴安、商州、邠州、乾州、鄜州等府州属具报，于八月初一、二、三、四、五至初七、八、九、十并十一二三至十六七及二十八九等日，先后得雨三四五寸及深透不等，其绥德州属尚未报到。臣查入秋以来，雨旸时若，现早禾正在收获，晚禾渐次成熟，值二麦播种之际，得此渥泽，大有裨益，民情欣悦，堪以上慰宸廑！

刻查西安粮价，大米每仓石价银三两五钱，小米每仓石价银二两五钱四分，较之上月，大米每石减银一钱九分，小米每石减银二钱九分。

所有光绪二十三年八月分雨泽、禾苗及省城粮价情形，理合恭折具陈。伏乞皇上圣鉴。谨奏。光绪二十三年九月十三日。

（朱批：）知道了。①

光绪二十三年九月二十五日，奉朱批：知道了。钦此。②

0641. 奏报北安各属俸廉等银遽难减成折

光绪二十三年九月十三日（1897年10月8日）

头品顶戴陕西巡抚臣魏光焘跪奏，为陕西北山各府州县地方瘠苦，办公无资，俸廉、役食等银遽难减成，恭折仰祈圣鉴事。

窃臣前准部咨：令将陕西省奏裁防、练各营岁省饷项银两，

①台北故宫博物院藏：《军机及宫中档》，文献编号：408006930。

②台北故宫博物院藏：《军机及宫中档》，文献编号：142024。

照数提存，报部候拨。其延安等十八府州县计支十成俸廉、役食等项银两，应令自本年七月起，亦即照章核扣减成银两，以归一律而昭核实等因。当经行司遵办去后。

兹据藩司张汝梅详称：陕省奏裁防、练各营岁省饷项银两，遵即照数提存司库，另款封储，专案详请报拨。惟查延安府及延长、延川、肤施、保安、安定、安塞、宜川、甘泉、靖边、定边、鄜州、中部、宜君、米脂、清涧、吴堡、怀远等十八府州县，地处边陲，万山丛杂，石田硗薄。自经兵燹，民流土荒，瘠苦异常。该府州县等岁支廉俸、役食等项银两，前于光绪十一年经部臣议覆前抚臣边宝泉[①]奏裁减陕省用款案内，自十二年正月起，令按十成发给，除扣六成减平外，毋庸减成，以资办公等因。奉旨允准转行钦遵在案。是陕省北山瘠苦情形，早在圣明洞鉴之中。自十二年以后，连年灾歉，凋敝益甚，巡防吃紧，公务较繁，昔派三四役巡逻之处，今则十数役尚难周密，即经费以十成发给，犹不敷用。若再照章扣成减发，势必更形竭蹶，贻误堪虞。细加体察，实难一律裁减，应请免扣，以资办公等情。前来。

臣覆加查核，委属实在情形，合无仰恳天恩俯准将延安等府州县一十八缺应支俸廉、役食银两，免其扣成，以示体恤，庶于吏治、民生两有裨益。俟数年后，荒地全辟，钱粮复额，民食渐裕，地方安谧，再行奏明照减，出自逾格鸿施。

除咨部查照外，谨恭折具陈。伏乞皇上圣鉴训示。谨奏。光绪二十三年九月十三日。

（朱批：）户部知道。[②]

---

①边宝泉（1831—1898），字廉溪，号润民，汉军镶红旗人。同治二年（1863），中式癸亥恩科进士，授编修、乡试会试考官、户科给事中等职。十一年（1872），补浙江道监察御史，迁户科给事中。光绪三年（1877），升陕西督粮道，再迁陕西布政使。九年（1883），擢陕西巡抚。十一年（1885），调补河南巡抚，十三年（1887），因病解任。二十年（1894），补授闽浙总督兼船政大臣。二十一年（1895），兼署福州将军。二十四（1898）年，卒于任。赠太子少保。

②台北故宫博物院藏：《军机及宫中档》，文献编号：408006931。

光绪二十三年九月二十五日，奉朱批：户部知道。钦此。①

0642. 请将二十一年民欠钱粮等项蠲免折

光绪二十三年九月十三日（1897年10月8日）

头品顶戴陕西巡抚臣魏光焘跪奏，为查明陕西省光绪二十一年分民欠钱粮、草束，开单恳恩蠲免，恭折仰祈圣鉴事。

窃查陕省自同治元年兵燹后，户口凋残，田地半就荒芜，招徕甫有转机，又值光绪三、四两年荒旱，虽连年设法饬属招垦，加意拊循，无如小民困苦，元气迄未苏复。二十年以前各属民欠钱粮及应征官款，迭经前抚臣暨臣奏蒙恩准豁免在案。所有二十一年未完钱粮，前因库款奇绌，需用孔殷，屡经饬属剔荒征熟，勒催报解。在小康之家咸知正供攸关，无不踊跃输纳；其未完者多系穷檐小户及未开垦之叛荒各产，催比虽严，完纳总难扫数。

现值催征二十三年新赋，并带征二十二年旧欠，如将二十一年未完钱粮同时并征，民力实有未逮。据各属查明二十一年分咸宁等五十九厅州县民欠地丁正、耗、更名、糯价、存留、俸工、驿递、夫马、陵租、各官闰俸、房壕、马厂、地租、盐、茶、铁各课及道仓应征民屯、更本色粮石等项，共未完银一十五万二千八百五十九两五钱零，内荒地未完银一十万六千八百五十九两三钱零，熟地并灾缓未完银四万六千两一钱零；又未完起存本色共粮二万三千七百八十一石八斗零，内荒地未完粮一万一千五十石八斗零，熟地并灾缓未完粮一万二千七百三十一石零；又未完本色草一千九百九十六束零，内荒地未完草一千九百八十四束零，熟地未完草一十二束，分晰造具折册，恳请豁旧征新，由藩司张汝梅、督粮道姚协赞援案会详请奏前来。

臣维钱粮有关正供，固不宜轻言蠲免，致亏帑项。而民为邦本，尤当体察抚绥，以资培养。该司道等核议三年科赋同时并征，

---

①台北故宫博物院藏：《军机及宫中档》，文献编号：142028。

民力未逮，洵属实在情形，合无仰恳天恩俯准将咸宁等五十九厅州县光绪二十一年民欠灾缓未完钱粮、租课、草束一并豁免，以广皇仁而纾民困。

除清册咨部外，谨专折具陈，敬缮清单，恭呈御览。伏乞皇上圣鉴训示。谨奏。光绪二十三年九月十三日。

（朱批：）户部议奏，单并发。[①]

光绪二十三年九月二十五日，奉朱批：户部议奏，单并发。钦此。[②]

0643. 呈陕省民欠钱粮等项蠲免清单

光绪二十三年九月十三日（1897年10月8日）

谨将陕西省各属光绪二十一年分荒、熟地未完地丁、正耗、课租暨本色粮草等项数目，缮具清单，恭呈御览。

计开

光绪二十一年分

各属共未完荒地地丁、正耗各款银一十万六千八百五十九两三钱四分二厘，熟地并灾缓地丁、正耗各款银四万六千两一钱八分二厘；荒地本色起存共粮一万一千五十石八斗二升六合五抄，熟地本色并灾缓起存共粮一万二千七百三十一石七升五合七勺三抄；荒地本色草一千九百八十四束四斤十一两七钱八分二厘，熟地本色草一十二束。

咸宁县未完熟地并灾缓地丁、正耗、糯价共银四千六百一十五两五钱四分四厘，熟地本色并灾缓共粮一千八百七十四石五斗二升四合七勺。

长安县未完荒地地丁、正耗、马厂共银一百三十四两九钱七分三厘，熟地并灾缓地丁、正耗、糯价共银一千三百五十五两五

①台北故宫博物院藏：《军机及宫中档》，文献编号：408006932。

②台北故宫博物院藏：《军机及宫中档》，文献编号：142030。

钱一厘，熟地本色并灾缓起存共粮一千三百七十四石三斗七升九合二勺。

盩厔县未完熟地本色粮七百九十九石九斗四升八合一勺。

渭南县未完荒地地丁、正耗共银二百七十三两六钱四分三厘，熟地地丁、正耗共银一万二百七十五两九钱四分四厘，荒地本色粮三百四十八石五斗八升九合，熟地本色粮八百一十二石五斗一升一合九勺。

临潼县未完荒地地丁、正耗共银一万二千六百五十两二分四厘，熟地地丁、正耗并灾缓、闰俸共银二千一百九十两九钱五分一厘，荒地本色粮一百七十二石四斗一升八合，熟地本色并灾缓共粮一千二百八十二石七斗六合一勺。

高陵县未完荒地、马厂、地租银一百六十两四钱五分，熟地地丁、正耗、存留、夫马共银六百二两四钱四厘，荒地本色粮二石一斗九升四合五勺，熟地并灾缓本色起存共粮三百九十一石六斗八升三合六勺。

咸阳县未完荒地地丁、正耗、马厂、陵租共银三百五两七钱九分一厘，熟地并灾缓地丁、正耗共银一千五十六两九钱七分八厘，荒地本色起存共粮八百八十六石七升九合七勺，熟地并灾缓本色共粮一千六百七十五石七斗七升九合。

醴泉县未完荒地地丁、正耗共银七百九十六两五钱一厘，熟地地丁、正耗共银九百二两九钱七分九厘，荒地本色粮三百石六斗五升八合三勺，熟地本色粮一千七十二石二斗二升八合七勺。

泾阳县未完荒地地丁、正耗共银二百六十三两四钱一分，熟地地丁、正耗、糯价共银五千六百一十一两一钱九分六厘，荒地本色粮六十九石三升一合五勺，熟地本色粮一百二十八石九斗二升三合六勺。

三原县未完荒地地丁、正耗共银五千八百七十两七钱四分一厘，熟地地丁、正耗共银九百九十六两六钱一分六厘，荒地本色粮七百八十九石一斗九升七合。

鄠县未完熟地地丁、正耗、糯价共银二百一十七两五钱四分九厘，熟地本色粮四百九十一石五斗七升一勺。

富平县未完荒地地丁、正耗、陵租共银一万四千八百九十五两九钱六厘，熟地地丁、正耗共银一千五百五十三两四钱五分三厘，荒地本色粮四十七石四斗六升四合九勺。

耀州未完荒地地丁、正耗共银三千八百八十五两五分一厘。

兴平县未完熟地本色粮三百四十六石二斗二升四合二勺。

蓝田县未完熟地本色粮三石八斗五升五合五勺。

同官县未完荒地地丁、正耗共银三百八十三两五钱二分。

肤施县未完荒地地丁、正耗、存留、俸工、夫马、盐课共银六百九十九两二钱六分四厘，熟地存留、俸工、夫马共银八十八两七钱四厘，荒地本色粮五百三十四石七斗七升三合，荒地本色草五百三束三分五厘，熟地本色草一十二束。

宜川县未完荒地地丁、正耗、陵租、盐课共银六百四十九两四钱二分一厘，荒地本色粮二百一十七石六斗五合。

安塞县未完荒地地丁、正耗存留、俸工、夫马、盐课共银一千二百四十三两二钱一分七厘，熟地地丁、正耗共银六两四钱一分九厘，荒地本色粮五百六石二斗四升三合七勺。

甘泉县未完荒地地丁、正耗、存留、俸工、夫马、盐课共银二百一十两二钱二分三厘，荒地本色粮四十八石三斗七升一合四勺。

延长县未完荒地地丁、正耗、存留、俸工、夫马、盐课共银五百五十六两七分九厘，荒地本色粮四百五十五石四斗六升二合。

延川县未完荒地地丁、正耗、存留、俸工、夫马、盐课共银九百二两一钱三分九厘，熟地并灾缓地丁、正耗、存留、俸工、夫马、盐课共银五百五十八两三钱四分七厘，荒地本色粮七十二石二斗九升八合一勺，熟地本色粮二十八石九斗五升七合六勺。

靖边县未完荒地耗羡、存留、盐课共银一百六十七两九钱六分九厘，荒地本色粮四百二十八石四斗六升四勺，荒地本色草三百五十九束一十一斤七两九钱八分三厘。

定边县未完荒地耗羡、存留、盐课共银四百四十五两三钱五分七厘，荒地本色粮一千三百六十二石一斗八升八合四勺。

保安县未完荒地本色粮三百七石六斗五升二合。

凤翔府未完熟地、房壕租银一十七两九钱一分三厘。

凤翔县未完荒地地丁、正耗共银四百八十四两一分五厘，熟地地丁、正耗共银四百六十九两四钱一分五厘，熟地本色粮二百三石八斗二升六勺。

陇州未完荒地地丁、正耗、存留、夫马、盐课共银四百六十七两四钱三分七厘，荒地本色粮五石一斗一升二合九勺。

汧阳县未完荒地耗羡、存留、夫马、盐课共银二百二十八两九钱三分五厘。

岐山县未完熟地本色粮二百三十一石七斗五升八合一勺。

城固县未完熟地地丁、正耗、盐课共银二百二十五两五钱四分六厘。

沔县未完熟地、盐课、铁课共银二十四两七钱一分二厘。

褒城县未完熟地、盐课银一两五钱二分五厘。

佛坪县未完塾、地铁课银一十两。

榆林县未完熟地耗羡、存留共银四十八两五分二厘。

神木县未完熟地地丁、正耗共银一百九两三钱三分九厘，熟地本色粮一百二十八石三斗七合四勺。

府谷县未完熟地并灾缓地丁、正耗共银二十七两三钱二分四厘，熟地并灾缓本色粮一百二十五石四斗七升八合七勺。

大荔县未完荒地地丁、正耗共银四千七百九十四两一钱四分一厘，熟地地丁、正耗共银一千九百一十三两八钱八分六厘，荒地本色粮三百六十四石四斗八升七合，熟地本色粮二百九石八斗三升三合六勺。

蒲城县未完荒地地丁、正耗、陵租共银叁万捌百五十二两九钱一厘，熟地地丁、正耗共银九十两五钱七分一厘，荒地本色粮五百八十五石八斗三升。

澄城县未完荒地地丁、正耗共银五千八百九两七钱一分六厘，熟地本色粮一十二石五斗三升九合二勺。

郃阳县未完荒地地丁、正耗共银七百二十九两八钱一分三厘。

朝邑县未完荒地地丁、正耗共银四百八十一两一钱三分七厘，熟地地丁、正耗共银一百九十四两五钱七分四厘。

华州未完熟地并灾缓地丁、正耗共银六千四百七十七两九钱一厘，熟地本色粮八十八石四斗三合三勺。

华阴县未完熟地并灾缓地丁、正耗共银四千七十两九钱六分一厘。

白水县未完荒地地丁、正耗共银四千四百七十六两五钱二分五厘。

汉阴厅未完熟地茶课银六两九钱六分一厘。

邠州未完荒地地丁、正耗、盐课共银一千四百二两三钱六分，熟地地丁、正耗银九十三两三钱六分四厘。

三水县未完荒地地丁、正耗、马厂共银八十五两六分三厘。

长武县未完荒地地丁、正耗、夫马、盐课共银一千二百五十六两一钱五分二厘，熟地地丁、正耗、盐课、闰俸共银七百七十两五钱七分四厘，荒地本色存留粮七十三石一斗九升九合三勺五抄，熟地本色存留粮六十二石四斗二升一合二勺三抄。

淳化县未完荒地地丁、正耗、盐课、马厂共银一千一百五十三两八钱九分九厘，熟地地丁、正耗共银七百一十六两八钱二分七厘。

乾州未完熟地本色粮五百三十五石六斗七升二合二勺。

武功县未完熟地本色粮四百八十六石四斗五合。

商州未完熟地灾缓地丁、正耗共银三十两四钱一分四厘。

鄜州未完荒地地丁、正耗、存留、俸工、夫马、盐课、闰俸共银四千六百三十八两一钱七分四厘，熟地并灾缓地丁、正耗、盐课共银二百九十八两六钱，荒地本色粮二千二百六石九斗一升一合一勺，熟地并灾缓本色粮二百八十二石九斗五升一合四勺。

洛川县未完荒地地丁、正耗、盐课共银一千四百五十七两五钱四分五厘，熟地灾缓地丁、正耗、盐课共银八十四两六钱三分八厘，荒地本色粮三百九十石二斗一升三合六勺，熟地本色粮八十石一斗九升二合七勺。

中部县未完荒地地丁、正耗、存留、俸工、夫马、盐课共银四百二十七两二钱六分五厘，荒地本色粮一百五十石三升五合九勺。

宜君县未完荒地地丁、正耗、盐课共银五百五十九两七钱七分三厘，荒地本色粮一百四十三石四斗六升五合五勺。

绥德州未完荒地地丁、正耗、存留、俸工、夫马共银一千八百二十三两九钱七分八厘，熟地地丁、正耗共银一十九两三钱九分五厘，荒地本色粮五百六十二石七斗七合二勺，荒地本色草七百九十六束十四斤一十一两八钱九分五厘。

米脂县未完荒地地丁、正耗、存留、俸工、夫马共银二百七十五两九钱二分，熟地盐课银二百四十七两六钱八分。

清涧县未完荒地地丁、正耗、存留、俸工、夫马、盐课共银九百六十两一钱一分四厘，熟地并灾缓地丁、正耗共银一十七两四钱二分五厘，荒地本色粮二十石一斗七升一合二勺，荒地本色草三百二十三束一十七两九钱六分九厘。

(朱批：) 览。①

0644. 奏报夏季委署代理各缺情形片

光绪二十三年九月十三日（1897年10月8日）

再，查各省道、府、州、县，无论奏调、委署、代理，每届三月汇奏一次，历经遵办在案。兹查陕省光绪二十三年四月起至

①台北故宫博物院藏：《军机及宫中档》，文献编号：142030-0-A。

六月底止，潼商道文启病故，遗缺委试用道陈兆璜署理。陕安道景星升授长芦盐运使，遗缺委试用道升允署理。

同官县知县刘福荫饬赴准调西乡县知县新任，遗缺委试用知县王绍曾署理。署凤县知县陶宪章调省，遗缺委候补知县姚旭明署理。代理保安县知县皮润璞卸事，遗缺委教习知县侯鸣珂署理。兼摄府谷县知县方福葆卸事，遗缺委候补班前知县王惠署理。渭南县知县樊增祥请咨引见，遗缺委遇缺先用知县雷天裕署理。沔县知县雷炯病故，遗缺委候补知县陈膺臻代理，旋委教习知县朱组绶署理。署清涧县知县俞恒龄调省，遗缺委候补知县朱继芳署理。宁陕厅同知张荣升病故，遗缺委试用同知姜渭署理。韩城县知县李嘉绩调署扶风县知县，遗缺委华州州判崔耀山代理。商南县知县余绍侨调署褒城县知县，遗缺委即用知县秦士麟代理。据藩司张汝梅、臬司李有棻会详请奏前来。

臣覆查无异，所有光绪二十三年夏季分委署、代理道、县各缺缘由，谨附片具奏。伏乞圣鉴。谨奏。

（朱批：）吏部知道。[①]

光绪二十三年九月二十五日，奉朱批：吏部知道。钦此。[②]

0645. 请以李有棻等署理藩司等缺片

光绪二十三年九月十三日（1897 年 10 月 8 日）

再，陕西藩司张汝梅钦奉谕旨补授山东巡抚，所遗藩司印务，应即委员接署，查有臬司李有棻明达廉正，堪以署理。所遗臬司印务，查有督粮道姚协赞精明稳练，堪以署理。至所遗督粮道篆务，查有西安府知府童兆蓉老成练达，堪以署理。递遗西安府知府员缺，查有候补知府李希哲明练精细，堪以委令署理。

除分檄饬遵并饬司檄委外，谨会同陕甘总督臣陶模，附片具

①台北故宫博物院藏：《军机及宫中档》，文献编号：408006930-0-A。

②台北故宫博物院藏：《军机及宫中档》，文献编号：142029。

陈。伏乞圣鉴。谨奏。

（朱批：）吏部知道。①

光绪二十三年九月二十五日，奉朱批：吏部知道。钦此。②

0646. 奏报陕安道恩寿饬赴新任片

光绪二十三年九月十三日（1897年10月8日）

再，新授陕西陕安道恩寿③现已到省，应即饬赴新任，以专责成。除檄饬遵照外，理合附片具陈。伏乞圣鉴。谨奏。

（朱批：）知道了。④

光绪二十三年九月二十五日，奉朱批：知道了。钦此。⑤

0647. 奏闻已故抚臣张煦寄葬陕省片

光绪二十三年九月十三日（1897年10月8日）

再，据署长安县知县梁承馨详称：据候选郎中张体元家丁杨升禀称：已故老家主原任山西巡抚张煦，系甘肃灵州人，于光绪二十一年八月初十日，在任病故。因原籍前遭回乱，田地、房屋，荡然无存，祖茔亦无隙地可附。老家主临终遗嘱，令家主张体元即在陕西地方购地营葬，毋庸搬柩回籍。二十二年，扶榇来陕，

---

①台北故宫博物院藏：《军机及宫中档》，文献编号：408006930-0-B。

②台北故宫博物院藏：《军机及宫中档》，文献编号：142027。

③恩寿，生卒年未详，字艺棠，满洲镶白旗人，索绰罗氏，监生出身。同治元年（1862），中举。十三年（1874），中式进士，充兵部行走。光绪九年（1883），补兵部员外郎，充武选司掌印，管理马馆监督。十一年（1885），选顺天武乡试题调官。十二年（1886），授杀虎口监督。十七年（1891），调补四川成都府知府。二十一年（1895），补授四川夔州府知府。二十三年（1897），升陕西陕安道。二十四年（1898），补授江西按察使。二十五年（1899），迁江宁布政使。二十七年（1901），擢漕运总督。同年，调补江苏巡抚。三十年（1904），补江淮巡抚。三十二年（1906），调补山西巡抚。三十三年（1907），补授陕西巡抚。次年，兼署西安将军。

④台北故宫博物院藏：《军机及宫中档》，文献编号：408006930-0-C。

⑤台北故宫博物院藏：《军机及宫中档》，文献编号：142025。

赁地暂厝，现于西安府属购置茔地，择吉安葬。惟老家主曾任封疆，寄葬他省，理合呈明等情。由藩司张汝梅具详前来。

臣查已故原任山西抚臣张煦，原籍田庐无存，祖茔亦无隙地，今既寄葬陕省，自应奏明立案。除咨部查照外，相应附片具陈。伏乞圣鉴，饬部立案施行。谨奏。

（朱批：）该部知道。[①]

光绪二十三年九月二十五日，奉朱批：该部知道。钦此。[②]

0648. 请将郭崇恒及原捐监生一并斥革折

光绪二十三年九月十五日（1897年10月10日）

头品顶戴陕西巡抚臣魏光焘跪奏，为乡试取中墨卷真草文字笔迹不符，据实检举，恭折仰祈圣鉴事。

窃本届丁酉科陕西文闱乡试三场完竣，臣于八月二十二日出闱后即经具折奏报在案。旋于九月初七日揭晓，是日发榜后，臣复督饬藩、臬两司并内外提调、监试各官，在场内公同查对取中各卷有无弊混，以便包封解部。随据提调督粮道姚协赞、监试盐法道江汇川详称：遵即逐卷查看，至第二十八名郭崇恒，墨卷真草字迹不符，难保无舞弊冒中情事。查郭崇恒系岐山县监生，就近在省查传未见，当饬该原籍地方官严密查拿，应请将该举人先行奏请斥革，并恳通饬查缉务获，归案审办，据实检举前来。

臣查该新中举人郭崇恒，墨卷真草文字笔迹均有不符，查传又复逃匿，显有舞弊冒中情事，相应请旨将取中第二十八名举人郭崇恒及原捐监生一并先行斥革，一面由臣督饬藩、臬两司通饬严密查拿郭崇恒解案，讯明如何舞弊确情，照例拟议，另行陈奏；并将朱、墨各卷暂行扣留备查外，所有查明取中墨卷真草文字笔迹不符，据实检举缘由，合先恭折具奏。伏乞皇上圣鉴。谨奏。

①台北故宫博物院藏：《军机及宫中档》，文献编号：408006931-0-A。

②台北故宫博物院藏：《军机及宫中档》，文献编号：142026。

光绪二十三年九月十五日。

(朱批:) 着照所请，礼部知道。①

光绪二十三年九月三十日，奉朱批：着照所请，礼部知道。钦此。②

0649. 奏报本年九月雨泽禾苗情形折

光绪二十三年十月十一日（1897年11月5日）

头品顶戴陕西巡抚臣魏光焘跪奏，为恭报雨泽、禾苗情形，恭折仰祈圣鉴事。

窃查陕西省光绪二十三年八月分雨泽、禾苗情形，业经臣奏报在案。兹据西安、延安、凤翔、汉中、榆林、同州、兴安、邠州、乾州、商州、鄜州、绥德各府州属陆续具报，于九月初二、三至初五、初七、八、九并十一二三至十五、十七八及二十四五六等日先后得雨二三寸及深透不等。臣查入秋以来，雨旸应时，稻谷、杂粮均次第收获，二麦播种亦有渐次出土者，民情欣悦，堪以上慰宸廑。刻查西安粮价，大米每仓石价银三两三钱，小米每仓石价银二两九分，较之上月大米减银二钱，小米减银四钱五分。

所有光绪二十三年九月分雨泽禾苗及省城粮价情形，理合恭折具陈。伏乞皇上圣鉴。谨奏。光绪二十三年十月十一日。

(朱批:) 知道了。③

光绪二十三年十月二十五日，奉朱批：知道了。钦此。④

---

①台北故宫博物院藏：《军机及宫中档》，文献编号：408006933。

②台北故宫博物院藏：《军机及宫中档》，文献编号：142134。

③台北故宫博物院藏：《军机及宫中档》，文献编号：408006934。

④台北故宫博物院藏：《军机及宫中档》，文献编号：142534。

0650. 奏报陕省本年秋禾约收分数折

光绪二十三年十月十一日（1897年11月5日）

头品顶戴陕西巡抚臣魏光焘跪奏，为恭报陕西省秋禾约收分数，恭折仰祈圣鉴事。

窃查秋禾约收分数，例应先行奏报。兹据西安、延安、凤翔、汉中、榆林、同州、兴安、商州、邠州、乾州、鄜州、绥德等十二府州属将光绪二十三年秋禾约收分数陆续开折具报，由藩司汇详前来。

臣覆加查核，统计西安等七府五直隶州所属共九十一厅州县，多寡牵算，秋禾约收五分有余。谨缮折具陈，开列清单，恭呈御览。伏乞皇上圣鉴。谨奏。光绪二十三年十月十一日。

（朱批：）知道了。①

光绪二十三年十月二十五日，奉朱批：知道了。钦此。②

0651. 请将游击许嘉陞革职缘由片

光绪二十三年十月十一日（1897年11月5日）

再，近来军营习气太深。臣自上年莅任，即饬防练各军认真整顿，期成劲旅。兹查有署臣标右营游击兼带右营练军总兵衔留陕补用副将定边协都司许嘉陞，遇事因循，屡经训饬，不知振作，且有裁汰老弱不即随时募补、希图虚冒情事，实属居心狡诈，劣迹昭著。当此整顿营务之际，未便稍事姑容，业将该游击撤委，另行委员接署。

相应请旨将署臣标右营游击总兵衔留陕补用副将定边协都司许嘉陞即行革职，以肃军纪而儆效尤。除追取保扎咨部外，谨会

①台北故宫博物院藏：《军机及宫中档》，文献编号：408006935。

②台北故宫博物院藏：《军机及宫中档》，文献编号：142530。

同陕西总督臣陶模，合词附片具陈。伏乞圣鉴训示。谨奏。

（朱批：）许嘉陞着即行革职，该部知道。①

光绪二十三年十月二十五日，奉朱批：许嘉陞着即行革职，该部知道。钦此。②

0652. 奏报知府因病出缺情形片

光绪二十三年十月十一日（1897年11月5日）

再，据署藩司李有棻转准署潼商道陈兆璜具报：同州府知府贺尔昌③于光绪二十三年九月二十五日在任因病出缺，所遗员缺查有候补知府缪钟洛，明干有为，堪以委署，已饬司先行檄委署理。惟同州府界连晋省，系冲、繁、难要缺，相应请旨迅赐简放，以重职守。

除贺尔昌病故日期另行照例恭疏题报并咨部外，所有要缺知府因病出缺暨委员先行接署各缘由，谨会同陕甘总督臣陶模，附片具奏。伏乞圣鉴训示。谨奏。

（朱批：）另有旨。④

光绪二十三年十月二十五日，奉朱批：另有旨❶。钦此。⑤

❶【案】此奏于是年十月二十五日得旨，《上谕档》载曰：

---

①台北故宫博物院藏：《军机及宫中档》，文献编号：408006935-0-A。

②台北故宫博物院藏：《军机及宫中档》，文献编号：142532。

③贺尔昌（1838—1897），字子言，号春舫，直隶武强县人，廪生。咸丰九年（1859），中举人。十一年（1861），考取宗学教习。同治元年（1862），考取记名内阁中书。七年（1868），中式进士，选庶吉士。十年（1871），授翰林院编修。光绪七年（1881）补国史馆协修、国史馆纂修。同年，补授福建道监察御史，历掌福建道、陕西道、浙江道监察御史。九年（1883），充会试内场监试、掌河南道监察御史。同年，升户科给事中。十年（1884），放四川保宁府知府。十四年（1888），补陕西西安府遗缺知府。十六年（1890），护理潼商道。二十三年（1897），因病出缺。

④台北故宫博物院藏：《军机及宫中档》，文献编号：408006935-0-B。

⑤台北故宫博物院藏：《军机及宫中档》，文献编号：142533。

光绪二十三年十月二十五日，内阁奉上谕：陕西同州府知府员缺，着胡湘林补授。钦此。

查陕西同州府知府系冲、繁、难要缺。谨奏。①

0653. 奏报安定等属被灾查办情形片

光绪二十三年十月十一日（1897年11月5日）

再，据安定县禀报，该县东南乡高家沟并西北乡西沟各等处五十八村庄于八月二十八日午后同时天降冰雹，打伤田禾，经该县亲往勘验，通计成灾七八分不等。所有灾户应完本年下忙钱粮业已遵章出示停征，恳请筹款赈抚，以资接济。又，据肤施县禀报：该县东乡望瑶打伤田禾，经该县亲往勘验，各色秋禾尽成枯茎。惟鲁家屯一村粟谷靡黍捡收得有三成，余皆成灾十分。所有应完本年兵粮亦已出示停征，请将赈余粟米分别贫民大小丁口，均匀散给，各等情。前来。当经臣批司移行该管道府遵章覆勘，究竟被雹打伤秋禾实有若干亩，成灾实有几分，钱粮应如何蠲缓，据实会衔结报。

肤施县灾民已准动用赈余粮石先行抚恤，安定县饬司筹款赈抚，俾资接济，统俟查办完竣，另行奏报。谨附片具奏，伏乞圣鉴。谨奏。

（朱批：）知道了。安定、肤施二县被雹村庄，着饬属勘明，分别办理。②

光绪二十三年十月二十五日，奉朱批：知道了。安定、肤施二县被雹村庄，着饬属勘明，分别办理。钦此。③

---

①《光绪朝上谕档》，第23册，第286页。

②台北故宫博物院藏：《军机及宫中档》，文献编号：408006935-0-C。

③台北故宫博物院藏：《军机及宫中档》，文献编号：142531。

0654. 颁发平定云贵陕甘方略谢恩折

光绪二十三年十月二十八日（1897年11月22日）

头品顶戴陕西巡抚臣魏光焘跪奏，为恭折叩谢天恩，仰祈圣鉴事。

窃臣准吏部咨：奉旨颁发平定云南回匪方略，贵州苗匪纪略，陕甘、新疆回匪方略三编，经驻京提塘官请领解到。当即恭设香案，望阙叩头祗领。钦惟皇上智勇天锡，圣敬日跻，集共球而九州攸同，端黈纩则四方来贺！乃当宝箓初膺之日，尚在雕戈未戢之年，邛僰诸酋，踞滇黔而梗化；氐羌余孽，扰关陇以跳梁。赆琛偶阻南来，宵旰正殷西顾，皇赫斯怒，我武惟扬！大伸九伐之威，星驰电掣；决胜千里之外，穴扫庭犁。克鬼方何待三年，度涿邪不见一虏。明堂受贺，太史书勋。慰列祖在天之灵，陈牲告庙；加圣母深宫之膳，晋册承欢。櫜弓矢以偃武功，舞干羽而敷文德。一人有庆，六幕无尘，固宜勒之鼎钟，垂为谟典，与江汉常武，诸什同被管弦，俾版泉涿鹿之功，协占爻象矣！

臣戎行久历，疆寄忝膺。听铙吹于云中，兵气销为日月；望宝书于天上，文光已射斗牛。所愧识鲜张华①，未赞伐吴之策；才

①张华（232—300），字茂先，范阳方城（今河北固安）人。曹魏时，历任太常博士、河南尹丞、佐著作郎、中书郎等职，西晋建立后，拜黄门侍郎，封关内侯。后拜中书令，加散骑常侍，支持晋武帝司马炎伐吴，任度支尚书。吴灭后，封广武县侯，出镇幽州。后入朝任太常。晋惠帝时，拜太子少傅，迁右光禄大夫，累官开府仪同三司、侍中、中书监，为皇后贾南风委以朝政。后封壮武郡公，晋司空。永康元年（300），赵王司马伦政变，被杀害。生平工于诗赋，词藻华丽，著《博物志》等。明人张溥辑有《张茂先集》行世。

非韩愈[1]，莫成平蔡之碑。宠命恭承，悚惶交集。惟有懔煌煌圣训，奉为五千卷资治之经；奠屹屹雄封，共成亿万年久安之业！

所有微臣感激下忱，谨恭折叩谢天恩，伏乞皇上圣鉴。谨奏。光绪二十三年十月二十八日。

（朱批：）知道了。[2]

光绪二十三年十一月二十八日，奉朱批：知道了。钦此。[3]

0655. 奏报新建崇实书院落成缘由折

光绪二十三年十一月初二日（1897 年 11 月 25 日）

头品顶戴陕西巡抚臣魏光焘、山西学政翰林院编修臣赵惟熙[4]跪奏，为新建崇实书院落成，谨将办理情形恭折具陈，仰祈圣鉴事。

窃臣惟熙于上年四月十二日会同前护陕西抚臣张汝梅奏请创建格致实学书院一折，五月初七日奉朱批：着照所请，该部知道。钦此。钦遵在案❶。窃惟国事待人材而理，人材资学校而成。不实

---

①韩愈（768—824），字退之，河南河阳（今河南孟州市）人。唐贞元八年（792），中式进士，历任节度推官、监察御史。十九年（803），因论事而被贬阳山，后历都官员外郎、史馆修撰、中书舍人。元和十二年（817），充裴度行军司马。十四年（819），谪潮州。晚年官至吏部侍郎，人称“韩吏部”。长庆四年（824），卒于任。赠礼部尚书，谥文。生平宣扬古文运动，为“唐宋八大家”之首，著有《韩昌黎集》《外集》《师说》等行世。

②台北故宫博物院藏：《军机及宫中档》，文献编号：408006936。

③中国第一历史档案馆藏：《录副奏折》，档号：03-5352-111。

④赵惟熙（1863—1917），字芝珊，江西南丰人，举人出身。光绪十六年（1890），中式进士，选庶吉士。十八年（1892），授翰林院编修。二十年（1894），充甲午恩科会试同考官。同年，放陕西学政。二十四年（1898），补国史馆协修官。次年，充翰林院衙门撰文。二十六年（1900），简贵州学政。三十年（1904），授国史馆纂修官。同年，迁国史馆总纂官。三十二年（1906），任编书处详校官。同年，放甘肃宁夏府知府。宣统元年（1909），护理宁夏道。次年，升补甘肃巡警道。三年（1911），授甘肃按察使。同年，擢甘肃布政使。民国元年（1912），署甘肃省都督。二年（1913），兼署甘肃省民政长。三年（1914），选约法会议议员、参政院参政。六年（1917），卒。著有《韬养斋笔记》《招商承办甘肃宁夏垦牧公司小启》等行世。

之求而各是尚，其作育与未学同；为本之务而未是图，其造就与无材等。宗旨既失，微特规摩剽袭，百无一成，即成焉而亦不可恃以为用。臣惟熙于去秋试事竣后，即会商臣光焘度地，于泾阳县治前学臣许振祎①奏建味经书院之侧，庀材鸠工，昕夕从事；派泾阳县、学各官督理监修。兹于十月二十日一律工竣，臣惟熙亲往验收，工料尚属坚实，规模亦觉闳敞。四周余地甚多，可为将来推广学舍及一切讲求制造之用，拟命名曰“崇实书院”，中分四斋。曰致道斋。以《周易》《四书》《孝经》为本，儒、先、性、理诸书附之，兼考外国教务、风俗、人情，而致力于格致各学，以能明体达用之材。曰学古斋。以《书经》《春秋》之传为本，历代史鉴、记事附之，兼讲外国古今时局、政治并一切刑律、公法、条约，以备奉使折冲之选。曰求志斋。以“三礼”为本，正、续《三通》及国朝一切掌故之书附之，兼及外国水陆兵法、地舆、农学、矿务，以培济世经邦之略。曰典艺斋。以《诗经》《尔雅》为本，周秦诸子及训诂、考据诸书附之，兼习外国语言文字并天算、测量，以边汽化声光各学，以裕致其尚象之源。

每学拟先设肄业生十五名，各由学臣于岁、科两试调取年二十四岁以内、心地诚笃、资性聪明之生员，分斋肄习，将来渐次推广，以每斋四十人为定额。斋设学长一人，司分教之任。至山长一席，必须择识达古今、学通中外之儒，方能胜任愉快。兹查

---

①许振祎（？—1899），字仙屏，号玉芝园、号大泽村人。江西奉新人。道光二十九年（1849），拔贡。咸丰三年（1853），充内阁中书。九年（1859），中举。同治二年（1863），中式进士，改翰林院庶吉士。四年（1865），补国史馆协修。八年（1869），充贵州乡试副考官。十年（1871），简陕甘学政。光绪二年（1876），选教习庶吉士。是年，历国史馆纂修、武英殿纂修、起居注协修、功臣馆纂修、本衙门撰文、文渊阁校理。八年（1882），放河南彰卫怀道。十年（1884），署河南按察使。十一年（1885），迁河南臬司，署河南布政使。十二年（1886），调补江宁布政使。十六年（1890），擢河东河道总督。二十一年（1895），调补广东巡抚。二十三年（1897），充广东武乡试正考官。二十五年（1899），卒于任。谥文敏。

有主讲味经书院赏加国子监学政衔咸阳县举人刘光蕡[1]，品高学邃，留心经世，于格致各学众所讲求，可以兼掌此席，将来经费稍充，生徒加众，或专订，或另延，再当斟酌情形办理。至肄业生员，拟月给膏火银二两五钱。每日早起，讲习中学二时，考求西学又二时，中有所得，则以其余闲撰为札记，朔望送山长校阅，季终送学政评次而殿最焉。如有徒事抄袭、毫无发明者，斥出。每月初六日，由督抚、学政、司道各官轮流课试，其学业精通、才能卓越者，应遵总理衙门历次奏定章程，由督抚、学政会考保送，以备器使。

至此次修造经费，系由三原、泾阳两县好义绅富捐集；束脩、膏火各项，则暂拨闲款应用。将来俟机器纺织局开工后，获有赢余，再为陆续挹注，以资接济而符原案。臣等仍当随时稽查，以期成就人材，用上备圣朝之采择。

所有书院落成各缘由，谨会同陕甘总督臣陶模，恭折具陈。伏乞皇上圣鉴。再，此折系臣惟熙主稿，合并声明。谨奏。十一月初二日。

光绪二十三年十一月二十四日，奉朱批：该衙门知道。钦此。[2]

❶【案】光绪二十二年四月十二日，山西学政赵惟熙会同护理陕西巡抚张汝梅为培育人才联衔奏请创设陕西省格致实学书院，曰：

头品顶戴护理陕西巡抚布政使臣张汝梅、陕西学政翰林院编修臣赵惟熙跪奏，为创设书院，以培人材，恭折仰祈圣鉴事。

---

①刘光蕡（1843—1903），字焕唐，号古愚，陕西咸阳人。同治四年（1865），取生员。光绪元年（1875），中式举人。光绪二十三年（1897），充陕西味经书院长长，历任崇实书院山长、甘肃大学堂总教习等。主张维新，改革教育，传播西学，筹办民族工业，为陕西维新派领袖，与康有为并称“南康北刘”。二十九年（1903），卒于甘肃大学堂。著有《立政臆解》《学记臆解》《大学古义》《孝经本义》《论语时习语》《烟霞草堂文集》等行世。

②中国第一历史档案馆藏：《录副奏折》，档号：03-7210-004。

窃维世运之升降，视乎人材；人材之振兴，资于学校。书院者，所以辅学校之不逮也。陕西为文献旧邦，名臣大儒，史不绝书。我朝教泽涵濡二百余年，尤称极盛。近经兵燹之余，元气未复，而关中宏道、味经各书院肄业诸生多能讲求实学，研精典籍，盖陕人质直而果毅，贫不废读，故易与有成。惟其所服习者，经史之外制艺、诗赋而已，明体或不能达用，考古，或未必通今者。时局多艰，需材尤急，自非储其用于平日，万难收其效于临时。兹据书院肄业举人邢廷荚、成安，生员孙澂海、张象咏等联名呈恳自筹款项，创建格致实学书院，延聘名师，广购古今致用诸书，分门研习，按日程功，不必限定中学、西学，但期有裨实用。如天文、地舆、吏治、兵法、格致、制造等类，互相讲求，久之自能洞澈源流，以备国家之采择等情。前来。

臣等伏查人生之要，为学而已矣；求学之方，务实而已矣。圣门论学，不尚空疏，游艺继于依仁，政事先于文学。后世士夫，或专精训诂，或仅事词章，或空谈性理，而于经世致用各学，转致少所钻研；冒彫之伦，遂得窃我所长，以为专门名家之业。浅见者，或且鳃鳃然，从而惊讶之，而不知其实渊源于我也。近来讲求实学，风气一变，然自京师之同文馆而外，如天津等处之武备各学堂，类皆选取幼童，俾习西学。其于经籍典章，未遑学问，恐亦难期得力。今该举人等请设书院，由学政调取年少聪颖之生员而肄习之，庶根柢既深，程功更易，久之授受渐广，风气渐开，未必无杰出之才奋发而起，似于培植人材之方不无裨益。如蒙俞允，再由臣等商酌办理，敦请博通今古、体用兼备之儒主讲其中，分科学习，严订章程，总期不事空谈，专求实获，庶仰副圣主崇尚实学之至意！

所有据请创建书院缘由，谨会同陕甘督臣陶模，合词具陈。伏乞皇上圣鉴训示。再，批折系臣惟熙主稿，合并声明。谨奏。光绪二十二年四月十二日。

光绪二十二年四月二十四日，奉朱批：着照所请，该部知道。钦此。①

0656. 奏闻校阅省标官兵秋操情形折

光绪二十三年十一月初十日（1897年12月3日）

头品顶戴陕西巡抚臣魏光焘跪奏，为校阅省标各营官兵秋操情形，恭折仰祈圣鉴事。

窃查省城抚标练军马步各营并城守协营兵丁，向按春、秋二季合队操演，期于精益求精，以收实效。本年春操，臣已将校阅情形奏明在案。兹值秋操届期，臣于十月二十四日亲赴校场，将抚标中、左、右、副中并城守各营调集合操，先演香山、双龙、速战等阵，队伍严肃，步伐整齐；比较刀矛籐牌，施放连环枪炮，并喷筒火弹，均属技艺娴熟，声势联络；洋枪阵式，进退如法；练军马队，驰骤冲突，均能合宜；马上放枪，亦极灵便。各营弁兵抬抢、鸟枪、洋枪及箭射准头，均在八成以上。臣择其技艺较优者，量予奖赏；间有未能娴熟者，分别责惩，勒令演习。复按册点验兵丁、马匹、器械，俱属精壮足额。

伏思关中地处冲要，壤接边疆，弹压巡防，不可稍懈。臣惟有督饬各将弁随时认真操练，务期悉成劲旅，俾得兵归实用，以仰副圣主整军经武之至意！

所有微臣校阅省标各营秋操情形，理合恭折具陈。伏乞皇上圣鉴。谨奏。光绪二十三年十一月初十日。

（朱批：）知道了。②

光绪二十三年十一月二十四日，奉朱批：知道了。钦此。③

---

①中国第一历史档案馆藏：《朱批奏折》，档号：04-01-38-0188-003．《录副奏折》，档号：03-5614-014。

②台北故宫博物院藏：《军机及宫中档》，文献编号：408006937。

③中国第一历史档案馆藏：《录副奏折》，档号：03-6033-009。

0657. 奏明本年上忙征收钱粮数目折

光绪二十三年十一月初十日（1897年12月3日）

头品顶戴陕西巡抚臣魏光焘跪奏，为查明陕西省光绪二十三年上忙征收钱粮、盐课等银已完数目，恭折仰祈圣鉴事。

窃查前准户部咨：陕省上、下两忙钱粮册籍，以实征之数依限造报，并将耗羡、存留及起运已完银两归入某季拨册，一并分造，各等因。所有光绪二十二年上、下两忙册籍，业经遵造分别奏咨在案。兹值造报光绪二十三年上忙之期，查陕省二十三年分，共额征民屯、更起运银一百三十二万九千二百两零，内除兴平、高陵、褒城、朝邑、华阴、武功六县水灾案内豁免银六百一十六两零，又除荒地应征银六万四千三百九十八两零，实熟地应征银一百二十六万四千一百八十五两零。今上忙已完银一百九万八千四百二十两零，未完银一十六万五千七百六十四两零，内除临潼、延川、扶风、褒城、沔县五县水灾案内暂行豁免三年银一千一百三十二两零，止未完银一十六万四千六百三十一两零。

又，额征民屯、更起存、耗羡，除请留免耗外，共银二十三万七千四百七十四两零，内除兴平、高陵、褒城、朝邑、华阴、武功六县水灾案内豁免银八十九两零，又除荒地免征银一万七百二十二两零，实熟地应征银二十二万六千六百六十三两零。今上忙已完银一十八万八千四百七十两零，未完银三万八千一百九十二两零，内除临潼、延川、扶风、褒城、沔县五县水灾案内暂行豁免银一百四十三两零，止未完银三万八千四十九两零。

又，额征民存留、俸工、廪膳、祭祀、孤贫并额外廪粮等项银九万九千三百二十五两零，又拨支各属不敷孤贫口粮银三两零，二共银九万九千三百二十八两零，内除应征拨支各属不敷孤贫口粮银三两零，止应征银九万九千三百二十五两零，内除荒地免征银三千八百一十九两零，实熟地应征银九万五千五百六两零，内除延川县水灾蠲缓银一百一十两零，实征银九万五千三百九十五两零。今上忙已完银五万二千六百三十八两零，内解司裁汰俸工、乡饮、纸札、宪书等项银九百一十七两零，自留支银五万一千七百二十一两零，未完银四万二千七百五十六两零。

又，额征民屯、存留、驿站等项共银一十七万六千二百七十三两零，内除荒地免征银三千五十六两零，实熟地应征银一十七万三千二百一十七两零。今上忙已完银一十一万三千七百四十三两零，内解司站支、边塘、协济、扛夫等银三万九千八百九十七两零，解汉中府供驿银一万四千九十四两零，留支银五万九千七百五十两零，未完银五万九千四百七十四两零。

又，额征屯存留、俸工、杂支、孤贫等项银二千三百一十八两零，内除荒地免征银三百二十两零，实熟地应征银一千九百九十七两零。今上忙已完银九百七十七两零，全数留支各官俸工等银，实未完银一千二十两零。

又，额征盐课银一万九千二百四十两零，内除褒城县长林镇杨寨等处水冲地亩豁免银六两零，又除荒地免征银一千二百二十六两零，实熟地应征银一万八千七两零。今上忙已完银七千七十八两零，未完银一万九百二十八两零。据署藩司李有棻分晰查造各款细数及入拨清册，具详请奏前来。

臣覆核无异，除清册咨部外，所有查明陕省光绪二十三年分上忙征收钱粮、盐课等银已完数目，谨缮折具陈。伏乞皇上圣鉴。谨奏。光绪二十三年十一月初十日。

（朱批：）户部知道。①

光绪二十三年十一月二十四日，奉朱批：户部知道。钦此。②

---

①台北故宫博物院藏：《军机及宫中档》，文献编号：408006938。

②中国第一历史档案馆藏：《录副奏折》，档号：03-6257-014。

0658. 奏报陕省添扣减平各款银数折

光绪二十三年十一月初十日（1897年12月3日）

头品顶戴陕西巡抚臣魏光焘跪奏，为遵照部议陕省添扣减平各款，约计一年所扣银数，先行恭折陈报，仰祈圣鉴事。

窃臣前准户部咨：议覆御史宋伯鲁①奏请添扣各项减平，以裕利源一折❶，奉旨：依议。钦此。咨行到臣。当经恭录饬司遵办去后。查部议内开：各省自本年七月起，无论藩、运、道、库及各局处所，额支旗、绿各营俸薪、饷干、米折、养赡并各项经费、津贴、薪费、银粮暨一切正、杂各款，凡向支库平者，每两核扣六分，统按二两京平发给。其由旗、绿各营内挑练之兵所支饷糈，本较额兵为优，亦应核扣六分减平，以归一律。至各省勇饷多系开支湘平，当此整顿营勇之时，自未便再行核减。第查各处防饷，间或以库平支给，未免稍有参差，亦拟令自本年七月起，无论旧有防勇、新添练勇以及学习洋操各军，凡饷项开支库平者，照数核扣四分，统按湘平发给。计各项减平扣出银数若干，应令按半年报部一次，专款存储，留备拨还洋款，无论何项，不得擅行动支。其从前减平各按扣存六分、四分各数，并令照案分别解部及报部候拨，毋得径行截留应用，仍将各该省各项减平一年约扣数目先行专案奏报等因。

查陕省文武廉俸等项，每年约共扣减平银二万三千余两，系

①宋伯鲁（1854—1932），字芝栋、芝洞、芝钝、子钝。晚年又号钝叟，别号九峻山樵、瓶园老人、心太平轩老人。陕西省醴泉人。光绪十年（1884），中举。十一年（1885），中式进士，改庶吉士。十四年（1888），授编修。同年，任国史馆协修官。十七年（1891），充顺天乡试同考官。二十年（1894），任山东乡试副考官。二十二年（1896），补山东道监察御史。戊戌政变（1898）后，遣回原籍，致力于诗画，颇存矩矱。民国二十一年（1932），卒。著有《海棠仙馆集》《画人轶闻》《清画家诗史》《新疆建置志》《新疆山脉志》《西辕琐记》《海棠仙馆诗集》《焚余草》《己亥谈时》《知唐桑艾录》等行世。

按六分扣除，无可添扣。惟有司库支发旗、绿各营兵饷、粮料、草折、洋操队月饷、官例、马干，老故兵半饷养赡、关中书院纸札、各属倒马例价、文武庙坛祭祀、孤贫口粮、布花、因递安插各犯口粮、盐菜，厘税、水利等局委员薪水、杂费等项，遵照部议，添扣六分、四分、二分减平，每年约扣银二万八千八百一十一两零，内除西安将军、满营应支各项饷银约扣减平银二万四百一十七两零，业经将军臣奏咨外，实只绿营并杂支各局费，应添扣银八千三百九十四两零。又，善后局支发练军饷项，分别新募、改练及以营兵改练并无底饷者，计抚标城守延榆绥、陕安、汉中各镇协营马步队并防军马步十八旗、商防回兵薪饷及局费、制造等项，照旧章应扣四分减平银一万七千五百四十三两零，内延榆绥镇练兵、商州回兵及局费、制造等项，照新章共添扣二分减平银一千四百六十一两零。

以上每年除满营添扣减平外，陕省司局共添扣银九千八百五十五两零，遵照部议，自光绪二十三年七月扣起，另款存储，按半年报部一次，听候提拨。其旧有之六分、四分减平银两，仍照案分别造册详报。由署藩司李有棻开具添扣减平各项款目、银数清册，详请奏报前来。

臣覆核无异，除清册咨部查照外，所有陕省每年约共添扣减平银数，合先恭折具陈。伏乞皇上圣鉴。谨奏。光绪二十三年十一月初十日。

（朱批：）户部知道。①

光绪二十三年十一月二十四日，奉朱批：户部知道。钦此。②

❶【案】光绪二十三年三月十二日，御史宋伯鲁奏请酌增各省减平以裕利源，曰：

①台北故宫博物院藏：《军机及宫中档》，文献编号：408006939。

②中国第一历史档案馆藏：《录副奏折》，档号：03-6643-031。

山东道监察御史臣宋伯鲁跪奏，为酌增各省减平，以裕利源，恭折仰祈圣鉴事。

窃维筹款之法，节流不如开源，而开源之途有二：有创前此所未开者，取道纡而责效迟；有就已成之局而推广之者，用力省而成功易。现在洋债重重，库款支绌，转瞬交利之期又届，司农仰屋，计吏束手；新法则缓不济急，旧漏则搜括无遗。加税则则成说尚虚，贷外债则抵款宜预。于无可筹画之中必筹一岁入巨款，则莫如酌增减平之一法。

查减平之法创于嘉庆年间，陕西巡抚毕沅因川楚军需左藏亏空，借此为弥补之计。道光二十三年，经户部奏定章程，令各直省按年扣存，于二、八月解部。惟时常例支款，如文武廉俸、工食、杂支之项，岁销千余万两，每两核扣平余六分，应扣收银九十余万两。咸丰、同治以来，虽屡经奏准严定考成，各直省从未依限解足，推原其故，多由入不敷出，或留以凑京、协各饷，或留以供本省饷需。款已占定，纵照案严催，仍属空文来往。此六分减平一款可以提解者必无多也。

光绪十年，户部会奏开源节流单内减平条款，虽有饷需等项每两扣减平四分存储备拨之议，各直省亦多未遵行。即间有扣存者，亦多系凑拨军饷。既非闲款，则提解种种为难。又有采办外洋物料，多不能核扣平余，则每年七八千万出款内又须扣除。核计此四分减平一款，可以提解者亦无多也。

今欲于减平一项筹出巨款，非加扣不为功。查库平一两内核扣减平六分，仍为京平一两，虽贵如王公巨卿，其廉俸莫不核扣。近如宗室觉罗，其钱粮亦莫不核扣。而外省旗绿兵勇饷干，或竟支库平，并不扣减；或按库平只减三四分不等，本非平允办法，然相沿已久，无故亦不便更张。兹因筹款万难，不得已拟统按六分核扣。其向有支款占定者，仍准留用；此外添扣者，概令报解。每月每人所扣无几，似无伤于政体，而的款每年约可得银百余万两。若仍不足用，或再将一分平余扣款普遍推广，每年又可得因数十万，合之可得二百万。盖军需定例惟采制、运脚，除扣平外，每百两向扣平余银一两，余则不扣。今拟统行核扣也。

如拟将以上办法举行，须先令该部按岁出岁入登记簿内所列支款付各司处，注明某款向扣几分减平，某款照军需例扣收平余，某款向放库平，俟各司注齐付回，然后汇总，核计某省可以添扣若干，通盘可以添扣若干。凡添扣之款，奏令提解部库，以济要需。各直省以奉到部文之日起为始，以前已未扣减均置不究；奉文后均需恪遵奏定新章，依限报解，不得延宕；并通行管库衙门，出示晓谕。除奏定扣平若干外，傥再借此亏平，一经发觉，从严惩办，以杜流弊。如此既无损于大局，兼可获此巨款。此臣所谓就已成之局而推广之、用力省而成功易也。是否有当，伏乞皇上圣鉴训示，施行。谨奏。光绪二十三年三月十二日。①

【案】光绪二十三年三月十二日，御史宋伯鲁奏请添扣各项减平之折奉明发谕旨户部议奏，并将原折呈览：

本日，御史宋伯鲁奏请添扣各项减以平裕利源折，奉明发谕旨：户部议奏。又奏，凡遇应办大工，经钦派大臣勘估后，仍交工部详议核奏片，奉交片谕旨：工部议奏。又奏，京城劫案叠出，请严行拿办片，奉交片谕旨：着步军统领衙门、顺天府、五城认真拿办。谨将原折、片恭呈慈览。谨奏。②

【案】光绪二十三年五月二十一日，户部为议覆御史宋伯鲁奏请添扣各项减平请咨军机处知照，曰：

户部谨奏，为遵旨议奏事。光绪二十三年三月十二日，奉上谕：御史宋伯鲁奏请添扣各项减平以裕利源一折。着户部议奏。钦此。钦遵由内阁钞出到部。

原奏内称：筹款之法，节流不如开源，而开源之途有二：有创前此所未开者，取道纡而责效迟；有就已成之局而推广之者，用力省而成功易。现在洋债重重，库款支绌，转瞬交利之期又届，司农仰屋，计吏束手，于无可筹画之中必筹一岁入巨款，则莫如酌增减平之一

---

①台北故宫博物院藏：《军机及宫中档》，文献编号：137985。

②台北故宫博物院藏：《军机及宫中档》，文献编号：138001。

法。查库平一两内核扣减平六分，为京平一两，虽贵如王公巨卿，其廉俸莫不核扣。近如宗室觉罗，其钱粮亦莫不核扣。而外省旗绿兵勇饷干或竟支库平，并不扣减；或按库平只减三四分不等，本非平允办法，然相沿已久，无故亦不便更张。兹因筹款万难，不得已拟统按六分核扣。其向有支款占定者，仍准留用；此外添扣者，概令报解。每月每人所扣无几，似无伤于政体，而的款每年约可得银百余万两。若仍不足用，或再将一分平余扣款普遍推广，每年又可得因数十万，合之可得二百万。盖军需定例惟采制、运脚，除扣平外，每百两向扣平余银一两，余则不扣。今拟统行核扣等语。臣等伏查道光二十三年，臣部奏明将各省文武廉俸暨杂支等款一律减平支放，每年约节省银七十四万七千余两。又，咸丰七年奏明兵饷、马干等款毋庸减平，其余一切放款改用二两平支放，每年约节省银二十余万两。均令按年如数报部。

又，光绪十年奏明各省勇饷，大半按湘平支发。嗣后一切薪水杂项，均照湘平扣银四分之数，一律扣平支放。扣出银款，另行存储候拨。此臣部先后办理减平之大略也。今御史宋伯鲁奏称筹款万难，不得已拟统按六分核扣，概令报解，每年可得银百余万两等因。查各省支发库平各款，除京、协各饷、海关经费、中外交涉款目、雇募洋人薪工、购买外洋物料均难议减外，现在旗绿各营兵饷、马干、员役薪粮等款，每年约需库平银一千四五百万两。若每两减平六分，一年约节省银八九十万两，实不计百余万之数。惟每人每月所扣无多，不至遽行困苦，而铢积寸累，集有成数，于库储不为无裨。臣等公同商酌，拟照该御史所议，行令各直省自本年七月起，无论藩、运、道库及各局处所额支旗绿各营俸薪、饷干、米折、养赡并各项经费、津贴、薪费、口粮暨一切正杂各款，凡向支库平者，每两核扣六分，统按二两平发给。其由旗绿各营内挑练之兵所支饷糈，本较额兵为优，亦应核扣六分减平，以归一律。

至各省勇饷多系开支湘平，当此整顿营勇之时，自未便再行核减。第查各处防饷，间或以库平支给，未免稍有参差，亦令自本年七月起，无论旧有防勇、新添练勇以及学习洋操各军，凡饷项开支库平者，照数核扣四分，统按湘平发给。计各项减平扣出银数若干，应令按半年报部一次，专款存储，留备臣部拨还洋款，无论何项，不得擅行动支。其从前减平各案扣存六分、四分各数，并令照案分别解部及解部及报部候拨，毋得径行截留应用。再，军需例扣一分平余、开支书吏工食，为数无几，自应循例办理，毋庸统行核扣。以上核议各节，如蒙俞允，应请饬下各直省将军、督抚一体遵办，并将各该省各项减平一年约扣数目先行专案奏报，毋稍迟延。所有遵义缘由，理合恭折具陈，伏乞皇上圣鉴。谨奏。

咨呈：户部为遵旨事。陕西司案呈：准北档房传，所有议覆御史宋伯鲁奏请添扣各项减平以裕利源一折，光绪二十三年五月十二日具奏，奉旨：依议。钦此。相应钞录原奏，恭录谕旨，咨呈军机处可也。须至咨呈者。右咨呈（计单）军机处。光绪二十三年五月二十一日。①

0659. 奏报查勘被灾各属筹款赈济片

光绪二十三年十一月初十日（1897 年 12 月 3 日）

再，据府谷县禀称，该县与蒙地毗连，土壤硗薄，全赖雨泽及时，方冀有秋。乃本年入夏以来，雨泽愆期，夏禾固属歉收；交秋以后，仍形亢旱，屡经设坛祈祷，总未渥沛甘霖，以致秋禾均秀而不实。经该县亲往勘验，统计实收仅止四分之谱，业已成灾。所有应完本年下忙钱粮，若照常征收，民力实有未逮，恳请分别缓征。目下民食勉可支持，明春青黄不接，贫黎尤形拮据，并请筹款赈抚，以资接济等情。前来。

当经臣批司移行该管道府，遵章覆勘，究竟受旱地亩实有若干，成灾实有几分，钱粮应如何拟缓，据实会衔结报，并由司筹款，以备来春赈济，仍俟查办完竣，另行奏报。谨附片具陈，伏乞圣鉴。谨奏。

---

①台北故宫博物院藏：《军机及宫中档》，文献编号：139774。

（朱批：）知道了。①

光绪二十三年十一月二十四日，奉朱批：知道了。钦此。②

0660. 奏销广有仓收支粮草缘由片

光绪二十三年十一月初十日（1897 年 12 月 3 日）

再，查陕省前因举办征信册，议令次年五月奏销为止，截数造办。其榆林府广有仓征收粮草，交纳较迟，奏销缓至八月底截数。该仓奏销请以八月为期，九月专案造报，并改题为奏，借可以速补迟等因。遵办在案。兹届造报榆林府广有仓光绪二十二年分展限奏销之期，由署藩司李有棻准据延榆绥道榆林府将该府广有仓，并榆林等县二十二年收支兵马粮草四柱奏销清册，逐一造齐，具详前来。

臣覆核无异，除各册咨部外，谨附片具陈，伏乞圣鉴。谨奏。

（朱批：）户部知道。③

光绪二十三年十一月二十四日，奉朱批：户部知道。钦此。④

0661. 拨解冬月应还英德银两片

光绪二十三年十一月初十日（1897 年 12 月 3 日）

再，前准部咨：应还英、德，俄、法两款，奏派陕省每年认还银二十二万两，历次遵筹解交在案。兹届光绪二十三年冬月，陕省应筹解还英、德款银三万两，查照奏案，在两淮应解甘省协饷银内就近拨解，已由司备具文批移咨江海关道，查核兑收。其自陕西至上海县应需盘脚银两，亦照案扣存，造入季拨。据署藩司李有棻详请奏咨前来。

---

①台北故宫博物院藏：《军机及宫中档》，文献编号：408006939-0-A。

②中国第一历史档案馆藏：《录副奏片》，档号：03-9482-005。

③台北故宫博物院藏：《军机及宫中档》，文献编号：408006939-0-B。

④中国第一历史档案馆藏：《录副奏片》，档号：03-6677-082。

除咨明户部暨陕甘督臣、两江督臣、江苏抚臣查照外，所有陕省拨解冬月应还英、德银两数目，理合附片陈明。伏乞圣鉴。谨奏。

（朱批：）户部知道。①

光绪二十三年十一月二十四日，奉朱批：户部知道。钦此。②

0662. 上年旧赋比较上三年完欠分数折

光绪二十三年十一月二十日（1897 年 12 月 13 日）

头品顶戴陕西巡抚臣魏光焘跪奏，为查明陕省光绪二十二年旧赋钱粮，比较上三年完欠分数，开列清单，恭折仰祈圣鉴事。

窃查前准户部咨：陕西省旧赋钱粮，比较上三年完欠分数，自光绪八年起，按年开单奏报，新赋钱粮统归上、下两忙案内考核，旋准咨送单式。考核旧赋，以未完之数为纲，令即仿照江西省奏报清单办理，各等因。查陕省正赋钱粮，节经饬属设法招垦，因地广人稀，迄未一律尽辟。近年剔荒征熟，察验民情，仅将旧赋带征一年，以示体恤。所有二十一年以前民欠银两，经各前抚臣暨臣奏奉恩旨豁免在案。

兹值查造光绪二十二年旧赋比较之期，查陕省二十二年分应征旧赋，自十八年起至二十一年止民欠未完钱粮，内十八、十九、二十等三年并无续完银两，无庸开报。所有二十一年钱粮，除荒地免征外，共未完银三万七千五百九十三两零，内除鄜州二十年雹灾案内奉文缓征灾前已完准流抵二十一年正赋银二百七十两零，又除临潼、延川、扶风、褒城、沔县、商州等六州县节年水灾案内奉文豁免银一千一百四十两零，仅未完并缓征共银三万六千一百八十二两零。又，咸宁、长安、华阴、商州、鄜州等五州县二十一年水、雹各灾案内缓征灾前已完准流抵二十二年正赋应仍归

---

①台北故宫博物院藏：《军机及宫中档》，文献编号：408006939-0-C。

②中国第一历史档案馆藏：《录副奏片》，档号：03-6692-081。

二十一年带征银二千六百七十两零，二共未完银三万八千八百五十三两零。截至二十二年奏销止，共已完银三百七十二两零，照数在二十二年续销册内列收造报。实在民欠未完二十一年银三万八千四百八十两零，业经奉文全数豁免。据署藩司李有棻具详前来。

臣覆查无异，除咨部外，所有光绪二十二年征收旧赋钱粮比较分数，谨缮清单，恭折具陈。伏乞皇上圣鉴。谨奏。光绪二十三年十一月二十日。

（朱批：）户部知道，单并发。①

光绪二十三年十二月初三日，奉朱批：户部知道，单并发。钦此。②

0663. 呈上年旧赋比较上三年完欠清单

光绪二十三年十一月二十日（1897 年 12 月 13 日）

谨将陕西省光绪二十二年分征收旧赋，比较上三年完欠分数，缮具清单，恭呈御览。

计开

旧赋项下

光绪二十二年应征光绪十八年起至二十一年止民欠未完钱粮，内十八、十九、二十等三年并无续完银两，毋庸开报外，所有二十一年除荒地免征外，共未完银三万七千五百九十三两七钱七分八厘，内除鄜州二十一年雹灾案内奉文缓征灾前已完准流抵二十二年正赋银二百七十两二钱九分六厘，又除临潼、延川、扶风、褒城、沔县、商州等六府州县节年水灾案内奉文豁免银一千一百四十两七钱七分三厘，止未完并缓征共银三万六千一百八十二两七钱九厘。又，咸宁、长安、华阴、商州、鄜州等五州县二十一

①台北故宫博物院藏：《军机及宫中档》，文献编号：408006941。

②中国第一历史档案馆藏：《录副奏折》，档号：03-6257-019。

年水、雹各灾案内缓征灾前已完准流抵二十二年正赋，应仍归二十一年带征银二千六百七十两三钱五分六厘。截至二十二年奏销止，共已完银三百七十二两六钱三分一厘，照数在于二十二年续销册内列收造报讫。实在民欠未完二十一年银三万八千四百八十两四钱三分四厘，业已奉文豁免。计已完九毫六丝，未完九分九厘四丝。

比较光绪十九年应征银一十万七千八百五十四两二分九厘，已完一厘二丝六忽，银一千一百七两四钱四分七厘；未完豁免九分八厘九毫七丝四忽，银一十万六千七百四十六两五钱八分二厘，计少完银六丝六忽。

比较光绪二十年应征银一十八万六千六百三十两四钱八分九厘，已完一厘二毫五丝五忽，银二千二百六十二两六钱三分三厘，未完豁免九分八厘七毫四丝五忽，银一十八万四千三百六十七两八钱五分六厘，计少完银二毫九丝五忽。

比较光绪二十一年应征银三万九千五百九十七两五钱七厘，已完二厘三毫二丝六忽，银九百二十一两七钱八分八厘，未完豁免九分七厘六毫七丝四忽，银三万八千六百七十五两七钱一分九厘，计少完银一厘三毫六丝六忽。

以上未完银两，业已奉文全数豁免。理合登明。

（朱批：）览。①

0664. 奏报陕省情重盗匪照章惩办折

光绪二十三年十一月二十日（1897年12月13日）

头品顶戴陕西巡抚臣魏光焘跪奏，为陕省各属情重盗匪照章惩办，恭折仰祈圣鉴事。

窃查前准部咨：嗣后各省拿获马贼、土匪并伙众持械强劫案

---

①中国第一历史档案馆藏：《单》，文献编号：03-6257-020。

件，如实系距省穹远，解犯中途堪虞，就近解交该管道府，或委员覆审明确，由该管道府核明情罪，禀候督抚批饬就地正法，按季汇案具奏等因。历经遵办在案。

兹查光绪二十三年秋季分，据延安府审办延长县拿获盗犯任全。讯据供认，听从逸犯赵老四纠伙一十八人，于二十二年七月十四日夜，分持刀械，撞门入室，强劫事主董梅生家钱物，拒伤事主家妇女、雇工五人平复，当经事主董梅生放枪轰伤伙盗孙黑儿并该犯任全倒地，孙黑儿旋即因伤身死，任全被获，复经兵围追捕，格杀伙盗刘玉汰一名。

又，据兴安府审办洵阳县拿获盗犯黄睡停即黄金山，又名黄青山、杨蕾即冯姓、马道娃、吕万柴四犯。讯据该犯黄睡停供认为首起意，纠同杨蕾、马道娃、吕万柴与在逃之王正公，于二十二年十二月二十六日夜，强劫事主刘常增、刘四娃弟兄船上烟土、钱物，拒毙事主刘常增弟兄二命，弃尸河内灭迹。该犯马道娃听纠入伙，临时畏惧不行，事后分赃。该犯吕万柴临时患病不行，事后未分赃。

又，据该府审办砖坪厅拿获会匪胡老八即胡汶沣、秦百岁即秦老九、胡中憘即胡老六、王和尚即王老九、郑萌溃即郑老五并单能有、毕春溃、吴季娃八犯。讯据胡老八供认为首，起意，纠邀现获之秦百岁等及在逃之熊二娃、袁九娃共十人，于二十二年三月二十八日夜，抢劫潘学德船上银钱、烟、布，吴季娃系胡老八逼令随行服役，未经上盗；单能有、毕春溃听纠上盗，临时畏惧不行，均事后分赃。

又，据汉中府审办洋县拿获已经正法之逆首高彦发等谋叛案内逃匪易连升即易大爷，又名易青莲、张发筹二犯。讯据该犯易连升供认入会为匪，与已经正法之逆首高彦发结拜弟兄，当高彦发等倡乱被围，该犯派弟易青山率党赴援，闻败逃避。该犯张发筹被诱入会，为匪服役，并无抢夺、拒捕别情。

又，据兴安府审办平利县拿获盗犯康见憘、周沉憘、秦老大、秦老二、袁㥄溃五犯。讯据康见憘供认为首起意，纠邀现获之周沉憘等并在逃之赵端攻即赵明朗等一共七人，于二十二年十一月十五日夜，持械撞门入室，强劫事主李三合家粮食、衣物，捆殴事主受伤平复；周沉憘听纠上盗，入室搜赃；秦老大、秦老二、袁㥄溃听从行劫，中途患病及畏惧不行，事后分赃，各等情。由各该厅县禀经臣先后批司转行该管延安府知府景星燿、汉中府知府常裕、兴安府知府张筠，督同各该厅县，提犯覆鞫，供情相符，照章议拟，禀候核示，前来。

臣以该犯任全、黄睡停即黄金山，又名黄青山，杨蕾即冯姓、胡老八即胡汶沣、秦百岁即秦老九、胡中憘即胡老六、王和尚即王老九、郑萌溃即郑老五、易连升即易大爷，又名易青莲、康见憘、周沉憘十一犯，或起意纠抢，入室搜赃；或听从行劫，拒杀事主；或入会为匪，党逆谋乱，均属凶恶昭著，法无可逭。当与督臣批饬照章就地正法，分别枭首示众。任全、康见憘二犯在监病故，仍令查验明确，将该二犯照例戮尸，传首犯事地方，悬杆示众，以昭炯戒。张发筹、秦老大、秦老二三犯，或为逆匪服役，或听纠上盗，因患病不行，事后分赃，罪应拟遣，照章锁系巨石，不拘年限。马道娃、吴季娃、单能有、毕春溃、袁㥄溃听纠行劫，临时畏惧不行，均事后分赃，罪应拟流，照章锁系巨石八年。吕万柴听纠入伙，因患病不行，事后未分赃，罪应拟徒，照章锁系巨石五年，限满察看情形，分别办理。逸盗王正公等饬缉，获日另结。

所有光绪二十三年秋季分情重盗匪照章惩办缘由，谨会同陕甘督臣陶模，恭折汇陈。伏乞皇上圣鉴。谨奏。光绪二十三年十一月二十日。

（朱批：）刑部知道。[①]

---

①台北故宫博物院藏：《军机及宫中档》，文献编号：408006940。

光绪二十三年十二月初三日，奉朱批：刑部知道。钦此。①

0665. 奏报本年十月雨水粮价情形折

光绪二十三年十一月二十日（1897 年 12 月 13 日）

头品顶戴陕西巡抚臣魏光焘跪奏，为恭报雨雪、麦苗情形，恭折仰祈圣鉴事。

窃查陕省光绪二十三年九月分雨泽、禾苗情形，业经奏报在案。兹据西安、延安、凤翔、汉中、榆林、同州、兴安、邠州、乾州、商州、鄜州、绥德等府州属具报，于十月初六、七至初十并十五六七至二十及二十六七等日，先后得雨、得雪一二三寸不等。臣查入冬以来，天气晴和，二麦均已播种出土。现值盘根之际，得此雨雪，大有裨益，民情欣悦，合境安谧，堪以上慰宸廑！

刻查西安粮价，大米每仓石价银三两六分，小米每仓石价银一两九钱八分，较之上月，大米减银二钱四分，小米减银一钱一分。

所有光绪二十三年十月分雨雪、麦苗暨省城粮价情形，理合恭折具陈。伏乞皇上圣鉴。谨奏。光绪二十三年十一月二十日。

（朱批：）知道了。②

光绪二十三年十二月初三日，奉朱批：知道了。钦此。③

0666. 奏报学政叶尔恺幕友履历片

光绪二十三年十一月二十日（1897 年 12 月 13 日）

再，查定例：学政考试，延请阅卷幕友姓名、籍贯，由该督

①中国第一历史档案馆藏：《录副奏折》，档号：03-7370-008。

②台北故宫博物院藏：《军机及宫中档》，文献编号：408006942。

③中国第一历史档案馆藏：《录副奏折》，档号：03-6966-006。

抚查奏等语。兹新任陕西学臣叶尔恺①，于光绪二十三年十一月初七日到任。所延幕友李毓琛，山东济宁州附贡生；向志鹏，湖南溆浦县廪贡生；李班联，山东安邱县增贡生；朱瀛才，浙江钱塘县举人；吴昌鼎，江西南城县附贡生；敬传璧，四川云阳县举人。均非视学省分及邻省五百里以内籍贯，由学臣开单，移请查核前来。

臣覆查无异。理合循例附片陈明，伏乞圣鉴。谨奏。

(朱批：) 知道了。②

光绪二十三年十二月初三日，奉朱批：知道了。钦此。③

0667. 奏闻委署道府州县各缺情形片

光绪二十三年十一月二十日（1897 年 12 月 13 日）

再，各省道、府、州、县，无论奏调、委署，每届三月汇奏一次，历经遵办在案。兹查陕西省自光绪二十三年七月起至九月底止，督粮道姚协赞署按察使，遗缺委西安府知府童兆蓉署理；所遗西安府知府缺，委试用知府李希哲署理。凤翔府知府张衍熙告病，遗缺委试用知府周铭旗署理；同州府知府贺尔昌病故，遗缺委署大荔县知县余琪树兼护。

三原县知县欧炳琳调帘，遗缺委候补知县李同华代理；醴泉县知县顾曾烜调帘，遗缺委另补知县李汝鹤代理；郃阳县知县张树穀调帘，遗缺委另补知县陈润璨代理；韩城县知县李嘉绩调署扶风县知县，唐骅路调署韩城县知县；旋唐骅路调帘，所遗韩城

---

①叶尔恺（1864—1937），字悌君、伯皋、柏皋、伯高，浙江省仁和（今杭州）人。光绪十八年（1892），中式进士，选庶吉士。二十年（1894），授翰林院编修。二十三年（1897），简陕西学政。二十六年（1900），丁忧回籍。三十二年（1906），署云南提学使。宣统元年（1909），迁云南布政使。二年（1910），兼云南提学使。民国二十六年（1937），卒。工书法，精章草，晚年于沪卖字为生，著有《宝凤阁随笔》等行世。

②台北故宫博物院藏：《军机及宫中档》，文献编号：408006942-0-A。

③中国第一历史档案馆藏：《录副奏片》，档号：03-7201-076。

县缺，委华州州判崔耀山代理；南郑县知县周毓棠调帘，遗缺委试用知县胡启虞代理；白河县知县尹昌龄调帘，遗缺委候补班前同知汪长青代理；延川县知县傅迪康调帘，遗缺委延长县知县罗振鹭兼理；榆林县知县孙云官调帘，遗缺委准补吴堡县知县杨崧年代理；署葭州知州周维祺调省，遗缺委试用通判崔骥远署理。

山阳县知县赵锦城调省，遗缺委候补知县张绍衡署理；署镇安县知县陈砥澜调省，遗缺委教习知县萧执中署理；淳化县知县徐锡瓛调帘，遗缺委大挑知县洪镇代理；商南县知县余绍侨调署褒城县知县；林耀廷调署商南县知县，林耀廷未到任以前，所遗商南县缺委即用知县秦士麟代理；署高陵县知县方敔调省，遗缺委淳化县知县徐锡瓛署理；华州知州黄世瀛调省，遗缺委葭州知州边祖恭署理；代理淳化县知县洪镇卸事，遗缺委拔贡知县李士珍署理。据署藩、臬两司会详前来。

臣覆核无异，所有光绪二十三年秋季分委署道、府、州、县各缺缘由，谨附片具陈。伏乞圣鉴。谨奏。

（朱批：）吏部知道。①

光绪二十三年十二月初三日，奉朱批：吏部知道。钦此。②

0668. 奏请奖励收厘出力各员缘由片

光绪二十三年十一月二十日（1897年12月13日）

再，前准户部咨：具奏各省厘金未能畅旺，饬令竭力整顿一折，内开陕省厘金，光绪二十二年较二十一年，多收银十一万两有奇，视各省最为踊跃；又称将来各省厘金较二十一二两年收数，大省加增三四十万两以上，中省加增二三十万两以上，小省加增一二十万两以上者，准将廉干之员从优奖励等因。奉旨允准钦遵咨行到陕，经臣转饬遵照在案。

---

①台北故宫博物院藏：《军机及宫中档》，文献编号：408006942-0-B。

②中国第一历史档案馆藏：《录副奏片》，档号：03-5353-018。

查陕省地瘠民贫，物产有限，外来之货销数亦属无多，较之南省富饶之区，大相悬绝。二十及二十一两年迭准部咨，令将厘金认真整顿。该升任藩司张汝梅、臬司李有棻督同总局委员，斟酌利弊，变通章程，添设巡卡，实力稽查，并通饬外局各员洁己奉公，共加奋勉。计二十一年收数，较前三年，已属加增。及至二十二年，百货厘金比二十一年多收银十一万两有奇，土药厘金亦比二十一年多收银十万两有奇。除烟、酒、蔗糖系部准加厘之货，此外并未加厘，而一岁之中增收至二十一万余两。现值需款孔殷，获此巨数，于大局不无裨益。合将出力各员先行择尤保奖，以励其余。据厘税总局司道等造具各员履历册折，会详请奏前来。

臣维时事日艰，库款日绌，非振兴厘金，无以裕度支；非整顿得人，亦断难收实效。陕省本属瘠区，各该员等力除积弊，涓滴归公。二十二年百货、土药两项厘金，较二十一年增收银至二十一万余两之多，实属办事认真，著有成效，核与部奉从优奖励旨意尚属相符，合无仰恳天恩俯准将整顿厘务收数最优之委员三品衔准补延安府知府松山，以道员在任候补；准补宁陕厅同知张守正，以知府在任候补；候补直隶州知州孙庭寿、候补同知文德升，均俟补缺后，以知府在任候补；候补知县李寿昌，俟补缺后以直隶州知州用；候补州判刘继祖，俟补缺后以知县用。

此外出力稍次之员，由臣酌予外奖，以示优异而励将来，于厘务必更有起色。除将各该员履历册籍咨部外，理合附片具陈，伏乞圣鉴训示。谨奏。

（朱批：）吏部议奏。①

光绪二十三年十二月初三日，奉朱批：吏部议奏。钦此。②

---

①台北故宫博物院藏：《军机及宫中档》，文献编号：408006942-0-C。

②中国第一历史档案馆藏：《录副奏片》，档号：03-6509-015。

0669. 请将武举秦殿鳌递革审办片

光绪二十三年十一月二十日（1897 年 12 月 13 日）

再，据邠州直隶州知州王兆庆详称：据民人池斌报称：本年六月二十七日夜三更时分，伊家住客武举秦殿鳌图奸伊媳池豆氏未成，被伊子登时捉获，呈请讯究。当经该州差传该武举秦殿鳌到案，讯据供词游移，显系恃符狡展，恳请褫革审办等情。由署藩、臬两司会详前来。

臣查该武举秦殿鳌系郃阳县人，光绪十九年癸巳科乡试中式第十三名武举，辄敢黉夜图奸，虽事属未成，究系恃符妄为，有亏行止，相应请旨将该武举秦殿鳌衣顶先行褫革，以便归案审办。除咨部查照外，谨会同陕甘督臣陶模，附片具陈。伏乞圣鉴训示。谨奏。

（朱批：）着照所请，该部知道。[①]

光绪二十三年十二月初三日，奉朱批：着照所请，该部知道。钦此。[②]

0670. 奏报省城创设游艺学塾情形折

光绪二十三年十二月初一日（1897 年 12 月 24 日）

头品顶戴陕西巡抚臣魏光焘跪奏，为省城创设游艺学塾，捐款试办，奏明立案，恭折仰祈圣鉴事。

窃维自强之道，以作育人才为本；求才之要，以整顿学校为先。迩年以来，内外臣工禀承谕旨，体念时艰，莫不以添设学堂、

①台北故宫博物院藏：《军机及宫中档》，文献编号：408006940-0-A。

②中国第一历史档案馆藏：《录副奏片》，档号：03-7418-002。

储材、制器为急务。光绪二十二年，刑部左侍郎臣李端棻[1]奏请推广学校一案内开：如内地各府厅州县愿兴格致等学肄习专门，果使业有可观，三年后，由督抚奏明请旨，考试录用。本年二月，安徽抚臣邓华熙[2]奏请各省均于省城另设格致学堂，并准奏明指拨的款，各等因❶。均经钦奉朱批允准，由总理各国事务衙门咨行在案。

臣查现在京师设立大学堂，天津、上海等处奏设头等学堂。其东南各省或另立书院，讲求朴学；或就现有书院，更变章程，纲举目张，学校均有起色。国家需才孔亟，即在偏隅，亦应设法筹办，以收鼓舞振兴之效。陕省为文献旧邦，历代以来，名臣大儒辈出。我朝深仁厚泽，涵濡二百余年，文物之美，尤称极盛。近经兵燹，元气未复，而关中宏道、味经各书院肄业诸生，多能研求实学，恪守前贤矩矱。值国事艰难，强邻逼处，其间忠义勃发，蠲除锢习之士，亦往往而有，良由风俗质朴，士气果毅，故

①李端棻（1833—1907），字信臣，号苾园，贵州贵阳人。同治二年（1863），中式进士，选庶吉士。四年（1865），授翰林院编修。六年（1867），充山西乡试副考官。十年（1871），放云南学政。光绪二年（1876），丁忧回籍。五年（1879），转御史，历詹事府少詹。十三年（1887），升补詹事府詹事、内阁学士兼礼部侍郎衔。十五年（1889），典试广东。十七年（1891），充四川乡试正考官。十八年（1892），授会试副考官。同年，补会试副总裁、刑部右侍郎。十九年（1893），迁刑部左侍郎。二十年（1894），授山东乡试正考官、顺天武乡试正考官。二十三年（1897），补授仓场侍郎。二十四年（1898），擢礼部尚书。未几，戊戌变法失败，自疏检举，诏褫职，戍新疆。中道遘疾，留甘州。二十七年（1901），赦归，主讲贵州经世学堂。三十三年（1907），卒于籍。宣统元年（1909），开复原官。

②邓华熙（1826—1916），字小赤、筱赤、小石，广东顺德人，附生。咸丰元年（1851），中式举人。六年（1856），捐刑部行走。同治元年（1862），充实录馆校对官。六年（1867），补刑部山西司郎中。光绪二年（1876），授江南道监察御史。四年（1878），放云南大理府知府。七年（1881），调补云南府知府，加盐运使衔。十一年（1885），护理盐法道。十三年（1887），迁云南迤南道。同年，升云南按察使。十五年（1889），升湖北布政使。十六年（1890），调补江苏布政使。二十年（1894），署理漕运总督。二十二年（1896），擢安徽巡抚。二十五年（1899），补授山西巡抚。翌年，调补贵州巡抚。二十八年（1902），创办贵州大学堂。二十九年（1903），以病辞归。宣统三年（1911），权篆广州谘议会事务。民国五年（1916），卒于籍。平生工书画，著有《邓和简公奏议》《说文择录》等行世。

范围可以自守，而策励易于有为。

臣到任以来，深维图治之本，尤以兴学育材为亟亟，迭经通饬府厅州县各就地方书院，增设算学、格致等课，多已渐次遵办。其泾阳新建崇实书院前已落成，经臣会同前学臣赵惟熙奏陈办理情形在案。复据督粮道姚协赞转据举人薛位等禀请开设格致书院，风气渐开，人知向学，自应于省城创建学堂，俾得荟萃群材，益资讲习。惟开办之始，务须先得要领，不可徒托虚名，经费既应妥筹，章程尤须明定，当经檄行司道会商详覆去后。旋据该司道等禀称：现在款项未充，难于另建书院，拟暂借省城崇化书院房舍，创设格致学堂一所，名曰“游艺学塾”。本年由署臬司姚协赞于粮道任内先后捐用经费银四千两，以后常年经费，并议由后任粮道每年筹捐银一千二百两，又署藩司李有棻详明由各州县每年捐银四千两，又升任藩司张汝梅筹拨生息银一万五千两，遴派公正官绅经理兴办，延请教习，考课生徒；一面于津、沪各处购买图书、仪器，以为讲求制造之用；并分立条款，妥定课程，期于日起有功，事归实践。现举办已近一年，肄习诸生率能争自奋勉，拟俟著有成效，再请指拨的款。三年之后，如果诸生学业成就，再送总理各国事务衙门考试录用等情。详请奏明立案前来。

臣覆查省会建立书院，尤系人才之消长，学术之纯疵。拘守旧章，既滞于通今，末由一发其扃钥；徒尚西学，又或轻于蔑古，不惮自决其藩篱。欲救二者之偏，惟有尊崇经训，以端其趋；博综史事，以观其变。由是参考时务，兼习算学，举凡天文、舆地、兵、农、工、商与夫电化、声光、重汽一切有用之学，统归格致之中，分门探讨，务臻其奥。而语言文字尤为初学阶梯，亦应设立教习，俾知涂径，然后本末不嫌于倒置，体用亦可以兼赅。至于受益有迟速，所造有浅深，又不外示之升降，以寓劝惩；验之制造，以定优劣。该司等设法捐筹，创办要举，实属先其所急。所拟各条，亦能因地制宜，均臻妥洽，核与京师、津、沪及各省添立学堂办法，尚属相符。从此实力振作，渐次扩充，知河岳灵秀之区，必有奇材异能，奋发而起，庶几仰副皇上崇尚实学、造就人才之至意！

除将所拟章程咨送总理各国事务衙门查核，并俟办有成效再行请拨部款，暨三年后照章咨送肄业优等诸生恳请考试录用外，所有创设游艺学塾捐款试办各缘由，谨会同陕甘总督臣陶模，合词恭折具奏。伏乞皇上圣鉴训示。谨奏。光绪二十三年十二月初一日。

（朱批：）该衙门知道。①

光绪二十三年十二月十五日，奉朱批：该衙门知道。钦此。②

❶【案】光绪二十二年十二月二十二日，安徽巡抚邓华熙具奏筹设学堂办法一折，曰：

头品顶戴安徽巡抚臣邓华熙跪奏，为遵旨筹议添设学堂，酌拟切实办法，陈请饬部遵行，恭折仰祈圣鉴事。

窃臣准军机大臣字寄：光绪二十二年十一月初二日奉上谕：前据盛宣怀奏，条陈自强大计各折片，当经谕令军机大臣、总理各国事务衙门、户部妥议具奏。兹据该王大臣等悉心核议，逐条具奏。朕详加披览，其练兵一条，为各省将军、督抚专责，不论勇营、绿营，当此饷项支绌，均应大加裁汰，操练则毋袭皮毛，器械则务求画一，并按照此次所拟办法，若者宜减定成数，若者宜增创新章，体察情形，斟酌办理。育才为当今急务，节经谕令各直省添设学堂，实力举办。其武备学堂能否于各省会中一律添设，并着该将军、督抚等妥筹具奏。该将军、督抚等奉到此旨，务须脚踏实地，见诸施行，毋得粉饰因循，一奏塞责。原折着钞给阅看，将此各谕令知之。等因。遵旨寄信前来。当即恭录转行司、道、镇、将各员钦遵，会同核议详覆。

伏念臣秋间请训出京时，仰蒙圣意肫肫，谕以添设学堂为当今要务。钦惟宸谟广运，实为储才备用之良图。臣到任以来，熟权时势，

①台北故宫博物院藏：《军机及宫中档》，文献编号：408006944。

②中国第一历史档案馆藏：《录副奏折》，档号：03-7210-006。

今之宜讲求西学，以造就人才，犹求三年之艾，树十年之木也。不蓄则长此不得，一树则百获可期，而所以讲求之道，必须实事求是，有以振兴士气，鼓舞人心。但于旧有之书院，令其兼习，学者既非专业，教者亦非专门，究虞造就难成，敷衍多而实际少，应请各省另设学堂，令人学自童年，力专而渐求精进。学生自十三岁起至十五岁止，择其读过经书，略通文理，姿性聪颖，体质结实，身家清白者，核实考选，入堂肄业。堂设华文、西学各正副教习，华文教习由本省延请，教以书法、朱子、小学、史鉴与地略、策论等学；西学教习由京、沪大学拣派，教以语言文字、翻译、算学、各国史鉴、格物、测量等学。各循次序，由浅而深，是为泰西二等学堂之功课。

现在京师、上海奉准设立大学，由户部拨款充费，钦派大臣管理，即属头等学堂。各省议设二等学堂，所以开头等之先路，需费亦拟请于各省正款内每年拨银一万两或八千两，以作束脩、膏火各项之需。惟是拨款会多，学生只可以四五十人为额。若论一省之广，学堂之教诲仅有此数，难望人才竞起，是在筹鼓励之方，借以收感发之效。查此项二等学堂课程，华文则小学、史鉴与地略、策论之属，西学则语言文字、翻译、算学、格物、测量之属，约计四年可以兼历而通晓，拟请四年之后，每年由各省将军、督抚会同学政，面试诸生一次，如果学业有成，即取若干名作为生员，并拔其尤者，升送头等学堂肄业。如系自行从师传习，有志上进，但求其年在十八岁以内，身家清白，准由地方官取结保送，许其一体与考，察其中西学业，实与在堂生无分轩轾，并年貌合格，亦酌取若干名作为生员，并择尤送入头等学堂肄业。似此多方作育，广以进身之阶，自可期众志奋兴，才能辈出。

至学堂各教习，如四年之内讲授殷勤，俾诸生中西学均有成就，实效可观，自应予以奖叙，以昭激劝。拟请届期由将军、督抚出具考语，分别保奏。西学教习请以州同、州判、盐大使、府经历、县丞分省补用，六年期满，以通判、知州、知县分省补用。此项人员并拟咨送总理各国事务衙门存记，遇有洋务差使及出使随员，酌量派委。华文教习请以州判、盐大使、府经历、县丞归部选用，六年期满，以原班分省补用。如各府州县绅民有自筹款项，另设学堂，其教习系由本省大吏考验派往，请俟期满四年，所教学生有堪选送头等学堂，暨取作生员在十名之外者，亦与省城学堂教习一律请奖，以示公允。如此明定章程，教学相长，四年之后，堪以送入头等学堂之学生为数必多。

若头等学堂教习，自必延名望出众、才学优长者，以膺斯任，分门别类，综贯兼赅，用以诱掖生徒，穷究各学，精益求精，三四年后，均成有用之才，堪为器使之备。应如何优以仕途，或再加考试作为举人、进士，量才录用，由管理大学堂之大臣议章奏办。倘各省二等学堂四年期满，可深造者甚多，该省欲自建头等学堂，以便挑取高才生，就近办学，应视经费之能筹与教习之有人与否，届时体察情形，另行议奏。

以上拟于各直省先立二等学堂，请拨款以充经费，并请将学生予以出身、教习给以奖叙，以期费用有着，观感交资，由此竭力推行，振兴学术，冀有尝于钦奉谕旨务期脚踏实地、见诸施行之至意！相应仰恳饬下军机大臣、总理各国事务衙门，核议具奏，俟奉俞允，再由臣参订学堂详细章程，奏咨办理。

除练兵事宜及设立武备学堂另行妥议具陈外，所有遵旨筹议设立学堂，酌拟切实办法缘由，谨缮折覆陈。伏乞皇上圣鉴训示。谨奏。二十二年十二月二十二日。

光绪二十三年正月十二日，奉朱批：该衙门议奏。钦此。①

0671. 请豁广有仓二十一年民欠粮草折

光绪二十三年十二月初一日（1897年12月24日）

头品顶戴陕西巡抚臣魏光焘跪奏，为查明陕西榆林府广有仓光绪二十一年民欠本色粮草，续行开单恳恩豁免，恭折仰祈圣鉴事。

窃查榆林府广有仓每年应征本色粮草，前因起征较迟，奏请缓

①台北故宫博物院藏：《军机及宫中档》，文献编号：136719。

至次年八月底截数造办，该仓奏销并请改至九月，专案造送。本年八月，奏请豁免光绪二十一年各属民欠钱粮案内声明广有仓未完粮草，俟奏请截数后，查明民欠确数，再行请豁。兹查该仓应造光绪二十二年并带征二十一年前本色粮草奏销各册，业已造齐奏咨。

所有二十一年该仓民欠未完粮草，查明榆林、绥德、米脂、清涧、吴堡等五州县，共未完本色粮一千八百八十二石三合一勺、草一百束，内荒地未完粮一千二百八十四石九升七合一勺，熟地未完粮五百九十七石九斗六合，草一百束，委系实欠在民。现值二十三年仓粮开征之际，旧欠尚须带征一年。北山地瘠民贫，若将二十一年粮草同时并征，民力实有未逮。各属钱粮等项业已宽免，该仓粮草事同一律，自应援案并请豁旧征新，以示体恤。由署藩司李有棻分晰造册，具详请奏前来。

臣覆查无异，相应仰恳天恩俯准将单开榆林等五州县光绪二十一年民欠广有仓本色粮草一并豁免，以广皇仁而纾民力。

除清册咨部外，谨缮单恭呈御览，伏乞皇上圣鉴训示。谨奏。光绪二十三年十二月初一日。

（朱批：）户部知道，单并发。①

光绪二十三年十二月十五日，奉朱批：户部知道，单并发。钦此。②

0672. 呈广有仓二十一年民欠粮草清单

光绪二十三年十二月初一日（1897年12月24日）

谨将陕西榆林府广有仓光绪二十一年分荒、熟地亩未完本色粮草数目，缮具清单，恭呈御览。

计开

光绪二十一年分：榆林府属共未完广有仓荒地粮一千二百八

①台北故宫博物院藏：《军机及宫中档》，文献编号：408006945。

②中国第一历史档案馆藏：《录副奏折》，档号：03-6257-029。

十四石九升七合一勺，熟地粮五百九十七石九斗六合、草一百束。

榆林县未完熟地粮八十五石一斗六升六合、草一百束。

绥德州未完荒地粮三百一十一石八斗二升五合。

米脂县未完荒地粮五百三十四石二斗八升四合，熟地粮二百六十二石六斗八升四合。

清涧县未完荒地粮四百三十七石九斗八升八合一勺，熟地粮三石五斗四升六合三勺。

吴堡县未完熟地粮二百四十六石五斗九合七勺。

（朱批：）览。①

0673. 查明被灾各属筹议接济情形折

光绪二十三年十二月初一日（1897年12月24日）

头品顶戴陕西巡抚臣魏光焘跪奏，为遵旨查明陕省本年被灾歉收各属，筹议来春接济情形，恭折覆陈，仰祈圣鉴事。

窃臣前准军机大臣字寄：光绪二十三年九月三十日奉上谕：本年陕西绥德州及平利等县被水、被雹，经该抚委员查勘，即着迅速办理，并将来春应否接济之处一并查明，于封印前奏到，候旨施恩等因。钦此。当经钦遵恭录行司转饬查办去后。兹据被雹、被水成灾之安定、肤施、大荔、咸阳、长安，及被雹、被水勘不成灾之绥德、米脂、平利、镇安各州县陆续禀报，各该处地方夏、秋田禾被雹、被水，均经随时禀请勘验，分别已、未成灾，或就近借给厘金，并散放义仓及赈余各粮石，兼由各该县捐廉抚恤，以资接济。被冲地亩、房屋，酌给籽种及修复工本；应输本年钱粮，分别蠲缓，各在案。目下民情安贴，不至失所。惟距来春青黄不接之时，为日甚长，应否抚恤、调剂，届时察看情形，禀请核办等情。由署藩司李有棻汇核具详前来。

---

①中国第一历史档案馆藏：《单》，文献编号：03-6316-020。

臣查陕省兵燹之后，继以荒旱，小民荡析离居，田地多半荒芜，节经通饬招垦，甫有转机，乃比年以来，又复连遭偏灾，穷黎作辍相循，地亩迄未尽辟，粮赋缺额，库款空虚。本年被灾之区虽已分别轻重抚恤，目前不至拮据。惟距来春青黄不接之时，为日方长，小民生计维艰，亟应未雨绸缪。臣已饬司通饬各地方官届时察看情形，如有乏食贫民，照章散放义粮及赈余粮石，或劝谕富绅量力出借，总期穷黎糊口有资，地方耕凿咸安，以仰副圣主轸念民瘼之至意！

再，续据府谷县具报秋禾被旱成灾，亦已批司委查来春应否调剂，钱粮应如何蠲缓，并本年被灾之区民欠未完钱粮分别应蠲应缓，统俟查明另行奏恳恩施。

所有陕省被灾各处筹议来春接济缘由，理合恭折覆陈，伏乞皇上圣鉴训示。谨奏。光绪二十三年十二月初一日。

（朱批：）知道了。[①]

光绪二十三年十二月十五日，奉朱批：知道了。钦此。[②]

0674. 曹元价捐修书院请饬议叙片

光绪二十三年十二月初一日（1897年12月24日）

再，前据渭南县知县樊增祥禀报：该县河北下邽镇为宋臣寇準[③]故里，道光年间经该邑举人唐顺祖倡修景贤书院一座，内祀寇

①台北故宫博物院藏：《军机及宫中档》，文献编号：408006943。

②中国第一历史档案馆藏：《录副奏折》，档号：03-6257-030。

③寇準（961—1023），字平仲，华州下邽（今陕西渭南）人。北宋政治家、诗人。太平兴国五年（980），中式进士，授大理评事、知归州巴东县，改大名府成安县，累迁殿中丞、通判郓州。召试学士院，授右正言、直史馆，为三司度支推官、转盐铁判官。历同知枢密院事、参知政事，曾两度入相。乾兴元年（1022）遭贬谪，终雷州司户参军。天圣元年（1023），卒于雷州。皇祐四年（1052），宋仁宗诏翰林学士孙抃撰神道碑，谥“忠愍”，复爵“莱国公”，追赠中书令。仁宗亲篆其首曰“旌忠”。故后人多称“寇忠愍”或“寇莱公”。著有《寇忠愍诗集》传世。与白居易、张仁愿并称渭南三贤。

準栗主，河北士人皆肄业于其间。同治元年毁于兵燹，至今学校未兴，经该县激劝富绅捐资修复，适有该县从九曹元价，遵伊同居堂兄州同衔候选县丞曹元伸之命，情愿捐资承修，于光绪十九年八月开土，至二十年四月落成，所有书院讲堂、斋房，一律重修完竣。计共用银一千三百两，经该县勘验，俱属如法修理，足资经久，实无浮冒、草率情弊等情。经臣批司饬查取结详办去后。兹据该署任知县雷天裕取具甘结，加具印结，造具履历事实册籍，由署藩司李有棻核明详请具奏前来。

臣查定例：士民捐修公所银至一千两以上者，准予议叙。今从九曹元价遵堂兄命，独力捐银一千三百两，重修书院，洵属急公好义，非寻常倡捐者可比，合无仰恳天恩俯准将从九曹元价饬部议叙，以昭奖励。至此项工程系该从九自行捐修，应请免其造册报销。

除将曹元价履历事实册结送部外，所有绅士捐修书院完竣缘由，谨附片具陈。伏乞圣鉴。谨奏。

（朱批：）该部知道。①

光绪二十三年十二月十五日，奉朱批：该部知道。钦此。②

0675. 奏报陕省查禁私钱情形片

光绪二十三年十二月初一日（1897年12月24日）

再，查私铸小钱，定例责成州县随时访拿究办，于年底出具境内并无私铸及行使小钱印结，详报具奏，历经遵办在案。兹查光绪二十三年分，兴安府属安康县审办民人戴幅憘起意，邀同廖红顺、赵遇斟、吕大才私铸铜钱未成案内，将该犯等依各省拿获私钱之案，方造器具，尚未铸钱，被获审实，将起意为首并伙同商谋之人均“杖一百，流三千里”例，拟杖一百，流三千里，至

①台北故宫博物院藏：《军机及宫中档》，文献编号：408006943-0-A。

②中国第一历史档案馆藏：《录副奏片》，档号：03-7201-081。

配折责安置。该犯赵遇斟据供母老丁单，是否属实，应否留养，容俟饬查取结，另行办理，已经臣咨准部覆在案。此外各属先后申报，严密查缉，并无私铸及行使小钱情事，出具印结，由藩、臬两司会详请奏前来。

除仍饬实力查禁外，所有光绪二十三年陕省查禁私钱缘由，谨循例附片陈明。伏乞圣鉴。谨奏。

（朱批：）知道了。[①]

光绪二十三年十二月十五日，奉朱批：知道了。钦此。[②]

0676. 奏报本年十一月雨水粮价情形折

光绪二十三年十二月初十日（1898年1月2日）

头品顶戴陕西巡抚臣魏光焘跪奏，为恭报雨雪、麦苗情形，恭折仰祈圣鉴事。

窃查陕西省光绪二十三年十月分雨雪、麦苗情形，业经奏报在案。兹据西安、凤翔、汉中、同州、兴安、邠州、乾州、鄜州等府州属陆续具报，于十一月初六、七至十一二及十六七至十九并二十六及二十九等日，先后得雨、得雪一二三寸不等，其余各属尚未报到。臣查陕省入冬以来，雨雪应时，现正二麦盘根之际，获此雨雪，大有裨益，民情欣悦，堪以上慰宸廑！

刻查西安粮价，大米每仓石价银三两一钱六分，小米每仓石价银一两九钱九分，较之上月，大米每石增银一钱，小米每石增银一分。

所有光绪二十三年十一月雨雪、麦苗暨省城粮价情形，理合恭折具陈。伏乞皇上圣鉴。谨奏。光绪二十三年十二月初十日。

（朱批：）知道了。[③]

---

①台北故宫博物院藏：《军机及宫中档》，文献编号：408006943-0-B。

②中国第一历史档案馆藏：《录副奏片》，档号：03-7418-004。

③台北故宫博物院藏：《军机及宫中档》，文献编号：408006948。

光绪二十三年十二月二十三日，奉朱批：知道了。钦此。[①]

0677. 奏报被灾各属办赈用过银两总数折

光绪二十三年十二月初十日（1898年1月2日）

头品顶戴陕西巡抚臣魏光焘跪奏，为兴安、商州等属上年被灾，筹办赈抚，及劝谕绅商捐资助赈，用过银粮等款总数，恭折仰祈圣鉴事。

窃查陕省上年夏旱秋潦，兴安、商州等属秋收歉薄，粮价增昂，兼之邻境川、楚亦遭岁歉，以致陕境粮价愈涨，民食愈艰。当经臣饬司将兴安府被灾较重之砖坪、白河、紫阳、平利四厅县，被灾较次之洵阳、安康、汉阴、石泉四厅县，商州属被灾较重之镇安、山阳二县，西安府属地处南山被灾较重之孝义一厅，待赈饥民，应筹给银粮，办理赈粜，及界连灾区之汉中府属歉收各处，亦饬散借义粮，办理平粜，业经臣将筹办大概情形奏报在案。随续据地处南山之西安府属宁陕厅、商州属之商南县，均因粮价腾昂，贫民乏食，禀请筹款赈粜，亦经批准，同各灾区行司移行各道府，查明极、次贫民，先尽存储积谷常粮，开仓散借，仍劝谕殷实有力之家捐借银粮，各顾桑梓。嗣因先后筹拨银两不敷，又由司筹发银两，札饬兴安府督饬所属妥办，一面委员分赴镇安、山阳等县，携银监散，及拨借南郑、城固、西乡等县仓谷，并动拨省仓粮石，委员在省南引驾卫等处地方，设立转运平粜局，筹办镇安同孝义、宁陕等处赈粜，以资接济去后。

兹据动用银粮赈粜之砖坪、白河、紫阳、平利及镇坪县丞、洵阳、安康、汉阴、石泉、镇安、山阳、孝义、宁陕并江口主簿，又界近灾区、出借平粜仓粮之西乡、南郑、定远、商南等共十八处，先后具报本年夏、秋收成颇稔，粮价渐减，赈抚事竣。统计动用公款凑捐共银六万四千五百三十七两零，共钱四万四千九百

①中国第一历史档案馆藏：《录副奏折》，档号：03-6966-022。

四十八串零，共粮一十三万九千八百九十七石零。以上银、钱、粮石，内除由司指拨厘金银二万六千两已入光绪二十二年奏销外，尚由司筹发库款银二万七千一百七十八两八钱三分七厘，各属劝捐银七千八十一两零，劝借应还银四千二百七十六两零；劝捐钱三万九十四串零，劝借应还钱八千七百二十三串零；劝捐粮一万三千八百四十四石零，劝借应还粮一百五十石零。各属放赈、平粜、出借、动用常、社积谷等项，共粮一十二万五千九百三石零，谷价钱六千一百二十九串零。至各厅县动用某项银粮钱文各若干，散放、借粜及采运脚费各若干，头绪纷繁，俟催各属赶办细数报销清册到齐，另行赍报，并请将捐资助赈绅富及劝捐办赈出力各员弁援案请奖，以示鼓励。据署藩司李有棻具详前来。

臣查上年南山秋收歉薄，灾情颇重，兼之邻省亦逢歉岁，民食维艰，且自秋徂春，为日甚长。去岁乏食次贫，今春皆成待赈极贫，以致需款甚巨，并有将平粜借款改作赈款者，且因山路崎岖，河道险阻，由湖北老河口及汉中府采办挽运，在在为艰，或散放粮米，或分给钱文，或设局平粜散粥，或出借粮食，给发籽种，以及以工代赈，并酌给外来饥民路费，遣其回籍，免致在陕滋事。凡有可以补救抚恤者，该府、丞、倅、令等靡不竭力经营，实事求是，办理尚属认真，是以数月之久，民忘饥馑，户鲜流亡，委属实惠均沾。第念近年部库同一为难，未敢遽请帑项，上烦宸廑，而民瘼攸关，不得不设法筹款办理。

除指拨厘局银二万六千两已入上年奏销外，其陆续由司筹拨银二万七千一百七十余两，同散赈粮石，应请作正开销，以广皇仁！其劝借银钱粮石，由地方官自行经理催还，散放社、义积谷，俟年岁丰稔，饬令劝捐还仓，以备荒歉。至捐助、赈借绅商、富户，数逾巨万，实属情殷桑梓，好义急公，合无仰恳天恩俯准援照顺直赈捐章程，给予奖叙，同劝捐办赈出力各员绅，俟赈款报销后，由臣择尤保奖，以昭激劝之处，出自逾格鸿慈。

除饬催赶造销册另行奏咨外，所有筹办兴安、商州等属赈抚事竣，动用银粮等款总数，谨先缮折具奏。伏乞皇上圣鉴训示。谨奏。光绪二十三年十二月初十日。

(朱批：) 户部议奏。①

光绪二十三年十二月二十三日，奉朱批：户部议奏。钦此。②

0678. 奏报陕省开修二华河渠工竣情形折

光绪二十三年十二月初十日（1898年1月2日）

头品顶戴陕西巡抚臣魏光焘跪奏，为陕省开修二华河、渠工竣，水患已除，淤田涸复情形，恭折仰祈圣鉴事。

窃臣前因陕西华州、华阴两州县同长安、泾阳二县河道、沟渠年久失修，湮塞日甚，小民深受其害，而华州、华阴二属疏治尤急，工程较大，曾将勘明水利应修大概情形，暨酌派营勇工作、筹拨经费各缘由具折陈奏，并声明开修支河，所占民地请免纳赋，奉旨允准，当经钦遵分饬总兵欧阳胜率抚标永兴中旗、都司萧世禧率永胜左旗赴华州，参将唐升禄率武威左旗、都司李云松率武威右旗赴华阴县，各分地段，兴工挑挖；并派总理营务道员严金清、前任潼商道文启、水利局提调甘肃候补知府汪廷栋，督令华州知州黄世瀛、署华阴县知县杨调元会同营员，切实办理。

旋据该印委等先后禀报，开赴华州、华阴各旗，均于本年正月杪开工，由该印委等照依勘明河道，相度地势，指示开修。其分由民夫挑挖者，由该州县督饬绅耆，照章派夫修理，另派正、佐十一员，分段监修，文启旋即病故。署潼商道陈兆璜接办督修。该旗官弁勇丁及军民各夫均各踊跃赴工，寒暑罔间，计华州营勇开浚大小河渠二十二道，新开支河四道，民夫修渠二十道，新开渠一道；华阴营勇开浚大小河二道，新开支河三道，民夫新开渠一十八道。统计二华营勇、民夫修浚河渠及新开支河共七十道，

①台北故宫博物院藏：《军机及宫中档》，文献编号：408006947。

②中国第一历史档案馆藏：《录副奏折》，档号：03-5602-075。

长自二三百余丈至二千、四千余丈及七里、九里有奇不等，宽自三四尺至二丈余尺不等，深自三四尺至八九尺、丈余不等；并于两岸加筑土堤，栽植榆柳，以固堤根而资护卫。新修石桥三座、石坝一座、土桥十六道，于七八月间，先后一律工竣。新开支河占用二华并潼关厅民屯地共五百二十四亩八分二厘，额征粮二十四石八斗六升三合零、银三十七两九钱零、遇闰加增银四钱一分零，经臣饬司委员会同该州县逐一勘验，委属工坚料实，河渠之宽深丈尺亦属如法。水道畅通，积潦尽消，涸复荒田共一十五万余亩。其间有已经报荒恳免钱粮者，亦有仍纳课赋未经蠲免者，经此次修复之后，民间岁可增收粮二十余万石，而前此蠲缓之额征粮四千九百七十余石，额征银九千五百八十余两，一俟升科，即可复额，不至日久虚悬。即本年亦大半已种秋粮，收获丰稔，民情甚为欢悦。由署藩司会同水利局司道具详前来。

臣覆查华州、华阴等处地方，倚山带河，向称沃壤。自遭兵燹，河渠失修，低洼各乡寖成泽国，积水之患有久至数十年者，以致蠲赋赈饥，迭廑宸虑。今蒙圣恩俯允拨帑饬修，如华州之疏水河、埝河、湘子庙新河及华阴之盛家渠改宽为维新河、长涧之普洛坊新河、柳叶之周家湾新河，又二华交界之方山、构峪等新河，皆由各旗勇于卑洼处所分疏支河，引水达渭，最为巨工。此外，如赤水、遇仙石堤，太平、罗纹、构峪、方山、瓮峪、仙峪、葱峪、敷水、长涧等老河及西湾、晋公各旧渠，或逐段挑浚泥沙，或另开退水小渠。在华阴者，民工居多；在华州者，则全用勇力。当开办之初，弥望积水汪洋，广或数里，深自四五尺以及寻丈。其间芦苇丛杂，密不见天，荆、榛、樗、柳，根株蟠屈，斧斤锹锸之力，几于窘无可施。又值春、夏之间，大雨时行，涝涨间作，既堵旧口，兼护新堤，沾体涂足，劳瘁实甚！

该道、府、州、县及将领等督率营勇、民夫，通力合作，用能告厥成功。臣复与该司道等酌议善后章程，分别岁修、紧修，变通旧章，改为按亩起夫，分饬遵照妥办，并勒石以垂久远。从此沟渠通达，保护有方，水性循顺下之常，地方无泛滥之患，实于国赋、民生两有裨益。所有占用民、屯各地应征银粮暨遇闰加增银两，应恳天恩俯准蠲免，以示体恤。其在工文武员弁、绅耆，或履勘形势，指陈办法；或督率营勇，催拨民夫，以及监督挑修，采运石料，历时六七月之久，始终罔懈，俾得同心协力，蒇此大工，不无微劳足录，合无仰恳天恩俯准择优保奖，以示鼓励而劝将来，出自逾格鸿施！

除开修二华河渠道里、丈尺暨占用民地请免钱粮，分晰造册咨部及用过经费银两另行核实报销外，所有开修二华河、渠各工一律告竣缘由，恭折具陈。伏乞皇上圣鉴训示。谨奏。光绪二十三年十二月初十日。

（朱批：）准其酌保，毋许冒滥。①

光绪二十三年十二月二十三日，奉朱批：准其酌保，毋许冒滥。钦此。②

0679. 奏报参劾不职衰老各员情形片

光绪二十三年十二月初十日（1898年1月2日）

再，臣维官司之贤否，吏治之得失攸关。其有庸劣不职者，自应随时参劾，以肃官方。兹查有试用同知黄殿燮，工于牟利，前办芝川厘务，收报不实；试用州吏目汤执中，性情狡诈，前委接运桑秧，私带货物，希图罔利。以上二员，应请一并革职。石泉县知县陈熊，年近衰老，办事竭蹶；商南县典史朱志彦，精力衰颓，难期振作。以上二员，应请勒令休致。洵阳县知县王策范，人尚长厚，暗于听断。查该员系正途出身，文理尚优，应请以教职归部铨选。

如蒙俞允，所遗石泉、洵阳知县两缺暨商南县典史缺，陕省

①台北故宫博物院藏：《军机及宫中档》，文献编号：408006946。
②中国第一历史档案馆藏：《录副奏折》，档号：03-6914-069。

现有应补人员，应请留归外补。此后如有庸劣不职之员，容臣随时察核参办，是否有当，谨会同陕甘督臣陶模，附片陈明。伏乞圣鉴训示。谨奏。

（朱批：）另有旨。①

光绪二十三年十二月二十三日，奉朱批：另有旨❶。钦此。②

❶【案】此奏于是年十二月二十三日得旨允行，《上谕档》载曰：光绪二十三年十二月二十三日，内阁奉上谕：魏光焘奏，特参庸劣不职各员等语。陕西试用同知黄殿燮，工于牟利，前办芝川厘务，收报不实；试用州吏目汤执中，性情狡诈，前委接运桑秧，私带货物，均着一并革职。石泉县知县陈熊，年近衰老，办事竭蹶；商南县典史朱志彦，精力衰颓，难期振作，均着勒令休致。洵阳县知县王策范，暗于听断，惟系正途出身，文理尚优，着以教职归部铨选。余着照所议办理，该部知道。钦此。③

0680. 奏报派拨营勇修筑河堤缘由片

光绪二十三年十二月初十日（1898年1月2日）

再，查由陕西省城至咸阳县五十里，系通川、陇往来要道，正当沣、渭两河之冲，每遇山水盛涨，沙淤堤决，泛滥为灾。上年秋雨过多，河水涨发，致将咸阳之三里桥冲没三礅，余多损裂。长安之三桥迤南浥河冲决堤口，道路亦多被水冲断，低洼之处积水未消，行人阻滞。臣行司委员勘明三里桥工，先由司筹拨银两，饬县修复桥座，一面委总理营务道员严金清往勘河堤、官路，相度办法；复饬总兵谭其祥、参将魏荣斌、游击龚炳魁各率所部防

①台北故宫博物院藏：《军机及宫中档》，文献编号：408006946-0-A。

②中国第一历史档案馆藏：《录副奏片》，档号：03-5353-115。

③《光绪朝上谕档》，第23册，第374页。又，《德宗景皇帝实录（六）》，卷四百十三，光绪二十三年十二月，第402页。

营，参将舒秀松率抚标城守各营驰往该处，分段修治。时值夏水暴发，浥河身高地低，决口溜急，淹没官道十余里，行旅绕避。因令该各旗先其所急，抢修浥河决口。四月初旬开工，日夜填作，至中旬工竣。新堤长十二丈许，高丈五六尺，宽丈七八尺。旋即修筑官道，自咸阳之沣桥起至长安之三桥止，共计长二千五百一十九丈，宽二三四丈不等，一律填高四五尺，就两旁取土处疏成消水长沟，于七月一律告竣。

因据署咸阳县知县孙万春禀，该县黄家寨逼近沣河堤，被水冲刷薄，恐致水涨决口。复饬谭其祥等率勇前往修筑完固。随又据该县禀报：六月二十七八九等日，天雨连绵，山水涨发，致将渭河堤岸冲决，南乡老架河一带地方均被水淹，请拨营勇堵修，以御上游水势，仍饬各旗就近开往该处，于八月初旬兴工。该县陆续派拨民夫，帮同工作，计筑长堤三百余丈，高六七尺余，底宽三丈，顶宽一丈，均经硪筑坚紧。其当水流湍急之处，堤根则密护木桩，堤身亦层筑木榨，以资坚固，亦于八月底工竣。委员前往勘验，均属修筑得法，尚无草率情事。工作防、练兵勇，仍照章加给津贴银两，俾示体恤。至泾阳等县之龙洞渠应修工程，俟开年再行修治，另行陈奏。

所有派拨营勇修筑咸阳、长安河堤、道路工竣缘由，理合附片具陈。伏乞圣鉴。谨奏。

（朱批：）知道了。①

光绪二十三年十二月二十三日，奉朱批：知道了。钦此。②

0681. 奏请饬发牛庄阵亡恤银缘由片

光绪二十三年十二月初十日（1898 年 1 月 2 日）

再，已革总兵刘树元前统湖南抚标亲军六营，在奉天海城县

①台北故宫博物院藏：《军机及宫中档》，文献编号：408006946-0-B。

②中国第一历史档案馆藏：《录副奏片》，档号：03-9614-070。

属之牛庄及八里河、四台子等处打仗阵亡，同守护粮械捐躯各勇丁共计九十七名，经臣奏请恤赏，旋准兵部议覆，应将前项阵亡各勇均照步兵阵亡之例减半，各给恤赏银二十五两等因。当经臣转行该总兵遵照，并咨明湖南抚臣查照，各在案。兹据该总兵以此项银两屡请由湘发给，经局核议，随征北上各军与本省派出援军不同，且又未准部议指由湘省开支明文，似难发给等情。禀请饬发前来。

臣覆查此项恤银，湘省既未照发部文，又未指明由何处发给，未免虚悬。且牛庄之役，臣各前部阵亡勇丁均系每名请给恤赏银三十两，业已按照发给，共荷鸿施。今刘树元所带各勇效命疆场，蒙恩给予恤银，事同一律，相应请旨饬下湖南抚臣，即将此项恤银共计二千九百一十两，就近由湘省给发造报，以归画一而慰忠魂。理合附片陈明，伏乞圣鉴。谨奏。

（朱批：）即着咨行湖南巡抚查明，照数发给。①

光绪二十三年十二月二十三日，奉朱批：即着咨行湖南巡抚查明，照数发给。钦此。②

0682. 循例汇奏李毓坤等承袭世职片

光绪二十三年十二月初十日（1898年1月2日）

再，前准部咨，嗣后请袭世职，半年汇奏一次，将册结、宗图汇总咨部等因。历经遵办在案。兹据署藩司李有棻据兴安府转据安康县详报：阵亡陕安镇属孝义营把总署镇标左营守备李万发之嫡长孙武童李毓坤，请袭云骑尉世职。又，据汉中府转据褒城县详报：阵亡附生孙兴谦应继胞侄武童孙鼎爵，请袭云骑尉世职，各等情。具详前来。

臣查请袭云骑尉之李毓坤、孙鼎爵，实系阵亡遇害各员生例

①台北故宫博物院藏：《军机及宫中档》，文献编号：408006947-0-A。

②中国第一历史档案馆藏：《录副奏片》，档号：03-5921-111。

应承袭之人，并无违碍情弊。前据各府查明，先后由司详送验看，俱堪以承袭世职。现值半年汇奏之期，相应吁恳天恩饬部核覆。除将册结、宗图咨送部、科外，谨会同陕甘督臣陶模，附片具陈。伏乞圣鉴。谨奏。

（朱批：）兵部议奏。①

光绪二十三年十二月二十三日，奉朱批：兵部议奏。钦此。②

【案】光绪二十四年五月二十一日，此案内孙鼎爵一名经兵部核议覆奏，得旨允行。同日，兵部致军机处咨文，曰：

兵部谨奏，为遵旨议奏事。内阁抄出陕西巡抚魏片奏孙鼎爵请袭云骑尉世职，将宗图、册结送部等因。于光绪二十三年十二月二十三日奉朱批：兵部议奏。钦此。查附生孙兴谦因照伤亡例议给云骑尉世职，毋庸给予恩骑尉。今据该抚奏请以该故员子孙承袭世职，造具宗图、册结送部。臣等详查附生孙兴谦无嗣，以胞侄孙鼎爵过继为嗣，年二十三岁，请袭世职，与例相符。该世职年已及岁，应请准其承袭，发标学习，照例给予全俸。其袭职敕书移咨吏部撰给等因。于光绪二十四年五月十一日奉旨：依议。钦此。五月二十一日。

咨

兵部为知照事。武选司案呈：近经本部议覆陕西巡抚魏奏孙鼎爵袭职一折等因。于光绪二十四年五月十一日具奏，奉旨：依议。钦此。相应抄录原奏知照可也。须至咨者。右咨军机处。③

0683. 奏报陕省新旧交代已未完数片

光绪二十三年十二月初十日（1898 年 1 月 2 日）

再，准部咨：陕西省新旧交代，分别已、未完结，半年汇奏

①台北故宫博物院藏：《军机及宫中档》，文献编号：408006947-0-B。

②中国第一历史档案馆藏：《录副奏片》，档号：03-5921-110。

③中国第一历史档案馆藏：《咨文》，档号：03-5925-066。

一次等因。查光绪二十三年四月以前各属新旧交代一律督算清楚，经臣附奏在案。兹自二十三年五月起至十月底止，统计新案已结、仓库、驿站交代四十一起，均遵例限随时咨部。尚有未结、交代六起，查系未满例限。据署藩司李有棻开单具详前来。

臣覆查无异，除分别严催依限造报并清单咨部外，谨附片具陈。伏乞圣鉴。谨奏。

（朱批：）户部知道。①

光绪二十三年十二月二十三日，奉朱批：户部知道。钦此。②

0684. 饬令锡桐即赴潼商道任片

光绪二十三年十二月初十日（1898 年 1 月 2 日）

再，新授陕西潼商道锡桐③现已到省，应即饬赴新任，以专责成。除檄饬遵照外，理合附片具陈，伏乞圣鉴。谨奏。

（朱批：）知道了。④

光绪二十三年十二月二十三日，奉朱批：知道了。钦此。⑤

---

①台北故宫博物院藏：《军机及宫中档》，文献编号：408006948-0-A。

②中国第一历史档案馆藏：《录副奏片》，档号：03-6575-025。

③锡桐，生卒年未详，字闰生，汉军正黄旗人，监生出身。同治三年（1864），充国史馆誊录官。十一年（1872），补内阁中书。光绪元年（1875），授实录馆文移处收掌。六年（1880），补圣训校勘处提调。十年（1884），升总理各国事务衙门章京。十二年（1886），选工部制造库郎中。十五年（1889），调刑部郎中。十六年（1890），补同文馆帮提调。十八年（1892），晋帮办章京。二十年（1894），升总办章京，兼同文馆正提调。二十二年（1896），放山东登莱青道。二十三年（1897），调补陕西潼商道。二十四年（1898），丁忧回旗守制。二十六年（1900），补湖南衡永郴桂道，仍留陕西潼商道。三十一年（1905），迁陕西按察使。三十二年（1906），兼署陕西布政使。宣统二年（1910），授陕西提法使。

④台北故宫博物院藏：《军机及宫中档》，文献编号：408006948-0-B。

⑤中国第一历史档案馆藏：《录副奏片》，档号：03-5353-110。

0685. 奏报交代存银依限结报情形片

光绪二十三年十二月初十日（1898 年 1 月 2 日）

再，各省府、厅、州、县交代，每届年底，例应将并无征存未解银两及交代亦无逾限之处汇奏一次，历经遵照办理。兹查陕西省自光绪二十二年十一月起至二十三年十月底止，统计各府、厅、州、县造报交代册结六十二起，均系依限接收结报，并无隐匿，间有初参未结，亦经查取职名，随案开参。其征存银两，俱已随时扫数解清，委无存留属库未解之项。据署藩司李有棻具详前来。

臣覆查无异，除清单咨部外，所有光绪二十三年陕西省各属交代存银批解清楚及依限结报缘由，谨附片具奏。伏乞圣鉴。谨奏。

（朱批：）户部知道。①

光绪二十三年十二月二十三日，奉朱批：户部知道。钦此。②

0686. 密陈陕省司道等官年终考语折

光绪二十三年十二月十三日（1898 年 1 月 5 日）

头品顶戴陕西巡抚臣魏光焘跪奏，为查察陕省司、道、知府各官，加具考语，密缮清单，恭折仰祈圣鉴事。

窃查定例：每届年终，应开具司、道、知府切实考语，密封陈奏。臣维司、道、知府有表率庶僚之责，欲求整饬官常，尤必以司、道、府为首要。在省司、道、知府，随时接见，可悉其才识心性。其外属各员，察其办事、禀牍，并采访舆情，互相印证，亦可知其梗概。

---

①台北故宫博物院藏：《军机及宫中档》，文献编号：408006948-0-C。

②中国第一历史档案馆藏：《录副奏片》，档号：03-6575-024。

除陕安道恩寿到任未及三月，调任潼商道锡桐、新选凤翔府知府傅世炜[①]、同州府知府胡湘林[②]尚未到任及署事人员例不注考外，所有查察司、道、知府各官，理合出具切实考语，密缮清单，恭呈御览。伏乞皇上圣鉴。光绪二十三年十二月十三日。

（朱批：）知道了，单留中。[③]

光绪二十三年十二月二十四日，奉朱批：知道了，单留中[④]。钦此。[⑤]

0687. 奏报防练各军更换管带各员折

光绪二十三年十二月十九日（1898 年 1 月 11 日）

头品顶戴陕西巡抚臣魏光焘跪奏，为陕省防、练各军本年更换管带各员弁衔名，恭折仰祈圣鉴事。

窃前钦奉上谕：各省防营如有更换管带，或移扎他处，着随时奏闻等因。钦此。历经钦遵办理。查陕省防、练各军，经臣于

---

①傅世炜（1854—?），字鄂伯，一字桐澄，四川华阳人，原籍湖南武冈州，荫生。光绪十一年（1885），中举。十五年（1889），中式进士，改庶吉士。十六年（1890），授翰林院编修，历国史馆协修、光禄寺署正等。二十三年（1897），补授陕西凤翔府知府。二十五年（1899），署汉中府知府。二十六年（1900），护理陕安道。二十七年（1901），充西安府考棚提调。是年，署西安府知府。三十一年（1905），丁忧，回籍终制。三十四年（1908），经署理直隶总督杨士骧奏留直隶补用。同年，充直隶平粜局会办。

②胡湘林（1857—1925），字葵甫，号再蘧，江西新建（今南昌）人。光绪元年（1875），中举。三年（1877），中式进士，选庶吉士。六年（1880），授翰林院编修。十年（1884），补国史馆协修。十三年（1887），丁父忧，回籍终制。十五年（1889），升武英殿协修。二十年（1894），授国史馆纂修。二十一年（1895），调功臣馆纂修。同年，迁武英殿总纂。二十二年（1896），充武英殿提调。二十四年（1898），放陕西同州府知府。翌年，署西安府知府。二十六年（1900），升陕西延榆绥道。二十八年（1902），调补山西冀宁道。是年，署山西按察使。二十九年（1903），署山西布政使。同年，调补湖南按察使，擢广西布政使，再调广东布政使。宣统元年（1909），护理两广总督。辛亥革命后，解职。民国十四年（1925），卒于沪。

③台北故宫博物院藏：《军机及宫中档》，文献编号：408006949。

④此清单查无下落，待考。

⑤中国第一历史档案馆藏：《录副奏折》，档号：03-5353-122。

上年十月间奏请酌量改定案内声明，统共改并马步三十营旗、商州回兵一起，拟以步队五旗、马队一旗驻扎省城，督饬认真训练。其余各旗，分别择要扼扎，加意巡防，不时操练，并将各旗分扎处所按季咨部，各在案。

兹查管带永兴左旗步队副将衔补用游击程鼎，于本年六月调省，另有差委；委总兵衔尽先补用副将萧友煌接带。又，管带永兴前旗马队提督孔高明，于本年八月请假回籍，委补用都司钟嘉寿接带。又，管带永兴右旗马队副将韩望高，于本年九月因案撤省，委补用千总颜朝举接带。又，管带抚标永胜右旗步队参将杜朝林，于本年九月撤省，委补用游击易明德代理。又，管带抚标防军武威右旗步队都司李云松，于本年十一月请假回籍，委升用知县欧培墉代理。又，管带抚标亲军炮队游击魏荣斌，于本年十一月撤委，委甘肃补用知州刘廷柱代理。

所有各该员接带兵勇，俱令于原拨地段加意巡防，认真训练，俾资保卫而成劲旅。臣仍随时严密稽察，如该管带等有克扣、虚冒、怠玩、废弛等弊，即行从严参办，以肃戎政。

除仍按季开折咨部外，所有陕省防、练各军本年更换管带各员弁衔名，理合恭折具奏。伏乞皇上圣鉴。谨奏。光绪二十三年十二月十九日。

（朱批：）兵部知道。①

光绪二十三年十二月二十九日，奉朱批：兵部知道。钦此。②

0688. 请将安定等属钱粮盐课蠲缓折

光绪二十三年十二月十九日（1898年1月11日）

头品顶戴陕西巡抚臣魏光焘跪奏，为查明陕省安定等属被雹、被水、被旱暨坍塌山座，已、未成灾，分别筹抚，并开单恳请蠲

①台北故宫博物院藏：《军机及宫中档》，文献编号：408006950。

②中国第一历史档案馆藏：《录副奏折》，档号：03-5997-011。

缓钱粮、盐课，恭折仰祈圣鉴事。

窃查安定等州县本年夏、秋之间，被雹、被水、被旱暨坍塌山座，收成歉薄情形，经臣先后具奏，奉旨着即饬属查勘，妥为抚恤等因。钦此。当经臣饬司移行该管、道、府、直隶州遵章亲往覆勘，确查被灾分数，钱粮应否蠲缓，分别极贫、次贫大小丁口，妥筹赈抚去后。兹据各该道府州陆续查勘禀覆，实查得被灾之安定、肤施、咸阳、长安、大荔、绥德、米脂、平利、镇安、府谷十州县，本年或因冰雹、亢旱，致伤夏、秋禾苗；或因暴雨、山水涨发，冲伤地亩、房屋，以及山坍、淹毙人口，被灾轻重，情形不一。除绥德、米脂、大荔三处或经该州县捐给籽种，或借给仓粮，或捐给修理房费，毋庸议抚，同咸阳、府谷被灾各户，现在不至乏食，长安兴修决口，以工代赈，年内均可敷衍，俟来春青黄不接再行察看办理外，其被灾较重之安定、肤施、镇安、平利、镇坪县丞等处，目下民食维艰，当经分别拨给银粮赈抚，俾资接济；及购买籽种，计安定散给京斗谷九百九十四石六斗零，并由司库及靖边厘卡两次共拨发银四百八十一两九钱零；肤施动用义仓京斗米七十石，并由靖边厘卡拨银二百五十两；镇安拨给该县库存平粜银四百二十五两五钱，平利、镇坪县丞动用常、平仓粮二百石，并于平粜项下拨给钱文，以资修复水冲房屋。

其淹毙人口，已经该县丞捐资殓埋。至各属钱粮，除已经抚恤之绥德、米脂、平利、镇安四处应纳钱粮毋庸议缓外，所有被灾较重之安定、肤施、咸阳、长安、大荔、府谷六处应纳钱粮，内长安一县未被灾以前完纳照章流抵下年正赋，同安定、肤施、咸阳、大荔、府谷五处应请一并分别蠲缓，以纾民力。由署藩司李有棻开具细数清单，具详前来。

臣覆查陕省本年被灾各属，除绥德、米脂勘不成灾，平利、镇安山地粮轻，业已分别抚恤，应纳钱粮毋庸议缓外，其安定、肤施、咸阳、长安、大荔、府谷六处被灾较重，或收成全行失望，或地亩刻难涸复。核其情形，实堪悯恻。所有未完地丁钱粮、盐课，谨遵定章，开具被灾地亩分数、蠲缓钱粮细数清单，仰恳天恩俯准分别蠲缓，以广皇仁而纾民力。再，查安定等处被灾各户，虽经分别赈抚，目下尚可敷衍。惟距来春麦收为日方长，应否尚须接济，臣已行司饬查，如实民情拮据，再行设法筹济，总期灾黎不致失所，以仰副圣主轸念民瘼之至意！

所有安定等处被雹、被水、被旱暨山坍已、未成灾，分别筹抚，并请蠲缓钱粮、盐课缘由，谨恭折具陈。伏乞皇上圣鉴训示。谨奏。光绪二十三年十二月十九日。

（朱批：）着照所请，户部知道，单并发。①

光绪二十三年十二月二十九日，奉朱批：着照所请，户部知道，单并发。钦此。②

0689. 呈安定等属钱粮盐课蠲缓清单

光绪二十三年十二月十九日（1898年1月11日）

谨将陕省安定等属被灾地亩蠲缓钱粮、盐课细数，缮具清单，恭呈御览。

计开

一、安定县东、西、北各乡高家沟等四十九村，于五月二十二日午间忽降冰雹，田禾尽皆打毁，约长五十里，广不及里，粮地通共三千七十七亩，计成灾七分有余。所有应完上忙地丁银一十六两一钱五分四厘，存留银七十六两一钱五分六厘，耗羡银一十三两八钱四分六厘，盐课银一十四两四钱，均请缓至来年收后带征，业经覆勘后出示停征。

一、安定县四乡高家沟等五十八村，均于八月二十八日午后忽降冰雹，打伤秋禾，东乡约长十八九里，广四五里；南乡约长十五里，广不及里；西北乡约长四五里，广不及里。统计成灾七

①台北故宫博物院藏：《军机及宫中档》，文献编号：408006951。

②中国第一历史档案馆藏：《录副奏折》，档号：03-9482-017。

分至八分不等共地一千六百亩，应纳下忙正、杂钱粮六十二两六钱八分八厘，系两次被灾，拟请蠲免，以示体恤，业经覆勘后出示停征。

一、肤施县东乡鲁家屯等六村庄，于八月二十八日午后忽降冰雹，打伤秋禾，宽不及里，长约五六里，已种熟地实止二百六亩三分，地内秋禾概行打伤，颗粒无存，被灾十分至七分不等。所有应纳本年兵粮九石六斗六升四合，拟请一并蠲免，以纾民困，业经覆勘后出示停征。

一、咸阳县南乡东江渡各村，地势低洼，滨临沣、渭、苍龙、白马等河，于六月二十七八九等日，连日大雨，河水陡涨，底水上潮，地亩多被淹浸。除水退后续查出秋禾尚可收成之地不计外，其余秋收无望，勘计成灾六分，屯、更、学租共地三十六顷四十四亩一分一厘，内屯地十八顷一十一亩九分二厘，更地十五顷五十二亩一分九厘，学租地二顷八十亩。屯地应完秋粮粟米七十五石五斗三升，更地应完秋粮三十九石五斗六升六合，学租地应完租钱八十四千文，拟请展缓分作二年带征，以纾民力，业经覆勘后出示停征。

一、咸阳县东乡马神庙马厂地亩，滨临渭河，因六月二十七八九等日连日大雨，渭堤决口，河水泛滥横流，以致厂地被淹四十五顷零。其地亩低洼之处，尚有积水未尽，地内禾苗概行淹萎，实已成灾六分，共应纳租钱三百六十千文。其领种厂地者，均系湖北客民，兹被水灾，异常困苦，若令完纳租钱，实在力有未逮，所有被淹厂地租钱，应请缓至来年秋后带征，以纾民困，业经覆勘后出示晓谕。

一、长安县黄家桥等二十七村近靠沣、渭各河，地势卑下，河身又复淤高，因六月二十六、七等日天雨连绵，河水涨发，堤岸冲决，淹伤秋禾地亩，业已成灾。计黄家桥等二十村被灾十分共民地五十九顷一十九亩六分，应完本年下忙地丁银一百七十二两四钱八分六厘，灾前已完银五十五两四钱七厘，未完银一百一十七两七分九厘，未完道县仓京斗粟米三十八石二斗八升四合；屯地六顷九十二亩三分，未完本年下忙地丁银三两一钱三分，未完道仓京斗粟米二十八石九斗一升三合；更地七十七顷五十八亩四分六厘，未完本年下忙地丁银三十二两五钱二厘，未完道仓京斗粟米三百二十一石五斗五升九合。马王等七村计被灾八分至九分共民地三顷九十三亩，未完本年下忙地丁银一十一两四钱五分一厘，未完道县各仓京斗粟米二石五斗四升三合；屯地一十二顷三十二亩六分，未完本年下忙地丁银五两六钱九厘，未完道仓京斗粟米五十四石七斗八升一合；更地一十三顷三十九亩九分，未完下忙地丁银七两五钱六分三厘，未完道仓京斗粟米七十七石一斗八升二合。其被灾十分未完钱粮，应请照例豁免；被灾八、九分者，作为三年带征；灾前已完银粮，照章流抵来年正赋，业经覆勘后出示停征。

一、长安县黄家桥等二十四村庄，上年八九月间被水淹伤秋禾成灾，应完下忙钱粮，业经缓至本年秋后带征在案。本年六月间，又复大雨，早秋被水淹伤，应完夏粮实在乏力完纳。计夏禾被灾民地五十七顷五十二亩一分，已完上忙银二百五十一两三钱九分七厘，未完道仓京斗存麦五石一斗七升七合；屯地一十五顷五十七亩八分，已完上忙银九两九钱九分二厘，未完道仓京斗豌豆四十五石五斗四合；更地八十七顷二十二亩八分六厘，应完上忙正银一百一两四钱一分三厘，已完银一十一两八钱二分，未完银八十九两五钱九分四厘，未完道仓京斗小麦三百九十一石八斗三升六合四勺。核其被灾俱在六七分，连年被灾，情殊堪悯。应完本年夏粮请缓至来年秋后催征，已完者准其流抵来年正赋，以纾民力。

一、大荔县南陈村东、西两堡，濒临渭河南岸，北岸渠道堙塞，水势南趋，于本年六月二十八九至七月初七等日，阴雨连绵，渭河陡涨，致将濒河地亩及两堡民房冲坍入河，西堡全行冲没，东堡仅存东南角。除先期拆卸、搬运附近村堡外，其拆卸不及并零星物件，随流湮没，共计二十九家，被冲房屋三十三家，民地秋禾一十六顷三十八亩八分八厘，未完地丁银九十六两五钱三分、耗银一十四两四钱八分，委系成灾十分，拟请将应完银两分作三年带征，以纾民力，照章于会勘后，出示停征。

一、府谷县本年入夏以来，雨泽愆期，夏禾固属歉收。交秋以后，仍行亢旱，屡经设坛祈祷，总未渥沛甘霖，以致秋禾均秀而不实。统计实收仅止四分之谱，成灾五六分不等。所有应完本年下忙一半民、屯地丁正耗银一千四百四十两八钱一分八厘，拟按一半缓征银七百二十两四钱九厘，请缓至二十四年秋后带征，以纾民力，已于覆勘后照章出示停征。

此外，绥德、米脂二处，查系被灾较征，尚不成灾；平利、镇安二处，山地粮轻，所有贫民已经分别抚恤，钱粮应请毋庸议缓，饬令照常催征，故未列叙。合并声明。

(朱批:) 览。①

0690. 奏报陕省循例会奏京控案件片

光绪二十三年十二月十九日 (1898 年 1 月 11 日)

再，京控案件例应半年汇奏一次。前有华州民人孙年儿，以草菅人命等情。遣抱孙徐氏赴京呈控一案，讯因供词各执，将犯发回该州，勒限严拿逃犯郑士秀、薛仓娃，务获到案，质讯详解，俟审定后，再行照例办理。又，鄜州客民赵鸿源，以串弊措良等情。赴京呈诉一案，业经行司饬委西安府提省讯办，上次经臣奏明在案。旋据西安府知府童兆蓉行提赵鸿源一案人证、卷宗来省，督同委员讯明议拟，详经臣咨覆都察院查销，亦在案。

兹查光绪二十三年七月初一日起至十二月底止，有临潼县民人童德润，以赋役殃民等情。赴京呈诉一案，现经行司饬提人证、

①中国第一历史档案馆藏:《单》，档号: 03-9482-018。

卷宗来省，发委西安府审讯，容俟查讯明确，议拟详办。此外再无奉发京控案件。据署藩、臬两司会详前来。

臣覆查无异，除仍饬催严拿孙年儿案内逃犯郑士秀等务获，并童德润控案作速查讯完结，分别议拟详办外，所有京控案件半年汇奏一次缘由，谨附片具陈。伏乞圣鉴。谨奏。

(朱批：) 刑部知道。[①]

光绪二十三年十二月二十九日，奉朱批：刑部知道。钦此。[②]

0691. 奏报陕省整顿厘金营务情形折

光绪二十三年十二月二十六日（1898 年 1 月 18 日）

头品顶戴陕西巡抚臣魏光焘跪奏，为陕省厘金、营务，现在整顿办理，先行遵旨覆陈，恭折仰祈圣鉴事。

窃臣于光绪二十三年十二月初二日准军机大臣字寄：光绪二十三年十一月十五日奉上谕：现在事机日迫，欲图自强，必以修明武备为第一要义。惟是出入两款不敷甚钜，前曾谆谕各该省将军、督抚严杜厘金中饱，汰除练兵冗数，旋据陆续覆奏，并未将厘金中饱之数和盘托出，所裁兵勇亦未确查空额。兹据刚毅[③]面奏，练兵筹饷，务将练勇之空额开除，厘金之中饱严杜，余如盐场糜费、冗员薪水、出使经费、机器各局杂支，均减定数目，不

①台北故宫博物院藏：《军机及宫中档》，文献编号：408006951-0-A。

②中国第一历史档案馆藏：《录副奏片》，档号：03-7418-007。

③刚毅（1834—1900），字子良，满洲镶蓝旗生员。同治初，充刑部笔帖式。五年（1866），补刑部主事。八年（1869），升刑部员外郎。光绪五年（1879），升郎中。六年（1880），补广东惠潮嘉道。次年，迁江西按察使。八年（1882），调直隶按察使。同年，升广东布政使，转云南布政使。十一年（1885），擢山西巡抚。十四年（1888），调补江苏巡抚。十八年（1892），调广东巡抚。二十年（1894），任军机大臣，礼部左、右侍郎，署礼部右侍郎，兼方略馆总裁。次年，任户部右侍郎，兼管钱法堂事务。是年，充满洲翻译副考官。二十二年（1896），授工部尚书，兼崇文门监督、会典馆正总裁。二十三年（1897），调刑部尚书。次年，补正红旗蒙古都统、兵部尚书，升协办大学士、经筵讲官。同年，充翻译阅卷官。二十五年（1899），任内大臣。二十六年（1900），随慈禧西巡，卒于途。

许滥支滥销，庶巨款不至难筹，令即严饬在事各员，厘剔弊端，力除中饱，尤须正己率属，以期大法小廉。应如何认真综核，集成巨款，是在该将军、督抚等激发天良，认真整顿，应即详细确实覆奏。又，据徐桐①奏请饬沿江、沿海各督抚激励忠义，联络乡团，将备之疲软者，速即更换；营勇之缺弱者，赶紧募补。减绿营无用之卒，以养战士；调内地屯防之旅，以固海疆。各省将官有老于兵事、缓急可恃者，无论官职大小，现任、退闲，准其一律奏调。着即迅速筹办，如有知兵之员为该将军、督抚等素所深悉者，并准其保举，以备干城之选等因。钦此。遵旨寄信前来。仰见圣主重念时艰、宵旰焦劳之至意。跪聆之下，钦惕莫名！

伏查陕省厘金、营务，迭奉谕旨饬令认真整顿，前抚臣暨臣先后督率司道等，悉心筹画，均已次第遵办，谨将办理情形，为我皇上陈之。陕省地瘠民贫，物产有限，外来之货，销数亦属无多，较之东南各省富饶之区，大相悬绝。二十一年，查察利弊，变通章程，添设巡卡，实力稽查，以防偷漏；并通饬外局各员洁己奉公，共加奋勉，并严杜司事巡丁卖放、中饱等弊；酌定劝惩章程，通饬遵照。是以二十一年收数较前三年有增，二十二年货

①徐桐（1819—1900），字豫如，号荫轩、仲琴，汉军正蓝旗人。道光三十年（1850），中式进士，改庶吉士。咸丰二年（1852），授翰林院编修。次年，任武英殿纂修。八年（1858），充文渊阁校理，任顺天乡试同考官。十年（1860），任实录馆协修。同治元年（1862），补实录馆纂修、上书房行走。次年，升实录馆汉总纂。三年（1864），转翰林院侍讲，署日讲起居注官、教习庶吉士。五年（1866），任汉日讲官。次年，充侍讲学士。七年（1868），任侍读学士。九年（1870），补太常寺卿，署都察院左副都御史。次年，迁内阁学士，兼礼部右侍郎。十二年（1873），兼署户部左侍郎、工部左侍郎。光绪元年（1875），任实录馆副总裁。是年，充顺天恩科乡试副考官。二年（1876），转吏部右侍郎。次年，补都察院左都御史。四年（1878），擢礼部尚书，兼署吏部尚书。次年，加管理三库大臣，加太子少保衔。八年（1882），任翰林院掌院学士，兼管八旗官学。次年，补国史馆正总裁，兼会试正考官。十年（1884），调吏部尚书，兼兵部尚书，并任上书房总师傅。十四年（1888），兼武乡试正考官。次年，升协办大学士，兼会典馆正总裁，晋太子太保衔，署工部尚书、户部尚书。二十年（1894），兼署礼部尚书。二十二年（1896），升补大学士，管吏部事务。是年，调体仁阁大学士。二十六年（1900），自缢身亡。著有《治平宝鉴》行世。

厘、土厘多收至二十一万有奇。抽收最旺者，经臣分别奏奖、外奖；其抽收不旺及办理不善者，随时记过、撤参。此整顿厘金较前收数加增之实在情形也。

陕省防、练各军原有马步共四十五营旗，又商州协回兵一起，旋因甘乱戡平，经臣陆续裁并、挑留，编成步队十三旗、马队四旗、开花炮队一旗，合为马步十八旗，与抚、镇标营练勇共留马步三十营旗、回兵一起，均属挑选精壮入伍。所有将备之疲软与兵勇之老弱者，悉数汰去。前次防军饷章参差不齐，遂将马步队饷项查照甘肃新章及楚军坐粮旧章，变通酌定，俾归画一；并延榆绥、陕安、汉中三镇绿营制兵，经督臣咨饬暂减二成，臣标练军亦裁二成；复将延榆绥镇标练军四营改为四旗，并陕安镇练军一营五百一十八员名，汉中镇标练军一旗四百一十七员名，仿照防军旗制，各改设为旗，共裁练军兵一百九十三名；北山防勇裁汰四百三十一名，又裁汰马队马夫、步、炮队杂夫、私夫共四百五十二名；仍责令随时训练，以期一兵可得一兵之用。此裁汰防、练各军并绿营制兵之实在情形也。

以上各节，均经臣随时陈奏在案。兹复奉谕旨，臣忝膺疆寄，际此时局艰难，敢不殚竭愚诚，力图报称。惟有督饬司道及在事各员，矢勤矢慎，将厘金事务益求整顿，以期中饱胥除，涓滴归公；并督饬各将备，将防、练各勇及绿营制兵时加操练，认真巡防，以资征调而卫地方。至知兵之员，容臣留心考察，随时保奏，以副朝廷储备干城之选。

所有遵旨办理缘由，谨先恭折覆奏，伏乞皇上圣鉴。谨奏。光绪二十三年十二月二十六日。

（朱批：）仍着照该抚遵照前谕，切实筹办，毋得空言塞责。①

光绪二十四年正月初十日，奉朱批：仍着照该抚遵照前谕，

①台北故宫博物院藏：《军机及宫中档》，文献编号：408006952。

切实筹办，毋得空言塞责。钦此。①

0692. 奏报陕省赈捐三次请奖情形片

光绪二十三年十二月二十六日（1898年1月18日）

再，陕省光绪十八九等年各属被灾，奏准援照十八年顺直赈捐章程，开办赈捐。前据三原、泾阳等县造赍各捐生清册，列作赈捐初、二两次汇核请奖，业经臣奏咨各在案。兹又据醴泉、乾州、富平、高陵、兴平、咸阳、同官、府谷、吴堡、泾阳、肤施等十一州县造赍各捐生年岁、三代籍贯及奖叙、衔、封、贡、监履历清册，核与奏请援照顺直赈捐减成章程均属相符，一律填发实收，交给各捐生收执，作为赈捐第三次请奖。共计捐生四百二十三名，奖叙正项银三万四千七百四十二两零，查照顺直赈捐章程，共应收部饭、照费银一千三百一两零，国子监饭费银四百九十三两零，俟起解京饷时，即行搭解。据署藩司李有棻具详前来。

臣覆核无异，除清册及副实收一并咨部备查外，谨附片具陈。伏乞圣鉴，饬部核覆施行。谨奏。

（朱批：）户部议奏。②

光绪二十四年正月初十日，奉朱批：户部议奏❶。钦此。③

❶【案】此案经户部核议具奏，并于光绪二十四年五月二十五日咨呈军机处查照：

户部谨奏，为遵旨议奏事。陕西巡抚魏光焘奏，陕西绅民捐赈光绪十八年顺直赈捐第三次请奖附片一件，光绪二十四年正月初十日奉朱批：户部议奏。钦此。钦遵由内阁钞出到部。旋于三月初三日据该抚将清册咨送前来。查原奏内称，陕省光绪十八九等年各属被灾，奏

①中国第一历史档案馆藏：《录副奏折》，档号：03-5997-013。

②台北故宫博物院藏：《军机及宫中档》，文献编号：408006952-0-A。

③中国第一历史档案馆藏：《录副奏片》，档号：03-5355-035。

准援照十八年顺直赈捐章程，开办赈捐。前造赈捐初、二两次请奖，经臣奏准各在案。兹据醴泉等十一州县造赍各捐生履历清册，核与奏请援照顺直赈捐减成章程均属相符，填发实收，交给各捐生收执，作为赈捐第三次请奖。共计捐生四百二十三名，奖叙正项银三万四千七百四十二两零。据署藩司李有棻具详前来。臣覆核无异，除清册及副实收一并咨部备查外，伏乞饬部核议。等语。

臣等伏查光绪二十二年五月二十二日，臣部议覆护理陕西巡抚布政使张汝梅奏陕省各属被灾，请援照光绪十八年顺直赈捐章程，开办赈捐等因。奏准行知遵照。兹据该抚将陕西赈捐初、二次奏报请奖，均经臣部核覆各在案。兹据陕西巡抚魏光焘将醴泉等十一州县册造捐生四百二十三名，共请奖正项实银三万四千七百四十二两零，造具履历清册，列作第三次照顺直赈捐章程请奖前来。臣等督饬司员详加核算，所有册开捐生共计四百二十三名，内除窦寅宾等十九名或应声明原案，或前案尚未核准，应俟声明及前案核准后再行核办外，其韩性等四百四名，核与例案银数均属相符，应请照准。谨缮清单，恭呈御览，伏候命下，由臣部同吏部、兵部缮照封发。所有遵议缘由，谨恭折具陈，伏乞皇上圣鉴。谨奏。

咨呈

户部为移会事。捐纳房案呈本部议覆陕西巡抚魏奏陕西绅民捐赈援照光绪十八年顺直赈捐第三次请奖一折，光绪二十四年五月初九日具奏，本日奉旨：依议。钦此。相应抄录原奏，咨呈军机处查照可也。须至咨呈者。右咨呈军机处。光绪二十四年五月二十五日。主事范。①

①中国第一历史档案馆藏：《录副奏折》，档号：03-5603-029。